MARIA MADALENA

MARIA MADALENA

MARGARET GEORGE

Tradução de

JÔ AMADO

GERAÇÃO EDITORIAL

MARIA MADALENA

5ª edição — Fevereiro de 2012

Grafia atualizada segundo o Acordo Ortográfico da Língua Portuguesa de 1990, que entrou em vigor no Brasil em 2009.

Editor e Publisher
Luiz Fernando Emediato

Diretora Editorial
Fernanda Emediato

Produtora Editorial
Renata da Silva

Assistente Editorial
Diego Perandré

Capa
Alan Maia

Diagramação
Abba Produção Editorial Ltda.

Tradução
Jô Amado

Revisão
Paulo César / Hebe Ester Lucas
Edson Batista / Josias A. Andrade

DADOS INTERNACIONAIS DE CATALOGAÇÃO NA PUBLICAÇÃO (CIP)
(Câmara Brasileira do Livro, SP, Brasil)

George, Margaret, 1943-
Maria Madalena / Margaret George ; tradução de Jô Amado.
-- São Paulo : Geração Editorial, 2002

ISBN 978-85-7509-070-1

1. Bíblia. N.T. — História de fatos bíblicos — Ficção
2. Ficção biográfica 3. Ficção cristã 4. Maria Madalena, Santa
— Ficção 5. Palestina — Ficção 6. Santas cristãs — Ficção I. Título.

02-6153 CDD: 813.5

Índices para catálogo sistemático

1. Ficção : Literatura norte-americana 813.5

GERAÇÃO EDITORIAL

Rua Gomes Freire, 225/229 — Lapa
CEP: 05075-010 — São Paulo — SP
Telefax.: +55 (11) 3256-4444
Email: geracaoeditorial@geracaoeditorial.com.br
www.geracaoeditorial.com.br

2012
Impresso no Brasil
Printed in Brazil

Para
Rosemary,
irmã favorita

Meus agradecimentos:

Pela leitura cuidadosa que fizeram,
a Alison Kaufman, Paul Kaufman e Mary Holmes.
Pelas ideias sugeridas e pelo incentivo,
a Charlotte Allen e David Stevens.
Pela ajuda que me deram, em Israel,
a Benny e Selly Geiger, Rachel e Tziki Kam e Mendel Nun.

Pela inspiração,
à Ilha de Iona, na Escócia,
e aos espíritos que por ali estão.

E, como sempre,
a Jacques de Spoelberch,
meu agente e amigo maravilhoso.

"Disse Pilatos: *O que é a verdade?*"

João 18:38

Escrevo a história do que se passou conosco daquele momento em diante. Tantos virão depois de nós, e nenhum deles o terá visto, e deverão ter certeza daquilo que vimos.

O Testamento de Maria de Magdala,
conhecida por Madalena

"Conhecereis a verdade, e a verdade vos libertará."
Jesus, in *João 8:32*

Parte Um

Os Demônios

1

Estava sendo levada para um lugar em que nunca estivera. Era muito mais nítido que um sonho, tinha profundidade e cor, e detalhes delicados que faziam parecer mais real do que quando estava com sua mãe no quintal, mais real do que as horas de devaneio que, às vezes, passava olhando o grande lago de Magdala, tão grande que o chamavam de mar: o mar da Galileia.

Foi transportada para cima e colocada sobre um pilar, ou uma plataforma, não sabia exatamente qual. E à sua volta, na base de onde se encontrava, havia pessoas que olhavam para ela. Virou a cabeça para o lado e viu que outros pilares também tinham pessoas sobre eles, que havia uma extensa fileira deles, estendendo-se até onde seus olhos alcançavam. O céu era de uma cor amarelada, uma cor que já tinha visto, uma vez, quando houvera uma tempestade de areia. O sol tinha se apagado, mas ainda havia luz, uma luz dourada e difusa.

Então, alguém se aproximou dela — estariam voando, seria um anjo, como haviam chegado aqui? —, pegou sua mão e disse: — Você vem? Você vem conosco?

Sentiu a mão que tocava a sua, e era lisa como uma placa de mármore; não era fria, nem quente, nem suava, era perfeita. Queria apertá-la, mas não ousava.

— Sim — disse, finalmente.

E então aquela personagem — ainda não sabia quem era, não ousava olhar para seu rosto, só via os pés, com sandálias douradas — levantou-a para cima e levou-a embora e a viagem foi tão vertiginosa que ela perdeu o equilíbrio e começou a cair, a mergulhar, e era muito escuro embaixo dela.

Sentou-se com um sobressalto. O óleo da lamparina queimara. Do lado de fora, ouvia o som delicado da água do grande lago, próximo à sua janela, batendo nas margens.

Estendeu a mão e tocou-a. Estava úmida. Teria sido por isso que aquele ser a abandonara, deixando-a cair? Esfregou-a com força.

Não, deixe enxugar minha mão!, gritou, silenciosamente. Não me abandone! Eu posso enxugá-la!

— Volte — murmurou.

Mas a única resposta foi o silêncio do quarto e o barulho da água.

Correu para o quarto de sua mãe e seu pai. Estavam profundamente adormecidos; não precisavam de lamparina, dormiam no escuro.

— Mãe! — gritou, agarrando seu ombro. — Mãe! — Sem permissão, subiu na a cama e aconchegou-se entre as cobertas quentinhas junto à sua mãe.

— O que... o que é isso? — Sua mãe lutava para articular as palavras. — Maria?

— Tive um sonho tão estranho — choramingou. — Estavam me levando para o alto... para um céu, não sei bem onde, só sei que não era neste mundo, havia anjos, eu acho, ou... não sei muito bem... — Parou, com a respiração ofegante. — Acho que fui... que fui chamada. Chamada para me juntar a eles, para fazer parte de sua companhia... — Mas tinha se assustado e não tivera certeza de que deveria juntar-se a eles.

Então, seu pai sentou-se na cama. — Que história é essa? — disse. — Um sonho? Sonhou ter sido chamada?

— Natã — a mãe de Maria fez um gesto, tentando acalmá-lo, tocando seu ombro.

— Não sei se estava sendo chamada — disse a vozinha de Maria. — Mas tive esse sonho, com pessoas que estavam em lugares bem altos e...

— Lugares altos! — gritou seu pai. — Isso é onde ficavam os antigos ídolos pagãos. Em lugares altos!

— Mas não eram pedestais — respondeu Maria. — Era diferente. As pessoas que estavam sendo homenageadas estavam num local acima das outras, e eram pessoas, não eram estátuas...

— E você acha que foi chamada? — perguntou seu pai. — Por quê?

— Perguntaram-me se me juntaria a eles. Disseram: "Você vem conosco?" — E quando ela disse a frase, ainda ouvia as vozes melodiosas.

— Você tem de saber, minha filha, que se acabaram as profecias na nossa terra — disse o pai, finalmente. — Palavra alguma foi pronunciada por um profeta desde o tempo de Malaquias, e isso foi há 400 anos. Há muito tempo que Deus não nos fala dessa forma. Fala-nos somente através da Lei Sagrada. E isso nos basta.

Mas Maria sabia o que tinha visto, em sua glória e calor transcendentes. — Mas, pai — insistiu — a mensagem e o convite foram tão claros. — Falou em voz baixa e respeitosa. Mas ainda estava tremendo.

— Minha querida filha, foi uma ilusão. Foi apenas um sonho, talvez por nos estarmos preparando para ir a Jerusalém. Deus não chamaria você. Agora volte para a sua cama.

Ela agarrou-se à mãe, mas esta empurrou-a para o lado. — Faça o que seu pai disse — mandou.

Maria voltou para seu quarto, ainda envolvida pela majestade do sonho. Fora real. Ela sabia que fora real.

E, se fora real, então seu pai estava enganado.

Nas horas que antecediam o nascer do sol, a família se preparava para sua peregrinação a Jerusalém, para a Festa das Semanas. Maria estava excitada porque os adultos estavam ansiosos pela viagem e porque a visita a Jerusalém era a ambição de todos os judeus. No entanto, o principal motivo de seu entusiasmo era porque, com 7 anos de idade, nunca havia saído de Magdala e, certamente, haveria aventuras pelo caminho. Seu pai as mencionara, de passagem, quando dissera: — Vamos para Jerusalém pelo caminho mais curto, por Samaria, e por isso levaremos três, em vez de quatro dias de viagem. Mas é perigoso. Têm acontecido ataques contra peregrinos. — E balançou a cabeça. — Ouvi dizer que os samaritanos ainda têm ídolos, inclusive. Não de uma maneira escancarada, claro, não perto da estrada, mas...

— Que tipo de ídolo? Eu nunca vi um ídolo! — queria saber Maria.

— E espero que nunca veja!

— Mas como é que vou saber que é um ídolo, quando vir um?

— Você vai saber — respondeu seu pai. — E você deve afastar-se dele!

— Mas...

— Basta!

E agora Maria lembrava-se dessa conversa, mas a curiosidade que antes tinha desaparecera com o sonho, ainda tão nítido, mesmo no escuro.

Ocupada com as preparações finais para a viagem, a mãe de Maria, Zebida, interrompeu, de repente, o que fazia para encher de cereais as sacolas de viagem, abaixando-se em direção à filha. Não mencionou o sonho. Mas disse:

— Bem, quanto à viagem, você não deve misturar-se com as outras famílias que vão viajar, com exceção daquelas que eu disser que são aceitáveis. Há tanta gente que não cumpre a Lei e só quer ir a Jerusalém — e mesmo ao Templo! — como se fosse um passeio! Você deve ficar junto às famílias praticantes da fé. Entendeu? — Olhou Maria de forma dura. Nesse instante, seu belo rosto não era belo, mas proibitivo.

— Sim, mãe — disse.

— Nós seguimos a Lei com rigor e é assim que deve ser — continuou sua mãe. Que os outros... pecadores cuidem de si. Não cabe a nós salvá-los de seus pecados. Mas juntando-nos a eles, seremos contaminados.

— Que nem o leite com a carne? — perguntou Maria. Sabia dessa proibição, tanto que qualquer coisa originária de ambos tinha de ser mantida separada.

— Exatamente — respondeu a mãe. — E pior ainda, pois a sua influência não desaparece depois de um ou dois dias, como a do leite e da carne. Fica dentro de você, corrompendo e corrompendo.

Estavam todos prontos. As seis famílias que iriam viajar juntas esperavam — com os jumentos carregados, embrulhos amarrados aos ombros, à beira da estrada de Magdala — pelos grupos maiores, das cidades da vizinhança, que se juntariam a elas para a viagem a Jerusalém. Maria começou a viagem montada num jumento: como era a mais nova dos viajantes, não tinha resistência para caminhar longas distâncias. Talvez, na volta, tivesse ficado tão forte que nem precisaria vir no jumento. Era isso que esperava.

Começara a estação seca e Maria já sentia, no rosto, o calor do sol. Este surgira, sobre o mar da Galileia, onde nascera, mais cedo, por trás das montanhas. Na aurora, essas montanhas do outro lado do lago tinham a cor de uvas maduras; agora ganhavam sua cor verdadeira, de terra e pedra. Eram nuas e, para Maria, pareciam maléficas. Mas talvez isso fosse porque a terra dos antigos amonitas tinha má reputação, como velhos inimigos de Israel.

O que teriam os amonitas feito de tão ruim? O rei Davi tivera problemas com eles. Mas a verdade é que tivera problemas com todo mundo. E também havia aquele deus malvado que eles adoravam — Maria não conseguia lembrar-se de seu nome. Obrigava os amonitas a sacrificarem seus filhos, queimando-os. Mo... Mol... Moloque. Era esse o nome dele.

Levantou a mão e piscou os olhos em direção ao outro lado do lago. De onde estava não dava para ver templo algum de Moloque.

Sentiu um arrepio, mesmo ao sol quente. Não vou pensar mais em Moloque, disse, com firmeza, para si própria. O lago, brilhando ao sol, pareceu concordar. Estava bonito demais, com suas águas azuis, para ser manchado pelos pensamentos de uma divindade sangrenta; Maria acreditava firmemente que deveria ser o lugar mais bonito de Israel. Dissessem o que dissessem sobre Jerusalém, como poderia alguma coisa ser mais bonita que esse reservatório oval de água, de um azul brilhante, cercado pelas montanhas que o protegiam?

Via os barcos de pesca, lá longe, sobre as águas; eram muitos. E era por causa do peixe que a sua cidade de Magdala era famosa — peixe que era salgado, curtido, negociado e enviado para o mundo inteiro. O peixe de Magdala estava presente nas mesas de Damasco e de Alexandria. E na sua casa, pois Natã, seu pai, era exímio no processamento do peixe, que estocava no depósito, e seu irmão mais velho, Samuel — que, enquanto comerciante, adotara o nome grego de Silvanus — era o gerente comercial, tratando das vendas tanto com a população local quanto com estrangeiros. Portanto, aquele enorme mosaico com um peixe e um barco de pesca, que decorava o vestíbulo de entrada, mostrava a fonte da riqueza familiar. Todo dia, ao passar por ele, lembravam-se de agradecer por sua boa sorte e pela imensidão dos peixes de Deus que existia em seu mar.

Um vento leste bateu nas águas do lago fazendo tremer a superfície das águas; ela via as pequenas ondulações da água, que, de fato, pareciam cordas de uma harpa. O nome antigo, e poético, do lago era Quinneret, ou lago Harpa, pelo seu formato e também pelos desenhos do vento batendo na água. Maria quase conseguia ouvir o som agradável de cordas sendo puxadas, cantando para ela através das águas.

— Lá vêm eles! — O pai de Maria gesticulava, mostrando-lhe que devia levar o jumento para junto dos outros. Na estrada empoeirada, ela via uma grande caravana aproximando-se. Além da massa de peregrinos, viam-se um ou dois camelos ao lado dos jumentos.

— Devem ter celebrado o Sabá até muito tarde, ontem — disse, maliciosamente, a mãe de Maria. Estava aborrecida; o atraso na partida era um transtorno. De que servia atrasar a partida para depois do Sabá se, de qualquer maneira, se perderia meio dia? Nunca se começava uma viagem na véspera do Sabá, ou mesmo na antevéspera, se a viagem fosse longa. A lei judaica, que proibia caminhar mais que uma milha romana no dia do Sabá, significava que se perderia um dia de viagem.

— O Sabá é uma desculpa para perder tempo — disse, em voz alta, o irmão de Maria, Silvanus. — Essa insistência no cumprimento estrito do Sabá prejudica-nos no comércio exterior; os gregos e os fenícios não descansam um único dos sete dias da semana!

— Está certo, Samuel, nós sabemos de suas simpatias pagãs — respondeu o irmão mais velho de Maria, Eli. — Daqui a pouco você estará correndo nu pelo ginásio, com todos os seus amigos gregos.

Silvanus — ou melhor, Samuel — olhou-o fixamente. — Não tenho tempo para isso — disse, friamente. — Estou muito ocupado ajudando o pai com os negócios. Mas você, com todo o seu tempo livre estudando as escrituras e consultando rabinos, tem tempo suficiente para ir ao ginásio ou a qualquer outro lugar de diversão, se você quiser.

Eli irritou-se, o que Silvanus sabia que iria acontecer. O irmão mais novo era esquentado, apesar de seus esforços por aprender os caminhos e os porquês de Javé. Com seu perfil delicado, o nariz aquilino e a aparência nobre, poderia passar por grego, pensou Silvanus. Enquanto ele próprio — quase dava uma risada — parecia-se mais com aqueles estudiosos que passavam o dia curvados sobre a Torá na *beth ha-Midrash*, a Casa do Saber. Javé deveria ter um grande senso de humor.

— O estudo da Torá é a coisa mais importante que um homem pode fazer — respondeu Eli, com firmeza. — Preenche o lugar de qualquer outra atividade de natureza moral.

— Sim, e no seu caso, impede qualquer outra atividade.

Eli resmungou e afastou-se, puxando o jumento e voltando seu traseiro para Silvanus, que se limitou a rir.

Maria já se tinha habituado a ouvir essas discussões, das formas mais diversas, entre seus irmãos de 21 e 18 anos. Nunca chegavam a conclusão alguma e nunca as aprofundavam. Sua família era profundamente religiosa e cumpria todos os rituais e obrigações; só Silvanus demonstrava impaciência para com o que seu pai chamava "a Lei perfeita do Senhor".

Maria gostaria de poder estudar a lei judaica na escolinha anexa à sinagoga — a *beth ha-sefer* — e ver por si própria. Ou então roubar os conhecimentos que Silvanus, que não os parecia querer, aprendera em sua escola da Torá. Mas não era permitido às meninas frequentarem a escola, pois não podiam ocupar funções oficiais na religião. Seu pai repetia, com firmeza, as exigências do rabino: — Seria preferível ver a Torá queimada do que ouvi-la dos lábios de uma mulher.

— Você deveria aprender grego, para poder ler a *Ilíada* — sugerira Silvanus, certa vez, com uma risada. Eli, naturalmente, se opusera, com uma explosão chocada. Mas Silvanus insistira: — Se é proibido a alguém conhecer sua própria literatura e ciência, não seria essa pessoa obrigada a procurar outras?

Silvanus tinha razão; os gregos eram abertos a que outros conhecessem a sua cultura, enquanto os judeus guardavam a sua, como um segredo. Cada uma das atitudes resultava de pensarem que a sua era uma cultura superior: os gregos achavam que uma pitada de cultura grega conquistaria, imediatamente, qualquer pessoa, enquanto os judeus entendiam que a sua era uma cultura tão preciosa que seria profanada, se oferecida a qualquer um. Isso, naturalmente, aumentava a curiosidade de Maria com relação a ambas. Iria aprender a ler, disse a si própria, e depois iria descobrir sozinha a magia e os mistérios das Sagradas Escrituras.

Os dois grupos de viajantes encontraram-se na encruzilhada da estrada, acima de Magdala — eram, agora, cerca de 25 famílias que iriam fazer a viagem. Muitos deles eram parentes, distantes ou não, e, portanto, um grande número de primos, de terceiro, quarto, quinto ou sexto graus, iriam encontrar-se e brincar juntos durante a viagem. A família de Maria viajava acompanhada de perto por outras famílias muito rigorosas quanto à questão da fé. Quando se preparavam para continuar a procissão, Eli não resistiu em provocar Silvanus.

— Não entendo por que cargas d'água você está fazendo esta viagem — disse — uma vez que você não concorda com o nosso modo de pensar. Por que ir a Jerusalém?

Em vez de uma resposta grosseira, Silvanus, pensativo, disse:

— Por causa da história, Eli, por causa da história. Adoro cada uma das pedras de Jerusalém, porque elas contam histórias — e o fazem com mais clareza e objetividade que as palavras dos pergaminhos.

Eli ignorou a seriedade com que seu irmão respondera. — É uma história de que você nem *saberia*, se não tivesse sido escrita nas próprias escrituras que você despreza! Não são as pedras que falam e nos contam a história, e sim os escribas que a registram para a posteridade.

— Lamento que você só dê crédito a si próprio pelos sentimentos superiores — disse Silvanus, por fim. E parou, juntando-se a outro grupo; não ficaria próximo a seu irmão pelo restante da viagem.

Maria não sabia com qual deles ficar, portanto dirigiu-se para onde estavam os pais. Caminhavam de forma resoluta, olhando na direção de Jerusalém. O sol estava forte e a claridade fazia que piscassem os olhos, protegendo-os com a mão.

Nuvens de vento voavam. O verde surpreendente da primavera da Galileia começara a sumir, dando lugar a um tom pardo e fosco; as coloridas flores silvestres que pontilhavam as ladeiras dos morros haviam murchado e desaparecido. Até a chegada da próxima primavera, a paisagem iria tornar-se progressivamente mais escura e aquela gloriosa explosão da natureza iria transformar-se em mera recordação. A Galileia era a região mais exuberante do país, parecendo um paradisíaco jardim persa na terra de Israel.

Os galhos das árvores frutíferas estavam repletos de maçãs e romãs; via-se o verde brilhante dos figos espreitando entre as folhas. E as pessoas os colhiam; figos novos nunca ficavam nas árvores por muito tempo.

Espalhado, o grupo ia subindo, com dificuldade, até o topo das colinas que rodeavam o lago, e Maria o olhava, por uma última vez, antes que desaparecesse por completo.

Adeus, lago Harpa!, cantarolou para si própria. Não havia angústia de despedida, mas a expectativa do que vinha pela frente. Estavam a caminho, a estrada os chamava e, em pouco tempo, as colinas e as montanhas que Maria conhecia desde a mais tenra idade desapareceriam, para dar lugar a coisas que nunca vira. Seria maravilhoso, seria como ganhar um presente extraordinário, abrir uma caixa cheia de objetos novos e brilhantes.

Pouco depois chegavam à Via Maris, uma estrada mais larga e uma das principais desde os tempos da Antiguidade. E também muito movimentada: cheia de comerciantes judeus, as figuras esguias, de olhos penetrantes, dos nabateus, em seus camelos; negociantes da Babilônia, envolvidos por túnicas de seda e exibindo brincos de ouro, que, para Maria, pareciam muito pesados. Inúmeros gregos também que se misturavam aos peregrinos que se dirigiam para o Sul. Mas havia um tipo de viajante que todos os outros evitavam: os romanos.

Os soldados eram fáceis de reconhecer, por causa de seus uniformes, dos saiotes esquisitos, com tiras de couro cobrindo suas pernas peludas; mas o romano comum era mais difícil de identificar. No entanto, os adultos não tinham esse tipo de problema.

— Um romano! — sussurou seu pai, fazendo sinal para que ela se sentasse atrás dele quando se aproximava um homem. Embora a estrada estivesse cheia de gente, Maria notou que ninguém passava próximo a ele. Um pouco mais adiante, ele pareceu virar a cabeça em sua direção, olhando-a com curiosidade. E ela olhou de volta, com seu rosto meigo.

— Como é que o senhor sabia que era um romano? — perguntou, curiosa, a seu pai.

— Pelo cabelo — explicou-lhe. — E por ter a barba tão bem-feita. De fato, a túnica e as sandálias poderiam pertencer a um grego, ou a qualquer outro estrangeiro.

— E também pelo olhar deles — disse sua mãe, de repente. — É o olhar de alguém que pensa possuir tudo o que vê.

Chegaram a um lugar onde o terreno era plano, vasto e agradável. Algumas poucas árvores, espalhadas, formavam espaços de sombra que pareciam ser frescos; o sol, agora, estava precisamente sobre suas cabeças. Havia montanhas, isoladas, de ambos os lados da estrada: à direita, o monte Tabor, e à esquerda, o monte Moré.

Quando se aproximavam da ladeira do monte Moré, Silvanus surgiu, de repente, a seu lado e apontou para a montanha. — Cuidado com a feiticeira! — brincou. — A feiticeira de Endor!

Ela pareceu não compreender e ele explicou: — É a feiticeira que o rei Saul procurou para trazer de volta o espírito de Samuel. Era aqui que ela vivia. E as pessoas dizem que é um lugar assombrado. Se você for até ali, sentar-se debaixo de uma árvore, e esperar... quem sabe você trará de volta algum espírito?

— Isso é verdade? — perguntou Maria. — Fale sério, sem brincadeira. Seria uma coisa terrível, o poder de chamar espíritos, principalmente os espíritos de pessoas mortas.

— Não sei se é realmente verdade — confessou Silvanus, sem sorrir. — Está nas escrituras, mas... — deu de ombros. — Também está nas escrituras que Sansão matou mil homens com o osso maxilar de um jumento morto.

— Como é que eu iria saber se fosse um espírito? — insistiu Maria, deixando de lado a história do osso.

— Dizem que se reconhecem os espíritos pelo medo que eles inspiram — disse Silvanus. — Mas, falando sério, se você alguma vez se encontrar com um espírito, sugiro que corra na direção oposta. A única coisa que se sabe é que são perigosos. O que eles querem é desencaminhar as pessoas, destruí-las. Acho que foi por isso que Moisés proibiu qualquer contato com eles. — E tornou a ficar cético. — Se é que o fez...

— Por que você diz essas coisas? Você não acredita que seja verdade?

Ele hesitou. — Bem... sim, acho que deve ser verdade. E se não for absolutamente verdadeiro que Moisés o tenha dito, ainda assim é uma boa ideia. A maioria das coisas que Moisés disse foram boas ideias.

Maria riu. — Às vezes você realmente fala como um grego.

— Se parecer um grego significa pensar cuidadosamente nas coisas, então eu teria orgulho de ser rotulado de grego. — E também riu.

E foram passando mais montanhas, mais famosas mas de menores dimensões: o monte Gilboa, à esquerda, onde Saul morreu lutando contra os filisteus; e à direita, ao longe, apenas visível no final da extensa planície, erguendo-se como uma torre, o monte Megido, onde seria travada a batalha do Juízo Final.

Pouco após o monte Gilboa, atravessaram a fronteira com Samaria. Samaria! Maria agarrou-se com força à garupa de seu jumento. Perigo! Perigo! Seria, de fato, perigoso? Olhou com atenção em sua volta, mas a paisagem era a mesma — os mesmos morros pedregosos, as planícies poeirentas e algumas árvores espalhadas. Tinham dito que havia bandidos e rebeldes que usavam as cavernas próximas a Magdala para se esconderem, mas ela nunca os vira perto de casa. Agora, esperava ver *alguma coisa*, pois já haviam entrado em território inimigo.

Não tiveram de esperar muito. Pouco tinham andado quando um grupo de garotos, à beira da estrada, começou a jogar pedras, xingando e gritando insultos em suas vozes roucas, guturais: — Cachorros... Escória da Galileia... Falsificadores dos livros sagrados de Moisés... — E alguns deles cuspiam. A mãe e o pai de Maria olhavam em frente, fingindo não os ver ou ouvir, o que os irritava ainda mais.

— Vocês são surdos, é? Então escutem só! — E começaram a soprar num chifre de carneiro, produzindo barulhos terríveis, e fazendo assobios estranhos, cavernosos. O ódio parecia vibrar no ar. Mas os galileus não olhavam nem respondiam aos insultos. Maria tremia, sobre seu jumento, quando passou à distância de pouco mais de um braço de um punhado de rufiões. Depois, felizmente, foram se distanciando, perdendo-os de vista e, em seguida, deixando de os ouvir.

— Que coisa horrível — desabafou Maria, quando conseguiu falar. — Por que nos odeiam tanto?

— É uma história muito antiga — disse seu pai. — E dificilmente mudará durante nossas vidas.

— Mas por quê? De onde vem esse ódio?

— É uma história muito comprida — disse seu pai, com amargura.

— Eu vou contar — disse Silvanus, emparelhando seu jumento. — Você conhece a história do rei Davi, não é verdade? E a do rei Salomão?

— Claro que sim — respondeu Maria, orgulhosamente. — Um foi o maior guerreiro que já tivemos, e o outro o mais sábio.

— Mas não teve a sabedoria de ter um filho sábio — disse Silvanus. — Seu filho fez que os súditos ficassem tão zangados que dez das 12 tribos de Israel romperam com seu reino e fundaram outro, no Norte. Escolheram um general para ser seu rei, Jeroboão.

Jeroboão. Ela já ouvira falar dele e o que quer que fosse, não tinha sido coisa boa.

— Como o povo do Norte já não podia ir ao Templo em Jerusalém, Jeroboão mandou construir novos altares, com bezerros de ouro, para serem adorados. Deus não gostou e o puniu enviando os assírios para destruírem seu país e fazer deles prisioneiros. E foi esse o fim de dez das tribos de Israel. Desapareceram na Assíria e jamais voltaram. Adeus, Ruben, adeus Simeão, adeus Dan e Aser...

— Mas agora a Samaria não está vazia — disse Maria. — Quem são aquelas pessoas grosseiras gritando com a gente?

— Os assírios trouxeram pagãos para colonizar estas terras! — gritou Eli, que ouvia a conversa. — Misturaram-se aos poucos judeus que tinham ficado para trás, o que resultou nessa horrível mistura de uma fé pura em Moisés e de paganismo. Uma coisa terrível! — Contorcia o rosto, com repugnância. — E não diga que eles não tiveram escolha!

Maria recolheu-se. Não pretendia dizer isso.

— Todo mundo tem escolha! — continuou Eli. — Alguns dos membros das dez tribos eram fiéis a Jerusalém. Por isso não foram punidos nem enviados para a Assíria. Foi o que fez a nossa família. Nós éramos — e somos! — da tribo de Nafali. Mas sempre fomos fiéis! — Havia levantado o tom de voz e parecia furioso. — E devemos continuar sendo fiéis!

— Sim, Eli — respondeu Maria, meiga. E perguntava a si própria o que faria para ser fiel.

— Ali, ao longe — ele apontava na direção Sul — no monte Gerizim, eles praticam seus rituais heréticos!

Ele ainda não respondera à sua pergunta, por isso ela a reformulou. — Mas por que *nos* odeiam?

Silvanus inclinou a cabeça na direção do irmão. — Porque nós os *odiamos*, e o demonstramos.

O resto do dia foi tranquilo. Quando passavam pelos campos ou pelos vilarejos, juntavam-se pessoas que os olhavam, mas não gritavam com eles nem os perturbavam.

O sol passou para o lado esquerdo de Maria e começou a descer para o horizonte. Os pequenos espaços de sombras sob as árvores, pequenas faixas, modestas, ao meio-dia, agora projetavam-se, como trenzinhos para além dos trilhos.

Na frente, a caravana começou a diminuir o passo, procurando um lugar para acampar durante a noite. Precisavam da claridade suficiente para garantir a segurança do lugar, e certamente haveria dificuldades com relação à água.

Os poços sempre representavam problemas: em primeiro lugar, tinha de se encontrar um que desse para o pessoal todo, e, além disso, havia a possível hostilidade por parte dos donos do poço. Já tinham morrido pessoas por causa de brigas por um poço. Dificilmente os samaritanos iriam dizer aos viajantes que eram bem-vindos aos seus poços, dar-lhes baldes e acrescentar: "Bebam à vontade e deem água aos animais também".

Os líderes do grupo escolheram uma área ampla, plana, próxima à estrada, com vários poços. O lugar era ideal — desde que fossem deixados em paz. Por enquanto, havia pouca gente por perto e os galileus levantaram suas barracas sem problemas, deram água aos animais de carga e também pegaram para si próprios. Depois de terem se estabelecido, foram colocadas sentinelas nos limites do acampamento.

A fogueira crepitava, do jeito que Maria gostava. Significava que o fogo tinha uma personalidade e queria falar com eles. Pelo menos, ela sempre pensara assim. A barraca, feita de pele de cabra, era grande o bastante para toda a família, também do jeito que gostava. Era bom ficar sentada junto ao fogo, sabendo que estavam todos ali.

Olhando para cada um — seu irmão Eli, tão bonito, e seu outro irmão Silvanus, não tão bonito, mas fascinante —, de repente sentiu o receio de que no próximo ano um deles já tivesse *casado*, e talvez até já tivesse um filho, e não ficasse mais na barraca da família, mas numa barraca sua. Não gostava da ideia. Queria que tudo continuasse do jeito que era agora, com todos eles juntos, sempre e para sempre, protegendo-se uns aos outros. A pequena família, esse pequeno círculo, tão forte e reconfortante, deveria permanecer para sempre. E, no entardecer refrescante da primavera samaritana, parecia que isso podia ser verdade.

A noite já ia alta. Fazia um bom tempo que Maria dormia profundamente, com uma coberta grossa debaixo do corpo e o seu capote contra o frio por cima. A ampla barraca abrigava-os a todos e, do lado de fora, as brasas da fogueira ainda suspiravam, já fracas, como a respiração de um dragão. Então, de repente, ela acordou; acordou de uma maneira estranha, como se tivesse tido um sonho rápido. Devagar, levantou a cabeça e olhou em volta; estava tudo pouco nítido, a luz era bem fraca, mas ela ouvia a respiração próxima dos outros. Seu coração batia rápido, mas não se lembrava de ter tido um pesadelo. Por que estaria tão excitada?

Volte a dormir, disse a si própria. Volte a dormir. Veja, lá fora está tudo escuro. Ainda dá para ver todas as estrelas.

Mas ela estava bem acordada e excitada. Mexeu-se, tentando encontrar uma posição confortável, virou-se na coberta e arrumou o rolo estofado que lhe servia de travesseiro. Quando tentava rearrumar a coberta, suas mãos sentiram que alguma coisa obstruía o seu trabalho, bem ao lado do travesseiro. Era meio pontudo. Curiosa, ela apalpou-o e não parecia ter uma pedra dentro: parecia ser uma coisa mais fina e menor, mas não uma ponta de lança ou uma foice. Não era de metal. Fuçou um pouco com os dedos e agora sentia as arestas. Mais ansiosa, pegou o lado duro da tira de couro de sua sandália e usou-a como se fosse uma espátula, para escavar o objeto. Quando acabou conseguindo, viu que havia alguma coisa gravada. Era de uma cor pálida e muito leve para ser uma pedra. Segurou o objeto, virando-o para um lado e para o outro, mas não descobriu do que se tratava. Teria de esperar até o dia raiar.

E então, de repente, quase por milagre, adormeceu.

A luz do dia inundou o lado oriental do céu e Maria acordou, piscando os olhos. Sua família já estava de pé e se movimentava, dobrando as cobertas e começando a desarmar a barraca. Sentia-se meio cambaleante, como se não tivesse dormido. E quando empurrou o capote que a cobria, sentiu o objeto que segurava em sua mão. Confusa, num primeiro momento, segurou-o e examinou-o.

Ainda tinha uma ligeira camada de terra, como um véu escondendo a nudez de uma bela mulher; mas, brilhando através da cor fosca, havia um rosto, um rosto de rara beleza.

Um ídolo!

Exatamente como dissera seu pai: ela sabia que era, embora nunca tivesse visto um.

— E você deve afastar-se dele! — dissera ele.

Em vez disso, ela não conseguia tirar os olhos dele. Sentia-se atraída, obrigada a ficar olhando. Os olhos sonhadores, semiabertos; os lábios, sensuais, com um sorriso que era uma curva; o cabelo, espesso, puxado para trás, revelando um pescoço fino como um cetro de marfim...

Marfim. Sim, era disso que esse... ídolo... era feito. Era amarelado, e tinha, inclusive, algumas manchas marrons, mas era de marfim, de uma cor creme, quase translúcida. Por isso é que era leve e delicado e não era pontudo, nas extremidades.

— Quem é você? — perguntou Maria, olhando em seus olhos. — Há quanto tempo você estava enterrado ali?

Seu pai veio em busca dos alforjes, que estavam a seu lado e, rapidamente, ela escondeu o objeto embaixo da coberta.

— Está na hora de partir — disse, bruscamente, abaixando-se. Maria reabriu os olhos, fingindo que acabara de acordar.

Caminhando lentamente ao lado do jumento — agora era sua mãe que o montava — Maria sentia, com as pontas dos dedos, sua nova posse, que tinha enfiado dentro da longa tira de pano que lhe servia de cinto. Sabia que deveria ter mostrado a seu pai ainda na barraca, mas não queria fazê-lo. Queria guardar o objeto e sabia que ele a mandaria jogar fora, e provavelmente com uma maldição.

Queria protegê-lo.

Por volta de meio-dia, quando o sol estava mais quente, tiveram de tomar um desvio para não passar por um poço guardado por samaritanos. Novamente, repetiram-se as ameaças e as zombarias, que os peregrinos tentaram ignorar. Fora bom que tivessem podido usar os poços no lugar onde haviam acampado. Ficariam somente mais uma noite em Samaria; teriam de encontrar somente mais alguns poços para acampar.

— E pensar que foram os nossos antepassados que cavaram estes poços, e agora nem temos o direito de beber deles! — queixou-se Eli. — Por toda essa terra afora existem poços que, na verdade, deveriam pertencer-nos!

— Paz, Eli — disse Natã. — Talvez algum dia tudo isso volte a ser de seus donos legítimos. Ou talvez os samaritanos voltem para a verdadeira religião.

Eli olhava em volta, com repugnância. — Não sei de escritura alguma que profetize isso.

— Tenho certeza de que haverá, em algum lugar — disse Silvanus, que nessa manhã ficara próximo à família. — Tudo parece estar lá. As escrituras são pródigas em promessas, do Messias até a questão dos poços de água. O problema é saber interpretá-las. Parece que Javé não quis que suas mensagens fossem facilmente inteligíveis por seus seguidores.

Eli, sisudo, preparava-se para revidar quando, de repente, ocorreu alguma comoção lá na frente e a caravana parou. Natã deixou o grupo e correu para lá. Mas a notícia espalhou-se pelo grupo muito antes que Natã chegasse à frente da caravana.

Ídolos! Um esconderijo de ídolos!

Rapidamente, a caravana se transformara numa massa única e todos corriam lá para a frente, para ver os ídolos. O clima era de excitação — quem, entre eles, teria realmente *visto* um ídolo dos antigos? Havia os modernos ídolos romanos, naturalmente, embora mesmo esses estivessem confinados a cidades como Séforis, na Galileia, que poucas das pessoas da caravana teriam ousado visitar.

Mas ídolos antigos! Aqueles ídolos legendários, que os profetas amaldiçoavam, e que tinham levado à ruína e ao exílio dois reinos: o do norte de Israel e o de Judá. Até seus nomes eram pronunciados com uma espécie de medo: Baal. Astarote. Moloque. Dagon. Melcarte. Baal-Zebube.

Um rabino de Betsaida estava de pé, próximo a umas camadas rochosas, à beira da estrada, que tinham uma pequena entrada, como uma gruta. Dali, dois de seus assistentes escavavam e retiravam objetos embrulhados. Uma fileira deles já se estendia pelo chão, como guerreiros mortos.

— A marca era perfeitamente visível! — gritava o rabino, apontando a rocha que cobria a entrada da gruta.

Por que ele achava que tinha o direito de a abrir?, perguntava-se Maria.

— Eu sabia que era coisa do mal! — gritou o rabino, como se respondesse à pergunta silenciosa de Maria. — Devem ter sido escondidos aí há muito tempo, na esperança de que seus donos voltassem para recuperá-los, restaurá-los e recolocá-los em locais altos, ou onde quer que seja, para serem adorados. Mas talvez tenham morrido na Assíria, o que foi justo. Desembrulhem-nos! — gritou para seus assistentes. — Desembrulhem para que os possamos quebrar e destruir! Que horror! Ídolos! Toda desgraça deve ser destruída!

As faixas de pano, amareladas, tinham-se deteriorado de tal forma que era difícil desenrolá-las e o rabino ordenou que as cortassem com facas. Surgiram figuras de cerâmica, rústicas, com olhos protuberantes e braços e pernas como se fossem pedaços de pau.

Maria apertou com firmeza o tesouro que escondera em seu cinto. O seu era lindo, e não feio como aqueles.

Quando o rabino começou a quebrar as figuras com um porrete, Maria chegou a pensar se também deveria jogar o seu para junto dos outros. Mas a ideia daquele belo rosto sendo destruído era dolorosa. E ficou olhando os ídolos abandonados voarem numa chuva de pedaços. Um pedaço de um bracinho pousou em sua manga e ela o pegou e examinou. Parecia um ossinho de galinha. Até parecia ter garras.

Sem pensar, enfiou-o também em seu cinto.

— Quem você acha que eram? — perguntou Silvanus, de repente. — Talvez fossem deuses dos cananeus. Podiam ser qualquer coisa. — Uma chuva de pedaços dos ídolos caiu sobre eles. — Bem, o que quer que fossem deixaram de ser. Sumiram para sempre.

Mas um deus podia sumir para sempre? Um deus podia ser destruído?, perguntava-se Maria. — Ai daquele que diz à madeira: Acorda! E à pedra:

Desperta! — gritava o rabino, acertando os ídolos, uma última vez, com seu porrete. — Como pode uma coisa destas dar oráculos? Estão vendo? É recoberto de ouro e prata, mas não existe vida dentro dele. — Fez uma pausa, balançando a cabeça em sinal de satisfação. Então, apontou na direção de Jerusalém e, com uma voz de júbilo, citou os versos do profeta Habacuque: "O Senhor, porém, está em seu santo templo; cale-se diante dele toda a terra!" Ergueu seu cajado. — Amanhã, meus amigos! Amanhã veremos o Templo sagrado! Abençoado seja o único e eterno Senhor!

E cuspiu no que restara dos ídolos.

2

Um novo entardecer, o último acampamento antes de Jerusalém. Enquanto montavam suas barracas, Maria percebia a excitação dos adultos, que agora se aproximavam da cidade.

Dessa vez, o chão sob as cobertas em que Maria se deitou era firme e liso, mostrando que nada havia por baixo. Maria sentiu-se um pouco decepcionada, como se esperasse encontrar algo de exótico e proibido a cada parada que faziam nesta terra estranha. Cuidadosamente, desatou seu cinto, onde estava a figura gravada, e guardou-a, enrolada, próximo à cabeça. Não iria arriscar levá-la lá para fora, onde havia tanta gente. E o pobre bracinho do deus mutilado também ficou guardado. Mas ela estava consciente deles o tempo todo, como se a chamassem, a atraíssem.

Lutando contra o sono, perguntava-se o que encontrariam no Templo. Em torno da fogueira, quando comiam, Eli disse: — Imagino que a caravana inteira será revistada, só por sermos galileus.

— Sim, e provavelmente também haverá mais guardas no Templo — acrescentou Natã. — Muitos guardas.

Dizia-se que havia ocorrido algum tipo de problema, causado por um rebelde da Galileia.

— Judas, o galileu, e sua turma de bandidos! — disse Silvanus. — Onde é que pensava que poderia chegar com essa revolta? Estamos sob controle dos romanos, e se eles decidem cobrar impostos, nada podemos fazer. Com essa resistência patética, só faz as coisas piorarem para nós, que sobramos.

— Mas... — Eli demorou um pouco, mastigando, enquanto terminava seu pensamento. — Às vezes os homens podem ser tomados por um sentimento de desespero e abandono e sentirem a necessidade de agir, mesmo que sua ação seja fútil.

— Mas você pode ter certeza de que a festa em Jerusalém será tranquila — disse Silvanus. — Os romanos cuidarão disso. — Fez uma pausa. — E você fica contente em saber que temos o nosso reizinho, Herodes Antipas, lá na Galileia, cuidando de todos nós, não fica?

Eli resmungou.

— Bom, pelo menos ele *é* judeu — disse Silvanus, mas num tom que Maria percebia que ele queria dizer o contrário.

— Uma imitação bastante pobre, como foi seu pai! — disse Eli, respondendo à provocação. — Filho de uma samaritana e de um pai indomeu! Descendente de Esaú! E pensar que temos de fingir que...

— Silêncio! — advertiu Natã. — Não se fala dessas coisas em voz alta fora de casa. Depois, riu, tentando brincar. — E como pode você dizer que o pai dele não foi um bom judeu? Não construiu aquele belo templo?

— Não era necessário — respondeu Eli. — Bastava o templo original.

— Para Deus, talvez, concordou Natã. — Mas as pessoas querem lugares em que seus deuses estejam como estão seus reis. Deus, em geral, quer mais — ou menos — do que lhe oferecemos.

Seguiu-se um silêncio profundo, pois o súbito comentário atingiu ambos os irmãos por sua verdade.

Rompendo o silêncio, Eli disse: — Maria, conte-nos como é a Festa das Semanas. Afinal, é isso que iremos comemorar.

Ser o centro das atenções pôs Maria na defensiva. Qualquer outro poderia responder melhor à questão do que ela. — É... é uma das três grandes datas que o nosso povo comemora — disse.

— Mas *é* o quê? — insistiu Eli, como se fosse um examinador.

E, concretamente, vinha a ser o quê? Havia uma história do cereal estar maduro e de tantos dias depois da Páscoa... — É 50 dias depois da Páscoa — disse Maria, tentando lembrar. — Também tem alguma relação com o cereal estar maduro.

— Que tipo de cereal?

— Pare com isso, Eli! — disse Silvanus. — Nem você sabia disso quando tinha 7 anos.

— É cevada... ou é trigo, acho eu — tentou Maria.

— Trigo! É a primeira colheita de trigo, que oferecemos a Deus — disse Eli. — A história é essa. As oferendas são depositadas no Templo.

— E o que é que ele faz com elas? — perguntou Maria, imaginando que Deus desencadearia um fogo imenso que queimaria todas as oferendas.

— Depois do ritual, são devolvidas aos fiéis.

Mas que decepção... Então, faziam uma viagem longa como essa só para dar o cereal de presente e depois pegá-lo de volta, sem que tivesse sido tocado? — Compreendo — disse, por fim. — Mas nós não plantamos trigo — enfatizou. — Será que não deveríamos ter trazido peixe? Aquele peixe que curtimos?

— É só simbólico — encurtou Eli.

— Talvez fosse melhor se falássemos sobre o Templo — disse Silvanus. — É mais simples.

E então, enquanto o sol se punha por detrás de seus ombros, discutiram o Templo. De sua importância para o povo judeu. De ser este o terceiro Templo construído, já que os dois anteriores haviam sido destruídos. Na realidade, era tão importante que fora a primeira coisa que os exilados haviam reconstruído, ao voltarem da Babilônia, 500 anos antes.

— Nós somos o Templo e o Templo é o nosso povo — disse Natã. — Não podemos existir, como um povo, sem o Templo.

Que ideia assustadora: os judeus só podem existir se o prédio estiver construído. Maria sentiu um arrepio. E se fosse destruído? Mas isso não iria acontecer. Deus não o permitiria.

— Hirão, um ancestral nosso, trabalhou na construção do Templo de Salomão — disse Natã. Procurou por alguma coisa em seu pescoço, e puxou por um fio com uma pequena romã, de latão. — Isto é o que ele fez — disse, passando a Silvanus, que o examinou, pensativo, antes de passá-lo a Eli.

— Fez muitas coisas mais, grandes — pilares de bronze e capitéis, fundidos em enormes moldes de cerâmica —, mas isto foi o que fez para sua mulher. Mil anos atrás. E nós o guardamos e passamos, entre nós, desde então. Até o levamos para a Babilônia, mas o trouxemos de volta.

Quando chegou a Maria, ela o segurou com reverência. Só por sua idade, parecia imensamente sagrado.

O tataravô de meu tataravô fez isto, com suas *próprias mãos*, pensou. Suas mãos, que agora são pó, fizeram isto.

Segurou-o, fazendo-o rodar, devagar, em torno da correia. A luz do entardecer brincava em sua superfície, na parte arredondada do fruto e nas quatro saliências, em forquilha, nos vértices, representando a origem. Ele captara a forma da romã, fundindo-a, de forma perfeita, simétrica e ideal.

Sem ousar ao menos respirar em sua presença, ela devolveu-o a seu pai. Ele colocou-o no pescoço e puxou-o para baixo, para o peito.

— Portanto, como vocês podem ver, a nossa romaria não é uma coisa à toa — disse, finalmente, acariciando, sob sua roupa, o lugar onde ficava o talismã. — Nós a fazemos em nome de Hirão e dos últimos mil anos.

Cedo, ao amanhecer, as barracas já estavam sendo desarmadas, os animais carregados e as mães chamavam os filhos. Quando Maria acordou, teve a estranha impressão de já ter estado no Templo e de lembrar-se das fileiras de estátuas de deusas... num bosque de árvores bem altas, cujos picos, verde-escuros, balançavam ao vento. O Templo a chamava, mas também a chamava o sopro de vento do bosque de ciprestes.

Levantaram-se e, em pouco tempo, já estavam a caminho. A caravana inteira parecia mover-se com mais energia, como se tivessem acabado de começar a viagem e não estivessem caminhando há três dias. A magia de Jerusalém os atraía.

No final da tarde, já haviam chegado ao topo de uma das colinas que cercam a cidade. A caravana inteira parou para olhar. Lá embaixo, em meio às rochas amareladas e douradas, espalhava-se Jerusalém. Dentro de seus muros, a cidade subia e descia, de acordo com os níveis do terreno. Aqui e ali, uns pontos brancos, que eram palácios de mármore entre os prédios de calcário; e, erguido sobre um planalto esplêndido dourado e branco, estavam os locais do Templo.

Ficaram todos mudos, em silêncio. Maria olhava, boquiaberta, muito jovem para sentir a agitação que a fé religiosa provocava nos mais velhos, que só viam a pureza branca do Templo, a luz dourada que parecia diferente de qualquer outra que ela vira, descendo do céu, com suas mãos compridas, para tocar a cidade.

Outros grupos se juntaram, nas colinas. Várias carruagens, ornamentadas, que traziam frutos das primeiras colheitas de cidades cujos moradores não poderiam vir nesse ano, também se aproximaram do aglomerado. As carruagens tinham sido carregadas de acordo com a tradição: cevada, no fundo, depois o trigo e as tâmaras, depois romãs, depois figos e azeitonas e, por cima de tudo, uvas. Logo estariam passando, retumbantes, pelas ruas de Jerusalém, e seriam apresentados aos religiosos.

— Vamos cantar! Vamos cantar! — gritou alguém. "Vamos cantar e rejubilar-nos de que nos seja permitido vir a Deus e ao seu Templo!

E, na mesma hora, cerca de mil vozes começaram a cantar os Salmos, que conheciam tão bem, celebrando a ascensão a Jerusalém.

> "Pararam os nossos pés junto às suas portas, ó Jerusalém!
> Para onde sobem as tribos, as tribos do Senhor,
> Como convém a Israel.
> Orai pela paz de Jerusalém!
> Sejam prósperos os que te amam.
> Reine paz dentro de teus muros
> e prosperidade nos teus palácios."

Agitando ramos de palmeira, desceram ansiosamente a última colina, para convergir em Jerusalém. Os muros, e a porta por onde entrariam, já se viam, à frente.

O tumulto aumentava à medida que os grupos se aproximavam da cidade, e suas fileiras inchavam quando se juntavam. Era uma massa feliz e alegre de gente, impelida por uma combinação de temor e fé religiosos. Mais à frente, outras carruagens desciam as ladeiras, aos solavancos, e as canções de outros peregrinos enchiam o ar, com a batida de pratos e o repicar dos tamborins. A grande porta do lado norte estava aberta; uma porção de mendigos e leprosos lamentava-se, pedindo esmolas, e quase foram esmagados pela multidão que chegava.

Maria viu alguns soldados romanos, a cavalo, olhando e atentos para o caso de qualquer problema. Seus capacetes, com um penacho, pareciam ameaçadores contra o céu azul.

Os viajantes diminuíram o ritmo, quase para um passo de tartaruga, ao chegarem à porta; a mãe de Maria segurou-a junto de si, pela pressão exercida pela multidão à sua volta; de repente, todos se sentiram apertados e conseguiram atravessar a porta e entrar na cidade de Jerusalém. Mas não havia tempo para parar e admirar as coisas; a massa que vinha atrás empurrava todo mundo para a frente.

— Aah! — exclamavam as pessoas à sua volta, em sinal de admiração.

À noite, acamparam fora dos muros da cidade, assim como outros milhares de peregrinos, estendendo-se em sua volta como se fosse uma segunda muralha. Sempre ocorria isso por ocasião das grandes festas; às vezes, meio milhão de peregrinos convergia para a cidade, que, naturalmente, não os podia alojar. E assim, uma segunda Jerusalém espalhava-se em torno da cidade.

Risadas, canções e vozes animadas chegavam de outras barracas e fogueiras, as pessoas visitavam umas às outras, buscando parentes e amigos de outros vilarejos. E os judeus estrangeiros, que haviam viajado grandes distâncias para orar no Templo, sobressaíam por suas barracas estranhas: tinham cúpulas, pavilhões de seda e as entradas eram ornamentadas. Embora alguns deles vivessem longe de suas terras ancestrais por mais de dez gerações, ainda consideravam o Templo seu lar espiritual.

Maria fechou os olhos, tentando dormir. Mas era difícil, com a algazarra da festa em sua volta.

Em vez de Jerusalém, tornou a sonhar com o misterioso bosque de árvores com estátuas. O branco das estátuas em sua base de mármore, visível no luar do sonho, parecia flutuar com espuma nas ondas do oceano. O sussurro das árvores, a glória do mármore iluminado pela luz do luar e as promessas de segredos perdidos rodopiavam, como um turbilhão, em seus sonhos.

Levantaram-se quando ainda estava escuro e começaram a preparar-se para entrar de novo na cidade, desta vez para cumprir os rituais da festa. Maria estava tão curiosa para ver o Templo, que tremia.

Hoje, dia da festa, a multidão era ainda maior que na véspera. Rios de pessoas obstruíam as ruas, pressionando de tal forma as paredes das casas que quase parecia que estas não resistiriam aos empurrões. Alguns dos peregrinos eram bastante curiosos: os que vinham da Frígia, suando sob seus pesados capotes de pele de cabra; outros, da Pérsia, com roupas de seda e brocados de ouro; os fenícios, com suas túnicas e calças listradas; os babilônios, com seus mantos pretos, sombrios. Embora todos se empurrassem uns aos outros, ansiosamente, na direção do Templo, pareciam menos piedosos que vorazes, como se ali houvesse algo que estavam prontos a devorar.

Ao mesmo tempo, os barulhos da cidade começavam a fundir-se numa zoada. Os berros dos vendedores de água — certos de que fariam bons negócios —, os cânticos dos peregrinos, a gritaria dos mercadores, que esperavam vender bijuterias e véus, e, acima de tudo, os balidos dos rebanhos de ovelhas sendo levadas ao Templo, para sacrifício, tudo isso ressoava como um estrondo doloroso. De algum lugar, bem ao longe, ouviram-se explodir as trombetas de prata do Templo, anunciando a celebração.

— Fique perto de nós! — advertira o pai de Maria. Sua mãe pegara em sua mão e a puxara para perto de si. Quase entrançadas, arrastaram-se pelas ruas, passando pela enorme fortaleza romana que chamavam Antonia, que vigiava

— e fazia o papel de cão de guarda — o Templo e suas instalações. Fileiras de soldados romanos, de pé nos degraus, em uniforme de gala, de lanças em punho, observavam, impassíveis, a multidão que passava.

Para o exército romano, a festa significava um alerta máximo, a fim de dispersar quaisquer distúrbios ou tentativas isoladas de provocar uma revolta por parte de algum candidato a Messias. As principais regiões da Judeia, de Samaria e da Idumeia estavam sob direto controle romano. O que incluía Jerusalém, o maior dos prêmios. O procurador romano, que normalmente residia na cidade de Cesareia, no litoral, deslocava-se, relutante, a Jerusalém durante as grandes festas dos peregrinos.

Assim, o Templo era guardado por uma fortaleza de soldados romanos, pagãos que menosprezavam um lugar sagrado.

A família de Maria foi carregada pela corrente humana de peregrinos, que agora se movia mais rapidamente, voando em direção ao próprio Templo. Erguido em direção ao céu, o mais sagrado dos locais do judaísmo convocava todos os seus fiéis. Um enorme muro de mármore branco envolvia os prédios propriamente ditos e a plataforma; na luz da manhã, era um reflexo deslumbrante. O parapeito de um dos vértices era considerado o lugar mais alto de toda a Jerusalém.

— Por aqui! — gritou Eli, puxando o bridão do jumento. E foram todos arrastados pela grande escadaria que os levaria ao nível do Templo. E, em seguida, para dentro das instalações do Templo sagrado, local iluminado.

O espaço, plano, era enorme. E teria parecido ainda maior se não estivesse repleto de peregrinos. O grande Herodes havia duplicado sua área original, construindo um imenso muro de extensão, como se isso duplicasse a glória do lugar — bem como seu nome. Mas não alterou as dimensões do Templo propriamente dito, que abrigava o que Salomão denominara o Sagrado dos Sagrados, que parecia pequeno, se comparado à ampla plataforma de Herodes.

Herodes não poupara em decorações — o edifício era uma joia em excessos arquitetônicos. Enormes cavilhas douradas projetavam-se do teto, refletindo a luz do sol. O edifício, suntuoso, fora erguido acima do nível do terreno, e os fiéis deviam subir uma escadaria para alcançá-lo. No pátio externo, a Corte dos Gentios, não era permitida a entrada a ninguém. Seguia-se uma área exclusiva para judeus. A divisória seguinte não permitia a entrada de mulheres, de maneira que somente israelitas do sexo masculino podiam entrar. E, por fim, somente os sacerdotes tinham permissão de acesso ao altar e aos locais de sacrifício. Quanto ao santuário, era proibido a todos os sacerdotes, exceto os escolhidos para celebrar os cultos da semana; o Santo dos Santos só podia ser visitado uma vez por ano, pelo Sumo Sacerdote. Caso fosse necessária alguma reforma, os trabalhadores desciam, suspensos numa gaiola que os impedia de ver qualquer coisa dentro do Santo dos Santos. O Santo dos Santos: vazio e solidão em que residia o espírito de Deus, uma câmara fechada no coração do Templo, onde não entrava luz, sem janelas, e protegido por uma cortina espessa.

Mas tudo o que Maria conseguia ver era a imensidão do lugar e o mar de gente fervilhando à sua volta. Estava de pé, no pátio externo, a Corte dos Gentios, pois ali era permitida a presença de descrentes. Rebanhos de animais a serem sacrificados — gado, cabras, ovelhas — baliam e berravam num dos cantos, enquanto os trinados que se ouviam das gaiolas de passarinhos que iam para o sacrifício davam um toque de doçura que se sobrepunha à balbúrdia geral. Mercadores gritavam, de pórticos cobertos, situados em cada extremidade da plataforma, gesticulando e tentando atrair fregueses.

— Trocamos dinheiro! Trocamos dinheiro! — gritava um deles. — Moedas não autorizadas não podem entrar no Templo! Câmbio aqui! Câmbio aqui!

— Amaldiçoado seja aquele que trouxer dinheiro proibido! Minha cotação é a melhor! — berrava outro.

— Calem a boca! — resmungou Eli, pondo as mãos nos ouvidos. — Será que não podem calar a boca? Estão profanando o lugar!

Ao se aproximarem do portão, Maria viu cartazes, em grego e latim, colocados a intervalos regulares ao longo da entrada. Ah, se soubesse ler! Deu um puxão no casaco de Silvanus, perguntando-lhe o que diziam os cartazes.

— Todo aquele que for preso será morto, e somente ele será responsável por sua morte — disse Silvanus. — É rigorosamente proibido que não-judeus passem por este portão.

E será que alguém foi morto por tentar fazê-lo? A pena de morte parecia-lhe excessiva para a curiosidade.

— Gostaríamos de pensar que Deus seja mais... esclarecido que alguns de seus fiéis — disse Silvanus, como se lesse seus pensamentos. — Imagino que, para Deus, qualquer pagão curioso seria bem-vindo, pois descobriria outra forma de religião, mas seus sacerdotes não pensam dessa forma. — Silvanus pegou sua mão, para mantê-la junto a si em meio à massa da multidão. — Vamos lá.

Passaram, sem ser incomodados, por uma enorme porta de bronze que dava para um pátio murado que, como o exterior, tinha vários pórticos e outras estruturas construídas nos cantos. Mas Maria não reparava nisso — só olhava para o Templo, no alto de uma série de degraus para além do pátio.

Grande e imponente, era o maior edifício que ela já vira ou imaginara. O mármore branco, refletindo a luz do sol da manhã, brilhava como neve, e seus batentes, com frisos de ouro acima de suas imensas portas, pareciam os portões de entrada para outro mundo. Projetava força e proclamava que o Senhor Todo-Poderoso, Rei dos Reis, era muito mais formidável que qualquer soberano terreno, que qualquer rei da Babilônia, da Pérsia ou da Assíria. E era, na realidade, o que parecia: um imenso palácio de um potentado oriental.

Contemplando-o, vinham à sua cabeça as histórias e canções de como Deus esmagava seus inimigos. Ali, na sua frente, fiéis, apavorados, doavam os despojos do que haviam obtido a esse rei terrível — era assim que entendia o sacrifício de animais, as oferendas e as nuvens de incenso. Significavam medo.

Quem entrasse na sala errada podia ser morto. Quem usasse moedas proibidas podia ser punido. E para quem ousasse aventurar-se a entrar no santuário propriamente dito, a punição era superior à da morte.

Ela queria encontrar no seu Deus amor, orgulho e adoração, mas, em vez disso, o que havia era medo.

Um grupo grande de sacerdotes levíticos, vestindo paramentos imaculados, encontrava-se nos degraus que separavam o Pátio das Mulheres do Pátio dos Israelitas e do Pátio dos Sacerdotes. Cantavam belíssimos hinos, acompanhados por flautas, e, além de suas belas vozes, profundas, ouviam-se as vozes doces das crianças, a quem também era permitido cantar.

Outros sacerdotes recebiam as oferendas e conduziam aos altares, por rampas, os animais a serem sacrificados. Cestas com cereais, dispostas em prateleiras, eram "apresentadas" ao Senhor numa cerimônia especial. Por trás das cabeças dos sacerdotes, Maria via, subindo do altar, a fumaça das oferendas sendo queimadas. O cheiro forte do incenso misturava-se — mas não eliminava — ao cheiro da carne e da gordura queimadas.

Quando foi a vez das oferendas do seu grupo de galileus (seis cordeiros machos, dois bodes, um touro, uma cesta de frutas e dois pães feitos com o trigo da nova safra), Maria pensou em mandar, sub-repticiamente, o ídolo de rosto de marfim. Livrar-se dele — agora. Seria sacrilégio tê-lo trazido aqui? Parecia que a queimava, sob as camadas de pano em que o tinha escondido. Mas isso, naturalmente, era sua imaginação.

Se o entregar, nunca mais o terei de volta, pensou. Irá embora para sempre. E talvez fosse um insulto a Deus se o misturasse às outras oferendas. Vou colocá-lo no bolso e, quando chegar em casa, tornarei a olhar para ele, para me lembrar. Depois vou jogá-lo fora antes que meu pai o veja e me castigue.

À saída, pelo portão principal, Maria e sua família tornaram a passar pela Corte dos Gentios. Era tudo tão grande, tão fora do comum, que dava vertigens. Lembrou-se das histórias que seu pai contava durante a celebração do Sabá.

— Se eu entrasse no Templo, será que veria a Arca da Aliança e as tábuas dos Dez Mandamentos? — perguntou Maria a Silvanus. — E aquela jarra em que é preservado o maná? — Arrepiava-se ao pensar nessas coisas tão antigas.

— Você não iria ver nada! — disse Silvanus, asperamente. Raramente Maria havia ouvido Silvanus falar nesse tom de voz. — Não há nada. Foi-se tudo quando o Templo de Salomão foi destruído pelos babilônios. Há, é claro, a lenda de que a Arca foi enterrada em algum lugar. Naturalmente. Sempre queremos acreditar que não perdemos alguma coisa, é sempre assim. — Tinha o rosto triste, em meio a todos os felizes peregrinos. — Mas perdemos.

— Então, o que há lá dentro?

— Nada. Está vazio.

Vazio? Toda essa imensidão, essa imponência, todas essas regras — para adorar nada? — Isso não é possível! — exclamou Maria. — Não faz sentido.

— Foi isso o que pensou o general romano Pompeu quando conquistou Jerusalém há 50 anos. Então, ele foi lá dentro, para ver. E quando não viu nada, ficou perplexo com os judeus. O nosso Deus é misterioso. Nem nós o entendemos direito, mas, por adorá-lo, tornamo-nos um povo que nenhum outro compreende. — Fez uma pausa.

Mas Maria não desistia. — Mas por que temos, então, um templo, se as coisas preciosas que estavam lá, que serviam para adorar a Deus, não estão mais? Foi Deus que pediu que fosse construído?

— Não. Mas imaginávamos que o tivesse feito, pois todos os outros povos têm templos, e nós queríamos ser como eles.

— Isso é verdade? — Parecia extremamente importante para Maria saber disso.

O barulho das pessoas em volta tornou difícil ouvir as palavras de seu irmão. — Deus não deu instrução alguma a Salomão ou a Davi para que fosse construído um templo. E o próprio Salomão o reconheceu, quando disse: "Mas, de fato, habitaria Deus com os homens na terra? Eis que os céus e até o céu dos céus não te podem conter, quanto menos esta casa que eu edifiquei".

E agora, isso satisfaz você? — Olhou-a com carinho. — Se você não fosse uma menina, eu diria que ainda seria uma pesquisadora, uma escriba. Eles estudam isso o dia inteiro.

Era verdade que ela queria saber tudo sobre Deus e suas exigências, mas não pretendia passar o tempo todo mergulhada em documentos, como os escribas e pesquisadores que conheciam em Magdala, que, apesar de perigosamente influentes junto à comunidade, também eram cômicos. Nem o próprio Eli queria juntar-se a eles.

— Não é bem isso... — começou a explicar. Mas o que havia para adorar num templo vazio?, era o que realmente queria perguntar a Silvanus. Mas talvez ele não compreendesse.

3

A viagem de volta parecia mais rápida. Assim que se reuniu, no alto da colina acima de Jerusalém, e depois de seus líderes terem contado as famílias, para se certificarem de que se encontravam todos ali, a enorme caravana partiu. Com um sinal, as carruagens começaram a mover-se na direção norte, rumo à Galileia. Alguns iriam, depois, para Jope e outros, na direção leste, para Jericó, mas a família de Maria iria diretamente para o mar da Galileia.

As coisas agora pareciam mais confusas. A família de Maria e as cinco outras famílias religiosas de Magdala passaram a ficar mais próximas umas das outras, mas Maria sempre procurava um jeito de escapar. Sentia curiosidade de ver seus vizinhos do lago, e esta era sua oportunidade. Já sabia os nomes das cidades: Cafarnaum e Betsaida; outras, como Nazaré, ficavam bem mais longe. Queria conhecer as pessoas que moravam nesses lugares. Em seu grupo de Magdala, não havia outras crianças, além de suas primas distantes, Sara e Raquel, que também estavam ansiosas por novidades.

— Vamos dar uma escapada! — sussurrou para elas. — Vamos juntar-nos a um dos outros grupos!

— Vamos!

Por um momento, surpreendeu-a que Sara, dois anos mais velha que ela, e Raquel, ainda mais velha, acatassem sua ideia, mas ficou contente que assim fosse. Foram com ela, e isso é que importava.

Abaixaram-se, junto às rodas das carruagens, que rangiam, e à respiração ofegante dos jumentos. Pouco depois, encontraram o grupo de Cafarnaum. Era o maior de todos, composto de pessoas já idosas e adultos, que caminhavam com dificuldade, suspirando. Havia poucas crianças no grupo e Maria e suas primas não ficaram por ali. Cafarnaum era a maior cidade do mar da Galileia, situada no extremo norte do lago, mas se fosse como eram seus peregrinos, deveria ser um lugar sério e aborrecido.

O grupo de Betsaida parecia ser composto, em sua maioria, por pessoas devotas — afinal, fora desse grupo que surgira o rabino que destruíra os ídolos — e também não suscitou grande interesse para as crianças.

Pulando entre os grupos, o pequeno bando de exploradoras aproximou-se de um grupo totalmente desconhecido — o que não deixava de ser emocionante —, quando Maria percebeu que uma menina, mais ou menos de sua idade, as vinha seguindo. Virou-se e, na sua frente, estava uma garota com uma massa de cabelos ruivos, amarrados sem muito sucesso por laços.

— Quem é você? — perguntou. Deveriam ter sido Raquel ou Sara, que eram mais velhas, a fazer a pergunta, mas, como ficaram caladas, ela mesma o fez.

— Quezia — respondeu, em voz forte. — Significa *cássia*, a flor do cinamomo.

Maria olhou para ela. Era um tipo exótico, com seu cabelo vermelho-escuro encaracolado e os olhos castanho-dourados. *Cássia* era um bom nome para ela.

— De onde você é?

— De Magdala — respondeu.

Magdala! — E seu pai?

— Benjamim — disse.

Mas sua família nunca mencionara Benjamim. E não estavam viajando com as outras seis famílias. Isso significava que não deveriam ser pessoas devotas, e, portanto, seriam inadequadas para sua companhia. Havia tanta coisa em Magdala que ela não conhecia — e agora sentia vontade de conhecer. — E onde é que você mora?

— Moramos na parte norte da cidade, na subida que leva à estrada...

Na parte nova da cidade. Na zona onde se reuniam os novos-ricos, amigos dos romanos. Mas... se tinham feito a viagem como peregrinos, não poderiam ser totalmente amigos dos romanos.

— Quezia — disse, com a solenidade que uma criança de 7 anos podia ter — seja bem-vinda.

— Obrigada! — E a menina balançou sua bela cabeleira, fazendo Maria sentir um tiquinho de inveja. Se eu tivesse um cabelo desses, minha mãe ia se orgulhar de mim. Mas do jeito que ele é, ela só acha que é banal. O próprio cabelo dela é mais espesso e brilhante que o meu. Mas se eu tivesse o cabelo de Quezia...

— O que é que você está olhando? — perguntou Quezia. Então, riu-se e deu-lhe a mão. — Vamos lá, vamos continuar a exploração.

Encontraram-se com outro grupo que parecia comedido. Quando ouviram que vinha de Nazaré, riram.

— Não temos de nos preocupar — disse Sara. — Ninguém presta atenção aos nazarenos. Eles não contam.

— Por quê? Não contam, em que sentido? — perguntou Maria. Segurava sua nova amiga, Quezia, bem próximo a si, como se tivesse encontrado um tesouro perto da estrada e não o largasse.

— É um vilarejo de gente pobre — disse Sara. — Até surpreende como conseguiram juntar um grupo para viajar a Jerusalém.

— Mas têm uma porção de camelos — disse Maria. E ela achava que pessoas que têm camelos *deveriam ser* mais interessantes que as que têm jumentos, pois os camelos têm mais personalidade que os jumentos.

— É verdade — disse Quezia. — Vamos lá, vamos tentar nos juntar ao grupo e aí poderemos saber como é que são.

Com cuidado, foram se aproximando, pouco a pouco, até se juntarem a uma família que caminhava bem devagar. Tentaram começar uma conversa, perguntando sobre Nazaré. Mas as pessoas respondiam com frases curtas, secas.

— Não temos muitos forasteiros em Nazaré — disseram. Nazaré era uma cidade tranquila. Boa para criar uma família, foi o que disseram.

— Como não há muito o que fazer, talvez por isso as crianças não se metem em encrencas — disse uma senhora mais velha. — Como aquela família ali. — Apontou um grupo de pessoas que caminhavam juntas, com duas crianças pequenas sentadas no jumento. — Aquele pessoal. José e sua família.

Maria olhou para ver de quem a mulher falava. Um homem ainda jovem, simpático, caminhava na frente, seguido — presumia-se — por sua mulher e várias outras pessoas, com o jumento com as crianças no fim da fila.

— É carpinteiro — disse um jovem. — Não faz a viagem todos os anos, mas com bastante frequência. Tinha um irmão em Cafarnaum cujos filhos ficaram rebeldes e se juntaram àquelas insurreições. Suponho que José queira evitar esse tipo de problemas.

Logo atrás de José e de sua mulher, caminhava um jovem, alto, resoluto — quase um homem, mas ainda bem jovem —, de cabelo espesso e escuro que parecia ruivo à luz do sol de meio-dia. A seu lado, caminhava outro rapaz e em seguida um bando de outros.

Nesse momento, o jovem voltou-se para olhar Maria e suas amigas. Tinha olhos escuros e profundos.

— Quem é ele? — perguntou Quezia.

— Aquele é o filho mais velho, Jesus — respondeu o rapaz que mostrara a família. — É o preferido de José.

— Por quê? É bom carpinteiro?

O rapaz deu de ombros. — Não sei. Deve ser, senão José não teria orgulho dele. Mas todos os adultos gostam dele.

— E as pessoas da idade dele?

— Bom, nós gostamos dele, mas ele é muito... *sério*. Mas ele gosta de brincar e é um bom amigo. Mas... — riu-se — gosta muito de ler e tenta guardar segredo disso. Talvez por gostar tanto de ler e estudar, quando todos nós achamos tão maçante. Dizem que ele até sabe ler grego. Aprendeu sozinho.

— Isso é impossível — disse uma moça alta. — Ninguém aprende grego sozinho.

— Bom, talvez o tenham ajudado, mas ele estudou sozinho. E em segredo.

— Tenho certeza de que isso não era segredo para os amigos mais próximos dele — disse a moça, com desdém.

— Como você?

— Eu não sou...

Maria e as amigas decidiram conhecer de perto aquela família intrigante. Não foi difícil aproximar-se e juntar-se a eles. José, o patriarca, conduzia o grupo, batendo, a cada passada, com o cajado no chão. Maria notou que o cajado tinha uma bela talha e, no castão, tinha esculpida uma tâmara: um toque de artista.

— Que lindo cajado — disse Quezia, aproximando-se.

José olhou para elas e sorriu. — Gostou? Fui eu que fiz a talha, mas foi Jesus, este moço aqui, que esculpiu a tâmara.

— É lindo — disse Quezia. Maria, subitamente, não conseguia falar.

— Gostei muito de fazer esse trabalho — disse o jovem. Tinha uma voz agradável e, de certa forma, diferente. — Preveni meu pai para que não o trouxesse nesta viagem. Se o perder, não posso prometer fazer um trabalho igual. Pelo menos, nunca seria igual. Nem sempre se podem fazer réplicas de um trabalho.

Exatamente o que eu estava pensando, sobre perder aquele cajado, pensou Maria. Que estranho! Mas o que quis ele dizer com não poder esculpir outro castão?

— As coisas nunca ficam iguais da segunda vez — explicou novamente, como se lesse seus pensamentos. — Mesmo que você o queira fazer. — Então, sorriu, um sorriso sedutor e reconfortante, mudando por completo sua fisionomia, com os olhos brilhando.

— De onde são vocês? — perguntou, quando ela não respondeu de imediato ao seu comentário sobre o cajado.

— De Magdala — disse uma das primas.

— De Magdala — repetiu Maria.

— Qual é o seu nome? — perguntou ele.

— Maria — respondeu ela, baixinho.

— O nome de minha mãe — disse Jesus. — Você deveria conhecê-la. Ela sempre gosta de conhecer outras Marias. — Acenou para trás, com a mão, para uma mulher que caminhava cercada por crianças.

Obedientes, Maria, suas primas e Quezia ficaram para trás, esperando para conhecer a outra Maria. Ela caminhava rapidamente, ocupada com os meninos à sua volta.

Falava menos que seu marido ou o filho mais velho, mas era acolhedora. Também fez perguntas, mas delicadamente, sem importunar. Queria saber de onde eram e quem eram suas famílias. Sabia quem era Natã — "E quem não ouvira falar dele e de seus bem-sucedidos negócios?" — e chegou a dizer que "invejava seus filhos, que tanto o ajudavam no trabalho". Suas feições, finas, faziam seu rosto parecer clássico, como o da efígie de uma moeda ou uma estátua. Tinha modos calmos e reconfortantes. Disse que ela, ou outra pessoa da família, viajava anualmente a Magdala para comprar peixes em conserva, que eram incomparáveis.

— Não temos pescadores na família — disse. — Por isso, temos de confiar nos outros. Fez uma pausa. — Pelo menos, até agora. Será que algum de vocês vai ser pescador? Dirigia-se aos três meninos que vinham caminhando atrás: um menino moreno, de cerca de 12 anos, seguido de outro, baixinho e atarracado, uns dois anos mais novo, e finalmente pelo caçula. — Tiago — disse ela, mostrando o moreno — e Judas. O caçula é José, mas nós o chamamos de Zé. Dois Josés na família gera confusão.

O menino sorriu e acenou para elas, enquanto Tiago meneou a cabeça, em sinal de assentimento.

— Tiago mostra pouco interesse em brincar ao ar livre — disse sua mãe, despreocupada. — Gosta mais de ficar em casa, lendo.

— É como meu irmão Eli — disse alegremente Maria. Talvez houvesse um deles em cada família.

— Ah, ele está aqui? — perguntou a Maria mais velha.

— Sim, está ali com o grupo de Magdala.

— Como você se chama?

— Maria.

— Mas é também o meu nome! — disse, contente. — Estou muito satisfeita em ter conhecido você. — E parecia dizê-lo com sinceridade.

— Muito obrigada — disse Maria. Ninguém jamais lhe dissera isso.

— Então, somos as filhas de Miriam — disse a outra Maria — embora nossos nomes sejam a forma grega da palavra. — Fez um gesto para que se aproximassem suas outras crianças. — Essa aqui é Rute — disse, apresentando uma menina mais alta e mais velha que Maria.

Rute baixou a cabeça.

— E Lia. — E, de repente, apareceu uma menina forte, mais ou menos da idade de Maria.

— Olá — disse Lia. — Você não é de Nazaré.

Seria uma pergunta? Um desafio?

— Não — disse Maria. — Eu — e minha amiga e minhas primas, aqui — somos de Magdala.

Como Lia parecia não ter compreendido, Maria continuou: — Fica no mar da Galileia. O mar de Quinerete.

— Ah, já sei — disse Lia, contente. — Parece um espelho de manhã cedo e ao pôr do sol. Você tem sorte de morar lá.

— Você deveria visitar-nos e eu lhe mostraria tudo.

— Talvez eu vá — disse, fazendo um gesto com o braço. — Acho que você já conheceu todos nós, menos o bebê — disse Lia. — Olha ele ali. — E apontou para um burrico de cor escura, com um pirralho sobre a sela, que era segurada com força por outro primo, que caminhava ao lado. — É o Simão.

Caminhavam, conversando, e nem Maria, nem Quezia, nem suas primas repararam que o sol sumia do céu. Era gostoso viajar com esta família de Nazaré. Todos eles — ou, pelo menos, Maria, Jesus e Lia — pareciam prestar atenção a tudo que ela dizia e, de certa forma, o achavam importante. Maria percebia que Tiago também escutava, mas ele falava pouco. As perguntas que lhe faziam, por alguma razão misteriosa, eram as que ela queria responder, e não aquelas perguntas maçantes que todo mundo fazia e faziam que as respostas fossem igualmente vazias.

De repente, o grupo inteiro diminuiu o ritmo da marcha.

— Está se aproximando o Sabá — disse a Maria mais velha.

O Sabá! Maria e as outras se olharam entre si. Tinham esquecido por completo! E agora, a caravana teria que parar ali, bem no meio de Samaria, em respeito ao Sabá! Seria melhor voltarem para o seu grupo.

— Fique conosco — disse a Maria mais velha.

— Sim, passe a noite do Sabá conosco. Temos bastante espaço. — Era Jesus que falava.

Maria olhou para ele, tentando ver se falava com sinceridade ou se estava apenas sendo delicado.

— Por favor. — E ele sorria um sorriso de boas-vindas.

E será que sua família não ficaria aborrecida? Ou preocupada?

— As pessoas se visitam umas às outras a toda hora — dizia Maria, a mais velha. — É uma boa forma de celebrar o Sabá. Mas Jesus poderia ir avisar sua família sobre onde você está, para que não se preocupem.

— E as nossas famílias também? — perguntaram, excitadas, as primas e Quezia.

— Claro que sim.

— Muito obrigada — disse Maria, mordendo o lábio para não demonstrar sua excitação com a perspectiva de passar o Sabá com aquelas pessoas estranhas, que eram tão misteriosas quanto reconfortantes.

Começaram a procurar um lugar adequado para acampar, mas com o pouco tempo que tinham antes que começasse o Sabá, não podiam ser muito exigentes. Rapidamente, escolheram um lugar que era plano e onde havia algumas árvores, que ofereciam proteção e onde se podiam amarrar os animais. As outras famílias de Nazaré também se acomodavam em volta deles, e em pouco tempo havia surgido uma cidadezinha de barracas.

— Rápido, agora — disse a Maria mais velha a seus filhos. — Vamos fazer a fogueira! Judas e Tiago começaram a catar gravetos, empilhando-os em frente à barraca e depois pondo fogo. — Meninas, me ajudem a preparar a comida para pôr na panela. — Abriu um saco, de onde tirou panelas e conchas para servir e apontou para outro. — O feijão, ali. Será que dá tempo de assar pão? — E olhou na direção do sol, avaliando a luz.

Entretanto, José estava cuidando dos jumentos, aliviando-os dos arreios e das selas, e levava-os ao poço para beber água. Dentro da barraca maior, Maria, as primas e Quezia ocupavam-se preparando as cobertas onde as pessoas iriam dormir.

— As luzes! — disse a Maria mais velha, acenando para Rute. — Por favor, filha, prepare as luzes do Sabá. — Rute começou a procurá-las em uma das trouxas e, por fim, achou duas lamparinas. Com destreza, encheu-as de azeite de oliva quase até o pavio e deixou-as prontas.

Um pequeno fogareiro de barro foi colocado sobre as achas da fogueira e a panela com o feijão foi posta no fogo; a massa do pão, preparada às pressas, foi coberta e colocada para crescer. Havia um clima de expectativa, pela pressa e pelo que restava por fazer. Preparou-se mais comida — pois deveria haver o suficiente até o pôr do sol do dia seguinte — e assim que ficou pronta, foi retirada do fogo, dando lugar a outra fornada.

O sol foi descendo no céu até ficar quase no horizonte, lançando sobre o acampamento sombras coloridas das árvores e dos camelos próximos. A fumaça das várias fogueiras levantou-se, projetando nuvens igualmente coloridas e a paisagem tornou-se uma espécie de névoa violeta.

— Está quase tudo pronto — disse a Maria mais velha, com um suspiro de alívio e satisfação. Colocou alguns pães para assar no forno, retirando dois que já estavam prontos. Colocou-os ao lado, para esfriarem e o seu cheiro espalhou-se pelo ar.

Rute e Lia haviam transferido o feijão para tigelas de cerâmica, que dispuseram sobre a coberta onde a comida seria servida. As duas lamparinas do Sabá também foram colocadas ao lado da coberta. Os meninos trouxeram um odre com vinho, e suas irmãs, as taças; queijo de cabra, peixe seco, amêndoas e figos foram dispostos sobre um pano.

O sol chegara ao horizonte.

O que ficara faltando, teria que ser feito rapidamente, ou esquecido. As cordas das barracas estavam firmes? Durante o Sabá não se podiam atar nós. O fogão fora apagado? Não se podia cozinhar nem esquentar comida durante o Sabá. Alguém tinha alguma coisa para escrever? Tinha de fazê-lo rápido — não se podia escrever durante o Sabá, exceto com tinta de sucos de frutas, ou na areia, ou com a mão esquerda, se esta não fosse a mão que normalmente se usava para escrever.

Rapidamente, Rute penteou o cabelo — no Sabá não era permitido pentear-se —, Lia tirou as fitas do cabelo de má vontade — os enfeites eram proibidos. Os homens tiraram as sandálias com pregos — não eram permitidas.

Jesus voltou e, rapidamente, sentou-se, tirando suas sandálias.

— Encontrou nossas famílias? — perguntou Maria. — Falou com eles?
— Permitiram que ficássemos?, perguntou, sem falar. Tinha certeza de que teria voltar para lá, e bem rápido, antes de o sol se pôr.

— Sim — disse Jesus. — Encontrei todos. — Inclinou-se para a frente, ainda sem fôlego. — Quezia, sua família pareceu ficar contente por você ter sido convidada a passar o Sabá conosco. — Olhou em volta, para Raquel e

Sara. — A sua família não ficou tão contente, mas deram sua permissão. E a sua... — Olhou para Maria. — Foi duro de convencê-los.

O que teria acontecido? Ela sentiu o coração disparar e ficou ouvindo.

— Seu pai — Natã? — E acenou para ela.

— Sim — respondeu ela.

— Ele disse que não era certo, que não nos conhecíamos e que ele era muito rigoroso em relação a não se misturar com famílias menos devotas.

Sim. Claro, Maria sabia disso.

— Queria alguma prova de que éramos respeitáveis.

— E como — como é que o poderia saber?

— Fez um teste comigo. — Jesus riu, achando que fora mais uma diversão que um insulto. — Quis saber meus conhecimentos das escrituras, como se isso revelasse minhas insuficiências.

Aí, foi a vez de sua mãe dar uma gargalhada. — O teste errado! — disse, balançando a cabeça. — Os rabinos de Jerusalém já sabem disso. — E voltou-se para as convidadas. — No ano passado, Jesus ficou para trás, em Jerusalém, discutindo alguns aspectos das escrituras com os escribas e os rabinos do Templo. Entendo a preocupação de seus pais, de uma filha ficar com outras pessoas, Maria, mas ninguém ganha uma competição sobre as escrituras com Jesus.

Jesus meneou a cabeça. — Não foi uma competição — disse. — Ele só me perguntou sobre alguns textos... — E deu de ombros.

Todos se juntaram em torno da coberta, embora ainda sobrassem alguns raios de sol. Rute abaixou-se e acendeu as lamparinas do Sabá, com o cabelo enrolado em volta da cabeça. Calmamente, observaram o pôr do sol.

Maria lembrava-se de que o fazia semanalmente quando estava em casa, mas esta era sua primeira experiência de passar o Sabá com uma família que não era a sua. Em casa, sempre havia uma expectativa, uma ansiedade pela chegada do Sabá. E quando chegava... é, parecia diferente, desta vez. Quase mágico. Podia dizer para si própria: este é o pão do Sabá, esta é a água do Sabá, esta é a luz do Sabá.

De algum lugar do acampamento soaram duas notas de uma trombeta, repetidas por três vezes. Assinalava o início do Sabá, o entardecer entre o surgimento da primeira e da terceira estrela no céu ainda claro. Segundo a tradição, as primeiras duas notas avisavam quem estava trabalhando para que parasse de o fazer; as duas segundas preveniam os mercadores para que terminassem seus negócios; e as terceiras, para avisar que chegara a hora das luzes do Sabá. O Sabá começara a iluminar, dizia-se.

Maria, a mãe, aproximou-se das lamparinas para fazer a prece. — Abençoado seja o Senhor nosso Deus, Rei do Universo, que santificou os dez mandamentos e nos mandou acender a lamparina do Sabá. — Sua voz, baixa e agradável, fazia que as palavras parecessem mais ricas.

Todo mundo se acomodou junto à coberta. O céu escurecia rapidamente e a luz das lamparinas se tornava cada vez mais clara; havia outras lamparinas, colocadas do lado de fora da barraca. Excetuando um ou outro mugido ou balido de algum animal, parecia que um leve sopro estava suspenso no ar.

— Bem-vindas sejam nossas convidadas — disse José, acenando com a cabeça para Maria, suas primas e Quezia. — Embora não moremos assim tão longe, há muitos vizinhos nas cidades próximas que nunca encontramos. É uma felicidade que tenham vindo até nós.

— Sim — disse Jesus. — Obrigado por virem até nós. — E sorriu.

— Agora vamos comer e agradecer por este lindo Sabá. — José partiu um pão e foi passando em redor.

Sentados, com as pernas cruzadas, foram pegando o pão que recebiam. Depois, havia o feijão, as fatias finas de cebola, os figos, as amêndoas, o queijo e o peixe em conserva, de Magdala.

Jesus olhou, surpreendido, e disse: — Devíamos ter sabido que teríamos visitas de Magdala. — Pegou um pouco de peixe e passou-o em volta.

Maria vibrou, orgulhosa. Talvez aqueles peixes viessem do armazém de seu pai! Escolheu um, colocando-o, cuidadosamente, sobre o pão.

— O peixe de Magdala viaja para bem longe — disse José, levando à boca, despreocupadamente, um pedaço de pão com peixe. — Vocês divulgaram o nosso nome até Roma, e mesmo mais longe. — E engoliu o seu pedaço.

— É, nós, galileus, somos respeitados no exterior, mas bem pouco em Jerusalém — disse Jesus. Ele também colocou um pedaço de peixe com pão na boca e sorriu de satisfação.

— O que você quer dizer? — perguntou Tiago, curioso.

— Você sabe o que quero dizer — respondeu Jesus. — Como chamam a Galileia? "O círculo dos hereges." Isso porque foram tantas as vezes que estivemos dentro e fora das divisas de Israel, quando regiões do país iam sendo conquistadas... — Tomou um gole de vinho. — Há uma pergunta interessante: quem são e o que são os verdadeiros filhos de Israel? — Riu e inclinou a cabeça na direção das mulheres. — E as filhas, naturalmente.

— Quem são os judeus? — perguntou Tiago, de repente, com a cara bem séria. — Talvez só... o céu... possa responder. — Fez uma pausa. — Existem meio-judeus, com antepassados suspeitos; existem falsos judeus, como Herodes Antipas; e existem gentios que são atraídos pelos nossos conhecimentos — e quem não seria? — com aquelas religiões repugnantes à sua volta. Mas não aceitam até o fim, pois não fazem a circuncisão. Será que todos esses tipos de judeus nos ajudam ou atrapalham?

— Depende de Deus. Não sabemos se lhe agrada que as pessoas se aproximem de si, ainda que a uma certa distância, ou se se sente insultado por isso.

— Eu não sei — reconheceu Jesus.

— Nem eu — disse José pondo fim à discussão. — Além do mais, estamos profanando o Sabá com essa conversa vazia. E somos os responsáveis por essa conversa vazia. Devemos explicar-nos para com Deus.

— O que é "conversa vazia"? — perguntou Quezia. Maria espantou-se que ela falasse assim com José. — Alguma coisa que não é sagrada? Mas eu acho que há uma porção de coisas de que se pode falar que não parecem sagradas. — Fez uma pausa. — Por exemplo... decidir que roupa vestir.

— Mas existem normas com relação a tudo isso — disse Tiago. — Moisés criou essas normas, e depois, quando os rabinos...

— Mas eu me refiro a usar roupas agradáveis ou roupas velhas, mofadas, roupas coloridas ou sóbrias e escuras, roupas caras ou baratas! — Olhou em volta, triunfante. — Está vendo? Não há normas com relação a isso...

— Bom, nesse caso deve ser usado um critério genérico — disse José. — E será que irá agradar a Deus? Será que ele se sentirá glorificado? Você compreende? Não é assim tão simples como uma norma. Será que Deus se importa com a aparência externa das pessoas? Ou será que só os homens, que não podem enxergar o que está no coração, é que dão importância a isso?

— É muito complicado — queixou-se Quezia. — Como é que se pode saber o que passa na cabeça de Deus?

Nessa hora, Rute deu uma dentada numa tâmara seca e fez uma careta. — Meu dente — disse, mais pelo susto que pela dor.

— A raiz de alfavaca — disse sua mãe. — Está no saco de couro... — E sua voz foi sumindo. –...que está dentro daquela saca grande... — Todos haviam compreendido. A sacola grande estava amarrada com nós e era proibido desatá-los até o pôr do sol do dia seguinte. E, mesmo que fosse mais fácil, era proibido usar remédios durante o Sabá.

— Mas... — lembrou Maria — o vinagre pode ser usado como tempero, e se ajudar na dor de dentes, é permitido. — Por sorte, o frasquinho de vinagre estava do lado de fora. Foi passado de mão em mão e todo mundo temperou a comida. Rute tomou uma dose grande.

Depois da refeição, na tranquilidade do entardecer e enquanto esperava que o vinagre aliviasse as dores de Rute, a família começou a recitar as escrituras. Tinha de ser feito de memória, pois era proibido ler.

Mas quando terminaram de recitar, Rute ainda estava incomodada.

— Talvez eu devesse falar com o rabino — disse José. — Talvez ele me permita desatar os nós ou usar um remédio, só desta vez. — E balançou a cabeça.

Um dos meninos foi chamar o rabino e, após o que pareceu uma eternidade, ele surgiu da escuridão próxima à barraca.

— Deixe-me ver a criança — disse. Dirigiu-se a Rute e pediu-lhe que abrisse a boca, espiando para dentro. Em seguida, fechou-a.

— Não vejo nada demais — murmurou.

— Mas dói — disse Rute.

— Será que não podemos desatar a sacola onde tem o pó? — perguntou José.

— Você o desata com uma mão só? — retrucou o rabino.

— Não, é um nó forte, para aguentar durante a viagem.

O rabino balançou a cabeça. — Então, você conhece as normas — disse. E voltou-se para Rute. — Tente ser forte, menina. Já é bem tarde da noite e não irá demorar tanto até o pôr do sol, amanhã. — Olhou para todos eles. — Sinto muito — disse, voltando-se para a saída. — E, de qualquer maneira, mesmo que o remédio estivesse ao alcance, não pode ser usado durante o Sabá. — Parecia triste e sem jeito. — Você sabe disso, José.

Depois que o rabino saiu, José veio sentar-se junto à sua filha e segurou sua mão. Ela fazia uma careta de dor. Ele olhou para seus olhos e, decidido, levantou-se.

Dirigiu-se à sacola e, calmamente, deliberadamente, desatou os nós. — Vou fazer uma oferenda de meus pecados para compensar isto — disse. — Mas não aguento ficar aqui quieto, esperando por amanhã.

Pegou o remédio e deu-o a Rute.

Pouco depois, foram todos dormir, acomodando-se nas cobertas que tinham sido preparadas. Maria, suas primas e Quezia ficaram em um dos cantos da barraca e não demorou para que adormecessem. Com todo o cuidado, ela desamarrara seu cinto, colocando-o junto ao capote. Tocou-o, como se o protegesse, e dormiu com ele junto à cabeça.

Sorria quando adormeceu. Era gostoso ter um segredo. E o dia também tinha sido maravilhoso, conhecendo essas pessoas de Nazaré. Tinha que reconhecer que era divertido ficar por um tempo longe da família, ser outra pessoa. Ou, quem sabe, talvez não ser outra pessoa, mas aquela que você é.

Dormiu profundamente e, quando acordou, os outros já tinham se levantado. Estavam todos lá fora e ela ainda esfregava os olhos. Rapidamente, sentou-se, vestiu-se e juntou-se aos outros.

O céu estava limpo e azul; o clarão da madrugada já tinha desaparecido.

Compartilharam de uma refeição leve, de pão e queijo, sentados em círculo. O brilho do céu e o cheiro doce da manhã prometiam um dia magnífico.

— Não é de estranhar que, se o primeiro Sabá foi tão bonito quanto este, Deus tenha achado que fizera "um bom trabalho" e tenha ido descansar — disse Jesus. Mastigava, devagar, um pedaço de pão, e olhava para o alto, profundamente feliz.

Todos concordaram. Parecia respirar-se paz no ar. — É verdade — disse a mãe de Jesus, em sua voz melodiosa. E passou uma cesta de figos com o gesto gracioso de uma bailarina.

Ela é linda, pensou Maria, mas só agora é que o percebi. É muito mais bonita que a minha própria mãe. Mas, na mesma hora, sentiu-se desleal, e mesmo culpada, por tê-lo pensado.

O restante do dia — que tanto pareceu longo quanto curto — passou-se nos prazeres do lazer e da devoção. Era permitido ficar sentado, conversando; assim como cantar, dar pequenas caminhadas, alimentar os animais, comer a comida já preparada e gozar da tranquilidade e sonhar. E havia as orações, a sós ou em grupo, entre as quais a mais antiga e fundamental era a Shemá: "Shemá, ouvi-me! Israel, o Senhor nosso Deus, o Senhor é Um".

Maria reparou que Jesus estava sentado embaixo de uma arvorezinha e parecia dormitar. Porém, observando com mais atenção, percebeu que ele não estava dormindo, mas profundamente concentrado em alguma coisa, alguma coisa interior. Quando tentava afastar-se, ele a viu. Já era tarde, ela o tinha perturbado. Ele acenou para que ela se aproximasse.

— Desculpe-me — disse ela.

— Por quê? — Ele não parecia aborrecido com sua presença, e sim confuso, sem compreender o motivo para suas desculpas.

— Por me ter intrometido — disse ela.

Ele sorriu. — Estou sentado aqui, ao ar livre. É impossível alguém se intrometer num lugar público.

— Mas você estava sozinho — insistiu Maria. — Talvez você quisesse ficar sozinho.

— Não, nada disso — disse ele. — Talvez só estivesse esperando que alguma coisa de interessante acontecesse.

— Como o quê, por exemplo?

— Qualquer coisa. Tudo o que acontece é interessante, se você olhar com atenção. Repare naquele lagarto — e inclinou a cabeça, devagar, para não o assustar — que está tentando decidir se sai ou não daquela fenda na árvore.

— E daí, qual o interesse do lagarto? — Na verdade, ela nunca achara lagartos interessantes, embora também nunca os tivesse olhado com atenção — mexiam-se muito rapidamente.

— Você não acha os lagartos fascinantes? — perguntou ele. E parecia sério. — A pele deles é tão esquisita, tão áspera. E a maneira como mexem as pernas, tão diferente da de outros animais de quatro patas. Eles mexem uma de cada vez, e não duas de cada vez. Quando Deus os criou, deveria estar querendo provar que há muitas formas de locomoção e muitas formas de se mover com rapidez.

— E as cobras? — perguntou ela. — Não entendo nem como conseguem mover-se, e menos ainda com a rapidez que o fazem, sem pernas.

— É verdade, as cobras são um exemplo ainda melhor. Inteligentemente, Deus ensinou-as a moverem-se e viverem bem apesar do que não têm.

— E também não as podemos comer — disse Maria. — Será que Deus queria protegê-las ou a nós?

— Agora estamos realmente observando o Sabá — disse Jesus, repentinamente. — E isso é um prazer, exatamente como deveria ser.

Ele dizia umas coisas estranhas. Mas ela gostava muito dele. Às vezes, as pessoas que diziam coisas estranhas assustavam, pareciam perigosas, ou meio malucas e imprevisíveis. Mas este rapaz parecia o contrário: extremamente sensível e digno de total confiança. Por isso, pareceu-lhe correto confessar: — Não compreendi o que você quis dizer.

Ele deu um suspiro de prazer. — É porque estamos pensando em Deus, no trabalho de suas mãos, meditando, digamos assim, sobre isso.

— Meditando sobre um lagarto? — perguntou ela, sem conseguir evitar uma risada.

— Não é uma criação de Deus inferior a uma águia ou a um leão — disse ele. — E talvez até seja mais reveladora do seu gênio.

— Será que deveríamos passar o ano meditando, a cada dia sobre uma criatura diferente? — perguntou ela. A ideia parecia-lhe curiosa.

— Perfeitamente — disse ele. — Lembre-se do Salmo que diz:

> "Louvai ao Senhor da terra,
> monstros marinhos e abismos todos;
> fogo e saraiva, neve e vapor
> e ventos procelosos que lhe executam
> a palavra;
> montes e todos os outeiros,
> árvores frutíferas e todos os cedros;
> feras e gados,
> répteis e voláteis..."

Ela não se lembrava desse Salmo, mas agora não o esqueceria.

Virando-se, séria, para o lagarto, ordenou-lhe: — Peça a bênção a Deus! — Ele deu um pulo e sumiu para dentro da fenda da árvore. Jesus riu.

Faltava pouco — muito pouco, parecia — para o sol tocar o horizonte, decretando o fim do Sabá. De pé, olharam o pôr do sol e ouviram a trombeta que anunciava o fim da pausa sagrada.

4

Apesar de Maria ter garantido que visitar outras famílias era uma maneira excelente de observar o Sabá, e de seu filho, Jesus, ter procurado a família da pequena Maria para lhes comunicar onde ela se encontrava, seus pais estavam aborrecidos quando ela voltou.

— O que você tem na cabeça, para sair por aí desse jeito? — disse-lhe sua mãe, rispidamente. — Acabou tendo de passar o Sabá com uma família de estranhos! — E encarando Maria, acrescentou: — E aquele rapaz que nos veio procurar — não gostei dele.

— Jesus? — perguntou Maria.

— Percebe-se que não foi bem-educado. Nem sabe ser respeitoso. Não é o tipo de gente com quem você deveria se meter.

— Mas então — por que você me deixou ficar? — perguntou Maria, baixinho.

— O que eu gostaria de saber é por que você *quis* ficar lá? É essa a questão!

Maria queria contar a sua mãe que aquela família era maravilhosa, queria dizer-lhe como havia se divertido conversando com eles, queria contar a aventura da dor de dente. Mas sabia que a decisão de José, de quebrar deliberadamente as normas do Sabá, não iria agradar a seus pais. Preferiu não contar e, baixando os olhos, disse apenas: — Eles parecem muito generosos.

Seu pai aproximou-se. — A cidade de Nazaré tem má reputação — disse. — E aquele rapaz, Jesus... Fiz-lhe umas perguntas sobre as escrituras e...

— E ele conhece-as melhor que o senhor — disse Silvanus, que estava atrás dele. — Quando o senhor lhe perguntou sobre aquela passagem em Oseias — e deu uma risada — sabe qual é, aquela que o senhor gosta de citar sobre o lamento da terra...

— Já sei, já sei! — respondeu Natã, irritado.

— Ele me pediu que lhe desse isto — disse Maria, entregando a seu pai o cajado que Jesus e José tinham esculpido. Tinham insistido que ela o trouxesse, como se quisessem acalmar Natã. Ela tinha recusado — era uma peça muito delicada e eles a haviam trabalhado com carinho —, mas eles tinham sido intransigentes.

— O quê? — Natã tomou o cajado e examinou-o. Seus lábios tremiam. Rodou o cajado, olhando o trabalho entalhado. — Isso é coisa de vaidade! — disse, jogando o cajado no chão. Maria assustou-se.

Silvanus aproximou-se, abaixou-se e pegou o cajado. — É pecado menosprezar um presente desse jeito — disse.

— Ah, é? — retrucou seu pai. — E onde é que as escrituras dizem isso? Virou-lhes as costas e foi-se embora.

Silvanus ficou passando a mão no cajado. — Quando você se encontrar com Jesus de novo, você terá de lhe perguntar — disse. — Tenho certeza de que existe alguma passagem nos textos sagrados sobre não profanar um presente. E ele vai saber, com certeza.

— Não vou voltar a me encontrar com Jesus — disse Maria. Estava certa disso. Seu pai a proibiria. Mas quando voltassem para Magdala, estava decidida a ir visitar sua nova amiga, Quezia. É claro que seu pai também iria discordar, mas se não soubesse, não poderia proibir.

Magdala os esperava. Os peregrinos que voltavam eram sempre o centro das atenções por alguns dias, aguardados com ansiedade pelos amigos: como são as ruas de Jerusalém? Havia muitos judeus estrangeiros? E o Templo, é realmente um esplendor? Entrar nos pátios do Templo é a coisa mais importante da vida? Às vezes, a atenção que lhes era solicitada e aquela adulação momentânea eram mais inebriantes que a própria viagem. Depois ia desaparecendo, inevitavelmente. E o próximo grupo de peregrinos — no caso, os que iriam a Jerusalém para o Yom Kippur — tomaria o lugar deles como centro das atenções.

Passaram-se várias semanas — seis Sabás — antes que Maria e Quezia tornassem a se ver. Tinham conseguido comunicar-se e combinaram que Maria iria a casa de Quezia, onde faria uma refeição com a família. Seria uma tarde em que Maria supostamente ia ver uma exposição de tecelagem, numa casa próxima à sua, que seria feita por um mestre tecelão de tapetes, de Tiro. Ela assistiu ao trabalho do artesão por alguns minutos, enquanto pensava: — É muito bonito, mas eu jamais seria capaz de fazê-lo. — E saiu da oficina, à beira do lago, apressando o passo quando atravessou o mercado, cheio de gente, e seguiu a rua que ia na direção norte, para a região da cidade que ficava na colina em que estavam as casas novas.

A ladeira era íngreme e ela parou um pouco para tomar fôlego. À sua volta, as casas iam ficando maiores e mais bonitas, com muros para a rua, o que deveria significar que o que quer que houvesse lá dentro merecia ser bem guardado.

A casa de Quezia era bem no final da rua. Ficava empoleirada e os degraus que lhe davam acesso faziam um ângulo. A porta de entrada tinha enfeites de bronze. Antes mesmo que Maria batesse, a porta abriu-se e apareceu Quezia, com um sorriso triunfante.

— Você chegou! — disse, puxando Maria para dentro e abraçando-a.

— É, mas foi difícil. — Tentou nem pensar no castigo que receberia de seus pais se estes soubessem que ela tinha saído da exposição de tecelagem. Mas agora estava ali, onde queria estar. Foi entrando na casa e descobriu um enorme pátio interno, meio escuro. Era surpreendentemente fresco, num dia quente de verão como aquele.

Ficaram olhando uma para a outra, por algum tempo. Aquela amizade que haviam criado de maneira tão repentina, e tão intensa, parecia agora produto da imaginação.

— Bem — disse Quezia. — Estou contente com sua visita. Agora venha conhecer a minha casa. — Pegando Maria pela mão, levou-a para o outro lado do pátio, onde ficavam vários quartos. Eram muitos, talvez o dobro, ou o triplo, dos quartos que havia na casa de Maria.

— Você tem um quarto só para você?

— Claro, e também há um segundo andar, com mais quartos lá em cima. — Sua voz era agradável e amiga, falava brincando, como se todo o mundo vivesse dessa maneira.

Maria tentava não olhar fixamente. Mas os quartos, escuros, pareciam um sonho. Uma escuridão estranha, pois só tinham três paredes: a quarta era aberta e dava para um jardim ensolarado. Foi então, quando seus olhos se acostumaram à escuridão, que ela percebeu que as paredes eram pintadas de um vermelho de sangue, escuro, e num dos quartos as paredes eram pretas. Era daí que vinha a escuridão.

Mas Quezia continuava puxando por ela. Saíram da parte formal da casa e passaram para onde a família morava. Aí, Maria foi introduzida num quarto com paredes amarelas e um teto baixo — com cadeirinhas e uma mesa pequena, preparada com xícaras e pratinhos em miniatura. O chão era fresco, de pedra polida, e num canto do quarto estava uma cama estreita, com pés esculpidos, pintada de preto e com degraus dourados. A cama estava coberta por uma seda reluzente.

— Ah! — disse Maria, por fim, olhando tudo à volta, maravilhada. — E é aqui que você mora? É aqui que você dorme?

— É — disse Quezia — desde que me lembre. — E as duas riram, pois sabiam que sete ou oito anos não eram assim tanto tempo para lembrar.

Maria não se conseguia imaginar morando num lugar daqueles. — Ia passar o tempo todo só olhando para tudo isso, pensou. Examinou as xícaras e pratinhos em miniatura, e os jarrinhos e tigelinhas.

— Você come aqui? — perguntou.

Quezia riu. — Não, isso é de brinquedo. Tenho um apetite muito grande para esses pratinhos de miniatura!...

Será que ela tinha bonecas? Mas as bonecas eram proibidas — é claro que não ia ter bonecas.

— Essas coisas aí são para mim e para meus amiguinhos imaginários — disse Quezia. — E agora que você está aqui, para uma amiga de verdade. Podemos fingir que fazemos uma festa! Uma festa com comida imaginária que não deixa manchas e os pratos, depois, não têm de ser lavados!

— Eu nunca tive um cantinho para fazer banquetes de brincadeira — disse Maria. Seria muito divertido!

De repente, sumiu a timidez entre elas. Elas eram muito parecidas, destinadas a serem amigas.

— Acho que agora é hora de comer de verdade. E eu queria que você conhecesse minha mãe e meu pai. E, claro, meu irmãozinho, Onri.

Onri. Maria nunca ouvira falar de alguém chamado Onri. Tinha uma vaga lembrança do nome, algum rei meio malvado, com esse nome. Mas, por outro lado, também nunca conhecera alguém chamada Quezia. Essa família, evidentemente, não era propensa a chamar os filhos com nomes comuns — como Maria, Jesus ou Samuel.

Quezia levou Maria a outra parte da casa, também junto ao jardim: uma sala clara, com as paredes pintadas de um verde-escuro e, na parte de cima, árvores e flores. No centro da sala havia uma mesa de mármore, com almofadas junto ao encosto de pedra. Não se sentia o calor do meio-dia, mas a sala era bem iluminada pela luz do sol.

— Mamãe, papai, essa é minha amiga Maria — disse Quezia, orgulhosa, apresentando-a como se fosse um presente de luxo. — Vocês se lembram, não é, que eu lhes contei sobre como nos encontramos na peregrinação a Jerusalém.

— Ah, claro. — Uma mulher alta, numa roupa de cetim escarlate, abaixou-se junto a Maria, olhando-a com solenidade, como se estivesse sendo apresentada a alguém muito importante — a uma pessoa adulta, e não a uma criança. — Estou tão contente que você e Quezia tenham se tornado amigas — murmurou.

— Bem-vinda — disse o pai de Quezia. Não era muito diferente do pai de Maria, nem na idade, nem na estatura, mas usava vários anéis de ouro nos dedos e sua túnica era mais colorida do que aquelas que Natã preferia.

Um garotinho de cara redonda, um pouquinho mais novo que Quezia, arrastou-se até a mesa e, apoiando-se nela, disse: — Olá.

— Esse é o Onri — disse a mulher. — Onri, você não sabe sorrir? Você disse "olá", mas não parece muito contente...

— Tá bom — suspirou Onri. Fez uma careta, como se fosse um sorriso, acrescentando um "bem-vinda" exagerado.

— Onri, você é terrível! — criticou Quezia.

— Eu sei disso — disse, orgulhoso. E estatelou-se na almofada, sorrindo.

Maria sentou-se, cuidadosamente. Era tão diferente da sua casa. Esforçava-se por não fazer algo errado na frente daquelas pessoas. Mas nunca tinha comido numa mesa de mármore, e ainda com empregados. Ou será que eram escravos?

Lançou um olhar à mulher que trazia os pratos. Não pareciam escravos: não eram estrangeiros e quando falavam percebia-se que não tinham sotaque. Devem ser pessoas daqui mesmo — pensou — contratadas para trabalho doméstico. Isso a fez sentir-se um pouco mais confiante.

Não conhecia a comida de vários dos pratos servidos. Havia uma tigela com uma espécie de queijo branco, com listras vermelhas, e uma outra com umas verduras verde-escuras e salgadas e uma fruta que ela não conhecia. Seriam... sujos? Será que ela podia comer?

Bem — pensou — se essa gente foi a Jerusalém, então devem observar a Lei.

— Quezia disse-nos que seu pai é Natã, da peixaria à beira do lago — disse o pai da menina a Maria. — Já comprei peixe dele e devo dizer que a sua honestidade e a qualidade do peixe são raros nesse tipo de comércio. Conheço vários peixeiros cujo caráter é meio escorregadio — como os peixes que vendem, receio bem.

— Muito obrigada, senhor — disse Maria. Pensar no pai preocupou-a. E se ele a estivesse procurando? E se a exposição de tecelagem tivesse terminado mais cedo?

— Meu pai é ourives! — exclamou Quezia, orgulhosa. — Tem uma oficina bem grande e um monte de artesãos trabalham para ele. Olhe só os anéis dele! São da nossa loja.

Então, era por isso que ele usava tantos. Agora não parecia vaidade. Ele simplesmente gostava de mostrar às pessoas o seu talento de artesão fora de sua loja. Não queria encontrar coisas dignas de crítica naquela família, e esperava que, se não encontrasse, seus pais também nada encontrariam.

— Você já foi alguma vez à nossa loja? — perguntou o pai de Quezia. — Fica do outro lado da praça do mercado central.

Maria achava que não, mas não tinha certeza. Seus pais não compravam joias de ouro, portanto não teriam um motivo para ir lá.

— Vamos lá juntas, hoje à tarde — disse Quezia. — O senhor vai voltar para lá, não vai, papai?

— Sim, mais tarde vou estar lá — respondeu ele. — Posso mostrar-lhe a oficina, onde os ferreiros martelam as folhas de ouro puro e onde são fabricadas as filigranas.

Essa tarde não dava para ela, não ia poder. Se demorasse muito para chegar em casa, certamente seria descoberta.

— Hoje... hoje à tarde, eu não posso — murmurou. Como odiava ter de dizê-lo! E como queria conhecer a oficina!

— Bom, deixa para outra vez, então — disse o pai de Quezia, dando de ombros. — Esta foi a primeira vez que sua família foi a Jerusalém?

— Foi — respondeu Maria.

— E o que acharam? Correspondeu às expectativas que tinham? — perguntou a mãe de Quezia.

— Não sei dizer — confessou. — Não tenho certeza do que esperavam.

— E você? O que é que você esperava? — E a mãe de Quezia aproximou-se, como se estivesse realmente interessada na sua opinião.

— Eu esperava uma coisa de outro mundo — disse, por fim. — Imaginava que as pedras fossem resplandecentes, como espelhos, que as ruas fossem cobertas de ouro, ou safiras, e pensava que iria desmaiar quando visse o Templo. Mas as ruas são calçadas com pedras mesmo, e o Templo nada tem de mágico, apesar de ser enorme.

— Você esperava encontrar a cidade que o profeta Ezequiel descreveu em sua visão — disse o pai de Quezia. — Mas isso era uma promessa do que ainda poderá vir a ser. É isso que são as visões — promessas de Deus.

Visões! Seria como ter sonhos nítidos? — As pessoas ainda têm visões? — perguntou.

— Talvez tenham — respondeu ele. — Não podemos imaginar o que se passa em cada casa.

— Nossos amigos romanos estavam bem visíveis, em Jerusalém — disse a mãe de Quezia. — E acho que não havia romanos na visão de Ezequiel.

— Amigos? — Maria escandalizou-se ao ouvir chamar os romanos de amigos.

— Ela disse de brincadeira! — disse Onri. — É o contrário do que ela pensa. — E cruzou os braços, com autoridade.

— Obrigado, Onri. Mas não acho que você deva se candidatar a um cargo de diplomata. — O pai de Quezia sorria, não estava dando um carão. — E, na verdade, há romanos que são nossos amigos. Alguns deles são fregueses da nossa loja e compram belíssimos colares e brincos para suas esposas. Um homem que faz questão de enfeitar sua mulher com joias de ouro não pode ser totalmente mau.

Habituada às arengas de sua família sobre vaidade — sem mencionar as cantilenas contra os romanos —, Maria deu uma risada. É, seria divertido ir a uma ourivesaria e convidada a escolher alguma coisa.

Uma brisa fresca entrou na sala, vinda do pátio aberto. Maria podia ver o lago, do ponto alto em que se encontrava. A casa, na colina, fora projetada para receber os ventos de verão. Parecia que o vento fazia tocar uma harpa.

— No inverno, ficamos lá dentro — disse a mãe de Quezia. — Ficamos naqueles quartos pintados de preto e vermelho, que agora são cores que estão na moda, no exterior. Faz parecer mais quentinho e acolhedor. Mas numa época destas, quem vai pensar no inverno? — O vento voltou a cantarolar, como um suspiro num timbre bem alto.

Feio, o inverno, desencadeando tempestades no lago, pondo em perigo os barcos de pesca, com os temporais, a neblina e o frio que entram em todas as casas. Não, Maria não iria pensar nisso agora. Nunca agora, no verão, com a terra aberta, dourada e quente, e o lago amigável e seguro, cheio de barcos de todos os tamanhos.

— *Maria* é um nome tão bonito — disse o pai de Quezia. — Como se chamam seus irmãos e irmãs?

Maria é um nome tão banal, pensou ela. Gentil da parte dele, elogiá-lo. — Tenho dois irmãos. O nome de um é Eli e o outro é Samuel. — Mais nomes banais. — O nome de minha mãe é Zebida — acrescentou. Esse era um nome original; era o nome da mãe de um antigo rei de Judá.

— Nunca conheci ninguém com o nome de Zebida — disse a mãe de Quezia.

— Bom, eu nunca conheci uma Quezia nem um Onri — disse Maria.

— Quezia é o nome de uma das filhas de Jó — disse a mãe. — Isso, depois que Deus lhe devolveu seus bens. Significa "cássia", um tipo de tempero. Quando vimos o cabelo vermelho dela, ambos pensamos nesse nome.

— E Onri? — O que seria que Maria tinha ouvido sobre Onri? Não era coisa boa.

— Onri era senhor do reino do norte de Israel — disse o pai. — Foi o pai de Ahab.

Ela sabia! Ele era malvado! E Maria controlou-se para não levar a mão à boca, em sinal de espanto.

— Eu sei que dizem que ele foi mau porque, nos dias de hoje, considera-se mau tudo e todos do reino do norte — disse o pai de Quezia. — Mas vejamos os fatos.

Maria não tinha certeza de saber ver os fatos, mas estava ansiosa por ouvir a história.

— Foi ele que fundou a grande cidade de Samaria. Era para ser a cidade rival de Jerusalém. Reconquistou territórios perdidos a leste do rio Jordão e conquistou Moabe. Conseguiu fazer a paz com o reino de Judá, pondo fim às guerras constantes entre os países irmãos. Foi um homem de quem devíamos nos orgulhar e tentar imitar!

— Queríamos que nosso filho fosse forte e corajoso — disse a mãe de Quezia. E o chamamos de Onri. Quem conhece os feitos de Onri, compreende. Os outros são ignorantes, tolos preconceituosos! — Como a minha família, pensou Maria. Eles não gostam do pessoal do reino do norte.

— Sara — disse o marido. — Não exagere. Podem ser ignorantes, mas não os devemos chamar de tolos.

— Se você ler nossos livros de história, você mesmo verá como são cegas essas pessoas.

E ela lê livros? Sabe ler?

A mãe de Quezia virou-se para Maria. — Você está aprendendo a ler? — perguntou. — Quezia começou a aprender recentemente.

— Não, eu... — *quero aprender a ler, é a coisa que mais quero!*

— Você gostaria de aprender junto com Quezia? As aulas são mais divertidas quando há mais alunos que professores.

— Sim, venha, por favor! — disse Quezia. — Você vai gostar de meu mestre, ele é muito divertido!

Será que ela podia? Poderia escapar da família e vir para aqui aprender a ler? Só de pensar nisso, ficou tonta de excitação.

— São duas vezes por semana — disse Quezia, — na parte da tarde, quando a maioria das pessoas está descansando.

— Posso... posso pedir... — disse Maria, baixinho. Mas já sabia qual seria a resposta. Nem adiantava pedir.

— E se eu pedir por você? — disse a mãe de Quezia. — Eu podia estender o convite...

— Não! — disse Maria, rapidamente. Aí, teria que explicar à família como os conhecera e todo o resto da história. E a resposta continuaria sendo "não". — Eu vou... vou pedir... — disse.

— E como é que vamos nos comunicar? — perguntou Quezia. — Vamos deixar bilhetes na árvore lá perto do lago? Ah, não dá — você não sabe escrever.

Nesse momento, Maria decidiu, de uma vez por todas, que iria aprender a ler e escrever fosse como fosse.

— Eu deixo um lenço vermelho se puder vir, e um preto se não puder — disse.

— Por onde você andou? — Maria percebeu o vulto de sua mãe aproximando-se quando entrava no pátio — que agora parecia pequeno.

No caminho para casa, Maria tinha montado uma história: após a exposição de tecelagem, tinha ido procurar lã colorida no mercado central, para ver se existiria alguma do tipo daquelas que o tecelão mostrara. Não pensara demorar tanto.

E foi o que disse. Mas sua mãe olhou para ela. — Fui lá no final da exposição e não vi você — disse.

— Saí um pouco antes de terminar porque queria chegar ao mercado antes da multidão — disse Maria.

Zebida concordou, acenando com a cabeça. — É isso mesmo que você deve fazer — disse a mãe. — Quando se junta muita gente no mesmo vendedor, ele percebe que vai vender e pode aumentar os preços. E então, claro, você não pode comprar dele. Porque ele aumentou o preço.

— Mas e se o preço — mesmo com o aumento — for razoável? — perguntou Maria. Estava tão aliviada por ter conseguido, aparentemente, esconder sua excursão secreta, que aceitava alegremente uma discussão sobre vendedores e seus preços.

— Ainda assim, esse tipo de comportamento não deve ser recompensado — disse sua mãe.

— Mas o que é que há de errado? — perguntou Maria. — Se o vendedor vê que muita gente quer comprar dele, o que é que há de errado em subir o preço? Assim como, se ele vê que ninguém quer suas mercadorias, baixa os preços. Já vi a senhora comprar a preços desses, bem baixos. Se uma coisa é errada, por que a outra não é?

— Você não entende — disse sua mãe.

Mas Maria sabia que entendia, e muito bem. — Mamãe — disse ela — o tecelão vai dar aulas para aprendizes duas vezes por semana...

O verão passou-se agradavelmente, com dias longos e quentes, e noites frescas. O truque de Maria, das aulas do tecelão, ia funcionando bem e duas vezes por semana ela corria para a casa de Quezia, na colina, indo diretamente das aulas de tecelagem para as de leitura. Os pais de Quezia ficaram tão contentes por ela ter uma companheira de estudo que nem quiseram saber de pagamento. E ela aprendia com avidez; estava sedenta por saber ler direito, para que um novo mundo se abrisse à sua frente.

Foi na véspera do Rosh Hashana, do ano novo de 3.768, quando ela estava deitada, acordada com a excitação da festa, que ela ouviu "Maria!", bem baixinho, como se alguém sussurrasse seu nome do outro lado do quarto.

Embora a voz fosse agradável, assustou-a. Sentou-se e olhou para o escuro. Será que estava sonhando? Não havia ninguém ali.

Deve ter sido um sonho, pensou. Eu estava dormindo e não sabia.

Mas agora estava bem acordada. E definitivamente acordada quando ouviu a voz de novo: "Maria".

Susteve a respiração. Não se ouvia coisa alguma no quarto: nem a respiração, nem ruído algum.

"Maria." Agora o som parecia vir de bem perto.

— Sim? — respondeu, em voz baixa.

Mas não houve resposta. E ela não ousou levantar-se.

Com a claridade da manhã, ela olhou em volta do quarto, mas não viu nada. Será que tinha sido só um sonho? Ficou pensando naquilo a maior parte da manhã e, de repente, perguntou-se se seria isso que acontecera com o profeta Samuel, quando era menino. Quando morava com o sacerdote Eli, ele também ouvira uma voz, durante a noite, chamando seu nome, e pensara que tinha sido Eli. Mas, no final, fora Deus, e Samuel foi ensinado a responder: "Fale, seu servo vos escuta".

Se eu ouvir aquela voz de novo, é isso que irei responder, prometeu Maria a si mesma. Não podia deixar de sentir um toque de alegria por ter sido *escolhida* para alguma coisa.

Foi naquela noite, quando já era bem tarde e a escuridão era total, quando Maria não escutava coisa alguma e estava profundamente adormecida, cansada de não ter dormido bem na noite anterior.

"Maria, Maria", disse uma voz suave, de mulher.

Lutando contra o sono, Maria deu a resposta que tinha decorado: "Fale, sua serva vos escuta".

Um sussurro. E depois, bem baixinho: "Maria, você descuidou de mim. Não correspondeu ao que mereço".

Maria sentou-se, com o coração batendo. O Senhor — o Senhor estava falando com ela! Como poderia ela responder? Mas o Senhor não sabia tudo, não conhecia suas fraquezas e suas faltas? — Eu... — disse ela, lutando para falar — eu fui descuidada? — O Dia do Perdão estava próximo; iria Deus lembrar a ela uma grande omissão de consciência?

— Você me escondeu e não olha mais para mim. Essa não é a maneira de me tratar.

O que significaria aquilo? Deus não podia ser escondido, nem visto. — Não estou compreendendo.

— Claro que não, pois você é uma menina tola. Você foi esperta o bastante para reconhecer uma coisa de valor, e suficientemente esperta para protegê-la, mas depois, você foi ignorante.

A voz parecia brincar com ela e ser alegre, ao mesmo tempo. Não parecia a voz de Deus, pelo menos da forma que contavam que falara com Moisés.

— Então, me ensine, Senhor — disse Maria, com humildade.

— Muito bem — disse a voz. — Amanhã você irá olhar para mim novamente, e eu lhe direi o que fazer. Agora, durma, sua tolinha. — A voz calou-se e desapareceu.

Dormir? Como, dormir? Com tristeza, Maria deitou-se de novo na cama. Deus iria puni-la — mas, por quê? Devia sentir-se honrada por Deus ter falado com ela, mas ele fora tão reprovador...

— Você foi esperta o bastante para reconhecer uma coisa de valor, e suficientemente esperta para protegê-la... Amanhã você irá olhar para mim novamente...

Proteger... Olhar... Era impossível.

Mesmo antes que a claridade enchesse o quarto por completo, Maria estremecia de satisfação com a descoberta: era o ídolo de marfim que havia falado.

Era ela. E isso explicava a voz de mulher e as queixas por ter sido escondida. Porque Maria a tinha realmente escondido numa caixa, debaixo de um casaco de inverno — e a caixa *estava* do outro lado do quarto, de onde viera a voz — e depois a havia esquecido.

Cuidadosamente, Maria levantou-se da cama e puxou a caixa, pressionando as dobras do casaco de lã com a mão, e procurando o pacote embrulhado. Lá estava ele. Pegou-o, trazendo-o para a luz acinzentada da manhã. Desembrulhou, com cuidado, e observou o rosto enigmático da deusa sorridente.

Como poderia eu ter esquecido?, foi seu primeiro pensamento aberto.

— Agora, sim. — A voz parecia vir de dentro da sua cabeça. Aquele rosto, fascinante, parecia cada vez mais visível, à medida que clareava a luz do dia. Viam-se as linhas, entalhadas no marfim, marcando os cabelos que escorriam por seus ombros, os olhos sonhadores, semifechados, e até o tecido de sua roupa e as joias simbólicas — tudo, sugerindo seu poder, mas gentilmente, como uma visão antiga, de um tempo em que as deusas eram poderosas na terra e controlavam o vento, a chuva, as colheitas, o nascimento e a morte. — Nasci de novo, à luz do sol.

O belo rosto olhava para Maria.

— Ponha-me onde eu possa sentir a luz do sol. Fiquei enterrada no escuro por tanto tempo. Enterrada debaixo do chão. Embrulhada, longe da luz.

Obediente, Maria deitou a fina imagem de marfim — pois era bem fina, como um entalhe num pedaço de dente — no pé de sua cama, onde batia um pouco de sol.

— Ahh!... — Maria jurava que ouvira um suspiro, suave. Olhou de perto, atentamente, observando como a luz do dia revelava os traços delicados do entalhe.

Quando o sol ficou mais forte, o marfim parecia brilhar, absorvendo a própria luz. Mas foi então que Maria ouviu sua mãe, do lado de fora da porta, e enfiou rapidamente a imagem de volta sob o casaco de lã, e na caixa, que colocou num canto.

— Perdoe-me — disse.

— Muito bem, Maria! — disse sua mãe, no limiar da porta. — De pé tão cedo? É um bom começo para o ano novo!

Logo a noite caía. Maria estava deitada na cama, olhando para a luz trêmula da lamparina que ficava num vão da parede. A chama subia e descia, lançando sombras no teto branco. Antes, sempre lhe dera segurança; agora, parecia-lhe menos reconfortante.

Não vou sair da cama, disse para si mesma, decidida. Não vou até lá. É só uma peça de marfim, talhada por mãos humanas. Não tem poder algum.

— Meu nome é Asera, minha filha. — Era aquela voz suave.

— Asera, repetia, sussurrando. E Maria soube que esse era o nome do ídolo, e que ela gostava de ser chamada pelo nome.

Asera. Era um nome bonito, tão bonito quanto a própria escultura.

— Asera — repetiu Maria, obediente.

Tremendo de medo, prometeu secretamente a si mesma (pois, certamente Asera não poderia ler seus pensamentos): amanhã vou levar o ídolo lá para fora e jogá-lo fora, lá na ribanceira. Não, vou levá-lo para a aldeia e jogá-lo naqueles fornos que tem lá. Não, não posso fazer isso — poderia contaminar o pão. Vou levá-lo para... vou até... E então, adormeceu, tentando pensar num lugar em que houvesse um fogo purificador, definitivo.

Mas no dia seguinte estavam muito ocupados e ela não teve oportunidade para tirar a escultura do ídolo de seu esconderijo e levá-la para fora da casa. Estava tranquila; não sentia o ídolo falando com ela e seus medos sumiram.

O grande Dia do Perdão — dia de jejum ordenado por Moisés — já estava próximo. Nesse dia, em Jerusalém, os sacerdotes fariam as ofertas previstas e organizariam os rituais necessários para alcançar o perdão para o povo de Israel por seus pecados, conhecidos e desconhecidos. Após os rituais para expurgar a culpa coletiva, uma cabra seria mandada para um lugar deserto, carregando na cabeça, simbolicamente, os últimos resíduos dos pecados. Ali, presumia-se que morreria, expiando os pecados de uma nação.

Mas, para cada um, individualmente, era um dia interiorizado e triste. Após o ritual de louvar o Senhor, ao entardecer, os fiéis ficavam em suas casas, usavam roupas de pano cru, espalhavam cinzas sobre suas cabeças e faziam jejum e orações durante o dia inteiro, relembrando e confessando seus pecados e esperando, dessa forma, o perdão misericordioso de Deus.

O dia acabou sendo maravilhoso, tornando mais difícil a tarefa do perdão. Para provocar os crentes e desviar seus pensamentos, o sol parecia pedir-lhes que saíssem de suas casas, lembrando-lhes as festas da colheita e das vinhas: todas as belas dádivas da vida que distraem as pessoas de um exame profundo de suas consciências.

Mas na casa de Natã todos ficaram dentro, guardando silêncio e vigília em cada um de seus quartos.

A obrigatória túnica de pano cru que Maria vestia — que significava remorso — coçava tanto que ela achou que estava com pulgas. Não conseguia imaginar como os homens santos que viviam no deserto usavam essas túnicas de pano; nem conseguia imaginar por que ou como essas roupas os faziam santos ou mais próximos de Deus.

Tentando ser reverente, ela enumerou, obediente, todos os dez mandamentos, com a cabeça baixa.

"Não terás outros deuses diante de mim. Não farás para ti imagem de escultura. Não as adorarás, nem prestarás culto."

Asera! Mas não fui eu quem a fez, pensou Maria, nem a reverencio nem a adoro. Além disso, não vou ficar com ela. Prometo!

"Não tomarás o nome do Senhor, teu Deus, em vão."

Não, não faço isso. Só uso o nome de Javé em minhas orações.

"Lembra-te do dia de sábado, para o santificar."

Sempre fazemos isso. Sempre cumprimos as regras.

Mas então, lembrou-se de ter concordado com a decisão de José de violar uma dessas regras. Será que isso me faz culpada?, pensou.

"Honra teu pai e tua mãe."

As aulas! As aulas de leitura secretas! Sentiu-se profundamente atingida de culpa. Mas, por outro lado, achava que nada havia de errado com as aulas, exceto pelo fato de ter de mentir sobre elas.

"Não matarás."

Suspirou, aliviada.

"Não adulterarás."

Outro suspiro de alívio.

"Não dirás testemunho contra o teu próximo."

Ainda criança, ela não poderia ser ouvida como testemunha legal, portanto estava a salvo desse pecado.

"Não cobiçarás a casa do teu próximo."

Ela cobiçava a casa de Quezia, mas não pelo que existia na casa propriamente dita, e sim pelo ambiente criado pelas pessoas que lá moravam.

"Não cobiçarás a mulher do teu próximo, nem o seu servo, nem a sua serva, nem o seu boi, nem o seu jumento, nem coisa alguma que pertença ao teu próximo."

Aí, ela pecara, e bastante. Havia tantas coisas que cobiçava, que desejava ter para si. Não o conseguia evitar, quando olhava para elas e eram tão atraentes...

Isso não é desculpa! A voz forte de Javé parecia ressoar em seus ouvidos.

Mas tem de haver mais do que isso, pensou. Essas dez coisas são tão *grandes*. E as coisas pequenas, do dia a dia? Assassinato não é uma coisa do dia a dia.

Para mim, o verdadeiro pecado é... É como fazer uma coisa que você sabe que é errada, pensou Maria. É errado eu ir às aulas de leitura — mesmo que eu ache certo aprender a ler — se minha mãe e meu pai não querem que eu aprenda?

E pensamentos ruins? Os rabinos não falam disso, mas são eles que levam a todo o resto, pensou. Há a raiva, querer que alguém fique doente, falar mal dos outros pelas costas... Há tanta coisa que qualquer pessoa pode fazer sem transgredir a lei oficial.

As piores coisas que eu faço são os pensamentos ruins. Para cada coisa ruim que faço, acho que tenho uns cem pensamentos ruins.

Seu estômago roncava. Estava morrendo de fome. E a cabeça doía. Isso é para nos lembrar que dependemos de Deus para poder comer, disse a si própria, e para nos lembrar de todas as vezes que esquecemos de agradecer pela comida. Mas doía por dentro e ficava difícil concentrar-se.

Sentou-se, obediente, no chão duro de seu quarto, com a fome na cabeça, tentando compreender os mandamentos divinos e refletindo sobre seus pecados infantis.

O Dia do Perdão parecera interminável. Na hora da refeição, simples, para quebrar o jejum, Natã disse, numa voz mortificada: — É por meio da misericórdia de Deus que gozamos da indulgência de viver e de nos arrependermos.

Mas, sinceramente, será que daqui a um ano seremos melhores que hoje?, perguntou-se Maria. Ou iriam passar o ano inteiro brigando para controlar os mesmos pecados e continuar pecando?

Talvez as pessoas não tentem o bastante, pensou. Vou tentar o máximo possível. E repetiu, balbuciando para si mesma: vou tentar o máximo, é uma promessa. Sabia que Deus a ouvia e exigiria que a cumprisse. E também tenho de livrar-me do ídolo. Tenho de livrar-me de tudo que não satisfaça a Deus.

Ficou mais do que feliz por ir se deitar, ainda que praticamente não tivesse saído do quarto durante o dia inteiro. Deitada, no escuro, parecia ser uma maneira de baixar uma cortina sobre um dia que tinha sido ruim — ruim devido a lembranças desagradáveis e a uma consciência pesada.

Tentarei fazer melhor, prometeu de novo — a si própria e a Deus. Pensou sobre a cabra que deveria agora estar sem rumo, no meio do deserto, carregando consigo o peso dos pecados de um povo. Levaria alguns dias até morrer, se é que iria morrer. Talvez, por algum milagre, encontrasse água e comida. O mistério é que ninguém iria saber.

5

— O imperador romano morreu. — Natã entrou em casa a passos largos e pôs a cesta no chão. — É por isso que há toda essa balbúrdia lá fora.

Durante a noite toda tinham-se ouvido sons distantes, das montanhas, estrondos e barulhos que pareciam sugerir que alguma coisa de errado ocorrera em algum lugar. Talvez fosse o barulho das tropas romanas deixando seus campos em direção ao mar, ou chegando do norte, para se reforçarem, em caso de confusão.

— O rei Herodes Antipas deu ordens para que todos nós observássemos luto oficial — continuou. — Não temos de fazer sacrifícios aos deuses romanos, apenas ao nosso Deus, em nome do imperador falecido. — Natã parecia aliviado e sumiram as rugas de sua testa, mas tinha envelhecido bastante nesses sete anos que o separavam daquele Dia do Perdão em que sua filha Maria fizera a promessa a Deus. Estava agora na casa dos 40 anos; as longas horas de um trabalho exigente, nos armazéns de salgar peixe, faziam-se notar. O casamento de seus dois filhos o aliviara bastante de suas tarefas, mas ainda havia muito trabalho a ser feito.

— Não vai tardar para que o imperador seja declarado um deus, como foi o primeiro, Júlio César — disse a mãe de Maria. — Será que eles vão esperar por um período decente?

Natã reclamou. — Ora, Zebida, o que poderia ser um período decente? — Sentou-se e pegou uma maçã fresca da cesta. — Quanto tempo você acha que leva para ser transformado num deus? Mordeu a maçã, barulhentamente. — É só — zás-trás! — um instante? Ou é um processo lento, que nem massa de pão crescendo?

Ambos caíram na risada. Imaginavam o corpo do velho imperador Augusto crescendo, majestosamente, suas feições inchando e, finalmente, o corpo flutuando em seu leito de morte.

Quando conseguiram tomar fôlego de tanto rir, Zebida disse: — Ele foi imperador tanto tempo que a gente já nem se lembra mais. Que idade tem — tinha — ele?

Natã pensou. — Bem mais de 70 — disse. — É uma vida longa para qualquer um, mas particularmente longa em Roma. — Fez uma pausa. — E apesar de todos esses anos, de todas essas intrigas e de todos esses casamentos, o pobre Augusto não teve um filho para o suceder. Foi senhor do mundo, mas o último de sua família... — Natã abanou a cabeça.

— E quem *irá* sucedê-lo? — perguntou Zebida, séria.

— Tibério, seu enteado. Só que ele nunca gostou de Tibério. Mas, no final, foi o que sobrou. Todos os outros, novos e velhos, que poderiam ser melhores imperadores, morreram: Agripa, seu melhor amigo, seus netos, seus sobrinhos... — Deu de ombros. — É triste. Na verdade, é bem triste.

— E como é esse Tibério?

Viraram-se ambos e viram Maria no limiar da porta. Há quanto tempo estaria ela ali?

— Dizem que é meio sinistro — disse o pai. — E suspeito de complôs por toda parte. Já vem esperando há muito tempo para ser imperador.

— Qual a idade dele? — Maria não tinha perdido aquele jeito inquisitivo com a chegada da adolescência. Nem a rapidez.

— Ora, deve estar na casa dos 50 — disse Natã. — Tornou-se uma velha rabugenta, se é que um homem pode ser chamado de velha rabugenta.

Arrependeu-se assim que disse aquelas palavras. Maria já estava na idade de ser pedida em casamento, mas isso parecia surpreendentemente difícil. Não só ela não parecia interessada em casar-se, como a família não recebera muitas ofertas por ela, o que era estranho. Ela era bonita e inteligente, e uma aliança com a família poderia significar um bom futuro para qualquer jovem.

Com a boca fechada, Maria fitou seu pai. Por fim, disse: — E como é que um romano pode ser uma velha rabugenta?

— O que seu pai queria dizer é que ele é... uma pessoa muito difícil, melindroso, efeminado...

— Como eu? — respondeu Maria. — Ouvi dizer que participava de orgias obscenas, quando ele e seus amigos se divertiam. Então, como poderia ser efeminado?

— Bom, se for possível ser ambas as coisas, então Tibério é ambas as coisas — disse seu pai. — Que reinado nos espera pela frente — previu. — Mas talvez ele fique ocupado lá em Roma e nos deixe em paz.

— E onde é que você ouviu essas coisas sobre a vida dele? — perguntou sua mãe. E *o quê*, precisamente, tinha ouvido? O que ela própria, Zebida, ouvira falar dele era revoltante, repugnante.

— Ah, está na boca do povo — disse Maria, despreocupada. Ela e Quezia sempre falavam sobre ele, especialmente sobre as orgias. Faziam comparações entre os seus padrões de depravação e os dos homens da localidade: *Pelo menos, não tem rolos com desenhos obscenos, como Tibério... Pelo menos não faz isso em público, como Tibério... Não distribui brindes especiais a quem vai às suas orgias, como Tibério...* Não conseguiu evitar uma risada, quando lembrou dos detalhes.

Seu pai suspirou. O interesse de Maria por esse tipo de coisas só iria dificultar o seu casamento. Os homens a veriam com maus olhos, embora fosse atraente e elegante. Iriam preferir uma mulher feia, mas doce, pensou Natã. Olhou para sua filha com olhos de comerciante, tentando avaliar a qualidade da mercadoria. Cabelos bonitos. Feições agradáveis, principalmente a boca e o sorriso. Um pouquinho alta demais, mas magra. Uma voz agradável. Falava grego e aramaico. Conhecia bem as escrituras.

Era uma felicidade que suas vantagens fossem visíveis e suas imperfeições não se percebessem de imediato. Imperfeições: uma cabeça inquieta e inquisitiva. Uma tendência a desobedecer. Interesse por assuntos proibidos — tais como a luxúria de Tibério. Ataques de melancolia que não tentava disfarçar. Um certo gosto por coisas luxuosas e objetos preciosos. Um temperamento um pouco rápido demais e também uma certa teimosia. E guardava seus segredos.

— Imagino que não devêssemos estar rindo — disse Maria, por fim. — Não numa hora em que o corpo de Augusto ainda jaz em algum lugar. Mas não é triste que eles — quero dizer, os romanos — realmente acreditem que ele se transformará num deus?

E mudanças rápidas de assunto, acrescentou seu pai à lista das imperfeições de Maria.

— Fico pensando se realmente acreditam nisso — disse Zebida — ou se é uma mera convenção política. De certa maneira, parece até mais esquisito do que pessoas acreditarem que ídolos têm poder, quando todo mundo sabe que são feitos de pedra e madeira.

E marfim, pensou Maria com um sobressalto. Fazia muito tempo que não pensava em seu segredo do tempo de criança.

— Sim, é verdade, os adoradores de ídolos dizem que não são pedras que adoram, que a pedra representa outro poder, uma força invisível — disse Natã. — Mas dizer que um homem se transforma em deus... — Balançou a cabeça, em desaprovação.

— E pensar que deixam o corpo de Augusto deitado ali, dias e dias depois que morreu!... — disse Maria. — E depois, queimam-no. — Estremeceu. — É uma coisa bárbara, mas, enfim, é isso que eles são, os romanos são bárbaros.

— Pagãos — disse seu pai. — São pagãos, e não bárbaros. É diferente.

— Eu diria que todos os bárbaros são pagãos, mas não o contrário — disse Zebida.

— Tenho pena de todos eles — disse Natã, convicto. — Pagãos, bárbaros, idólatras, todos eles, tenham o nome que tiverem.

O corpo de Augusto César, morto longe de Roma, foi lentamente transportado, viajando de noite e descansando de dia, rumo à capital. Foram duas semanas para que o velho imperador chegasse ao coração de Roma, de onde havia reinado por quase meio século. "Encontrei Roma de pedra, e deixei-a de mármore", consta que ele dizia. E a verdade é que seu cortejo fúnebre atravessou as ruas de uma cidade magnífica. Cerimônias não foram poupadas para tornar sua última viagem terrena exemplo supremo de todas as suas outras viagens. Quando, enfim, sua pira fúnebre foi acesa, um ex-pretor, Numerius Atticus, viu o espírito de Augusto César ascender aos céus; foi o que jurou, mais tarde, perante o Senado.

No dia 17 de setembro, quase um mês após sua morte, o Senado declarou Augusto formalmente um deus. Templos seriam dedicados a ele, sacerdotes celebrariam um culto e festas seriam realizadas em seu nome. Passaria a ser oficial o juramento pela "cabeça divina de Augusto".

Esses juramentos eram imediatamente aceitos em todos os pontos do império, inclusive nas terras de Israel, em centros administrativos romanos, como Caesarea. Mas em Jerusalém e Magdala, a divinização de Augusto coincidiu com as comemorações religiosas do ano novo de 3.775. E, para quem rezava por seus pecados e examinava suas consciências por ocasião do Dia do Perdão, proclamar o imperador um deus teria sido a primeira das abominações de sua lista — e isso se alguém fosse suficientemente fraco para pronunciar o juramento da moda, ainda que durante uma transação comercial importante.

Para Maria, o ritual anual do perdão tinha assumido um caráter cansativo de repetição. Todo ano, ela listava seus pecados e genuinamente se arrependia, prometendo a Deus não os repetir; no ano seguinte, dava por si em seu quarto arrependendo-se dos mesmos pecados. Às vezes eram menos intensos, menos evidentes, o que lhe permitia ver algum progresso, entretanto permaneciam, teimosos como as pedras do caminho, que os jumentos pisam e repisam, mas não destroem.

Agora, este ano, além das coisas já conhecidas, Maria tinha descoberto novidades. No último inverno, passara da infância ao delicado estado de "maneira de mulher". Isso significava uma porção de novas expectativas e normas, algumas delas datando do tempo de Moisés, sobre a impureza ritual, e outras, mais modernas, sobre comportamento. Significava também que agora tinha idade para casar, e embora seu pai não tivesse insistido em começar a busca por um marido, ela sabia que ele o faria mais cedo ou mais tarde.

Ela queria, e não queria, casar-se, o que a confundia. Como não casar significava uma desgraça, ela não desejava a desgraça. Queria o que todo mundo queria: ter uma vida normal, ser abençoada pelas dádivas que todos concordavam que vinham de Deus. Isso significava saúde, prosperidade, respeito, família e um lar. Mas... queria mais liberdade, e a responsabilidade de administrar uma casa, em termos práticos, significava ser uma escrava. Tinha de se ocupar permanentemente de todos os que moravam sob o teto de sua casa. Via como sua própria mãe tinha de trabalhar duramente e como suas cunhadas — de maneiras distintas — também trabalhavam. No entanto, a outra alternativa era a de ser um peso, a vergonha de uma filha solteira. As escrituras estavam repletas de censuras no que se referia às viúvas e aos órfãos, de como eles eram sós e deviam ser assistidos, mas no que se referia à filha não casada, seu status era equivalente, ou ainda pior. A única diferença era de que, nesse caso, um pai ou um irmão a poderia ajudar.

Mas a vida parecia doce demais para ser vivida em dependência. Maria via como as mulheres casadas de Magdala pareciam mais velhas, se comparadas com as mulheres gregas que, às vezes, acompanhavam seus maridos mercadores aos armazéns de salgar peixe. Ouvira dizer que as mulheres estrangeiras podiam ter bens e viajar por conta própria; algumas, inclusive, administravam suas casas e ainda tinham negócios. Dirigiam-se aos homens com intimidade, sem baixar os olhos — Maria já tinha visto fazerem isso, inclusive com homens de sua família. O próprio Eli parecia ter gostado, como se isso fosse um tipo de diversão proibida. Tinham nomes fascinantes, como Phoebe e Phaedra, vestiam roupas simples e não cobriam a cabeça. Nomes que lembravam... Asera.

O nome veio-lhe à cabeça como um raio. Asera.

Asera, que ficara naquele mesmo lugar onde Maria a escondera todo aquele tempo; Asera, que sobrevivera à decisão de Maria de jogá-la para fora da casa e destruí-la; Asera, que, subitamente, se fazia presente em toda a sua força.

Assim que terminar o dia, disse Maria para si mesma, farei o que prometi fazer há tanto tempo. Livrar-me-ei dela. Deus me ordena que o faça. Ele proíbe ídolos.

Por todo o resto do dia, enquanto o sol deslizava pelo céu e a claridade ia sumindo do lado leste de seu quarto, Maria ficou sentada, quieta e obediente, refletindo sobre suas fraquezas. Deveria ser mais obediente e ficar mais satisfeita em obedecer. Não deveria dificultar as tentativas de seu pai de lhe encontrar um marido. Deveria acabar com seus devaneios e dedicar-se a tarefas úteis. Não deveria ser vaidosa, querendo passar tintura de hena nos cabelos para ficarem mais vermelhos. Não deveria mais ler poesia grega. Era pagã e excitava. Descrevia um mundo que lhe era proibido e que ela cobiçava. Cobiça era pecado.

Você jamais irá casar se não mudar esses maus hábitos, disse para si mesma. E você deverá se casar; é um dever para com seu pai. Deus quer ser obedecido. O que dissera Samuel, citando Deus? "A obediência é melhor que o sacrifício."

De repente, ocorreu-lhe um pensamento. Deus falara a Abraão, Moisés, Samuel, Salomão, Jó e aos profetas — mas a única vez que, aparentemente, se dirigira a uma mulher era para anunciar que ela teria um bebê!

Ficou muito perturbada, embora lutasse para esquecer aquele pensamento. Será que era verdade? Havia a história de... Eva. O que lhe dissera Deus? "Multiplicarei sobremodo os sofrimentos da tua gravidez; em meio de dores darás à luz filhos." E Hagar? "Estás grávida e terás um filho; darás a ele o nome de Ismael." Nunca se dirigiu diretamente a Ana ou Sara, embora lhes tenha dado os filhos desejados, que deveriam cumprir uma promessa ou servir a Deus. Filhos, claro. Sempre filhos.

Deve ter falado com alguma mulher, pensou Maria. Com alguma mulher, em algum lugar, numa mensagem que nada tivesse a ver com partos. Mas não lhe ocorria nenhuma, embora tivesse ficado matutando nisso até bem depois do pôr do sol.

E um outro pensamento lhe veio à cabeça. Asera é uma deusa. Uma deusa que se dirige a *mulheres*.

Maria já levava uma vida de mulher casada, de várias maneiras. Com treze anos de idade, um menino judeu já terminara seus estudos da Lei — a menos que pretendesse ser um pesquisador ou um escriba — e fazia parte dos membros da congregação por ocasião das orações. Também nessa idade, já havia começado a aprender um ofício — o de seu pai, ou outro qualquer. Caso tivesse uma irmã gêmea, esta seria relegada às tarefas de ajudar em casa e esperar para se casar. O cotidiano de Maria não era diferente do de sua mãe. Era um trabalho pesado e maçante, pois não representava qualquer desafio, exceto o de ter tudo pronto ao entardecer. Maria era muito eficiente e quase sempre conseguia terminar cedo seu trabalho, de modo a ter um pouco de tempo para si, para fazer o que quisesse.

Gostava de caminhar na direção sul, para além do belo passeio de pedras que beirava o lago no centro da cidade, e para além da barreira de rochas que se prolongavam mar adentro, como se fossem os protetores da cidade. E também gostava de passear à beira-mar.

Às vezes, sentava-se numa rocha redonda e lisa, que ficava à beira do lago, e ficava olhando o pôr do sol. Ao entardecer, como ao nascer do sol, o lago parecia ter um brilho interior, como se o sol se escondesse ali. Havia sempre um sussurro quando a brisa parava e as folhas deixavam de farfalhar, quando o próprio dia parecia dar um suspiro como Deus o fizera no começo da criação, murmurando: "Ficou bom, ficou muito bom". Depois, a noite caía rapidamente, como se uma cortina fosse puxada, mudando a claridade de um tom róseo para malva.

Longe da confusão e do barulho da cidade, Maria retomava sua leitura e devorava a poesia grega e as histórias de antigos heróis, como Héracles. Em Israel, não havia literatura popular; tudo se referia à religião. As histórias e as canções populares eram todas de tradição oral, não havia nada escrito; quem se interessasse por contos de aventuras, tratados de filosofia ou história tinha de buscá-los em grego, latim ou egípcio. E eram fáceis de encontrar nos mercados, pois eram muito procurados — gostassem ou não disso os sábios de Jerusalém. Exemplares já gastos da *Ilíada* e da *Odisseia*, de poemas de Safo e discursos de Cícero, da saga de *Gilgamesh*, de escritos de Catulo e de Horácio eram vendidos e revendidos, mesmo nas bancas de peixe, fora dos portões da cidade.

No momento, Maria lia o poeta Alceu, lutando com o seu grego e com a pouca claridade. Fora seu próprio irmão Silvanus que lhe servira de cúmplice e de professor secreto de grego. Havia dias que estava lendo um poema sobre um naufrágio. Nesse dia, chegaria à última linha, sentindo-se triunfante. Sua frágil decisão de abandonar a poesia grega murchara.

Nós, neste belo navio negro,
Contra imensas ondas somos lançados,
Travando uma luta, desesperada,
Contra a tormenta.
As velas, tensas, gritam, esfacelando-se,
Voando em pedaços.
A espuma das águas explode,

Soltam-se as amarras das âncoras,
E uma nova onda, maior que a primeira,
Lança-se sobre nós, repleta de perigos,
Enquanto o navio mergulha no mar.

Fechou a folha de papiro e ficou olhando para o lago. Influenciada pelo poema, ela via uma tempestade, ao invés da superfície calma e pacífica da água à sua frente. Vinham à sua memória, como ondas, as lembranças das tempestades a que já assistira naquele mesmo lago, que podia ser forte e perigoso.

Levantou-se. Logo seria noite e ela tinha de estar dentro dos muros da cidade. Mas faltava ainda fazer uma coisa — que ela prometera tanto tempo atrás.

De dentro de um saquinho, retirou um objeto embrulhado num pano. O ídolo. Asera. Ela o arremessaria para o lago, deixando-o afundar para onde pudesse encantar peixes, rochas e limo.

Hesitante, pegou-o na palma da mão. Nunca o verei de novo, pensou. Já quase nem me lembro como é, depois de tantos anos.

Não olhe, disse, decidida, para si própria. O ídolo não falou uma vez com você? Não se intrometeu em seus pensamentos ainda ontem?

Levou o braço bem para trás, firmando-se para lançá-lo para o lago à maior distância que conseguisse.

Não sou assim tão fraca, zombou para si mesma. Por que ter medo de olhar um ídolo pagão? Sinto vergonha de ter medo. E a única maneira de dominar o medo é enfrentando-o. Se não olhar agora para o ídolo, eu lhe darei um poder que ficará para sempre sobre mim.

Lentamente, baixou o braço. Abriu a palma da mão, deixando o embrulho ficar ali. Com a outra mão, cuidadosamente, desfez o embrulho. Naquela luz púrpura do entardecer via novamente o rosto de marfim, com os lábios que pareciam sorrir para ela.

Baixou-se para observar melhor, pois já estava escuro. Era tão lindo que parecia prender-lhe a respiração. Era mais bonito que as estátuas de mármore branco de atletas que ela vira sendo transportadas pelo lago para a cidade pagã de Hipos; mais bonito que as efígies sensuais das moedas de Tiro que já vira no mercado, passando de mão em mão.

Seria errado destruí-lo, pensou. Eu poderia vendê-lo ao comerciante grego que sempre passa por aqui a caminho de Cesareia. Deve ser muito caro. E então — um pensamento repentino atravessou-lhe a cabeça — poderia esconder o dinheiro e evitar um casamento não desejado. Rapidamente, substituiu-o por outro, mais caridoso: poderia doá-lo para o comércio de meu pai ou dar aos pobres.

De qualquer maneira, seria um desperdício jogá-lo ao mar.

Contente por ter vencido sua tolice, Maria guardou a pequena escultura em sua bolsa.

6

— Parece um bom rapaz — disse Natã ao jantar, com uma certa simpatia na voz. Passou um pouco de pasta de figo no pão e esperou.

— Também achei — concordou Zebida.

— Uma família que se opôs à admissão de Diná, pode opor-se a qualquer coisa — disse Silvanus, referindo-se à mulher de Eli. Ainda mais rigorosa que Eli em sua observância da Lei religiosa, Diná trouxera uma grande alegria para a família, mas também uma certa mágoa. Assim como na Páscoa, ela tornara qualquer refeição um exercício de despojamento e de pureza ritual. Devido a isso, eles raramente faziam as refeições com Eli e Diná.

Os três voltaram seus olhos para Maria, cuja opinião seria a mais importante. Afinal, seria ela que teria de viver com ele.

— Eu... — As palavras saíam com dificuldade. Seus pensamentos pareciam confusos, presos. O que pensava ela de Joel, o rapaz que já trabalhara vários anos para o comércio da família e estava agora disposto a fazer parte dela? Era um belo rapaz, de uma família respeitável da cidade vizinha de Naim, tinha 32 anos, atraente e dava-se bem com todo mundo. Maria não falara mais do que umas 20 palavras com ele. Se estava interessado, por que não havia conversado a sós com ela? Ela ia muitas vezes ao armazém.

Todos os olhos postos nela. — Eu... acho... que não me importo.

Não era isso que queria dizer! O que se passava com ela?

Sentia a cabeça flutuar e suas palavras não refletiam seus sentimentos. E isso não era de hoje. Já o percebera havia vários meses.

Era por causa — devia ser isso — do problema que tinha para dormir. No inverno passado, o sono pesado que sempre tivera abandonou-a, dando lugar a sonhos terríveis, e bem nítidos, ou então a insônias intermináveis. E seu quarto tornara-se muito frio, quando o resto da casa era confortável. Seu pai procurara ver se haviam fendas na parede, por onde passasse o vento, mas não encontrara nada. Ela acabara por colocar mais cobertas por cima.

A insônia deve estar me prejudicando, pensou Maria. Parece que não consigo pensar. Ou reagir. Mas o assunto é o casamento! Uma coisa que quero e não quero; uma coisa que pode arruinar minha vida, se fizer uma escolha errada. Há anos que venho tendo medo deste dia. Para a família, já vem sendo adiado demais — mas não, para mim.

Natã inclinou-se para a frente. — Uma resposta muito hesitante para uma pergunta muito importante — disse. — *Não me importo* pode servir para resolver se vamos ou não dar um passeio, mas decididamente não é uma resposta adequada para uma proposta de casamento.

— Eu... O que é que ele propôs, de fato? — perguntou Maria. Talvez pudesse decidir se soubesse dos detalhes.

— Disse que se uniria a nós nos negócios de família e que se mudaria para Magdala. Você não teria de ir morar com a família dele.

Isso era bom. Maria não queria ir morar com uma sogra e tomar conta de uma família que não conhecia, embora isso fosse uma prática comum.

— Disse que traria um razoável *mohar*, seu dote de casamento, e que a cerimônia seria no ano que vem. Você estará com 17, e ele com 23 anos. Uma boa idade para ambos. O que acham os rabinos? Até os mais liberais acham que 24 é uma idade limite para um homem se casar.

— Talvez ele esteja preocupado com as expectativas — disse Maria. — Talvez o pai dele o esteja obrigando a se casar.

Essa era uma maneira de ser tipicamente sua. Abanou a cabeça para esquecer o que dissera.

— E daí?— disse sua mãe. — O que importa é que é um bom homem, de uma boa família e que vocês se entendem bem. E tem ambições.

— Eu nem sei se gosto dele. Nem tenho certeza se o reconheceria, se o visse no mercado.

Silvanus refletiu, como se fosse um escriba que estivesse avaliando a situação. — Eu penso que quando escolhemos o nosso jumento fomos mais criteriosos do que estamos sendo agora — deixou escapar.

Seu pai franziu a testa. — Isso é uma tolice. É claro que tivemos de fazer mais perguntas sobre o jumento, pois ele não sabia falar! Mas com um homem é diferente.

— É diferente? — perguntou Maria. — E o que é que ele disse? Ou será que o que conta é o que ele *não* disse, ou o que os outros não dizem sobre ele?

— Então, você mesma conversa com ele! — mandou Natã. — É isso! Da próxima vez que ele estiver no armazém, você vai lá e fala com ele! E, no meio tempo, o que devo dizer-lhe?

— Diga... diga-lhe que eu gostaria de saber sobre ele tanto quanto sei sobre o jumento da família...

— Não vou fazer isso! Você terá de se decidir! — disse seu pai. — Basta destas tolices. Você terá de decidir hoje. Não irá falar com ele. Se você falar com ele, vai assustá-lo!

Pronto, agora ele tinha dito o que pensava. Estavam loucos para que ela casasse e ficaram delirantes de felicidade quando o homem de Naim pedira sua mão, pensou Maria. Tornara-se um estorvo — solteira, aos 16 anos. Essa poderia ser sua última chance.

— Eu... Eu vou ter... Tenho de pensar sobre isso pelo menos até amanhã — disse. — Façam-me esse favor. Afinal de contas, esperamos até mais quando compramos o...

— Basta de falar no jumento! — explodiu Natã.

A noite mal começara e o sono parecia chegar — sono que lhe faltara por tantas noites. Ao entardecer sucedeu-se logo a escuridão, com aquele cheiro peculiar do azeite queimando na lamparina, assinalando o cair da noite sobre a casa.

Finalmente, chegara a hora de se deitar. Maria deitou-se na cama estreita do quarto frio — surpreendentemente frio, apesar do inverno ainda não ter chegado. Puxou mais cobertas até a cabeça e fechou os olhos. Queria fugir do mundo real.

Porém, o sono parecia agora deixá-la, por perversidade. Tinha plena consciência de cada uma das sombras em seu quarto, de cada som e da luz da lua brilhando num dos cantos, como o olho de um deus implacável, penetrante.

O que se está passando comigo?, perguntou a si mesma numa vozinha submissa. Parece que não consigo mais pensar, nem pareço eu mesma.

Quase via sua respiração no quarto. Lentamente, expirou e — sim!, dava para ver uma nuvenzinha contra o luar. Era impossível. Estava mais quente lá fora. Não era possível que estivesse frio dentro de casa.

E a opressão em sua mente — como se alguém a estivesse empurrando para baixo, fazendo *pressão* sobre ela.

E aquele homem... Joel... Tente pensar em Joel, ordenou a si própria. Ele quer casar com você, levar você para a casa dele. Imagine seu rosto.

Tentou pensar nele, invocar seu rosto, mas não conseguia. Parecia ter sumido de sua memória.

De repente, pensou ouvir um rangido dentro do quarto. Sentando-se, inteiramente acordada, esforçou-se para ver do que se tratava. A escuridão era total e ela não conseguia penetrá-la. Então, lentamente, algo pareceu tomar forma na escuridão — um pequeno baú. Que se mexia, fazendo um rangido ao se deslocar pelo chão de pedra.

Olhou-o, com medo, enquanto o baú se deslocava para onde batia a luz do luar. Ou seria o luar que o movera?

Queria orar, mas vinham a seus lábios palavras sem sentido, confusas, que desconhecia.

O que haveria no baú?, perguntou a si própria. Mas estava tão apavorada que não iria sair de sua cama para ver. Em vez disso, ficou olhando, ansiosa, para o baú.

Embora fosse forçada a ficar numa posição completamente rígida, na cama, acabou adormecendo, o que era estranho. Teve sonhos curiosos e detalhados: sonhou com cavernas negras, que ficavam na colina por trás da cidade, que se estendiam, profundas, e pareciam não ter fim. Pareciam a própria noite.

Mas quando se anunciava a aurora e ela já ouvia os barulhos de passos, do lado de fora, e de pescadores remando seus barcos para começar seu trabalho, ela saiu de seu sonho-caverna e voltou para seu quarto. Imediatamente, olhou para o chão para ver onde estava o baú. Sabia que tudo isso era só um sonho — um baú que se movia.

Mas ele estava lá... Não exatamente onde estava antes, mas também não estava no centro do quarto. Talvez sua mãe o tivesse trazido para lá e ela não tivesse reparado, ou então poderia tê-lo visto rapidamente, e depois sonhado com ele.

Ou teria o baú tornado a mover-se depois que ela adormecera?

Sem uma palavra, levantou-se. O quarto ainda estava muito frio. Pegou um xale, colocou-o em volta dos ombros e esfregou seus braços, para aquecê-los. Estupefata, descobriu que os braços estavam cheios de arranhões — arranhões que constituíam uma espécie de desenho e doíam ao serem tocados.

Quase deu um grito, mas conseguiu abafá-lo. Estendeu os braços e olhou para as marcas. Pareciam arranhões feitos com espinhos. Tentou relembrar tudo o que fizera no dia anterior. Seria possível que tivesse chegado perto de cardos? Ou teria ficado sonâmbula? Já tinha havido na cidade o caso de um menino que caminhava dormindo; saía andando, em plena noite, e na manhã seguinte não se lembrava de nada. Seus pais tiveram que amarrá-lo à cama para evitar que saísse para a rua. Ficava apavorada só de pensar que poderia ter saído de casa, desprevenida e exposta aos perigos.

Abaixou-se junto ao baú e passou as mãos sobre sua tampa — uma superfície lisa, construída pelo carpinteiro local, decorada com algumas tachas. Tocou-o com as pontas dos dedos. Não tinha rodas nem qualquer outra coisa que permitisse movê-lo com facilidade. Pelo contrário; os pinos fortes da base estavam solidamente grudados ao chão, tornando difícil deslocá-lo.

Mas — e aí, sua respiração pareceu parar — aqueles pinos *fariam* um ruído de rangido, se o baú fosse arrastado pelo assoalho! E, na verdade, pequenos traços no chão, atrás do lugar onde o baú se encontrava, provavam que ele havia sido deslocado.

Mas podia ter sido deslocado por qualquer pessoa, pensou Maria.

Abriu a tampa lentamente, como se receasse que uma cobra pulasse para fora. Mas não havia ali nada senão túnicas de linho, dobradas, e alguns xales de lã grossa. Debaixo deles, alguns textos gregos que ela escondera, como se fossem perigosos. Agora com mais coragem, enfiou a mão e foi sentindo o que ali se encontrava. Nem cobras, nem escorpiões, nada de perigoso. Sentiu algo saliente e segurou-o, puxando-o para fora.

Era algo embrulhado em várias camadas de pano, algo extremamente íntimo. Desfez o embrulho lentamente, apreensiva. As camadas de pano foram saindo e surgiu o rosto sorridente de Asera.

Maria sentiu um sobressalto. A beleza atrevida do ídolo, que a impedira de destruí-lo, agora parecia zombar dela.

"Você não tem coragem de se livrar de mim", parecia dizer. *"Todos aqueles profetas homens, os Jeremias, os Oseias, teriam logo acabado comigo. Mas você é mulher, e entende melhor. Entende que somos irmãs e devemos ajudar-nos uma à outra. Você me ajudou e agora eu a ajudarei. Darei a você tudo o que me permita dar o meu poder."*

E o que seria isso?, perguntou Maria mentalmente.

"O que querem as mulheres? É sempre o mesmo. Querem beleza, poder sobre os homens em consequência da beleza, e garantia de segurança. É muito simples."

Mas eu quero mais do que isso, pensou Maria. Quero refletir a glória de Deus em minha pessoa, quero ser o que fui criada para ser. Não quero ser impedida de fazê-lo por coisas pequenas.

Mas seduzir os homens pela beleza era tão mais natural, da parte de uma mulher. Era a tentação. Era uma ambição muito menor, e, no entanto, muito mais desejada, de várias maneiras.

— Você nada pode acrescentar à minha beleza, nem subtrair — disse Maria em voz alta. — Eu sou do jeito que sou e nada irá mudá-lo. *Responda-me, diga alguma coisa diferente!* desafiou.

"Mas eu posso mudar a forma pela qual os outros veem você", sussurrou Asera em sua cabeça. *"Eles irão vê-la como a misteriosa e bela Magdalena, ou simplesmente como a Maria da família de peixeiros de Magdala?"*

Independentemente do que eu possa ou não querer, a verdade é que a minha vida já foi decidida, respondeu Maria. E as pessoas me veem como sempre viram.

"Posso mudar tudo a partir deste instante", prometeu Asera. *"Posso dar a você a beleza de uma deusa. Pelo menos, aos olhos dos outros."*

Então você não pode mudar minhas feições, meus olhos ou meu nariz?, perguntou Maria. Um homem me procurou e me escolheu, com o que viram seus olhos. Agora é tarde demais.

Asera suspirou. *"Nunca é tarde demais"*, murmurou. *"Os mortais não compreendem isso."*

Para Deus, nunca é tarde demais. Javé diz que mil anos são como um dia aos seus olhos. Mas não é assim, para mim, respondeu-lhe Maria, continuando o diálogo mental.

"Você é uma mulher", sussurrou Asera. *"Eu sou uma deusa de mulheres e escolhi você. Posso satisfazer seus sonhos, os sonhos de ser desejável a seu marido."*

Como poderá ela saber? Como poderia ela saber desse segredo, desse desejo meu?, pensou Maria.

Mulheres. Homens. Casamento. Amor e desejo. Filhos. Toda mulher quer ser Bate-Seba, quer ser Raquel, quer ser a noiva desejada. *Como eu mesma quero.*

Todos os meus sonhos... todos os meus desejos de beleza, conceda-os!, ordenou em voz áspera, sarcástica.

Apertou seus dedos em volta do ídolo, como se o asfixiasse, para lhe lembrar que detinha o poder de destruí-lo. Parecia tão leve na palma de sua mão.

— Faça-me bonita, faça meu marido amar-me mais do que qualquer coisa! — ordenou de novo. Então, empurrou-o para dentro do baú, bateu a tampa e arrastou-o de volta contra a parede.

Não sou bonita, pensou, endireitando-se. Sei que não sou bonita. Mas como gostaria de ser, nem que fosse por um dia! Como gostaria que alguém — talvez com um novo modo de ver — me visse dessa maneira!

Quando saiu do quarto, sua mãe e seu pai já estavam de pé e comiam a refeição da manhã, de pão e queijo. Olharam-na com ansiedade; já a esperavam com impaciência.

Sentou-se rapidamente à mesa e pegou um pedaço de pão.

— E então? — perguntou seu pai. Percebeu que sua mãe olhava para ele como se dissesse Natã, não se afobe!

— Concordo em ser a mulher de Joel — disse ela. Parecia a coisa certa a fazer; e estava exaurida pela luta interior e pelo exame de consciência que fizera. Devia casar-se e Joel parecia tão bom quanto qualquer outro e melhor que a maioria. Suas ambições iriam diminuir em mais um ano ou dois e talvez se visse forçada a casar com um viúvo mais velho. Além disso... talvez esta casa estivesse assombrada por um espírito maligno que parecia tê-la escolhido, e seria melhor que fosse para outro lugar. *Algo* a estava expulsando dali. Poderia não ter nada a ver com o velho ídolo de marfim que estava no baú, poderia ser outra força. Como ter certeza?

Maria já vira os possuídos — que, na verdade, deveriam ser chamados "despossuídos", pois haviam perdido tudo na vida — perambulando pelo mercado, com todo mundo olhando fixamente para eles e evitando-os. Ninguém saberia dizer por que motivo um demônio escolhia uma pessoa ou outra; isso ocorria com pessoas das melhores famílias. E agora parecia que a própria casa de Maria tinha sido invadida. Era seu dever deixar a casa e levar o espírito consigo, protegendo assim sua família, ou livrando-se dele.

— Maria... Isso é maravilhoso! — disse sua mãe. Aparentemente, ela esperava por uma discussão interminável sobre o assunto. Cedendo com facilidade, Maria dera-lhes um presente inesperado. — Estou tão feliz por vocês.

— É verdade — disse Natã. — Consideramos Joel um homem recomendável. Ficaremos felizes de recebê-lo como filho.

— Maria — sua mãe levantou-se e abraçou-a. — Estou tão... contente.

Você quer dizer aliviada, pensou Maria. Aliviada por não ter de carregar a desgraça de uma filha não casada. Assim, vocês cumpriram seus deveres.

— Sim, mãe — disse, dando-lhe um abraço de verdade, puxando-a contra si.

E agora eu os deixarei, pensou. Não, hoje, mas em breve. E, de certa forma, as despedidas já começaram.

Sentia-se desolada, como se estivesse sendo descartada.

"Por isso, deixará o homem seu pai e sua mãe e unir-se-á à sua mulher", diziam as escrituras. De novo, só se referiam ao homem e ao que ele fazia, pensou Maria. Nenhuma menção à mulher de quem depende ou aos seus sentimentos.

— Devo falar com ele hoje? — perguntou Maria. — Ou o senhor prefere falar primeiro com ele?

— Você mesma deveria falar com ele — disse seu pai. — Seria melhor que falassem a sós, um com o outro. Afinal, somos pessoas modernas. — E ele sorria, claramente feliz.

Maria preparou-se para ir ao armazém. Vestiu-se devagar, escolhendo um vestido que lhe caía bem — branco, com uma listra no colarinho. Penteou o cabelo, atando-o atrás com uma presilha.

Imagino que depois de casar terei de usá-lo amarrado com tranças. E coberto. Que pena. Mas era um pensamento fugaz. Todo mundo sabia que mulheres casadas tinham de cobrir a cabeça. Era parte do preço a pagar por ser uma esposa respeitável. Nenhum outro homem podia ver seu cabelo.

Isso também significava, naturalmente, que ninguém poderia ver seu cabelo fora de sua casa — nem crianças, ou amigas ou homens mais velhos. E assim perdia o mundo exterior um pouco de beleza.

Escolheu umas sandálias de pele, macias, e uma mantilha leve, de lã. Afinal, supõe-se que este seja o dia mais feliz da minha vida, pensou. Por isso, devo pôr uma roupa especial para este dia, uma roupa que me leve a lembrar, quando voltar a vesti-la: "Essa é a mantilha que usei no dia em que...". E talvez até conte isso para minha filha e lhe mostre a mantilha.

Suspirou. Já estou me sentindo esquisita, imaginando o que vou contar à minha filha, pensou.

Dirigiu-se ao armazém, sabendo que meio-dia era boa hora para uma visita. Estaria todo mundo lá e, embora os olhos de todos fossem acompanhá-la quando entrasse, o barulho e os ruídos lá dentro iriam abafar o que ela e Joel viessem a dizer um ao outro.

O armazém da família ficava perto do cais onde os pescadores descarregavam o peixe pescado no lago de Magdala, para além do passeio de pedras e do mercado, onde se vendia e comprava o peixe.

O peixe era abundante no lago, o que proporcionava uma boa dieta alimentar às 16 cidades que ficavam em sua orla. Mas o peixe também era altamente perecível e não podia ser enviado para longe sem ser, de alguma forma, tratado e preservado. A família de Maria criara um negócio especializado que fazia os três tipos conhecidos de tratamento de peixe: o da secagem, o da defumação e o da curtição pelo sal.

Primeiramente, esses métodos eram utilizados com sardinhas, o peixe que constituía a base alimentar de toda a região. As sardinhas eram pequenas e fáceis de ser tratadas: os peixes maiores, que não podiam ser preservados, deviam ser consumidos rapidamente. Mas as sardinhas eram suscetíveis de serem tratadas e eram enviadas, preservadas, para Roma, onde se dizia que eram consideradas um prato requintado, servido, inclusive, à mesa do imperador.

Certa vez, Natã recebera uma encomenda da casa do imperador Augusto — e guardara o pedido escrito, como lembrança.

Cerca de 15 empregados encarregavam-se do trabalho pesado, desde a disposição dos barris até o processo de salgar e, depois, colocar o peixe em frascos. Nos meses mais quentes, o cheiro era bastante forte dentro do armazém; só aguentava trabalhar ali quem tivesse um estômago forte. Hoje, estava relativamente fresco e o vento, que entrava pelas portas abertas, levava o cheiro em direção ao lago.

Maria viera caminhando devagar, pelas ruas, adiando o encontro o máximo que podia. Passou por várias pessoas que conhecia, e fez questão de parar e conversar com cada uma delas enquanto pensava: "Pelo menos, não terei que sair daqui e perder de vista todas estas pessoas que conheci a vida inteira, todas estas mulheres. Pelo menos, sou grata por isso".

E Joel não era um pastor, ou um caixeiro-viajante ou um contador da casa real — profissões que implicariam uma mudança brusca em seu modo de vida. O trabalho de pastor de ovelhas, além de ser duro, fedia e, com todo o respeito pelo rei Davi, não era um modo de vida muito atraente. O trabalho do caixeiro exigia ficar constantemente barganhando preços para conseguir algum lucro nas mercadorias compradas — assim como exigia viajar o tempo todo. Quanto a trabalhar na casa do rei, Herodes Antipas — e embora este fosse mais humano que seu pai, o rei Herodes, cruel e imprevisível —, sua proximidade e seus vínculos com Roma incomodavam os judeus que ali serviam. Dizia-se que, dependendo da pessoa a quem ele queria agradar, poderia ser um judeu ou um pagão. Era ele, no entanto, o único intermediário entre os galileus e o poder romano.

Não dava para adiar mais. Maria estava em frente à grande casa de pedra onde ficava o comércio de peixe da família. Endireitou os ombros. Entrando e saindo pela porta principal, trabalhadores que ela conhecia desde criança empurravam barris e carroças, mas ela nem olhava para eles. Tinha de ir lá dentro; tinha de falar com ele.

Entrou. Estava escuro e demorou um pouco para seus olhos se acostumarem. Formas pouco nítidas, que se moviam, foram se transformando em homens. Silvanus estava em pé, junto a um monte de sal que tinha sido descarregado num dos cantos do galpão. Tinha um bloco na mão e discutia números com outro homem. Outros homens moíam o sal grosso.

E então Maria viu Joel, junto a uma fileira de ânforas de barro que seriam enchidas com o molho usado pela família — receita que ficara famosa —

para a preservação do peixe. Havia dois tipos desse molho: um para os pagãos e outro estritamente *kosher*. Muita gente fazia esse molho, mas o de Magdala era tido como excelente e sua qualidade tornara famosa a família de Maria.

Lá está ele, pensou Maria. Eu o ficarei procurando pelo resto de minha vida — no armazém, na rua, em casa. Ele é... atraente. Alto e esbelto. E parece — mas, antes que pudesse continuar com suas elucubrações, Joel a viu. Seu rosto iluminou-se e correu para ela.

— Obrigado por ter vindo — disse, aproximando-se.

Ela só acenou com a cabeça, pois, de repente, sentiu que não conseguia falar. Limitou-se a ficar olhando para ele, sem avaliar aquela pessoa, o que sempre fazia em outras situações. Também um pouco atrapalhado, ele parou em sua frente.

— Sei que isso é difícil — disse. — Embora nos tenhamos encontrado por várias vezes...

— Não demos atenção um ao outro — disse Maria, terminando a frase para ele.

— Eu dei — disse ele.

— Ah.

— Vamos lá para fora — disse Joel. Com um gesto, apontou as movimentadas idas e vindas no armazém, assim como a atenção que prestavam alguns dos outros, que poderiam estar suspeitando. Por um instante, Maria hesitou, pois desejava a proteção das outras pessoas presentes. Depois, seguiu-o.

Saíram do prédio escuro e ficaram em frente a um grande casebre, coberto e com pisos de mosaico. Era ali que os barcos de pesca descarregavam o peixe, o que tornava o chão escorregadio. Os peixes — prateados, listrados, coloridos — eram separados em pilhas. À altura do nível da água, havia uma vasilha de pedra onde peixes ainda vivos ficavam por algum tempo.

Foram caminhando pelo passeio de pedra que beirava o lago, na direção norte, para longe de olhares curiosos. Era um caminho largo, muito usado, fazendo uma curva que acompanhava o lago oval.

— Você não é de uma família do lago, nem de pescadores — disse Maria, finalmente, como se fosse uma pergunta.

— Não — disse ele, olhando em frente enquanto falava. — Minha família mora na Galileia há muitas gerações. Há, inclusive, quem diga que ficamos nessas terras durante todas as guerras. Os assírios alegam ter evacuado toda a população da região. Mas, obviamente, não o fizeram; se o tivessem feito, haveria tantos israelitas quanto assírios na terra deles. Não creio que quisessem repetir a experiência do faraó e ter sua população superada pela nossa!

Sua voz era agradável, pensou Maria, e refletia sobre suas palavras. Seu rosto era simpático e agradável para se olhar. Talvez... talvez... eu até venha a amar esta pessoa. Talvez ele seja como eu.

— Também há uma lenda sobre isso na minha família — disse Maria. — Que pertencemos — ou pertencíamos, pois supõe-se que já tenham desaparecido — à tribo de Naftali, desta região. Logo ali, na curva, é onde fica a antiga cidade deles. De qualquer maneira, é uma história interessante.

— Naftali é uma gazela solta — disse Joel. — Não foi isso que disse Jacó em sua oração quando morria?

Maria riu. — É, e ninguém compreendeu o que ele quis dizer!

— Jacó também disse que trazia palavras bondosas. — Joel diminuiu a passada. — Espero por suas palavras, Maria. E espero que sejam bondosas para nós dois. Deixe seu coração falar.

Era tão direto! Será que não podiam caminhar um pouco mais, conversar um pouco mais? E como se podia ter essa conversa de uma maneira natural? Ajustou o lenço de sua cabeça, para ganhar tempo.

— Eu... Eu disse a meu pai que... que aceitaria sua oferta de se juntar à nossa família.

— Não foi exatamente isso que ofereci — disse ele. — Você não pode dizer as palavras concretamente?

Não, não podia. As palavras não saíam de sua garganta. Palavras como "casar", "esposa" e "casamento" estavam para além de sua força. Balançou a cabeça.

— Então, se você não consegue pronunciá-las, você não deve assumi-las. — Parecia frustrado, mas resignado.

— Você também não pronunciou as palavras. — Como ela, também ele as evitara.

Pareceu desconcertado. — Mas para seu pai, eu...

— Mas, para mim, tudo que você disse foi "espero por suas palavras". Palavras sobre o quê?

Ele sorriu. — Você tem razão. Mas você não vai escapar, pois não tenho medo de dizer: "Quero que seja minha mulher. Quero ser seu marido e quero que sejamos uma família". Pronto. Falei.

Um bando de crianças barulhentas surgira na curva do lago, correndo atrás uns dos outros e gritando.

— Por quê? — foi tudo que Maria conseguiu dizer.

— Porque, desde criança, sabia que não queria ser agricultor, como meu pai. Queria procurar o meu ofício, ter minha casa e minha família. Quando vi você, tive certeza de que era a pessoa com quem queria partilhar minha vida.

— Mas por quê? — Ele praticamente nunca falara com ela. Como podia ter certeza?

— E "Jacó amava Raquel". Por quê? Havia acabado de a conhecer. Ela só tinha dado água às suas ovelhas.

— Isso foi há muito tempo e não passa de uma lenda. — Teria de se esforçar um pouco mais.

— E "por amor a Raquel, serviu Jacó sete anos; e estes lhe pareceram como poucos dias, pelo muito que a amava". É uma história verdadeira, Maria. Acontece o tempo todo. Aconteceu comigo. — Fez uma pausa, encabulado, tentando recuperar a dignidade. — Trabalho no armazém há quase três anos! Quase a metade do tempo que Jacó serviu a Raquel.

Agora era a vez de ela ficar encabulada. — Espero que não tenha sido por isso que você trabalha lá.

— Não, me senti atraído pelo ofício. Gosto da ideia de alimentar as pessoas, trabalhar com uma coisa que é necessária, assim como ter a oportunidade de viajar e conhecer novos fregueses. O mundo é muito grande, Maria. Grande demais para me contentar em nunca sair da Galileia, por mais bonita que seja esta terra.

Ele desejava conhecer o mundo, aventurar-se além dos limites do negócio do peixe. Já saíra de Naim e escolhera um ofício que não era o de seu pai. Também era assim que ela se sentia — atraída por alguma coisa bem distante. Eles eram iguais: inquietos, procurando espíritos.

— Compreendo. — Agora, teria de dar sua resposta. — Sinto-me honrada com o fato de você ter pensado em mim como Raquel. E, como Raquel, consinto em me casar com você. Mas não confio nesse tipo de decisões que você descreveu.

— Ah, Maria, então eu espero... que um dia... quando você vier a compreender, serei eu que estarei no círculo de sua escolha. Por ora, basta-me que você tenha dito que sim. Sou um homem de sorte.

Ela não o considerava um homem de sorte, e sim iludido. E se ele soubesse de um dos motivos pelos quais ela se dispusera a sair da casa dos pais, não ficaria contente. Mas sentia-se aliviada. Tudo iria dar certo. As dores de cabeça, as insônias, as confusões iriam sumir — podia senti-lo aqui mesmo, na luz do dia. Ficaria livre de tudo aquilo. Joel a levaria embora da casa que a assombrava.

Ao invés de se sentirem menos encabulados, as palavras solenes que haviam acabado de pronunciar faziam que se sentissem, agora, ainda menos à vontade um com o outro. Mas continuaram caminhando, resolutos, tentando parecer tranquilos. O sol brilhante fora encoberto pela passagem de umas nuvens, o que fazia o lago parecer um mosaico de cores distintas. Um vento suave fazia balançarem os juncos e as urtigas que cresciam junto ao caminho.

— Uma pedra de culto! — disse Joel, de repente, apontando para um objeto preto, arredondado, quase escondido atrás de uns arbustos. Tinha um buraco na parte de cima e parecia uma âncora de pedra, mas maior. — Olhe! Nunca vi um num lugar como este! — Aproximou-se, com cuidado, como se esperasse que o objeto se movesse.

— O que você quer dizer com isso? Não é uma âncora velha?

Maria já vira coisas parecidas, mas não se lembrava onde. Não dera muita atenção.

— Não. — Joel abaixou-se, afastando o mato que crescera à sua volta. — Realmente parece, mas você está vendo como é grande? É uma relíquia dos cananeus. Um de seus deuses. Ou então, uma oferenda aos deuses. Talvez ao deus do mar, que imaginavam que morasse aqui no lago.

— A terra está cheia de ídolos — disse Maria, sem perceber. — Debaixo do chão, à beira de um caminho...

— É bom que ainda existam, aqui e ali — disse Joel. — Para nos lembrar de que poderão voltar um dia. Não temos certeza de nada.

Maria sentiu um arrepio de frio, mas conseguiu ocultá-lo.

— É verdade — concordou. — Não temos certeza de nada.

De repente, uma rajada de vento arrancou a mantilha da cabeça de Maria e, instintivamente, ela cruzou os braços. Ao fazê-lo, Joel viu os arranhões que ela tentava encobrir.

— O que é isso? — perguntou, olhando para eles.

— Não é nada... eu estava pegando um pouco de lenha, perto da praia, e...

— E aí? Você lutou com a lenha? — Joel sorriu. — Nunca se deve catar lenha sem uma proteção nos braços. — E deixou o assunto para lá.

Na realidade, parecia bastante contente e sua atitude mudou de desconfiança para alegria, à medida que continuavam a caminhada à beira do lago. Vários barcos de pesca dirigiam-se para um pequeno cais de águas quentes, que era chamado de Sete Fontes. Os pescadores das cidades de Cafarnaum e Betsaida gostavam dali, pois a água quente atraía certos tipos de peixe; devido a isso, o cais ficava repleto de pequenos barcos, todos querendo descarregar o peixe ao mesmo tempo. O cais estava alvoroçado, numa atmosfera de alegria.

— Os pescadores são pessoas interessantes, disse Joel. — Têm características tão contraditórias — uma reputação de devoção, embora lidem com coisas bem materiais. Trabalham de noite, remendam as redes... Suas vidas são exatamente o contrário da vida dos escribas religiosos.

— Talvez por isso é que sua religiosidade seja suspeita — disse Maria — pelo menos para os rabinos de Jerusalém. Afinal, como poderia um pescador manter a sua pureza ritual? Tem de lidar com peixe sujo todos os dias, quando descarrega as redes.

— Entretanto, num caso de necessidade, você preferiria poder contar com um pescador ou com um escriba de Jerusalém? — Joel ria. — Veja o caso de Zebedeu — acenou para um homem forte, de rosto vermelho, que acenou de volta, embora provavelmente nem tivesse reconhecido Joel àquela distância. — Sozinho no barco, ainda assim trouxe uma boa pescaria em meio a um temporal. Tem vários barcos, um autêntico empreendimento. Seus filhos trabalham com ele e também contratou pescadores.

Aproximaram-se do cais, onde reinava a confusão com a chegada do peixe.

— Atenção! — berrou uma voz forte. — Fique longe dessa cesta!

Passavam ao lado de uma cesta enorme, de onde escorria uma água suja. Os peixes faziam a cesta tremer.

— Desculpe, Simão — disse Joel, dando um passo para trás.

— Trabalhei três horas para separar esse peixe — disse Simão, um gigante que estava de pé, junto à cesta, de braços cruzados. Parecia ameaçador. Depois deu uma gargalhada.

— Eu seria o último a prejudicar seu trabalho — disse Joel. Por um instante, hesitou. Maria sentia que estava pensando. — Simão, você conhece os filhos de Natã, Samuel e Eli. Esta é a irmã deles, Maria.

Simão olhou-a atentamente. Tinha olhos enormes, que pareciam perfurá-la. "Sim, já a vi no armazém." Acenou com a cabeça, energicamente.

— Maria concordou em ser minha mulher — disse Joel. E olhou para ela, orgulhoso.

O rosto de Simão iluminou-se com um sorriso enorme. — Você é um homem abençoado! Meus parabéns! Piscou o olho, brincando: — Quer dizer que é você que eu terei de procurar no futuro?

Joel ficou sem jeito. — Não, claro que não. Quem continua mandando é Natã. Ele não é velho.

— Isso é o que meu pai diz dele mesmo — disse Simão. — Mas o André e eu percebemos que ele está querendo passar o trabalho pesado para nós. — Apontou com o dedo outro rapaz, sozinho, no cais. Tinha cabelo encaracolado, escuro, mas não se parecia em nada com a exuberância de seu irmão. Era mais magro e mais baixo. — E desde que casei — continuou Simão — sinto-me cada vez mais respeitável.

— Você casou? — disse Joel. – Não sabia. Então você também merece parabéns.

Simão sorriu. — É, levou algum tempo para me acostumar. Agora, tenho uma sogra, o que é bastante diferente de uma mãe, é bom que lhe diga. — Coçou a cabeça. — Certa vez, uma pessoa me disse: "Se você quiser saber como vai ser uma moça em 20 anos, olhe para a mãe dela". Bom, não é verdade. Ou, se for, Deus que me ajude!

Aproximava-se o barco de Zebedeu, seguido por outro, com dois rapazes — um de rosto largo e cabelo claro e o outro mais magro, alourado.

— Ei, você aí! — gritou Zebedeu para ninguém especificamente. — Jogue a corda! — Um garoto meio assustado, que estava no cais, apressou-se em obedecer. Atrás de Zebedeu, o outro barco atracou.

Antes que desembarcassem e pudessem começar uma conversa, Joel olhou para o céu. — Já passa de meio-dia — disse. — É hora de voltar. — Acenou para os pescadores e dirigiu-se à cidade.

Maria também queria voltar para casa. Queria ficar sozinha e meditar sobre o que se passara. Tinha concordado em casar com aquele homem. Tinham discutido o assunto, e concordado. Parecia tão estranho, tão irreal. Queria ficar a sós e refletir.

Mas sentia-se bem, caminhando ao lado dele, ouvindo suas opiniões sobre os pescadores e seus desejos de viajar e de ajudar as pessoas. Eram coisas agradáveis, que a reconfortavam. Deve ser a coisa certa, pensou. Tem de ser. Cresceremos juntos, ao longo dos anos, pois já parecemos pensar da mesma maneira sobre o que queremos.

7

Maria precipitou-se para a rua que levava à casa de Quezia, louca para lhe contar sobre Joel. Durante todos aqueles anos, conseguira manter em segredo a amizade com ela, embora Silvanus soubesse — e aprovasse. As moças, que há muito tinham deixado de brincar com os pratinhos de miniatura, haviam transferido suas atenções para a vida real, planejando suas futuras casas e especulando sobre seus companheiros — uma brincadeira sem fim, pois nenhuma delas tinha em vista um noivo. Quezia estava encantada com um homem rico, de Jerusalém, que morava na zona alta da cidade e recebia muitos visitantes estrangeiros. Às vezes passava um tempo no exterior, ocupando um posto de diplomata ou em missão comercial. Tinha também uma casa à beira-mar.

Maria, por seu lado, imaginava um soldado — de um poderoso exército judeu — que também era um estudioso. Era corajoso, poético e paciente. Paciente porque ficava muito tempo fora, cumprindo missões militares, e não podia acompanhar de perto a vida cotidiana em sua casa. Ela não lhe era infiel, mas era maravilhoso poder comprar o que quisesse sem que ele o percebesse. Como sua mãe sempre percebia e, em geral, criticava.

Aos 16 anos, Quezia já recebera várias ofertas de casamento e recusara todas. Seu pai tinha ambições maiores do que os pescadores e aprendizes que se tinham apresentado.

Maria bateu à porta e foi rapidamente atendida por um grito de "Oba!" da própria Quezia. Era encantadora; dava sempre a impressão de que havia esperado o dia inteiro por uma visita e que não havia nada tão importante quanto isso.

— O que aconteceu? — perguntou. — Você está toda vermelha.

— *Aconteceu* — disse Maria, entrando.

— *O quê?*

— Quezia... Fui pedida em casamento.

A bela carinha de Quezia ficou perplexa. — Quem?

— Chama-se Joel — disse Maria. — Trabalha com meu pai.

— Oh, não! — Quezia pôs a mão sobre a boca. — Nós sempre dissemos...

— Que não nos conformaríamos com isso — disse Maria. — Eu sei. E os nossos homens imaginários eram fabulosos. Seu diplomata rico, de Jerusalém, e o meu soldado... — Sua voz sumiu. — Mas também sabíamos que isso não era o mundo real. Sabíamos que não iria acontecer.

— Claro. — E Quezia acenou com a cabeça, devagar. — Foi sempre de mentirinha. Sorriu e pôs o braço em torno dos ombros de Maria, levando-a para dentro de casa. — Agora você terá de me contar sobre esse homem de verdade.

Maria queria não ter vindo. As fantasias de ambas poderiam ter durado um pouco mais, se não tivesse vindo. Mas que diferença tinha um dia? Porque se não tivesse vindo hoje para contar a Quezia, viria amanhã. Não se guardam de uma amiga segredos como um pedido de casamento.

Ao chegar ao vestíbulo de entrada da casa de Quezia, Maria já se sentia tão familiar quanto na sua própria casa. Dirigiram-se ao velho quarto, de que ela tanto gostava, agora mobiliado de acordo com gostos adultos. Quezia jogou-se numa banqueta enquanto, apontando para uma jarra numa bandeja, perguntava, gentilmente: — Quer suco de tamarindo? — Maria disse que não.

Quezia inclinou-se para a frente, com os olhos brilhando. — E aí? Conte-me, conte-me!

— Bom, este rapaz, Joel, é de Naim...

Descreveu Joel da forma mais simpática que podia, mas enquanto o fazia pensava que ele ainda ficava bem longe do soldado. Quando terminou, Quezia disse, amavelmente: — Parece que você fez uma boa escolha. Teremos de aposentar o Soldado e o Diplomata. Construiremos nossas vidas com um tratador de peixe e... Meu pai recebeu recentemente uma oferta da parte de um homem chamado Reuben ben-Asher, que fabrica espadas. Não espadas comuns — apressou-se a explicar. — São espadas muito elegantes, finas como um véu e afiadas como uma navalha.

— Mas você não tomou uma decisão? — perguntou Maria.

— Meu pai não decidiu — respondeu Quezia. — Só irei encontrá-lo depois que ele disser sim ou não.

Naquele instante, Maria sentiu-se grata à sua família. Embora muito rigorosos e tradicionalistas, pelo menos não haviam tomado a decisão por ela. Apesar de uma liberdade aparente, Quezia estava em pior situação que ela. Talvez estivesse consciente disso e isso tivesse servido para alimentar suas fantasias.

— Se seu pai disser que sim, espero que esse homem seja uma pessoa agradável — foi tudo o que conseguiu dizer. A ideia de ser apresentada a um estranho e receber ordens de viver com ele até um dos dois morrer era bastante grave.

Quezia deu de ombros, tentando aliviar o ambiente. — Nós somos mulheres — disse. — No final, nunca temos escolha.

Quezia insistiu que Maria deveria ficar para falar com sua mãe e seu pai. Satisfeita, Maria ficou; não só porque gostava deles, mas também porque estava curiosa de ver o que diriam.

Sara, a mãe de Quezia, ficou encantada. — Parece uma excelente proposta — disse. — Ele junta-se à sua família, mas você não tem de se unir à dele. E ele é atraente?

— É... acho que sim — disse Maria. Aquele passeio à beira do lago parecia insuficiente para servir de base a uma vida conjunta, mas ela achava que descobrira uma certa afinidade espiritual com ele.

— É religioso? — perguntou Sara. — Pergunto porque sei que é importante para a sua família.

— Não... não sei — respondeu Maria, dando-se conta de que não haviam discutido o assunto.

Quando conhecera Quezia e os seus pais, percebera que eram diferentes de sua família, mas não compreendera que as duas famílias eram originárias de tradições religiosas distintas: fariseus e saduceus. Os fariseus eram rigorosos na interpretação da Lei e não faziam quaisquer concessões; os saduceus, embora mantendo a tradição sagrada, adaptavam-se, no dia a dia, às circunstâncias materiais de menor importância. Em consequência disso, os fariseus não faziam amizade com romanos ou gentios, temendo serem contaminados, enquanto os saduceus acreditavam que era preferível conhecer o inimigo de perto. Ambos se acusavam mutuamente de trair os interesses do judaísmo.

— Mas é uma questão importante, você não acha? — perguntou Sara.

— Ele não parece uma pessoa intolerante — respondeu Maria. Fora essa a sua primeira impressão.

— Mas ele pode imaginar que todos os canecos devem ser quebrados, se forem tocados por uma impureza — disse Benjamim, o pai de Quezia. — E pode querer que você se vista com aquelas roupas austeras.

Maria estremeceu. — Mas ele não as usa.

Sério, Benjamim disse: — E o que pensa ele do Messias?

— Nós não... não falamos sobre o Messias — disse, finalmente.

— Bom, isso é um bom sinal — disse Benjamim. — Se ele fosse do tipo daqueles que andam procurando o Messias, não iria deixar de falar nisso. Não conseguem evitá-lo. Você fica um instante com eles, fala sobre a safra ou sobre o imperador, e imediatamente eles fazem aquele olhar distante e dizem: "Quando o Messias vier... " É bom ficar longe dessa gente!

Agora é tarde, pensou Maria. Como poderei ficar longe? Será que Joel está esperando pelo Messias? Parece muito sensível. As pessoas que se interessam pelo Messias são mais apaixonadas.

— Eu acho que Maria devia sentir-se satisfeita por não ter sido procurada por aqueles pescadores — disse Quezia. — Aqueles que entregam peixe no armazém, você sabe, não é? — Balançou a cabeça, sacudindo o cabelo brilhante, que na privacidade de casa podia ficar descoberto. — Eles fedem. Você mesma disse isso! — disse, apontando para Maria.

— Encontramos com eles quando íamos chegando ao cais — contou Maria. — Os filhos de Jonas, Simão e André.

— Ah, eu sei — disse Benjamim. — Conheço Jonas. — E, voltando-se para sua filha, disse, com ar sério: — Você não estaria sendo tão arrogante se soubesse que Zebedeu me procurou para falar sobre você.

— E quem é Zebedeu? — perguntou Quezia, assustada.

— Um pescador famoso de Cafarnaum. Tem uma casa em Jerusalém e relaciona-se com pessoas da casa real.

— E tem vários filhos? — perguntou Quezia.

— Tem dois — disse Benjamim. — Tiago, o mais velho, é um jovem muito ambicioso. Pelo menos é que o diz Zebedeu: que ele está ansioso para que seu pai se aposente. E o filho mais novo é João. Como quase todos os segundos filhos, João fica na sombra do irmão mais velho.

— E o senhor... o incentivou?

— Na verdade, não. Eu conheci Tiago e o achei muito arrogante. E João é muito sonhador para o meu gosto. Nunca irá se dar bem — nem mesmo se herdar os negócios de seu pai. Há algo de suave em João e as pessoas logo irão se aproveitar dele. Não, você não precisa se preocupar — não terá de se unir à família de Zebedeu.

— Como somos desleixados! — disse Sara, levantando-se. — Não demos parabéns a Maria, nem lhe demos nossa bênção. Em breve estará casada!

Ficaram todos de pé e Benjamim estendeu sua mão sobre a cabeça de Maria. — Querida amiga de minha filha, que é como filha minha, que a bênção do casamento traga felicidade à sua casa.

Maria nunca o tinha visto tão solene. Quezia apertou sua mão enquanto o pai pronunciava as palavras, e sua pele se arrepiou.

Depois do Sabá seguinte, Quezia levou Maria para conhecer os comerciantes que tinham lojas perto da de seu pai, apresentando-a a eles. Quando dizia "minha amiga Maria, que se irá casar em breve com Joel, de Naim", a felicidade que transparecia em sua voz era inconfundível. Ser noiva era resolver um dos mistérios da vida.

Aquela era uma parte da cidade em que somente os ricos faziam compras. Um mero colar podia custar o equivalente ao salário pago a um pescador por toda uma estação de pescaria; uma tigela de cerâmica bem torneada podia corresponder à pensão de uma viúva. Era um bairro frequentado pelos outros saduceus da cidade, que não se importavam de caminhar ombro a ombro com romanos e gregos.

Minha família jamais permitiria que eu fizesse compras aqui, pensou Maria. Mas sorria, educadamente, e acenava com a cabeça para os comerciantes.

Desde sua primeira visita à casa de Quezia, há tanto tempo, Maria havia compreendido que sua família também poderia ser rica, porém eles escondiam suas riquezas. Só algumas coisas valiam a pena; as outras eram vaidade. Eram generosos com os pobres, davam contribuições consideráveis para a caixa de caridade da sinagoga, mas não comprariam louça na cidade alta. Imagine!, uma tigela de cerâmica por um preço daqueles? Jamais!

Em consequência disso, embora Maria gostasse de olhar as coisas que Quezia tinha, também se censurava, em parte, por essa tolerância. Sentia-se dividida entre o seu bom senso — as normas de sua família — e seus próprios desejos. Aquela tigela era tão linda, tão delicada e fina que se podia ver o contorno da mão do outro lado, contra a luz. Um trabalho desses merecia respeito. O preço, porém, era absurdo. Maria não poderia permitir-se pagar tão caro.

— Veja só! — disse Quezia, erguendo um cálice. — Não dá para imaginar você enchendo este cálice e dizendo: "E aqui, eis o nosso melhor vinho"? — O cálice era de ouro.

— Não — disse Maria. — Um cálice de ouro é o tipo de coisa que nunca terei. — Pegou-o em sua mão, examinou-o atentamente, reparando na superfície lisa e bem trabalhada e, com uma certa resistência, colocou-o de volta em seu lugar. Sem nunca lhe ter perguntado, sabia que Joel jamais compraria uma coisa daquelas. O mundo de cálices de ouro não era o seu.

— Bom, eu espero que ele deixe você escolher alguma coisa bonita — uma coisa que lembre você do seu casamento — disse Quezia.

— Acho que nunca esquecerei o dia do meu casamento, mesmo que não receba um presente especial — disse Maria. — Lembrarei de tudo aquilo em que tocar nesse dia. O próprio dia tornará as coisas sagradas.

À medida que o dia do casamento se aproximava, os preparativos iam tomando cada vez mais tempo da família. A mãe de Maria, que cuidava com tanto zelo da casa, deixava agora algumas coisas de lado para se entregar aos projetos de casamento de sua única filha. Ela até cantava enquanto arrumava a casa, coisa que Maria não se lembrava de ter visto.

Certa noite, anunciou que o dia seguinte seria inteiramente por conta dos preparativos pelas mulheres da família.

— Suas primas, suas tias e a irmã de Joel estão vindo! — disse, orgulhosa. — É verdade, a irmã dele, Débora, está vindo de Naim!

Jeol falava de Débora com muito carinho, mas Maria nunca a havia encontrado. Conhecera a mãe dele, Judite, e o pai, Ezequiel, que tinham vindo a Magdala pouco após o pedido de casamento. Maria constatara, com surpresa, que Joel não se parecia muito com qualquer deles: ambos eram baixinhos e atarracados, enquanto Joel era alto e magro. Ficara imaginando como seria Débora.

Por volta de meio-dia, as mulheres começaram a chegar à casa de Zebida, com as cabeças cobertas devido à poeira e ao sol quente. Logo se sentaram, tomando iogurte com hortelã e conversando sobre Maria. Esta sentia-se como se fora um daqueles cordeiros, no mercado, que as pessoas ficavam inspecionando.

Débora, que chegara com sua mãe depois das outras, afinal era muito parecida com Joel, o que Maria achou reconfortante.

Quando terminaram de se cumprimentar umas às outras e de pôr em dia as fofocas mais recentes, a mãe de Maria ergueu as mãos e pediu silêncio. Olhando em volta, com um certo exagero, disse: — Podemos ter certeza de que não há homens aqui?

— A senhora olhou nos quartos, lá atrás? — perguntou uma das primas de Maria. — Eles gostam de se esconder lá! — Dando risada, correram lá atrás para ver e voltaram, abanando a cabeça. — Estamos sozinhas!

— Bom! — disse Zebida. — Então, podemos falar à vontade.

Antes que pudesse continuar, alguém bateu à porta. Depois de um susto, todas começaram a rir.

— Até parece que estamos com medo que entre um soldado romano aqui dentro — disse Ana, tia de Maria.

Zebida abriu a porta e viu o vulto curvado de Ester, a viúva que morava do outro lado da rua. Os olhos negros de Ester perceberam o grupo de mulheres e disse: — Desculpem-me, eu só vinha perguntar se você teria um pouco de farinha de cevada, mas acho que...

— Não, por favor, entre! — disse Zebida, quase puxando Ester para dentro. — Precisamos dos seus conhecimentos.

–Conhecimentos?

— Sobre o que significa o passar dos anos para um homem e uma mulher — disse Zebida. — Como você sabe, minha filha Maria vai se casar em breve. Então, juntamo-nos, todas as mulheres da família, para ajudá-la e transmitir-lhe o que sabemos. Mas não temos pessoas mais idosas, pois minha mãe e a mãe de Natã morreram há muito tempo, assim como nossas tias. Então, você poderia ajudar-nos!

A velha senhora olhou em torno de si, atentamente. — Não sei que tipo de conhecimentos eu poderia ter. Só sei que vivi por muitos anos, só isso. Vivi mais tempo sozinha do que o tempo que passei casada. Já sou viúva há mais de 40 anos.

As mulheres na sala tentaram não olhar para ela com piedade, mas todas sabiam o que significava ser viúva, principalmente sem filhos.

— Venha sentar-se — disse Zebida.

Ester não deu atenção e dirigiu-se a Maria. — Conheço-a desde que você nasceu — disse. — E desejo-lhe muita felicidade. — E deu-lhe um tapinha no braço. Maria tentou disfarçar: os machucados e os arranhões doíam-lhe muito, hoje, e ela só orou para que ninguém lhe pedisse para pôr o vestido de noiva e mostrar os braços. Agora, faltava pouco para deixar esta casa assombrada, esta casa onde pairava algum espírito maligno, que a atormentava. Faltava pouco... Joel poderia não ser o marido ideal para ela, mas podia salvá-la das angústias que existiam dentro das paredes de sua própria casa.

— Obrigada — disse Maria, puxando o braço para si.

— Mas devo dizer-lhe — continuou Ester — que boa parte dessa felicidade depende de sua própria força. O homem tem pouco a ver com isso.

A mãe de Joel olhou para ela, indignada. — O que a senhora quer dizer com isso? — perguntou. — É claro que meu filho tem tudo a ver com isso!

— Se seu filho for um bom homem, ele terá — disse Ester. — Mas caso Maria fosse escolhida por alguém não tão bom, ainda assim poderia depender de sua própria felicidade. E se algo trágico acontecesse — que Javé não o permita! — e ela se tornasse viúva, como eu, sua felicidade estaria exclusivamente em suas mãos.

— Eu acho que a senhora está velha e não compreende que esta é uma ocasião de alegria — disse Judite. — Se não fosse conhecida de Zebida, eu suspeitaria que tivesse alguma ligação com o Mal. Peço-lhe, no entanto, que retire o que disse do meu filho!

— Eu não quis dizer nada de mal, mas fingir que o mal não existe só significa fortalecê-lo — insistiu Ester, teimosamente. — Tudo o que desejo é uma vida longa e saudável para seu filho e para Maria.

Zebida enfiou uma xícara na mão de Ester e afastou-a do grupo, dirigindo-se com ela para um canto da sala.

— O que você vai vestir? — perguntou Ana, irmã do pai de Maria.

— Escolhi uma roupa que é quase toda vermelha, pois é uma cor alegre — disse Maria, temendo um pedido para que a vestisse.

— E o véu?

— Eu... acho...

— Nós trouxemos! — disseram Judite e Débora ao mesmo tempo, apanhando rapidamente uma estola fina, de lã, tão fina que a luz a atravessava. — Nós queríamos que você tivesse alguma coisa de nossa família.

Maria pegou-a e ficou maravilhada com o belo trabalho de tecelagem. Era tão fina que parecia uma nuvem que tivesse sido tingida.

— E as moedas? Você não vai usar as moedas?

Zebida interveio. — Nós temos uma coisa melhor que moedas, muito melhor que aqueles colares e fitas barulhentos, cheios de moedas de ouro. Eu sei que é uma coisa ritual, só para a cerimônia, que não tem o objetivo de mostrar riqueza. Se assim fosse, Maria teria de usar uma coroa de noiva feita de peixe em conserva. Vejam só o que temos aqui. — Cuidadosamente, entregou a Maria uma caixinha de cedro. Maria a abriu e viu a romã de latão, presa a uma corrente.

— Todas as noivas o usaram em nossa família desde os tempos... Ninguém mais se lembra desde quando! — disse sua mãe.

Maria segurou a corrente, fazendo-a girar com a bela romãzinha feita por seu ancestral Hirão. Todas se aproximaram para ver e ela deixou que cada uma a pegasse e passasse às outras.

— Mãe — disse, abraçando-a, emocionada. Não esperava pelo presente e, na verdade, nem sabia que era um costume da família. Sua mãe nunca falara sobre o seu dia de casamento senão para discutir o valor do dote que Natã trouxera.

— E um dia você a passará para sua filha — disse Zebida com a voz trêmula. Estava quase chorando, o que era raro.

— Eu prometo — disse Maria, imaginando-se, com uma filha sua, realizando o mesmo ritual, cercada por mulheres da família e olhando sua filha nos olhos. Que assim seja!, orou, em silêncio.

— Isto está ficando muito sério! — disse Ana. — Vocês estão esquecendo o tempo que vai da preparação da noiva até o parto e, mais ainda, até a preparação de uma futura filha para o casamento. Temos de garantir que Maria esteja preparada para chegar onde nós chegamos! — Seus olhos brilhavam, como se relembrasse coisas proibidas cujo prazer insinuava.

— Eu sei de tudo isso — disse Maria, resoluta. E como não haveria de saber? Mulheres casadas sussurravam sobre essas coisas, moças solteiras especulavam sobre elas, e também havia as manadas de ovelhas e de gado nos pastos próximos, demonstrando, em plena luz do dia, como nasciam os cordeiros e os bezerros. E de noite, período preferido por homens e mulheres, o Canto dos Cânticos celebrava o prazer em detalhes.

— Mas é nosso dever iniciá-la — disse Ana, com o sonoro apoio de Eva, outra tia de Maria. Com um sorriso tímido, Eva tirou um frasquinho de sua manga, balançando-o, como se fora uma tentação. — Para a noite do seu casamento! — disse, passando-o a Maria.

Maria teve de alcançá-lo e tomar em suas mãos. O barro opaco dissimulava o que estava dentro.

— Ponha duas gotas em seu vinho, na noite de núpcias, e você ficará grávida na mesma noite! — disse Eva.

— E você não tem nada para o homem? — perguntou Ana. — Você se esqueceu dele. Veja aqui! — E ela agitou outro frasco. — Me *responsabilizo* por isto! Por experiência própria! — Aproximou-se de Maria — a irmã de seu pai, que sempre lhe parecera tão pura quando era mais nova! — Basta uma gota! E ele terá a excitação sexual de um camelo!

— Ana! — gritou a mãe de Joel.

— E por acaso não é o profeta Jeremias que fala do camelo perseguindo a camela quando está calor? — argumentou Ana. — Está nas escrituras!

A noite de núpcias. Maria tentara não pensar nisso, sabendo que nunca corresponderia às expectativas. Gerações de mulheres, da Eva original até sua mãe, haviam passado por isso. Consolava-se com isso, e algumas vezes acrescentava: que eu não seja uma decepção para o meu marido!

— Obrigada — disse, baixinho, tomando o frasco das mãos de Ana.

— E o lenço da consumação? — perguntou Ester.

— Aqui está — disse Zebida, agitando-o na frente de todas: um tecido quadrado, grande, feito de linho fino. Deveria ser colocado embaixo da mulher, na noite de núpcias, e nele ficaria a prova da virgindade da noiva, caso alguém a contestasse.

— Não se faz mais isso! — disse uma das primas mais novas de Maria. — É uma coisa tão antiquada, ninguém...

— É a Lei de Moisés — disse Zebida. — Não o lenço, mas a importância legal da virgindade.

— E se a noiva não for virgem? — perguntou, hesitante, a menina.

— Diz a Lei que ela será apedrejada — disse Zebida, e Ester concordou, com um aceno de cabeça.

— E isso já aconteceu alguma vez? — perguntou Naomi, a mulher de Silvanus. Ela ficara surpreendentemente calada até então. — Hoje em dia não se faz mais isso.

— Depende do quanto você seja devota — disse Zebida. — Para alguns de nós, ainda é importante.

Maria não estava gostando nem um pouco da conversa. Tornara a sentir-se como o cordeiro no mercado. Será que queriam que ela subisse numa banqueta e proclamasse: "Sou virgem!"? Que satisfações tinha ela que dar a estas mulheres? E se não fosse virgem? Não queria nem pensar no que poderia acontecer. Seria proscrita, rejeitada por todos os parentes que a amavam e agora lhe traziam presentes e desejavam felicidades.

— Tome! — Sua mãe empurrou o lenço para as suas mãos. — Guarde-o até aquela noite!

— Já escolheram a data? — perguntou Ester. — Não, claro que não. Tem de se esperar pela passagem do período de impureza.

— Daqui a algumas semanas — disse Zebida. — Passadas duas semanas do período impuro, pode ser programada a cerimônia.

Impureza! Que palavra feia. Maria detestava ouvir a palavra, mas aprendera desde cedo que os ciclos periódicos das mulheres as tornavam impuras durante metade de suas existências. Não deveriam tocar em algumas coisas, não podiam deitar-se sobre a cama, não podiam ter relações com seus maridos — pois poderiam contaminá-los.

— Será uma grande festa! — disse Zebida. — Temos de pensar nisso!

Estavam pensando em fazer um cabrito assado e os maiores peixes que conseguissem pescar, temperados com ervas e decorados com grinaldas e flores. Como era verão, também haveria figos, uvas e melões.

— E também haverá flautas, tambores e cantores? — perguntou Débora.

— Claro — garantiu Zebida. — Os melhores da cidade.

— Há uma dança antiga que deve ser feita aqui, agora, somente entre mulheres — disse Ester, aproximando-se de Maria. Ester estava tão velhinha que a sugestão da dança era surpreendente.

— Batam palmas para mim — mandou Ester. — Batam palmas e levantem as vozes.

Tomou Maria pela mão, rodando-a em torno de si. Movendo-se com rapidez, seus vestidos subiram até a bainha e começaram a esvoaçar.

— Olhe só para mim! — ordenou Ester.

Maria olhou a velha senhora dentro dos olhos, perdidos em rugas e dobras. Dentro deles, quase escondidas, surgiram duas pequenas esferas, escuras e brilhantes. Maria quase podia imaginar os olhos jovens e, à medida que rodopiavam, uma moça nova surgia na velha senhora. O tempo voltava para trás, até Bate-Seba, até Rute, e, ainda mais longe, até Zípora e Asenate, e ainda mais longe até Raquel e Lia e Rebeca e Sara, e rodopiavam e rodopiavam até serem uma única, e única com suas ancestrais. Então, subitamente, Ester largou as mãos de Maria, que caiu de costas para cima das mulheres à sua volta, as mulheres daquele ano, daquela vida e daquela época.

— Juntem-se a mim! — ordenou Ester. E as mulheres casadas juntaram-se em círculo, batendo palmas e gritando em vozes antigas, que não sabiam que possuíam, abençoando Maria e dando-lhe boas-vindas para fazer parte do seu círculo.

8

À medida que se aproximava a data do casamento, Maria sentia-se cada vez mais à vontade com Joel. Após uma certa hesitação, ela até lhe confessou que sabia ler e ele não pareceu importar-se com isso — embora não lhe tivesse revelado que também sabia grego. Ele até pareceu ficar satisfeito, ressaltando os aspectos positivos: podiam estudar e ler juntos, escrever cartas quando estivessem separados e podiam juntá-las e, mais tarde, relembrar esses momentos.

Passarei o resto de minha vida — e tomara que seja longa e feliz! — ao lado de alguém em quem confio e de quem gosto, repetia Maria para si mesma várias vezes ao dia. Mas não sentia qualquer tipo de atração física por ele, nem aguardava com ansiedade o dia em que ficariam juntos, sozinhos, na noite de núpcias.

Por outro lado, ela também queria que Joel a amasse com paixão. Preocupava-se com as coisas estranhas que se passavam com ela — os misteriosos machucados, que pareciam aumentar; a confusão mental, as insônias e as dolorosas lesões e arranhões que surgiam repentinamente em seus braços e suas pernas e, ultimamente, também na barriga e no corpo em geral. Não podia revelar essas coisas a Joel. Ele poderia sentir repugnância e talvez desistisse do casamento. Via nele sua esperança de salvação do que quer que fosse que a perseguia.

Havia noites em que ficava deitada na cama, sentindo uma opressão no próprio ar do quarto, uma sensação de peso que nada tinha a ver com o calor. Sentia que quase podia falar com alguma coisa e que receberia uma resposta. Como ocorrera com Asera, há relativamente pouco tempo.

Asera. O ídolo de marfim. Com aquele rosto sorridente e aquela voz sedutora, musical. Logo após ter concordado em casar, Maria tinha tirado Asera do esconderijo e tinha ficado olhando para ela. A imagem a fizera pensar em noivas, em beleza, em mistério — em todas as coisas que desejava. Todas as coisas que lhe prometera que ela poderia ser, um lado dela que queria aparecer, como uma serpente encantada por uma flauta mágica. Sua vontade de ser desejável era tão forte que queria acreditar que de alguma maneira isso se tornaria verdade.

Suspirou. Mas eu sei que é só um enfeite, uma pequena joia, dizia a si mesma. Não há nada de errado em guardá-la. As pessoas colecionam tantos tipos de coisas; é possível que pudesse vendê-la por um bom preço. Pelo menos, para um grego.

E por que não a mostro a Joel?, perguntou-se, de repente. Queria fazê-lo; a reação dele seria muito importante para ela. Faria isso naquele mesmo dia.

De manhã, os arranhões e marcas em seus braços pareciam vergões, estrias. Lá fora, o dia estava feio, frio, chuvoso, com uma neblina que parecia uma cortina sobre o lago e as margens. Rapidamente, vestiu um casaco pesado, de mangas compridas, para esconder aquelas marcas vergonhosas. Só pensava no dia em que acabariam aquelas feridas, da mesma maneira repentina e misteriosa que haviam começado.

Sabia que já encontraria Joel no trabalho, salgando peixe. E lá estava ele, olhando para um barril de salmoura em que se via apenas o dorso prateado dos peixes boiando na água. Parecia preocupado, mas sua expressão mudou rapidamente e ficou alegre assim que a viu.

— Qual é o problema? — perguntou Maria, que percebera sua preocupação.

— Acho que o sal se estragou — disse ele. — Está gorduroso, mas parece ter perdido a capacidade de conservar. — Abanou a cabeça.

— Ainda compram daquele vendedor de Jericó? — perguntou Maria. Existia um vendedor de quem se dizia que comprava as mercadorias nas proximidades de Sodoma; e sabia-se que o sal daquela região continha muitas impurezas.

— É ele mesmo — disse Joel. — Teremos de falar com todo mundo. É a segunda vez que acontece isto. Ele acaba de perder a freguesia de Magdala. — Fez uma pausa. — Mas você não veio aqui para inspecionar os tanques de sal... — Era uma pergunta.

— Não, eu vim porque... — porque queria ver o que você pensa da estatueta, queria dizer... — me disseram que chegou uma nova remessa de tapetes da Arábia que estão mostrando no mercado, e achei que podíamos escolher um.

Ainda precisavam de alguma coisa para colocar no chão de sua futura casa e Maria preferia que fosse um tapete de verdade, em vez de uma esteira de palha. Futuramente, talvez Joel achasse aquela uma tarefa maçante, o que não era o caso nesse momento. Ele ansiava pelo dia em que seriam marido e mulher e já estivessem morando na casinha aconchegante que ele próprio construíra.

— Claro! — disse, com indisfarçável alegria.

Caminhando pelas ruas cheias de gente e com a neblina ainda presa aos prédios e ocultando o lago, Maria tentava pensar na melhor maneira de resolver sua tarefa. Mas os pensamentos se confundiam e sua mente parecia um turbilhão.

Quero falar com Joel sobre a estatueta de marfim, repetia para si mesma. Quero fazê-lo, tenho de fazê-lo. Queria abordar o assunto, acabar com essa hesitação.

No entanto, a oportunidade parecia não chegar e Joel ficava cumprimentando as pessoas que passavam e fazendo perguntas sobre o tapete. De que cor ela o queria? De onde viera a remessa de tapetes? Quanto ela achava que seria um preço razoável por um tapete?

— Joel, o que você acha de ídolos? — deixou escapar, finalmente.

— Ídolos? — respondeu ele, perplexo.

— Sim, quero dizer trabalhos artísticos reproduzindo antigos deuses — disse ela.

— Estátuas, coisas assim? Não temos permissão de tê-las, mesmo que não sejam de deuses. Não temos permissão de ter *quaisquer* imagens esculpidas. Acho até bom que, pelo menos até agora, os romanos não nos obrigaram a aceitá-las. Não temos o deus Augusto nos espiando em cada esquina.

— Não estou falando de política — disse ela, baixinho. — Minha pergunta é sobre uma pessoa possuir um ídolo. Tê-lo como... uma recordação.

Como ele ainda parecia perplexo, ela tentou continuar. Tinha de explicar a história toda. Tinha de lhe dizer: Joel, quando eu era ainda uma menina, encontrei a estatueta de uma deusa em Samaria. Peguei-a e guardei-a, mas até hoje ninguém sabe disso. Tenho-a escondida. Durante muitos anos quis jogá-la fora, mas nunca o consegui fazer. Ela fala comigo; ouvi a voz dela muitas vezes. Não sei se é certo levá-la para a sua casa. Ela me disse que seu nome é Asera.

Tentou dizê-lo, mas sua garganta não obedecia. Não conseguia, literalmente, formar as palavras. O que escapou de seus lábios foi um grunhido vagamente semelhante a "Asera".

— O quê? — disse Joel.

— Ase... Ase...

— Você está se sentindo bem? — disse Joel, preocupado.

"Se você pronunciar o meu nome, morrerá", disse uma voz, como se estivesse a seu lado.

— Eu... eu... — A obstrução que sentia na garganta afrouxou e ela conseguiu recuperar o fôlego. — Parece que tenho alguma coisa entalada na garganta. — Tossiu e respirou fundo.

Quando recuperou a respiração normal, Joel parecia ter esquecido a pergunta sobre alguém possuir um ídolo.

Foram ver um vendedor que tinha vários tipos de louça espalhados em sua barraca e escolheram um belo tapete de pêlo de cabra, vermelho e azul.

— Da terra da rainha de Sabá — garantiu-lhes o vendedor. — Da melhor qualidade!

Naquela noite de verão, Maria e os convidados para o casamento aguardavam o pôr do sol, que seria tarde. Estava tudo preparado: agora só esperava a noite cair por completo para que Joel a viesse buscar e levasse para casa, como sua mulher. Juntos com ela, aguardavam também sua mãe, seu pai, seus irmãos, suas cunhadas e todos os outros parentes que tinham podido viajar até Magdala. Amigos mais próximos também tinham conseguido se espremer para dentro da sala onde se realizaria a cerimônia. Vestiam belas roupas, as melhores sandálias e joias brilhantes, pois um casamento era talvez a festa mais importante à qual iriam.

A roupa e a túnica de Maria eram vermelhas, cuidadosamente escolhidas para realçá-la. Tecidas no melhor linho que sua família tinha condições de comprar, essas roupas iriam servir-lhe durante muitos anos. Permeando o tecido, uma textura azul-marinho quase imperceptível, em ponto bem menor, dava ao conjunto da roupa um colorido que a cor vermelha sozinha não daria. Seus cabelos castanho-escuros estavam afastados do rosto e presos com grampos e, presa ao pescoço, a corrente com a romã de latão que sua mãe tinha lhe dado.

Transcorria tudo perfeitamente. E ela estava pronta. Estava pronta se não pensasse muito profundamente sobre o casamento — o que ela fazia, dando tempo ao tempo.

— Nenhuma noiva poderia estar mais linda que você — disse a voz de Silvanus junto ao seu ouvido, interrompendo seus pensamentos. Voltou-se e viu que seu irmão mais velho estava a seu lado e segurava sua mão. — Minha querida irmãzinha, sua mão está fria. Você está nervosa?

Não, não estou nervosa, queria ela responder. Estou paralisada. Em vez disso, sorriu e esfregou as mãos para ver como estavam frias. — Não — disse.

— Pois então, deveria estar! — disse Silvanus. — Só no nascimento e na hora da morte existem momentos tão importantes.

Ele próprio já era casado há vários anos com a simpática e bem-disposta Naomi, de quem Maria gostara desde o início.

— Se você continuar dizendo essas coisas, irá conseguir me pôr nervosa — disse Maria. — E aí, eu saio correndo pela porta da cozinha, desapareço e nunca mais serei encontrada.

— E o que você iria fazer durante esses anos todos pela frente? — perguntou Silvanus. — Ficaria todo mundo procurando você e ia ficar maçante ficar escondida o tempo todo.

— Talvez eu me juntasse àqueles bandidos que moram nas cavernas aqui perto. A vida deles certamente não é maçante. — Ela sorriu e quase deu uma gargalhada. Silvanus fazia que ela se esquecesse do que estava prestes a acontecer e ela ficou relaxada.

— Morar naquelas cavernas, úmidas e em ruínas, seria, definitivamente, maçante — disse ele.

— Eu... — Mas parou, de repente, quando ouviu, vindo da rua, o som de pessoas cantando e de instrumentos musicais. Joel! Joel e seus amigos chegavam, em procissão pelas ruas, com músicos e pessoas carregando lamparinas que se dirigiam para sua casa. E agora, as madrinhas de casamento também iam para a rua para se encontrar com eles.

A música e as vozes foram ficando mais altas e, em meio à escuridão, os convidados podiam ver a claridade amarelada das lamparinas abrindo caminho para os padrinhos e para o noivo.

Ao chegarem ao limiar da porta, os músicos perfilaram-se, o que também fizeram os que traziam as lamparinas. Então, Joel entrou na sala, rindo e satisfeito. Vestia um casaco bem comprido — que Maria nunca havia visto — e, sobre a cabeça, uma coroa de lindas flores de verão que o faziam parecer um nobre de antigamente.

Parou e olhou fixamente para Maria, aproximou-se rapidamente dela e tomou suas mãos.

— Bem-vindo seja Joel, filho de Ezequiel — disse Natã. — A partir de hoje, você será também meu filho.

— E meu também — disse Zebida, cobrindo as mãos dele com as suas.

— Você está preparado para pronunciar as palavras? — perguntou Natã.

— Isso mesmo, filho, está preparado? — perguntou Ezequiel.

— Do fundo de meu coração — respondeu Joel alegremente. Sua voz soou muito forte aos ouvidos de Maria. Mas ela compreendeu que ele falava para toda a sala, e não apenas para os pais de ambos.

— Pode dizê-las, então.

Joel virou-se para Maria, olhando-a solenemente. Falava para ela, e apenas para ela.

— Que todas as pessoas presentes sejam testemunhas de que, no dia de hoje, eu, Joel bar-Ezequiel, consagro Maria de Magdala, bat-Natã, como minha esposa. — Pegou sua mão. — E o faço de acordo com a lei de Moisés e de Israel.

Colocaram uma romã no chão, em sua frente, e ele pisou-a com força, espalhando as sementes pelos tornozelos, pelos pés e pelas bainhas de belas roupas que estavam próximos. Era um presságio auspicioso de fertilidade.

Alcançou as mãos dela, frias, colocando-as entre as suas. Suas mãos, quentes, eram protetoras.

Maria queria dizer algumas palavras, mas não era essa a tradição. Olhou, então, diretamente para os seus olhos, como para lhe demonstrar o quanto confiava nele.

Todos em volta deles, de ambas as famílias, sorriam e começaram a bater palmas, em comemoração. Assim, o silêncio solene deu lugar a uma festa ruidosa e todos os vizinhos e amigos se juntaram, desejando parabéns e felicidades. Para além da felicidade, Maria percebia uma leve tristeza nos olhos de sua mãe, de seus irmãos e de seu pai. Um senso de perda indescritível parecia obscurecer sua alegria.

— Que o Deus de Israel, de Abraão, de Isaque e de Jacó abençoe este casamento — disse Natã, alçando sua voz acima do barulho da festa. — Que você, como Sara, Rebeca, Lia e Raquel, seja uma verdadeira filha da lei e uma bênção para seu marido. — Então, ergueu os braços, como se a seriedade do momento o encabulasse. Acenando para Joel, disse: — E agora, meu filho, conduza-nos à sua casa para a festa!

O banquete de casamento, preparado para muitos convidados, os aguardava na casa de Joel — que, a partir de agora, seria também a de Maria. Joel os conduziria a todos pelas ruas, com os carregadores das lamparinas, as madrinhas da noiva e os músicos à sua frente. Fez um sinal com a mão, para que começassem, formando uma fila que saía da porta da casa. Maria ia a seu lado e foram conduzindo os convidados, da porta da casa de sua infância, pela rua lateral para chegar à rua principal. A noite estava quente; as pessoas acompanhavam o alegre cortejo, da calçada das ruas ou da janela de suas casas; as moças riam e pulavam na procissão. Sob o céu de verão, o cortejo de participantes foi atravessando as ruas como um cordão brilhante, iluminado pelas lamparinas douradas. A luz e as belas roupas os faziam brilhar na escuridão da noite.

À medida que caminhava ao lado de seu marido, Maria imaginava fazer parte de uma estranha paisagem, com tudo à sua volta sugerindo beleza e felicidade, quase tão visível quanto incenso. Sentia como se estivesse caminhando sobre nuvens. Não se sentia como participante, mas como parte de uma audiência, observando, à distância, e apreciando. Queria que a caminhada nunca terminasse; não queria chegar à sua nova casa. Mas a distância era curta e logo se aproximavam da porta de entrada, fartamente iluminada com tochas, do lado de fora, e lamparinas brilhantes do lado de dentro.

Na sala maior, uma enorme mesa tinha sido preparada, com comida em abundância: queijos temperados com cominho, canela e rabanete; azeitonas da Judeia; travessas de metal repletas de tâmaras e figos frescos e secos; tigelas de cerâmica cheias de amêndoas; pratos com uvas doces, pilhas de romãs, vitela e cordeiro assados e doces de mel com sabor de vinho suave. Uma seleção dos melhores peixes enchia várias travessas, com jarras do famoso molho que a família de Natã preparava. E, naturalmente, uma enorme quantidade de ânforas do melhor vinho tinto que Joel pudera comprar.

À medida que as pessoas iam chegando, Joel ocupou um lugar ao lado da mesa para dar as boas-vindas. Encheu uma primeira taça de vinho para si mesmo, bebendo-a simbolicamente, e em seguida pediu aos convidados que se servissem.

— Hoje é dia de meu casamento e dou as boas-vindas a todos vocês! — disse, bem alto, apontando para a mesma e para as ânforas de vinho.

As pessoas acercaram-se da mesa.

— Beba um pouco de vinho também — disse Joel, baixinho, a Maria. Encheu um cálice e o passou a ela, com as mãos de ambos tocando-o. Um gesto que parecia sagrado, unindo-os ainda mais que a promessa feita por Joel perante todas aquelas testemunhas.

— Prove — disse ele, e ela inclinou a taça, sentindo o cheiro forte do vinho; bebendo-o, unia-se a quem lhe entregara a taça.

Só quando abaixou a taça é que viu que todos a olhavam, e agora comemoravam quando ela devolveu a taça a Joel. Gostaria que não estivessem olhando para si e sentiu-se aliviada que, de agora em diante, nada mais teria de fazer na presença dos convidados.

Apesar das janelas abertas, o calor aumentava na sala; os convidados apinhavam-se em torno da mesa, para provar da farta refeição e saborear o vinho tinto; flautas e liras produziam uma música alegre, abafada pelas vozes da multidão. Olhando em volta, Maria constatou que não conhecia muitas das pessoas presentes. Como se lesse seus pensamentos, Joel disse: — Convidei para que se juntassem a nós algumas pessoas com quem fiz amizade durante minhas viagens a serviço. — Acenou com a cabeça em direção a um grupo próximo à mesa, que se servia de cabrito assado.

— São pescadores de Cafarnaum, com suas famílias — disse. — Negociamos muito com eles, na época da sardinha. Zebedeu e seus filhos — lembra-se deles?

Ela os vira alguns meses antes, quando passeava com Joel, e lembrava-se vagamente deles. Lembrava-se de que o pai de Quezia os mencionara. E lembrava-se, principalmente, da impaciência de Zebedeu. Hoje, no entanto, parecia mais tranquilo, pensou. Então, viu alguém que pensou reconhecer, mas, não... devia ter-se enganado. Mas havia algo de familiar naquela mulher.

— Aquela mulher com a roupa azul e cabelo preto — sussurrou a Joel. — Deve ser amiga sua, pois não creio que saiba o nome dela.

— Ela é casada com um dos melhores pescadores de Cafarnaum — disse Joel. — O nome dele é Avner.

— E o nome dela?

— Não tenho certeza — confessou Joel. — Venha, vamos perguntar-lhe.

E antes que Maria o pudesse deter, virara-se na direção da mulher, dizendo: — Receio que não saiba o seu nome, embora conheça bem seu marido.

— Lia — respondeu ela. — De Nazaré.

Ainda lhe parecia familiar. Nazaré. Eram raras as pessoas que Maria conhecera de Nazaré. Exceto por uma vez, há muito tempo...

Era difícil reconhecer a cara de uma criança nas feições de uma mulher adulta, mas Maria esforçou-se. Onde quer que a tivesse conhecido, tinha certeza de que nunca mais a vira. E não era de surpreender que fosse de Nazaré, pois Maria e sua família nunca iam lá.

— Quando voltávamos de Jerusalém! — disse Lia, de repente. — Agora me lembrei! Você e sua amiga nos visitaram e passaram a noite conosco, quando acampamos. Éramos bem pequenas, tínhamos uns 6 ou 7 anos.

Agora recordava-se de tudo. A viagem de volta da Festa das Semanas. A aventura de abandonar sua família e passar a noite com esta outra. O episódio da dor de dentes e o Sabá.

— Claro que me lembro! E seus irmãos, e suas irmãs e seus pais, também vieram? — Maria olhou em volta, para aquele enorme grupo de pessoas, muitas das quais não conhecia.

— Não. Meu pai morreu no ano passado e minha mãe ainda mora em Nazaré, mas não viaja muito. Meu irmão mais velho, Jesus, passou a fazer o trabalho de meu pai, na carpintaria, com a ajuda do outro irmão, Tiago. Mas Tiago não ajuda muito; parece que ele quer ser um escriba, ou um estudioso. Passa o tempo todo estudando as escrituras e discutindo na sinagoga — quase sempre sobre os rituais e a questão da impureza. Não há muita diversão por lá — concluiu Lia, rindo.

— E eles casaram? — perguntou Maria, que naquele dia pouco pensava em outra coisa.

— Jesus não casou.

— Mas ele... — Maria ia dizer "não é velho demais para continuar solteiro?".

— Já deveria ter-se casado — disse Lia, com firmeza. — Mas está muito envolvido com o trabalho. E também cuida de minha mãe. Mas já está na hora de se decidir. Você não tem alguma irmã que se candidate?

— Infelizmente, não — respondeu Maria, e ambas riram.

— Se esperar muito mais, não vai ter jeito. Ele até já dá mostras de que seria difícil a convivência com ele — quero dizer, para uma esposa.

— Como assim? — Maria só se lembrava dele como o rapaz que dissera coisas inesperadas sobre lagartos. Será que agora cuidava deles em sua casa?

— Fica sozinho quando termina o trabalho. Minha mãe diz que ele parece procurar ficar sozinho por tempo demais.

— Demais? — perguntou Maria.

Em torno delas, os músicos desfilavam, batendo os tambores e soprando os pífaros, tentando chamar a atenção.

— Tempo demais para ser notado — respondeu Lia. — Ficam falando disso. Você sabe como é numa cidade pequena, e Nazaré é uma cidade pequena.

De repente, Maria sentiu pena de Jesus: tinha de trabalhar o dia inteiro na carpintaria de seu pai e depois, quando terminava o serviço, virava o centro de atenções das fofocas da cidade. Por que não teria ele o direito a um pouco de privacidade e solidão? Ela própria sentia muitas vezes necessidade disso. Mas raramente se conseguia isso em cidades pequenas ou na própria casa, com a família à volta. Só se conseguia realmente solidão no deserto. Talvez fosse por isso que os homens santos iam para lá.

— Mas e você? — continuou Lia. — Vai continuar morando aqui em Magdala? Eu sei que Joel viaja muito pelas cidades do lago, fechando negócios, e às vezes até vai a Ptolomaida. Será que você poderá viajar com ele? Seria ótimo! Eu sempre quis ir a Ptolomaida.

— Talvez eu possa ir. — Tudo lhe parecia um pouco estranho; na verdade, ainda não conseguia imaginar com clareza como seria sua nova vida.

— As charadas! As charadas! — Ezequiel erguia os braços e chamava a atenção de todos. Tratava-se de um ritual tradicional dos casamentos: o noivo devia apresentar charadas aos convidados, premiando quem respondesse corretamente. Vinha do tempo de Sansão, e de sua festa de casamento, em que ele apresentara aos convidados a charada sobre o leão e o mel e se sentira humilhado quando descobrira que sua noiva revelara o segredo a seus parentes.

— Isso mesmo, uma charada! — disse Joel, interrompendo a conversa com um dos convidados e dirigindo-se para o centro da sala. Tentou parecer concentrado, mas Maria sabia que ele preparava uma charada já há várias semanas.

— É o seguinte: sou feito de água e gafanhotos. É perigoso aproximarem-se de mim, pois eu destruo; e, no entanto, são muitos que se aproximam. Digam-me, então, o significado da charada e eu os recompensarei com um casaco novo e uma quantidade de mel para durar um ano.

Todo mundo parecia confuso. Feito de água e gafanhotos. Seria um bolo? Havia uns bolos especiais feitos de gafanhotos secos. Alguém deu essa sugestão.

— Mas os bolos não são perigosos, meu amigo — disse Joel. — Lamento dizer-lhe que não ganhou.

— Talvez uma seca? — sugeriu uma mulher. — A seca pode atrair gafanhotos e tem relação com a falta de água. — As charadas, na verdade, utilizavam subterfúgios de linguagem. — E, além disso, a seca é perigosa — acrescentou a mulher.

— Mas ninguém se aproxima de uma seca. É a seca que se aproxima de nós — disse Joel.

— E que tal uma praga de gafanhotos? Eles poderiam juntar-se num lago, por exemplo, onde a água os guiaria. E aproximamo-nos deles, tentando controlá-los. Para isso, ceifamos uma clareira e pomos fogo, de modo a que fiquem sem o que comer.

Joel pareceu surpreendido, pois aquela sugestão atendia à maioria dos critérios propostos, embora não fosse o que havia imaginado. — Não — disse, por fim. — Uma praga de gafanhotos não é *feita* de água. Mas, em atenção à sua criatividade, acho que você merece pelo menos uma jarra grande de mel.

Várias outras pessoas fizeram sugestões, mas novas ideias acabaram sumindo. E, finalmente, Joel disse: — O que eu havia imaginado era um daqueles homens santos que vão para o deserto e convocam as pessoas para que se purifiquem no ritual da água. Dizem que esses homens comem gafanhotos e vestem roupas grosseiras. E são perigosos, pois põem na cabeça das pessoas todo tipo de ideias revolucionárias. Às vezes são perseguidos pelos romanos, outras vezes morrem de sede, no deserto. Mas logo que um desaparece, surge outro para tomar seu lugar.

— Mas esses homens não são feitos de água — reclamou um convidado. — Isso foi uma pista falsa.

— De certa forma, você tem razão — concedeu Joel. — Mas a água é inerente à mensagem deles. Normalmente, fazem suas orações junto a um riacho e usam a água como símbolo da purificação.

— Quem é o profeta do deserto mais recente? — perguntou alguém. — Acho que, nos últimos tempos, não tem aparecido.

— É uma questão de tempo — respondeu outro. — Eles pipocam como flores do deserto depois da chuva. E todos eles prometem um mundo novo, se nós, pecadores, nos arrependermos.

— Um mundo novo e livre de romanos! — exclamou um outro convidado. — Só que para consegui-lo, vai ser necessário mais do que um profeta de olhos arregalados no meio do deserto e um bando de maltrapilhos, seus seguidores.

— Acho que está chegando a hora da vinda de um Messias — disse um homem, deitado numa almofada. Era pesado, e parecia sobrar para fora da almofada. — Ou já desistimos disso? É uma coisa meio infantil, não é? Um Profeta, ou um Messias, que empunhará a espada e mostrará aos romanos quem manda em quem. — Deu um arroto, colocando a mão sobre a boca, e sorriu, como para enfatizar o ridículo da ideia.

— Basta, meus amigos — disse Joel, receando que fosse surgir o tema do Messias e de sua guerra de verdadeiros crentes contra o poder romano. — Não queremos profetas nesta nossa festa de casamento, exceto em charadas.

Para o alívio de Maria, as pessoas deixaram de lado o assunto e tornaram a voltar-se para as conversas, as risadas e a alegria da festa. Nesta noite de hoje, ninguém gostaria de ficar insistindo num tema desagradável. Sua mãe aproximou-se e abraçou-a, murmurando: — Diga-nos quando estiver pronta.

Pronta. Pronta para os desejos de felicidades, pronta para a dança, pronta para ser carregada sobre os ombros dos convidados e pronta para ser acompanhada ao leito nupcial, onde um dossel fora colocado sobre a cama.

— Acho que... logo estarei pronta — respondeu Maria. Tinha de ser: não havia como voltar atrás. Os desejos de felicidades dos amigos, as canções barulhentas, os ombros fortes carregando ela e Joel pela sala e, depois, para o quarto de núpcias — essas coisas tinham de acontecer.

Finalmente, com todos os convidados olhando do quarto ao lado, ficaram a sós, junto à cama, em pé, de frente um para o outro.

— Peço, agora, a minha noiva — disse Joel, com simplicidade, olhando primeiro para ela e depois para todos os outros. Dirigiu-se à porta que separava os dois cômodos, para fechá-la e, ao ouvir o rangido da madeira do assoalho, Maria ouviu o fim de sua primeira vida de forma tão nítida como mãos batendo palmas.

Fechou-se a porta. Agora, estavam sozinhos — ou, melhor, ninguém os via.

Joel tocou seu cabelo, parcialmente amarrado atrás da cabeça, mas ainda comprido e solto, como o de uma moça. — Honrarei você com minha vida — disse.

Ela fechou os olhos, sem saber o que dizer ou fazer. O mais natural seria ter respondido: "E eu, a você, com a minha vida".

Como tinha enorme confiança nele, não lhe foi difícil entrar sob o dossel e tornar-se sua mulher. Não usou as poções afrodisíacas que as mulheres lhe tinham dado e quando segurou o lenço quadrado para estendê-lo sobre a cama, Joel afastou-o.

— Não precisamos de uma coisa dessas — disse. — Você é minha e eu sou seu, não existem outros e não temos de prová-lo a ninguém.

Segurou-a em seus braços e beijou-a de maneira tão profunda que ela até se esqueceu da poesia do Canto dos Cânticos.

— Você é tão linda! — murmurou.

9

A cozinha brilhava, no entardecer aconchegante do outono. Caía o dia e Maria preparava as panelas e os pratos para o jantar. Durante o dia, sentira um calor aconchegante igual ao da cozinha.

Os dois anos desde que saíra da casa de seu pai haviam passado rapidamente e agora ela não só era dona de uma casa de que se podia orgulhar, mas também adotara um modo de vida que haviam escolhido, de comum acordo, e que parecia perfeitamente adequado.

Olhou pela janela; ainda era um pouco cedo para Joel vir do trabalho. À tarde, ela preparara um cordeiro assado com figos e já tinha separado as tigelinhas com os temperos que o acompanhavam. Também tinha vinho de boa qualidade e pão fresco — quase como um jantar do Sabá.

Vamos, Joel, chegue logo. A refeição está pronta. A noite está pronta.

Estava tudo à perfeição: a casa, um brinco de limpeza, o pão acabara de ser assado, o ar, perfumado pelos juncos e flores colocados em cestas. Tudo preparado.

Mas quando Joel chegou, bem mais tarde que a hora prevista — a comida já estava um pouco ressecada —, não estava de bom humor. Entrou resmungando, abanando a cabeça e mal cumprimentou sua mulher.

— Desculpe — disse ele, distraidamente. — Ocorreu um problema com uma das remessas. Ninguém veio pegar o molho de conserva que deveríamos ter enviado. Só que o comprador, de Tiro, aguardava a encomenda antes do início da estação quente. — Joel parecia arrasado. — Tive de enviar uma mensagem de urgência para ele e espero que chegue em três dias.

Ainda distraído, sentou-se à mesa. Parecia não ter notado que Maria não pronunciara uma única palavra. Por fim, disse: — Espero que você não esteja chateada.

Chateada? Não, não estava chateada. Estava decepcionada. Seu entusiasmo tinha-se ressecado, como o assado.

— Não — disse, colocando a comida nos pratos. Ele engoliu a comida sem prestar atenção.

Podia ser qualquer coisa, pensou Maria. Podia ter servido um prato de peixe velho com pão de dois dias. De repente, dava-se conta de que tudo aquilo — a mesa bem preparada, as lamparinas cheias, iluminando, o perfume das flores — era perda de tempo.

— O que está havendo, Maria? — perguntou Joel. Olhou para os olhos dela, que brilhavam.

— Nada — disse. — Nada.

— Você está zangada por causa do jantar... — Mas sua voz não era de desculpas; era de irritação. — Eu disse que não pude evitar. — Levantou-se. — Você se dedica demais a estas coisas! Deveria pensar em coisas mais importantes do que a hora em que vou chegar para jantar! — Fez uma pausa. — É claro que é agradável que você prepare...

— Que coisas importantes? — perguntou ela. — Sem filhos, que outras coisas importantes poderia eu fazer?

— Os filhos são uma dádiva de Deus — respondeu Joel, rapidamente — rápido demais. — Só Deus sabe quando os dar. Mas há coisas úteis na vida, sem filhos...

— Então, talvez eu devesse fazer alguma coisa de útil — disse Maria. — Talvez pudesse ajudar com os livros, lá no seu trabalho, organizar os pedidos de exportação e remessas e pôr em ordem a correspondência.

Nada disso, porém, lhe parecia mais importante do que fazia em casa — só não ficaria tão sozinha.

— É, talvez — disse Joel. — A correspondência está uma bagunça.

— Ou talvez eu devesse me dedicar a estudar a Torá — disse ela, de repente. Talvez assim pudesse compreender o que Deus lhe destinava, numa vida sem filhos.

— O quê? — exclamou ele. — Estudar a Torá? Infelizmente, não permitem que mulheres o façam, o que é uma pena, pois você teria tudo para dar certo. — Haviam passado agradáveis noites de inverno lendo textos de Isaías e Jeremias e ele sabia como ela era rápida e ávida para estudar.

— Talvez exista uma maneira — insistiu ela, teimosa.

— Só se você se fantasiar — disse ele. — E receio que isso fosse bem difícil, pois você é muito feminina. — Pôs os braços em volta dela. — Gostaria que existisse alguma coisa que eu pudesse fazer. Se Deus nos desse filhos!, pensou.

— Não existe. — Ela sabia disso; sabia que não dependia de Joel, ou de sua responsabilidade, que ela tivesse uma vida melhor.

E voltou a refletir sobre como se sentira à tarde, sobre os momentos felizes de expectativa com que aguardara a chegada de Joel. Apesar do conforto material, apesar do amor que tinha por seu marido, apesar do respeito de que gozava no vilarejo, pouco ou nada havia no centro de sua vida. Uma jovem estéril era a mais desgraçada das criaturas, isolada da vida comum.

À noite, quando Joel dormia a seu lado, exausto após um dia de trabalho, ela ficou olhando para o teto. Amanhã irei ao mercado e comprarei coisas boas para o jantar, depois as cozinharei e ficarei esperando que Joel chegue a casa, pensou. Era uma estrada solitária, sem fim.

Seis anos se passaram, às vezes mais devagar, às vezes mais rapidamente, e nada mudou, salvo sua consciência de que se tornara objeto da pena de todo mundo, com exceção de sua velha amiga Quezia. Mas Quezia já tinha três filhos e era cada vez mais doloroso para Maria visitá-los — e a ela. Nos afazeres do seu dia a dia, ela quase sentia os olhares apreensivos e as perguntas reprimidas dos amigos e conhecidos. Em sua família, eram mais diretos: Silvanus e Naomi foram os primeiros a perguntar abertamente sobre o problema, oferecendo-lhe, em seguida, seu amor e solidariedade. Com Eli e Diná, as coisas eram diferentes. Pela maneira como a olhavam e diziam aquelas bobagens litúrgicas, percebia-se que achavam que, de alguma forma, era culpada por alguma coisa e Deus a punira, e a Joel. Eli chegava a sugerir que fizesse um exame de consciência profundo e procurasse pecados escondidos.

— Quem reconhece seus próprios erros? Purifique-me, Senhor, de meus pecados — pregava Eli, citando os Salmos.

— Tendes nossas iniquidades diante de vós, nossos segredos e nossos pecados à luz de vossa graça — acrescentava Diná, em voz melíflua. Então, se cercava de seus três filhos enfadonhos e sem qualquer graça — com seus nomes ridiculamente arcaicos: Jameleque, Idbas e Ebede — e, com a filhinha Ana no colo, lançava um olhar pesaroso a Maria, como dizendo: veja do que você se está privando, por se recusar a entregar sua vida a Deus!...

Numa tarde em que preparava o jantar, às vésperas do Sabá, Maria sentiu-se particularmente deprimida. Por um instante, pareceu-lhe perceber uma aparição

— quase uma visão — de ambos, ela e Joel, muito tempo atrás, vivendo em tendas, na companhia de parentes. Ela continuava sem filhos, mas Joel tinha outras esposas, e mesmo concubinas, e estavam todos sentados à mesa do Sabá, rodeados por um bando de crianças, desde bebês até adolescentes. Joel, refestelado sobre umas almofadas, parecia satisfeito, e ela, Maria, era motivo de escárnio e insolência por parte das outras mulheres — inclusive da concubina menos respeitada, encarregada de tomar conta dos jumentos e das cabras.

E, como estudara as escrituras, sabia que era uma visão de uma antepassada sua. Dizia-se que ela e sua família eram descendentes da tribo de Naftali, e Naftali fora o filho de Bila, que era a criada de Raquel.

Um dia, frustrada, Raquel aproximara-se de Jacó e gritara: — Se não me der filhos, irei morrer! — Quando Jacó rebateu que se não tinham filhos era por se tratar de uma decisão de Deus, ela insistira que sua criada, Bila, que era fértil, tomasse o seu lugar.

Eu jamais o poderia fazer, pensou Maria. Não seria capaz de tolerar que Joel...

Mas você é descendente de Bila, e não de Raquel. Você descende da tribo de Naftali, que recebeu esse nome de Raquel em homenagem à sua perseverança.

O sofrimento dessas pessoas de outros tempos — o marido, suas duas esposas rivais e as criadas — abateu-se sobre ela, que deu por si em prantos.

Era tão pior do que os meus sofrimentos, pensou. Tão pior...

Queria tocá-los, dizer-lhes que, milhares de anos mais tarde, seus sofrimentos tinham beneficiado um povo, mas não os alcançava, distantes no passado. Sentia-se presa na armadilha de sua própria cozinha, onde preparava o jantar para pessoas que, naquele momento, lhe pareciam bem menos reais.

Seus pais chegaram um pouco antes do pôr do sol e Joel já tomara banho e ajudara nos arranjos dos ritos cerimoniais — as lamparinas do Sabá, o pão especial. A casa estava toda limpa, o Sabá teria as boas-vindas de sempre. Às vezes Maria saboreava aqueles primeiros momentos, quando tudo já estava pronto e só se esperava pelo pôr do sol, pela chegada da pausa sagrada, mas nessa noite ainda se sentia distraída por suas visões fantasmagóricas. Sacudiu a cabeça para não pensar mais nisso.

— Ah, que maravilha! — disse sua mãe, com um suspiro de alegria. — Você sabe criar um ambiente de paz. A sua casa é o próprio espírito do Sabá.

Maria agradeceu o elogio de sua mãe, mas não pôde evitar o desejo de que houvesse um pouco de bagunça na casa, provocado por crianças pequenas.

Acendeu as lamparinas pronunciando as palavras da antiga oração: — Louvado seja o Senhor, nosso Deus, rei do universo, que nos santificou com os seus mandamentos e nos determinou que acendêssemos as lamparinas do Sabá. — Passou suas mãos sobre as lamparinas, sentindo seu calor.

Sentaram-se à mesa e passaram, de mão em mão, o *challah*, pão dourado do Sabá. Em seguida, vieram os outros pratos, ainda quentes: sopa de verduras, raízes agridoces com outros tipos de legumes, cevada assada e um excelente ensopado de barbo cozido.

— Era o maior dos que levaram hoje ao armazém, e eu o separei — confessou Joel. — Não dei a mínima chance a ninguém.

— Imagino que Zebedeu o tenha levado — disse Natã.

— Claro, sempre é ele — disse Joel. — Ele parece conhecer todos os melhores lugares para pescar e não os revela a ninguém. Mas já que os negocia quase que somente conosco...

— Acho que Jonas está reavaliando sua parceria com ele — disse Natã. — Não tem mais paciência para aquele jeito possessivo com que Zebedeu defende a exclusividade das áreas em que pesca. Na verdade, ele deveria partilhar as informações com os parceiros.

— E os filhos deles, se dão bem? — perguntou Joel. — Não consigo imaginar Simão ficando quietinho, sem reclamar...

— Até o momento, os filhos parecem entender-se melhor do que os pais — disse Natã. — Simão é um tanto impulsivo, mas é um bom rapaz, e os filhos de Zebedeu, João e Tiago, embora se mostrem um pouco agressivos com relação aos seus direitos, sempre recuam quando Simão levanta a voz. Isso quando Zebedeu não está por perto. Caso contrário, arreganham os dentes.

Zebida mexeu com a colher sua sopa verde, pensativa. Sobre a sopa boiavam pedacinhos de salsa e de hortelã. — Então, eu diria que essa parceria não tem muito futuro, já que Zebedeu estará sempre por perto. E quando a parceria acabar, com quem irão vocês negociar? Eles irão forçar vocês a tomarem partido por um deles...

Joel fez um gesto com a mão, para que Natã respondesse.

Natã pensou um pouco, antes de responder. — Suponho que Zebedeu. Não há vantagem alguma em brigar com ele. É muito controlador. Mas recebe encomendas importantes de Jerusalém, pedidos de peixe da casa do sumo sacerdote. Seria um erro brigarmos com Zebedeu. — Balançou a cabeça, mastigando devagar um pedaço de *challah*. — Mas espero que as coisas não cheguem a esse ponto.

Maria tentava prestar atenção à conversa; sabia que era importante a convivência com eles. Mas, no fundo de seus pensamentos, continuava vendo Raquel e Bila. — Como irá a cidade nova afetar nossas vidas? — perguntou, tanto para dirigir seus pensamentos para o presente e o futuro, quanto para obter uma resposta.

— É difícil saber — disse Joel. — Quando Antipas anunciou o projeto, achei que seria catastrófico — outra cidade, logo ao sul de Magdala, competindo conosco. Mas talvez não seja. Talvez venha até a ser bom. Terão de se alimentar, terão de buscar seus alimentos.

— Ele parece não ter juízo, nem vergonha — disse Natã. — Escolheu um lugar profano para construir a cidade — um cemitério — e depois deu-lhe o nome de Tiberíades.

— Tinha de fazê-lo — disse Zebida —, pois está tentando bajular o imperador. Faria qualquer coisa para agradá-lo.

— Então, deveria cuidar de suas mulheres — disse Joel, agourento.

— Por quê? — disse Natã, rindo. — Você acha que Tibério iria ligar para isso? Quantas vezes ele já se divorciou? Talvez a única maneira de conseguir o reconhecimento do imperador seja se você for divorciado, ou tenha algum tipo de relação incestuosa. — E começou a cortar o filé de peixe em seu prato, observando o sabor e a firmeza de sua carne.

— Mas os súditos de Antipas ligam — disse Maria. — Já ouvi pessoas falando sobre isso, sobre sua relação com a mulher do irmão. Se casar com ela, irá ferir a lei judaica.

— E você acha que alguém irá falar? — perguntou Natã. — Todo mundo tem medo de Antipas.

— Além de que não queremos chamar a atenção de Roma — disse Joel. — Pelo menos, por enquanto.

Tibério expulsara, recentemente, os judeus de Roma, por causa, dizia-se, de um escândalo religioso envolvendo uma mulher da elite romana. O imperador obrigara 4 mil jovens judeus a servirem no exército romano da Sardenha, apesar das leis que proibiam lutar durante o Sabá e comer alimentos impuros. Os restantes tinham sido enviados para os quatro cantos do império. Alguns tinham voltado para a Galileia, reclamando do tratamento que lhes havia sido dado. Antipas fingira não saber de nada.

— Não — concordou Natã. — De momento, o imperador não vê os judeus com bons olhos. O próprio Zebedeu me disse que eles poderão, em breve, ter um novo procurador em Jerusalém. Tibério talvez vá substituir o atual, Valerius Gratus, por um outro. E que Deus nos ajude para que sua escolha não seja pior.

— Ouvi um boato — mas não deve ter qualquer procedência — de que o próprio Tibério iria deixar Roma — disse Joel.

— Não — concordou Natã —, o imperador não pode sair de Roma.

— É, mas ele está velho — disse Joel. — Talvez queira aposentar-se.

— A única maneira de um imperador se aposentar é a morte — disse Natã. Tibério não morreu imediatamente, embora os comentários, mesmo entre gente da rua na Galileia, fossem de que estava ficando cada vez mais imprevisível e irascível. Assim como Herodes Antipas, bem mais próximo, que ainda estava envolvido com a mulher de seu irmão.

— Como podem as pessoas ceder a tamanha loucura? — perguntou-se Maria, em voz alta. — Ele põe em risco o próprio trono.

— Dizem que o amor é uma forma de loucura — disse Joel.

Um tipo de loucura que nunca senti, pensou Maria. Será que gostaria? Olhou em torno de sua casa aconchegante e descartou a possibilidade de correr esse risco.

Maria mantinha a casa sempre limpa — principalmente por lhe dedicar tanta de sua energia frustrada — e, portanto, quando era sua vez de celebrar a Páscoa com a família, os preparativos custavam-lhe menos que a outras donas de casa. Naturalmente, a limpeza exigia um pouco de esforço e diligência a mais. Os pratos especiais para a Páscoa tinham de ser retirados do lugar em que ficavam guardados, o cordeiro tinha de ser encomendado com uma certa antecedência — e tinha de ser grande, pois viriam 17 pessoas — e todos os restos de pão fermentado tinham de ser jogados fora ou vendidos a alguém que fosse pagão. Maria sempre jogava fora; além de não sobrar muito, não lhe agradava a astúcia de vendê-lo.

Limpava a casa com esmero, como se uma migalha de pão fermentado pudesse ter caído numa fenda no assoalho, entre as fibras do tapete ou por trás de uma jarra. Era fácil perceber que purificava seu coração e sua vida nesse esforço exagerado de limpeza. Decidiu abrir tudo quanto era caixa e baú que havia em casa para também purificar seu conteúdo.

De uma caixa de madeira surgiram uns casacos de lã de que já havia se esquecido. Talvez os pudesse dar a uma família necessitada.

Na outra caixa havia coisas de sua infância: cadernos de suas aulas, umas flores que plantara em seu primeiro canteiro — agora, bem frágeis e murchas — e suas roupas de bebê. Olhando-as, sentiu-se desanimada. Vou dar essas coisas para que não caçoem de mim, pensou.

Mas havia outra coisa, embrulhada e guardada dentro de uma bolsinha. Retirou-a, desembrulhando-a cuidadosamente, até que o rosto do ídolo de marfim sorrisse para ela.

Um calafrio a percorreu.

Asera. Eis você aqui de novo. Aquele nome, o nome que viera tão rapidamente a seus lábios, trouxe-lhe lembranças de seus desejos infantis de beleza e, ao mesmo tempo, sensações de medo. Mas isso fora há muito tempo, antes que se casasse. Se seus sonhos de ser supremamente desejada não haviam sido correspondidos, aquelas estranhas angústias também haviam desaparecido. Fora tudo produto de sua imaginação. Nunca mais tivera aqueles pesadelos opressivos, aquelas sensações confusas, não sentia mais frio no quarto e não tinha mais arranhões pelo corpo para esconder.

A bela Asera. Em silêncio, Maria dirigiu-se a ela: — E pensar que eu a temia tanto que pensava ouvir sua voz. Fale, Asera! Fale!

Mas a estatueta ficou calada, mesmo em seus pensamentos. Deitada, na palma de sua mão, apenas a olhava.

Colocou-a onde a encontrara e continuou com a limpeza. Deixou-a de fora para mostrá-la a Joel, o que pretendia ter feito — e agora lembrava-se disso — antes do casamento. Faria isso hoje à noite. O sol já se punha e a claridade diminuía. Era hora de parar. Levantou-se para acender uma lâmpada e viu a estatueta, deitada, esperando por Joel.

Então, sentindo uma estranha atração, pegou-a e examinou suas perfeitas feições de marfim, seus olhos semicerrados e convidativos, a curva de seus lábios, seu cabelo ondulado. É uma autêntica personificação de feminilidade, pensou. Representa tudo o que uma mulher deveria ser. Foi o que lhe pedi quando fiquei noiva, mas agora tenho coisas mais importantes.

— Dê-me um filho! — ordenou. — Dê-me um filho, se tem o poder de fazê-lo!

Tornou a colocá-la em seu lugar. O pedido que fizera iria destruir de uma vez por todas a influência da estatueta sobre ela. Nem sabia por que motivo o dissera. Mas isso poria fim ao fascínio e ao encantamento que a atraía. Desafiara aquele ídolo apenas para desacreditá-lo.

Vários dias depois — dias de preparativos intensos em todas as casas — começava o entardecer que assinalaria o início da festa de oito dias da Páscoa. A casa de Maria e Joel reluzia. Tinham juntado várias mesas, de forma a fazer uma única, bem grande. Estava tudo pronto. Seus pais chegaram.

— Vamos esperar um pouco mais para que todos cheguem antes de começarmos a procurar fermento — disse seu pai. — Que venham logo!

Era um ritual que as crianças adoravam — devia procurar-se pela casa toda por algum pedacinho de fermento que Maria tivesse deixado escapar. Então, a substância proibida seria descoberta e destruída — e ai da casa onde não houvesse um pouco de fermento "esquecido". Maria deixara um pouco, bem à vista, na mesa da cozinha, e espalhara um pouco mais de pedacinhos para incentivar a busca.

— Querida, como sua casa está linda esta noite! — disse Diná, entrando pela casa e carregando seus muito elogiados bolos de mel sem fermento. Atrás dela entraram, em fila, seus três filhos, vestindo suas melhores túnicas de linho. Trazia Ana ao colo, com uma fita especial em seu vestido. Em seguida, entrou Eli, também carregando um prato especial que colocou na mesa — ervas amargas.

Pouco depois chegavam Silvanus e Naomi, com seus dois filhos e uma filhinha, também trazendo uma contribuição: o *charoseth*, feito de maçãs, nozes e vinho, que era uma alusão à massa que os filhos de Israel tinham tido de usar para fazer os tijolos do faraó.

— Muito bem, crianças — disse Natã —, talvez sua tia tenha esquecido um pouco de fermento em algum lugar da casa. Deus não permitiria isso. Então, vamos procurar com muito cuidado para ter certeza de que não há qualquer fermento na casa! Louvado seja o Senhor, rei do universo, que nos consagrou com seus mandamentos e que nos ajude a retirar o fermento! — Natã bateu palmas e as crianças correram para todos os lados. O pequeno Idbas encontrou logo os pedacinhos que Maria deixara sobre a mesa da cozinha, enquanto os outros se espalharam pela casa, vasculhando-a minuciosamente com um zelo comparável ao de um soldado romano procurando um inimigo.

Enquanto as crianças se divertiam, os adultos aguardavam, conversando. Pouco depois, as crianças entraram correndo na sala, triunfantes, carregando pedacinhos de pão fermentado.

— Encontramos! Encontramos! — gritavam.

— E também encontramos isto — disse Jameleque, entregando a seu pai a estatueta de marfim.

O coração de Maria quase parou de bater. Deixara a estatueta de fora — mas para Joel, e não para esta turma toda!

Eli examinou-a com cuidado. Maria percebia sua preocupação, embora ele a disfarçasse. — Não consigo imaginar como é que uma coisa destas veio parar nesta casa — disse, por fim. — É um... é um... — Eli não parecia ter coragem de pronunciar as palavras "um ídolo pagão". Em vez disso, complementou: — ...uma estatueta antiga de algum povo que viveu por aqui. Talvez os cananeus.

— Deixe-me ver — disse Diná, tomando a estatueta da mão do marido. Perscrutou-a minuciosamente. — Seja o que for, qualquer representação da forma humana é proibida. É uma imagem esculpida. Joel, uma coisa dessas em sua casa, e ainda por cima na Páscoa! É muito pior que fermento.

Joel olhou para a estatueta. — Nunca a vi.

— É uma coisa... uma coisa que eu tinha separado para lhe mostrar — disse Maria. — Encontrei-a no chão. — Mas não revelou quantos anos antes a encontrara. — Queria que você a visse.

— Por quê? — perguntou Eli.

— Porque pode ser valiosa. Achei que poderia ser interessante, ensinar alguma coisa sobre os povos que viviam aqui antes. — Maria sentia que deveria proteger a estatueta. Se fosse para destruí-la, seria ela que o faria — e não seria porque uma criança entrara pelo seu quarto adentro e acidentalmente a encontrara.

— Não nos cabe preocuparmo-nos com quem aqui viveu antes de nós — cortou Eli. — Deus mandou que destruíssemos todos os ídolos. E, se não o fizéssemos, eles se tornariam um espinho em nossos corpos e nos arrastariam para a destruição.

— Isso foi há muito tempo — disse Silvanus. — Outros povos vivem hoje conosco, nestas terras, e devemos viver em paz com eles.

Joel ergueu as mãos, numa prece, repetindo as palavras do ritual: — Qualquer que seja o fermento ainda em meu poder sem que eu o veja, que seja encontrado, anulado e considerado poeira do mundo.

— Vamos destruir o fermento e a estatueta pagã! — gritou Jameleque. — Aqui, no fogo! — E jogou o fermento que tinha nas mãos em cima do braseiro. As labaredas cresceram rapidamente.

— Isso! — Em seguida, jogou a estatueta em direção ao braseiro. Mas ela resvalou para um dos lados da fogueira. Ninguém pareceu reparar e as labaredas a ocultavam.

— Vamos começar a festa! — disse Joel, mostrando as mesinhas e as almofadas em que todos se deveriam reclinar, segundo a tradição rabínica da cerimônia de abertura. Imponente em seu casaco de viagem, ergueu o cajado, como determinavam as escrituras, pronunciando: — Desta maneira o comereis: lombos cingidos, sandálias nos pés e cajado na mão; comê-lo-eis à pressa: é a Páscoa do Senhor.

Como chefe de toda a família, Natã pronunciou a bênção, acompanhada pela primeira taça de vinho. Então, uma bacia de água e uma toalha foram passadas de mão em mão. Segundo a tradição, esse ritual deveria ser feito enquanto repousavam.

Terminado a ritual preliminar, as pessoas se dirigiam às mesas, já postas. Joel pegou o prato com as verduras — agrião, rabanete e salsa — e passou-o, seguido pelo *charoseth*. Quando todos haviam provado, os pratos foram retirados e foi servida uma segunda taça de vinho. Então o filho mais novo presente, que era Ebede, de 4 anos de idade, fez a seu pai as quatro perguntas da Páscoa.

— Pai, por que esta noite é diferente das outras? Nas outras noites comemos pão com ou sem fermento, mas nesta noite é somente sem fermento.

Eli respondeu, solene, explicando que os israelitas haviam fugido do Egito com tanta pressa que seu pão não tivera tempo de crescer.

— Pai, por que nas outras noites comemos todo tipo de verduras, mas nesta noite só comemos ervas amargas?

De novo, Eli explicou que era para mostrar as amarguras da escravidão e da vassalagem no Egito.

— Pai, por que nas outras noites comemos carne assada, cozida ou fervida, mas nesta noite só comemos carne assada?

— Porque foram essas as instruções que o Senhor deu a Moisés — disse Eli.

— Pai, por que nas outras noites mergulhamos as verduras uma só vez e nesta noite o fazemos por duas vezes?

Quando Eli terminou de responder às perguntas, ele havia feito um resumo da história do povo de Israel, de sua libertação do Egito e da entrega da Lei no Monte Sinai.

Os pratos voltaram a ser colocados na mesa, a segunda taça de vinho foi bebida e tornaram a lavar as mãos. Dois bolos sem fermento foram partidos e mergulhados no *charoseth*. Antes de molhar o seu pedaço, Natã disse, solene:
— Este é o pão do sofrimento que nossos pais comeram nas terras do Egito.

Em seguida foi trazido o cordeiro, prato principal da cerimônia. Era um cordeiro de carne particularmente tenra e todos a elogiaram e se deliciaram.

A terceira e quarta taças de vinho foram tomadas segundo o ritual tradicional. Cantaram-se hinos, evocaram-se antigas frases — "Quando saiu Israel do Egito, e a casa de Jacó, do meio de um povo de língua estranha, Judá se tornou o seu santuário, e Israel, o seu domínio" — trazendo lembranças e alegria a todos os presentes. Um pouco de vinho foi então derramado numa taça extremamente delicada, consagrada a Elias.

Maria assistia a tudo, sentada. Que surpresa teríamos todos se, de repente, Elias aparecesse, pegasse a taça e a bebesse, pensava. No entanto, eu própria vi Raquel e Bila aqui na cozinha de casa. Por que não Elias?

— Em nome de Elias! — disse Natã, subitamente, tirando-a de seus pensamentos. — Para que ele venha de novo!

— Será que o reconheceríamos? — perguntou Joel. — Estaria, certamente, diferente, e não iria trovejar contra Acabe e Jezabel.

— Claro que o reconheceríamos — garantiu Eli. — E o saudaríamos com alegria.

— Ele morreu há quanto tempo? — perguntou Jameleque de supetão.

— Ele *viveu* há mais de 800 anos — disse Diná. — Mas não morreu. Subiu aos céus numa carruagem de fogo.

Jameleque parecia duvidar. — Alguém o viu fazer isso?

— Claro, muita gente — disse Naomi. — É por isso que esperamos por sua volta. Só uma outra pessoa foi levada diretamente a Deus sem ter morrido: Enoque.

— E por que não esperamos por ele também? — perguntou Idbas.

— Porque não sabemos muito sobre ele — confessou Naomi. — Sabemos muito mais sobre Elias e sempre preferimos que voltem pessoas que não nos são estranhas, e não só por causa de seus nomes. É como se fosse um amigo. Ou como esperamos o Messias. Não conhecemos o Messias, mas sabemos coisas sobre ele, portanto sabemos por quem esperamos.

— Hummm... — Jameleque ficou matutando sobre a explicação.

Enquanto prestavam atenção a Naomi, na outra ponta da mesa, Natã pegou a taça, bebeu-a rapidamente e a colocou de volta.

— Vejam! Ele esteve aqui, enquanto vocês olhavam para o outro lado! — exclamou.

Jameleque ficou confuso e frustrado. Com 8 anos de idade, não acreditava muito naquelas coisas, mas também não tinha certeza.

— No ano que vem, Jameleque, você terá de ficar mais atento — disse seu avô.

Após a saída das visitas, Maria e Joel sentaram-se na sala desarrumada e sentiram a satisfação que se segue a uma reunião de família bem-sucedida.

— Existe alguma coisa que dê mais satisfação do que a nossa casa depois que termina uma celebração? — perguntou Joel, aproximando-se dela e abraçando-a.

— Não — reconheceu Maria. Estava contente com o transcorrer da festa. Gostava de ser anfitriã na Páscoa.

— Já lhe disse que você é uma esposa maravilhosa? — disse Joel. — E não é só por causa do jantar da Páscoa...

— Já. — Joel sempre lhe dizia o quanto a adorava, ao contrário de muitos maridos.

Que pena que a sua mulher seja incompleta!, sussurrou baixinho para si mesma. Tinha raiva de não ter filhos, tanto por si quanto por Joel; isso o desonrava. Mas há palavras que não se devem pronunciar.

Mais tarde, com os braços em torno um do outro, foram para a cama.

11

A primavera na Galileia era a mais bonita de todo Israel. Os desertos de Neguev e da Judeia brotavam flores à sua maneira, passageiras e esparsas, e o litoral e as planícies tinham suas flores específicas, mas não havia primavera tão esplendorosa quanto a da Galileia. Flores silvestres, pomares, jardins se anunciavam em todas as cores, em meio aos prados verdejantes e às colinas. Primeiro floresciam as amendoeiras de flores brancas e depois seguiam-se todas as outras, de forma rápida e em profusão: anêmonas e papoulas vermelhas, jacintos e íris roxos, botões-de-ouro e malmequeres amarelos e os lírios brancos em lugares escondidos. Vista de Magdala, toda a orla do lago parecia brilhar de flores coloridas e as pessoas fugiam de seus afazeres para passear pelos campos e pelas colinas sempre que podiam.

Maria era uma delas. Caminhou, sozinha, pelas colinas exuberantes, sentando-se, depois, numa ladeira. Olhando a superfície azul do lago lá embaixo, ela quase esquecia o desespero de seu drama que normalmente se abatia sobre ela. Talvez esteja começando a me conformar com o meu destino, pensou.

Acima de sua cabeça voavam gaviões e, mais além, urubus aproveitavam o vento quente, descrevendo enormes círculos em seus voos. Subitamente, Maria sentiu um estranho torpor, uma sensação de sono, como se alguém lhe tivesse dado uma poção mágica. Seus olhos fecharam-se e o céu, com os gaviões e os urubus, desapareceu.

Quando acordou, sentindo-se fraca e trêmula, era quase noite. Levantou-se, apoiando-se no cotovelo. O que acontecera? O vento começava a levantar-se e ela via a primeira estrela da noite surgir no céu sobre o lago.

Cambaleante, pôs-se em pé. Tinha de voltar rapidamente, antes que ficasse escuro e não enxergasse o caminho. Ainda cambaleante, foi caminhando e só quando quase chegava a casa sentiu sua cabeça desanuviar-se.

Nas semanas que se seguiram, aquela mesma estranha sonolência a tomou por várias vezes — inclusive em ocasiões inconvenientes. Outros sintomas estranhos apareceram, como mal-estar de estômago, as pernas fracas, manchas nos braços. O médico que Joel costumava consultar não sabia explicar o que ocorria; foi uma velha parteira que disse o óbvio.

— Você está grávida — declarou, divertida com a ignorância dos outros, que não haviam reconhecido uma explicação tão evidente. — Não é necessário um médico com estudo para o perceber.

Aquelas palavras, por que tanto esperara, soavam agora como falsas para Maria. Não era possível. Ela era estéril. Isso já se tornara fato consumado em sua cabeça.

— Não está contente? — perguntou a velha, olhando para Maria.

— Claro que estou — respondeu Maria, mecanicamente.

— Eu arriscaria dizer que sua gravidez começou por volta da Páscoa — disse a mulher. — Isso significa que a criança deverá nascer por volta do Hanukkah, mais ou menos. É difícil fazer uma previsão precisa.

— Páscoa — repetiu Maria, abobalhada.

— É, por volta da Páscoa. — A mulher olhou para Maria. Seria ela doida? — Você pode dar-lhe um nome que lembre "libertação", ou "liberdade". Ou então, simplesmente Moisés.

— Muito obrigada. Maria levantou-se, pegou sua cesta e procurou dinheiro para pagar a mulher.

Cambaleando, foi para a rua. Grávida. Suas preces haviam sido ouvidas.

Senhor, meu Deus, perdoe meu ceticismo! Perdoe o meu desespero! Perdoe-me por minhas dúvidas! — gritava para si mesma. Começou a correr para chegar logo em casa e contar a Joel.

— Joel! — disse, lançando-se em seus braços. — Você não... é maravilhoso, é impossível, mas aconteceu!

Ele olhou para ela, sem entender direito o que se passava.

— Estou grávida! Finalmente! Finalmente vamos ter um filho!

Um sorriso discreto apareceu em seu rosto, como se receasse acreditar naquelas palavras. — De verdade? — disse, por fim, naquela voz suave e doce que fazia quando estava a sós com ela, no escuro.

— De verdade! A parteira confirmou. Joel!... — E ela o beijou, enterrando a cabeça para fazer pararem as lágrimas. Finalmente teriam um filho. — No próximo inverno, quando chegarem as trovoadas, também chegará nosso filho. Nosso filho!...

Deitados na cama, naquela noite, bem juntos, mal conseguiam dormir. Um filho! Concebido na Páscoa, para nascer no Hanukkah. Poderia haver alguma coisa mais auspiciosa?

Finalmente, Maria percebeu, pela respiração, que Joel adormecera. Ela, no entanto, continuava acordada. De que lhe interessava dormir? Suas preces haviam sido atendidas. Deus era bom.

Deixou-se ficar deitada, com os pensamentos fluindo em sua mente como folhas ao vento. Pensamentos que pousavam, delicadamente, em sua consciência. *Esterilidade... O reino de Deus... Todo aquele que uma mulher der à luz me pertence, diz o Senhor... Veja como o Senhor teu Deus te protege, como um pai protege um filho...*

E Deus me protegeu, mas nunca o percebi. Perdoai-me, Senhor, disse Maria. Mas seu coração estava tão alegre que até seu arrependimento era agradável.

"Você, sua tola!", disse uma voz ríspida e desagradável em sua cabeça. O tom da voz era estridente, nada como ela imaginara que pudesse ser a voz de Deus. "Deus, ou Javé, ou o que você o queira chamar, não teve nada a ver com isso. Ele negou a você essa faculdade. Fui eu, Asera, a deusa poderosa, que a ouvi e respondi. Você não me pediu um filho? Eu a atendi. Agora, você me pertence."

Aquela voz desagradável assustou tanto Maria que ela quase se sentou na cama. Parecia que estava ali mesmo, no quarto.

Rígida, tentou articular uma resposta. O silêncio da noite parecia espesso. Não se ouviam os grilos nem as ondas do lago, nem o estalido da fogueira. Era a hora mais morta do dia.

Isso não é verdade, respondeu Maria, por fim. Você não teve nada a ver com isso. Você é... Você nem existe.

Como resposta, ouviu uma gargalhada estrepitosa. "Coloque suas mãos sobre sua barriga e diga-me que não existo. Você me pediu esta criança e eu concedi seu desejo. Você nega que o fiz? Muito bem, posso retirá-la tão facilmente quanto a concedi."

Maria pôs as mãos sobre a barriga, protegendo-a. Era uma loucura. A estatueta não podia ter nada a ver com isso. Era uma voz da sua imaginação. Era...

diabólica. Era isso, era uma manifestação do Mal. Ela a desafiaria, provaria sua impotência, sua não-existência.

Mas as palavras morreram em sua garganta, em sua mente. Era verdade que pedira uma criança a Asera, para testá-la. Teria agora coragem de pedir que seu desejo fosse revertido? Correria esse risco?

Não, murmurou para si mesma.

"Também achei que não", disse a voz afetada. "É inteligente de sua parte."

Mas você... Você foi... Maria lembrava-se que Jameleque jogara a estatueta no braseiro.

Novamente aquela gargalhada estridente e feia. "Você realmente acha que fui destruída? Peguei a mão do menino e fiz ele errar a pontaria. E mesmo que o fogo me tivesse consumido, você já tinha feito um trato. Um trato que devia ser respeitado, de qualquer maneira."

E o que acontecera, então, com a estatueta?, pensou Maria, desvairada. Fora Joel que limpara o braseiro. Será que a achara? O que fizera com ela?

"Levante-se!", ordenou-lhe a voz. Calada, obedeceu.

"Vá para a cozinha, onde poderemos conversar. Onde poderá me responder em voz alta."

Dirigiu-se para a cozinha. Estava escuro e frio; a fogueira se apagara. Trêmula, ficou em pé, com medo e sentindo-se pequena.

"Então, vamos lá." A voz de Asera quebrava o silêncio da noite. Mas falava em voz alta ou Maria ainda a ouvia em sua mente? "Eu lhe dei o que você desejava, dei-lhe o que o seu Javé não permitia. Por que não o permitia? Ninguém sabe. Ele castiga os que o servem e o amam — é um Deus estranho! Não é de estranhar que as pessoas sempre buscassem outros deuses, mais generosos." Agora, Maria escutava nitidamente a gargalhada zombeteira. "E quando fica com raiva, usa isso como desculpa para a punição! Punição em excesso — destruição e exílio. Não é leal, você terá que o admitir."

No entanto, Maria ficou com os lábios cerrados. Não sabia como responder. E temia responder, pois fazendo-o tornaria a voz mais real e lhe daria mais poder.

"Pense nos outros deuses que os israelitas adoraram: Baal, Ishtar, Moloque, Dagon, Melcarte... e eu. Se Javé fosse, de fato, um verdadeiro deus para você, por que teria sentido a necessidade de se voltar para outros deuses? Foi ele que errou, não você."

Maria tinha consciência de que era tentação e blasfêmia, mas... podia um deus blasfemar contra outro deus? Nesse instante, compreendeu que sua culpa aumentava: acabava de admitir que Asera era uma deusa.

"Você está preparada para me obedecer? Está pronta para se entregar a mim?" A voz era implacável.

A criança. Não podia desistir de ter o filho. Prostrada, acenou com a cabeça. Não conseguia falar. Estava muito escuro na cozinha; será que Javé veria seu aceno?

"Aceitarei sua fidelidade e submissão", disse a voz. "Na verdade, eu a tenho desde sua infância, desde o dia em que você me achou e não conseguiu me jogar fora." E então, de novo aquela gargalhada. "Foi preciso que uma criança de 8 anos tivesse a coragem de me jogar ao fogo! Mas isso foi também porque eu não tinha falado com ele."

Não, foi porque Jameleque não soube ver a beleza daquele ídolo, pensou Maria. Abençoada inocência, a de não saber ver. Mas... não saber ver aquela beleza também significava não saber ver beleza alguma. Eram coisas que não se separavam.

Eu deveria ter obedecido e jogado fora a estatueta quando estava no Templo, pensou Maria. É o que deveria ter feito.

Mas... o bebê. Como poderia eu jogar fora o pecado e guardar seu benefício?

Não posso correr esse risco, pensou. Não posso. Depois, mais tarde, haverá como abjurar o ídolo Asera, renunciar a ela por completo, arrepender-se. Rapidamente, reprimiu o pensamento para evitar a ira de Asera.

"Fale em voz alta!", ordenou a voz. "Quero ouvir o que você tem a dizer. Quero que seu deus ouça suas palavras!"

— Obrigada — disse Maria.

"Me agradece por quê? Diga!"

— Agradeço por me ter concedido... este filho. — Embora sussurradas, as palavras ficaram no ar.

À sua volta reinava o silêncio. Silêncio daquela voz insistente, em sua cabeça, silêncio de Deus — se Deus a ouvira.

O trato foi mantido; o trato foi cumprido. Asera não tornou a falar, passou-se o verão e Maria perguntava-se se havia imaginado tudo aquilo: a voz, as ordens, a certeza do envolvimento de Asera e de que, de alguma forma, Deus fora traído. Seu bebê crescia em sua barriga e ela fazia de tudo para garantir sua boa saúde: descansava todo dia, nos horários mais quentes, tomava sopas e comia cereais e evitava todo tipo de agitação. Tentava ter somente pensamentos bons e positivos, rejeitando de imediato quaisquer ideias pessimistas.

Joel deve ter jogado fora as cinzas do ídolo, pensou, tentando reconfortar-se. A estatueta saiu de nossa casa e de nossas vidas e ponto final, ficava repetindo teimosamente para si própria. Tinha de ser verdade.

12

Os amigos e a família de Maria concordavam que havia algo de estranho. A maioria das mulheres, quando espera o primeiro filho — principalmente após uma longa espera, como era o caso — ficava exuberante e excitada, mas Maria demonstrava uma calma e um desinteresse que eram esquisitos. Imaginavam que poderia tratar-se de algum medo supersticioso de que ocorresse algo errado — o que não deixava de ser compreensível, embora um pouco exagerado.

Durante aqueles longos meses, por uma única vez ela cometera um lapso. Certa noite, quando as chuvas de outono começavam a cair e ela e Joel escutavam o barulho ritmado dos pingos no telhado, perguntara: — Você se lembra da Páscoa e daquelas coisas que Jameleque encontrou? O fermento e a estatueta?

Joel tirou os olhos do documento de seu trabalho que estava lendo. — Claro que lembro. Que bela caçada fizeram as crianças! E você teve uma excelente ideia para os motivar: um ídolo! Só quero ver se na Páscoa do ano que vem Silvanus e Naomi conseguem alguma coisa tão excitante! — E ele ria.

— O que aconteceu com a estatueta? — perguntou Maria.

— Nós a jogamos no fogo. Você não se lembra? — Ultimamente Maria parecia preocupada e aérea. Joel presumia que isso fizesse parte da gravidez.

— E a estatueta queimou?

— Claro que sim. Como poderia não ter queimado?

— Você olhou as cinzas?

— Joguei fora, mas não olhei as cinzas.

— E onde você as jogou?

— No barranco, junto com o resto do lixo. Mas por que você faz essas perguntas?

— Só queria ter certeza de que a estatueta tinha sido destruída.

— Tenho absoluta certeza de que foi. Se tivesse ficado ali, inteira, eu teria visto, você não acha?

— Tem certeza?

— Não se irrite, Maria. A estatueta foi-se, acabou-se, queimou e suas cinzas estão longe daqui de casa. Não sobrou nada dela. E mesmo que tivesse sobrado, não passava de um pedaço de marfim que algum artesão esculpiu há muitos e muitos anos, enquanto bebia uma cerveja, enfiou numa sacola e levou para a barraca onde vendia suas coisas. Não há nada de mágico nem de perigoso naquela estatueta. — Joel fez uma pausa. — Por que você se preocupa tanto com ela?

— Talvez porque eu deveria saber que era errado guardar um ídolo. E ainda sinto uma certa culpa por tê-lo guardado. Talvez tenha contaminado a casa!

— É inegável que a estatueta teve influência em sua imaginação — disse Joel. — Mas nós devíamos rir do caso. Lembra-se de como Isaías zombava dos ídolos? Quando ele falava de um homem que derrubava uma árvore, usava metade da madeira para fazer lenha e a outra metade para fazer um deus?

— Lembro — disse Maria.

— Então é isso — disse Joel. — A estatueta não podia deixar de ter ardido quando foi jogada no fogo.

Os meses de outono foram passando, feios, nublados e particularmente chuvosos. Era a época da entressafra para a pesca; tinham-se acabado as grandes pescarias de verão e a pesca da sardinha, no inverno, ainda não começara. Várias tormentas fortes haviam varrido o lago, provocando ondas enormes do lado ocidental.

Após exaustivas pesquisas nas escrituras, Maria e Joel tinham chegado a uma decisão sobre nomes. Tinham optado por "Moisés", no caso de ser menino, há tanto tempo que até já parecia óbvio que *era* esse o seu nome; no caso de ser menina, a escolha era mais difícil. Acabaram optando por "Eliseba" por gostarem de seu som e do significado: Deus é seu juramento.

A festa do Hanukkah, que comemorava a vitória dos guerreiros judeus de quase 200 anos antes, caiu na época mais escura do ano, o que fazia com que os gravetos das lamparinas da *menorah* aquecessem as salas das casas — uma lamparina, no primeiro dia da festa, e oito, no oitavo e último dia. As crianças gostavam muito desse feriado. O Hanukkah comemorava milagres e a vitória do judaísmo — dos cinco filhos de Macabeu — sobre o rei grego Epifânio. Também se celebrava a reconsagração do Templo em Jerusalém, onde o óleo sagrado levado pelos Macabeus deixaria as lamparinas queimando durante oito noites.

Nesta mesma época, no ano que vem, pensou Maria, terei uma criança para ficar olhando as lamparinas sendo acesas e também para ouvir histórias.

Na noite do Hanukkah, estavam reunidos na casa, bem aquecida, de Silvanus e Naomi. Do lado de fora, caía uma chuva fria, mas dentro de casa a claridade das lamparinas criava um círculo luminoso e alegre. Os filhos de Silvanus, em especial Barnabás, reuniam-se, ansiosos, em torno das lamparinas da cerimônia, com entusiasmo antecipado.

— Louvado seja, Senhor nosso Deus, rei do universo, por ter... — disse Silvanus, iniciando a bênção. Mas foi interrompido por uma batida forte e rápida na porta. Todo mundo se virou. Não esperavam mais ninguém.

— Humm... — fez Silvanus, pedindo desculpas, levantando-se e dirigindo-se à porta enquanto o grupo o esperava, impaciente.

— O quê... — gritou Silvanus, enquanto um homenzinho estranho, completamente encharcado, irrompia porta adentro para junto das pessoas reunidas.

— Esconda-me! Esconda-me! — dizia ele, agarrando a túnica de Silvanus.
— Estão atrás de mim! — Tomou fôlego e olhou fixamente para Silvanus.

Joel pulou e puxou o homenzinho esquelético, soltando seu cunhado.

— Eu sou Simão! — disse o homem. — Simão de Anbela! Você deve lembrar-se de mim. Daquela vez que você foi a Gergesa, do outro lado do lago. Você perguntou pelos porcos, os porcos criados pelos pagãos. Os porcos! Lembra-se?

Silvanus parecia confuso. — Não posso dizer que me lembro, amigo.

— Não há espiões romanos por aqui, certo? — O homenzinho, moreno e de pernas curvas, entrou um pouco mais para dentro da sala, sem ter sido convidado, e olhou para as pessoas do grupo.

— Não me lembro de ter conhecido você, muito menos de tê-lo convidado para vir à minha casa na noite de uma reunião de família — disse Silvanus friamente, afastando-se.

— Mas devia ser muito mais do que uma reunião de família! — O homem agia como se tivesse o pleno direito de ali estar, como se Silvanus é que estivesse sendo mal-educado em não convidá-lo a tirar o casaco e lavar os pés. — Esta noite comemora-se a liberdade! Não é um feriado para crianças, mas para os homens e mulheres dispostos a darem suas vidas pela liberdade!

— Vou repetir pela terceira vez: não conheço você e você está invadindo a minha casa. Saia, por favor, ou terei de retirá-lo pela força. — Silvanus considerava o homem perigoso. — E mostre-me que não está armado.

O homem rodou em torno de si, erguendo as pontas do casaco e mostrando ostensivamente as mãos abertas e vazias. — Não tenho coisa alguma — disse. — Nada que possa dar aos romanos o pretexto de me prenderem.

— Você deverá sair daqui — disse Silvanus, olhando para Joel e sugerindo que talvez tivessem de retirar dali o estranho pela força.

— Esconda-me! — dizia o homem. Mas era mais uma ordem que um pedido. — Os romanos podem ter me seguido. Eu dirijo um grupo de guerreiros e nos encontramos em sigilo nos campos próximos a Gergesa, onde moram umas pessoas místicas. Nós nos opomos aos romanos e esperamos pelo dia...

— Basta! — mandou Silvanus. — Nem mais uma palavra. Não quero ter nada a ver com isto. Nem lhe darei abrigo. Se você está sendo perseguido, esconda-se nas cavernas à entrada da cidade, naquelas colinas.

O homem parecia indignado. — Mas lá em Gergesa você disse... Você sugeriu, inclusive, a palavra que seria a senha: porcos!

— Eu vou a Gergesa a negócios — disse Silvanus. — Nunca vou àquele lugar onde moram aqueles loucos, na periferia da cidade. Por que iria lá? Eles moram nas pedras, alguns deles usam grilhões, são todos proscritos e alguns até perigosos. Nunca me encontrei ali com você.

— Você perguntou sobre os porcos! Eu ouvi você perguntar! — O homenzinho parecia sentir-se traído.

— Só se você estivesse em Gergesa, na cidade, e não naquele lugar amaldiçoado. E, a menos que você mesmo crie porcos, o que quer que eu tenha dito sobre eles não tem nada a ver com você.

— Eu *crio* porcos?! — O homem estava indignado com o insulto. — Nem toco neles, muito menos iria criá-los! Ficaria contaminado. Como poderia eu defender o verdadeiro Israel se chegasse...

— Basta! Saia da minha casa. Não o conheço, não o convidei e não pretendo fazer parte de rebelião alguma contra Roma. — E Silvanus apontou a porta.

O homem quase tremia de raiva; Maria temia que ele atacasse Silvanus ou Joel. Mas ele fechou os olhos e deixou passar sua raiva antes de dizer: — Que Deus o perdoe! Quando chegar a hora e a guerra começar — e o Messias, o homem sagrado, olha em volta e conta quem está do seu lado — que Deus perdoe os que faltarem.

— Pois terei de contar com seu perdão — disse Silvanus. E tornou a apontar para a porta.

O homem virou-se e saiu, de forma tão rápida quanto a que chegara. Sentaram-se em silêncio, atordoados.

— Silvanus — disse Naomi por fim, em voz baixa. — Você tem certeza de que nunca falou com ele?

— Absoluta — respondeu Silvanus.

— E a história dos porcos? — perguntou Maria. — Você andou fazendo perguntas sobre porcos?

— Posso ter feito uma ou outra pergunta, educadamente, sobre porcos. Há montes de porcos na região daquele planalto sobre o lago. A gente os ouve grunhindo e roncando e sente o cheiro deles de bem longe. É difícil imaginar que um bicho tão pouco apetitoso possa produzir boa carne — disse Silvanus.

— Trata-se, certamente, de uma arapuca. Devemos ter cuidado. Podemos estar sendo observados. Devemos evitar tudo o que possa levar os romanos a desconfiarem de alguma coisa.

— E a história da vinda do Messias? — disse Joel, zombando. — Imagino que não seremos bem vistos, depois de expulsarmos deste jeito um dos seus assessores.

— Toda essa história do Messias! — disse Silvanus. — Será que essas pessoas não entendem que os dias dos bravos guerreiros contra os tiranos se acabaram? Roma é muito mais forte do que Epifânio jamais foi. Guerreiros e fanáticos são crucificados. Vou lhes dizer uma coisa bem pouco patriótica, e que Deus me castigue se estou errado, que é a seguinte: se Matatias, Simão, Judas e todos aqueles gloriosos guerreiros galileus estivessem vivos hoje, não durariam um mês contra Roma. — Fez uma pausa. — Na noite de hoje, homenageamos a sua memória. Mas é só a memória. Hoje, essa história não se repetiria.

— Mas o Messias... — disse Barnabás, queixoso. — Ele não deveria ser diferente? Não deveria lutar com a força de Deus?

— Há tantas coisas que se supõe que ele faria que passaríamos a noite inteira fazendo uma lista. E isso não adiantaria nada, pois algumas dessas coisas são contraditórias. Ele luta, julga, destrói demônios e descende da família de Davi, da tribo de Judá. Nasce de poderes sobrenaturais, mas é descendente de Davi... E há muitas outras coisas...

— Receio que o criamos em função de nossos desejos mais intensos, enquanto povo — disse Joel. — E é uma ideia perigosa, pois incentiva o surgimento de guerreiros como este Simão. Isso acaba transformando o Messias num problema maior para nós, seu próprio povo, do que para os romanos.

— Diga-me, Maria — disse Naomi, tentando retomar o espírito da reunião anterior à invasão de Simão. — Você e Joel já pensaram em dar ao bebê o nome de um dos Macabeus?

Apenas alguns instantes após se apagar a última das lamparinas do Hanukkah, Maria sentiu o que era inequivocamente uma contração do trabalho de parto. A parteira lhe dissera que ela saberia quando as dores chegassem — e tinha razão. Era diferente de qualquer outro tipo de dor.

Correu para Joel e tomou sua mão. — Chegou a hora — disse. — Finalmente. — Mordeu o lábio, sentindo outra contração. As dores ainda eram fracas. Estava certa de que as aguentaria. Mas todo mundo sabia que poderiam ser terríveis.

Ele ajoelhou-se à sua frente, tomando-lhe as mãos. — Devo chamar a parteira e as mulheres da família? — perguntou.

Maria sentou-se num tamborete. — Não. Ainda não. — Queria ficar assim, sentada, ao lado de Joel, tranquila, aguardando até que as dores se tornassem mais fortes. Queria esse momento só para eles — e para o bebê.

Já era dia quando Joel mandou chamar a parteira, a mãe de Maria e a sua. Quando chegaram, já não era a casa de Joel, e sim uma maternidade, de mulheres.

O parto de Maria acabou sendo fácil, principalmente por ser o primeiro filho. Antes de meio-dia, nascera uma menina perfeita, filha de Maria e Joel. E embora se esperasse que ficariam decepcionados por seu primeiro filho não ser um menino, estavam ambos muito felizes. Não haveria a cerimônia de circuncisão, no oitavo dia, mas seria proferida uma bênção religiosa no 14º dia, quando a menina ganharia, solenemente, seu nome. A família inteira se reuniria e ela seria bem-vinda como seu mais novo membro.

Portanto, uma vez mais, a casa de Maria reluzia quando a abriu para a cerimônia mais importante de sua vida — a de dar o nome à sua filha tão desejada. A frustração, no entanto, era o fato de que Maria tinha de ficar de pé o tempo todo, sem permitir que alguém a tocasse, pois a lei rabínica proclamava que qualquer cama ou cadeira em que se sentasse até o 66º dia após o parto era impura, ficando igualmente impuro quem quer que a tocasse. Isso também significava que não podia segurar seu próprio bebê durante a cerimônia.

— É a praga de Eva — disse Joel, displicente. Para ele, era apenas divertido, enquanto para Maria era uma forma dolorosa de lembrar que as mulheres eram sempre consideradas inferiores aos homens. Logicamente, dentro das paredes de sua casa, a lei era ignorada — como poderia uma mãe ser proibida de segurar sua filha por 66 dias? Mas o rabino poderia recusar-se a dar sua bênção se demonstrassem esse espírito rebelde na sua frente. Por isso, deveriam fingir que obedeciam ao ritual.

A pequena Eliseba estava deitada em sua cestinha de junco, com cobertas leves de lã e enfeitada com laços, um bonezinho na cabeça e um vestido azul envolvendo seu corpo diminuto. Maria debruçava-se sobre ela e ficava olhando-a.

Seus olhos eram bem abertos e brilhantes. O que será que veriam? Ninguém sabia dizer com que idade um bebê começava a reconhecer coisas que nunca vira antes. Mas, olhando sua filha, Maria acreditava que Eliseba a estivesse vendo, assim como sabia que a amava. A intensidade desse amor surpreendera Maria, que nunca conhecera algo semelhante. Sentia-se totalmente despreparada para aquela torrente de sentimentos que a pareciam envolver cada vez que olhava para o bebê. Era como se fosse parte de si própria, mas não era bem isso; era mais delicada e melhor do que ela, e progrediria para coisas melhores e mais delicadas; mas, ao fazê-lo, levaria Maria como sua companheira pelo resto de sua vida. Eram pessoas completamente separadas, mas também completamente vinculadas.

Nunca mais ficarei sozinha, pensou Maria, maravilhada.

Então, ouviu os ruídos da chegada do rabino. Hora de sair e cumprimentar todo mundo, pensou. Relutante, deixou Eliseba sozinha em sua cesta.

— Bem-vindos! Bem-vindos! — dizia Joel. Estava tão excitado que quase se esqueceu de pegar o casaco do rabino e de oferecer-lhe a tradicional cortesia de lavar os pés.

Maria cumprimentou o rabino, tomando o cuidado de não se aproximar demais ou de o tocar. Naquele dia, não iria desafiar as leis que determinavam o comportamento da mulher após o parto.

Sim, somos uma única pessoa, Eliseba e eu, mas a ela caberão as coisas boas e belas, e não sofrerá com as coisas ruins que sua outra metade, Maria, enfrentará... Era impressionante ser mãe. Na verdade, mudava tudo, surgiam pensamentos estranhos, surpreendentemente novos.

— Tragam a criança — disse o rabino. E a mãe de Maria pegou Eliseba e levou-a a ele. Obviamente, Maria não podia nem ficar perto. Todo mundo se aproximou.

O rabino afagou o bebê em seus braços. — Abençoado seja Deus, rei do universo, por ter dado a Maria e Joel esta criança — disse. — Seja bem-vinda à família de Abraão.

Delicadamente, ergueu a criança, para que todos a pudessem ver. O bebê espiava em volta, com os olhos brilhantes parecendo preocupados. Que impressões estaria sentindo, daqueles braços estranhos segurando-a, de todos aqueles olhares fixos nela?, perguntava-se Maria.

— Salomão diz, no provérbio: "As crianças são uma bênção de Deus". E isso é verdadeiro. Não apenas os filhos, mas todas as crianças. Embora o livro de Siracides assinale algumas observações sobre filhas. "A filha é para o pai uma preocupação secreta; tira-lhe o sono a inquietação que ela causa." — Numa voz simpática e jocosa, o rabino continuou falando sobre os problemas atribuídos às filhas: como poderia ser seduzida ainda moça, como poderia ser estéril ou infiel no casamento, coisas que levariam a desgraça a seu pai. Concluindo, disse: — Fiquem atentos, pois, à sua filha. Não a prendam em seu quarto. É preferível a severidade de um homem à preguiça de uma mulher. — E todo mundo riu; a maioria das pessoas presentes conhecia essas frases de cor.

Mas não havia nada de engraçado! Maria sentia-se indignada por essas palavras em sua nova atitude de proteger a filha, palavras que ela própria aceitara e ouvira durante toda a sua vida. Queria dizer, então, que uma filha era um objeto que deveria ser cuidadosamente observado para que não levasse à desonra de um homem! E as situações de tristeza e angústia que ele descreveu tão displicentemente? Todas elas, situações de sofrimento para uma menina... Será que alguém se preocupa com isso?

— O profeta Isaías disse: "O Senhor me chamou desde o meu nascimento, desde o ventre de minha mãe fez menção do meu nome." — disse o rabino. — Qual o nome que escolheram para esta filha de Israel?

— Eliseba — disse Joel.

— Um nome sagrado — disse o rabino, acenando com a cabeça.

— Significa "Deus é seu juramento" — disse Maria, lá de trás.

Por um momento as feições do rabino pareceram irritadas, mas controlou rapidamente sua reação. — Sim, filha, sei o que significa o nome. Obrigado.

— Eu... — Maria sentiu, de repente, uma pontada no peito que a deixou sem poder respirar. As palavras morreram em sua garganta e o rabino prosseguiu.

Recitou orações e bênçãos antes de devolver o bebê a Joel. Joel ergueu a menina e disse: — Eu me rejubilo de ter uma filha tão sagrada! Celebremos! — Apontou para a mesa, preparada com comida e bebida, e as pessoas se aproximaram. Alguns, mais religiosos, dirigiram-se primeiro à criança, tocando a testa do bebê e recitando uma bênção.

Joel procurava Maria com os olhos, pensando que ela ficaria a seu lado. Mas a dor em seu peito ainda queimava e ela sentia dificuldade em respirar. Segurou-se com força às costas de uma cadeira, tentando imaginar o que lhe estava acontecendo.

Percebendo que não estava se sentindo bem, Joel devolveu rapidamente o bebê para o rabino e correu para ela. — O que foi?

Ela só conseguia abanar a cabeça, sem forças para responder. Era uma dor muito estranha e assustadora. Mas iria passar. Teria de passar.

— Você não está bem? — sussurrava Joel. Por enquanto, os convidados estavam todos ocupados, olhando para o bebê e comendo. Ninguém estava dando atenção para a mãe do bebê, mas isso poderia mudar a qualquer momento.

— Eu... — Pouco a pouco, sentiu sua respiração voltar, como se o que a afligia por dentro se estivesse afrouxando. — Eu só... — Sacudiu a cabeça. — Não sei o que aconteceu, mas agora estou bem. — Apesar de suas palavras, sentiu de novo uma pontada no estômago. Mas segurou-se à cadeira e sorriu.

— Venha aqui, todos nos querem dar parabéns — disse Joel, forçando-a a acompanhá-lo. Ela fez um esforço para caminhar até a mesa, sentindo algo como uma faca contra a sua barriga.

Então, acima da algazarra das vozes alegres dos convidados, ela ouviu uma voz bem nítida junto ao seu ouvido: "Eu lhe disse que esta criança era minha. Eu a concedi como um presente entre nós. E agora você me insulta e me desafia, dando-lhe um nome que diz ser ela de Javé. Isso foi uma grande tolice sua. E agora você pagará o preço. A partir de agora, você será duplamente minha, tomando o lugar de sua filha."

13

Não teve de esperar muito. Na manhã do dia seguinte, antes mesmo que tivesse tido tempo de pensar naquela voz estranha — e tentado convencer-se de que tudo não passara de sua excitação durante a cerimônia — começaram a acontecer coisas estranhas. Maria tinha começado a fazer a limpeza: levando para fora as ânforas de vinho vazias, lavando os pratos e varrendo o chão. Cantarolava enquanto guardava as travessas, pensando que os figos desta aqui tinham sido um sucesso, mas o queijo daquela outra, não. Mas quando as guardou, percebeu que havia ainda outras do lado de fora. Pensando em como era possível tê-las esquecido, guardou-as com as outras. Mas, um pouco mais tarde, lá estavam elas na mesa de novo.

Quando as viu pela segunda vez, sentiu um choque. Tenho certeza de as guardei, pensou. Sei que o fiz. Rapidamente, para acabar com confusões, guardou-as de novo.

Devo estar preocupada, disse a si mesma. Dirigiu-se, então, à cestinha de Eliseba e tomou um susto ao encontrá-la cheia de brinquedos. A menininha estava quase imersa nos brinquedos.

Dessa vez não teve dúvidas. Não fui eu que os coloquei aí, pensou Maria. De onde vieram? Os convidados haviam trazido presentes, mas não os tinham deixado perto do berço. E de manhã cedo, quando Maria a viera alimentar, não estavam ali.

Sentou-se num tamborete e pôs a cabeça nas mãos. Como é possível? — pensou. Seu coração disparou e começou a suar. Em pânico, levantou-se e começou a tirar todos os brinquedos da cesta, jogando-os ao chão, fingindo não os ter visto. Eliseba emitiu uns sons. Maria pegou nela, segurando-a.

— Você não os ia querer aí dentro, ia? — perguntou a Eliseba, como se a filha pudesse responder. E que bom seria se pudesse! Poderia dizer como tinham chegado lá. Mas a menina só sabia ficar deitadinha contra o peito de Maria. Seu calor ajudou a acalmar o coração disparado da mãe.

Ao longo do dia, Maria voltou a sentir as pontadas no corpo que sentira na véspera. E atormentou-se tentando compreender como as travessas e os brinquedos tinham mudado de lugar.

Será que eu mesma os coloquei lá e não me lembro?

O pensamento era quase mais terrível do que a alternativa de que alguma força sinistra os tivesse mudado de lugar. Perder a sanidade era a pior coisa que podia imaginar. E havia pessoas assim em Magdala — pessoas jovens, que jamais se haviam desenvolvido, e pessoas velhas que tinham sido normais, mas agora eram incapazes de se lembrar do que tinham feito um momento antes. Às vezes essas pessoas recordavam dias de antigamente e os contavam a ouvintes enfastiados repetidamente. Fugia-se delas, para não ter de ouvir novamente a história do homem do recenseamento ou do camelo que enlouquecera no mercado... 50 anos atrás.

As coisas estranhas continuaram acontecendo — coisas que pareciam mudar de lugar por si mesmas, coisas assustadoras que já deixavam de assustar de tanto que se repetiam, a sensação de ser perseguida por alguma coisa. Agora Maria reconhecia que era isso que se passara com ela há muito tempo, quando ainda morava com seus pais. Sabia que era coisa de Asera. Asera cumpria a palavra, sua diabólica palavra. E não havia como fazê-la desistir. Até a tentativa de destruir o ídolo não dera certo. O que aumentava ainda mais a tensão era a importância de que Joel não desconfiasse, assim como tentar cuidar para que nada faltasse a Eliseba. Com um certo atraso, orava a Deus: "Ajude-me, por favor, a encontrar um meio de me livrar de Asera, antes que seu poder cresça e eu não tenha forças de lutar contra ela".

Joel era perspicaz e ela sabia que era só uma questão de tempo até que ele percebesse que havia algo errado. Ela tinha de representar desde a hora em que ele abria a porta até adormecer, de noite, e a tensão era enorme.

Representar... fingir..., meros eufemismos para "mentir", pensava Maria. Tornei-me uma mentirosa, uma mentirosa descarada que não sabe dizer a verdade. Mas não havia alternativas.

Sigilosamente, quando conseguia, ela estudava as escrituras para ver se existiria uma fórmula que permitisse combater uma divindade alienígena. Mas não encontrou nada; presumivelmente, quando o ídolo fosse destruído, seu poder desapareceria — não fora Deus que recomendara a seu povo que rebentasse e quebrasse os ídolos em pedaços? — mas agora ela sabia que isso não procedia. E nada encontrou nas escrituras sobre alguém que ficasse enfeitiçado contra a sua vontade. Presumia-se, quanto a esse assunto, que quem adorasse deuses alienígenas seria seu servo voluntário, devendo também ser destruído.

Asera já conseguira arruinar o que deveriam ter sido os melhores dias de sua vida, com sua nova filhinha. Portanto, como Asera proclamara, a criança pertencia a ela de forma tão convincente quanto seria se Maria tivesse oferecido Eliseba de livre e espontânea vontade.

Alguns meses mais tarde, a presença de um homem louco causara agitação em Magdala. Chegara num barco; ninguém sabia de onde viera. Arrastando-se até o caminho que beirava o cais, começou a dar cambalhotas e a fazer gestos obscenos, gritando. Logo se juntou uma multidão para vê-lo — a distância. O homem — ou o que quer que estava dentro dele — pareceu gostar da audiência e entrou numa espécie de transe, pulando e espumando. Nada do que dizia era inteligível, mas era absolutamente inofensivo.

De repente, esquivou-se e pareceu desaparecer em meio às pedras que beiravam o lago. Ninguém foi para aquele lugar pelo restante do dia e da noite. Mas na manhã seguinte ele reapareceu e, dessa vez, os curiosos vieram correndo para ouvi-lo, pois a cidade inteira praticamente não falara de outra coisa na noite anterior.

Maria não quisera ir assistir, mas sentira uma atração. Aquele homem... aquele homem podia ser o que ela seria em alguns meses, ou anos. Precisava compreender a dimensão do drama que a poderia estar aguardando. Porém, para seus amigos e vizinhos, disfarçaria o seu interesse como uma curiosidade passageira.

Ficaram bem distantes dele, como convinha às mulheres de bem. Podiam vê-lo de quatro, grunhindo como um bicho. Tinha cabelo escuro, encaracolado, como a juba de um leão; será que em sua loucura, enfeitiçado, pensava ser um leão? Movia-se como se fosse. Atrás dele, o lago brilhava com a luz do sol nas pequenas ondas e vários barcos de pesca, de onde seus ocupantes olhavam a cena ao passar em frente ao cais.

De repente, ele recuou e começou a dar patadas no ar, como se realmente fosse um leão. E, também de repente, pôs-se em pé como um homem e começou a falar. A princípio, suas palavras pareciam fazer um sentido doloroso e patético a Maria.

— Amigos! — gritava ele. — Tenham pena de mim! Onde estou? Como vim parar aqui? O espírito do Mal me trouxe, não sei por que motivo!

— Quem é você? — perguntou um dos decanos da cidade, que costumava presidir julgamentos. Era sobre ele, autoridade de Magdala, que recaía a responsabilidade pela manutenção da ordem.

— Benjamim de... — Mas sua voz não saía, como se fosse apertada por uma força que Maria conhecia muito bem, e o que se seguiu foi uma torrente de sons ininteligíveis. Seu rosto se contorceu e caiu ao chão, como se lutasse, em vão, contra algo que estava dentro dele.

— Ahhgh! — O grito atormentado era seu único elemento humano perceptível. Um grito dirigido aos céus. Mas os presentes limitaram-se a ficar olhando, sem saber o que fazer, enquanto o homem rolava sobre si e emitia sons naquela língua incompreensível.

Dois rapazes correram para ele, tentando pô-lo em pé, mas, embora fossem fortes e musculosos, ele os jogou longe com facilidade, contra o parapeito do caminho que levava ao cais, onde caíram, estupefatos.

— Não se aproximem! — disse o velho decano. — Não se aproximem! Ele é perigoso! — Fez um sinal a alguns homens da multidão. — Devemos atá-lo! Peguem umas cordas!

Os homens saíram correndo em busca das cordas e o velho tentou falar com Benjamim.

— Fique calmo, meu filho. O demônio que está dentro de você não é você. Resista a ele. Iremos ajudá-lo.

Benjamim agachou-se, rosnando para ele. Uma força malévola parecia sair de seus olhos.

Então são essas as suas feições, pensou Maria. Você não se parece em nada com a bela estatueta de marfim e só se esconde por trás dela para me iludir. Um arrepio de medo subiu por seu corpo, tomando-a como a própria Asera já a tomara.

— Um homem santo! — gritou o velho decano. — Precisamos de um homem santo! Só eles conseguem expulsar os demônios!

— Talvez o velho Zadoque pudesse vir — sugeriu alguém.

— Ou então Amós, seu discípulo? — disse outro. — Ou Gideão?

— Vamos chamar todos os três! — exclamou alguém.

Mandaram um garoto chamar o velho rabino e seus discípulos. Benjamim continuava esparramado no chão, contorcendo-se e berrando aqueles sons ininteligíveis. De repente mudou a voz, que se tornou totalmente diferente, mais profunda e ríspida.

— Ele está falando aadiano! — disse um mercador no meio da multidão. — Sei que é aadiano, pois ouvi essa língua quando estava na Babilônia!

— É Satanás! É Satanás que fala por meio dele, em outra língua. É assim que se manifesta Satanás! — disse o velho decano. — E essa voz profunda, ríspida, é a voz do próprio Mal!

Fascinada e horrorizada, Maria não conseguia sair do lugar. Meu Deus, Senhor do universo, será isto o que vai se passar comigo?, gritou, em silêncio. Salve-me, meu Deus, liberte-me! Liberte-me de Asera!

Os homens com as cordas chegaram e aproximaram-se de Benjamim com cuidado. Fizeram um círculo em torno dele e tentaram distraí-lo, de forma a poderem jogar as cordas sobre ele. Mas não era tarefa fácil. Por várias vezes, o homem mostrava-se astuto e atento, esquivando-se das cordas. Por fim, aproximaram-se todos dele ao mesmo tempo e conseguiram passar as cordas em torno de seus ombros. Apertaram-nas rapidamente, enfaixando-o.

A ira do demônio veio de imediato. Benjamim levantou-se e, curvando-se e soltando os braços, despedaçou as cordas como se fossem barbantes. Então, falando em perfeito aramaico, urrou: — Não tentem impor-me seu poder insignificante! Vocês nem podem me tocar!

Assustados, todos recuaram. Só o velho decano permaneceu onde estava.

— Eu te ordeno, em nome de Javé, rei do universo, que saias do corpo desse homem e deixes de o atormentar! — disse, em voz trêmula.

A resposta do demônio que possuía Benjamim foi correr para o velho, agarrá-lo e jogá-lo ao chão. Mostrando os dentes — que mais pareciam presas de um lobo, mas não o poderiam ser — enterrou-os no pescoço do velho. Um grupo de homens lançou-se sobre Benjamim e arrastou o velho decano, salvando-o. Os pescadores que assistiam à cena lançaram seus remos à água e afastaram-se rapidamente.

Foi então que chegou o velho Zadoque com seus discípulos. O coração de Maria quase parou de bater quando ela viu chegando, calmos e confiantes, aqueles jovens. Não, não! — queria avisá-los. Ninguém pode contra uma força dessas! E pensou se algum dia — talvez até não tão distante — aqueles mesmos rapazes seriam chamados para libertá-la.

Benjamim virou-se rapidamente, fitando-os. — Então, são os tolos de sempre, da sinagoga, que chegaram! — zombou. — Como se tivessem algum poder sobre Mim!...

— Cale-se, demônio! — disse Zadoque numa voz surpreendentemente forte. — Não é você que nos irá falar. Somos nós que falaremos com *você*. — Colocou seu xale sagrado sobre os ombros, acenando para que seus assistentes também o fizessem. Em seguida, ataram os *tefillin* — umas caixinhas contendo os textos sagrados — às suas testas e seus braços e apressaram-se a iniciar as orações em conjunto. Então, com seus discípulos ao lado, Zadoque virou-se para enfrentar o demônio.

— Demônio, Príncipe do Mal, nós te ordenamos, em nome de Javé, que libertes seu servo Benjamim, filho de Abraão e do povo de Israel, que caiu nas tuas armadilhas. — Ereto, como um pilar da honradez, falava ao homem curvado.

Mas o demônio limitou-se a gargalhar, mostrando os dentes.

— Eu repito: afasta-te deste homem, Satanás! Deverás libertá-lo em nome sagrado de Javé! Eu o ordeno!

— E quem é você? — zombou o demônio. — Não reconheço a sua autoridade. Não o obedecerei.

— Falo com você em nome do Santíssimo.

— E eu desafio o Santíssimo. Sempre o fiz. Você não tem como me combater.

— Os servos de Deus jamais estão indefesos diante de seus inimigos — disse Gideão.

Antes que Zadoque pudesse acenar para que não falasse, o demônio voltou seus olhos para Gideão. — O jovem fala! — escarneceu. — Este é um dia triste! Você não deveria intrometer-se no domínio de coisas que não compreende! — E deu uma gargalhada de fazer gelar o sangue. — Talvez você venha a ser corrompido por formas que jamais pensaria!

Maria quase não respirava, olhando com horror para o demônio, que agora fixava os olhos em Gideão. Gideão recuou, cambaleando, como se fosse jogado contra uma parede. O demônio gargalhava.

— Saia desse homem, demônio de Satã! — gritou Zadoque. — Saia e vá-se de uma vez! — Era inspirador ver o pobre velhinho enfrentando tamanha força. Sua voz perdera um pouco da vigor inicial, como se esta se exaurisse, mas ele ainda tinha forças para enfrentar o demônio.

Gideão segurou o braço de Zadoque e o de Amos. Juntos, amparavam-se e protegiam-se. — Somos servos do Senhor — gritou Gideão. — E juntos temos o poder para te enfrentar, Príncipe do Mal! Ordenamos-te, em nome de Javé, que saias desse homem!

A força conjunta dos três homens santos pareceu ter efeito contra o demônio que possuía Benjamim. Benjamim encolheu-se, como se protegendo de um ataque.

Incentivado, Gideão voltou a falar. — Sim, liberta-o de teu domínio!

— Em nome de Javé, sai desse homem! — gritou Zadoque.

Benjamim rosnou, mas encolheu-se.

— Para fora! Para fora! Eu te ordeno, espírito do Mal, vai-te! — gritava Zadoque.

De repente, Benjamim jogou-se ao chão, contorcendo-se e gritando. Várias convulsões o tomaram, gritou de maneira ainda mais horrível e subitamente relaxou.

— Corram, corram! — gritou alguém na multidão, provocando uma correria. Só permaneceram Zadoque e seus discípulos, de pé, corajosos. Maria puxou suas amigas mais para trás.

— Por quê? — perguntou uma delas.

— Porque o demônio irá procurar um novo corpo — disse, com conhecimento de causa. — Procurará um corpo vazio para fazer dele sua casa.

Mas eu não sou um corpo vazio, pensou. Já estou possuída. Mas se ele não encontrar uma morada adequada, pode vir a mim e tentar juntar-se a Asera. E a própria ideia de saber disso deixou-a quase sem conseguir movimentar-se.

Completamente exaurido por sua luta, Zadoque foi levado a um banco para se sentar. As pessoas o elogiavam, mas ele recusava os elogios.

— Não fiz nada — disse. — Só falei em nome de Javé.

— E o demônio? — gritou alguém, formulando em seguida a pergunta que não saía da cabeça de Maria. — Por que o demônio o possuiu? O que teria ele feito?

Reunindo suas energias, Zadoque disse: — Talvez não fosse o que ele queria, talvez o tenha feito por ignorância. O demônio procurava uma brecha, uma oportunidade, e Benjamim a proporcionou de alguma maneira. Os demônios conseguem apossar-se de uma vítima por suas ações, e não por sua atitude.

Sim, era isso. Maria sabia que ele dizia a verdade. Fora uma coisa que fizera há muito tempo, a ação de pegar a estatueta de marfim, que provocara tudo aquilo, e não sua atitude.

Mas... poderia não ter sido apenas uma ação, mas uma série de ações. Pegar a estatueta... guardá-la... resolver por várias vezes livrar-se dela, mas sempre recuando... Poderiam ter sido todas essas ações, e não apenas uma. Significaria isso que um dia poderia acontecer com ela o que acontecera com Benjamim?, pensou.

Enquanto brigava com essas ideias, viu Joel do outro lado da multidão. Também fora arrastado pela excitação, deixando seu trabalho. Seu rosto estava lívido e perturbado. Ela correu para ele, pôs os braços à sua volta e enterrou a cabeça contra seu corpo.

— Não foi horrível? — disse Joel com a voz trêmula. — Jamais gostaria de tornar a ver uma coisa destas por toda a minha vida.

Prostrado, Benjamim foi carregado para um abrigo, onde receberia comida e seriam feitas mais orações.

14

Depois que o homem possuído fora exorcizado, Maria voltou para casa ainda mais apreensiva. Agora, parecia-lhe território inimigo, embora reconhecesse que não estaria a salvo de Asera em lugar algum. Afinal, Asera não a procurara em vários lugares? Não fora encontrada em Samaria — e não tivera sua origem, por certo, em algum outro lugar?

"Ao Senhor pertence a terra e tudo o que nela se contém", dizia um dos Salmos. Agora, porém, essas palavras soavam-lhe apenas como uma imensa redoma que protegia Asera. Já as palavras de outro salmo — "Para onde me ausentei do teu Espírito? Para onde fugirei da tua face? Se subo aos céus, lá tu estás; se faço a minha cama no mais profundo abismo, lá estás também" — pareciam-lhe mais adequadas a Asera que a Javé. A Lei de Moisés previa santuários para homens perseguidos por crimes que não haviam premeditado. Seu sangue era levado a um altar, com chifres, ao qual se agarravam com firmeza. Para Maria, no entanto, não existia esse tipo de santuário.

Durante alguns dias sem que ocorresse qualquer incidente — o que se deu por algum tempo — Maria aproximou-se de Deus da única maneira que sabia, lendo as escrituras e orando. Sentia que só conseguia aproximar-se quando não sofria ataques de Asera; de outra forma, Deus não lhe dava ouvidos.

Nesses dias calmos, podia dar todo o seu amor e atenção à pequena Eliseba, que agora já se sentava e tinha um sorriso estonteante. Mas Maria tinha consciência de que, de um instante para o outro, esses momentos de paz podiam acabar.

Numa noite dessas, Joel chegou a casa e anunciou que ele e vários outros homens da empresa teriam de fazer uma viagem a Tiberíades para escolher um novo tipo de ânfora para transporte. Estaria Maria interessada — assim como as outras mulheres — em acompanhá-los nessa viagem? Levaria pelo menos um dia e, se viajassem em grupo, poderiam transformar uma viagem de trabalho numa agradável excursão.

— Além de que sei que você tem uma certa curiosidade para conhecer Tiberíades — disse, mastigando um pedaço de pão. Como o dia fora tranquilo, Maria pudera preparar um bom jantar, inclusive o pão especial que fazia, com tomilho.

Tiberíades! Embora fosse bem perto de Magdala, eram poucas as pessoas da cidade que a visitavam. A reputação que tinha — de ter sido palco de ritos pagãos — afastava os judeus praticantes do lugar. Mas era inegável que, nos poucos anos desde que Herodes Antipas a mandara construir, Tiberíades tornara-se um importante centro comercial. Se alguém estivesse procurando uma ampla variedade de ânforas, por exemplo, era a Tiberíades que deveria ir.

— É verdade, estou curiosa — respondeu Maria. Na verdade, sempre se sentira fascinada pelo lugar e pela proximidade de Herodes Antipas. Ele gostava da cidade, que fora construída como desejara, moderna e sem interferências de ordem religiosa.

— Muito bem, então sua paciência será finalmente recompensada.

Combinaram fazer a viagem no primeiro dia após o Sabá. O Sabá fora um suplício para Maria, e extremamente longo, pois Asera decidira torná-lo um tormento para ela, já que ficava mais restrita aos afazeres de casa e quase não saía. As horas passavam-se e multiplicavam-se as acusações, que fazia mentalmente contra si mesma, como se movidas por uma força do mal. Quando tentava orar, zumbia um ruído em sua cabeça que a distraía. Suas recordações tornavam-se um mar de vergonha, à medida que relembrava cada besteira, cada coisa ruim que já fizera; os planos para o futuro davam lugar a assombrações de seus fracassos, merecidos, pois além de tola era uma pecadora incorrigível e deveria ser castigada. Às vezes até parecia que havia uma segunda voz, bastante diferente da de Asera, que sussurrava obscenidades e blasfêmias em sua mente e descrevia, pormenorizadamente, atos violentos e pervertidos. Tinha vontade de gritar, mas isso preocuparia Joel, que estava sentado e lia tranquilamente, olhando Eliseba que engatinhava junto a seus pés. Ele não poderia desconfiar; jamais poderia saber!

Estaria um segundo espírito se insinuando dentro dela? Maria já ouvira falar de pessoas que eram possuídas por vários, cada um com uma personalidade distinta, embora fossem casos raros. Quando um espírito se apossava, às vezes chamava outros para o seguirem. Isso poderia estar ocorrendo com ela.

Terminado o Sabá, o grupo partiu para Tiberíades na manhã seguinte, bem cedo, quando o ar ainda estava fresco e agradável. Não era uma caminhada muito longa — apenas três milhas romanas. Optaram por tomar a trilha que beirava o lago, onde a água batia nas pedras e os juncos sussurravam ao vento, numa música leve. As tonalidades suaves do amanhecer ainda se espalhavam pelo lago, surgindo na parte oriental do céu — a cor clara de alfazema, passando a cor-de-rosa e, onde o sol iria despontar, um toque dourado.

Joel e seus dois companheiros de trabalho, Esdras e Jacó, estavam alegres. Nas semanas recentes, tinham sido tantos os pedidos de informação sobre o molho especial que preparavam para conservar peixe que os escribas estavam penando para manter a correspondência em dia. Um desses pedidos viera de Gaul, lugar próximo à última fronteira do império romano. Era óbvio que a fama daquele molho picante era tamanha que chegava a surpreender o próprio Natã, que se orgulhava da receita. E houvera um pedido da parte de Herodes Antipas. Ele — ou melhor, seu mordomo, Chuza — solicitara uma quantidade grande, para sua próxima cerimônia de casamento.

"Sua Alteza desejará que 11 barris do dito molho, de fabricação de seu súdito Natã de Magdala, lhe sejam enviados dez dias antes da celebração de suas núpcias com Herodias. Em nome do poderoso e beneficente Herodes Antipas, *magister oficiorum* Chuza", dizia o pedido enviado.

Isso significava, naturalmente, que tinham de encomendar embalagens especiais. As ânforas comuns, sem enfeites, não serviriam. Para atender aos pedidos do exterior seria necessário um tipo de ânfora mais sólido, capaz de aguentar longas viagens por mar.

— Espero que o lucro de nossas vendas para o exterior ajude a cobrir o... humm... donativo que temos de fazer a Antipas — disse Esdras. Porque, naturalmente, os barris com o molho deveriam ser despachados como "presente" ao soberano.

— Antipas — disse Miriam, mulher de Esdras — está acostumado a que todo mundo se dobre aos seus desejos. O que aconteceria se vocês cobrassem pelo molho? Talvez nem notasse.

— Notaria — disse Jacó. — Ele nota tudo. O importante é estarmos de bem com ele!

Estavam passando por um lugar onde Maria costumava ficar sozinha, lendo poesia. Agora, pela primeira vez, ela reparava que havia uma pedra de culto cananeu que ficara bem na sua frente durante anos. Retesou os músculos quando passou em frente dela, uma pedra grande, escura, que parecia exercer um certo poder sobre ela.

Você também?, pensou, ao passar pela pedra. Estava cercada por todos os lados e nunca o percebera. Será que você faz parte da doença mental que me tomou?

Queria, de alguma forma, expressar sua rejeição, mas o grupo passou rapidamente pela pedra, ainda falando sobre Antipas.

Uma das mulheres tentou começar uma conversa com Maria, mas esta não prestava muita atenção.

— Ao contrário daquele pregador — dizia alguém.

O que perdera da conversa?

— Que pregador? — perguntou Joel, casualmente.

— Um homem que se chama a si próprio de Batista — disse Esdras. — É um pregador que tem muitos seguidores, lá no Jordão.

— Como, no Jordão? — perguntou Miriam. — No Jordão, onde?

— Na parte rasa do rio, por onde passa a estrada que vai de Jerusalém para Amã. Todos os viajantes passam por ali, pois é a única estrada entre as duas cidades.

— E o que faz ele ali? — insistiu Miriam.

— Ele é um daqueles velhos profetas que pregam o arrependimento e dizem que o mundo, como o conhecemos, irá acabar de repente e que o Messias chegará em breve. — Esdras fez uma pausa. — Mas Antipas está pouco interessado nisso. O que o interessa nesse homem — a quem chamam João Batista porque ele batiza as pessoas no rio Jordão — é que ele denunciou seu próximo casamento. Por causa de Herodias ser a mulher de seu irmão. Isso é contra a lei judaica e foi isso que João disse sem rodeios. Será que ainda vai ficar batizando por muito tempo? — Esdras deu uma gargalhada. — E nós mandaremos apenas o molho para Antipas, sem comentários.

— E nós somos covardes? — perguntou Maria, sem perceber que o fazia.

Joel parou de andar e olhou para ela, perplexo. — Nós estamos apenas fazendo uma entrega de molho de peixe — disse, por fim. — Ele nunca nos perguntou nossa opinião sobre seu casamento.

— Mas nós estamos contribuindo para a cerimônia — disse Maria.

— E se não mandássemos o molho de peixe, a cerimônia se daria da mesma forma — disse Joel. — E depois ele pensaria em alguma maneira de nos punir. Não temos escolha.

Joel tinha razão, naturalmente. Não tinham poder para enfrentar Antipas e isso apenas o iria fazer investir contra os negócios da família e destruí-los. A influência que poderiam ter era a de precipitar sua ruína, mas não a de impedir qualquer ação imoral.

— E esse João Batista — perguntou Maria — não tem medo? De onde é ele?

Abigail, mulher de Jacó, deu de ombros. — E que diferença isso faz? Ele já está condenado.

Surpreendentemente, Jacó reagiu de imediato. — Não fale dessa maneira! Aquele homem é um profeta e sabe Deus como precisamos de um. Um profeta de verdade, e não todos aqueles que Antipas — e nós todos — quer ouvir. João é natural de Jerusalém — disse, dirigindo-se a Maria —, mas ninguém sabe por que foi para o deserto nem como recebeu sua mensagem.

— Devíamos ir vê-lo! — disse Abigail, com sua cabeça oca. — Podíamos fazer uma excursão!

Jacó parecia ter ficado sem graça. — É muito longe daqui — disse, por fim. — E quem for até lá por motivos equivocados será afastado. Ele aponta os que vão lá por curiosidade e os chama de "ninho de víboras". Não creio que você gostasse desse tipo de atenção, querida.

— É — disse ela sorrindo, sem parecer entender. — Acho que prefiro ir fazer compras no bazar em Tiberíades...

Jacó abanou a cabeça. — Não existem bazares em Tiberíades. É uma cidade feita no estilo grego.

— Ah! — disse Abigail. — Será que tem aquelas histórias de *ágora*?

Tiberíades era uma cidade moderna, construída segundo modelos recentes de planejamento. As ruas eram retas e existia, de fato, uma *ágora* no centro da cidade, assim como um estádio, à sua entrada, e três sólidas muralhas que se prolongavam até o lago, dificultando a aproximação inesperada de qualquer tipo de cavaleiro. Sua construção ainda não terminara, mas eram impressionantes. O grupo de Joel entrou pelo portão Norte, onde um imenso grupo de operários preparava o monumental acesso que em breve seria afixado. Era um lugar movimentado e tumultuado.

— Bom, disseram-me que o comerciante de ânforas que procuramos fica nesta rua principal, passando o palácio, dobrando à esquerda na fonte de Afrodite... — Joel consultava o mapa que trouxera de casa. Em volta deles, um rio de gente — mercadores, comerciantes, funcionários do palácio e viajantes — enchia as ruas. Maria ficou impressionada com a limpeza, que certamente se devia ao fato de a cidade ser nova. Os prédios cheiravam a novo, o calçamento reluzia, as ruas ficavam a céu aberto — sem a sombra das sacadas, de arcos e de domos. Tudo isso fazia com que a cidade parecesse tão nova que se poderia imaginar o mesmo tipo de organização e tranquilidade em todas as relações humanas.

Quando se encaminhavam para o centro da cidade, passaram por um altar de algum deus, com uma estátua. Os outros não prestaram atenção, mas Maria olhou fixamente porque, em volta do altar e de sua fonte, havia uma multidão cantando e movendo o corpo, como se fosse um coro. Estavam debruçados sobre a pequena fonte de onde esguichava água, aos pés do deus, molhando seus rostos na água sagrada e voltando-se, com as mãos cheias de água, para lavar o rosto de alguém atrás deles. Alguns gemiam, outros ficavam só olhando, como enfeitiçados. As pessoas pobres não participavam dos movimentos e dos cânticos, mas ajudavam, dando os braços umas às outras e fazendo uma proteção. Às vezes ouvia-se um lamento vindo do grupo, uma angústia que destoava do tumulto alegre da cidade.

Eu conheço essa gente, pensou Maria. Pertenço a essa gente, e não àqueles com quem estou. Sou tão pobre, tão sofredora, quanto eles...

Parou, subitamente, e tocou a manga do véu pesado de uma mulher que estava na beira do grupo. Não dava para saber se era uma espectadora ou se participava do grupo.

— Que altar é este? — perguntou Maria, suavemente.

A mulher voltou-se. Não era comum uma pessoa estranha falar com outra na rua. Mas acabou murmurando: — Você não sabia que é de Esculápio?

Esculápio. Maria o conhecia de nome, mas nunca vira uma representação sua. Ficou olhando para a estátua — tão aberta ao olhar de todos, como parte da vida diária da cidade — de um belo jovem, apenas parcialmente vestido. Seu corpo, de proporções perfeitas, esbelto mas musculoso, traduzia o ideal grego e romano de energia e saúde. Parecia bondoso. Maria sentia confiança olhando para seu rosto, como se ele possuísse o segredo da vida e este consistisse exclusivamente da aparência física. Não haveria lugar para espíritos impuros num corpo tão virgem.

— Venha, Maria! — Joel pegou-a pelo braço, puxando-a. — Pare de olhar para esse homem seminu! — disse, em tom de brincadeira.

— Não são vergonhosos, todos esses ídolos e estátuas despidas que se vê por todo lado? — perguntou Miriam. — É revoltante.

— Humm — fez Abigail, rolando os olhos. — Mas as crianças devem saber das coisas desde a mais tenra idade. E as esposas também.

Jacó abanou a cabeça. — Na verdade, o que isso tudo dá são falsos conhecimentos. Os homens não se parecem em nada com essas estátuas, sob suas túnicas. E isso só trará frustração às mulheres e às crianças, quando o descobrirem!

Joel riu em voz alta. Podia fazê-lo, pois seu físico não era tão distinto do da estátua.

— As mulheres ficarão decepcionadas com seus maridos e os meninos ficarão decepcionados quando crescerem — insistiu Jacó. — Isso só mostra como uma vida pagã é tão... tão ruim para todos!

Joel riu de novo. — Até parece que você está falando de cobras venenosas! — disse.

Em torno deles, a rua estava repleta de gente, e quando Joel parou para consultar o mapa, o grupo deles ficou ilhado em meio ao fluxo de passantes. Mulheres com embrulhos esbarravam em Maria, homens conduzindo burros xingavam por eles estarem no caminho e um grupo de jovens passou, empurrando-os. Não era lugar de parar.

Junto à parede, dois homens puxavam seus capuzes, para cobrir os olhos, quando viram Joel e seu grupo. Um deles fez um gesto furtivo para o companheiro e esgueiraram-se na direção de Joel. Um deles pegou a manga da túnica de Joel, sussurrando algo em seu ouvido. Joel estacou, confuso. Começou a empurrar o homem e então parou.

— Você... o invasor! Simão! O fanático! Da casa de Silvanus! — gritava Joel. — Os porcos...

— Shhh! — fez o homem, com um gesto ameaçador. Maria viu sua mão deslizar para dentro do casaco, como se agarrasse alguma coisa. E então viu — uma espada curta, curva, chamada *sica*. Uma arma que se podia esconder facilmente e fazer surgir, de repente, como um bote de serpente, matando com rapidez.

— Guarde sua mão, amigo — disse Joel, calmamente. Tocando com os dedos a ponta da espada, fez com que o outro a guardasse.

— Morte aos traidores! — ameaçou Simão. — Judeus que apoiam os romanos são piores que os próprios romanos!

— Não sou um traidor — disse Joel. — Sou um vendedor e estou aqui a negócios.

O resto do grupo tinha parado, sem saber o que fazer. Em torno deles, a multidão continuava passando, sem se dar conta do que acontecia. Era essa a fama da *sica* e dos homens que a manuseavam, os *sicari* — atacavam em público e permaneciam invisíveis. Esfaqueavam, matavam, escondiam a arma e desapareciam no meio da multidão.

— Quem não está do nosso lado é contra nós — disse o homem, que continuava grudado a Joel. — Quando seu irmão me expulsou de sua casa, revelou-se por todos vocês!

— O que ele revelou foi que não gostava de ver sua casa invadida — disse Joel, com firmeza. Parecia não ter medo do homem. — E esse não é senão o comportamento normal do dono de uma casa.

Simão, o fanático, afrouxou a pressão que fazia no ombro de Joel, e Maria viu sua mão afastar-se do punhal. — Chegará a hora em que vocês deverão escolher de que lado estão — disse. — E desgraçados daqueles que ficarem do lado dos romanos. Todos vocês!

De repente, afastou-se, como um cachorro que fareja alguma coisa. Ele e seu companheiro correram rua abaixo, empurrando as pessoas que encontravam pelo caminho. Momentos depois ouviu-se um grito, uma confusão, mais à frente.

Joel tentava recuperar o fôlego. Não queria discutir o assunto na frente dos outros, pois teria de dar explicações. Limitou-se a dizer: — Não conheço o homem, embora ele tenha a ilusão de que o conheço.

Continuaram a andar, seguindo o caminho tomado por Simão e seu companheiro. Quando chegavam próximo à esquina em que deviam desviar-se, viram uma multidão reunida, em círculo, em torno de alguma coisa que estava no chão. Aproximando-se, viram um monte de túnicas amassadas, com alguém entre elas.

Soldados romanos — que pareciam surgir do nada — abriam caminho, abaixando-se e inspecionando as túnicas. Levantaram as roupas e puxaram o pano que, agora torto, cobria a cabeça.

Disseram alguma coisa em latim, frase da qual Maria só compreendeu a palavra "Antipas". Imaginou tratar-se de alguém que trabalhava para Herodes Antipas, pois seus empregados eram desprezados pelos judeus radicais, que os consideravam demasiado ansiosos em agradar aos romanos.

Um soldado puxou o corpo do homem enquanto o outro examinava a multidão em busca de pistas do assassino. Como não visse nada, ajudou seu companheiro a tirar o corpo do homem da rua.

Joel estava lívido. Maria aproximou-se dele. — Será que foram eles? Aqueles homens? — Só de pensar que um deles estivera na casa de Silvanus! E tentando envolver sua família com o que faziam.

Joel acenou com a cabeça. — Tenho certeza que sim — disse. — Começaram aqui suas ações terroristas. — Sentiu um calafrio e fez um gesto para os outros. — Vamos, vamos! — Tomando a frente do grupo, dirigiu-se para o centro da cidade.

Embora não conhecessem o caminho, ao passarem em frente à ampla *ágora*, com pilares, fileiras de bancos e suas vendas limpas, reconheceram de imediato o prédio opulento, numa enorme área com jardins, como o palácio de Herodes Antipas. Era uma construção recente, em calcário branco brilhante, e o teto reluzia de ouro.

Pararam para observá-lo. Aquela presença resplandecente fazia-os esquecerem o assassinato que acabavam de ver.

— Está vendo o ouro? — gritou Abigail. — Até no telhado! Tinha ouvido dizer que ele decorara com ouro o telhado, mas...

— E também dizem — acrescentou Jacó — que ele fez decorações com esculturas de animais. Animais! Imagens gravadas!

Esdras deu de ombros. — Suponho que ele não tenha um bezerro de ouro — disse. — Provavelmente serão coisas como pássaros ou cavalos.

— Será que a noiva vai trazer a filha, Salomé? — perguntou Miriam. — Dizem que ela é linda.

— Suponho que tenha vergonha de sua mãe — disse Joel, de repente. — É o que acontece com a maioria das moças, quando suas mães fazem coisas imorais.

— Mas elas são criadas para seguir seus exemplos — disse Abigail. — Se a mãe for imoral, você pode ter certeza de que a filha seguirá seus passos.

— Então é para aqui que vem o nosso molho de peixe — disse Esdras, que estava mais interessado nos negócios do que na conduta moral das pessoas que haviam feito o pedido. — E esse tal de Chuza — será que sua palavra é confiável?

— Pelo que dizem, é — respondeu Joel. — Quando ele faz um pedido, é legítimo.

— Ouvi dizer que sua mulher é possuída por um demônio — disse Abigail de repente. — Que ouve vozes e perde o controle de si.

Jacó parecia irritado, mas Maria não sabia se era por desconhecer o fato ou por duvidar das informações de Abigail. — Bobagem! — disse ele.

Maria olhou para Abigail, perguntando-se se a observação fora dirigida a ela.

Passaram pela multidão que estava na *ágora* e seguiram em direção à loja das ânforas, ou onde esta deveria ser. Agora, as ruas haviam ficado mais estreitas e se viessem dois jumentos carregados, um deles tinha de recuar e dar passagem ao outro. Também parecia mais escuro, mais sigiloso. Alguns dos mercadores estrangeiros preferiam colocar suas barracas aqui, como se os espaços abertos da *ágora* lhes fossem ameaçadores ou desconfortáveis.

De uma tenda, uma vidente chamava suavemente as pessoas que passavam:

— Veja o que o espera! Vejo as estrelas e o futuro! Conheça o seu futuro!

Uma outra tenda estava coberta e tinha um anexo, uma espécie de abrigo de madeira, comprido, onde tremulava uma lamparina. — Meu senhor sabe expulsar os demônios — dizia uma moça na barraca, apontando o pequeno anexo. — Você sofre de perseguição? Com um único feitiço do meu senhor, uma dose de raiz mágica, você deixará de ser torturado!

Jacó resmungou. — E tão perto do palácio!... Conveniente para Chuza. Poderia trazer a mulher aqui.

Maria não conseguiu conter-se. — Jacó — disse. — Isso não é brincadeira. Estou convencida de que a mulher de Chuza está sofrendo. Mas ela não deveria ir a um charlatão.

Jacó olhou para ela, surpreendido. — E o que sabe você dessas coisas? — perguntou. Ficara aborrecido que sua piada tivesse sido levada a sério.

— Olha lá! — Abigail apontava para a barraca seguinte. Era muito sofisticada, com pilares dourados e azuis, uma carta astrológica pintada ao fundo e incenso aceso por todos os lados. — O que vocês acham... Sua voz foi sumindo à medida que ela pareceu adivinhar que se tratava de um bordel.

Um homem surgiu de repente, por trás do balcão, como uma aparição. Usava o turbante pontudo e comprido de um babilônio e sua rica túnica, bordada, que caía de seus ombros, era feita de uma seda tingida em azul-marinho, belíssima, lembrando a luz do céu ao entardecer, quando aparecem as primeiras estrelas.

Fez um gesto para o estojo com os pequenos amuletos à sua frente. Eram de vários tamanhos e feitos de bronze, de prata e de ouro, mas todos eles tinham presilhas que permitiam que fossem usados numa corrente.

— Para partos. Proteção. — Seu aramaico era muito limitado e era óbvio que ele só decorara algumas palavras pertinentes.

Como nenhuma das mulheres esperava bebê, foram passando por ele.

— Poder. — E apontava para outro estojo. — Poder, força.

Maria diminuiu o ritmo e lançou um olhar às mercadorias. Arrumadas num estojo, sobre um tecido preto macio, estavam estatuetas de um deus ameaçador. Seu rosto era horrendo, com um focinho e uma boca de leão aberta, que parecia urrar, e os olhos, salientes, saindo de sobrancelhas ameaçadoras. Seus pés não eram humanos e terminavam em três garras, embora ficasse de pá e tivesse costelas, ombros e braços como um homem. Na parte de trás dele havia quatro asas; um dos braços estava erguido e o outro repousava a seu lado; as mãos eram grandes, e os dedos, gordos e flexíveis.

— Lamashtu — dizia o mercador. — Contra Lamashtu.

— Maria! — gritou Joel. — Fuja desse homem! — Pegou-a pelo braço e puxou-a para a frente.

Mas, por trás do mercador, ela havia visto uma representação maior, em cerâmica, daquele mesmo deus; era ainda mais assustador quando ele era maior. Seu rosto horrendo parecia reluzir à luz fraca das lamparinas acesas no sopé da estatueta. Ela imaginava que veria saliva babando de seus dentes compridos e pontudos.

E seus braços — os braços. Já vira aqueles braços em algum lugar, a posição em que estavam. E o rosto malévolo, o sorriso escarnecedor. Sim, já vira. Aquele bracinho que voara pelos ares quando o rabino destruíra os ídolos em Samaria — a palma da mão era igual, o joelho também flexionado. Maria sentia-se cercada por um inimigo.

E onde fora parar aquele bracinho? Não se lembrava; a presença de Asera se impusera e exigira sua atenção. Será que ainda tinha aquele braço em algum lugar? Em casa? Ou teria ele se perdido, muito tempo atrás, em meio às memórias nebulosas de sua infância?

O mercador achou que Maria olhava porque estava interessada. — Pazuzu. — Tentou encontrar as palavras certas e acabou dizendo: — Filho de Hambi, rei... demônios malvados do vento.

E naquele momento, quando olhava fixamente para os olhos salientes, Maria pensou sentir algo que se mexia dentro de si, mudando de posição, fazendo espaço. Sentiu um sobressalto dentro dela e então... Pazuzu. Sentia o deus dentro dela, mexendo-se, acomodando-se, persuadindo seu espírito a aceitar a sua presença. Era grande e exigia muito espaço. Com a respiração ofegante, ela sentia-se asfixiada e cheia.

Das profundidades de sua mente, sentia Asera dando as boas-vindas ao colega e o outro, ainda sem nome, vomitando obscenidades e imundícies. Agora eram três. E todos três se contorcendo e se revirando para se acomodarem.

— Venha! Eu disse-lhe que venha! — disse Joel, agarrando-a pelo braço. — Desse jeito, parando em cada barraca, nunca mais vamos chegar lá.

Maria tropeçou para a frente, sentia que mal tinha comando sobre seus próprios pés. Cambaleando, esbarrou em Abigail, que a olhou espantada. Ainda tornou a olhar para trás, para ver outra vez a estátua de Pazuzu.

— Você parece ter ficado muito impressionada com aquele deus — disse Miriam. — Por quê? Era tão horroroso. Se tivesse de escolher um deus estrangeiro, eu preferiria Esculápio, sem dúvida alguma.

Em volta deles, os mercadores das outras barracas agitavam-se, prometendo coisas maravilhosas. Havia pilhas de especiarias coloridas, desconhecidas, tapetes que cobriam as paredes de quartos escuros, vagens secas e sementes da Arábia, mel da África do Norte, panelas de cobre polido. Um pouco mais à frente surgiu uma outra barraca de amuletos, desta vez de uma deusa séria, com um vestido e seios arredondados. Quando iam passando, o mercador aproximou-se, acenando.

— Por que você parar Pazuzu? Deus ruim. Deus de vento — traz ventos que queimam e doença. Lança flechas de doença. Fuja dele! — E mostrava uma pequena estatueta da sua deusa. — Artemis! Mãe! Filhos! Sem doença! Melhor!

Joel perdeu a paciência. — Nós não adoramos outros deuses! — rosnou.

— Por quê? — perguntou o homem sem parecer compreender.

Finalmente, saíram daquela ruela escura e congestionada para uma rua mais larga. — Que alívio! — disse Joel. — Se um comerciante de ânforas tivesse a loja naquela ruela... — E balançou a cabeça.

Maria ainda se sentia atacada e inchada com a presença de seres estranhos; mal conseguia ficar em pé e caminhar. Quando estava grávida, tivera a mesma sensação, mas era a de uma presença de felicidade, que não precisava esconder.

— Ufa! — disse Joel, parando em frente a um grande portão. Inúmeras ânforas de cerâmica obstruíam a entrada — algumas grandes, chegando até a cintura; outras menores, mais bojudas, chegavam ao joelho; e também havia ânforas pequenas. As cores também variavam, de um amarelo-terra, escuro, até quase vermelho.

Um mercador gordinho, que se parecia com algumas de suas ânforas e os esperava à entrada, cumprimentou-os. Seu nome era Rufus e constava que era um comerciante que cumpria seus compromissos.

— Sou Joel, do armazém de Natã, em Magdala — disse Joel, apresentando-se. — Estes são meus companheiros Jacó e Esdras. — Os outros dois inclinaram a cabeça. — Enviei uma mensagem com o nosso pedido. Parece que Antipas irá necessitar de uma grande quantidade do nosso molho de peixe para sua festa de casamento.

Rufus tentou disfarçar sua surpresa, mas ergueu as sobrancelhas. — Ah, sim, claro. E qual é a quantidade que vocês estão pensando?

— Para uma festa de sete dias... É impossível prever o número de convidados, mas não creio que sejam menos de 500... Talvez uma dúzia de barris? Na verdade, Chuza especificou 11...

Rufus passou a mão pelo queixo bem barbeado. — E vocês não querem que escorra para fora, certo? Vocês preferem dos menores ou dos maiores?

— Imagino que os maiores sejam mais práticos, pois o molho deverá ser consumido nesse período de sete dias...

— Mas são menos bonitos — disse Rufus. — E, afinal, é uma ocasião muito importante.

— Mas há o problema do transporte — disse Joel. — Primeiro, a remessa das ânforas que você fará para nós e depois o transporte que nós faremos das ânforas de volta para o palácio. Qual o tamanho que você acha melhor?

— As grandes — concordou Rufus. — São mais sólidas e não exigem muita embalagem. — Convidou-os a entrar. — Venham, deixem-me mostrar-lhes as nossas opções.

Acompanharam-no para dentro de uma sala fresca e bem arrumada. Maria observava as longas fileiras de ânforas, algumas em prateleiras, outras alinhadas no chão.

Rufus apontou para um grupo de ânforas separadas, num canto. — Estas são muito antigas — disse. — Mas o desenho das ânforas muda muito pouco com o passar dos anos. Estas vieram da ilha da Sicília e devem ter uns 400 anos. Poderia pensar-se que a cerâmica estaria frágil, mas como saber? — Bateu com o dedo numa delas e ouviu-se um som oco. — Então, vejamos. — Voltou-se rapidamente para os modelos que estavam nas prateleiras. — Para molho de peixe, eu recomendaria este tipo de ânfora.

Eram de tamanho médio, com a forma entre as alongadas, para vinho, e as bojudas, para azeite. Como todas as outras, tinham duas alças e uma cavilha no fundo para facilitar o transporte, permitindo que girassem em torno de si próprias e que também servia de ponto de apoio para segurá-las.

Na opinião de Maria, eram muito simples. Não eram apropriadas para o casamento de um rei. Mas ela não estava conseguindo enxergar direito e suas impressões não eram confiáveis.

— Temos vários tipos de decoração — disse Rufus — mais apropriados para a ocasião. — Ao pronunciar a palavra "ocasião", olhou atentamente para eles, como se quisesse adivinhar se sentiam alguma simpatia e também se seria seguro falar na frente deles. — Podemos, por exemplo, colocar etiquetas com o nome do conteúdo e o nome da empresa, em letras vermelhas, junto ao gargalo, e podemos providenciar tampas com um desenho especial.

— Parece uma boa ideia — disse Joel. — Porque se não divulgarmos a procedência, e mandarmos a ânfora sem qualquer informação, as pessoas que gostarem não irão saber onde poderão comprá-lo.

— E vocês desejam que a casa real faça mais pedidos. — Era uma pergunta, um teste ou um desafio?

— Claro — disse Joel. — Gostaríamos de ser mais conhecidos.

— E a casa de Antipas tem vínculos com o mundo lá fora. — Rufus falava como se fosse uma afirmação.

— Todo mundo sabe disso — disse Joel.

— Vínculos com os romanos e com todo mundo.

— Os romanos comem, como todo mundo come. Por que, então, uma pessoa comum da Galileia não pode tirar vantagem dessa necessidade? — disse Joel, resoluto.

— Claro. — E Rufus acenava com a cabeça, energicamente. — Claro. Deixe-me anotar seu pedido. No total, serão 18 ânforas. — Dirigiu-se a uma mesa onde estavam seus livros de contabilidade e pegou um pedaço de papiro. Inclinando-se sobre ele, enquanto anotava o pedido, disse: — Sabem? Talvez seus desejos sejam ouvidos em breve. Vocês sabiam que o imperador romano está substituindo Valerius Gratus por um novo procurador, Pôncio Pilatos? Ele deverá chegar a tempo para a festa de casamento. Se o molho de peixe de vocês o impressionar, sabe-se lá onde irão parar os pedidos!? Os romanos adoram esse molho de peixe.

— Outro procurador?! — Jacó parecia angustiado. — Por quê?

— Gratus já ficou aqui por dez anos — disse Rufus. — Talvez tenha ficado cansado de nos governar. Talvez nós... — Deixou sua voz ir desaparecendo. — De qualquer maneira, o fato é que esse Pilatos está a caminho para nos governar.

— O que você sabe dele? — Todos fizeram a mesma pergunta mais ou menos ao mesmo tempo. Em Tiberíades, as notícias eram sempre mais atuais do que em qualquer outro lugar.

— É de uma família romana importante e tem cerca de 30 anos. Ocupou alguns postos diplomáticos inferiores antes de ser nomeado para este. Do ponto de vista romano, não é homem de destaque e, portanto, podemos presumir que não seja um verdadeiro estadista.

Decepcionados, seus ouvintes suspiraram — mas, também, o que poderiam esperar?

— Penso que seu nome venha do latim *pilatus*, que significa lanceiro, alguém armado com uma lança. Portanto, deve ser de uma família de militares. É casado com uma neta do imperador Augusto — uma neta natural. É possível que Pilatos deva sua nomeação à influência que ela tem nos círculos reais. Ela deverá vir com ele — o que é incomum, pois normalmente isso não é permitido, e também porque normalmente as mulheres não querem vir!

— Então, ele estará aqui em breve — disse Joel. — E comendo o nosso molho.

— É o que você quer, não é? — perguntou Rufus.

Maria tentava ouvir os detalhes sobre este novo procurador, mas as palavras pareciam fazer um redemoinho em sua cabeça. Um novo governante... Outro romano em Jerusalém... Queira Deus que ele seja misericordioso e justo.

— Seu nome será famoso.

Todos se voltaram para Maria.

— O que você disse? — perguntou Joel.

— Nada. Eu... eu... Nada. — Maria não sabia o que dizer.

— Mas você falou — disse Rufus. — Por que você disse aquilo?

— E numa voz estranha — disse Abigail. — Parecia que você estava imitando alguém.

— Não sabia... não sei... — disse Maria. Sentia um calafrio de medo. Por que dissera aquilo? Será que o *dissera*? Não sabia nada desse Pilatos.

— Você já ouviu falar de Pilatos? — perguntou Rufus.

— Não. Só quando você falou o nome dele — disse Maria.

— Será famoso. Mas como? — insistia Rufus.

— Minha mulher não sabe nada dessas coisas — disse Joel, pondo o braço em torno dela. — Nem desconfio por que disse aquilo.

“É porque eu sei muitas coisas”, disse uma voz dentro de sua cabeça. “E posso revelá-las, fazendo você pronunciá-las.”

— Não! Não! — pediu Maria.

Joel pensou que ela recusava seu braço e retirou-o com força. Mas olhou-a fixamente.

— Foi um equívoco — garantiu Joel a Rufus. — Nós somos totalmente desinformados sobre questões de política.

Uma vez terminado o pedido, saíram da loja de ânforas, todos calados. Maria percebia que, embora fingissem que estavam preocupados com a notícia de um novo procurador, na verdade era por causa de sua estranha afirmação e comportamento. Foram caminhando, olhando as ruas e os prédios, mas não era como antes. Alguma coisa mudara radicalmente com aquele som produzido pela sua boca. Sabiam que não era a voz dela.

15

Joel dirigiu-se diretamente para o armazém para dar entrada à compra feita nos livros de contabilidade e pouco conversou com Maria, enquanto a acompanhava até em casa. Ficou no escritório por um bom tempo. Fazendo o possível para disfarçar a existência dos inimigos que tinha dentro de si, Maria cumprimentou sua mãe normalmente, agradecendo muito por ter cuidado de Eliseba.

— E então, Tiberíades é uma cidade tão perversa quanto dizem? — perguntou sua mãe, de maneira provocativa.

— Existem oratórios para deuses estrangeiros por todo lado — disse Maria. — E muitos mercadores vendem mercadorias pagãs. — Teve um calafrio ao lembrar-se. E então, tentou dar o que pensava ser uma risada.

Zebida passou-lhe a criança. — Comportou-se muito bem, hoje, esperando que você chegasse. Agora já pode ir dormir.

Maria acariciou-a. Aquele corpinho quente era reconfortante. Sua filha não fazia perguntas, não olhava para ela nem queria saber o que acontecia. Eliseba puxou a mãozinha e tocou o rosto de Maria. Esta levou-a cuidadosamente em seus braços e colocou-a na cama.

Sua mãe continuava de pé, calada, onde a deixara.

— Obrigada outra vez — disse Maria.

— Maria, aconteceu algo de errado? — perguntou a mãe.

Oh, não! Fiz um esforço tão grande para esconder!, pensou Maria. — Não, por quê? — perguntou rapidamente.

— Não sei — é o tom da sua voz. E você parece preocupada. As mães sempre sabem. E você saberá o que quero dizer dentro de alguns anos. — Fez um gesto de despedida em direção à cama de Eliseba.

— Estou perfeitamente bem — disse Maria. — Só um pouco cansada. Foi um dia e tanto. Tivemos de sair antes do amanhecer. — Porém, à medida que lutava para que suas palavras saíssem, rogava para que sua mãe fosse embora logo. Não sabia por quanto tempo conseguiria continuar fingindo. Ou melhor: por quanto tempo *eles* lhe permitiriam continuar fingindo.

— Está nos seus olhos — disse sua mãe, aproximando-se. Olhou profundamente para dentro dos olhos de Maria e depois passou a mão, num gesto de preocupação, pelo seu rosto. — Parecem escuros.

— Só estou cansada — disse Maria, voltando-se. — Vou esperar por Joel. Acho que agora vou para a cama. — Não podia ser mais direto um convite para que ela fosse embora.

— Tenho de ir andando.

Graças a Javé!, pensou Maria. Naquele momento, sentiu-se reconfortada pela presença de Javé, dirigindo sua vida, ainda que de maneira remota.

Acompanhou a mãe até a porta e deixou-se afundar numa banqueta, aliviada, depois que ela partira.

A lamparina maior estava acesa no vão mais alto da parede e as outras, menores, estavam sobre as mesas e nos vãos mais baixos. Seu calor aquecia a sala.

Minha casa, pensou Maria. Meu santuário. Que agora corre o risco de ser destruído.

Dentro da cabeça, ouvia as vozes daquelas presenças impuras. Pareciam conversar entre si e concordavam numa coisa: o espaço humano que estavam ocupando não tinha valor algum. Seria um prazer destruí-lo.

Mas por que me escolheram?, perguntou Maria mentalmente. Não houve resposta. Então, ela disse numa voz calma: — Por que me escolheram? Eu sou uma pessoa comum. Vivo numa cidadezinha, longe dos centros do poder. Sou casada com um homem comum que tem um trabalho comum. Se amanhã desaparecêssemos, só nossos familiares e amigos iriam notar. Maria de Magdala? Destruir uma pessoa insignificante não tem sentido.

Antes que acabasse de pronunciar as últimas palavras, já voltara o estrondo na sua cabeça, machucando-a.

— Não é pelo que você é agora, mas pelo que pode vir a ser — resmungou a voz mais nova, num rosnado feio.

— Mas eu sou uma mulher comum — disse Maria, ainda em voz alta. Parecia que a ouviam melhor assim, embora ela os ouvisse muito bem em sua cabeça. — As mulheres nem têm direito de testemunhar perante um tribunal. Não têm direito a herdar propriedade. Não sou estudiosa, não estudei numa academia, como fazem algumas mulheres pagãs. Não sou ninguém.

— Ninguém, ninguém — disse uma voz suave, provocadora, que Maria reconheceu como a de Asera. — As mulheres têm um poder que é só delas. Um poder que não está embutido na lei, mas no controle que exercem sobre os homens. Por acaso você pensa que Herodias, a futura mulher de Antipas, não tem poder? Tem o poder através dele. E por que você diz que é uma mulher comum? Você sabe perfeitamente que é diferente — que você sentiu um desejo de servir a Deus desde criança. E nenhuma mulher comum estuda em segredo, como você o fez.

— A doença traz o poder — dizia outra voz, cruel. Devia ser Pazuzu. — Quando lanço minhas flechas de doença e destruição, o mundo se encolhe de medo e me paga homenagem.

— Amaldiçoada seja a humanidade! Que adoeçam os órgãos de reprodução, que murchem os anos de fartura de cereais, que a fome se espalhe! Essa era a voz ainda sem nome, que blasfemava. — Javé ameaçou castigar pelas pragas e pelos trovões. Pois eu irei mais longe. Incentivarei o que Javé incentiva.

Maria enterrou a cabeça entre as mãos. Parem!, pediu às vozes. Deixem-me em paz! Não tenho nada a ver com pragas ou trovões, ou com doença e destruição. Sou apenas uma mulher e uma mãe. Deixem-me! Não terei qualquer utilidade para vocês!

Abaixou a cabeça e soluçou.

— Maria — disse a voz de Joel fechando a porta.

Levantou a cabeça de um tranco e ele já estava à sua frente.

— Joel — disse. E seu coração sentiu-se melhor só de vê-lo.

Ele aproximou-se — mas com cuidado, ela reparou. — Maria, o que é que há de errado?

— Nada. — Tinha de escondê-lo. O peso era seu e só a ela cabia saber controlá-lo.

— Você está chorando. — Pôs o saco que trazia no chão e aproximou-se dela. — Eliseba?...

— Está profundamente adormecida — disse Maria, sossegando-o. Pegou nas mãos dele. Eram tão fortes, tão reconfortantes. A presença de outros desapareceu.

— Maria, eu repito: o que é que há de errado? — Pegou no rosto dela com as mãos. — Conheço você muito bem. E aquilo que aconteceu hoje — aquela voz estranha... Fiquei bastante preocupado.

Eu poderia dizer que não fora nada, pensou Maria. Poderia dizer que senti uma tontura, que estava fora de mim.

— Diga! Diga isso!, ordenou Pazuzu — estranho como aquela voz já era tão reconhecível.

Imediatamente, ela desobedeceu. — Foi... Oh, Joel, receio que eu tenha... sido atacada. Possuída. Como aquele homem, Benjamim, que vimos recentemente, com o demônio.

Obviamente, ele esperava por um desmentido do tipo "estou cansada". Piscou os olhos, surpreendido. — Mas, como?

Ela engoliu e tentou organizar os pensamentos. De nada adiantava que se confundisse e que suas ideias se contradissessem.

— Eu... eu... Você se lembra daquela estatueta de marfim? — começou ela. Por um lado, queria falar tudo de uma forma organizada e compreensível, e por outro queria fazê-lo rapidamente, antes que o inimigo a silenciasse.

— O quê? — disse ele, perplexo.

— A estatueta que Jameleque encontrou — disse ela. — Eu encontrei aquele ídolo há muitos anos, no território de Samaria, quando minha família ia para Jerusalém. Desenterrei-o e guardei-o, mesmo sabendo que não deveria fazê-lo. Esta não foi a primeira vez que o ídolo exerceu sua influência sobre mim. Começou há muitos anos. Assombrava a minha casa. Dava ordens. Provocou aqueles arranhões nos meus braços.

O que mais deveria dizer? Será que deveria sugerir que casara com ele para fugir do ídolo? Decidiu que não.

— Você está brincando — disse ele. Parecia aliviado e incrédulo. Aproximou-se para reconfortá-la.

— Você o jogou no fogo — disse ela, infeliz. — Mas já era tarde. Ela já havia me possuído.

— Mas foi-se embora. Foi destruído. Sua influência — se é que teve alguma — irá desaparecer.

— Ela deu-nos a nossa filha — disse Maria, com ousadia. — Jamais irá embora. Minha dívida para com ela é uma eternidade.

Joel parecia ter sido atingido por uma pancada. — O quê... O que você disse?

— Eu disse que Asera — é esse o nome dela — nos deu Eliseba. E agora reivindica seu direito sobre mim. — Maria jogou-se nos braços de Joel e começou a soluçar, como se estivesse revivendo o horror. Agora, tudo era real.

Devagar, bem devagar, ele foi passando os braços em torno dela. — Mas Deus é mais poderoso — disse. — Deus não o permitiria. Devemos entregar-nos à misericórdia de Deus.

— E não é tudo — disse Maria. Por que não dizer logo tudo? — Há pouco tempo surgiu uma segunda presença, uma presença de escuridão e desespero. E hoje foi a vez de Pazuzu — lembra-se daquela estátua enorme que passamos quando íamos para a loja? Pois então, Pazuzu também me tomou.

— O que você quer dizer com... tomou?

— Quero dizer que o senti juntando-se aos outros dentro de mim.

— Como... dentro de você?

Como explicar? — Eu os sinto dentro de minha cabeça, da minha mente. Eles me dirigem. Enlouquecem-me. Serei castigada por estar falando com você sobre eles. Mas Pazuzu... eu acho que talvez ainda tenha um fragmento de uma estátua dele. Naquela viagem por Samaria, descobriram um esconderijo de ídolos antigos e os destruíram. Um dos pedaços, um braço, voou pelo ar e eu o apanhei. Era uma pata feia, parecia um animal.

Um longo silêncio. — Ah, Maria! — desabafou ele. — Temos que encontrar esse braço e a pata e destruí-los. E teremos de levar você para ser tratada. — Fez uma pausa e prosseguiu. — Deus é mais poderoso do que eles. Devemos rogar a Deus por sua ajuda.

Apertou-a em seus braços. Com certeza — se o amor, a determinação e a consciência humanos valessem alguma coisa — ela sairia desse pesadelo. E Deus, todo-misericordioso e todo-poderoso, se abaixaria para ajudá-la. Ela confessara, dissera tudo a Joel. Agora, Deus podia tocá-la e dizer-lhe: "Minha filha, estás salva". Como Maria esperava por isso.

Tudo acabaria bem. Tudo tinha de acabar bem, desde que o dissessem a Deus. Desde que procurassem seu servo e seu sábio.

A primeira coisa em que Joel pensou foi em confiar no velho Zadoque. Mas Maria ficou apavorada com a ideia; assustava-a fazer essa revelação a alguém que conhecia sua família. E se pensasse que a culpa era deles? E se mencionasse o assunto a outras pessoas?

Então, Joel sugeriu um rabino que não os conhecia, responsável por uma grande sinagoga em Cafarnaum, e tinha fama de ser um homem santo que, certamente, teria prática em exorcizar demônios. Mas Maria também recusou essa sugestão: arriscar-se a ir até lá, procurar o rabino, apresentar-se a ele como uma pessoa estranha e, de repente, escancarar o seu problema, seria horrível. Que degradante!

Mas o que poderia ser mais degradante do que aquilo que demônios a forçavam a aceitar diariamente? Só porque apenas umas poucas pessoas o podiam ver — até o momento — isso não significava que o problema pudesse se alastrar e tornar-se óbvio para a cidade inteira. Hesitante, Maria autorizou Joel a apresentar o problema a Zadoque. Joel o fez assim que terminou o trabalho. Pouco depois estava de volta.

— Zadoque virá para fazer orações conosco — anunciou, demonstrando um certo alívio em sua voz. — Disse que só ia pegar seu xale sagrado, os textos e os *tefillin* e viria imediatamente.

— O que disse... O que disse ele? — perguntou Maria.

— Não pareceu muito chocado — respondeu Joel. — É possível que tenha tido o cuidado de esconder o que sentiu.

Um traço característico dos rabinos, pensou Maria. Mas por mais que tentasse evitá-lo, estava apavorada e com muita vergonha enquanto esperava sua visita. Joel certificou-se de que Eliseba estava bem adormecida no quarto que ficava mais distante, com a porta fechada, para que não ouvisse nada que a pudesse assustar.

Fiquem quietos, fiquem quietos!, ordenou Maria aos demônios. Mas não tinha poder algum sobre eles e sabia disso. E justamente quando Joel foi abrir a porta e cumprimentava Zadoque, eles insurgiram-se dentro dela e manifestaram-se.

— Maria! — disse Zadoque, entrando na sala e estendendo as mãos para ela. Um olhar de preocupação profunda — e não um juízo de repugnância — via-se em seu rosto.

Mas Maria não conseguia responder; sua boca não obedecia. E quando tentou alcançar Joel e Zadoque, não conseguia mover os braços. Nesse momento, seus lábios despejaram uma torrente de sílabas, guturais e não humanas. O choque estampado no rosto dos dois homens era indisfarçável.

E aqueles sons continuavam, sem parar. Impotente, Maria limitava-se a ouvi-los à medida que sua boca os vomitava, vindos de uma presença dentro dela.

Zadoque começou imediatamente suas orações, recitando as palavras sagradas numa voz bem alta, de forma a abafar os outros sons, como havia feito no cais, e pronunciando-as rapidamente, de modo a terminar a oração. Joel, também impotente, apenas olhava, lívido, estarrecido e horrorizado.

— Ore comigo! — mandou Zadoque, de repente, segurando a mão dele. — Recite a Tefilla! — Mas Joel só conseguia balbuciar alguns sons, sem qualquer eficiência. Maria quase não o ouvia.

— ... Deus altíssimo, Senhor dos céus e da terra, nosso escudo e o escudo de nossos pais...

Ela caíra de joelhos e baixara a cabeça, entregando-se às orações judaicas, fazendo com que pudessem penetrar nela e subjugar as vozes e as presenças que ali se encontravam. Cerrou os lábios com força, para impedir que saíssem sons, embora os músculos da face se retraíssem, lutando contra a sua vontade. Então, de repente, sentiu que os sons se acalmavam dentro dela, como um bule de água que para de ferver. Por uns momentos, ainda sentia a agitação dentro dela, como bolhas que estouravam, mas depois tudo pareceu acalmar--se. Desmaiou, caindo para a frente de joelhos, e foi levantada pelos dois homens. Joel carregou-a até uma esteira, deixando-a deitada, tranquila. Pegou um pano molhado e passou-o por seu rosto, com carinho.

— Foi... foi embora? — perguntou Joel a Zadoque.

— Eu não... não sei — respondeu o rabino. — Às vezes essas forças são muito fortes e traiçoeiras. São chamadas espíritos do ar. Maria — disse, dirigindo-se a ela em voz calma —, você está bem?

— Estou — disse ela, mais para reconfortá-lo do que por ter certeza disso. — Acho... acho que foram embora. Ah, rabino, eu nem sei o que estavam dizendo!

— Nem nós — disse Zadoque, resoluto. — E é melhor que seja assim.

Maria dormiu profundamente, sentindo um vazio e uma flacidez absolutos. Achou que Joel não dormira bem, que ficara de vigília durante a noite para o caso de acontecer algo durante as horas de escuridão. Quando acordou, a alvorada começava a colorir o céu que via da janelinha de seu quarto. Ouvia as ondas do lago quebrando na praia, perto de casa, e elas pareciam sussurrar sons de alívio.

Quando Joel abriu os olhos, ela disse: — Eu... eu acho que o que Zadoque fez funcionou. Sinto-me... livre deles. Acho que não estão mais aí. Mas gostaria que você me ajudasse a procurar pelo pedaço de cerâmica com a pata quebrada de... não vou mencionar o nome dele, mas você sabe a quem me refiro.

Joel pareceu contrariado, mas Maria aproximou-se e pegou sua mão. — Por favor! Atrase um pouco sua ida para o trabalho e me ajude a procurar! Não tenho coragem de fazê-lo sozinha. Nós o destruiremos juntos.

Ele vestiu-se rapidamente e começaram uma busca minuciosa pelas coisas que pertenciam a Maria, coisas que ela trouxera da casa dos pais e guardara. Ficaram pensando sobre o que poderia ter acontecido com aquele pedaço de cerâmica desde que Maria o vira pela última vez, escondido perto de Asera. — Coloquei os dois no fundo de um baú... Era um pedacinho bem pequeno, menor do que a imagem de Asera... — Tão fácil de estar em qualquer lugar e tão difícil de encontrar...

Juntos, retiraram as várias camadas de tecido, de cobertas e de túnicas guardadas no baú, vasculhando cada um deles. Mas essas coisas tinham sido lavadas recentemente e guardadas com ervas de cheiro. Por alguma razão, Maria sabia que a pata de cerâmica não estaria entre coisas cheirosas, mas em algum lugar fétido.

Ah, um cheiro estranho. De onde vinha esse cheiro? Uma espécie de cheiro azedo que a fizera pensar em impurezas, mas quando as procurara, não encontrara coisa alguma. Depois mudara e cheirara a podre, e ela pensara que talvez um rato tivesse morrido por ali. Depois o cheiro sumira. Mas ela lembrava-se que o cheiro viera... da prateleira de cima, por cima da porta interna, onde guardava suas coisas. Pegou um tamborete e subiu nele, espiando a prateleira. Havia vários saquinhos com cola para preencher buracos na madeira e para colar tiras de couro de diferentes tamanhos. E era ali, entre cavilhas de madeira e frascos de cola, que estava um pedaço de cerâmica curvo, pintado de vermelho escuro. Até parecia a asa quebrada de uma jarra, mas não era. Terminava numa pata feia, de dedos quadrados. Pazuzu.

Maria jamais se perguntara como aquilo fora parar ali. Agora podia alcançá-lo, agarrá-lo, segurá-lo em sua mão.

Desceu do tamborete e olhou para ele. Uma coisa tão pequena, parecia uma bobagem. Era difícil acreditar que tivesse qualquer poder.

— Impurezas! Tudo que é impuro deve ser destruído! — Parecia a Maria ouvir de novo a voz do rabino, em Samaria, erguendo-se em meio ao ruído de paus e cajados que quebravam os ídolos, numa chuva de material poluído à sua volta.

Talvez tenha sido esse banho da poeira dos ídolos que grudou em mim, pensou Maria, assim como as coisas que guardei. Sentiu, então, que poderia ter sido contaminada por toda a vida desde aquela viagem. E agora, em sua mão, estava um resquício daquela poluição.

— Joel! — gritou. — Encontrei! Venha, venha logo!

Ele veio correndo e olhou para o pedaço de cerâmica. — Então é este o inimigo. Vamos destruí-lo imediatamente. E desta vez com conhecimento. Eu não sabia o que estava fazendo com a estatueta de marfim, mas agora... com este a coisa será tão intencional quanto possível.

— Será que não devíamos chamar Zadoque? — perguntou Maria. Parecia-lhe prudente que tivesse o máximo de ajuda na luta contra espíritos do mal, mas Joel não concordou.

— É mais importante que isso seja feito imediatamente. Nossas orações serão suficientes. Vamos levá-lo para fora da casa, quebrá-lo perto dos incineradores e depois jogá-lo fora com os restos e o lixo.

— Não seria melhor moer e depois jogar no lago? — Afinal, Moisés moera os bezerros de ouro e depois os jogara na água, obrigando os israelitas a bebê-la.

— Não, não vamos querer envenenar o lago — disse Joel. — Seria um ato de contaminação jogar uma porcaria destas no lago.

Saíram rapidamente de casa e dirigiram-se à beira do lago, que a essa hora ficava deserta. Enquanto caminhavam, Maria percebeu que, pela primeira vez em muito tempo, podia ver a beleza do lago sem seus olhos nublados. Tudo parecia mais brilhante, como se tivesse mudado a intensidade da luz. O sol refletia-se em milhares de pequenas ondas e ela ouvia — também pela primeira vez num período que lhe parecia de anos — os passarinhos chamando um ao outro à luz do dia que nascia. Era um som de novidade, de algo novo que começava. A brancura dos pássaros aquáticos que mergulhavam junto à praia parecia-lhe a cor mais pura que já vira. Era tudo novo, uma pureza absoluta.

Depois de uma curva, chegaram ao poço do lixo, de onde se sentia o cheiro da fumaça e era exatamente o contrário da beleza imaculada do lago. Ali era onde se juntavam e se queimavam as coisas impuras.

Encontraram um rochedo grande e liso que parecia brilhar do calor do basalto negro. A pata parecia cerrada. Joel logo fez uma prece pela libertação: — Assim diz o Senhor, rei de Israel: Eu sou o primeiro e eu sou o último, e além de mim não há Deus. Ele zelará por seus servos, mas os malvados serão silenciados na escuridão. Os adversários de Deus serão despedaçados. Suas imagens de fundição são vento e confusão.

Maria repetiu as palavras, acrescentando: — Condeno solenemente o dia em que te toquei. Renuncio à tua existência e detesto tudo o que te diga respeito. — Então, fez um gesto para Joel. — Vamos! Destrua-o!

Joel estendeu um pedaço de pano sobre o rochedo e depois colocou a pata de cerâmica sobre ele. Pegou uma pedra e esmagou-a, espalhando os pedaços de cerâmica, reduzidos a fragmentos e pó. Depois, ainda moeu os pedacinhos que haviam sobrado, embrulhando tudo no pano — inclusive a pedra, agora também contaminada. Então, dirigiram-se ao poço incinerador.

Algumas pessoas estavam ali, jogando lixo, e o cheiro de vísceras de peixe queimadas era inconfundível. Joel ergueu o pano sobre sua cabeça e murmurou: — Seus vermes não morrerão, nem seu fogo será extinto e eles serão repugnantes a qualquer carne.

Maria disse "Amém!" e o embrulho voou pelo ar desaparecendo entre as labaredas. Um barulho de chupar, um estalido e desapareceu de vez.

Dentro de Maria produziu-se um pequeno tremor, uma sensação de que alguma coisa gelatinosa mudava de lugar, mas nada além disso. Só alívio.

16

O vento frio do inverno soprava das colinas ganhando o lago e varrendo Magdala. As ondas que batiam no cais atingiam a altura de um homem e invadiam as ruas da cidade. Ninguém tinha lembrança de tempestades tão fortes e a pescaria se tornava muito mais perigosa, justamente na época da sardinha.

Como a casa de Maria e Joel era próxima ao lago, havia muita maresia e umidade, mas com o desaparecimento daquelas horríveis presenças e da sensação de opressão, Maria não dava importância às goteiras que existiam.

Nas primeiras semanas, ela mal ousava respirar, com medo de que qualquer coisa, por menor que fosse, os pudesse trazer de volta. Mas, pouco a pouco, foi relaxando. Dedicava-se integralmente a Eliseba, que para o deleite de sua mãe, começava a dar os primeiros passos. Já conhecia algumas palavras e Maria as achava os sons mais maravilhosos que um ser humano já pronunciara. Estava com 1 ano de idade.

Fazia um ano que Simão, o fanático, invadira a casa de Silvanus com suas acusações intempestivas e embora, desde então, tivessem ocorrido algumas ações esporádicas por parte de insurrectos — como o assassinato que eles haviam presenciado em Tiberíades — não havia uma rebelião aberta. O novo procurador romano, Pôncio Pilatos, já chegara e fizera uma visita oficial a Jerusalém, onde fora saudado por pessoas mal-humoradas.

Tinha havido um certo clamor a respeito do próximo casamento de Herodes Antipas com sua ex-cunhada, mas o rei dera continuidade à preparação da cerimônia sem qualquer preocupação. Dizia-se que hordas de pessoas estavam se juntando a João Batista no deserto, onde este denuncia com veemência o casamento, convocando a ira divina contra Antipas.

Num dia particularmente sombrio e carregado, Maria dirigiu-se ao armazém, onde seria iniciado o processo com as sardinhas da véspera para fazer o famoso molho de Natã, que se destinaria às mesas de Antipas e de Gaul. Era um trabalho insano: em meados do inverno, no pico da pesca da sardinha, era tanto o peixe que chegava que os homens às vezes trabalhavam dia e noite e assim mesmo ainda se perdia parte do peixe antes de conseguir processá-lo para conserva.

Havia poucas pessoas na rua e as que havia curvavam-se sob capotes e gorros, correndo para se abrigar. Dentro do armazém, as tochas estavam acesas e equipes de trabalhadores esvaziavam barris de sal em cochos, carregavam querosene para as chaminés de defumação, separavam o peixe e cortavam verduras. Imensas fileiras de cochos de cerâmica se estendiam até o fim do armazém e Maria viu Joel de pé, junto a uma delas, orientando os trabalhadores. Aproximou-se dele.

— Estão começando a preparar o molho? — perguntou.

Joel voltou-se para ela sorrindo; sempre ficava contente com suas visitas.

— Exatamente. Em 30 dias, tudo isto será vazado para dentro daquelas belas ânforas que encomendamos e será despachado pelo mar.

Colocava-se uma camada de tempero — louro, coentro e salva — no fundo de cada cocho e em seguida uma camada de sardinhas, que era coberta por uma camada de sal de uns dez centímetros. Repetia-se a operação até atingir a borda do cocho. No verão, o processo de conservação era feito colocando os cochos no sol quente durante sete dias, mas no inverno a operação tinha de ser feita dentro do armazém e demorava o dobro do tempo — por isso já se podia sentir o cheiro forte que vinha dos cochos. Após os 14 dias, o conteúdo dos cochos era misturado com um pedaço de pau, durante 20 dias, até ficar líquido. Então, esse líquido era decantado para dentro das ânforas e enviado para o seu destino. Havia também o molho pagão, feito de peixe sem limpar, e o molho judeu tradicional, *garum castimoniale*, exclusivamente preparado com os peixes permitidos pela lei de Moisés, que, naturalmente, era mais caro.

Num dos cantos do armazém estavam engradados de peixe salgado, alimento básico das pessoas comuns, e outros com peixe defumado, uma iguaria deliciosa e mais cara.

Maria olhou em volta, pensando, maravilhada, como um produto tão pouco importante — o peixe — podia ser a base de uma indústria que não só proporcionava a prosperidade de sua família, mas de toda a cidade de Magdala. É daqui que vem toda a minha segurança, pensou. Mas, rapidamente, ocorreu-lhe outro pensamento, como um calafrio. E se falisse? Na realidade, eram poucas as vezes que ela pensava sobre pessoas pobres e como sobreviviam. Nunca as via, exceto aquelas multidões que ficavam às portas da cidade pedindo esmolas. E quando formavam um grupo grande, eram mais ameaçadoras do que dignas de compaixão. Empurravam-se umas às outras, acotovelavam-se, empunhavam e lançavam bebês à cara das pessoas que passavam, mostravam membros amputados, sacudiam cestas vazias, pedindo que as enchessem. Era pouco o que uma mulher sozinha podia fazer: se parasse e tentasse dar uma esmola a uma pessoa, era rapidamente cercada por todos os outros. E havia os leprosos! Aquelas pobres almas que vagavam pelas estradas e gemiam de tristeza enquanto as pessoas fugiam ao vê-las. Também por eles, pouco havia o que fazer. Nem o dinheiro os poderia curar ou devolvê-los a uma vida normal.

— Maria! — Era Natã que se aproximava correndo. Seria sua imaginação ou ele agora estava mais solícito? Saberia ele disso?

— Posso ajudar? — perguntou ela. — Eu vim porque sabia que vocês estavam muito ocupados.

— Bom, a contabilidade... — reconheceu seu pai.

— Deixe dar uma olhada. O senhor sabe que sou boa para números.

Sentada num quartinho no canto do armazém, Maria ia fazendo as contas, somando todas elas, e dando entrada nos livros contábeis. Ela tinha um percepção mental muito organizada. Também aproveitou, através das faturas, para saber de onde eram os clientes. Alguns dos lugares a surpreenderam, como Cartago, Córsega ou Sinope, um lugar longínquo no mar Negro. Tinha muito orgulho do negócio de seu pai e de como ele o construíra, assim como se sentia orgulhosa que ele permitisse que ela também trabalhasse, eventualmente. Se seu pai não tivesse filhos, talvez tivesse acabado por dirigir ela própria os negócios, mas não tinha inveja alguma de Silvanus ou de Eli.

Foi quando acabara sua tarefa e estava com a mão apoiando a cabeça que aquela sensação horrorosa voltou — aquela presença familiar, repugnante. Um zumbido na cabeça, aquela presença múltipla, aquela horrível sensação de invasão... E então percebeu que sua mão se movia, pegando a caneta de junco e começando a escrever obscenidades e palavras monstruosas nas folhas limpas dos livros contábeis. Não! Lutou contra sua mão, chegando a bater nela para que parasse. Depois copiou o texto prejudicado e destruiu o original.

Levantou-se, apesar de se sentir trêmula, e afastou-se dos livros contábeis. *Eles* não deveriam ter a oportunidade de destruir qualquer outra coisa e também não conseguiriam mais atormentá-la em segredo. Desta vez, não esconderia suas angústias de Joel.

Mas por que agora? Por que vieram agora? Será que tem alguma coisa a ver com o armazém? Seria algum tipo de erva de algum lugar amaldiçoado, talvez sagrada para algum deus malévolo, ou animais impuros? Cuidadosamente, ela olhou em torno do quarto. Parecia praticamente vazio. Havia uma mesa e um baú onde eram guardados os livros, as canetas e a tinta. E um tamborete para se sentar. Ouviu um ligeiro barulho de coaxar e localizou um sapo, pequeno, agachado num canto, emitindo sons. Tinha conseguido chegar àquele quarto e estava obviamente apavorado por não encontrar água. Seu papo inchava e ele continuava fazendo seus sons lamentosos.

Sapos... Era uma das pragas do Egito. Mas maldade? Como poderia esta pequena criatura ter maldade? Pequena, perdida e impotente, pensou Maria. Não pode ter nada a ver.

Baixou-se para tocá-lo, içou-o para a palma de sua mão e levantou um pouco a mão, para poder olhá-lo. Com os olhos salientes, ele emitiu uma série de sons e depois pulou de sua mão.

Em seguida, os sons do sapo pareciam vir de sua cabeça e ela sentia o seu medo e a ânsia de escapar.

Agora estavam todos lá, dando as boas-vindas ao recém-chegado, fosse ele quem fosse — um sapo de verdade ou algo de diabólico na sua forma. Falavam todos ao mesmo tempo. Asera e Pazuzu falavam com o recém-chegado, a quem chamaram Heket, uma deusa do Egito.

"Heket, minha cara divindade... Amiga de Osíris e responsável pelo nascimento de reis e rainhas", dizia a voz trovejante de Pazuzu.

"Minha irmã", murmurava a voz carinhosa de Asera. "Você, que dá vida aos corpos dos governantes e àqueles que são do desejo de Khnum, linda deusa das águas..."

No momento em que as palavras fluíam por sua mente, Maria sentiu-se arrastada para ir para a água e mergulhar sob as ondas. Como uma sonâmbula, levantou-se e saiu do armazém, dando alguns passos na direção do cais. As ondas, fracas e escuras, batiam na pedra do cais e a espuma subia e a encharcavam, lavando seus pés, num beijo frio. Que horrível, como a água estava fria. Mas ela deveria jogar-se, entregar-se às águas. Era Heket quem o mandava fazer.

— Maria, o que você está fazendo? — A mão forte de Joel segurou o seu braço. Quando ela se voltou para ele, viu que ele compreendera perfeitamente o que havia acontecido. A escuridão tinha voltado aos seus olhos.

— Você sabe — murmurou. — São *eles*.

— Os mesmos? — perguntou ele. Ela não tinha certeza se ele estava com medo ou apenas resignado.

— Agora há mais um — disse. — São quatro. — Mas a presença de Joel impedira que se consumasse a ordem de Heket para que ela se lançasse ao mar.

— Agora eu sei o que devemos fazer — disse Joel. — Não tenha medo. Já tomei as providências para o caso disso ocorrer. Você deverá ir imediatamente procurar o rabino Hanina ben-Yair, em Cafarnaum. Ele é o mais santo dos religiosos que existem por aqui e tem grande conhecimento e preparação para lutar contra esses poderes. Você deverá fazer o que ele mandar. Eu irei com você e a levarei pessoalmente aos cuidados dele.

Maria sentiu-se aliviada. Joel tinha pensado nisso, tinha-se preparado para essa horrível possibilidade. E esse rabino conheceria, por certo, coisas que Zadoque não conhecia. Zadoque não fora preparado para essas coisas.

— Mas Eliseba...

— O melhor que você pode fazer por ela é ir imediatamente para Cafarnaum. Vou preparar as coisas. Tratarão bem dela.

Juntos, saíram rapidamente do armazém, ignorando os olhares dos trabalhadores. As ruas estavam quase desertas; o tempo ruim levara as pessoas que não tinham tarefas de urgência para dentro de casa. Joel continuava segurando Maria com firmeza e ela sentiu diminuir o medo e o desespero.

Já em casa, Maria juntou rapidamente as coisas que achou necessárias para a viagem. Roupa, material de escrever, um pouco de dinheiro. Foi ver Eliseba, que brincava com uns blocos de cerâmica e mal olhou para ela. Maria passou a mão pelo seu cabelo macio, acariciando-o, mas não se despediu. Não queria assustá-la.

Logo estariam a caminho de Cafarnaum, passando em frente de sua casa. Passaram em frente ao poço onde se queimava o lixo, onde tinham ido antes com tantas esperanças. Bem antes de chegarem ao lugar conhecido por Sete Fontes, suas capas estavam ensopadas de suor, mas continuaram caminhando rápido.

Quando chegaram perto do lugar em que os homens gostavam de pescar no inverno, pensaram que poderiam encontrar-se com pescadores conhecidos. Estavam, portanto, preparados quando viram Simão, filho de Jonas, olhando para eles do barco.

— Joel! Maria! — chamou, acenando para eles. Sua voz forte deveria afastar os peixes, mas parecia ter planejado ficar ali o dia inteiro.

— Olá, Simão! — respondeu Joel. — Como vai a pescaria? — Joel conversou como se fosse um dia banal e não uma ocasião em que estavam sendo perseguidos pela ira de demônios.

— Boa, muito boa. No inverno, sempre há muitos cardumes por aqui. Você quase os pega com as mãos. — Seu irmão André, que também estava no barco, acenou com a mão.

Maria lembrou-se que Simão e sua família eram de Cafarnaum. Em pouco tempo, já teriam ouvido falar de sua história vergonhosa. Mas agora não se importava com isso. Só queria ser curada. Não ligava para a vergonha ou para outra coisa qualquer: só queria libertar-se.

— Olá, Joel! — gritou outra voz, desta vez de terra. Maria viu que Tiago e João, os filhos de Zebedeu, separavam um monte de peixe.

— Foi uma boa pescaria, aqui na baía, hoje. — disseram. — Pode esperar por uma boa remessa nossa.

Joel acenou com a cabeça e disse qualquer coisa, mas sem parar de andar.

Depois fez-se silêncio, à medida que se afastavam dos pescadores e se apressavam para chegar a Cafarnaum. Cafarnaum era a maior das cidades que ficavam à beira do lago e tinha um sistema sofisticado de vários cais e diques. Também era a divisa entre a jurisdição de Herodes Antipas e de seu irmão, Herodes Filipe, razão pela qual existia um posto aduaneiro. O mais importante, no entanto, é que Cafarnaum tinha uma enorme sinagoga, voltada para o lago, e o rabino que a dirigia era uma autoridade reconhecida.

O dia feio combinava com os dias curtos daquela época do ano e quando Maria e Joel chegaram à sinagoga já parecia ser o entardecer.

Aquele belo edifício ficava perto do cais. Quando chegaram, suas enormes portas já tinham sido fechadas. Todas as cerimônias de orações eram feitas durante o dia e agora a noite se aproximava. Bateram à porta, sem sucesso, mas após fazerem algumas perguntas descobriram onde era a casa de Hanina, o rabino. Era bem perto da sinagoga.

Quando bateram à sua porta, Maria sentiu-se preocupada. E se o rabino não os recebesse? Tornaram a bater, mas ninguém respondia. Não havia luzes dentro. Estaria a casa vazia?

“Vazia, vazia, você não terá socorro!”, zombavam as vozes dentro dela.

Calem-se, ordenou-lhes.

Finalmente, a porta abriu-se e uma empregada olhou para eles.

— Aqui é a casa do rabino Hanina ben-Yair? — perguntou Joel.

— É. — Mas a porta não se abriu e a empregada não parecia propensa a oferecer qualquer hospitalidade.

— Eu sou Joel bar-Ezequiel, de Magdala — disse Joel. — Ouvi falar muito da sabedoria e da compaixão do rabino Hanina. Estou procurando-o por motivos pessoais.

Mas a empregada continuou olhando para ele, sem os mandar entrar.

— Pelo amor de Javé, precisamos ver seu senhor! — disse Joel, finalmente.

Só então, e com relutância, a moça abriu a porta.

O interior da casa parecia agradável. A primeira sala era aconchegante e iluminada e parecia haver um espaço amplo para além dela.

Pouco depois apareceu o rabino Hanina, arrastando a túnica e parecendo irritado com a presença deles. Mas Maria estava tão fora de si que pouco se importava com o que o rabino sentia ou pensava, desde que a ajudasse. Era essa, afinal, a sua missão, não era? Ajudar os angustiados de Israel.

— Pois não? — disse o rabino, olhando para Joel e Maria com o cenho franzido. Não lhes deu as boas-vindas.

— Peço-lhe que me perdoe por vir tão tarde e sem me fazer anunciar — disse Joel. — Mas é uma questão de urgência. Viemos de Magdala porque a sua reputação de sabedoria e compaixão é conhecida por toda a Galileia.

O rabino ainda não sorrira. — Mas quem *é* você? — perguntou, por fim.

— Eu sou Joel bar-Ezequiel e esta é minha mulher, Maria. Sou parte da família de Natã de Magdala, que tem uma empresa grande de beneficiamento de peixe. Em geral, procuramos o nosso rabino, Zadoque, e seus assistentes, mas neste caso — que é de urgência, como lhe disse — Zadoque nada pode fazer.

O rabino parecia confuso. — Mas o que é que pode haver de tão urgente? — E olhou para os rostos de Joel e Maria.

— Eu estou... Estou possuída! — disse Maria, que queria saber de imediato se o rabino a poderia ajudar. — Venho lutando contra estes espíritos impuros sozinha, há vários anos, mas há alguns meses confessei a meu marido e, juntos, pedimos ao rabino Zadoque que me ajudasse. Que me livrasse deles. E ele tentou. Rezou e ordenou aos espíritos impuros que saíssem de mim. Na época, pareceram obedecer-lhe, mas agora estão de volta. Por isso... procuramos o senhor.

O rabino não parecia surpreendido nem preocupado. — Pode ser difícil — foi tudo o que disse. — Terei de lhe fazer algumas perguntas para tentar compreender exatamente o que se passou. Não é impossível.

De tão aliviada por saber que o rabino não os mandaria embora, Maria nem reparou que ele dissera apenas que "não é impossível", e não "sim, sei que os expulsarei".

Já em sua sala privativa, entulhada de rolos de papiro e de escrituras, Maria contou tudo àquele rabino de rosto grande, cabelo escuro e barba. Se sua história o chocou ou causou repugnância, não o demonstrou. Não fez qualquer comentário sobre o seu "pecado" de ter apanhado o ídolo, mas fez muitas anotações. Maria sentia-se segura e abrigada; este homem tinha conhecimentos e sabedoria e saberia o que fazer. Ele a libertaria.

Mas, depois de ouvir atentamente, o rabino Hanina pôs a caneta na mesa e abanou a cabeça. — É um caso muito ruim — disse. — Muito ruim. — E fez uma pausa. — Não digo que seja impossível, mas... Logicamente, Javé e seu poder prevalecem sobre quaisquer forças do mal, pois está acima delas. Mas...

— Eu farei qualquer coisa! — disse Maria. — Diga-me, apenas, o que devo fazer!

Ele suspirou. — Teremos de começar por remover qualquer vestígio de pecado de sua vida — disse. — Você pode nem saber que os tem, mas eles estão aí. Ninguém observa a lei de forma perfeita. Lembra-se de quando Jó ficou paralítico e Bildad disse: 'Deus perverte a justiça? O Todo-Poderoso perverte o que é certo? Quando teus filhos pecaram contra Ele, Ele os castigou com a pena de seus pecados.' Portanto, você começar por se purificar. Só então poderemos prosseguir, confrontando as presenças que existem dentro de você. O corpo humano deve estar puro e imaculado. Então... eu sugeriria que você começasse por fazer uma promessa nazária imediatamente. Anexo à sinagoga, há um quartinho onde você poderá ficar até cumprir o prazo dessa promessa, que eu recomendo que seja de 30 dias. Então, quando você estiver completamente purificada, tentarei expulsar os demônios.

— Muito bem — disse Maria. Ela desconhecia que ainda se faziam promessas na seita nazária, mas muitas pessoas o faziam.

— É uma coisa muito antiga — disse o rabino Hanina. — Suas condições são explicadas no Livro dos Números. — Pegou um dos rolos de papiro — aparentemente, sabia com precisão o que dizia cada um deles sem ter de consultar a etiqueta — desenrolou-o, e de imediato achou a passagem que buscava. — Aqui está o que Deus disse a Moisés: 'Fale aos israelitas e diga-lhes que se um homem ou uma mulher quiser fazer uma promessa especial, um juramento de separação do Senhor enquanto um nazário, que se abstenha do vinho e de outras bebidas fermentadas e que não deverá beber vinagre feito de vinho ou de outra bebida fermentada. Que não deverá comer pomelo, ou uvas, ou passas. Enquanto for um nazário, não comerá frutas de baga, nem as sementes ou a casca.'

O rabino olhou para Maria, para ver sua reação. Na realidade, ela sentia-se decepcionada. Não comer passas? Em que isso ajudaria contra ser possuída por demônios?

— "Durante o período que durar esse juramento, não será usada qualquer navalha para aparar cabelo. Deve estar santificado até terminar o período em que se separará do Senhor; deverá deixar seu cabelo crescer. Não se aproximará de um corpo morto durante o período de sua separação do Senhor. Mesmo que morra seu pai ou sua mãe, seu irmão ou sua irmã, não deverá tornar-se impuro para o ritual devido a isso."

De qualquer maneira, não uso navalha para cortar o cabelo, pensou Maria. E meu cabelo já é comprido. Como poderá isto ajudar? Dentro dela, começou a sentir um certo desespero. Um desespero enorme, pois a que outras fontes recorrer, além do rabino Hanina?

E ele continuava com sua cantilena sobre tornar a purificar-se se, inadvertidamente, se passasse perto de um cadáver e sobre trazer pombas como oferendas contra os pecados e depois o cordeiro macho, inocente e puro, que deveria ser oferecido ao final do período do juramento e por aí afora. Maria teve um sobressalto quando ele leu: "Então, à entrada da reunião da Tenda, o nazário raspará o cabelo dedicado. Pegará o cabelo e o jogará no fogo que estará sob o sacrifício das outras oferendas."

Raspar a cabeça? Ficaria careca! Seria desonrada, desgraçada. Mas..., se é esse o preço, então que assim seja.

— Minha filha, está preparada para fazer tudo isso? — perguntou o rabino Hanina. — Se assim for, quando as oferendas tiverem todas sido feitas e tiverem sido aceitas, eu tentarei expulsar os demônios.

O cabelo... Viver por 30 dias num quartinho vazio, anexo à sinagoga... — Estou, estou preparada.

— Você passará a noite aqui, num quarto para visitas que temos, e de manhã eu a conduzirei ao abrigo, na sinagoga, e iniciaremos o ritual do juramento. Enquanto ali estiver, você deverá obedecer a todos os requisitos da lei, não se afastando de qualquer um deles. Durante 30 dias, você deverá ser perfeita.

— Sim, eu compreendo.

O rabino Hanina acenou com a cabeça. — Vou mandar preparar o quarto e você poderá falar em particular com seu marido. Levantou-se e deixou-os sozinhos.

Joel voltou-se e, pela primeira vez desde que o rabino começara seu discurso, Maria viu seus olhos. E o que ela viu foi medo.

— Vai dar tudo certo, Joel. Eu sei que vai. — Era importante fazer com que ele sentisse confiança. Ainda que ela própria não se sentisse tão segura. — E não é por muito tempo. Um mês passa rápido. Mas sentirei falta de você e de Eliseba. Nem me despedi dela. E o que você irá dizer a respeito disso?

— A verdade — disse ele. — A verdade.

— Que eu fiz um juramento nazário, ou que estou possuída?

— Só falarei do juramento. Não é uma desgraça tão grande fazer um juramento nazário. Muita gente o faz. Quanto a você estar possuída, não vejo muito sentido em o revelarmos.

— Acho que talvez possa parecer um tanto estranho que eu tenha ido para Cafarnaum para fazer o juramento.

— É, mas podemos dizer que está relacionado com ter filhos. Seria lógico que você quisesse um segundo filho e que, por isso, tivesse decidido fazer uma promessa.

Todo mundo sabia de sua esterilidade e do milagre que fora o nascimento de Eliseba. Talvez achassem normal. Sem fazer perguntas. Isso parecia ser muito importante.

— Reze para que eu consiga, Joel! — Agarrou suas mãos. — Reze por minha libertação!

Ele apertou-a contra si com tanta força que ela sentia as batidas de seu coração. — Com toda a minha alma! — disse Joel. Pegou no rosto de Maria e olhou dentro de seus olhos. — Nós os venceremos, Maria. Não tenha medo.

Pouco depois saiu, para enfrentar a tormenta e voltar para casa. A partir daquele momento, ela estaria sozinha.

O rabino e sua mulher foram muito gentis com ela. A mulher do rabino estava habituada, evidentemente, às pessoas que o procuravam pedindo ajuda para crises espirituais. Preparou a cama e deixou uma jarra de água, para que ela bebesse e se lavasse, como se já o tivesse feito muitas vezes. — Durma bem — disse, com um sorriso sincero.

Deitada na pequena cama, Maria perguntava-se se conseguiria sequer dormir. *Eles* ainda estavam lá dentro e ela os sentia. Mas estavam curiosamente silenciosos, como se tivessem ficado atordoados com sua atitude, rápida e decidida, de combatê-los.

17

Um pouco antes do alvorecer, quando o céu ainda estava cinzento — embora já não tivesse a escuridão da noite — Maria e o rabino deixaram a casa e caminharam juntos para a sinagoga. Uma neblina forte ainda se via nas ruas, dificultando a visão da sinagoga, construída em basalto escuro. Já quase haviam chegado e Maria não percebera as paredes e o pátio à volta do prédio.

— Aqui está este pequeno abrigo onde ficarão seus juramentos — disse o rabino, conduzindo-a em direção a uma estrutura que acompanhava o prédio principal. Era uma cabaninha rústica, simples e vazia, sem as decorações e talhas que enfeitavam as paredes da sinagoga. Mas também, quem a procurava era porque tinha uma missão séria. Lá dentro só havia uma esteira de junco, uma mesinha, uma lamparina e uma jarra de água.

— Irão trazer comida para você três vezes por dia — disse o rabino Hanina. — Mas será comida de jejum — pão de centeio e água e, no Sabá, um pedaço de queijo e uma fruta seca. Também irão trazer os livros sagrados de Moisés. Você sabe ler?

— Sei — disse Maria, tentando adivinhar se essa era uma resposta boa ou má na opinião do rabino.

— Muito bem — disse ele, fazendo um aceno. — Então, você poderá mergulhar no estudo da lei. E no Sabá, será bem-vinda para assistir ao culto. Mas você não deverá, de forma alguma, juntar-se à congregação. Você deverá manter-se totalmente isolada durante 30 dias. E se isso não funcionar, então... você deverá ir para o deserto, sozinha.

Então era isso que a aguardava se este juramento não funcionasse. Mas funcionaria, tinha de funcionar.

Olhou em volta da cabana vazia. Tinha ódio daqueles espíritos impuros que a haviam levado àquele lugar; que a obrigavam a subsistir com comida que mal dava para sobreviver; que a faziam passar os dias tentando preencher uma cláusula da Lei de Moisés! Mas não havia escolha. Tinha de libertar-se deles.

O primeiro foi o dia mais longo que vivera em toda a vida. Nada havia a fazer na cabana senão atormentar-se recapitulando seus pecados. Quando caiu a noite, seu estômago roncava, implorando por comida. A Lei de Moisés parecia um emaranhado de coisas que pouco tinham a ver com ela. O Levítico relacionava todas as coisas que deveriam ser feitas se fosse encontrada alguma impureza na casa. Orientava sobre o procedimento a ser adotado para curar uma doença de pele, afirmando que o sacerdote deveria pegar duas aves vivas, limpas, um pedaço de madeira de cedro, um barbante vermelho e água benta para a pessoa que estivesse doente. Em seguida, o barbante, o pedaço de pau e a água benta deveriam ser mergulhados no sangue das aves... e por aí afora. Maria não via qualquer relação com a sua situação, embora estivesse aprendendo, pela primeira vez, sobre a preocupação de Deus para com os detalhes.

Na primeira noite, deitou-se sobre seu catre e só queria adormecer, para pôr fim àquele dia. "E a noite e a manhã foram o primeiro dia." Para completar sua tortura, as vozes e as presenças interiores estavam quietas, como que para fazer crer que era um erro ela estar ali.

A esteira era dura. Era feita de juncos, firmemente costurados uns aos outros. A coberta fina que lhe haviam dado não era suficiente e sentia frio. Deitada, tremia de frio, pensando como faria para adormecer. Sua cabeça era um redemoinho. Estava com tanta fome que era capaz de comer as cortinas da sinagoga.

Senhor Deus, rei do universo — rezou — sou tua serva. Desejo servir-te. Quisera ter conhecido antes os caminhos que levam a ti.

Seu estômago se retorcia de fome. Sentiu como se fosse vomitar, embora não tivesse o que vomitar. Por que era assim o caminho que levava a Deus? Para mostrar humildade? Para mostrar dependência? Desprezaria Deus as coisas terrenas — como comer, beber e dormir? Ou quereria ele apenas que seus servos não dependessem delas?

Passou as mãos pelos cabelos. Tudo isso seria raspado, tudo seria sacrificado.

Mas ela não conseguia livrar-se de um pensamento: seria realmente isto que Deus exigia?

Os 30 dias passaram-se a uma velocidade semelhante à de uma velha tartaruga dirigindo-se ao seu lugar de descanso. Leu os cinco livros de Moisés, jejuou a pão e água e rezou durante horas. Às vezes, ouvia o culto do Sabá na sinagoga, quando vinha participar o povo de Cafarnaum, assim como alguns gentios e romanos, conhecidos por "tementes de Deus". Esses estrangeiros eram atraídos pela mensagem moral do judaísmo, mas não aceitavam a conversão completa, pois esta implicava a circuncisão e a observância de uma dieta alimentar. Eram relegados aos lugares das alas laterais, mas assim mesmo continuavam vindo. Queriam conhecer os fundamentos do judaísmo, a mensagem do judaísmo, mas sem todas aquelas normas cansativas. Deveriam ser mantidos afastados? Era difícil saber a resposta. Não poderia o judaísmo ser reformado, livrando-se daquelas leis e rituais obsoletos, como o das impurezas? Se o fizesse, talvez tivesse condições de levar a mais pessoas a riqueza de seus ensinamentos morais.

Finalmente, chegou o dia. Sua purificação era completa, desempenhara o ritual à perfeição. Foi autorizada a sair de seu abrigo e foi conduzida à própria sinagoga — era a primeira vez que a via. No interior, havia belas esculturas — uma da Arca da Aliança — vasos de latão, polidos, e uma tela de couro cobrindo os rolos sagrados. Tudo era ordem, tudo era tranquilidade e a Lei, entregue a Moisés no Monte Sinai, conhecia aqui a medida e a profundidade de seu domínio.

Esperando por ela, em frente ao santuário onde se encontravam os rolos sagrados, estava o rabino Hanina. Vestia belas roupas, bordadas, e sobre os ombros o xale sagrado. Maria viu que ele amarrara um dos *tefillin* e segurava um rolo de pergaminho. Um homem mais novo o acompanhava, carregando uma bandeja com vários objetos. Impassível, de pé ao lado do rabino, não disse nada.

— Filha de Israel, completaste teu tempo de devoção — disse o rabino Hanina. — Por 30 dias te isolaste, de acordo com a Lei de Moisés, e estás agora pronta para as bênçãos que mereceste. — Fez um sinal ao seu acompanhante, que pousou a bandeja e pegou a navalha.

— Agora, de acordo com a lei, sacrificarás teu cabelo e ele será oferecido a Deus.

Ela assentiu com a cabeça e aguardou.

O homem pegou uma mecha de cabelos na mão e cortou-a com a navalha. Maria os viu cair ao chão, brilhantes e saudáveis. Via pela primeira vez seu cabelo, da maneira que os outros o viam. Em pouco tempo, já havia um monte de cabelo a seus pés.

Então, a navalha tocou no escalpo e Maria sentiu o frio da lâmina contra a sua pele e o estranho frio de estar careca.

— Agora, junta-o e oferece-o — disse o rabino. Maria abaixou-se, pegou o cabelo com suas próprias mãos e entregou-o ao rabino. Ele levou-o para um dos lados do santuário onde estava aceso um braseiro. Mas não o pôs dentro.

— Basta a intenção — disse. — Completarei o restante da cerimônia quando não houver ninguém aqui, pois o fedor de cabelo queimado é horrível. — Aproximou-se dela. — E então, você está pronta?

— De todo o meu coração. — disse ela.

Fez um gesto para seu assistente. — O óleo — disse.

Um pequeno frasco de óleo foi entregue ao rabino, que retirou a tampa. — Este é óleo sagrado, semelhante àquele usado no Templo. Vem de um bosque sagrado de oliveiras que existe há vários séculos, próximo a Jerusalém. Segundo a lenda, foi o próprio Salomão que as plantou.

— O incenso. — Um suporte de cerâmica foi trazido da bandeja e colocado no chão. — Olíbano, um incenso que também é usado no Templo e para outros rituais — disse. Tocou-o com uma apara acesa, para o acender. — Temperado com sal, para purificá-lo. — Jogou mais uma pitada. — Não temos permissão de fazer incenso segundo a mesma fórmula que é usada para fazer o incenso do Templo, nem podemos colocar no óleo os mesmos ingredientes que são usados pelos sacerdotes supremos. Mas este óleo também é sagrado.

Pequenas baforadas de incenso subiam. Em sua condição de fome extrema, Maria sentia-se desfalecer.

Com solenidade, o rabino Hanina passou o óleo em sua testa e depois no centro da cabeça.

— Filha, você tem um véu para cobrir a cabeça? — perguntou, numa voz gentil. Preocupava-o que ela não fosse envergonhada em público pelo fato de estar careca.

Maria assentiu. Fora uma das coisas que apanhara, às pressas, naquela última noite em sua casa.

O rabino começou a recitar longas orações em hebraico. Balançava o corpo para a frente e para trás, em seus calcanhares, e apareceram gotas de suor em sua testa. Parecia que era ele quem lutava contra os poderes do mal.

Mas Maria não sentia coisa alguma. Achava que os espíritos não eram afetados pelas orações. Talvez não compreendessem hebraico, pensou. Mas como podiam os espíritos não compreender todas as línguas? Isso era uma limitação humana, não de espíritos.

— Por favor — acabou dizendo. — O senhor não poderia falar em aramaico, o idioma comum?

Ele pareceu surpreso.

— É nessa língua que falam comigo — explicou. Talvez a preferissem.

— Muito bem. — Fez uma pausa e parou para refletir, traduzindo mentalmente as palavras do ritual. — Deixem o corpo desta filha de Israel, a quem torturaram cruelmente com suas presenças. Voltem para os abismos de onde vieram e deixem de atormentar esta serva de Deus, Maria de Magdala. Afirmo que o poder de vocês nada pode contra as ordens de Deus, em nome de quem eu ordeno que deixem esta mulher para sempre.

Ela deveria estar sentindo alguma coisa, por mínima que fosse, como já ocorrera antes. Algum tipo de alívio ou de libertação. Mas nada aconteceu. Os espíritos haviam permanecido inesperadamente calmos e quietos durante todo o seu retiro, e assim continuavam agora. Será que havia algum lugar recôndito em que se haviam escondido, algum lugar onde as palavras e os rituais não os alcançavam? Era uma ideia que dava calafrios.

— Saiam! — gritou o rabino numa voz alta, em clímax. — Saiam! — E ergueu as mãos bem alto, como se convocando a força de Deus.

Maria baixou a cabeça e esperou por um sinal, por alguma mudança, mas nada ocorreu.

O rabino parecia satisfeito. Completara o ritual, não encontrara uma força adversa e concluíra que tivera êxito. Com um sorriso no rosto, estendeu a mão a Maria.

— Minha filha, você está livre — disse. — Agradeça a Deus.

Caía a noite. De pé, no cais principal de Cafarnaum, Maria tinha a sacolinha com seus pertences e segurava com força o véu que lhe cobria a cabeça. Uma cabeça raspada era tão desagradável que as pessoas se afastariam dela.

A tempestade estava feia no cais. Durante o mês que Maria ficara sequestrada, o tempo não havia melhorado. As ondas eram carregadas pelo vento e batiam, fortes, contra a orla ocidental, onde ficavam Magdala e Tiberíades. Cafarnaum, que ficava no extremo norte do lago, sofria menos com o mau tempo, embora também fosse perigoso. Vários barcos pesqueiros estavam em abrigos atrás dos diques e uma multidão estava reunida no cais.

Volto para casa esta tarde, pensou. Irei andando. Com o pouco dinheiro que tinha, ela comprara meio pão e o devorara. Depois, gastara um pouco mais, comprando uns figos de um vendedor. Como era gostosa a comida normal!

Estivera afastada do mundo por tanto tempo — ou, pelo menos, era isso que lhe parecia — que estava andando de um lado para o outro, abobalhada. Aproximou-se da multidão que estava no cais, simplesmente para estar próxima de outras pessoas. Mas logo compreendeu que não era uma simples multidão, mas um grupo de pessoas muito preocupadas com alguma coisa.

— Não apareceram! Não apareceram! — gritava uma mulher para um barco que acabava de chegar quase cheio de água. — Vocês viram José? Viram o meu filho?

Os pescadores olharam para ela. Estavam esgotados e encharcados. — Não! — responderam. — Depois que atravessamos o lago e nos dirigíamos para a região de Gergesa, fomos apanhados por um enorme vagalhão. Tivemos sorte em escapar porque a tempestade está piorando.

— Gergesa! — lamentou-se a mulher. — Era para lá que ele estava indo. E vocês não o viram? Não viram nenhum dos outros barcos?

— Só aquele arrendado por Natã de Magdala — responderam. — É maior e tem mais condições de enfrentar o mar bravo.

— Mas estava lá! Ele foi para lá!

Maria olhou na direção de Gergesa. Ficava do lado oriental do lago, num lugar onde alguns penhascos desciam em direção à água. Próximo às áreas pagãs das cidades gregas. Onde criavam porcos. O homem dos porcos e a senha... Impureza e revolução...

Subitamente mudou a paisagem do lado oriental e ela viu um barquinho invadido pelas ondas, abalroado quando estava a caminho de Gergesa. Viu — como se estivesse voando acima do lugar, a poucos metros de distância — os rostos dos homens no barco, apavorados, puxando as cordas. Depois viu o barco virado, os homens lutando, agarrados ao barco, e finalmente afundando, sob as águas.

— Seu filho morreu. — As palavras foram pronunciadas por uma voz rouca, gutural. — Seu filho se perdeu.

Maria escutou as palavras, mas se espantou com elas. Todo mundo se voltara na sua direção. Todo mundo olhava para ela.

Então, ela sentiu novamente sua boca se abrir, sentiu o movimento, sentiu a língua movendo-se e ouviu as palavras que se seguiram: — Seu filho está no fundo do lago. Ele não voltará. Nem voltarão seus companheiros.

A mãe gritou, desesperada, e as pessoas correram para Maria.

— A tempestade continuará por três dias. — A voz continuava falando. — O vento soprará por mais três dias. Dois outros barcos irão perder-se. O barco de Joshua, que ainda não zarpou, e o barco de Phineas, que irá procurar o primeiro.

A multidão avançou para ela, atropelando-a, e ela conseguiu escapar, rastejando sob pancadas e gritos que lhe dirigiam.

— Uma bruxa! Uma bruxa!

— Foi ela que provocou a tempestade! Tem o olho do mal!

— Matem-na! Matem-na!

Maria foi derrubada e o grupo passou a espancá-la.

Um braço forte levantou-a e Maria deu por si olhando para o rosto de alguém que lhe era familiar.

— Eu conheço esta mulher! Ela não é nenhuma bruxa! — E o homem alto colocou o corpo entre ela e a multidão exaltada.

Simão? Era Simão, o pescador? O pescador que haviam encontrado quando estavam vindo para cá? Ela lembrava-se da dificuldade de tentar manter uma conversa com ele. Ele era de Cafarnaum.

— Vamos para a sinagoga — disse Simão, puxando-a com ele. — Vamos para a sinagoga.

Chegando lá, acompanhou-a para dentro e o seu tamanho e autoridade mantiveram as pessoas à distância. Dentro da sinagoga, ela sentia-se pequenininha enquanto esperava pelo rabino. O véu resvalara de sua cabeça e Simão olhava fixamente para sua cabeça raspada.

— Sim, fiquei aqui por um mês, cumprindo um juramento nazário — murmurou. E, obviamente, não adiantara nada. Fora Pazuzu que pronunciara as palavras por sua boca. Pazuzu, o deus-demônio dos ventos, que forjava tempestades.

— Eu... eu... — Como poderia ela explicar a Simão? Não queria fazê-lo. Para que serviria? Mas talvez ele pudesse levar um recado a Joel. — Fui atacada por espíritos malvados — disse. Sua verdadeira voz voltara. — Vim aqui na esperança de que poderia exorcizá-los. Mas continuam aqui. Foram eles que falaram sobre o pescador lá no cais. Foram eles que se divertiram ao fazê-lo. Deliciam-se com a morte a destruição. Terei de ir para bem longe, onde não possa fazer mal a ninguém. Dê um recado a meu marido, por favor. Diga-lhe que o tratamento não deu certo e que agora deverei fazer algo mais extremado. Espero pelas instruções do rabino.

— Ficarei com você esperando pelo rabino. — Enquanto falava, aproximou-se seu irmão André, que os seguira.

— A multidão prepara-se para matar você — disse André. — Acreditam que foi você que provocou a tempestade. E estão apavorados com as mortes e com a profecia de mais mortes.

— Estou pronta a morrer para me livrar dessas presenças malévolas que tornaram minha vida um inferno — disse Maria. E era o que sentia. — Mas não deveria ser morta por algo que não fiz. Nada tenho a ver com essas mortes; esses espíritos malévolos, meus inimigos, desejam a minha morte tanto quanto qualquer outra. Se não consigo livrar-me deles, então ficarei feliz em morrer.

Era a morte que os demônios queriam — tomar a vida humana, qualquer vida, e destruí-la. Destruir a saúde, destruir a felicidade e matar, matar, matar.

As pilhas de corpos mortos na guerra, o cidadão assassinado pelo golpe certeiro da *sica*, o ódio entre irmãos, entre pai e filho, a morte cruel de animais inocentes — cavalos, ovelhas, lagartos, pássaros, cobras: era esse o seu objetivo e o seu trabalho, era disso que regozijavam.

O rabino chegou correndo. Olhou em volta, confuso. — O que foi?

Simão falou. — Houve um tumulto, perto do cais, que quase acaba em linchamento. Esta mulher falou lá nas docas e revelou coisas sobre um barco desaparecido que somente um poder malévolo poderia saber. E profetizou que irão ocorrer mais dois acidentes nos próximos dias.

Um olhar de consternação atravessou o rosto do rabino. Estava atordoado porque seus rituais não haviam funcionado.

— Ela falou com outra voz — disse Simão. — A voz de um... espírito ruim.

Prostrado, o rabino cobriu o rosto com as mãos. Chorava.

Maria queria reconfortá-lo, pedir-lhe perdão por tê-lo envolvido nisto tudo que, evidentemente, era muito mais profundo e perigoso do que haviam imaginado. — Bom rabino, sabíamos desde o início que nossos esforços poderiam fracassar — disse ela. — Que Deus o abençoe por ter tentado dar tudo de si. Mas diga-me, senhor... O senhor disse que haveria um outro lugar... um lugar no deserto, para onde eu poderia ir?

Ele olhou para ela, admirado com sua atitude decidida, sem se deixar abater pelo fracasso do exorcismo. — Sou eu que lhe peço perdão — disse. — Fiz o que estava ao meu alcance e podia ser feito.

— Não há o que perdoar — garantiu-lhe ela. — Enfrentamos esses poderes e só podemos fazer o melhor que sabemos. Deus não pede senão isso.

Simão e André, com as feições inescrutáveis, acompanhavam a conversa e Maria sabia que escutavam cada palavra.

— Existe um lugar no deserto, perto de Bethabara... — disse o rabino Hanina. — É um lugar onde os homens santos vão purificar-se. Mas a viagem até lá... — será que você consegue ir sozinha? É bem distante, e uma mulher viajando sozinha...

— Eu vou com ela — disse Simão, de repente. — Eu a acompanharei. Sinto — não sei explicá-lo — que me chamam para que o faça.

— É uma viagem de pelo menos três dias, andando bem — disse o rabino.

— Não importa — disse Simão. — Mas primeiro, permita-me ir a Magdala para avisar a família dela sobre o que está ocorrendo. Esperem por mim aqui na sinagoga. Ou, melhor ainda, na minha casa. É aqui perto. Minha mulher e minha sogra ficarão contentes com sua presença.

Afligia Maria que ela própria não pudesse ir, não pudesse explicar tudo a Joel, abraçá-lo e abraçar Eliseba outra vez. Mas a desgraça era que não podia confiar nela própria perto deles, podia pôr Eliseba em perigo. Sim, teria de ir para o deserto e teria de ser logo, e com quase estranhos.

O rabino baixou a cabeça, prostrado com seu fracasso. Era muito respeitado na comunidade e não compreendia por que falhara em sua luta contra aqueles poderes. — Pelo menos, posso mostrar-lhe o caminho para o deserto — disse a Maria. — Lá você deverá enfrentar tudo, todos os espíritos, os demônios, e você enfrentará o próprio Deus — como fez Jacó. E tome cuidado, pois também há maus espíritos de tocaia no deserto, como os demônios do meio-dia, os gafanhotos do abismo, ou Azazel, Deber e Rabisu. Mas também há purificação. Mais purificação do que a que consegui oferecer. — Parecia que ia chorar de novo e Maria se aproximou dele. Lembrou-se, então, que era proibido a uma mulher tocar um rabino — ou até qualquer homem, entre os religiosos mais fervorosos.

— Foi muito o que o senhor me ofereceu — disse Maria. — Serei sempre grata por tudo o que me deu. Quando estiver pronta para viajar para o deserto, viremos vê-lo para que nos dê seus conselhos.

Simão e André fizeram um gesto para ela. — Vamos, vamos para nossa casa. Não há tempo a perder.

Do lado de fora, a enxurrada não parava. O céu, cinzento-escuro, parecia as cinzas de um fogo extinto. A multidão, com capotes marrons e pretos, continuava agitada, à beira do cais, e alguns pequenos barcos continuavam lutando para chegar a terra.

— Puxe seu véu mais para baixo — disse Simão a Maria, que caminhava entre os dois irmãos. — Olhe para baixo e continue andando. — Deixaram rapidamente o recinto da sinagoga e dirigiram-se à rua. Era uma zona de casas de ricos. Maria notou que em sua maioria tinham um pátio externo e vários quartos.

Os dois homens dobraram na esquina seguinte e ela acompanhou-os. Pouco depois estava num pátio e o portão se fechava após sua passagem. Simão e André procuraram um dos quartos que dava para a área aberta e ela os seguiu.

— Simão! Eu estava tão preocupada! — Uma mulher jovem veio correndo e tomou suas mãos. Quase nem olhou para quem o acompanhava.

— Eu trouxe uma convidada — disse Simão com firmeza, como para adverti-la de que havia uma pessoa que ela não conhecia presente. — Maria de Magdala, da família com quem negociamos, terminou agora seu juramento nazário — explicou

Simão. — Está aqui agora conosco porque vai para o deserto para cumprir um novo juramento e nós a acompanharemos. — Fez uma pausa. — Maria, esta é minha mulher, Mara. — Ambas se cumprimentaram. — E você não precisa preocupar-se, minha querida. Nós não iríamos nos arriscar a navegar com um tempo desses.

Mara fez sinal para que a seguissem para a outra sala. — Venham, por favor, a comida está pronta.

— Devo ir a Magdala falar com a família de Maria — disse Simão. — Vou comer rapidamente qualquer coisa porque tenho de ir logo.

Foi difícil para Maria esperar enquanto Simão, um homem que ela mal conhecia, ia à sua casa em Magdala conversar com Joel sobre ela. Uma conversa impessoal sobre ela — mas qualquer coisa era melhor do que permitir que os demônios falassem. Senhor, meu Deus, meu escudo e protetor, não permita, por favor, que eles falem! Maria sentiu que seus dedos se enterravam na delicada almofada de couro em que se sentava. Não permita que eles falem!

André falou sobre a pescaria e sobre outras coisas, que ela desconhecia. A noite passou-se rápido e pouco depois — cedo ainda, felizmente — ela foi conduzida a uma outra cama de hóspedes, mas desta vez num pequeno quarto com uma mesa e um candelabro.

18

Amanhecia. Maria via a luz fosca penetrando pela janela do quartinho aconchegante. Sentia frio e estava tensa. O vento uivara a noite toda e se aninhara em seus sonhos. A presença dos demônios. Continuavam com ela e teria de fazer uma viagem para tentar livrar-se deles. Alguém a ajudava. Quem? Tentava lembrar-se. Sim, os pescadores de Cafarnaum.

Afastando a coberta, levantou-se e vestiu-se rapidamente. Quando passou a mão pela cabeça raspada, sentiu um arrepio. Dirigiu-se à cozinha, onde a família já estava reunida. Simão já chegara e tomava um caldo. Voltara de Magdala de madrugada.

— Encontrei Joel — disse. — Expliquei tudo para ele e ele compreendeu.

— O que... o que ele disse?

— Ficou muito triste, naturalmente, ao saber que o juramento não havia funcionado, mas também acha que você deve fazer esta viagem. Pediu que lhe dissesse que nunca duvide de sua lealdade ou de seu amor e que ele e Eliseba ficarão esperando por você. E também mandou isto. — Simão empurrou uma sacola, como se estivesse encabulado.

Maria a abriu e olhou para dentro. Estava cheia de moedas.

— É para a viagem — explicou Simão. — Você irá precisar de abrigo, de comida, sabe-se lá do que mais... Joel tem consciência dos riscos.

E assim mesmo ele a deixava partir. O desespero de sua situação era evidente para todos.

— Obrigada — disse Maria.

— Está pronta para partir? — perguntou Simão. — Vamos ouvir os conselhos do rabino Hanina e começar a viagem.

— A viagem será longa e vocês deverão ter coragem para enfrentá-la — disse o rabino Hanina. Parecia ter-se refeito do choque que sofrera na véspera, com o fracasso de seus rituais. Enviava-os a uma autoridade superior; sua responsabilidade terminara. Desenhou o esboço de um mapa num papiro. — Vocês devem seguir acompanhando o rio Jordão na direção sul. Nesta época do ano, pelo menos não passarão mal com o calor. Deverão procurar o riacho de Cherith, a leste do Jordão, logo após a parte rasa do rio, na estrada que leva de Jerusalém a Amã. Existem ali muitas cavernas, onde moram pessoas santas que buscam a solidão. — Fez uma pausa. — Então, minha filha, você estará entregue à misericórdia do Senhor. Ali, seus poderes estão mais próximos do que aqui, na cidade.

— Cherith? — disse Simão. — Não foi lá que...

— Sim, foi ali que Elias foi alimentado por um corvo — disse o rabino Hanina.

— Mas, nos dias de hoje... Não é lá que aparece aquele profeta? Como é que se chama, mesmo... Aquele que prega a penitência?...

— João Batista — disse o rabino secamente. — Mas vocês não precisam procurá-lo. Nem devem fazê-lo. Ele atrai multidões e isso é justamente o que vocês devem evitar. Nada de multidões. Só a solidão. — Empurrou uma sacola para Maria, cheia de material de escrever. — Você deverá escrever sobre o que vai viver ali. Isso tornará sua devoção mais intensa.

Saíram de Cafarnaum antes do meio-dia e pegaram a estrada que rodeava o lago pelo lado oriental. Maria queria evitar passar perto de Magdala, onde veria o armazém e talvez até sua casa. Nem por Tiberíades, onde os deuses estrangeiros estão à espreita por toda parte. Não. Seria melhor pegarem a estrada pelo lado oriental do lago, com os pagãos e os porcos.

Logo estariam atravessando o rio Jordão, no lugar onde ele gorgolejava e fluía entre os juncos.

— O rio é bem frio, aqui — disse André. — As águas escorrem do norte e dá para sentir a neve. — Fez uma pausa e depois dirigiu-se a Maria. — Vá em frente, vá até a margem e ponha a mão na água.

Ela hesitou, mas desceu até a margem lamacenta do rio. A água era um turbilhão marrom, contínuo e com espuma. Segurando um galho, ela esticou-se e pôs a mão dentro d'água. Estava gelada.

Seguiram, contornando o lago, e passaram por Betsaida, que parecia um lugar convidativo e próspero. Maria achou que poderiam passar a noite ali. Mas antes que perguntasse, André disse: — Vamos acampar mais abaixo, perto da beira do lago.

A ideia não pareceu muito boa a Maria. Nesse tempo frio e chuvoso, teria preferido passar a noite dentro de uma casa. E deu-se conta de que nunca passara ao ar livre uma noite de tempo ruim.

— Talvez precisemos ficar num albergue, quando sairmos da Galileia — explicou André. — Mas deveríamos guardar o dinheiro para quando chegarmos a uma região onde haja bandidos e seja perigoso dormir ao ar livre.

Ao entardecer, chegaram a Gergesa, uma cidade grande e movimentada, com o porto cheio e um prédio com piso de ladrilhos onde era desembarcado o peixe. Dentro, havia um enorme tanque de água fresca para manter os peixes vivos. Então, era aqui que os pescadores diziam haver as melhores zonas de pesca, pensou Maria. Tinha curiosidade de conhecer o lugar.

Mas também fora ali que o barco se perdera na tempestade e agora, à medida que se aproximavam, ao entardecer, percebiam que estava ocorrendo alguma coisa. Ouviam-se gritos e choro e era óbvio que outro barco desaparecera.

Maria ouviu o burburinho da multidão. Era o barco de Joshua, como fora previsto pelos demônios presentes dentro dela. E talvez também o de Phineas, que tinha ido procurar o de Joshua. Maria não suportava ver ou ouvir falar sobre essas mortes, com as quais se sentia vinculada, ainda que apenas como vidente. Não aguento este peso, pensou.

Já era quase escuro quando saíram de Gergesa, deixando o porto e a cidade para trás. O vento, que soprava forte montanha abaixo, uivava tão alto que não conseguiam conversar, enquanto caminhavam. À margem do lago, as ondas rebentavam contra os rochedos. De repente ouviu-se um grito bem alto, acima do barulho do vento e das ondas. Era um grito penetrante e estridente. Pararam, olharam em volta, mas não viram coisa alguma. Passavam por uma área cheia de pedras, algumas delas maiores que um homem. Na luz fraca do entardecer, a chuva e as pedras pareciam fundir-se com suas sombras e a chuva que caía obscurecia a visão de Maria. Então, um vulto escuro pulou de cima de um rochedo gritando e brandindo um porrete. Era um assalto.

Pulou em cima de Simão, agarrando-o pelo pé. Simão gritou, assustado, e fugiu sem olhar para trás, onde haviam ficado André e Maria. André lançou-se sobre o homem, prendendo-o contra o chão, mas o homem continuava batendo com o porrete num certo ritmo, como se invocasse os espíritos. Emitia sons estranhos. Por fim, pararam e o porrete ficou no chão.

Devagar, André soltou-o e então perceberam, espantados, que ele estava completamente nu. A chuva batia nele, seu cabelo estava emaranhado e sua barba ensopada, mas ele parecia nem o notar.

Um homem possuído! Como podiam ter esquecido que os possuídos eram banidos para aquela região à saída de Gergesa? Como tinham se aventurado a passar por ali a uma hora daquelas?

Maria olhou para os pulsos do homem, de onde pendiam, quebrados, pedaços de correntes de algemas de metal.

— Paz, amigo — disse Simão, ofegante, fazendo um gesto para que Maria e André se afastassem do homem e se juntassem a ele mais adiante, na praia. Sua voz estava trêmula de medo. — Paz. Que a paz esteja contigo.

Com um rosnado, o homem tornou a levantar-se e pulou na direção de Maria e André, mas eles se esquivaram e correram rapidamente, pela praia de pedras, atrás de Simão. O homem agachou-se, desesperado, como se não os pudesse mais alcançar ou fazer com que o ouvissem. Baixou a cabeça sob a chuva. E uivou como um cão.

— Aquele lugar... — disse André com a voz trêmula, quando já se encontravam distantes. — Eu tinha esquecido que as pessoas angustiadas e possuídas se juntam ali e ameaçam os viajantes.

— Normalmente, vimos até aqui de barco. Por terra é completamente diferente. — Simão olhava em volta. Recuperava a respiração, tentando recompor-se e pôr fim ao seu medo. — Temos de nos afastar bastante deste lugar para procurarmos onde passar a noite.

— Essas pessoas... possuídas... — gaguejou Maria.

— Todas elas foram possuídas por demônios e não têm condições de viver em segurança em meio às pessoas normais. Por isso vivem isoladas nesses rochedos, à beira do lago. — Simão ainda respirava com dificuldade e continuava olhando à sua volta.

Então eram os demônios que causavam isso. Era esse o seu objetivo: reduzir as pessoas a esse estado de impotência, de exclusão, de abandono.

— E como comem estas pobres pessoas? — perguntou Maria.

— Os parentes e as pessoas da cidade trazem comida e a deixam em algum lugar seguro. Mas não ousam ficar por aí. — Fez uma pausa. — Mas também é verdade que algumas dessas pessoas morrem de fome.

Poderia ser esse o meu destino, pensou Maria. Talvez no ano que vem, por esta época, eu possa estar aqui, escondida entre as pedras, sem conseguir mais falar.

Acamparam junto a um pequeno salgueiro, a uma distância bem grande — e segura — da região dos loucos. Uma única lamparina iluminava a noite; então juntaram alguns gravetos e fizeram uma fogueira cujas chamas, trêmulas, proporcionavam conforto. Comeram o que haviam trazido de Cafarnaum e, em seguida, desdobraram as cobertas e tentaram dormir.

O chão era duro e pedregoso e Maria sentia as pedrinhas e os seixos. A água do lago batia na margem e a chuva contribuía para aumentar o barulho. Mas não se ouviam os uivos dos loucos e o salgueiro, enfeitado com uma coberta que o transformava numa tenda, parecia ser um abrigo naquele mundo assustador e confuso.

A luz da manhã revelou a folha de água, tranquila, em que se transformara o lago. A chuva parara, assim como o vento, e o sol tentava surgir entre as camadas de nuvens no céu.

Iniciaram a caminhada imediatamente; ao meio-dia já haviam chegado ao ponto em que o Jordão abandonava o lago para começar seus meandros tortuosos, pelos campos, até desaguar no mar Morto. Embora a área junto ao rio fosse verde, todo o resto era de uma cor arenosa escura, desoladora. Dali em diante, atravessariam uma paisagem estéril, recortada por desfiladeiros e gargantas e dominada por bandidos, durante o dia, e por animais selvagens, de noite. Empunharam seus cajados — única arma que tinham — e seguraram suas túnicas contra o corpo, de modo a esconder o dinheiro que traziam. Olhavam em volta, atentos a qualquer movimento brusco. Via-se um ou outro viajante solitário, à distância, mas afora isso parecia estarem completamente sós, exceto pela presença dos corvos que os olhavam, impassíveis.

Quase ao anoitecer, viram ao longe os contornos de um albergue para caravanas à sua frente e aceleraram o passo para o alcançar antes do cair da noite. Estavam próximo ao lugar onde as caravanas de mercadores atravessavam o rio Jordão em sua rota leste-oeste. Os viajantes abrigavam-se nestes albergues que, embora nada oferecessem além dos muros, que os protegiam de bandidos e de animais selvagens, permitiam tirar o arreio dos animais e descansar. Estaria, certamente, cheio, e eles só esperavam que houvesse lugar para mais três pessoas.

O dono do albergue preparava-se para fechar os portões quando chegaram ao pátio, onde se encontravam camelos, jumentos e mulas. As pessoas preparavam pequenas fogueiras, para cozinhar, e alojavam-se num terraço aberto, ao ar livre, ou sob o telhado do prédio. Viajantes de todo tipo se abrigavam ali, desde comerciantes estrangeiros que falavam nabateu, etíope ou grego, até uns poucos soldados romanos e alguns jovens com ar suspeito, que pareciam *sicari*. Alguns deles, porém, pareciam ser peregrinos. Aparentemente, procuravam o lugar sagrado onde Elias teria subido aos céus.

Maria estava curiosa para saber como iriam se acomodar os outros, a seu lado, para passar a noite, mas estava muito cansada para ficar observando. Comeu pouco e logo se deitou para dormir, escutando os uivos dos chacais e de outros animais do lado de fora do muro e sentindo-se grata por estar a salvo e fora de seu alcance.

Um novo amanhecer — o terceiro desde que ela começara seu exílio. Ouvia os grunhidos e o resfolegar dos camelos, que aguardavam, no pátio, água para beber, e o murmúrio de vozes das pessoas que se preparavam para partir. Só então Maria notou que não havia ali qualquer outra mulher. Que novas provações teria ela de enfrentar? Além de ficar em lugares onde não havia mulheres, teria ela de ficar sozinha, seria ela abandonada no deserto?

Abandonada por minha religião, que não me soube ajudar... Abandonada à esperança de uma vida normal... E, em breve, abandonada por estes homens, que apenas me acompanham no que todos pensamos que será minha última viagem... Fechou os olhos, tentando controlar-se antes de começar a soluçar. Meu marido! Minha filha! Seus lamentos tornavam-se lágrimas. Foi por isso... que tive que abandonar vocês? Um camelo virou-se, batendo nela com a cauda, como se a quisesse humilhar ainda mais.

E estes homens — Simão e André. O que sabia Maria deles? Ainda me lembro quando Quezia ria deles dizendo que cheiravam a peixe. Por que estariam eles me acompanhando nesta viagem? Quase não falaram sobre o assunto.

É verdade que eu falei ainda menos, lembrou Maria a si própria.

Chamavam-na. Estava na hora de retomar a estrada, rodeando as moitas de mato com espinhos que cresciam às margens do rio. Agora, havia mais gente dirigindo-se à parte rasa do rio, onde se atravessava para tomar a direção de Jerusalém, no Ocidente, ou para Amã, no Oriente.

No final da tarde, quando a luz do dia já ia sumindo, chegaram a seu destino, um desfiladeiro seco e escarpado, com cavernas e fendas que se projetavam. De algumas dessas aberturas saía uma fumaça tênue que se via contra as rochas vermelhas.

— Homens santos — disse Simão. — Pessoas que se isolaram do mundo.

— Vamos ajudar você a encontrar um lugar adequado — disse André.

— Vocês têm certeza de que era para este lugar que o rabino queria que eu viesse? — perguntou Maria. Parecia-lhe um lugar tão proibido, tão isolado. E como ela iria comer? Não havia nada ali senão uns arbustos secos e umas árvores tortas e desfolhadas.

— É, foi este o lugar de que ele falou. Foi aqui que Elias se escondeu e os corvos o alimentaram.

— E será que os corvos também vão me dar comida? — Como fora tola, de não se ter preparado para a viagem. O dinheiro que Joel lhe dera não teria qualquer serventia aqui. Os corvos, os lagartos e os urubus não o aceitariam em troca de comida. Era evidente que tinham sido os maus espíritos que a tinham forçado a vir desse jeito, sem qualquer proteção. Dessa maneira, poderiam atacá-la com maior facilidade.

— Nós deixaremos com você toda a comida e a água que temos — disse Simão. Puxou a sacola que trazia no ombro e passou-a a Maria. — André! — Mandou que o irmão fizesse o mesmo.

— Isso é muito gentil, mas... como irão vocês sobreviver? — disse Maria. Parecia-lhe imprudente, mas estava com tanto medo que aceitaria.

— Nós vamos conseguir, não se preocupe. Lá embaixo, na parte rasa do rio, sempre passa muita gente e nós conseguiremos ajuda sem dificuldade. — Simão parecia tão seguro. Mas Maria sabia que isso não queria dizer muita coisa.

— Veja, aqui há um lugar bom! — André apontava para uma pequena caverna, do lado do desfiladeiro, fácil de alcançar por um caminho que subia pelas pedras. Lá dentro era seco e um lugar apropriado para se ficar.

— Sorte nossa, de encontrarmos este lugar e tão rápido — disse Simão.

Não só era impulsivo, como era otimista, pensou Maria. Não via dificuldades aos seus objetivos.

— Agora vamos instalar você — disse André, descarregando o embrulho que levava e passando-lhe uma coberta, um cantil, uma sacola com figos secos, doces de figo e peixe salgado. Deu-lhe também uns gravetos e umas pedrinhas que faziam faísca para acender o fogo. Trouxe uma braçada de arbustos secos.

— Não nos agrada... Não nos agrada nem um pouco deixar você desse jeito — disse Simão. — Mas sabemos que é necessário para sua cura. Enquanto você estiver com outras pessoas por perto, não irá enfrentar o que você tem que enfrentar. Mas nós ficaremos lá embaixo, na parte rasa do rio. Ficaremos lá, esperando, por muitos dias. Se você precisar de nós, poderá procurar-nos.

— Mas... E o trabalho de vocês, a pesca? — Como poderiam eles ficar longe de casa e de Cafarnaum por um tempo indefinido?

André deu de ombros. — O pai sabe se virar sozinho. E também pode contratar outros para o nosso lugar.

Seria verdade? Ou estariam eles apenas sendo gentis?

— Fique aqui — disse André. — Faça suas orações e tudo o que você tem de fazer. Quando estiver pronta para voltar, venha nos encontrar lá na parte rasa do rio e nós a levaremos de volta para a Galileia.

Mas isso significava... Quanto tempo teriam eles de ficar?...

— Não sei quanto tempo terei de ficar aqui — disse Maria. — Por favor, depois de alguns dias vocês deverão voltar para seu pai.

— Não se preocupe conosco — disse Simão, confiante. — Nós temos curiosidade de conhecer este lugar e os peregrinos que o frequentam. Portanto, os dias que ali passarmos — mesmo que sejam muitos — não serão difíceis para nós.

— Leve estas coisas. — Maria empurrou sua sacola, com todos os seus pertences, para as mãos de Simão. — Não as quero. Não preciso delas. — Apesar do que o rabino lhe dissera, ela não iria escrever coisa alguma. A luta que iria travar com os demônios não lhe daria tempo para isso. Nem precisaria de dinheiro. Nem de qualquer outra coisa, exceto força de vontade.

19

Construiu seu cantinho na caverna. Acendeu uma fogueira, para espantar animais selvagens, e preparou um lugar para dormir, com a coberta e uma pedra como travesseiro. Mas era assustador: o fogo só iluminava os buracos íngremes no teto da caverna, que podiam esconder qualquer coisa, e a solidão e a noite poderiam encerrá-la numa mortalha de desespero. Estava sozinha, agora, sozinha com os espíritos. Por que o rabino achara que isto iria ajudar?

Se Deus estava presente, ela não o sentia. Só sentia abandono e medo. Chegara ao final de sua vida. A garotinha que pegara um ídolo, por curiosidade, era agora uma mulher possuída por demônios que fora expulsa de sua casa, encaminhada e atormentada para este lugar sem esperança.

Irei morrer aqui, pensou, longe de casa, e minha filha jamais se lembrará de mim. Tudo o que saberá é que sua mãe foi incapaz de cuidar dela e depois morreu. Joel tornará a casar-se e sua nova esposa será uma mãe para Eliseba e eu serei esquecida. Minha mãe e meu pai chorarão por mim, mas têm outros filhos e netos e apenas se lembrarão de mim como nos lembramos de parentes desaparecidos. Primeiro, muito; depois, cada vez menos.

Oh, desespero! Você própria é um demônio, pensou. E, para falar a verdade, o desespero não é um pecado? A verdade não pode ser um pecado. É Belzebu que é o pai da mentira e, portanto, se eu compreendo o desespero da minha condição e o sinto em meu coração, isto não é um pecado, mas a triste e pura verdade. É Belzebu que me atormenta com falsas esperanças. A esperança é o pecado, e não o desespero. É a esperança que é a mentira.

Mas fui enviada para aqui para rezar, para me purificar, pensou. E quem me disse para fazê-lo foi alguém que conhece a angústia. Por isso obedecerei. Eu o farei.

Durante a noite toda, entre acessos de insônia, Maria rezou. A fogueira se apagara e a fumaça vinha das cinzas. Sentia frio e tinha fome e era-lhe difícil distinguir o que eram sonhos e a realidade do cansaço e da fraqueza provocada pelo jejum. Não ousava dirigir-se aos espíritos, mas recitou todos os Salmos de que se lembrava — queria lembrá-los por inteiro, e não somente alguns versículos aqui e ali.

"Deito e durmo; acordo porque o Senhor me conforta. Não temerei as dezenas de milhares de obstáculos que se levantem contra mim de todos os lados."

Provavelmente, haveria hordas de demônios, exércitos de demônios, que se levantariam contra ela de todos os lados. Mas essa oração presumia que eles estariam somente de fora, e não dentro dela.

"Ele é meu protetor e meu abrigo: ele é meu Deus e nele confio. Ele me protegerá com seus ombros: sob suas asas estarei confiante. Sua verdade me acompanhará como um escudo: não temerei o horror da noite. Nem temerei a seta que voa de dia, ou as coisas que vagam na escuridão, nem a invasão, nem os demônios do meio-dia."

Aquilo queria dizer que Deus a observaria e protegeria o tempo todo, de quaisquer perigos. Mas, também aí, ele a protegeria dos perigos de fora — e os horrores que haviam se instalado dentro dela?

Quando nasceu o dia, estava dura de frio e sentia-se fraca. Teve de fazer um esforço imenso para se arrastar do lugar onde dormira e beber um pouco de água do cantil. Deveria jejuar? Será que podia beber água? Ou teria de se limitar a ficar deitada, rezando e lutando contra os demônios até morrer?

Os homens e as mulheres santos jejuavam. Profetas jejuavam. A rainha Ester havia jejuado antes de se aproximar do rei e Jonas dissera aos pecadores de Nínive que jejuassem. Deus aprovava o jejum. Mas havia, certamente, maneiras de o fazer. Por que o rabino não o explicara? Ficar sem comer não era jejum. Os mendigos ficavam sem comer e nem por isso eram mais santos. O que desejavam era acabar com aquilo e quem lhes desse de comer estaria fazendo uma boa ação.

Partiu um pedaço de pão seco e comeu com vontade. Saboreou cada grão do pão, ou pelo menos foi isso que sentiu. Tinha vergonha de ter tanta fome, mas nem se lembrava de quando havia comido uma refeição normal. Talvez tivesse sido antes da viagem a Tiberíades, para comprar as ânforas — e isso tinha sido há muito tempo. Esticou o braço e não se surpreendeu de ver como estava esquelético. Com a cabeça raspada e magra desse jeito não seria reconhecida como a Maria de quem se orgulhava seu marido, considerada uma mulher bonita em Magdala. Não, esta pobre criatura parecia pertencer ao mundo dos abutres e escorpiões das terras estéreis. Nem um abutre olharia para ela com desejo.

Comeu outro pedaço de pão e partiu um pouco do doce de figo. Era grosso e suculento e parecia grudar na garganta. Bebeu um pouco de água.

E agora, que me sinto um pouco reconfortada — disse, dirigindo-se a Deus — renunciarei, por minha vontade, a comer qualquer coisa até que receba algum tipo de sinal — até que o senhor me liberte ou me puna. Ficarei esperando e não me moverei para fazer coisa alguma até que a mão do Senhor desça e me salve.

Mas, de repente, Maria lembrou-se das palavras da Torá: "Não porás Deus à prova, tal como o fizeste em Massah." Não, não pretendo pôr Deus à prova, disse, dirigindo-se ao próprio Deus. Apenas peço, humildemente, que um sinal me seja enviado.

Sentou-se, tranquila, colocando o manto sobre as costas e procurou encontrar a paz interior. Cheguei ao extremo dos remédios, disse a si própria. Aqui, sozinha, sem nada, peço socorro. Se o socorro não vier, saberei o que me espera. Havia, de certa forma, paz em seu pedido.

Havia muito que o sol nascera. Agora estava bem alto e as sombras dentro da caverna eram mais profundas. Mas ela continuava sentada, tentando não se mover e mantendo sua mente alerta para a luta que a esperava. Não estava preparada, portanto, quando um pequeno murmúrio veio à sua cabeça, dizendo: "Não adianta nada, sabe? Não adianta. É uma tolice, como tentar agarrar o vento, como diz a escritura. O que você está fazendo é uma tolice e irá desaparecer. Não leva a nada."

O pensamento — pois ela pensou que se tratava de um pensamento, por sinal, bastante razoável — esgueirou-se das portas de sua mente, guardadas contra invasores mais óbvios e ingovernáveis.

"Este lugar não serve para coisa alguma", murmurou a voz. "É detestável. Todo mundo abandonou você e a conduziram a fazer exercícios que não têm qualquer sentido. E nesse meio tempo, sua filha sente saudade e falta de você e seu marido vai procurar outra, afirmando que você não foi uma boa esposa. Não há bondade em ninguém, em lugar algum. Se alguém sugere que você faça alguma coisa é para agradar à sua própria vaidade. Pode esquecer o que você faz aqui. Não leva a nada."

Maria olhou para o sol. Parecia não se ter movido. Era um dia interminável que se estendia por toda uma vida, que nunca acabava.

"Mas você pode pôr fim a você mesma", sussurrava a voz. "Você está aqui, suspensa acima das rochas lá embaixo. Ponha fim a essa vida esforçada e tola com a qual está lutando. É desse jeito mesmo que vai acabar: numa morte solitária, sem respostas, só com a dor e os esforços feitos em vão."

Ela olhou para baixo, para o solo distante do desfiladeiro, com as árvores tortas e os arbustos secos. Se pulasse descrevendo um arco mais amplo, cairia diretamente ali, sem bater em coisa alguma pelo caminho, sem se ferir ou machucar em sua queda. Seria uma queda limpa, direta. O pescoço quebrado e os abutres batendo as asas.

O sol estava agora exatamente sobre a sua cabeça. Não havia sombras. Era meio-dia. O demônio do meio-dia — será que era isso que diziam? "Não terá medo do demônio do meio-dia", dizia a escritura. Aquela sensação de desespero absoluto, de fracasso, de saber que todas as tentativas haviam sido em vão — tudo isso não existia. Seria coisa do demônio do meio-dia? Mas era tão diferente dos outros, tão sutil, tão pouco nítido. Não parecia ser uma coisa exterior, mas parte de sua própria mente.

O demônio do meio-dia: atingindo-a exatamente na vida e na ação, sugando-as, dizendo-lhe para pôr fim à sua vida. E no entanto, parecera tão razoável quando a aconselhara a pular do penhasco.

Agora, ela quase podia vê-lo, quase conseguia visualizar o demônio das horas vivas: era um verme que se introduzia na desejo de esforço, um câncer que corroía a existência por dentro, que minava o próprio espírito da vida em sua origem.

O demônio do meio-dia entrara nela. Possuía agora cinco demônios: todos tão diferentes e tão idênticos nos tormentos que infligiam. Portanto, sua vinda para o deserto apenas servira para atrair mais demônios.

Demônio, eu te dou um nome, disse ela. Desespero. Pois és o próprio demônio do desespero absoluto e entraste em minha alma.

O sol movia-se — extremamente devagar, como se fosse retido por esse demônio — através do céu, conduzindo o dia rumo ao seu fim.

No rápido entardecer, o desfiladeiro e as fendas entre as rochas tornaram-se violeta e depois púrpura e Maria tinha a impressão de que deviam haver muitos espíritos ali embaixo.

Sei que tenho uma certa propensão para ver espíritos, pensou, pois não foi o fantasma de Bila que vi lá em casa, de minha própria cabeça? Mas será que essas sombras lá embaixo refletem, de alguma forma, os espíritos negros, aqueles que ficaram no inferno de Sheol?

Tinha muita fome. Suas promessas e suas rezas não conseguiam fazer passar a fome. — Mas eu prometi — disse, em voz alta. — Prometi e manterei minha promessa.

Estava escuro. Iria dormir: com o sono, a fome e o medo desapareceriam. Dirigiu-se lentamente para a caverna, estendeu a coberta e deitou-se. Estava bastante escuro, uma escuridão que parecia infinita. No entanto, parecia-lhe absolutamente certo que estivesse ali, no meio daquela escuridão. Sua vida em Magdala, sua vida ao sol, seu casamento, a Páscoa, tudo isso parecia um sonho. Era este lugar que justificava sua existência, era este o lugar a que pertencia: devastada, com a cabeça raspada, com fome, deitada sobre uma coberta fria numa caverna que ficava no meio do nada, com presenças invisíveis e ameaças imprevisíveis à sua volta.

Haveria morcegos na caverna? Ouvia o bater de suas asas. Ou o bater de asas de *alguma coisa*. Teria dormido? Ou acordado?

Na manhã seguinte, abriu os olhos e viu uma ave de rapina, enorme, empoleirada na beira da plataforma desintegrada onde estava deitada. Tinha um bico curvo e a cabeça com dobras, sem penas. As penas de seu corpo faiscavam e brilhavam, refletindo um colorido do mal, embora o sol não tivesse nascido. As penas pareciam vibrar e expandir-se quando olhava para elas.

Levantou-se sobre um cotovelo e olhou para o pássaro com mais atenção. Ele ergueu a cabeça e olhou para ela de volta.

Sentia muita sede. Tentou levantar-se e sentiu uma tontura; então arrastou-se, engatinhando, até o cantil e tomou um bom gole de água. O pássaro não se mexeu nem parecia ameaçado por ela. Só ficou olhando.

Limpou os lábios com as costas da mão. O pássaro não tirava os olhos dela e, pela primeira vez, ela percebeu como ele deveria ser forte. Seus olhos cintilavam e parecia que movia suas garras, feias e enormes. Ele ergueu-se um pouco e empinou as penas, que pareciam reluzir.

Abriu o bico e produziu um som estranho — não um grasnado, mas um som de desejo. Vindo daquela criatura, soava tão obsceno que ela recuou. Ele deu dois saltos na direção dela e agora ela podia sentir o peso do seu corpo, quando mexia as patas.

Maria agarrou uma pedra para jogar nele; ele olhava para o lugar onde ela dormira e balançava suas penas de novo, como se fosse avançar. Ele não pode aproximar-se, pensou ela, não o iria permitir. Via agora como ele era grande. Era quase do tamanho de um cordeiro, embora isso parecesse impossível. Mas, pela sua sombra, via-se que era enorme.

Ela atirou a pedra, que atingiu o pássaro, mas pareceu ricochetear nas suas penas. Quase não o perturbou. E agora a criatura estava furiosa e voltou sua cabeça ameaçadora e seu bico maligno na direção dela, pulando em sua direção e abrindo as asas. Maria não tinha qualquer arma, mas apanhou um pedaço de pau retorcido da pilha que André juntara para ela e segurou-o como um porrete.

Com um grasnado furioso, o pássaro levantou-se e voou para ela, com as garras estendidas. Ela abaixou-se para que ele errasse, mas a pontaria dele era precisa. Ela golpeou-o com força nas garras com seu porrete improvisado, mas ele pareceu mal o sentir. E agora suas garras estavam no ombro dela, seu bico tentando rasgar a carne dela e ela sentia o cheiro horroroso de todos os animais mortos que já teriam passado pela boca dele e agora fediam como um túmulo aberto. Fedia a carne podre de cabra, o odor fétido de ratos em decomposição, aquela fumaça de porcaria e vísceras de peixe que as pessoas jogavam para ser queimado. O próprio pássaro parecia ser composto de carne pútrida, pois quando ela agarrou seu pescoço esquelético, sua mão mergulhou numa porcaria viscosa. Sob as penas, a putrefação e a decomposição eram totais.

O pássaro não era real. Nenhuma criatura pode consistir de carne podre.

Num desvario, a percepção tomou-a quando lutava para manter o bico afastado de seus olhos, que ele tentava vazar e perfurar. Agarrou o pescoço com a mão, mas só havia as garras e aquele líquido viscoso e seus dedos resvalaram por tudo e acabaram fechados um no outro.

Mas os outros espíritos não eram tocáveis, como este, gritou para si própria. Eram espíritos que vinham e sussurravam e zuniam em torno de mim como fumaça, mas não eram...

O odor fétido do pássaro a envolvia, fazia com que se sentisse desfalecida e com náuseas. Sentia os dedos resvalarem em seu pescoço e chutou, com os pés, a barriga emplumada do pássaro, mas seus pés afundaram nele, naquela massa gelatinosa de podridão. Não conseguia tirar os pés. Seria absorvida por aquilo.

"Eu sou tudo o que há de repugnante e de condenado", dizia o bico do pássaro. "Eu sou Rabisu, o Ente Agachado de Horrível Aspecto."

Ninguém sabia como era a forma de Rabisu, ou com que ele se parecia, ou mesmo o que fazia. Mas o rabino não o havia mencionado? Não a advertira contra ele?

O bico mergulhou e pareceu enterrar-se em seu seio. Ela viu a sua maciez revoltante, as hastes que brilhavam como tripas derramadas, a cabeça sem plumas mergulhando para baixo.

A dor era lancinante, o bico era afiado como uma lança. O olho pérfido rodava e a olhava calmamente, como se a petrificasse com o olhar. Parecia que não tinha pupilas, mas era negro, completamente negro.

E então... à medida que deslizava para dentro dela, suavemente, como um mergulhador caindo na água, cessou a dor e ela desmaiou sobre sua coberta.

Meio-dia. Agora o sol estava diretamente sobre sua cabeça e ela abriu os olhos. Primeiro não sabia onde estava ou o que acontecera, mas depois foi recordando. Ofegante, constatou que seu peito não fora dilacerado. Cautelosamente, foi tocando seu corpo, esperando encontrar uma enorme ferida. Não havia coisa alguma. Nem vestígios.

Mas, e o abutre? Olhou em volta, rapidamente, para ver se havia marcas de suas patas. Havia várias, tanto na beira da plataforma, como, seguindo uma trilha, no lugar onde estivera deitada. Pegadas grandes, largas, cada uma delas com três garras inconfundíveis.

Fez uma pausa para respirar fundo e acalmar o coração, que disparava. O pássaro era outro demônio. Mas onde estava? Para onde fora?

Quando conseguiu racionalizar as palavras de seu pensamento, sabia que tinha encontrado a resposta. Tinha se juntado aos outros. Na realidade, não o vira, ela própria, entrando no seu corpo?

"É verdade." Sua voz, hesitante — como se estivesse em decomposição e derretendo — falou pela primeira vez de dentro dela. "Estou aqui. Vim porque os outros me chamaram e disseram que você era uma excelente anfitriã para eles. Nós gostamos de companhia e muitas vezes chamamos os nossos colegas quando encontramos um bom anfitrião."

Quem é você?, poderia ela ter perguntado. Já não tinha mais medo; que diferença faria se falasse com ele?

"Você sabe o meu nome", disse a voz. "Você pronunciou meu nome uma vez, em sua mente. Não se lembra? Tente lembrar."

Não o chamara por nome algum, exceto... o Ente Agachado...

"É isso mesmo. Mas você também pronunciou meu verdadeiro nome", lembrou a voz, áspera. "Os nomes são importantes. Conferem poder. Diferenciam. Diga meu verdadeiro nome. Vamos, vamos, você sabe."

— Rabisu — murmurou ela.

"Sim", disse a voz, carinhosa e amigável. Mas ao ouvi-la, ela quase sentia o cheiro fétido da decomposição, como se a própria voz fosse um detrito nojento.

— Foi você que levou Caim à destruição — disse ela.

"É verdade! Então você leu sobre mim na Torá", disse a voz. "Muito bem. Então você sabe que sou antigo, sabe o que fiz e conhece as maldições que lancei sobre a humanidade. Entre os demônios, sou um dos mais venerados e respeitados."

Ela percebia o orgulho com que falava de si próprio.

— A Torá fala pouco de você — disse ela. — Menciona-o, de passagem. Diz o seguinte: "Então, o Senhor disse a Caim: 'Por que estás tão furioso e deprimido? Se fizeres o bem, serás aceito; caso contrário, o pecado estará agachado à tua porta. Exigirá de ti e serás dominado por ele.'"

"E eu o fiz", disse a voz. "Eu o dominei e ele matou seu irmão e você sabe ao arrependimento que isso levou."

— E você está aqui para me matar, também? — Encontrar seu fim seria um alívio. Já chegara ao fim de seus recursos, ao fim de suas esperanças. Esta última esperança — de jejuar e se purificar no deserto — apenas trouxera mais demônios. Enfraquecida, não tinha como lutar contra eles e agora eles eram tantos e ela, apenas uma... E, como dissera Rabisu, eles chamavam uns aos outros, convidavam os de sua espécie. Não. Só havia um meio de escapar disto. Acredito que Simão e André me encontrarão e depois dirão a Joel... e esta tortura e este cerco chegarão ao fim, pensou ela.

"Talvez", murmurou Rabisu. "Matar é o que fazemos melhor e todos gostamos."

Então, faça-o!, desafiou ela. Estava pronta. Mas não aconteceu coisa alguma.

Sentou-se e esperou, encostada a um rochedo. Eram tantas as presenças de demônios dentro dela que se sentia como um corpo em decomposição fervilhando de larvas, como se Maria de Magdala fosse apenas um invólucro que continha Asera, o demônio da voz obscena, Pazuzu, Heket, o demônio do meio-dia e Rabisu. Todos eles estavam agitados. Inchavam-na como fazia um feto no útero, só que, ao contrário do feto, eles estavam por toda parte, invadindo todo o seu ser.

Será que eles conversavam uns com os outros? Brigavam? Discutiam o que fazer com ela? Maria não tinha a menor ideia. Não falavam com ela, para a atormentar e ela não conseguia escutar as conversas entre eles.

Estou tão destruída quanto uma roupa comida pela traça, que se desfaz quando se pega nela, disse Maria para si própria. Não passo de um invólucro para o mal. Por isso devo morrer aqui, de onde não posso fazer mal a ninguém. O rabino tinha razão em me enviar para cá.

À medida que as horas iam passando, cada uma das presenças dentro dela vinha provocá-la, sussurrando seu nome, lembrando-lhe que continuavam todos ali. Ela já identificava a voz de cada um e não precisava perguntar quem era o que falava.

— Rabisu, você não precisa se preocupar comigo — sussurrou. — Não sou nada, já deixei de existir. De nada adianta você se agachar à minha porta, pois não tenho porta. A única porta que tenho agora é a porta da morte, mas dessa não tornarei a sair.

O sol atravessou o céu, as sombras mudaram a paisagem do lugar, mas Maria continuou sentada como uma estátua.

Outra noite se passou. Outro período de sono — ou melhor, de ficar deitada. As horas confundiam-se. Tentou rezar, mas não tinha palavras e estava muito fraca. Deitou-se sobre a esteira e fechou os olhos.

Um pouco antes do alvorecer, quando da escuridão da noite vão surgindo as primeiras cores da manhã, as estrelas ainda brilhavam e a lua crescente deslizava no céu, alterando as meias-sombras nas pedras. De onde estava deitada, fraca e indiferente, Maria via o céu. Percebeu um movimento na beira da pequena plataforma, algo que reluzia e se mexia. Milhares de pequenos corpos trepavam pela beira do penhasco.

Maria sentou-se e olhou para eles. Sentia seu braço tremer, pois estava muito fraco para se apoiar nele. Arrastou-se para mais perto, para ver melhor. O luar ainda brilhava sobre o pequeno exército que fluía e se deslocava à beira do penhasco.

Gafanhotos. Com suas couraças duras e brilhantes, suas antenas irrequietas sobre as cabeças, suas imensas mandíbulas... Maria já vira gafanhotos, conhecia-os. Mas, como estes?! Eram enormes, a lua refletia neles em centenas de prismas coloridos e suas patas traseiras eram gigantescas. Podiam pular a distâncias imensas e foi o que fez um deles, pousando na parede interna da caverna. Outros fizeram o mesmo. Mas a maioria deles continuou marchando pela beira da plataforma, e avançando.

Gafanhotos. Não era possível que houvesse gafanhotos ali. Não havia comida para eles. Aqui era o deserto. Mas quando escutou o estalido e o triturar que faziam quando marchavam, Maria compreendeu que, como todas as outras criaturas que a tinham visitado no deserto, não eram gafanhotos de verdade. Era mais uma manifestação dos demônios.

Tentou afastar-se deles, mas não tinha forças. E iria para onde? Eles a seguiriam, inclusive até o final da caverna. Portanto, nada tinha a fazer senão levantar-se e enfrentá-los. Não haveria libertação.

E ela já nem ligava para isso. Seria isto obra do demônio do meio-dia, que lhe dissera que não adiantava resistir? Ou seria porque ela já não tinha condições de fugir, nem tinha para onde fugir? Tinha chegado ao seu fim e este era seu último refúgio. Um refúgio que não existia. O que existia era um morrinho iluminado pelo luar e aquilo que marchava sobre ela.

O exército de gafanhotos brilhantes espalhou-se, ocupando todo o rochedo. Ela estendeu a mão e tocou um deles: era duro e frio. Então, ela recuou o máximo que podia e cruzou os braços sobre o peito. Agora eles alcançavam a bainha de sua túnica; agora engatinhavam sobre seus joelhos. Começaram a comer a sua roupa, mastigando-a com suas mandíbulas rápidas. Devoraram a sua coberta. Despiram-na de sua túnica e agora estava nua, sem coberta ou qualquer outra coisa para se cobrir. Fazia frio e o corpo frio dos gafanhotos só fazia piorar o frio. Ela sacudiu-os, estremeceu e gritou.

Mas agora ela percebia que nem todos eles pareciam gafanhotos. Alguns deles tinham caras de seres humanos, cabelos de seres humanos, mas dentes de leão. Até tinham peito. E o barulho que faziam suas asas! Um barulho atordoador, que parecia o de uma carruagem. E suas caudas tinham ferrões de escorpião, levantados, prontos para atacar.

Então apareceu outra figura na beira do penhasco. Parecia um gafanhoto, mas era do tamanho de um homem. Como alguns outros gafanhotos, tinha cara de ser humano e usava uma proteção peitoral. A cauda, enrolada, terminava num ferrão do tamanho de uma espada.

Os gafanhotos ficaram imóveis quando ele apareceu, como se aguardassem suas ordens. E ele as deu, em voz trovejante: "Sou Abaddon, vosso rei! E eu vos ordeno que destruam esta mulher!"

O enxame de gafanhotos foi se aproximando dela, envolvendo-a como uma coberta que dava a sensação de metal. Mas ela não se entregaria assim! Arrastou-se até Abaddon e agarrou seu ferrão. Puxando-o com força, apontou-o para seu peito.

— Você me destruirá — murmurou. — E não os teus vassalos.

Sentia a cauda se agitando, sentia o ferrão se preparando para atacar.

"Como te atreves a me pedir alguma coisa?", rosnou Abaddon.

— Atrevo-me porque lutarei até o fim de minhas forças — disse Maria.

"Forças? Não tens forças. Elas se foram. Rende-te ao meu exército."

— Jamais o farei. — A resignação que a possuíra antes desaparecera diante da fúria de Abaddon. E Maria apelava para um último resquício de forças que lhe chegara de além de si própria.

"Terás de fazê-lo. Não tens para onde ir."

— Tenho, sim. Terei uma morte limpa, e não nas tuas mãos ou de teus subordinados.

Soltou a cauda de Abaddon e arrastou-se até à beira do penhasco. Lá embaixo estavam os rochedos. Eles lhe dariam as boas-vindas e isso ainda seria uma vitória sobre as forças do mal enviadas para vencê-la.

"Eu reino sobre o Abismo", disse Abaddon. "Não escaparás ao meu poder."

— Este não é o Abismo místico, mas um penhasco comum — disse Maria. — E não reinas sobre ele.

À beira do penhasco, ela olhou a longa queda que tinha pela frente. Seria definitiva. Não queria morrer, mas queria matar o mal que estava dentro dela.

Apelando para todas as suas forças, pôs-se de pé. Embora estivesse muito fraca e mal pudesse ficar em pé, conseguiu levantar-se, oscilante, de frente para aquele espaço vazio e rezou uma oração.

"Meu Deus, tende piedade da minha alma e lembre que preferi morrer a continuar hospedando estes espíritos impuros por mais tempo".

Então, reunindo o resto de suas forças, jogou-se do alto do precipício.

20

Caía. Sentia o vento batendo em seu rosto. A distância até lá embaixo era suficiente para ver as pedras do penhasco que passavam por ela rapidamente, como se estivesse voando.

Depois, de repente, apareceu o chão à sua volta. Não se importava; era o fim. Bateu no galho de uma árvore grande que nascera da pedra lateral do penhasco, depois num rochedo e depois no chão do desfiladeiro. E ali ficou deitada, imóvel.

Foi com uma esperança suprema que abriu os olhos. Esperava ver algo incomum, saber que estava morta, que tinha chegado ao fim. Conhecer Sheol — lugar da escuridão e das sombras, dos espíritos que vagavam. Conhecer Hades — com labaredas e mais sombras. Mas, não. O que seus olhos viam eram pedras despedaçadas do deserto e algumas plantas, meio secas. Um lagarto a olhava, curioso, balançando a cabeça para a frente e para trás.

Ainda estou aqui, pensou. Foi então que veio o verdadeiro desespero. Não tenho forças para subir esse penhasco e pular de novo.

Sentindo-se infeliz, sentou-se. Sentiu os braços e as pernas, tocou a cabeça — careca, ferida, mas não sangrava. Embora estivesse bastante machucada, aparentemente não quebrara nada. Seria um milagre? Não. Por que iria Deus querer preservar um corpo cheio de demônios? Era coisa dos demônios. Fora o desafio que ela lançara a Abaddon que o levara a fazer isto. Ou será que Deus decidira que ela deveria viver?

Estava nua. Não tinha com o que se cobrir. Os gafanhotos do Abismo haviam cuidado disso. Mas ela devia sair deste lugar. Iria para onde Simão e André haviam dito que ficariam. Contaria a eles o que acontecera. E ali, poderia por fim à vida. Se aquele homem santo, o Batista, estivesse pregando ali, conseguiria manter os espíritos afastados pelo tempo suficiente para ela fazer o que tinha que ser feito.

Com os braços tremendo, pôs-se de pé sobre o rochedo. Seguiria o sol, iria para o lugar que lhe haviam mencionado.

Tomou um caminho que atravessava o desfiladeiro, mas cada rochedo que passava parecia-lhe uma fronteira distante e ela mal tinha forças para seguir adiante. Quando o sol se pôs ela parou. Encostou o corpo a um rochedo em busca de calor e como a pedra refletia o pouco calor do seu próprio corpo debilitado, conseguiu sobreviver até o amanhecer. Nos piores momentos, ouvia o ruído de patas de animais por perto e sabia que não teria com se defender se fosse atacada. Mas os ruídos se afastaram e ela foi poupada.

Na manhã seguinte, foi se arrastando de novo, de pedra em pedra, às vezes rastejando e às vezes apoiando-se nos próprios rochedos em pé. O sol forte fazia bolhas e feria seu corpo nu.

Em meio a uma paisagem turva e pouco nítida, aproximou-se de um riacho e achou que seria, provavelmente, perto do lugar de que haviam falado Simão e André. Abaixou-se e bebeu água. Aquecida pelo vento do deserto, a água parecia um caldo nutritivo. Bebeu bastante e depois mergulhou as mãos, lavando seus braços imundos.

Enquanto esperava até recuperar um pouco de força, pensava em que sentido da corrente deveria tomar. Parecia preferível ir na direção de uns penhascos distantes. Aos tropeços, foi acompanhando o leito pedregoso do riacho que fluía para o rio Jordão, que ela via reluzindo ao longe.

De repente, numa curva do riacho, ela viu o lugar: era onde o riacho se alargava, fundindo-se ao rio Jordão, e uma enorme multidão estava reunida. Algumas pessoas estavam sentadas nas rochas, outras olhavam, de pé, mais ao longe, mas a maioria estava às margens do Jordão.

Um homem, de pé dentro do rio, clamava em voz rouca: — Eu sou a voz que prega no deserto! Procurem o caminho do Senhor! — Movia-se com dificuldade, com água pelos joelhos, e seus ouvintes o rodeavam, também dentro d'água.

— Vocês procuram o batismo da penitência! — gritava para todos, e não apenas para seus seguidores. — Arrependimento! Essa palavra quer dizer mudar de vida e passar a fazer o contrário do que se fazia! — Voltando-se, encarou um novo grupo que se aproximava. — Vocês! Soldados! — Apontava para um grupo de romanos, fardados, que olhavam impassíveis de cima de um rochedo. — Eis o que lhes digo: deverão parar de acusar as pessoas sem motivos! Deverão parar de extorquir dinheiro! Deverão contentar-se com o pagamento que recebem!

Um grupo de homens aproximava-se do homem que gritava. Estavam bem vestidos e contrastavam com a túnica rústica, de pele de animal, que o pregador usava.

— Mestre — disseram. — O que devemos fazer?

— Coletores de impostos! — gritou o homem. — Vocês não devem recolher mais do que aquilo a que têm direito!

— Sim, nós o faremos! — responderam, aproximando-se dele. Ajoelharam-se dentro d'água e baixaram as cabeças. O homem pôs os braços em volta deles, um por um, mergulhando suas cabeças na água.

— Eu os batizo com a água do arrependimento — dizia, a cada vez que completava o ritual e, uma a uma, as pessoas eram batizadas. A cada uma, dava um conselho, em particular.

Então, outro homem veio caminhando pela água. Maria via que ele era forte e tinha feições agradáveis e o homem que batizava as pessoas pareceu reconhecê-lo e ficar surpreendido. Olharam um para o outro por um bom tempo e disseram algumas palavras que ela não ouviu. Então, o homem foi batizado e caminhou para fora da água. Ambos fizeram uma pausa e, em seguida, o homem que fora batizado dirigiu-se para a margem e desapareceu.

Subitamente, Maria percebeu que estava nua. As pessoas a olhavam e ela sentia vergonha, embora tivesse pensado que não sentiria vergonha de mais nada. Timidamente, aproximou-se de uma mulher que estava sentada sobre um rochedo e pediu-lhe, em nome da caridade, se lhe daria algo com que se cobrir. A mulher o fez de boa vontade e Maria passou a coberta em torno do corpo.

Este devia ser o lugar — tinha de ser — de João Batista. Maria olhou em torno para ver se encontrava Simão ou André, mas não reconheceu ninguém. Era uma multidão enorme; dizia-se que João Batista atraía pessoas dos lugares mais longínquos. O que poderia ele oferecer *a ela*? Arrependimento? Penitência? Já passara por essa etapa. O arrependimento puro e simples de nada adiantara. João Batista ajudava as pessoas de vidas comuns, não como a sua. Um coletor de impostos que tivesse roubado — sim, João Batista o podia ajudar. Um soldado que tivesse abusado da autoridade — sim, ele o poderia redimir. Mas ela estava muito além dessas coisas.

— Vocês, ninho de víboras! — gritava ele a um grupo de fariseus reunido do outro lado do rio. — Como pensam vocês escapar do fogo eterno? Pois eu lhes digo: o machado está preparado junto à raiz da árvore; e a árvore que não der frutos saudáveis será cortada e jogada no fogo!

Maria olhou em torno da multidão. Não via André ou Simão em lugar algum.

Sentou-se sobre um rochedo, cobrindo a cabeça. Teria de continuar procurando, teria de enviar por eles mensagem a Joel antes de voltar sozinha para o deserto onde tudo iria — deveria — ter um fim.

De repente, já no final da tarde, ela os viu. Estavam com o homem que fora batizado e que falara bastante com João. Várias outras pessoas estavam à sua volta, em círculo. Não lhe agradava aproximar-se deles na frente de outras pessoas, mas não tinha escolha. Devagar, arrastou-se até eles e puxou a túnica de Simão. Ele voltou-se e assustou-se.

— Meu Deus! Maria!

Ela percebeu que, num olhar, num instante, ele compreendera o fracasso. Compreendera que os remédios não haviam ajudado. E que agora nada mais restava a tentar.

— Atacaram-me o tempo todo! Tive de fugir! — Procurou sua mão, exausta. — Simão, sei o que devo fazer. Mas queria vê-lo para que diga a Joel o que aconteceu, para que ele o saiba.

Pronto. Conseguira dizer o que tinha a dizer. Agora podia ir, dirigir-se para seu fim. Simão nada podia fazer por ela.

— Maria, nós encontramos uma pessoa que... Uma pessoa que gostaria de ouvir sua história.

Não, não! Não tinha forças para contá-la de novo nem tinha sentido em o fazer. Ela afastou-se, tentando fugir.

Mas Simão a segurou pelos ombros e obrigou-a a aproximar-se do círculo em torno do homem que ela vira antes no rio.

— Mestre — disse Simão. — Podes ajudar esta mulher?

Maria via apenas um par de sandálias nuns pés fortes, bem-feitos. Não ousava levantar os olhos. Não queria olhar para ninguém nem queria que a olhassem.

— O que te atormenta? — perguntou o homem.

Mas ela não sabia explicar. Era muito difícil, muito complicado, já o contara muitas vezes e agora sabia que não haveria ajuda possível para ela da parte de quem quer que fosse.

— Você fala? — Sua voz não era desagradável, mas era direta.

— Estou muito cansada — respondeu sem levantar o olhar.

— Vejo que estás exausta — disse ele. — Só te perguntarei: queres ficar bem? — Mas sua voz agora era hesitante, como se não tivesse certeza de querer uma resposta à sua pergunta.

— Sim, quero — murmurou. — Quero. — Se pudesse apagar todos aqueles anos, se pudesse nunca ter pegado a estatueta de Asera!

O homem aproximou-se e tirou o pano que cobria sua cabeça. Ela adivinhava o choque dos presentes quando viram sua cabeça raspada, mas naquele homem não notou surpresa alguma. Ele colocou as mãos sobre sua cabeça. Maria sentia seus dedos segurando o seu crânio, envolvendo-o da parte de cima até as orelhas.

Ela imaginava que ele fosse recitar uma porção de orações, invocar a ajuda e a misericórdia de Deus, citar as escrituras. Em vez disso, numa voz ameaçadora, ele gritou: — Deixe esta mulher, espírito ruim!

Maria sentiu um puxão violento dentro dela.

— Qual é teu nome? — ordenou o homem.

"Asera", respondeu uma voz surpreendentemente frágil.

— Deixa-a, sai e nunca voltes!

E ela realmente sentiu o espírito saindo, deixando-a.

— Pazuzu! — ordenou ele. — Deixa o corpo desta mulher!

Como saberia ele o seu nome? Espantada, Maria olhou para ele. Mas só via seu queixo contra o sol, não via seu rosto.

Pazuzu deixou-a. Maria sentiu sua presença repugnante abandonando-a.

— E tu, que blasfemas impurezas, deixa o corpo da mulher que atormentas! E nunca voltes!

Em meio a uma desordem de maldições, também aquele espírito a deixou.

— Heket! — Parecia uma lista de chamada. O homem conhecia-os todos. — Sai, vai embora!

E Maria sentia, uma vez mais, o espírito deixando seu corpo e quase via uma sombra verde desaparecendo numa fenda entre os rochedos.

— Tu, demônio que atormentas ao meio-dia — chamou o homem. — Deixa o corpo desta mulher!

Esse foi o que mais resistiu, pelo menos até agora. Parecia infiltrado na sua mente, em seus próprios pensamentos. Quando saiu, Maria sentiu-se leve, como se flutuasse.

— São... eram... sete — disse Maria.

— Eu sei — disse ele. — Rabisu! — Sua voz tinha o som de um cajado batendo forte no chão.

E Maria ouviu o espírito responder, através de seu lábios: "Sim?"

— Sai, deixa esse corpo!

Maria imaginava que o feroz Rabisu fosse revidar, mas deixou-a rapidamente.

— E agora só ficou Abaddon — disse o homem. — Talvez o mais perigoso de todos, pois é um anjo, um emissário de Satanás. Seu nome significa "destruidor" e comandará o exército do mal na última grande batalha. — Fez uma pausa e preparou-se. — Abaddon! Apollyon! Eu te ordeno que deixes esta mulher!

A forma horrível do homem-gafanhoto apareceu por um momento e todos o viram. Depois, desapareceu.

As mãos do homem ainda estavam sobre a sua cabeça e Maria sentia seus dedos. Dedos por entre os quais haviam saído os maus espíritos. Que a tinham deixado para sempre. Maria sentia-se como se sentira ainda criança, antes que viessem os espíritos.

Segurou a mão do homem sobre sua cabeça, cobrindo-a com a sua. — Foram tantos anos... — disse. E começou a chorar.

O homem abaixou-se, tirou as mãos de sua cabeça e levantou-a, segurando-a pelos cotovelos. — Deus te recompensará os anos que perdeste — disse. — Não é o que diz o profeta Joel: "E eu te recompensarei pelos anos que os gafanhotos comeram?"

Ela sorriu, hesitante. — Não gosto de ouvir a palavra "gafanhoto".

— Não deve gostar, mesmo. Os Gafanhotos do Abismo são muito piores que os gafanhotos da terra. Qual é seu nome?

— Maria — disse. — De Magdala.

Ela queria fazer-lhe perguntas, perguntar seu nome, descobrir como ele mandara os espíritos embora com tanta facilidade, mas não ousava fazê-lo. E talvez não tivesse sido tão fácil: ele parecia exaurido.

— Ainda não estou pronto — disse ele a Simão. — Por enquanto, não estou pronto. Mas não serei eu quem escolherá a hora.

Tinha uma voz que não se esquecia e Maria tinha a impressão de a ter ouvido há muito tempo. O que queria ele dizer? Seria ele um homem santo que acabara de fazer seus juramentos?

— Maria — disse Simão, com a voz trêmula de excitação. — Este é Jesus. Nós o conhecemos quando viemos ouvir João e parece-nos... que ele tem... que ele é... — Simão, que normalmente era tão expansivo, gaguejava, com dificuldade. — Parece-nos que o devemos seguir.

Seguir? O que queria dizer? Ouvir suas lições? Compreender seus ensinamentos? Teria Simão ouvido falar deste Jesus antes?

— Eu quero dizer o seguinte. Que nós talvez deixemos de pescar para nos tornarmos seus alunos, seus seguidores. Se ele nos permitir.

Abandonar a pesca? Abandonar o trabalho? O que iriam dizer suas famílias? E o que queria dizer com "se ele nos permitir"? Não era aos alunos que cabia escolher o professor?

— Sim, queremos aprender com ele — disse André. — E vieram outros, da Galileia. Ficaremos juntos e...

— Da nossa região?

— Da Galileia — disse Simão. — Filipe, este aqui, é de Betsaida. Também veio ouvir João Batista e encontrou este homem. Natanael, este outro, amigo de Filipe, é de Canaã. Já somos quatro!

— Todos da Galileia? — perguntou Maria.

— Sim, e Jesus é de Nazaré.

— E alguma coisa de bom vem de Nazaré? — Era uma voz hesitante que falava. Maria olhou e viu que era de um homenzinho magro. — Foi o que eu disse. Eu disse: "Estudem as escrituras e verão que profeta algum vem de Nazaré." Mas não há dúvida de que este homem é um verdadeiro profeta. Sabia o que eu fazia e quem eu era antes de me conhecer. E sabia sobre os seus demônios.

— Natanael era cético até conhecer Jesus — disse Filipe. — Fui eu quem o levou e o apresentou.

— Eu não estava preparado para começar — disse Jesus. — Mas Deus me deu estes seguidores. Vocês não me escolhem, eu os escolho. Maria — eu te convido a juntar-te a nós. Foi Deus, certamente, que te enviou a nós. És uma dádiva de Deus. Eu gostaria que nos acompanhasses.

Acompanhá-los... para onde? Para fazer o quê? Ela delirava de fome, de tudo o que acontecera, do súbito espaço, enorme, que sentia dentro de si, livre dos espíritos.

— Maria, eu te convido. Junta-te a nós. — Pela primeira vez, ela olhou diretamente no rosto do homem. Os olhos dele nos dela. Era uma nova forma de vida e sua vida anterior parecia misteriosamente inexistente, como um sonho que se desvanecia.

— Uma mulher? — Foi tudo que sua frágil resistência ao convite dele conseguiu dizer.

— Uma mulher. Um homem. Deus criou ambos. E a ambos deseja o seu Reino. — Jesus tornou a olhar para ela. Não suplicava, não mandava, apenas a convidava para olhar para ele e decidir. — Já é tempo das pessoas compreenderem que não há diferença alguma entre elas aos olhos de Deus.

Maria queria seguir com eles. Desejava seguir com eles. Era uma loucura. Mas não a haviam já tomado por louca, não a haviam tomado por morta?

— Sim — disse. — Sim, irei com vocês. — Por algum tempo, pensou. Por um tempo curto. Isso será tudo o que me permitirei.

— Então, eu te agradeço — disse ele. — E te agradeço por ter permitido que outros vissem a batalha entre o bem e o mal que se travou dentro de ti. Gostaria que todos os que aqui estavam presentes — e estendeu os braços — pudessem ter visto. Mas verão outros, pois haverá muitos outros. O domínio de Satã é grande e nossa luta contra ele é constante. Venha — disse, dirigindo-se a Maria. — Venha comigo. — Com um olhar, impediu os outros que se juntassem em volta deles, como se mãos invisíveis os puxassem para trás. — Tragam alguma coisa para ela comer — disse-lhes. — Os demônios não permitiram que comesse e ela tem fome.

Simão trouxe uma cesta amassada cheia de pão, tâmaras secas e nozes. Jesus pegou-a e dirigiu-se para os penhascos, do outro lado do Jordão, longe do barulho de João Batista e seus seguidores, conduzindo Maria. Em seu estado de fraqueza, ela não conseguia andar depressa e sentia-se como uma velha, cambaleando, apoiando-se em Jesus.

— Por aqui — disse ele, aproximando-se do lado íngreme de um penhasco, com bastante sombra. Sentaram-se sobre a areia fresca e Jesus passou a cesta a Maria. Ela ficou olhando, sem forças para pegar. Sentia-se fraca, exausta, mais ainda do que quando estava no deserto, rastejando, procurando Simão e André. Agora, sentia uma leveza por dentro, um vazio que lhe dava tonturas.

Jesus partiu um pedaço de pão e pôs na sua mão. Devagar, ela levou-o à boca e começou a mastigá-lo. Era seco, parecia couro.

— Tome — disse Jesus, passando-lhe um cantil de vinho. — Beba.

Agradecida, ela levou o cantil à boca e tomou alguns goles do líquido ácido. Desceu-lhe como um choque. O vinho escorreu de sua boca, manchando a capa que a mulher estranha lhe emprestara. Engasgada, limpou a boca e olhou as manchas na roupa. Era a primeira vez que manchava alguma coisa por descuido desde seus tempos de criança.

— Os demônios até me roubaram as boas maneiras — disse. Tentou dar uma risada e acabou sorrindo. Ainda trêmula, pegou uma tâmara da cesta e mordeu-a.

— Os demônios já se foram — disse Jesus com firmeza. — Agora é a fome que rouba suas boas maneiras e não há por que ter vergonha disso.

Sentou-se, em silêncio, enquanto ela comia, devagar.

Ela fazia um enorme esforço para mastigar e engolir a comida e não olhava para o homem sentado a seu lado, nem pensava nele. Só quando terminou, quando comeu tudo o que seu estômago ressequido aceitava, encostou-se na rocha e olhou para ele.

Jesus. Diziam que o nome dele era Jesus. Era um nome comum, uma das versões mais populares de "Joshua". E de onde era ele? Alguém dissera que era de Nazaré. Ela quase nem prestara atenção. Nazaré. Jesus. Havia alguma coisa de familiar no jeito que ele se sentava e nas rochas, ao fundo.

— Você me pediu que o acompanhasse — disse ela, finalmente, quebrando o silêncio. — Eu não... Não compreendo. Sou uma mulher casada, com uma filhinha pequena. Meu marido espera por mim em nossa casa, em Magdala. Como posso acompanhar você? E o que terei de fazer? — Fez uma pausa. — Devo-lhe tudo. Você me devolveu à vida, a uma vida normal. Mas agora quer que eu a abandone?

— Não — respondeu ele. — Quero que você, e todas as outras pessoas, possam ter uma vida mais completa.

— É essa a sua missão? — perguntou ela. — Quando você se aproximou de João, parecia que ele já o conhecia. Você é um homem santo?

Ele deu uma gargalhada. Jogou a cabeça para trás e o pano que a cobria caiu, mostrando sua longa cabeleira negra. — Não — disse, por fim. — Não sou um homem santo. Não penso que se encontre Deus isolando-se do mundo, ou estudando cada sílaba das escrituras para interpretar seu sentido. Quando Deus fala, normalmente ele é bem claro. — Voltou-se e olhou diretamente para ela de uma maneira que homem algum, com exceção de seu marido, havia feito. — As pessoas não gostam das coisas claras e por isso procuram outras, obscuras, que aceitam mais facilmente.

Se não era um homem santo, quem era ele? Um profeta? Mas ele se submetera a ser batizado por outro profeta. Talvez fosse um mágico, com poderes especiais.

— Quem... Quem é você? — perguntou ela, por fim.

— Você própria terá de responder a essa pergunta — disse ele. — E você só o saberá depois que se tiver juntado a mim, ou pelo menos me acompanhado por algum tempo. — Olhou-a de novo. — Agora você deverá dizer-me quem *você* é.

Quem era ela? Jamais alguém lhe perguntara isso de uma maneira tão direta. Era filha de Natã, descendente de Huram, da tribo de Naftali, que moldara as peças de bronze do antigo Templo, era mulher de Joel, de Naim, e mãe de Eliseba. Ela começou a dizer essas coisas, mas suas palavras se perderam.

— Maria de Magdala — ordenou ele. — Quem é *você*? Esqueça o seu pai, o seu marido, a sua filha. Diga-me sobre você.

Sobrava o quê? Sua leitura, o aprendizado de línguas, sua amiga Quezia, seus devaneios sigilosos. Sua sensação, ainda que débil e hesitante, de ter sido chamada ou escolhida por Deus, muito tempo atrás. Em palavras hesitantes, tentou explicar tudo isso à primeira pessoa que jamais lhe perguntara sobre sua vida.

— Eu fui... Fui proibida de aprender a ler, mas consegui dar um jeito de ter algumas lições. Depois, meu irmão me ensinou grego e, embora sem permissão, comecei a ler as escrituras. Encontrei uma amiga... uma amiga que não tinha de obedecer às normas rígidas do grupo que chamam de fariseus, ao qual pertence a minha família. Essa amiga abriu as portas de sua casa para mim e me deu as boas-vindas.

— Um autêntico ato de amor e caridade — disse Jesus. — Bem superior aos dízimos e às obrigações dos fariseus.

— E também sempre tive a sensação de que Deus me chamava, ou pelo menos me enviava um sinal. Mas isso desapareceu quando comecei minha luta contra os demônios. Na verdade, os demônios vieram devido à minha desobediência! — Agora, sua conversa transformava-se numa confissão. — Meu pai me advertiu de que se passássemos por Samaria, poderíamos encontrar ídolos. Disse-me que não deveria nem olhar para eles. Mas quando encontrei um enterrado no chão, eu o peguei!

Jesus deu uma risada.

— Mas eu o guardei! E o protegi! Ao longo dos anos, prometi várias vezes que o destruiria, mas nunca o fiz. Foi um sobrinho meu que o fez, mas aí já era tarde demais.

— Então, foi assim que eles entraram em você? — Jesus parecia muito interessado, mas não a censurava.

— Eu acho que foi. Tinha esse ídolo em casa há tanto tempo. Começou a me atacar quando ainda era criança. Mas eu não percebi e não tive a força suficiente para o destruir. — Decidiu ser corajosa e confessar toda a verdade. Afinal, este homem a libertara. Por que esconder alguma coisa dele? — Eu até casei com um homem inocente para fugir daquele demônio. — Tomou fôlego e continuou. — Pensava que a casa de meu pai estava contaminada e tinha de sair dela. Não percebi que a contaminação estava dentro de mim.

— Não estava dentro de você, mas te seguia como as moscas seguem um balde de leite fresco e puro — disse Jesus. — Você jamais deve pensar em você como contaminada. Jamais!

— Mas como não era? Os demônios me tornavam impura. E todas aquelas normas sobre limpeza e impureza, que consideram uma mulher duas vezes mais impura que um homem pela sua própria natureza, contribuíam para me convencer de que estava contaminada. — O que estava dizendo? Falando dessas coisas repugnantes com uma pessoa estranha, e um *homem* estranho. Aproximando-se, tocou a manga de sua túnica. Isso também era proibido, pelo menos entre os religiosos mais exigentes. Mas ela sentia que aqui, e agora, podia cometer outras ações proibidas, pois não lhe pareciam perversas, mas naturais.

— Essas normas, essas regras, só trazem raiva e tristeza. — disse ele, finalmente.

— Mas foi Moisés que nos deu as regras! — Era isso que era difícil. Como ignorá-lo?

— Ele não tinha a intenção de que fossem interpretadas de uma forma tão estrita — disse Jesus. — Disso, tenho certeza. O que leva o ser humano à mentira, à inveja, à violência, está dentro de nós e, de certa forma, nos contamina — e não as coisas que fazem parte da natureza.

Como poderia ele ter tanta certeza? — Mas você disse, ainda há pouco, que não é um homem santo — quero dizer, uma pessoa que passa o tempo estudando essas coisas. Então, como pode sabê-lo?

— Meu pai, no céu, me revelou — disse, em voz firme.

Então, ele era uma daquelas pessoas estranhas, que vagavam pelos caminhos, pensou Maria. Aqueles que acreditam que tiveram uma revelação. E, portanto, não tem autoridade para se pronunciar sobre questões religiosas. Embora suas palavras sejam reconfortantes, não têm autoridade. Mas, e os demônios? Ele os expulsou, quando ninguém o conseguia fazer. Eles o ouviram, mas ignoraram o rabino, que é um homem santo.

— Você está preocupada — disse Jesus. — Não fique preocupada. Um dia você irá compreender. Por enquanto, só peço a você que me siga.

— Mas eu já expliquei...

— Talvez você possa seguir-me sem sair de casa — disse ele.

Como assim? Ela queria discutir, mas a sugestão agradou-lhe tanto que não quis fazer mais perguntas.

As sombras já eram compridas quando se levantaram para voltar ao rio Jordão. Jesus lhe fizera muitas perguntas; só quando se preparavam para ir é que ela percebeu que ele pouco dissera sobre si próprio. Só sabia que ele era de Nazaré. E sabia que tinha certa resistência em devolvê-lo imediatamente aos outros.

Ninguém jamais falara com ela daquela maneira, querendo saber o que pensava, como se sentia, como fora sua vida para ser o que era. Não estava interessado — na realidade, até a tinha proibido de dar explicações — em saber sobre Natã, ou seus negócios e sua situação, ou sobre Joel, ou mesmo sobre sua filha. Só queria saber dela, de Maria de Magdala, uma mulher de 27 anos de idade. O que iria ela fazer do resto dos anos que Deus lhe concedesse? Sempre que ela mencionara o seu "dever", ele tocara seus lábios com o dedo — outra coisa proibida, mas que tornava o seu gesto ainda mais forte.

— O que irá *você* fazer? — insistira ele.

Depois dos demônios... sem os demônios... minha vida será só minha, pensou ela. Era um milagre. Ainda sentia que delirava, apesar da comida, mas agora reconhecia a liberdade, a libertação. Os demônios tinham sido expulsos!

Dirigiram-se ao rio Jordão, mas agora a multidão já havia se dispersado e João Batista terminara sua pregação. Maria perguntava-se para onde ele fora. Será que se retirava para uma caverna no final do dia?

— João não está mais aqui — disse ela a Jesus.

— Foi para seu abrigo, com seus discípulos — disse Jesus. — Passará a noite ensinando-os, até bem tarde, até que todos adormeçam. — Passavam por algumas tendas onde as pessoas se reuniam e faziam fogueiras.

— Mesmo em Magdala, ouvimos falar de João — disse ela.

— O que ouviram? — perguntou Jesus.

— Algumas pessoas pensavam que ele era o Messias e outras, que é um profeta radical — disse Maria. — Conheço muita gente que espera pelo Messias. Será que João é a pessoa por que esperam?

— Não — disse Jesus. — Você não ouviu quando ele disse claramente que não era o Messias?

— Eu não estava lá — disse Maria. Durante o breve período em que o vira e ouvira, ele não falara disso. — O que eu o ouvi dizer foi que as pessoas deveriam arrepender-se e mudar seus modos de vida. — Fez uma pausa. — Foi por isso que achei que não poderia me ajudar. Eu já abandonara tudo e já me arrependera.

Jesus parou de caminhar. — João inicia as pessoas pelo começo, mas há muita coisa além disso, mais adiante. O espírito da verdade revelará isso a você. — A noite caía rapidamente.

E como se poderia reconhecer o espírito da verdade? Não era fácil uma pessoa ser iludida? Continuaram caminhando. Maria sentia-se mais forte e caminhava mais depressa.

Como podia ela ter a confiança que tinha neste Jesus? A única prova que tinha de que ele conhecia coisas, de que falava a verdade, era o seu poder sobre os demônios — o que não era pouco. Ela queria perguntar-lhe como fazia para falar com seu pai no céu — ela presumia que ele se referisse a Deus — e como fazia para entender as respostas. Mas não perguntou, pois poderia parecer ingrata fazendo essas perguntas. Os demônios haviam sido expulsos. Sentia-se feliz e comemorava, maravilhada, a sua libertação, que para ela significava mais do que saber por que meios esta se dera.

A escuridão era quase total quando alcançaram o rio Jordão e o atravessaram. Simão e os outros os esperavam. Maria não distinguia seus rostos no escuro e, portanto, não sabia dizer como era sua disposição.

— Vamos preparar-nos para passar a noite — disse Jesus, acenando para que deixassem a margem do rio e o seguissem para as sombras. Ele tinha um abrigo em meio às rochas. Uma aresta do penhasco servia de parede e as cobertas, esticadas, faziam as outras três. Fez sinal para que entrassem e os quatro homens, além de Maria, levantaram a coberta que servia de "porta" e entraram no lugar que Jesus chamava sua casa.

Era um lugar fechado e escuro. Jesus seguiu-os e acendeu uma lamparina que estava na rocha. A luz fraca revelou que aquela sala era tão inóspita quanto a caverna de onde viera Maria. O chão era sujo e, do lado de dentro, não havia senão uns panos dobrados, comidos por traças, que podiam ser tapetes ou cobertas.

— Sejam bem-vindos — disse Jesus, sentando-se e convidando-os a fazerem o mesmo. — Filipe, quando você me perguntou, respondi-lhe que viesse ver. E eu o trouxe aqui. O que você viu?

Filipe, um homem magro cuja característica mais marcante era o cabelo espesso, começou a falar. — Eu... Eu... Encontrei resposta para cada uma das perguntas que fiz — disse. — E para mim, isso não é pouca coisa. Eu diria, com sinceridade, que foi a única vez que isso me aconteceu.

— Por que será? — perguntou Jesus.

— Porque sempre faço muitas perguntas — disse Filipe, com uma risada nervosa. — E as pessoas não têm paciência de responder a todas elas.

— Você poderia dizer aos outros quais foram as perguntas que fez?

— Claro — respondeu ele. — Perguntei de onde você viera, por que estava aqui e fiz perguntas sobre Moisés e sobre a Lei.

— E as respostas? — perguntou Jesus. — Perdoe-me, mas não as quero repetir. Além do que o importante é o que os outros escutam, e não o que eu disse.

— Não saberia repetir as suas palavras com precisão — disse Filipe. — Mas você me disse coisas que me fizeram sentir que você tinha... que você tinha... — Balançou a cabeça. — Talvez não passasse de meu próprio sentimento, de meu próprio desejo de que uma pessoa como você viesse a Israel quando tanto necessitamos dela.

— Uma pessoa como eu? — perguntou Jesus. — O que você quer dizer com isso? — Ele insistia, acuava Filipe.

— Quero dizer... Tem muita gente falando do fim dos tempos, do Messias...

— Ah, o Messias. — Jesus olhou em volta para todos. — E todos vocês procuram o Messias?

Simão foi o primeiro a responder. — Na verdade, nunca pensei sobre ele — confessou.

Jesus sorriu com a resposta. Maria chegou a pensar que ele reprimia uma gargalhada.

André pigarreou. — Eu não acho que nunca tenhamos *pensado* sobre ele — disse. — Todos nós fomos criados com a ideia de que alguém viria nos salvar. Aprendemos isso com nosso pai enquanto nos ensinava também a jogar as redes para pescar.

— Salvar? — perguntou Jesus. — Salvar vocês de quem?

André olhou para o chão, envergonhado. — Suponho que dos romanos — disse, por fim.

Jesus olhou para os outros três, que ainda não haviam falado.

Moreno, irrequieto, Natanael levantou-se. — Acho que é mais do que isso — disse. — O que nós queremos é um salvador nacional, não só para o presente, mas para o futuro. O Messias irá anunciar uma idade de ouro, uma época em que — como é que se diz em linguagem comum? — "Deus limpará todas as lágrimas". Queremos pôr fim a tudo isso — à maldade, ao pecado, ao sofrimento. E quando o Messias vier, isso acontecerá. — Parecia-lhe um imenso esforço pronunciar todas aquelas palavras, encadeá-las como num colar. No final, já gaguejava e voltou a sentar-se.

Jesus disse, suavemente: — Mostre-me, pois, um israelita que não tenha malícia.

O que quereria ele dizer com aquilo? Natanael olhou-o, confuso.

Por fim, Simão pigarreou e falou. — Vejam só, está tudo errado — disse. — O povo eleito de Deus é esmagado sob a bota de Roma. Isso não faz sentido. Quando éramos prisioneiros na Babilônia, os profetas Isaías e Jeremias previram e interpretaram o seu significado. Mas o que ocorre hoje não tem sentido, a menos que admitamos que não somos o povo eleito de Deus, que somos apenas um povo como outro qualquer, um pequeno povo num mundo grande e que isto é o que se passa com povos pequenos num mundo grande.

— Você acredita realmente nisso? — perguntou Jesus.

— Se não acreditar nisso, acreditarei em quê? — gritou Simão. — É essa a realidade que está à minha volta, que é evidente! — Abanou a cabeça. — Talvez os sonhadores e os raivosos pensem de outra forma, mas qualquer pessoa sensata pode ver essa realidade. Estamos acabados, como nação, como uma potência, seja ela qual for. Só nos resta esperar que quem invadir nossas terras não nos destrua.

— Maria?

Era a primeira vez que lhe era pedida uma opinião numa sala cheia de homens. Como não o esperava, nem havia pensado numa resposta.

— Não... Não sei dizer — murmurou.

— Eu acho que você sabe — disse Jesus. — Diga-nos o que pensa, por favor. O que pensa você da ideia do Messias. Você o está procurando?

— Eu... Eu acho que o encontrei — deixou escapar.

Jesus pareceu espantado, quase apavorado. — Por quê? — disse, em voz suave.

Com uma força que não pensava ter, Maria levantou-se. Suas pernas tremiam, mas ela mandou que parassem de tremer e elas obedeceram-lhe. Ergueu a cabeça raspada. Seu véu se perdera na batalha com os gafanhotos e ela já não se importava mais com isso. Mais do que isso: tinha orgulho de sua cabeça raspada, símbolo de sua luta contra os demônios.

— Para mim, o Messias é aquele que aniquila as forças do mal e da escuridão — disse. — E se alguém conhece essas forças, sou eu. Lutei contra elas anos a fio, fui sua amante durante anos — sim, amava meus demônios até eles se voltarem contra mim! — e eles eram mais fortes que qualquer força que eu tentasse invocar contra eles. Até agora. Não foram os poderes do Messias que os derrotaram? Que mais posso eu fazer?

— Ah, Maria — disse Jesus. E sua voz tinha um tom de tristeza. — Você é como a pessoa que segue alguém porque esta lhe dá pão, água ou dinheiro. Espero que tenhas outros motivos para seguir em frente.

Que outro motivo haveria?, perguntou-se Maria, voltando a sentar-se no chão. Ele tinha o poder para combater os demônios — isso não bastava?

Simão levantou-se. Seu corpo grande e musculoso parecia encher a sala.

— Não sei, nada sei sobre o Messias. Isso é coisa para o conhecimento dos escribas e daqueles homens curvos de Jerusalém, não é? Aqueles que passam o tempo todo discutindo sobre uma passagem ou um versículo das escrituras... Eu mal sei ler, e o que leio é sobre o meu trabalho, sobre peixe. Mas não sou burro. São os escribas e os professores que são burros. Não os respeito. Não falam uma linguagem que as pessoas comuns possam entender e, ainda por cima, não fazem oposição aos romanos!

— De que forma você acha que deveriam fazer oposição aos romanos, Simão? — perguntou Jesus.

— Deveriam condená-los! — disse Simão. — Como faz João Batista! Em vez disso, enfiam os narizes naqueles textos e naquelas velharias e ficam balbuciando sobre a vinda do Messias. — Tossiu. — Por esse motivo, por pertencer ao mundo daquelas pessoas, não ligo para o Messias. Se ele viesse, voltaria minhas costas para ele!

Jesus deu uma gargalhada. — Você faria isso? E como iria saber que era ele quando você o visse?

— Ele vem nas nuvens — disse Simão. — É isso que está escrito no livro de Daniel.

— Então, a menos que venha nas nuvens, você não aceitaria que uma pessoa fosse o Messias? — perguntou Jesus.

— Não — respondeu Simão. — É melhor seguirmos o que dizem as escrituras.

— Ah, Simão, você nunca muda de lugar, não se mexe? — disse Jesus, com carinho. — Você é irremovível? Penso que seu nome está errado. Simão significa "ouvir", mas acho que você deveria chamar-se Pedro, por ser uma pedra irremovível.

— Isso mesmo, Pedro, pois ele também é cabeça dura! — disse seu irmão André.

Jesus pareceu preocupado com as respostas que dera sobre o Messias. Mas não pedira por isso? Só estavam sendo sinceros, pensou Maria. E por que ele a censurara sobre seu motivo para o seguir? Que outra razão, mais forte, teria ela? Ele expulsara os seus demônios quando ninguém o conseguira fazer, libertara-a da escravidão. Claro que queria segui-lo, pois eles poderiam voltar, mas depois...

É claro que a maioria das pessoas o irá seguir devido aos benefícios que ele lhes der. Mas seria isso tão errado assim? Ela se protegia. A verdade é que as pessoas querem que o Messias lhes dê alguma coisa, enquanto nada lhe querem dar, pensou. Por que um Messias iria ter necessidade de nós para o ajudar?

Quando chegou a hora de descansar, ela deitou-se sobre o chão do abrigo. Deitou-se diretamente sobre a terra dura, mas isso não a incomodou. Dormiu pela primeira vez desde que os demônios a haviam deixado e foi um sono diferente, um sono que procurava há muitos anos.

Parte Dois

Discípula

21

No dia seguinte, a multidão que se juntou para ouvir João era ainda maior. Jesus e seu grupo também ficaram escutando e Maria viu Jesus anuindo, com a cabeça, em especial quando João mencionou o futuro Reino de Deus. Mas quando falou da forquilha que iria separar o joio que queimaria num fogo eterno, na terrível calamidade e no julgamento que aguardava o mundo, Jesus pareceu ficar pouco à vontade.

— Eu vos digo! Aquele que vier, virá com ira e uma espada na mão! E ele é muito mais poderoso do que eu. Eu vos batizo com água, mas ele vos batizará com o fogo do Espírito Santo! — gritava João. — Não pensem que escaparão ao fogo que virá! Arrependam-se!

Ele avançara para dentro da forte correnteza do rio Jordão e, apoiado ao cajado, olhava desafiador, levantando a cabeça em volta para ver as pessoas que se juntavam nas margens. Ninguém escaparia à sua atenção.

— Mantenham-se na estrada que leva ao Senhor! — gritou. Foi então que surgiu um contingente de soldados judeus na beira da margem do rio. — Você é João, aquele que chamam de Batista? — berrou o comandante.

Por um instante, João olhou fixamente para o homem. Estava acostumado a ser o único a falar em voz alta. E disse: — Sou, sim! E eu vos digo que também vocês se devem arrepender e...

— Não é você que tem de nos dizer coisa alguma, seu idiota. Somos nós que temos de falar com você! — respondeu o comandante. — E o que temos a dizer é o seguinte: se não parar com os ataques e ofensas a Herodes Antipas, você será preso!

João coçou a cabeça. Tinha o cabelo emaranhado, despenteado, e a barba quase tão peluda quanto as peles de cabra que vestia. — E vocês vieram da parte dele?

— Fomos enviados pelo rei. Fomos enviados para te avisar.

— Tenho a impressão de que os nossos deveres foram invertidos. Cabe a mim avisar Antipas, e não o contrário. Como profeta, recebo mensagens de

Deus, mensagens que devo divulgar, sejam elas ou não dos desejos dele. — E João os fitava com firmeza.

— Ele já as ouviu uma vez, já as ouviu duas vezes. Agora, terás de parar com isso. O rei não é surdo.

— Pois parece ser, já que continua pretendendo levar adiante esse casamento incestuoso.

— Pare com isso! É você que é surdo! Esta é a última vez que você será avisado. — Os soldados olhavam para baixo, para João, do alto da margem do Jordão.

— Venham e batizem-se! — gritou João. — Nunca é tarde para se arrependerem!

Com um resmungo enojado, o comandante voltou as costas e, com seus homens atrás, sumiu em meio ao mato nas margens do rio.

— Ele é corajoso! — ouviu Maria, quando Jesus se dirigiu a Simão, e não "Pedro".

Simão Pedro fez um gesto de assentimento com a cabeça. — Mais corajoso do que eu.

— Talvez agora. A coragem de uma pessoa muda. Não é uma coisa fixa, como a altura de uma pessoa ou a cor dos olhos.

— Eu vos digo! — gritava João. — Frutificai-vos pelo arrependimento! As árvores que não derem bons frutos serão cortadas e jogadas ao fogo!

— E o que devemos fazer, então? Diz-nos, diz-nos!

João abriu os braços. — O homem que tem duas túnicas deverá partilhar uma com o que nada tem, quem tem comida deverá fazer o mesmo.

Tomando as palavras ao pé da letra, todo mundo olhou em volta e, em poucos instantes, uma mulher quase obrigava Maria a ficar com uma túnica e um manto que não estava usando. A generosidade da mulher a fez chorar.

Olhou para Jesus, perguntando-se o que ele estaria achando das ordens de João e espantou-se com o olhar preocupado que ele demonstrava. Estava olhando na direção de João, mas não parecia vê-lo.

— Meus amigos — disse Jesus, em voz suave. — Agora devo ir para o deserto. Sozinho.

O grupo de seus novos seguidores entreolhou-se, surpreendido.

— Mas... quando irá você voltar? — perguntou Filipe, que antes estava alegre e confiante, e agora parecia perplexo.

— Não sei. Poderão ser só alguns dias, pode ser que seja mais tempo. — Reuniu-os à sua volta. — Vocês poderão me aguardar aqui. Se não puderem me esperar, voltem para suas casas. Eu os encontrarei depois.

— Como? — perguntou Simão Pedro. — Como nos encontrará?

— Eu os encontrarei — respondeu Jesus. — Já os encontrei uma primeira vez, não é verdade?

— Sim, mas...

— Os que puderem, me esperem, por favor. Fiquem aqui, rezem, ouçam as palavras de João e conheçam-se melhor uns aos outros. A comida e a bebida que está na tenda é de vocês. Se eu triunfar, voltarei para vocês.

O sol já caminhava para o poente. Alongavam-se as sombras dos rochedos e surgira um vento frio que soprava sobre a água, fazendo tremer os convertidos que João submergia no rio.

— Triunfar? — André pronunciou a palavra como se nunca a tivesse ouvido antes.

Jesus repetiu. — Triunfar. Isso deve ser estabelecido desde o início.

Ainda mais surpreendente que as suas palavras era o fato de que ele ajustava a capa em torno dos ombros, amarrava os cordões das sandálias, olhava seu cajado e parecia preparar-se para partir.

— Mas agora? Neste instante? — perguntou Natanael, consternado. — Espere até o amanhecer.

Jesus balançou a cabeça. — É agora que devo ir — disse, com firmeza.

Abismados, viram-no atravessar a parte rasa do rio e tomar o caminho na direção leste, que conduzia à parte mais árida do deserto, andando decidido e sem olhar para trás.

Quando o sol se punha, a multidão foi se dispersando. Os que tinham abrigos se recolheram e, em pouco tempo, viam-se pequenos pontos vermelhos espalhados pela área, dos fogos em que as pessoas preparavam comida. Outros haviam saído antes, recolhendo-se aos vilarejos mais próximos, ou talvez de volta a suas casas, mais longínquas. João parecia contar com um grupo grande de discípulos permanentes, que o acompanhavam por toda parte, assim como muitas pessoas que o vinham ouvir apenas por uma vez.

O grupo recém-formado de seguidores de Jesus aconchegou-se, próximo à fogueira em que cozinhavam, e partilharam a comida. Como Maria não tinha coisa alguma, era inteiramente dependente dos outros. Não tinham muita coisa: um pouco de peixe salgado, um pouco de pão e muitas tâmaras.

— O que faremos? — perguntou, por fim, Simão Pedro. — Ficaremos esperando aqui, como disse Jesus?

Na escuridão, seus olhares pareciam assustados. Tudo acontecera de forma tão rápida e agora Jesus desaparecera.

— Nós viemos aqui para ouvir João — disse André, dirigindo-se a Filipe e Natanael. — Viemos da Galileia, com Maria, que estava... que procurava a solidão no deserto. E nós pensamos que iríamos ouvir a pregação e depois voltar para casa. Nunca pensamos... não planejávamos isto...

— Nós também não — disse Filipe. — Sentíamo-nos inconformados e também tivemos vontade de vir conhecer João Batista. Lá onde estávamos, era aborrecido e eu já estava cheio de pescar... e da minha mulher, também, pelo menos naquela hora.

Como ninguém lhe respondesse ou o questionasse, continuou. — Quem for casado pode dizer-lhes que, às vezes, a vida fica monótona. Vocês são casados?

— Eu sou — disse Simão Pedro. — Compreendo o que você quer dizer, embora minha mulher seja uma excelente...

— Claro! Claro!... — disse Filipe, soltando uma gargalhada.

— Mas ela *é* excelente — disse André.

— Eu sou casada — disse Maria em voz baixa. — E não vim para aqui para fugir de meu marido nem de minha filha. Estou louca para voltar para eles, agora que fiquei boa.

— É isso que eu estava tentando dizer — disse André. — Não viemos para cá para fugir de nossas vidas, mas só para ver João. Nunca tínhamos pretendido tornar-nos discípulos de João ou de qualquer outra pessoa. Nossa vida é em Cafarnaum.

— E, de repente, devemos passar a seguir este... este homem. Ele é de Nazaré, não é? Será que o devemos acompanhar até lá?

— Será que alguma coisa de bom vem de Nazaré? — disse Natanael, de repente. — Vocês conhecem o velho ditado. — Ele próprio parecia gostar disso, pensou Maria, porque ficava repetindo-o a toda hora.

— Claro que conhecemos. Nenhum profeta jamais previu a vinda de alguém importante daquele lugar — disse Pedro. — Mas este homem... É difícil acreditar que ele seja, de fato, de Nazaré. Parece vir de outro lugar qualquer.

Nazaré... Como era mesmo aquela família que Maria conhecera há tanto tempo? E não se reencontrara com uma das pessoas daquela família mais recentemente, por ocasião do seu casamento? Não havia... não havia um rapaz chamado Jesus que ela conhecera no acampamento quando voltava de Jerusalém? Maria dava voltas à memória. Havia um grupo de crianças e Jesus era o mais velho. Conversara com ela sobre lagartos. Isso mesmo, lagartos e a providência divina. Já tinha uma personalidade forte, naquela época. Será que era possível tratar-se da mesma pessoa?

— É, eu concordo, ele parece vir de outro lugar — dizia Filipe. Mas não respondemos à pergunta: ficaremos esperando por ele? E, se o fizermos, o que faremos quando ele voltar?

— Eu acho... Eu vou esperar um pouco, pelo menos — disse Pedro. — Não me conformaria se não o visse de novo. Ele tem algum tipo de poder especial. Não o sei explicar. Quando estou na presença dele, não consigo me afastar. Acho que poderemos ficar pelo menos por mais um dia.

— O pai vai ficar furioso — disse André. — Nós nem tivemos coragem de lhe dizer que estávamos vindo. E encarregamos Mara e a mãe dela de lhe dizerem.

— Não tínhamos tempo para ficar esperando — disse Pedro. — Tínhamos de partir naquele momento, senão... — Parou a frase, em atenção a Maria.

— Senão eu teria sido apedrejada — disse Maria. — Foi devido à generosidade de André e Simão, Pedro, que consegui escapar, pois me esconderam.

— Mas como é que você foi possuída pelos demônios? — perguntou Filipe, com curiosidade.

— Levei um ídolo para casa — respondeu ela. — Foi esse o começo.

— A Lei diz que 'Não levarás uma abominação para tua casa, ou serás amaldiçoada e te transformarás nela'. Foi isso que aconteceu? — perguntou Natanael.

Maria espantou-se que ele conhecesse essa passagem obscura. — Como você conhece essa passagem das escrituras?

— Pretendo dedicar-me ao estudo exclusivo das escrituras e deixar de pescar.

— Dá para apostar que você *não é* casado — disse Pedro. — Esse é o tipo de declaração que não deixaria mulher alguma excitada.

— Eu quero ficar. Quero ver Jesus de novo, compreender mais sobre ele, agradecer o que ele fez por mim. Tentar, de alguma maneira, retribuir o que ele fez, ajudando-o. Ele nos pediu que nos juntássemos a ele... — Maria balançou a cabeça. — Mas também estou com saudade de casa.

— De qualquer maneira, você não o poderá acompanhar — disse Natanael. — Você é uma mulher e não pode ser uma discípula. Não há discípulas mulheres. Viu alguma mulher com João? E, ainda que houvesse mulheres, você é casada, não pode abandonar sua família. Aí é que você seria certamente apedrejada, como prostituta. Jesus não queria dizer isso, quando a convidou. Ele disse essas palavras num sentido simbólico.

— Eu entendi como se as dissesse literalmente — disse Pedro.

— Se não esperar por ele, como o irei saber? — Era a coisa mais importante que Maria teria a descobrir. Aquele homem a convidara para ser sua discípula. Ela, uma mulher, que não tinha autorização para estudar a Torá. Sentia-se honrada com isso, mesmo que ele o tivesse dito simbolicamente. Nem por símbolos alguém, alguma vez, o permitira.

— Devemos esperar um dia de cada vez — disse Pedro. — Só quando amanhecer, devemos decidir o que faremos. Talvez tenha sido por isso que ele nos deixou. Para nos ensinar como fazê-lo.

Mais tarde, saíram e foram encontrar-se com as outras pessoas acampadas em sua volta. Algumas delas vinham de bem longe, do norte, da região em que nascia o Jordão, perto do Monte Hermon; outras vinham do sul, do deserto próximo a Beersheba. Conversando com essa gente, perceberam que eles se sentiam totalmente comprometidos com João e convencidos de que ele era o Messias.

— Vasculhamos as escrituras e tudo indica que se trata dele — disse uma mulher forte que mexia energicamente a comida na panela. Maria via algumas tiras de carne desfiada aparecendo por cima do cozido.

— O quê, por exemplo? — perguntou Natanael, ansioso por testar os conhecimentos da mulher. Esta parou de mexer.

— É óbvio — disse. — É óbvio que ele foi o escolhido de Deus, como seria o Messias. Está ajudando a redimir o povo, como Isaías disse que ele o faria. Está julgando os inimigos, sempre pelo poder de Deus, naturalmente.

— Exatamente como disse o profeta Isaías — disse seu marido, um homem barrigudo que se aproximara ao ouvir a conversa. Dizem os versículos que, "Ele virá como uma torrente contida que é liberada por um sopro de Deus. O Redentor virá a Sion, em busca dos que se arrependem de seus pecados." Fez uma pausa para retomar fôlego.

— Mas e quanto ao lugar em que nasceu? — perguntou Simão Pedro, perplexo. — Não existem umas profecias sobre o local do seu nascimento? — Na verdade, ele não as sabia citar.

— Existem, sim, e muitas. — Outro homem aparecera, vindo da escuridão, envolto numa capa e espreitando sob um grande capuz. — Para atender a todas elas, o Messias teria de ter nascido simultaneamente de várias mães e em vários lugares.

— Cale-se! — disse o gordo, indignado. — Ninguém lhe perguntou. Ninguém estava falando com você.

O recém-chegado deu de ombros. — Só peço que as pessoas pensem. Que façam mais do que citar versículos à toa. Isso pode ser feito por um papagaio. E até, acredito, com o mesmo nível de compreensão seu...

— Vá-se embora daqui — disse a mulher, mexendo a panela. — Nem sei por que você veio até aqui, para semear seus venenos.

O visitante indesejado limitou-se a dizer: — Percebo como vocês, penitentes, são cordiais e hospitaleiros. É bom que se tenham ajoelhado diante de João e lhe tenham prometido que mudariam seus costumes. Estou vendo que foi bastante eficiente. Que esse Messias possa durar para sempre! — E voltou-se para Simão Pedro e seu grupo, como se estivesse com eles. — Eu pensava que um dos sinais do Messias era o poder divino que ele tinha. João não parece tê-lo.

— Vá-se embora, Judas. — Deliberadamente, a mulher voltou-lhe as costas e afastou-se, deixando o homem na companhia de Maria e de seu grupo.

— É claro que esse é apenas um dos sinais do Messias. Por acaso vocês sabiam — perguntou, alegremente — que existem 400 "sinais" do Messias nas escrituras? Quatrocentos e cinquenta e seis, para ser preciso. E aí? E se uma pessoa tiver só 450 deles? Ou será que devemos acreditar que seja o Messias se atender a uma parte desses "sinais"?

— Como é que você sabe que existem 456 "sinais"? — perguntou André. — Você...

— Não, claro que não os contei. São os escribas que os contam. Passam o tempo fazendo coisas como essa. Foi por eles que eu soube, só isso.

Tinha uma voz bonita, suave. Não parecia ser da Galileia, pois seu sotaque era diferente.

— De onde é você, Judas? — perguntou Simão Pedro.

— De Emaús, perto de Jerusalém — respondeu.

— Eu sabia, eu sabia! — disse André, satisfeito consigo mesmo. — Eu sabia que seu sotaque era da Judeia.

— E eu sabia que o de vocês não era — disse Judas. — Vocês devem ser da Galileia.

Eles assentiram. — Sou Simão, filho de Jonas de Betsaida — disse Simão Pedro. — Este é meu irmão André e aqueles são Filipe, Natanael e Maria, todos de cidades próximas à minha, no lago.

— O nome de meu pai também é Simão — disse Judas. — Simão Iscariotes. É escriba. É por isso que ouço tantas coisas. Na realidade, foi ele que me enviou aqui, mais ou menos para espionar. Meu pai tem curiosidade de saber sobre João, mas não queria vir pessoalmente. Não sei se não quis vir por causa da viagem ser longa ou se tinha medo de ser visto por alguém.

— Ou talvez de ser convertido e se juntar aos seguidores de João? — sugeriu Filipe.

— Não creio que houvesse esse perigo — disse Judas. — João não é uma unanimidade.

— Nós conhecemos uma pessoa que... enfim... talvez — Simão Pedro falava com todos os cuidados. — Quero dizer... nós não sabemos ao certo. Mas...

— Quem? — perguntou Judas rispidamente. Talvez ele fosse um espião de verdade, enviado pelas autoridades de Jerusalém para descobrir nomes de pessoas suspeitas.

— O nome dele é Jesus — disse André. — De Nazaré.

Judas não teve qualquer reação. — Nunca ouvi falar dele.

— Ele veio ouvir João, mas não tem nada a ver com ele. Nem um pouco — Diante do silêncio dos outros, André continuou, reconhecendo: — Bom, talvez se pareçam um pouco. Acho que ele é uma espécie de profeta.

— Mas... o que prega ele?

— É difícil de o citarmos — disse Filipe, entrando na conversa.

— Mas, com certeza vocês poderiam resumir o pensamento dele — Judas parecia aborrecido, como se eles fossem caipiras e tivessem uma compreensão lenta.

— Não, eu não sei fazê-lo — insistiu Filipe, teimosamente. — Você terá de o ouvir pessoalmente.

— Então, eu o verei amanhã. Onde é que ele faz as pregações?

— Não faz. Ele foi para o deserto, sozinho.

— Por quanto tempo?

— Não sabemos — disse Simão Pedro. — Mas quando ele voltar...

— Não posso ficar por aqui esperando, eternamente — disse Judas. — E não aguento mais ouvir João por muito tempo. Já tenho a informação que meu pai me pediu e tenho de voltar para casa. — Deu uma risada. — Outro profeta perdido! Que pena! — Fez um bocejo. — Vou me deitar.

— Se quiser, pode ficar na nossa tenda — disse André. — Há lugar bastante. E talvez Jesus volte amanhã, antes que você parta.

— A tenda é de Jesus — disse Maria, intervindo. — Não é nossa.

— Você não acha que ele acolheria este... investigador? — disse Filipe.

Dentro da tenda, o grupo instalou-se. Agora, aos poucos, Maria ia notando algumas coisas. Notou que a tenda não tinha coisas pessoais, nada que a pudesse vincular a Jesus. Não havia qualquer tipo de propriedade que indicasse que seu dono era assim ou assado. As cobertas, assim como as lamparinas, eram do tipo mais comum, da cor mais banal. No entanto, havia tudo o que era essencial para os hóspedes. Se quisessem descansar e dormir, havia condições para o fazerem. Se quisessem cobrir-se, havia cobertas. E luz, não faltava.

Sentiam-se todos cansados naquela noite. E também se sentiam meio sem graça, com a ausência de Jesus, e essa sensação era forte. Sentaram-se nas cobertas dobradas, que serviam de colchões, tentando conversar, mas todos sentiam sono.

Judas instalou-se e olhou em volta, ansioso por conversar. Só ele parecia estar disposto e procurava alguém para partilhar essa energia.

— Bem — disse. — Me parece que vocês encontraram o ídolo que procuravam.

— Errado — advertiu Pedro. — Nenhum de nós está em busca de um ídolo.

— Bom, então, um Messias — corrigiu-se Judas. Sentado sobre as cobertas, de pernas cruzadas, seus olhos escuros escrutinavam cada um dos outros. Com a mão, lisa e elegante, afastou o cabelo da testa.

— Não, também não — disse André. Também era moreno, de cabelo escuro, mas mais forte que Judas. — Nós apenas encontramos... Encontramos esse homem... e ele nos surpreendeu. Isso é tudo o que sei.

— Surpreendeu? — Judas levantou as sobrancelhas. — Ora, ora. Mas como, surpreendeu? Vejamos. São poucas as maneiras de surpreender alguém. Uma pessoa pode ser menos do que se espera dela, pode ser mais do que se espera ou tão estranha que supere as expectativas. Neste último caso, essa pessoa seria inestimável ou desprezível. — Fez uma pausa. — E aí, como é ele? Esse Jesus é inestimável ou desprezível?

— E que diferença faria isso para você? — retorquiu Filipe. — É óbvio que você está aqui para depreciar as pessoas. Você veio para diminuir João e, se acaso conhecer Jesus, também o tentará diminuir. As pessoas como você tendem a ver todas as coisas como ruins, ou divertidas.

— Mas você nem me conhece — disse Judas, magoado. — Como pode você me descartar dessa maneira? É claro que quero ouvir Jesus, já que ele os impressionou tanto.

— O que nós pensamos dele não tem a menor importância — disse Natanael. — O importante é o que ele pensa *de nós*.

— Bem, em última instância o que conta é exclusivamente o que você próprio pensa — contestou Judas. — Afinal, ninguém pode saber o que passa pela cabeça de outra pessoa. — De repente, voltou-se para Maria. — E você, uma mulher! Não é normal, com certeza, as mulheres ficarem aqui sozinhas. Esse Jesus reúne mulheres à volta dele?

Ela sentiu-se excluída, envergonhada, como se ainda tivesse os demônios dentro dela. Mas envergonhada por Jesus, como se ele tivesse pecado: esse Jesus reúne mulheres à volta dele?

— Sou a primeira — disse. — Se vierem outras juntar-se a ele, não sei dizer. — Fez uma pausa e, de repente, perguntou. — E o que *faz* você, Judas? Você só falou de seu pai, o escriba. Mas é evidente que você não é um escriba. Não deve trabalhar para uma pessoa muito ocupada, senão não poderia ter-se ausentado por tanto tempo só para atender ao pedido de seu pai. — Por que deveriam eles responder a todas as perguntas *dele* e não lhe perguntar nada?

— Tenho vários patrões, em diferentes horários. Sou contador. Faço a contabilidade e organizo os relatórios das empresas. Mas isso é um trabalho temporário, como tantos outros. — Falou com arrogância, como se tivesse prazer em revidar às insinuações de Maria. Então, seu rosto tornou-se mais suave. — E quando não estou ocupado servindo esses patrões, gosto de compor mosaicos.

Mosaicos! Representações de seres vivos! Maria quase podia ouvir a indignação contida de todos.

— Não creio que isso represente uma ofensa para Deus — disse Judas, tranquilo. — Acho que toda sua criação é maravilhosa e celebrá-la é uma forma de o honrar. — Fez uma pausa. — Além do mais, os romanos pagam bem. Faço ornamentos para as suas casas e eles me permitem que louve Deus à minha maneira, com minhas mãos. O respeito pela Lei pouco tem a ver com a personalidade de um indivíduo, não é?

— Não é essa a questão — disse Pedro, rispidamente.

— Mas eu acho que é — disse Judas. — Eu acho que Deus deseja que sejamos um reflexo dele à maneira de cada um de nós. De outra forma, por que iria ele criar em nós o desejo de pintar ou compor mosaicos, se isso significasse o mal? Deus não cria um desejo, a menos que queira que ele seja atendido, de uma maneira ou de outra.

Pouco à vontade, todos riram. — Temos de perguntar isso a Jesus, quando ele voltar — disse Natanael. Havia entre eles uma sensação não manifestada de que só Jesus seria capaz de responder a Judas. Esperavam que ele ficasse por ali até que Jesus voltasse e pudesse contestar os seus desafios.

A camaradagem foi arrefecendo, como arrefecia o fogo do lado de fora da tenda. Um a um, foram reconhecendo que estavam exaustos e iam dormir. O entusiasmo da noite fora desaparecendo.

Maria deitou a cabeça sobre o manto dobrado que lhe servia de travesseiro. A fumaça da fogueira que se apagava entrava na tenda dando a impressão de que também ia dormir. Ela sentiu seu cheiro. Sempre gostara do cheiro de fumaça de madeira, talvez por lhe ser familiar por causa do armazém de seu pai, onde o peixe secava em fileiras sobre o fogo.

O pai... Eli... Silvanus... e Joel. Sua mãe, os primos, a velha Ester, a vizinha. Todos eles estavam em Magdala querendo saber o que acontecera com ela. Se houvesse um jeito de falar com eles e contar-lhes sua história extraordinária... Sentiu uma pontada no peito quando pensou nas dúvidas e nas preocupações deles. Não queria ser a causa de mais infelicidade para todos eles. E havia Eliseba! Muito pequena para sentir sua falta — e era isso que mais a afligia.

Tenho de ir vê-los, pensou. Não sei o que fazer. Se Jesus estivesse aqui, poderíamos ir todos juntos, em grupo. Mas agora... não poderemos ficar esperando e esperando.

Por onde andará ele agora? Lá, em algum lugar do deserto, talvez enfrentando os mesmos demônios que estavam dentro de mim. Vão persegui-lo, pois estão furiosos por terem sido expulsos.

Sentia o frio da noite do deserto infiltrando-se na tenda. Devia estar bem mais frio lá nos confins do deserto. E seria difícil sobreviver. Ela, pelo menos, tivera uma caverna onde pudera se abrigar.

Além do frio, um raio azul de luar entrava pela tenda. A lua estava quase cheia. Levantou-se, dirigiu-se à entrada da tenda e olhou pela abertura. A luz clara e impiedosa banhava tudo e mostrava cada sulco na areia, cada fenda na rocha.

Lá, no meio do deserto frio, estaria Jesus, rodeado por rochas, com o luar iluminando-o. Apesar da beleza, a luz do luar pintava tudo com as cores da desolação. A desolação que Jesus enfrentava.

22

Para minha amiga Quezia bat-Benjamim, mulher de Reuben, em Magdala.

De sua amiga Maria, também de Magdala, uma amiga desonesta, mas muito honesta.

Escrevo a você meus pensamentos, ao invés de escrevê-los a Deus! O rabino deu-me este material para escrever a Deus, mas não consegui e não escrevi. Enganei a Deus, mas também enganei você. E agora quero pedir perdão a você, embora pos-

sa ouvir suas palavras: "Não há nada a perdoar." Mas você está enganada. Há, sim, e muita coisa!

Os verdadeiros amigos não são espiritualmente próximos? É por isso que os verdadeiros amigos se escolhem uns aos outros. Há pessoas, em nossas vidas, que nos são dadas pelo sangue ou por conveniência, mas escolher um amigo é uma coisa que fazemos pelo desejo exclusivo do prazer que nos dá. Apesar disso, escondi de você um segredo durante todos estes anos — o que significa que fui menos que uma amiga de verdade para com você.

Você sabe que gosto de segredos — basta lembrar das aulas de leitura que tive, às escondidas de minha família e de como desrespeitava os rituais religiosos quando não estava em casa. Por estar a par desses segredos, você pensava que me conhecia. Mas havia um, bem grande, que até de você eu escondi e foi por causa dele que tive de sair de Magdala e vir para aqui, para o deserto, onde estou agora, com um grupo de homens, esperando a volta de um outro homem.

Mas agora, posso contar-lhe. Eu tinha um ídolo proibido, que guardei... será que o adorei? Agora, que vejo as coisas com mais clareza, creio que teria de dizer que sim. Quando olhava para seu sorriso de marfim, sentia que um ímpeto de entusiasmo atravessava o meu corpo. Seria apenas porque era proibido ou seria o temor da adoração?

O fato é que acabei sendo possuída. Sim, possuída por demônios. Você nunca me viu nesses dias. Quando enlouqueci, não nos víamos muitas vezes. Eu estava louca e lutava sozinha contra os meus demônios. Por isso você não sabia de nada. Tentei esconder de todo mundo, mas Joel acabou descobrindo e aí... Vou lhe contar tudo quando nos encontrarmos de novo. Talvez eu acabe dando-lhe este monte de papéis em suas mãos para você o ler todo de uma vez, pois não consigo ver outra maneira de que chegue antes às suas mãos.

A tortura dos demônios! Quezia, meu desespero era tão grande que eu queria morrer! Minha mente se obscurecia, eu era envolvida por uma escuridão total. Era o próprio Satanás. Por que o chamariam de "Príncipe das Trevas"? Porque ele não pertence a este mundo, mas a um poço sem fundo, a um abismo.

Mas uma pessoa libertou-me. Uma pessoa mais forte que todos os demônios, mais forte que Satanás, que os expulsou de dentro de mim. E agora é tudo luz, uma luz tão forte quanto era a escuridão, antes. O mundo parece inundado pela luz do sol, com cores e com o som da beleza. Então, acho que esse homem que me libertou é o Príncipe do Mundo, pois ele devolveu o mundo a mim e agora é melhor do que antes. Sinto-me outra vez como uma criança, limpa, fresca e nova, mas com mais sabedoria — sem dúvida, com mais sabedoria do que criança alguma poderia ter!

Sou a Maria de antigamente, a Maria que você pensava conhecer. E também sou uma nova Maria, que nem eu própria tenho certeza de conhecer.

Quezia, irei acompanhar este homem. Sou sua discípula! Já imaginou, eu, uma discípula? É claro que irei para casa correndo, assim que este homem voltar, mas depois, de alguma maneira, irei tornar-me sua discípula. Diz ele que poderei segui-lo sem ter de sair de casa. Você acha que isso faz sentido? Mas nada disto faz sentido!

Seu nome é Jesus e ele é de Nazaré. É claro que sei do ditado e das pessoas que dizem "Mas alguma coisa de bom pode vir...?" Penso que poderia ser aquele mesmo rapaz que encontramos durante aquela viagem, muito tempo atrás, lembra-se? Passamos a noite com a família dele e ele tinha uns 13 anos. Agora deve ter 30 e poucos. Naquela época, eu o achei uma pessoa estranha, mas não se compara com o que é hoje. Acho que não saberia descrevê-lo para você. Terá de encontrá-lo. Não dá para o descrever, mas se você o encontrar, irá compreender. Acredito que ele irá voltar para a Galileia para fazer suas pregações, e então você irá vê-lo e ouvi-lo.

E os homens, os outros discípulos que se juntaram a ele — você não irá acreditar, mas dois deles são Simão e André bar-Jonas, aqueles pescadores, sabe, que faziam entregas no armazém de meu pai. Costumávamos dar risada dizendo que seríamos forçadas a casar com eles e que eles fediam, cheiravam a peixe. Simão casou-se, mas André, não. Na realidade, não cheiram a peixe e até acho que André daria um bom marido para qualquer mulher.

E há mais dois: Filipe, que também é pescador, de Betsaida, e Natanael, que já foi pescador. Filipe é cheio de vida e fala muito; nunca diz que alguma coisa é ruim, ou desagradável, ou que não pode ser feita. Às vezes, as pessoas alegres podem levar você à tristeza, sabia disso, Quezia? Quando ele fica assobiando à minha volta, sinto-me deprimida.

Natanael é um homem bonito e um tanto introvertido, mas é tão sarcástico quanto Filipe é alegre. Parece que se revoltou com a vida de pescador e anunciou à família que iria se dedicar somente ao estudo, a estudar as escrituras. Mas não do jeito que o fazem os escribas. Ele tem muita vontade de aprender sobre todas as coisas do mundo. Tem sorte de não ser casado. Tenho certeza de que sua mulher se sentiria traída por ter casado com um pescador que, de repente, tornou-se um estudioso pobre e não lhe deu mais tempo para voltar atrás...

Há alguns dias, apareceu um homem esquisito que disse que veio até aqui para espionar João Batista a pedido de seu pai. Acredito que seja mentira e que tenha vindo para o ver por si próprio. E esse homem, que se chama Judas alguma coisa, trabalha fazendo mosaicos! Já pensou, um judeu fazendo mosaicos?

Disse-lhe que ele era esquisito, mas talvez não tão esquisito quanto uma menina judia guardando um ídolo.

E depois há João Batista, que também está aqui. Na verdade, é por causa dele que toda esta gente se juntou aqui. Ficar perto de um profeta de verdade é uma coisa assustadora. Ele não tem medo de nada, *Quezia! Seria fantástico se pudéssemos ser iguais a ele. Chegaram uns soldados e o ameaçaram, mas ele não estava nem aí. Não, não é verdade. Ele se dirigiu a eles e os ameaçou de volta com a cólera de Deus.*

Na verdade, ele é bem magro e tem o cabelo crespo, todo desgrenhado, e veste-se com peles rústicas. Não sei se só se alimenta de gafanhotos e mel, mas dá para ver que não come muito.

Pela descrição que faço das pessoas que conheci aqui, dá para ver que são bem diferentes das pessoas que conheci em Magdala. Até pessoas que eu já conhecera em Magdala, como Simão e André, são diferentes aqui. Sim, e Jesus deu outro nome a Simão: chamou-o Pedro, pois ele é como uma pedra. É claro que estava brincando, pois Simão Pedro é muito volúvel e impulsivo. Nunca sei dizer quando Jesus está falando sério e quando não está. Ainda não o conheço bem. Quando ele voltar...

Continuarei depois. Sua amiga, Maria. Você tem consciência de que, se não fosse por você, eu não teria sido capaz de escrever uma única destas palavras?

Deus é bom e eu o sinto pela primeira vez.

23

— Não posso esperar mais — disse Judas, revirando um pedaço de carne na ponta de um espeto, no fogo. Preparava sua refeição. Evidentemente, pretendia comê-la sozinha e partir ao amanhecer. Mas quando os outros saíram da tenda, ofereceu-lhes comida, ainda que com certa relutância. — Afinal de contas, vocês nem sabem quando vai voltar esse rabino, ou o que quer que ele seja. E, de qualquer maneira, eu vim aqui para ver João Batista. Já o vi e vi tudo o que havia para ver. Seus sermões são sempre os mesmos. Não vejo sentido em ficar mais tempo. — Tirou o espeto do fogo e examinou o pedaço de carne. Depois, tirou-o do espeto e comeu.

— É verdade, não sabemos quando ele irá voltar — reconheceu Pedro. — E também temos de decidir o que vamos fazer. Também não podemos ficar esperando indefinidamente. — Pedro sacudiu a cabeça e seus cabelos encaracolados esvoaçaram. — Mas tenho pena que você não o possa conhecer, Judas Iscariotes, tenho muita pena.

Judas deu de ombros. — Talvez em outra ocasião.

— É pouco provável que ele vá a Jerusalém — disse André, juntando-se a eles. — E é lá que você mora.

— É, pelo que compreendi ele é da região da Galileia e eu não vou muito lá. Meu trabalho como contador me prende em Jerusalém e os mosaicos me fazem ir a regiões romanas, como Caesarea. Mas, enfim, nunca se sabe. — Pôs suas coisas nos ombros e preparou-se para partir. — Desejo-lhes boa sorte, a vocês e ao rabino — disse, com sinceridade. — Tomem cuidado. Estes tempos são perigosos para todos. Acho que não iremos ver ou ouvir falar de João por muito tempo.

— Por causa de Herodes Antipas? — perguntou Pedro.

— É lógico. Antipas o fará calar-se. Está com os dias contados. Portanto, ouçam-no bem hoje de manhã, ou hoje à tarde, quando o forem ver. Não que ele vá dizer nada de diferente do que já escutei. — Saudou-os. — Foi bom conhecê-los.

Judas chamara a atenção para uma questão preocupante. Eram forçados a reconhecer que Jesus os escolhera e depois desaparecera, sem saber quando estaria de volta. De noite, Pedro pôs em discussão suas dúvidas: — Não quero parecer apressado, mas não podemos saber quando Jesus voltará. Meu irmão e eu viemos até aqui por outra questão, que foi resolvida. Creio que devemos voltar. Jesus disse que nos encontraria... — Baixando a voz, prosseguiu. — Devo acreditar em sua palavra. Devo esperar e acreditar que ele voltará e nos encontrará. Mas nesse meio tempo, receio que André e eu devemos voltar a nossas casas e ao nosso trabalho. Maria, você nos acompanha? Ou quer que procure os seus com notícias suas?

Será que não daria para esperar mais um dia? Sentia saudades de Joel, de Eliseba e da família, mas não queria partir sem tornar a ver Jesus. Se não o visse, poderia deixar de acreditar que tudo aquilo tivesse acontecido. E agora, que se sentia bem, precisava ver aquele homem, vê-lo em circunstâncias normais, e não nas de uma necessidade extrema.

— Não — respondeu. — É melhor que seja eu própria a contar-lhes, a *mostrar-lhes* o milagre que aconteceu. — Voltou-se para Filipe e Natanael. — Natanael, você é de Canaã, e você, Filipe, de Betsaida, e ambas são próximas a Magdala. Se vocês esperarem, eu voltarei com vocês.

Natanael refletiu sobre o dilema. — Pretendo ficar, mas não sei até quando. Mas é claro que você pode voltar comigo.

João ainda pregava e a parte rasa do rio estava cheia de penitentes. Os dias pareciam intermináveis. Maria ia diariamente ouvir João, mas — maldito fosse Judas, mas tinha razão! — ele não dizia nada de novo. Repetia as mesmas palavras, as mesmas ameaças. Só mudavam os ouvintes, para quem a mensagem era uma novidade.

À medida que os dias passavam, Maria percebeu que deveria partir. Já pensava que Jesus não iria voltar. Acontecera alguma coisa com ele. Podiam esperá-lo eternamente porque não voltariam a vê-lo.

Triste por ter chegado a essa conclusão, procurou Filipe, relutante, e perguntou-lhe por quanto tempo ainda pretendia ficar. Para seu alívio, ele pensava o mesmo que ela. Partiriam em breve.

Foram para a tenda e olharam em volta, com tristeza: um lugar que fora sua casa e abrigo por tantos dias. Mas Jesus não esperava, com certeza, que ficassem por tanto tempo. Começaram a juntar as poucas coisas que tinham. Maria guardou o material de escrever.

A última noite foi de tristeza. Maria, Filipe e Natanael sentaram-se em volta do fogo, silenciosos. O próprio fogo parecia cansado. As chamas eram tênues e o fogo estalava, em sinal de protesto. Voltaria para casa e, com a ajuda de Deus, jamais esqueceria aqueles momentos. Fora a coisa mais extraordinária que aconteceram em sua vida. Deus estava ali, naquele lugar, e tocara nela.

— De volta à pesca — disse Filipe, triste. — Mas a vida não é tão ruim. — Sua voz contrariava suas palavras. — Ou talvez deixe de pescar e volte a estudar, como Natanael.

— E você vai viver de quê? — deixou escapar Maria. Percebendo que Filipe ficara incomodado, emendou: — Quero dizer, as pessoas que estudam precisam de um apoio e se sua mulher não der esse apoio...

— Não sei — reconheceu ele. — Mas depois do que aconteceu, acho que não vou voltar a pescar. Creio que devo fazer da minha vida algo a que tenha amor e acreditar que consiga sobreviver disso.

— Eu amo minha família tanto quanto a mim própria — disse Maria. — Mas sei que não irão compreender. E tenho medo de esquecer tudo isso, tenho medo de que venha a parecer um sonho fantástico.

— Nenhuma família compreenderia.

A voz vinha de perto da luz da fogueira. Era uma voz conhecida, mas cansada.

Assustados, todos eles olharam na direção da voz. Mas só havia a escuridão e o estrepitar do fogo.

— Quem está aí? — perguntou Maria. Até sua voz soava estranha.

— Eu. — Uma pessoa surgiu na beira do círculo de luz da fogueira. — Eu. Avançou, andando devagar, exausto. Só quando seu rosto surgiu à luz da figueira o reconheceram.

— Mestre! — Filipe saltou para perto dele pondo os braços em volta dele, amparando-o.

Jesus. Era Jesus.

— Ah, mestre! — Também Maria se adiantou, ansiosa para limpar seu rosto e consolar seu cansaço. Ele parecia estar fraco e queimado pelo sol: sua pele se retraíra em tiras e suas costas estavam arqueadas. De dentro de seu rosto esquelético, os olhos, esbugalhados, pareciam alarmados pelo que tinham visto.

Natanael trouxe uma coberta e colocou-a sobre seus ombros. Sua intensidade e seu olhar distante deixava-os sem saber o que fazer para o ajudar. Estaria machucado? Seria sua fraqueza apenas consequência de caminhar na noite fria e no calor da luz do sol? Ou seria outra coisa?

Jesus sentou-se junto ao fogo que se apagava. — Vocês ainda estão aqui — foi tudo o que disse.

— Sim, estamos aqui — asseguraram.

— Foram muitos dias. — Parecia que passara muito tempo quando pronunciou essas palavras. — Nem sei quantos. Mas vocês ainda estão aqui. — Olhou para eles. — Filipe, Natanael, Maria.

— Estamos, sim, mestre — disse Filipe. — Você precisa descansar. — Tentou conduzir Jesus para a tenda.

Mas Jesus não se levantou. Parecia não ter força suficiente para fazê-lo. — Só um momento. Me dê um momento.

— Como quiser — disse Natanael.

— Vocês sabem quanto tempo se passou? — perguntou Jesus.

— Não — respondeu Filipe. — Não sabemos.

— Quarenta dias e 40 noites — disse Jesus. — Bastante tempo no deserto. Mas encontrei o Príncipe do Mal e lutamos. Agora, acabou-se.

Quem vencera?, perguntava-se Maria. Jesus parecia derrotado.

— Eu consegui — disse ele. Sua voz era apenas um sussurro. — Satanás recuou.

E deixou você nesse estado?, pensou Maria. Então, ele é bastante poderoso.

— É, Satanás é muito poderoso — disse Jesus, que parecia ter lido seus pensamentos. — Mas não é o Todo-Poderoso. Lembrem-se disso, guardem-no com vocês. O poder de Satanás tem limites.

Maria olhava para o rosto sofrido de Jesus. Lembrou-se de como ele expulsara seus demônios com facilidade e não conseguia imaginar a força do poder que o deixara neste estado. Seus demônios, por piores que fossem, não eram nada, ao lado do próprio Príncipe do Mal.

— Ah, mestre! — O amor e a gratidão jorraram de dentro dela e ela se jogou a seus pés. Pés descalços, sem sandálias.

— Tinha de ser. — Pegou as mãos dela, levantando-a. — Nada podia continuar sem que isto fosse feito. — Fez uma pausa. — Agora, podemos finalmente começar.

Levaram-no até a tenda, onde ele se deixou cair sobre uma coberta. Adormeceu imediatamente com a cabeça repousando sobre uma coberta-travesseiro.

Na manhã seguinte, Jesus acordou antes dos outros. Encontraram-no do lado de fora, sentado junto ao fogo, que tinha reavivado. Olhava o fogo com um olhar tão intenso que não queriam perturbá-lo, mas era impossível sair da tenda sem que os visse.

No entanto, não pareceu se incomodar; ao contrário, pareceu contente em vê-los.

— Saudações, amigos — disse. — O que temos para comer?

Claro. Devia estar esfomeado. Começaram, rapidamente, a remexer as provisões como se fosse uma extrema emergência. Ele deu uma risada. — Não se preocupem tanto... Não posso comer muito, pois fiquei muito tempo sem qualquer alimentação. Acho que só dou conta de umas poucas tâmaras e um pouco de peixe salgado.

Filipe passou-lhe uma sacola com tâmaras, que ele abriu lentamente, e não como um homem esfomeado. — Humm... — Pegou uma, examinou-a e, em seguida, comeu-a.

— E onde estão os outros? — perguntou, por fim.

— Pedro e André tiveram de voltar para casa — disse Natanael. — Confiam que você os saberá encontrar, como disse.

— Humm... — Jesus parecia concentrar toda sua atenção na tâmara que comia. — Mas vocês ficaram, e esperaram — disse, por fim. O ligeiro sorriso no seu rosto parecia indicar que ficara contente com isso.

— Também esteve aqui um outro homem que queria conhecer você, mas teve de partir — disse Filipe. Filipe tinha um jeito amigável, comunicativo, que fazia com que as pessoas se dirigissem a ele, pensou Maria. Era uma espécie de porteiro. — Chamava-se Judas.

Jesus assentiu com a cabeça. — É um nome comum. E como o encontrarei?

— É filho de Simão Iscariotes e mora perto de Jerusalém. Faz mosaicos!

Jesus ergueu as sobrancelhas. — Mosaicos?

— Também é contador. É moreno, magro, bastante elegante. Um tipo interessante.

— Mas teve de voltar — foi o que Jesus se limitou a dizer. — Assim como nós o teremos de fazer.

E o que aconteceu no deserto? Era a pergunta que todos queriam fazer, mas não queriam perturbar. Foi Filipe que, finalmente, ousou fazê-lo.

— Senhor... se é que posso perguntar — disse. — Para onde foi, no deserto? O que teve de enfrentar? — Sua voz, que normalmente era alegre, estaca bem mansa.

Jesus olhou diretamente para ele, como se para avaliar o quanto poderia compreender. — Eu precisava ir e tornar-me um alvo para Satanás. Entreguei-me nas suas mãos. Se não tivesse condições de superar as provações a que ele me submetesse, então não teria condições de iniciar meu sacerdócio. É preferível ser desonrado logo de saída do que tropeçar no fracasso mais adiante. Vou contar-lhes uma história. Qual o príncipe que começa a construir uma torre sem primeiro avaliar o seu custo? Cairia em desgraça se não tivesse condições de terminá-la e as pessoas iriam rir dele. Qual o rei que vai para uma batalha sem primeiro avaliar o poder de suas tropas com relação às do inimigo? Se as tropas inimigas forem muito poderosas, é preferível não iniciar a batalha e, em vez disso, negociar a paz. Da mesma forma, se eu tenho de combater Satanás, tenho de estar certo de que não fracassarei.

— Mas... de que forma se submeteu a essas provações? — perguntou Natanael com os olhos fixos em Jesus. Seu rosto fino, bonito, parecia tremer.

— Satanás sempre vem ao seu encontro — disse Jesus. — Você só tem de esperar. — Fez uma pausa. — Por isso fui para bem longe, no deserto, e esperei. E ele surgiu, tocando meus pontos mais fracos. Sempre faz isso. É dessa maneira que ele ataca qualquer pessoa, inclusive você. Satanás conhece todos os medos e as fraquezas de cada um. Devem sempre tomar cuidado com ele. — Jesus olhou para cada um deles. — E a coisa mais importante é a seguinte: Satanás pode recuar do campo de batalha, mas sempre volta. Ele voltará atrás de mim, como irá atrás de vocês. Devemos saber reconhecê-lo. Ele nos acusa, testa a nossa vontade. Traz-nos de volta pecados antigos, que já foram perdoados. Não é Deus que nos atormenta com a lembrança de pecados antigos, é Satanás.

— Mas por quê? — perguntou Natanael.

— Se Satanás não conseguir levar você a cometer novos pecados, irá tentar incapacitar você com pecados antigos. Ele é o eterno adversário de Deus e se você pertence ao exército de Deus ele irá tentar aniquilar você por todas as maneiras.

Levantou-se e Maria percebeu, pela primeira vez, como sua presença lhe dava estatura. Não era mais alto que Filipe ou Natanael, mas parecia ser. O manto pendurado na sua figura magra fazia com que parecesse a túnica de um príncipe.

— Temos a missão de combater Satanás. Cada um de vocês deverá ir para seu próprio deserto e passar pelas provações. Você, Maria, já lutou contra seus demônios e conseguiu passar pelo teste.

— Não — disse ela. — Não passei! Eles tinham me vencido. Eu queria morrer para me livrar deles. Tentei morrer! Eles me venceram!

— Não, eles não venceram — disse Jesus. — Você mesma o disse: preferia morrer a entregar-se a eles. Você foi submetida ao teste supremo e continuou fiel a Deus.

Não o sentira como um teste supremo, mas como uma tortura. Maria pensava como poderia Jesus fazer aquela afirmação com tamanha autoridade, mas não ousou contradizê-lo.

— E o que quer agora de nós? — Filipe perguntou o que todos estavam pensando. — O que devemos fazer?

Maria imaginava que Jesus fosse dar uma resposta evasiva. Em vez disso, ele disse: — Vamos voltar para a Galileia. Começarei meu sacerdócio. Vocês continuarão comigo e chamarei outros. Essa chamada será um desafio a Satanás. É por isso que, ao iniciarmos a nossa batalha, temos de ter a experiência de veteranos na luta.

— Mas... se é que posso perguntar, mestre... qual será a mensagem desse sacerdócio? — perguntou Natanael, profundamente preocupado.

— A de que o Reino de Deus já existe e é aqui e de que os tempos pelos quais esperavam os profetas já chegou.

— Mas como, já existe? — disse Filipe, franzindo as sobrancelhas. — Me perdoe, mestre, mas como pode dizer isso? Não vejo coisa alguma. Não deveriam ocorrer trovões celestiais que seriam inconfundíveis?

— Essas profecias estavam erradas — disse Jesus, com simplicidade. — Os profetas e os escribas se equivocaram. A verdade é que o Reino é uma coisa misteriosa que cresce quase sem ser visto. E está aqui. Por alguma razão, coube a mim fazer essa revelação. Porque eu a vejo e a compreendo e sou seu agente.

Maria abanou a cabeça. — Você está dizendo que é o Messias? Não é a ele que cabe fazê-lo?

— Eu não disse isso. Estou preparado para que outros o digam, mas não fui eu que o disse.

— Então, mestre — Filipe parecia perdido. — Então, quais são as suas palavras?

— Sigam-me. É isso que eu digo. — Jesus sorria para ele. — Irão compreender tudo enquanto caminhamos. É andando que compreendemos. Deus diz que quer obediência, e não sacrifício. Obediência significa ir em frente, caminhando, com Deus dirigindo nossos passos, um após o outro. Só então saberemos para onde vamos. — Abriu os braços. — Vamos juntos? — Com simplicidade, abria-se o caminho para um novo portal. E teria sido tão fácil recusar a caminhada.

24

Foi isso que, mais tarde, Maria pensou. Uma viagem tão importante que começara de maneira tão simples. Só uns passos. Só "sigam-me". Só a ilusão de que cada um poderia deixar o grupo quando quisesse. O que acabaria sendo totalmente impossível para todos os que seriam chamados.

A viagem de volta à Galileia em nada se pareceu com a de ida. Maria lembrava-se da terrível busca a que fora forçada, com os demônios dentro dela, quando se arrastara, aos tropeços, com Pedro — Simão, naquela época — e André, totalmente dependente de sua ajuda e despojada de tudo o mais. Até do cabelo, pensou. Tocou a cabeça com a mão. Sentia que o cabelo crescia, embora ainda fosse demorar muito até que as outras pessoas o pudessem ver.

Jesus, à frente do grupo, parecia preocupado. Respondia às perguntas que lhe faziam e, eventualmente, comentava algo sobre a paisagem, mas ficava o tempo quase todo pensando sozinho. Quando pararam, para acampar, Maria perguntou-lhe se fora realmente ele que ela encontrara naquela viagem por Samaria, se ficara com ele e sua família. Imaginava que não se lembrasse, mas ele pôs-se imediatamente a tentar lembrar da ocasião. E parecia dar grande importância a uma coisa que outras pessoas não dariam.

— Sim — disse, por fim. — Lembro-me. Você e sua amiga e suas primas ficaram conosco. Foi quando voltávamos de uma peregrinação a Jerusalém.

— Sua irmã, Rute, teve uma dor de dentes — disse Maria. — E era dia de Sabá.

— Isso mesmo — disse Jesus. — É verdade. Que bom você lembrar-se.

— E sua família? — perguntou Maria. — Estão todos bem?

— José, meu pai, morreu há vários anos. Mas minha mãe está bem, assim como meus irmãos e minhas irmãs. Foi difícil passar a carpintaria para meu segundo irmão, Tiago. Esperei vários anos para fazê-lo. Ele ficou sentido porque queria dedicar-se ao estudo e contava comigo, o irmão mais velho, para tomar o lugar de meu pai, dando-lhe a liberdade de fazer o que quisesse, como segundo filho. Mas, como eu disse, quando Deus chama alguém, não se pode ignorar o chamado. E quando ele faz um chamado, muitas vezes envolve outras pessoas, além daquela que ele convocou. — Fez uma pausa. — É essa a grande dificuldade.

— Conte-nos mais sobre sua família — pediu Maria. — Quando você voltou do deserto, suas primeiras palavras foram: "Nenhuma família compreenderia." O que queria dizer com isso?

— Sei que minha família não irá gostar dos meus novos rumos — disse.

Como teria ele suspeitado o que estava por trás da verdadeira pergunta? E a pergunta era: como poderia ela, discípula, prosseguir com sua vida anterior?

— Durante toda a minha vida, senti que era chamado... para fazer alguma coisa — disse Jesus, escolhendo cada palavra. Desde pequeno, pensava sobre Deus e sobre o que queria de mim. Como eu chegaria próximo a ele para descobrir. Tinha nos dado a Lei, naturalmente, e os mandamentos...

— Mas seu pai, José, desrespeitou a lei do Sabá — disse Maria, interrompendo-o. — Ele desatou o embrulho para pegar o remédio, embora a lei proíba atar e desatar nós. E o próprio remédio era proibido. — Ela nunca se esquecera daquela decisão, que a perturbara.

Jesus sorriu e balançou a cabeça, como lembrando-se de uma recordação preciosa. — É verdade, ele fez isso. Que coragem! E fez a coisa certa. Deus jamais inventaria o Sabá para nos prender em tenazes de ferro, como nos fazem acreditar os guardiões da lei. — Fez uma pausa. — Mesmo no Sabá, é errado recusar a ajuda a alguém necessitado. Não há o que questionar.

— E quanto ao seu chamado... — Natanael tentou direcionar a conversa para o assunto que todos estavam curiosos de saber.

— Foi crescendo, pouco a pouco — disse Jesus. — É por isso que tenho certeza. A decisão, na verdade, não se toma de uma vez, mas várias vezes. Foi uma coisa que se recusou a me abandonar através de meus anos de criança, enquanto crescia, e depois, com a morte de meu pai e a viuvez de minha mãe, quando tive de garantir a subsistência da família toda... O chamado é uma coisa que pode acontecer de repente — disse, como se os avisasse. — Pode ser diferente com cada pessoa. Os caminhos de Deus são imprevisíveis. Mas, como é difícil, é bom ter certeza. Em nossos corações.

Maria observou que ele dizia "nós" como se Filipe, Natanael e ela fossem seus companheiros de caminhada, embora mais atrasados por terem começado mais tarde. Mas ela lembrava-se — claro, isso mesmo! — que sentira um chamamento quando era criança, mas fora uma coisa pouco nítida, sem palavras. Depois, o ídolo ocupara o lugar das coisas boas.

— Você pensa voltar para casa? — perguntou Maria.

— Sim, vou voltar — disse Jesus. — Mas não da maneira que me esperam.

— Também devemos voltar a nossas casas — disseram os outros três.

— Claro que sim — disse Jesus. — Mas seria melhor que não o fizessem.

— Por quê? — perguntou Filipe. — Você não pode estar querendo que sejamos cruéis e abandonemos nossas famílias.

Jesus parecia sofrer. — Não, crueldade, nunca. Mas quando você toma um novo caminho, é fácil colocá-lo de lado. As pessoas que gostam de você esforçam-se por mostrar que você está errado. Foi por isso que eu disse que "nenhuma família compreenderia". A menos que se juntasse à *nossa* família.

— Isso é pouco provável — reconheceu Filipe. — Mas o que devo, então, dizer à minha mulher?

— Você compreende o que eu estava dizendo sobre ser difícil? — disse Jesus. — É difícil. Não há como fingir que não é. Às vezes, é mais difícil servir aos homens do que a Deus. Deus compreende tudo, mas os homens, não. — Jogou algumas pedrinhas no fogo, parecendo concentrar-se no ponto em que caíam. — Dentro de quatro dias estaremos de volta à Galileia. Iremos primeiro a Betsaida onde você, Filipe, nos deixará e voltará para casa. Depois iremos a Magdala e você, Maria, nos deixará e irá para casa. Depois, para Canaã, onde você, Natanael, voltará para casa. Eu irei para a montanha rezar. Depois, no quarto dia, voltarei a Nazaré, para a minha casa. No Sabá, irei à sinagoga onde lerei o salmo. E então tudo irá começar. Depois, irei a Cafarnaum. Se vocês ainda me seguirem, eu os procurarei lá, após o Sabá, na sinagoga. — Olhou em torno de si, escrutinando cada um dos rostos deles. — Se vocês não estiverem lá, eu compreenderei. Não irei procurá-los, mas ficarei feliz se os vir.

Maria sentiu-se magoada ao ouvir ele dizer que não iria procurá-los. Como podia ele acolhê-los tão rapidamente e depois deixá-los partir com tanta facilidade?

Jesus parecia ler, de novo, seus pensamentos. — Deus ama intensamente cada um de nós, mas deixa que escolhamos a maneira de nos aproximarmos dele — disse. — Não temos pouco a fazer. Devemos tentar ser perfeitos, como é perfeito nosso pai celestial.

— Mas nós somos humanos. Não poderemos nunca ser perfeitos — reclamou Filipe.

— Talvez Deus veja a perfeição de maneiras diferentes. Talvez você já seja perfeito, ou venha a ser perfeito — disse Jesus. — Aos olhos de Deus, a perfeição está em obedecer-lhe.

Seria reconfortante acreditar nisso, pensou Maria. Um ser humano perfeito? Isso não seria possível.

— Aqui, devemos separar-nos — disse Jesus a Filipe em voz forte, quando se aproximavam de Betsaida. Não lhe deu alternativas. — Que Deus lhe dê forças para tudo o que tiver de enfrentar.

Era evidente que Filipe estava angustiado por ter de se separar deles, mas ergueu os ombros e, depois de um adeus lamuriento, dirigiu-se para a cidade.

Continuaram, rodeando o lago pelo lado norte, e chegaram a Cafarnaum quando o mercado de peixe estava a todo o vapor, com multidões de pescadores e compradores apinhados no cais. Iria Jesus olhar em volta, ainda que por um instante, procurando Pedro e André? Maria olhava-o com atenção. Não seria humano fazê-lo? Daria uma olhada para o cais, com certeza, fingindo observar o movimento. Mas justamente quando Maria o espiava, ele voltou-se para ela, de repente, flagrando o seu olhar. Ela sentiu-se como se estivesse cometendo algum tipo de crime. Mas que crime? Só estava tentando ver se Jesus era uma pessoa comum.

Pedro e André não estavam por ali. O grupo continuou caminhando, em meio à movimentação do cais, entre o vozerio dos vendedores de peixe e de outros comerciantes e a gritaria de pessoas pechinchando e reclamando dos preços. O cheiro de peixe impregnava o ar e os peixes, em suas bacias, pareciam espalhar ainda mais o cheiro.

— Senhor! — Um vendedor mais agressivo aproximou-se de Jesus exibindo uma braçada de estolas finas junto aos seus olhos. — As melhores estolas! De seda! Chegadas de Chipre!

Jesus tentou afastá-las, mas o vendedor era insistente.

— Senhor! É um negócio único na vida! Vêm da Arábia, num barco especial que não voltará a fazer a viagem. São mais baratas do que as que vêm nos camelos, atravessando o deserto. Metade do preço! E veja a beleza das cores! Um amarelo do amanhecer, uma cor-de-rosa igual à do céu deste lago, quando o sol se põe. O senhor conhece essa cor. É única para nós. Como seria possível eles a terem compreendido na Arábia? Mas compreenderam. Veja! — E exibia o material das estolas em seu braço.

Jesus olhou com atenção. Tocou o tecido das estolas, apreciando a qualidade. — Na verdade, são lindas — reconheceu. — Mas hoje não as posso comprar.

O vendedor parecia decepcionado. — Mas amanhã, poderei não as ter mais!

Passaram pelo posto fiscal, um prédio grande que era a sede dos fiscais de impostos. Cafarnaum ficava na divisa entre as terras de Herodes Antipas e as de seu meio-irmão, Herodes Filipe. Herodes Filipe, com seu nome grego e as terras pagãs, era uma pessoa totalmente diferente do rei que tinham. Mas quando existia uma divisa de demarcação, isso permitia a presença de enxames de fiscais e coletores de impostos, que perturbavam mais do que enxames de moscas e mosquitos. Os romanos encontravam-se ali para fiscalizar as mercadorias comercializadas e seus representantes locais, os publicanos, ficavam sentados, dentro de umas cabinas, recebendo impostos de importação e exportação.

— Se eu tivesse comprado aquele véu da Arábia — disse Jesus — agora teria de entrar na fila para pagar o imposto de importação. E apontou uma longa fila em frente de uma das cabinas. — Então, uma coisa material, por mais bela que seja, rouba-nos um tempo precioso, que é uma dádiva gratuita de Deus. Seria isso uma troca justa? É claro que não.

Pela expressão das pessoas que estavam na fila, pareciam não concordar. Seguravam com força embrulhos com as coisas que haviam comprado e espiavam para dentro dos embrulhos como se não pudessem esperar para ver as mercadorias de novo. Um homenzinho ficava andando de um lado para o outro, explicando às pessoas como deveriam preencher os formulários.

— Alfeu — disse Natanael. Fez uma careta. — Um tipo nojento. Já tive problemas com ele. É ganancioso, frio e calculista. Trouxe seus dois filhos, Levi e Tiago, para fazer o mesmo trabalho. Tal pai, tal filho, creio eu. Um deles já tem uma mansão imensa.

— Há quem goste disso — disse Jesus. — Para algumas pessoas, sua visão só vai até aí. Mas Deus terá, certamente, algo mais importante para elas. E elas deveriam conhecê-lo e ouvi-lo.

— E será você a pessoa que o anunciará? — perguntou Natanael.

— Sim — respondeu Jesus. — É como você diz.

Natanael parecia espantado. — Relacionando-se com coletores de impostos?

— No Reino dos céus, você verá, acontecerão muitas coisas — disse Jesus, rindo. — Talvez até coletores de impostos passem na frente dos justos.

— Alfeu e seus filhos? — Natanael deu de ombros. — Só num dia muito estranho.

Cafarnaum foi desaparecendo lá para trás. Aos poucos, sumia a área do cais e eles chegaram a uma senda aberta que levava à próxima cidade, que seria Sete Fontes. E depois — Magdala.

Maria ia ficando cada vez mais perturbada. Teria de separar-se de Jesus e Natanael e tomar o caminho de Magdala. Joel a estaria esperando e sua querida Eliseba, seus pais, seus irmãos e primos. Nada tinham sabido dela desde que fora para o deserto, a menos que Pedro e André lhes tivessem contado. Como ficariam contentes de saber que ela estava bem! Que prazer teriam em vê-la de volta! Mas, subitamente, sentiu um medo inexplicável: a Maria que os deixara não era a mesma Maria que voltava.

Foram caminhando pela beira mais alta do lago e logo chegavam — como fora rápido! — a Sete Fontes, de onde jorravam águas quentes que desciam para o lago. Aqui iriam separar-se: Jesus e Natanael iriam na direção oeste e Maria seguiria para Magdala.

Jesus parecia compreender sua hesitação. — Maria, agora sua casa te chama. Vá e conte-lhes as coisas maravilhosas que Deus fez por você. Depois, se você ainda o desejar, vá a Cafarnaum e procure-nos lá.

Parecia fácil. Mas não era tão simples. Ou talvez fosse. Ou era muito simples, ou então era tão difícil e complicado que era impossível.

Ficaram ali, naquele caminho à beira do lago onde ela e Joel haviam caminhado, há tantos anos, quando ela tinha pensado em casar-se com ele. O vento batia na água e formava pequenas ondas que dançavam. O lago resplandecia. Sua antiga vida a chamava. Estou bem, diria ela, jogando-se em seus braços. Voltei para retomar o que deixei há tanto tempo. Amo vocês todos. Vocês são a minha vida.

Mas agora havia Jesus e o fato de que a libertara e a convidara a ouvir mais do que ia revelando à medida que descobria o seu próprio chamamento. Era a coisa mais emocionante que já pudera imaginar e não queria voltar as costas a isso.

— Não... não posso — ouviu sua voz murmurar. — Não posso voltar por enquanto. Não tenho forças.

Jesus olhou-a espantado e, por causa disso, também ela se surpreendeu.

— O que eu quero dizer é que tenho forças para voltar, mas não terei forças para tornar a partir, mesmo que por pouco tempo, mesmo que para ajudá-lo em sua missão. E tenho medo de que, quando voltar, possa vir a esquecê-lo! Que possa esquecer o que aconteceu comigo no deserto, com você.

Ela imaginava que ele fosse franzir a sobrancelha e aconselhá-la a seguir para casa. Mas em vez disse, em voz suave, ele disse: — Você é sábia em o perceber. Isso lhe foi revelado por meu pai, que está no céu. — Fez uma pausa. — Muito bem. Você continuará conosco e voltará quando terminarmos nossas visitas. Eu a ajudarei a ter forças para fazer o que você queira fazer.

Um alívio imenso inundou-a. Não teria de testar suas forças sozinha! — Sim, mestre! — disse. — Obrigada.

Ainda teriam de passar por Magdala para tomar a estrada que levava às cidades na direção oeste, Canaã e Nazaré. Maria cobriu o rosto com a capa quando passaram pelas ruas que conhecia tão bem, próximo à esquina de sua própria casa. Sentia o coração despedaçado, pois sabia que por trás daquelas paredes estavam pessoas que queriam desesperadamente saber onde ela se encontrava e rezavam para que estivesse a salvo, mas, provavelmente — tinha de ser honesta — teriam aceitado que estava perdida.

Continuaram sem a minha presença, disse a si própria. E tinham de fazê-lo. Eu estava doente e sem esperanças. E agora passou-se tanto tempo sem notícias — sim, deverão ter aceitado a vida sem a minha presença.

Balançou a cabeça e apertou mais o manto contra si. Parecia estranho e desonesto passar em frente da sua casa como se não tivesse qualquer vínculo com ela. As janelas estavam fechadas. Por quê? Estariam de luto por ela?

De repente, uma pessoa saiu da casa para a rua. Era sua mãe! Estava com Eliseba nos braços e vinha em sua direção.

O coração de Maria quase parou. Queria chamá-las, mas não conseguia abrir a boca. Ao mesmo tempo, sentia uma espécie de vergonha — quase como se cometesse um crime — por estar olhando para elas às escondidas.

Sua mãe estava preocupada e mexia na manga da túnica. Nem notou as três pessoas que passaram por ela na rua. Como Maria conhecia a expressão no rosto de sua mãe! Deu uma olhada em Eliseba. Parecia que crescera muito — estava mais para uma menininha do que para um bebê. Já tinha mais de dois anos.

Com muito sofrimento, Maria baixou a cabeça e apressou-se a dobrar a esquina. Não aguentava olhar. Mas esbarrou em Jesus, que tinha parado e a esperava. Viu o sofrimento e a compreensão em seus olhos. Não tinha de dizer coisa alguma.

Retomaram a caminhada e em pouco tempo deixavam a cidade para trás, dirigindo-se para oeste. Havia um círculo de colinas íngremes fazendo um anel em torno do lago e, mais longe, surgiam outras. Ao se afastarem da região à beira do lago, a paisagem mudou e as colinas tornaram-se mais planas e pedregosas. Numa ladeira bem protegida, junto a uma plantação de oliveiras, acenderam o fogo e pararam para descansar.

— Amanhã iremos para casa — disse Jesus. — Você, Natanael, para a sua casa, e eu para a minha.

Maria olhou para Jesus. Era um homem bonito? Ela sabia que outras pessoas iriam perguntar-lhe — Como é esse homem que você acompanha? Você está enamorada dele, para sentar a seus pés e escutá-lo como seu mestre?

Por isso o olhava com atenção. Podia dizer-se que era um homem atraente. Suas feições eram comuns. Tinha uma testa larga, o cabelo escuro e farto, o nariz aquilino e os lábios grossos e bem desenhados. Mas bonito? Não, pelo contrário, nada tinha de marcante. Era um homem comum. Podia-se passar por ele no mercado sem notá-lo. Era sua postura que chamava a atenção: ele ficava bem ereto e caminhava bem aprumado. Aprumado. Uma palavra curiosa e específica que, nos antigos textos, significava justeza. "Senhor, quem irá morar em teu tabernáculo? Quem irá morar em tua colina sagrada? Aquele que caminhar aprumado." Ou então: "Procure o homem perfeito e você observará o aprumado. Pois o fim desse homem é a paz." Era mais do que seus ombros; era uma posição que logo se identificava.

Não, não estou enamorada dele, não no sentido comum, pensou. Só quero ficar na sua presença.

— Devemos dormir — disse Jesus, por fim. — O que enfrentamos exige muitas forças. E muitas orações.

Estenderam os cobertores e as mantas no chão duro. Maria sentia o cheiro das oliveiras à sua volta. Na brisa leve que fazia, as pequenas folhas prateadas das oliveiras farfalhavam e quebravam-se, espalhando um cheiro fresco e seco.

Jesus cobriu-se com a capa e virou-se de costas para eles, olhando na direção das colinas, atrás das quais ficava a sua Nazaré.

Nítidas e brancas, as estrelas formavam uma abóbada brilhante sobre suas cabeças.

25

Amanheceu bem cedo. As estrelas foram desaparecendo à medida que surgia o sol por cima do anel de colinas do outro lado do lago. Maria via o vermelho alaranjado do sol recém-nascido colorindo os sulcos na terra que subiam até as oliveiras.

Os dois homens já estavam espertos e acordados, dispostos a começar o restante da viagem.

A estrada subia bastante. Nazaré ficava na montanha, perto da borda de um penhasco, e Canaã ficava na ladeira. Ao se aproximarem, viram as vinhas na colina agreste. Trabalhadores podavam os galhos secos.

De repente, após uma curva, chegaram a Canaã. Pararam e descansaram. Por fim, Jesus disse: — Natanael, você está em casa.

— Sim, vou para casa. Vocês querem...

— Não, vamos continuar a viagem — disse Jesus. — Devemos chegar a Nazaré antes de escurecer.

Foram caminhando juntos, até Natanael virar numa rua, à direita, seguindo sozinho. Jesus abraçou-o e Maria apertou seu braço. Ele precisava do apoio deles. Voltava à sua vida antiga e tudo aquilo que então lhe era familiar parecia, agora, de repente, algo estranho. Era difícil virar as costas deixando-o sozinho. Mas foram poucas as palavras que Jesus disse até voltarem ao caminho para Nazaré. Estaria ele pensando se Natanael voltaria a se juntar a eles? Ou já estaria se preparando para o que o aguardava em casa?

O caminho foi ficando mais íngreme e Maria esforçava-se para acompanhar as passadas de Jesus, pois não queria ficar para trás.

Chegavam agora à região onde as pessoas o conheciam. O homem que cuidava das vinhas levantou a cabeça e gritou: — Jesus! Onde você esteve? Estou precisando de mais mourões e depressa! — Os trabalhadores que desciam a ladeira balançando baldes de água que traziam aos ombros o cumprimentavam quando passavam por ele. Depois da curva seguinte, na parte mais alta do morro, era sua casa. Nazaré: com sua mãe, seus irmãos e irmãs, os vizinhos e a carpintaria. A carpintaria que ele não queria reassumir, embora o povo de Nazaré não o soubesse.

Nazaré era um pequeno vilarejo — talvez menor que Canaã. Havia umas 50 casas espalhadas pela rua principal, mais precisamente uma ruela, que atravessava a cidade. Ficava quase no topo da montanha. Não era desagradável, nem suja — não merecia, de forma alguma, o ditado "E alguma coisa de bom pode vir de Nazaré?" —, mas também nada tinha de interessante. Não era muito diferente de outros mil ou dois mil vilarejos espalhados por Israel.

Quando chegaram à rua, que se prolongava à sua frente — com um poço próximo à entrada e a terra batida que servia de acesso — Maria compreendeu pela primeira vez como Magdala era uma cidade rica e sofisticada. Casinhas de um só piso beiravam a rua e algumas, maiores, escondiam-se em pequenas ruas laterais. Deveriam ser as casas onde moravam os ricos — como era a sua própria casa. Pessoas realmente ricas não estariam morando em Nazaré, pois já se teriam mudado para outros lugares mais interessantes.

— Jesus! Vá para casa! Faz tempo que o estão esperando! — Era um homem que, ao vê-lo, fazia-lhe um sinal com a mão.

Teria sido imaginação, ou Maria vira Jesus erguer os ombros, como procurando um apoio? Claro que não. Um homem com uma visão tão clara quanto a que ele tinha de sua missão não precisaria de reforço algum.

De repente, ele tomou uma rua lateral, ainda menor e mais estreita. E então dirigiu-se, decidido, para uma casa determinada no final da rua.

Era uma construção quadrada, sólida, de paredes brancas. Maria observou que o beiral, que servia de proteção ao teto da casa, também servia para pendurar roupa e viu uma janelinha, bem pequena, que não permitia a passagem de muita luz ou ar. Era ali que ele vivia: numa casa comum, mas menor que as casas de seus pais ou irmãos. Mas não deixava de ser respeitável; era evidente que ninguém, na família de Jesus, era muito pobre ou passava dificuldades.

Ele abriu a porta e fez sinal a Maria para que o seguisse. Ela entrou numa sala que parecia muito escura e levou algum tempo para enxergar direito. Como sugeria a parte externa da casa, era simples e não tinha móveis desnecessários — só o essencial: colchões, umas mesinhas e alguns tamboretes.

A sala era vazia. Jesus entrou em outra sala e depois dirigiu-se ao pátio interno, onde se ouviam vozes. E depois gritos de alegria.

Ela enfiou a cabeça pela porta e viu Jesus sendo abraçado por uma porção de braços.

— Jesus...

— Você demorou tanto...

— Tive de deixar algumas encomendas por terminar...

— O que aconteceu? Como é ele? — A pergunta vinha de uma voz firme, masculina.

Jesus afastou-se um pouco, rindo. — Um de cada vez! Por favor! — Olhou na direção de Maria. — Eu trouxe uma visita.

Foi então que cinco pares de olhos se viraram para ela.

— É Maria, de Magdala — disse. — Mãe, talvez a senhora se lembre dela, há muito tempo, quando fizemos uma peregrinação a Jerusalém.

Uma mulher mais velha, que Maria sabia já ter visto, assentiu com a cabeça. Tinha um belo rosto e seus olhos eram generosos. — Seja bem-vinda — disse. Maria também reconheceu a voz. Sua doçura não mudara. Maria jamais ouvira uma voz com aquela qualidade. Se sua mãe queria saber por que e onde Jesus a encontrara não o perguntou. Ninguém parecia dar muita atenção à visita; todos pareciam dirigir as atenções para a volta de Jesus.

— Conte-nos sobre João! — Era de novo a voz masculina, já impaciente com as conversas de bem-vindos.

Maria olhou para ele. Era tão sério que, embora pudesse ser considerado um homem bonito, não era agradável.

— Foi por isso que você disse que ia viajar. Para ver João. E me deixou cuidando da carpintaria até agora! — Estava visivelmente aborrecido.

— E de agora em diante será você que irá cuidar dela, Tiago — disse Jesus em voz firme.

O rosto de Tiago mostrava perplexidade — uma perplexidade furiosa e desagradável. — O quê? — gritou.

— Eu disse que de agora em diante a carpintaria será sua. Não voltarei a trabalhar nela.

— O quê? — repetiu Tiago em tom combativo. — Você não pode...

— Deixei de ser carpinteiro — disse Jesus. — Trabalhei como carpinteiro por dez anos, mas agora vou fazer outra coisa.

— O quê? — exclamou Tiago, pulando. — Vai fazer o quê? Eu não dou conta de tudo sozinho. Temos muitas encomendas e esperava por você para...

— Você terá de contratar uma pessoa.

— E você acha que isso é fácil? Não é! Teria de ser uma pessoa confiável, como você, e com o seu talento. As pessoas exigem qualidade do trabalho. Eu não posso... — Sentia-se o desespero na sua voz.

— Você terá de procurar — disse Jesus. — Em algum lugar, há alguém esperando ser contratado.

— Muito engraçado, muito engraçado... E como vou encontrá-lo? Imagino que Deus lhe vá enviar um recado!...

A mãe de Jesus foi a única pessoa que lhe perguntou: — E o que você irá fazer, meu filho? Nenhum dos três irmãos presentes parecia preocupar-se com isso. Só pareciam preocupar-se com o peso que aquela atitude representava para suas próprias situações. Se Jesus partisse, o que resultaria disso? Provavelmente seria pior.

Jesus sorriu para ela. Era óbvio que ela e ele se compreendiam bem. — Irei anunciá-lo na sinagoga, no próximo Sabá. Até lá, é preferível que não dê muitas explicações. Mas uma coisa posso dizer-lhe: significa deixar minha outra vida para trás.

— E deixar-nos também? — perguntou sua mãe, com o rosto entristecido.

— Deixar um modo de vida, e não as pessoas — disse Jesus. — As pessoas não são fixas, como os rios ou as montanhas. Podem mover-se para onde quiserem. A senhora poderá acompanhar-me para onde eu for. Seria muito bem-vinda.

— Eu não vou poder partir — berrou Tiago. — E você sabia disso! Você me acorrentou à carpintaria!

— Sei que você preferiria que eu ficasse acorrentado — disse Jesus. — Mas a verdade é que você não está acorrentado.

— Não posso abandonar tudo — repetiu Tiago. — A família tem de ser sustentada.

— Deus sustenta a família.

— Você enlouqueceu? — disse Tiago. — Sei que Deus pode suprir uma ou outra merenda, tudo bem, se você quiser viver como um animal. Mas, francamente, acho que a mãe e a nossa família merecem algo mais do que a escassez suprida por Deus!

— Pois é — disse um dos irmãos mais novos. — Como é mesmo que dizem? Deus supre as suas necessidades, e não os seus desejos. Se você estiver precisando de um animal de carga, pode ser que ele não te envie um jumento, mas fará com que suas costas fiquem fortes.

Todo mundo riu, inclusive Jesus. Depois, ele disse: — Pois é, Josué, tuas costas parecem bem fortes.

Josué: por causa de José, seu pai. Era gordinho e bem alimentado. Maria imaginava que estivesse com 20 e poucos anos.

— Você ainda não disse como é João. — Era um rapaz magro que falava.

Jesus olhou para ele com carinho. Qual dos irmãos seria esse? Talvez o bebê que vinha em cima do jumento, naquela viagem há tanto tempo.

— Ah, Simão, você sabe fazer as perguntas certas. Se você quiser ver um profeta como Elias, então vá ver João. É como ver alguém de antigamente.

— O que você quer dizer? Seria ele Elias ressuscitado? — perguntou Tiago.

Uma mulher que ficara calada até então, distante num canto, aproximou-se e tocou seu braço. — Você sabe que é supersticioso falar essas coisas.

Devia ser a mulher de Tiago. Só a mulher dele teria coragem de o advertir em público.

— Miriam tem razão — disse Jesus. — Ninguém nasce, na carne, mais do que uma vez. Mas, quando fala, João tem a força de Elias. É óbvio que é abençoado pelo espírito de Deus.

— Herodes Antipas está atrás dele — disse Josué. — Dizem que está com os dias contados.

— Vi os soldados o ameaçarem — disse Jesus.

— Mas onde esteve você todo este tempo? — perguntou Tiago. — Você não deve ter ficado ouvindo as pregações dele por 50 dias!

— Então você sabe que foram 50?

— Claro! — respondeu Tiago. — Não tive de tocar a carpintaria sozinho durante todo este tempo? E olhe que 50 dias trabalhando sozinho até parecem cem... É claro que sei quantos dias se passaram.

— Depois de ter ouvido João, senti que era chamado a me batizar e depois fui para o deserto...

— Ah, então você foi para o deserto! E, naturalmente, nem contou os dias que se passaram — disse Tiago, sentindo-se traído. Maria notou que não perguntara por que Jesus se sentira chamado a batizar-se ou a ir para o deserto. Parecia que a carpintaria era o centro do seu mundo.

— E a mensagem de João? — perguntou Simão. — O que ele disse que foi tão importante?

Jesus fez uma pausa antes de responder. — Ele acredita que os dias por que muita gente esperava chegaram. Que os tempos que conhecemos estão chegando ao fim.

— E o Messias... Será que o Messias se anuncia desta vez? — perguntou sua mãe.

— João não falou muito do Messias, mas de mudar as vidas das pessoas e preparar-se para o juízo e o fogo que virão — disse Jesus.

— Mas ele certamente o *mencionou* — insistiu Josué.

— Falou pouco sobre ele, exceto que todos o estamos esperando. E que será um homem temível, que batizará pelo fogo — disse Jesus. — De qualquer maneira, nunca disse que ele próprio seria o Messias.

— Alguns de seus seguidores pensam que ele é — disse Tiago. — Essa é uma das razões para Antipas querer livrar-se dele.

— João está preparado — disse Jesus. — É evidente que não pretende recuar nem parar de pregar.

— Meu filho, tudo isso nos preocupa muito — disse sua mãe. — Você chega fraco da viagem, visivelmente exausto. Anuncia que está abandonando o ofício de seu pai, um trabalho que você faz desde criança e que nos sustenta. É claro que você tem irmãos que ajudam, mas nenhum deles conhece os fregueses ou o trabalho como você. Não ficarei em seu caminho, se é isto que deseja, mas me confesso um pouco assustada. — Respirou fundo, antes de continuar. — E durante todo este tempo, pensei que você voltaria com forças renovadas, pronto para pegar no pesado de novo. Mas você não quer mais fazê-lo. De qualquer modo, para onde quer que você vá, há uma coisa de que irá precisar. E quando a vestir, lembre-se de nós. — Entrou numa sala contígua e voltou trazendo um manto sem costuras que era tecido num trabalho tão perfeito que Maria e Jesus ficaram olhando, fascinados. Era de uma lã bem leve, de cor creme, tão maravilhosamente tecido que não se via uma única imperfeição, nem virando pelo avesso, e atraía luz de todos os ângulos.

— Mãe — disse Jesus, levantando-se para pegá-lo das mãos dela. Pegou-o em suas mãos e examinou-o, virando-o para um lado e para o outro. — Isto é magnífico.

— Não diga que não o irá vestir. Não diga que se quer vestir de roupas rústicas que nem João Batista. Trabalhei muito tempo para fazê-lo e cada ponto foi feito com muito amor.

— Terei orgulho em vesti-lo. *Porque* foi feito com o seu amor.

Jesus colocou-o, enfiando-o pela cabeça e deixando-o cair em torno de si. Caía-lhe perfeitamente. Ele riu.

— E por acaso não conheço cada palmo e cada pedacinho de você, meu filho? — disse sua mãe. Sorria, feliz porque seu trabalho artesanal lhe agradara tanto.

Em seguida, passaram a falar de outras coisas que achavam que poderia ter algo a ver com ele, tais como notícias sobre Pilatos e o que ele fizera para despertar a cólera dos judeus em Jerusalém, mas Jesus não parecia interessado. Em vez disso, queria saber como tinha sido o dia a dia de cada um. Como ia a plantação da primavera? Alguém iria este ano a Jerusalém em peregrinação? Havia muitas encomendas de trabalho na carpintaria? Nessa época do ano, costumavam pedir muitas cangas de boi.

Somente na hora de jantar é que a família pareceu interessar-se por Maria, o que não a agradou. Teria ficado mais satisfeita se tivesse continuado invisível, ouvindo-os, mas agora estavam curiosos em relação a ela.

Você mora em Magdala? É filha de Natã? Você não é casada? E onde está seu marido? Ele sabe que você está aqui? Você volta amanhã?

Maria tentava responder às perguntas, mas encontrava dificuldade em fazê-lo de maneira honesta. Não queria tornar a contar a história dos demônios, nem como fora levada ao deserto, nem queria discutir Joel e Eliseba. Parecia-lhe errado fazê-lo num momento em que o próprio Joel nada sabia dela. Mas não queria mentir — pelo menos, na frente de Jesus.

— Maria fez uma peregrinação a um lugar santo devido a um caso de doença na sua família — interrompeu Jesus. — Suas orações pela família foram atendidas e ela voltará para casa depois do Sabá. Está precisando de repouso e de retomar as forças para que, ao chegar de volta, a cura seja total. — Maria tinha de reconhecer que isso descrevia toda a situação sem entrar em detalhes.

— Que bom que suas preces foram ouvidas — disse a mãe de Jesus. — Tenho certeza de que se sente aliviada.

Mais do que senhora poderia imaginar, pensou Maria.

— Todos nós fazemos orações tão profundas e dolorosas que, quando atendidas, nos parece um milagre — continuou a mãe de Jesus. Pegou as mãos de Maria e colocou-as nas suas. Maria percebeu como seu rosto continuava atraente apesar dos anos que se haviam passado, embora se vissem agora alguns traços em torno de seus olhos.

Tudo que podia fazer era assentir, em silêncio. Aquela mulher parecia compreendê-la perfeitamente e devia ter um bocado de segredos guardados. Senão, como saberia tanto sobre ela?

O jantar, simples, terminou rapidamente, limpou-se a mesa e o sol já se punha. Subiram para a parte de cima da casa por uma escada de madeira, do lado de fora. Havia ali alguns colchões e bancos e sentaram-se por algum tempo observando o entardecer e as primeiras estrelas surgirem no céu.

— Deus seja louvado por outro dia que passou — disse Tiago, de repente. — E que ele nos sustente durante a noite. — Fez uma reverência com a cabeça e pareceu perder-se em meditações, acompanhado por sua mulher.

Então, Tiago seria a versão de "Eli" na família de Jesus, pensou Maria. Cada família tem o seu "Eli". E qual deles seria o "Silvanus"? Olhou em volta mas não viu nenhum candidato a uma vida das coisas do mundo.

Ao pensar em Eli e Silvanus, Maria sentiu uma pontada de saudade. Como poderei deixá-los, deixar minha família, ainda que por pouco tempo, para seguir Jesus?, pensou. Talvez... talvez...

Olhou de esguelha para Jesus. Quando estava no deserto, parecera-lhe tão natural acompanhá-lo. Mas aqui, agora, no teto da casa com sua família em volta, ele não parecia tão ter a mesma influência hipnotizadora e de liderança. Talvez ela tivesse feito um juízo apressado.

Quando escureceu, a mãe de Jesus levou Maria para o quarto que fora de Lia e Rute antes de terem casado. A cama, estreita, tinha um estrado de ripas por baixo e o colchão esperava por ela. Tudo preparado e muito tranquilo. Tinha uma sensação de paz ali, naquela casa — aquele mundo — em que tudo parecia em perfeita ordem.

26

A sinagoga estava cheia. Era a época da Páscoa e parecia que as pessoas ficavam mais devotas, especialmente as que queriam ir em peregrinação a Jerusalém mas não o podiam fazer. Então, o compensavam por meio de uma maior devoção e de mais orações, frequentando os cultos com fé mais intensa. A família saíra toda junta da casa de Jesus, mas agora Maria e a mãe de Jesus estavam separadas, sentadas de um dos lados da sinagoga com as outras mulheres de Nazaré, enquanto os homens se sentavam nas fileiras da frente.

Houve a tradicional ordem para as orações e prédicas. A primeira parte do culto constava de uma leitura da Torá, lida primeiro em hebraico e traduzida em seguida para o aramaico. Seguiam-se algumas preces e súplicas. Na última parte do culto, era lido um dos profetas, o que podia ser feito por qualquer dos homens presentes, que apresentaria os versículos — três, no máximo — do salmo que tivesse escolhido e sobre o qual tivesse meditado e gostasse de comentar. Ao chegarem a essa parte do culto, Jesus levantou-se e dirigiu-se para o púlpito.

Caminhava devagar e decidido, sem pressa para ocupar o lugar, mas também sem hesitação. Achou o salmo no pergaminho, desenrolando-o. Não era permitido citar de memória, mas embora Jesus parecesse estar lendo o texto, era evidente que o sabia de cor.

— Disse então o profeta Isaías — começou. E olhou para o grupo de crentes que o escutavam com seus rostos alegres e de expectativa. "O espírito do Senhor está em mim porque assim o Senhor me consagrou: fui enviado por ele para anunciar a boa nova aos humildes; fui enviado para trazer alegria aos que estão tristes, para anunciar a liberdade aos presos e abrir-lhes as portas da prisão que os retém."

Todo mundo ouvia com atenção. Aquele era um dos Salmos preferidos por todos.

"Anunciar a aceitação do ano do Senhor e do dia da vingança divina; trazer conforto aos que se lamentam." Cuidadosamente, tornou a enrolar o pergaminho. Pronunciaria, em seguida, uma breve homilia. Os presentes esperavam por isso.

— A escritura que ouviram foi atendida no dia de hoje. — Todo mundo se entreolhou com essa declaração. Houve um longo silêncio, de estupor. Por alguns instantes, não houve qualquer reação. O salmo referia-se ao Messias, à era da libertação.

— Como assim, foi atendida? — perguntou alguém, por fim. — Não vejo nada disso acontecendo. — A voz, vinda do fundo escuro do salão, soava irritada.

— Começa hoje. — Jesus segurou o corrimão do púlpito e olhou de volta para a pessoa que falara. — Esta é a primeira hora.

Então, começou uma balbúrdia de vozes no salão. — Você não é o filho de José? Não é você que toma conta da carpintaria? Como é que você sabe dessas coisas?

Jesus olhou de volta para as pessoas. — Porque eu próprio farei com que a escritura seja cumprida.

Então, o silêncio que se seguiu deu lugar à hostilidade.

Finalmente, levantou-se um velho e disse, em voz vacilante: — O que você quer dizer, meu filho, ao dizer que fará com que a escritura seja cumprida? — Sua voz era de tristeza profunda, como se tivesse acabado de assistir a um sacrilégio repugnante e inominável, mas que poderia ser anulado por um rápido arrependimento.

— Dia após dia, seguindo a vontade e os desígnios de meu Pai, esse Reino me será revelado e eu o revelarei a vocês. O que eu disse se fará verdade. E os privilegiados que participarem do Reino...

— Seu pai era José! — gritou alguém. — Ele conduzirá você de seu túmulo? Isto é uma loucura!

— Refiro-me à vontade de meu Pai celestial, Deus. — Jesus estava pálido, como se sua mensagem esgotasse suas forças. Mas continuou. — Todos temos o poder de sermos filhos de Deus — concluiu.

A balbúrdia não permitia ouvir sua voz.

As duas Marias encolheram-se. A mãe de Jesus tomou a mão de Maria e, passando pelas fileiras de bancos e pelas caras enraivecidas das pessoas presentes, puxou-a para fora da porta, mas não sem antes ouvir os gritos de "Blasfêmia! Blasfêmia!" que ressoavam dentro da sinagoga. O pandemônio era total. À distância, as duas mulheres observavam grupos de homens irados, gesticulando, que saíam do prédio.

Estavam ambas perplexas, sem palavras. Um outro grupo de homens saiu do prédio e, em seguida, Jesus surgiu no meio deles, expulso em meio a uma onda de gente. Tentava falar, mas não lhe permitiam. A multidão carregava-o como se fosse um pedaço de pau à deriva na correnteza.

— Ouçam-me! Ouçam-me! — dizia, sem ser ouvido.

— Você cresceu aqui! Como é que se atreve a fazer declarações tão revoltantes? — gritava alguém.

— Sabemos muito bem quem você é!

De repente, Jesus parou, obrigando-os a pararem também. — A verdade é que um profeta só não é honrado na sua terra, entre os seus, em sua casa! — gritou.

Foi isso que chamou a atenção deles. Pararam com a correria e, imóveis, rodearam-no. — Vocês se lembram da história de Elias e da viúva de Sidon? Havia muitas viúvas passando necessidades em Israel, naquela época da seca. Mas a quem foi Elias enviado? A uma mulher que vivia em outro lugar, em terra de pagãos.

Um silêncio de raiva, desagradável, pairava sobre ele, envolvendo-o como o círculo de pessoas que o rodeavam. — E Naaman, o sírio? Havia muitas pessoas leprosas, em Israel, mas quem Elias foi curar? Um estrangeiro, que servia a inimigos de Israel. Isso não faz vocês refletirem?

A resposta foi um grunhido. — Isso nos faz pensar que você irá privilegiar estrangeiros e inimigos, ao invés de seu próprio povo! — gritou uma voz.- E também nos faz pensar que você está se comparando aos nossos maiores profetas! Você! Você que nunca fez coisa alguma senão trabalhar numa carpintaria! Como ousa atrever-se?

— O profeta Amós cultivava figos — disse Jesus. — E o rei Davi era pastor.

— Basta! Você está se comparando a Davi?

— Matem-no!

— Apedrejem-no!

Jesus não teve como responder ou como se defender. A multidão cercou-o e arrastou-o até a beira do precipício na montanha.

— Joguem-no lá embaixo! — berrava a multidão.

— Acertem-no e depois apedrejem-no! É um traidor que diz blasfêmias!

Nazaré ficava numa altitude que se uma pessoa fosse jogada do precipício era morte certa. As duas Marias viam a multidão, como uma onda avassaladora, dirigindo-se para lá e não conseguiam chegar perto de Jesus.

— Meu Deus, altíssimo! — disse a mãe de Jesus, lívida. Era evidente que não esperava por aquilo. Fora um choque tão grande como se uma faísca tivesse caído sobre a cabeça de seu filho.

Mas Maria não estava muito espantada. Talvez conhecesse Jesus, este Jesus, melhor do que a sua família. Será que ele iria morrer?

Sem pensar duas vezes, Maria dirigiu-se à mãe de Jesus. — Vá para casa e eu logo irei. Não se preocupe, tudo vai dar certo. — Abraçou-a, encaminhando-a na direção de casa e depois correu para onde estava a multidão. Só conseguia ver as costas dos homens, que faziam uma barreira entre ela e Jesus. À frente da multidão, ele estava sendo empurrado, espancado e carregado. Ela nem ouvia sua voz: só ouvia os berros e as imprecações da multidão — palavras terríveis ressoavam em seus ouvidos, brados de vingança, como se Jesus os tivesse enganado.

O terreno subia um pouco e depois ficava mais plano. À distância, via as montanhas e até um ligeiro reflexo de água. Deveria ser o lago, reluzindo ao longe. Mas exatamente abaixo ficavam os rochedos e as fendas íngremes da ladeira da montanha.

— Matem-no! Matem-no! — gritavam. Ouviu-se um grito agudo — e depois, mais nada. A multidão permaneceu apinhada pelo que parecia uma eternidade e depois foi se dispersando aos poucos.

Maria encolheu-se e viu os homens em roupas escuras passarem junto ao pedregulho que buscara para se esconder. Que expressão tinham seus rostos? Ela esperava ver sede de sangue — uma sede de sangue satisfeita. Mas, em vez disso, via expressões vazias, perplexas.

Saindo detrás da pedra, começou a passar pela multidão para chegar na beira do precipício. Não queria olhar para baixo, mas o que quer que tivesse acontecido, queria ajudar. Seu coração batia tão rápido que se sentia tonta, mas, devagarzinho, chegou à beirada e olhou para baixo.

Não havia nada. Não via absolutamente nada. Talvez ele tivesse caído num lugar onde não dava para enxergar, para lá dos rochedos, encoberto pelas sombras. Onde era o caminho de descida? Não via nenhum.

Tentava escolher um caminho para descer aquele precipício, entre as rochas, mas era impossível se não houvesse um caminho. Teria de voltar com sandálias mais fortes, e talvez com cordas, para ajudá-la a descer. Se agissem rapidamente — e se a família de Jesus pudesse vir logo...

Só então Maria se conscientizou de que ninguém de sua família estava ali. Onde estava Tiago? E Josué? E Simão? Teriam fugido? Seria ela a única que ficara?

Ficou perplexa. A proteção maior, a família, sumira. Não se juntara nem tentara salvar o irmão — o mesmo irmão que esperavam que dedicasse o resto da vida a sustentá-los com a carpintaria, independendo do que ele próprio se sentisse chamado a fazer. Era essa, então, a verdadeira preocupação deles. E se ele tivesse, realmente, dedicado sua vida a eles para tomar consciência disso mais tarde? Talvez ele já soubesse.

Voltou-se, então, para ir à sua casa, para procurar sua mãe, Maria. Mas sua mente vacilava. Jesus fora atacado e... Nem mentalmente conseguia pronunciar a palavra: "morto". Não, ele deve estar lá embaixo, entre as rochas. Ela o encontraria e o ajudaria.

Não iria mais voltar à casa. Seria uma perda de tempo, com Jesus ferido e precisando de ajuda urgente. Poderia conseguir rapidamente, com qualquer pessoa, uma corda ou sandálias, sem ter que dar explicações.

Precipitou-se sobre um menino que passava diante dela. Tinha sapatos fortes. Era isso que queria.

— Você me empresta seus sapatos? — gritou, pegando-o pelo braço.

— O quê? — Ele olhou para ela e depois para seus sapatos.

— Por favor! Um homem está ferido! Lá embaixo, nas pedras! Preciso de sapatos fortes para descer a pedra e ajudá-lo. Empreste para mim.

— Quem é o homem que está ferido? — Parecia confuso. Seria ele a única pessoa de Nazaré que não sabia do que ocorrera na sinagoga e do tumulto? Claro, era criança e certamente ficava longe dos cultos religiosos, quando podia.

— Jesus, filho de Maria. — Mas, de que adiantavam as explicações? — Por favor, empreste-me os sapatos!

— E quem iria fazer mal a Jesus? — O menino balançava a cabeça. — Pensei que todo mundo gostava dele.

— Gostavam, mas isso antes de ele ir ver João Batista e... Não é melhor eu explicar depois? Agora, ele precisa ajuda!

O menino abaixou-se e começou a desatar os cordões dos sapatos. — Mas agora eu fico descalço e não posso ajudar você. E eu gostaria de ajudar Jesus porque ele sempre me ajudou. — Entregou os dois sapatos a Maria.

Em outra ocasião, ela teria feito perguntas sobre como era a vida de Jesus antes que o conhecera, mas agora só importava encontrá-lo.

— Obrigada, obrigada! — disse, enquanto amarrava os cordões dos sapatos. Em seguida, correu para o lugar do precipício.

Agora tinha condições de descer as rochas escarpadas e foi buscando caminho pelo perigoso barranco onde haviam jogado Jesus. O sol estava a pique e as rochas escaldavam. Isso aumentava, certamente, o sofrimento de uma pessoa ferida. Ao longe, via os urubus voando em círculo, como sempre faziam, na esperança de encontrar alguma coisa. Mas o fato de estarem voando bem alto era um bom sinal.

O cheiro das pedras escaldando e do tomilho silvestre era muito forte. Mas onde estava Jesus? Suspendeu a respiração e esforçou-se por ouvir um som ou um movimento. Nada. O silêncio era absoluto.

Ficou parada, imóvel, sob o sol escaldante. Após alguns momentos, ergueu a cabeça e olhou em volta. Ao meio-dia não havia sombras: só se viam as pedras ensolaradas e a poeira, além de uma eventual flor silvestre brotando em meio a uma fenda nas rochas. Nada de Jesus.

Olhou entre as fendas, mas não se via, em lugar algum, senão a paisagem inóspita do local. Ele teria certamente caído em algum lugar que lhe era inacessível. Encostou-se a um rochedo enorme e chorou.

Era o fim. Tudo acabara antes mesmo de começar. Jesus a curara, mas não lhe haviam permitido fazer qualquer outra coisa — nem mesmo seu sacerdócio. Com exceção de umas poucas pessoas numa sinagoga de um pequeno vilarejo, ninguém chegara a ouvir sua mensagem. Quem e o que ele fora permaneceria um mistério para sempre.

— Maria.

Ouviu uma voz de lá de cima. Olhou para ver quem lhe falara, mas só via o vulto de alguém no alto do penhasco.

— Maria. — Chamavam seu nome de novo. — Por que você está chorando?

Quem poderia estar falando com ela? E quem sabia seu nome? Seria um dos irmãos de Jesus? Mas ele saberia por quê ela estava chorando. E por que não estavam eles chorando? Ela conhecera Jesus há bem pouco, mas eles o conheciam de toda a vida.

— Estou chorando porque estou procurando Jesus, que foi espancado e jogado aqui em baixo, e não o estou conseguindo encontrar. — Suas palavras jorravam como um desafio: — Ajude-me, ajude-me a achá-lo.

— Maria.

Ela conhecia aquela voz. Protegeu os olhos com a mão e olhou para cima. Mas só via um vulto contra a luz do sol. Moveu-se um pouco para a direita e, de repente, viu o rosto.

— Jesus!

Era ele, em pé, no alto do penhasco, olhando para baixo, para ela.

— Então você estava me procurando — disse. Com um gesto, apontou a solidão das rochas em volta. — Só você.

Ela começou a escalar o barranco. Como teria ele escapado? Como podia estar em pé ali em cima, calmo e ileso? — Os outros fugiram... — murmurou. — Estavam em perigo... — Talvez fosse verdade, mas não seria o motivo para terem fugido.

Jesus estendeu a mão, puxando-a para cima. Ela olhou seu rosto com atenção. Parecia não ter um único arranhão, apesar da fúria das pessoas que o haviam atacado. Até seu novo manto não tinha mancha alguma. — Mas como é que você... Eu vi quando o arrastaram para aqui...

— Não era a minha hora — disse ele, como explicação. — Passei simplesmente por entre a multidão e deixei-os lá.

Mas como? Isso era impossível. Ela estava lá e tinha visto tudo. Não o vira sair do meio da multidão para o outro lado.

— E agora... você vai fazer o quê? — perguntou ela.

— É evidente que terei de sair de Nazaré — respondeu ele. Mas eu sempre o soube. Não temos uma viagem para fazer a Magdala? — Seus olhos eram tão suaves quanto a sua voz.

— Mas a sua mãe... — disse Maria. — Eu prometi a ela que voltaria para dizer-lhe...

— Ela irá saber — disse Jesus. — Você não deve voltar lá. Aqui, acabou tudo.

Estaria ele triste? Parecia aceitar tudo com tranquilidade.

— Não quero que eles se preocupem — disse Jesus, como se respondesse aos pensamentos de Maria. — Mas também não quero preocupar meu pai do céu atrasando a minha missão. São dois tipos de fidelidade, mas um deles é mais importante.

— Como você pode estar tão certo da ordem de importância dessas fidelidades? — perguntou Maria.

— A fidelidade a Deus deve ser sempre a mais importante. E Deus não gosta de ver alguém sofrer.

— Mas a opção por ele pode causar sofrimento — disse Maria, que já pensara nisso.

— Então ele reconfortará esse sofrimento — disse Jesus. Olhou para o céu. — Vamos partir? Se formos agora, chegaremos lá ao entardecer.

Maria olhou para ele. Pelo menos, estaria com ela em Magdala. Não iria isso torná-la mais confusa ainda? Ele tinha uma mensagem de seu pai do céu e ela apenas recebera um chamamento para ajudar Jesus em sua missão. O que eram coisas muito diferentes.

O sol que tanto esquentara as rochas por volta de meio-dia ganhou uma cor amarelo-âmbar, envolvendo-os com uma luz agradável. De onde se encontravam, no sopé da montanha, viam-se as terras férteis da planície da Galileia e, mais além, o lago reluzia como um espelho de bronze. Se apressassem o passo, chegariam a Magdala, mas talvez não ao entardecer. E para Maria, o dia fora bastante cansativo.

Os campos abertos e a terra plana pareciam um tapete de boas-vindas estendido à frente deles.

— Sugiro que façamos uma parada e passemos a noite aqui — disse Jesus. — Amanhã de manhã você voltará para sua família bem-disposta, e não exausta, como está agora.

Estavam cercados por oliveiras e algumas plantações, um lugar perfeito para parar e descansar. Jesus encontrou um bosque de oliveiras do lado direito da estrada e fez-lhe sinal para que o seguisse. Estavam cercados por árvores velhas, retorcidas pelo tempo. Sentou-se junto a um tronco.

Ela assentiu com a cabeça. Também ela preferiria assim. Queria que vissem a coisa maravilhosa que Jesus fizera por ela, queria que a vissem em seu melhor estado. — Quando voltar para casa... — começou, hesitante. — Eles têm dinheiro e haverão de recompensá-lo pelo que você fez por mim.

Mas logo se arrependeu de o ter dito. Jesus olhou para ela — não com raiva, mas com tristeza.

— Por favor, não diga uma coisa dessas — disse. Fez uma pausa longa e ela pensou que ele terminara de falar. — Fico decepcionado que você o tenha pensado.

— Perdoe-me... Só pensei...

— Claro que pensou — disse Jesus. — Mas tanto você quanto os outros a quem chamei devem compreender uma coisa: de agora em diante, serei pobre e os que me acompanharem também serão pobres. — Respirou fundo. — Tão pobres quanto as pessoas que se juntam às portas das sinagogas pedindo esmola. Deve refletir sobre isso. Foi por isso que enviei todos de volta às suas casas. Se não quiserem essa vida, devem ser honestos consigo próprios.

— Mas por que teremos de ser pobres? — perguntou Maria. — Moisés não era pobre, Davi também não e Salomão, evidentemente, não era pobre. Por que devemos então aceitar como condição a pobreza?

Jesus não respondeu de imediato. — Devemos deixar Salomão de lado — disse, por fim. — A riqueza de Salomão levou-o a abandonar Deus. Davi... — Parecia pensar em voz alta. — Davi estava mais próximo de Deus em sua juventude do que na velhice. E Moisés... Moisés deixou seu palácio, no Egito, e foi para o deserto. É verdade que mais tarde teve alguma riqueza com a criação de gado, mas também deixou tudo isso de lado quando Deus lhe ordenou que voltasse ao Egito para enfrentar o faraó.

— Mas não deixou para trás toda a sua família, nem sua riqueza — disse Maria. — Mais tarde, seu sogro se juntou a ele no Monte Sinai.

Jesus sorriu. — Vejo que você conhece bem as escrituras! — Parecia contente com isso. — Mas Moisés não carregou sua riqueza para a solidão do deserto. E, além disso, mandou seu sogro, Jethro, de volta para Midian.

— Então, as pessoas devem despojar-se de tudo o que têm? — perguntou Maria. — Será realmente isso que Deus quer de nós?

— Devemos *estar dispostos* a nos despojarmos de tudo — disse Jesus. — Você parece considerar isso uma provação. Mas, às vezes, a maior das provações é continuar vivendo neste mundo e servir a todas essas riquezas, a todos esses senhores. — Deu uma risada. — E Satanás está atento, no meio deles, querendo aproximar-se de você. Se você se despojar da riqueza ele terá menos lugar onde se esconder.

Satanás... Mas era aquela história da pobreza que a preocupava. Não queria ser pobre. Seria assim tão necessário?

27

Maria acordou com a luz do amanhecer. Jesus continuava encostado ao tronco de árvore, com os olhos fechados. Ela apoiou-se num cotovelo e olhou para ele com atenção.

Agora, que já estava com ele há algum tempo, percebia as feições do rapaz que conhecera há tantos anos. Seu nariz aquilino e seus lábios bonitos, embora agora enquadrados na barba, eram os mesmos. As sombras em volta de seus olhos fundos obrigavam a fitá-los. Quando ele olhava de frente para alguém, seu olhar vinha do fundo, de algum lugar secreto. Seu olhar era sempre pessoal, mas não invadia a privacidade.

Ele convidava as pessoas a confiarem nele, ou em se abrirem a ele, mas sentia-se que todos os segredos seriam respeitados e jamais revelados. Sentia-se que ele os perceberia cuidadosamente e teria resposta para eles.

O manto, magnificamente feito de lã branca, tinha resvalado da sua cabeça, deixando aparecer a cabeleira espessa e escura. Não era um cabelo desgrenhado ou emaranhado como o de João Batista. Embora tivesse passado um tempo no deserto, não era como aqueles homens santos que evitavam as cidades e as pessoas. Vestia-se de maneira simples, como um homem comum. Isso permitia que as pessoas se aproximassem dele sem preconceitos, para o ouvir. Era a sua mensagem que queria que ouvissem.

Despertou e olhou para ela.

— Ah! — disse. — Como é bom ver você aqui. — Levantou-se e espreguiçou-se. A luz do sol bateu em seu rosto. Seus olhos brilhavam e estavam atentos. — Vamos para Magdala, vamos. À sua frente, estendia-se a vasta planície com seus campos verdes e também já se via o lago, brilhando adiante.

Chegara a primavera. Tempo de semear e de felicidade, pensou Maria. E os pescadores estariam em seus barcos sem preocupações maiores com o tempo e com tempestades. Como conhecia esta época! E como era maravilhoso ver tudo isso outra vez.

Passava de meio-dia quando se aproximaram de Magdala. Tinham parado no caminho e pedido uns figos a um vendedor. Como não tinham dinheiro, a oferta dele fora uma ação de caridade. Haviam se sentado à beira do lago e partilhado o escasso presente recebido. Após um breve descanso, haviam retomado o caminho à beira do lago, que Maria conhecia tão bem. Passaram por Sete Fontes e pelos barcos de pesca que ali se encontravam. Mas Jesus nem olhou para eles.

De repente, chegaram a Magdala.

Ela sentia a mão dele em seu ombro, apoiando-a. Atravessaram as ruas da cidade passando pelo armazém de sua família, onde Joel e seu pai praticamente viviam, e pelos prédios e ruas conhecidos. A presença de Jesus fazia com que parecessem diferentes. Entraram na sua rua. Seu coração batia mais rápido. Agora estava a um passo de casa.

Chegaram, enfim, à porta da casa, maciça, tão familiar, mas também estranha. Maria mal conseguia conter o entusiasmo. Voltara, estava livre dos demônios, era outra pessoa.

Empurrou a porta de entrada. Tomara que estejam em casa, rezou. Que todos estejam aqui! Antes que conseguisse seguir adiante, a porta rangeu e dois olhos desconfiados olharam para eles.

— Sim?

— Sou Maria, mulher de Joel.

Os olhos estreitaram-se. — Ficou fora por muitas semanas?

A porta não se abria.

— Sim, estava doente. Sei que foi por muito tempo...

— Sim, muito tempo. — A voz era firme.

— Quem é você? — perguntou Maria.

Houve uma pausa. — Fui contratada para cuidar de Eliseba.

Mas a porta continuava não se abrindo.

— Que você abandonou — continuou a voz. — Por causa de sua doença.

— Agora estou curada — disse Maria em voz alta. Queria que a cidade inteira a pudesse ouvir. — Deixe-me entrar.

Devagar, a porta abriu-se. Maria e Jesus entraram e depararam com uma mocinha que também os olhava de volta. Seus olhos os estudavam, passando rapidamente por Maria, mas detendo-se em Jesus.

— Onde está Joel? — perguntou Maria.

A moça deu de ombros, desinteressada. — Você esqueceu? — Era evidente que achava que Maria era uma demente. — Está no trabalho? Onde acha que ele estaria?

Maria ignorou-a e ficou olhando em volta, com saudade de sua casa. Ali era a entrada, ali a sala de estar, ali a lareira. Minha querida casa. Meu lar.

— E onde está Eliseba? — perguntou.

— Dormindo — respondeu a moça. — Também se esqueceu disso? Ela só tem dois anos. De tarde ela dorme.

Impaciente, Maria passou por ela e dirigiu-se ao quarto de Eliseba. Conhecia intimamente cada vão e cada sombra, como se fossem partes do seu corpo.

A penumbra do quarto a fez parar por um instante. Em seguida, dirigiu-se à cama. A menininha estava profundamente adormecida. Seu rosto mudara durante o período que Maria estivera fora. Pegou nela e abraçou-a. Ah, Eliseba, pensou. Minha querida! Sentiu-se inundada por uma sensação de extremo alívio, de saudade de casa. Segurou-a apertada, sentindo seu corpinho quente, os braços, com o cabelinho encaracolado encostado ao seu ombro.

Quando acariciou o pescoço de Eliseba, Maria sentiu um cordão. Com a mão, retirou-o pela cabeça da menina e olhou o pequeno amuleto que balançava do cordão. Era um desses amuletos comuns, usados para afastar mau-olhado, mas para Maria parecia ter o valor de ouro. Tinha ficado em torno do pescoço de Eliseba desde que ela fora embora. Protegera-a quando sua mãe não o pudera fazer.

Relutante, voltou a colocar a criança na cama.

— Isso. Deixe-a dormir. — A voz era ríspida. Era a moça. — Não a perturbe mais.

— Como você se chama? — perguntou-lhe Maria.

— Sara. — A mulher fitava Maria. Era óbvio que não queria conversa.

— Vou procurar Joel — disse Maria a Jesus, voltando as costas à mulher. Precisava encontrá-lo, dar-lhe as boas novas de sua cura. Então voltariam os dois para ver Eliseba. E se livrariam de Sara. E Jesus poderia passar a noite em sua casa e contar seus planos a Joel. Em sua casa, retribuiria a hospitalidade que tivera na casa dele. Depois, mais tarde, ela o ajudaria por um tempo.

Apressando-se pelas ruas cheias de gente, Maria esbarrou em algumas pessoas na sua pressa de encontrar Joel e Jesus a encabulou, pedindo perdão às pessoas molestadas. Ia encontrar-se com o homem que a amava e já fizera por ela sacrifícios que muitos outros não fariam. Respirou fundo e tentou acalmar-se.

Percebeu que ainda segurava o cordão de Eliseba em sua mão. Tornaria a colocá-lo quando voltasse para casa.

Chegando ao armazém, Maria abriu as portas. Imediatamente sentiu uma onda de ar úmido, misturado com o cheiro do molho de peixe que conhecia tão bem. Estava escuro lá dentro, devido à altura do teto e às abóbadas de pedra. Por um instante, não conseguia enxergar muita coisa e só aos poucos foram surgindo vultos de pessoas. Alguns homens empurravam barris. Outros davam ordens. Viam-se as fileiras de sacas secando e os tonéis cheios de salmoura.

Mas tudo parou, de repente, quando ela entrou, como se uma força espiritual tivesse tomado os trabalhadores. Não via Joel no armazém.

— Maria! — disse um trabalhador que montava uma cesta. — Maria!

— Sim, Timeu — disse ela. — Sou eu.

Em vez de sorrir e cumprimentá-la, ele saiu correndo.

Ela voltou-se para Jesus, que a olhava. — Ajude-me — limitou-se a dizer.

— Estarei aqui a seu lado — disse ele.

Aproximou-se então, hesitante, outro trabalhador, que vestia um avental sujo. — Vou procurar Joel para lhe dizer que você está aqui — ofereceu-se.

Ficaram esperando naquela escuridão artificial que os envolvia. De repente, Joel surgiu do escuro a grandes passadas, dirigindo-se a ela.

— Maria. — Envolveu-a em seus braços e Jesus afastou-se.

Seu abraço era forte e sincero. — Ah, Maria, você voltou — disse, por fim, com alegria. — Quando deixei você em Cafarnaum, não sabia... Mas que bom, você está salva! — Encostou a cabeça no ombro dela e chorou.

Depois de algum tempo, soltou-a e deu um passo atrás. — É mesmo verdade? *Livrou-se* deles? — Examinou seu rosto como se procurasse algum sinal que denunciasse a presença de alguma coisa. — Livrou-se?

— Livrei-me — garantiu Maria. — Sumiram de repente, sem deixar vestígios, e eu estou livre. — Pegou nas mãos dele, segurando-as com força.

— Ah, Joel, você não pode imaginar o que sinto por estar livre, livre deles, voltando a ser a pessoa que eu era! — Voltou-se para Jesus. — Foi este o homem que me libertou!

Só então, ainda confuso, Joel olhou para Jesus. — Foi você? O que *fez* você, meu amigo? Estávamos tão desesperados... Eles pareciam tão fortes...

Jesus não respondeu de imediato. Esperou uns instantes, como se avaliasse suas palavras. — Ordenei-lhes que partissem e eles obedeceram — disse.

— Mas outras pessoas já o haviam feito — disse Joel. — Um homem muito santo os tinha enfrentado, as sagradas escrituras foram utilizadas, sem resultado. O que poderia você ter feito, qual foi o seu segredo?

Maria voltou a segurar as mãos de Joel. Como era bom segurá-las de novo! — Meu querido, ele foi mais forte que os espíritos malignos. Eles o obedeceram.

Sentiu que a mão de Joel apertava a sua com mais força. — Maria, você sabe o que isso significa? Empertigou-se e Maria percebeu que se afastava, distanciando-se de Jesus, embora apenas um pouco. — Ele próprio pode ter uma ligação com os espíritos malignos — sussurrou junto ao ouvido dela.

— O quê? — Maria ficou pasma. Jesus apenas balançou a cabeça, com tristeza. Ouvira a acusação que lhe fazia Joel.

— Isso não é verdade — foi a única coisa que disse em sua defesa.

— Não é? — Joel obrigou Maria a olhar para si. — Pense um pouco! Todos os nossos homens santos não conseguiram desalojar os espíritos. Nem com as palavras da Torá o conseguiram. E de repente surge um estranho que tem poderes sobre eles. E quem tem poder sobre os demônios inferiores? O próprio Satanás, ou alguém ligado a ele.

— Satanás não desaloja seus próprios espíritos — disse Jesus. — Não luta contra si próprio. — Falava em voz calma, como apelando para a razão. — Um reino dividido entre si não dura muito. — Fez uma pausa. — Se Satanás lutasse contra si próprio estaria fazendo o trabalho de Deus e isso não é possível.

Joel olhava fixo para ele, balançando a cabeça, como se quisesse refletir sobre o que ouvira. — Você me confunde com suas palavras inteligentes. — Fez uma pausa. — Eu deveria agradecer-lhe, deveria recompensá-lo por ter ajudado minha mulher. Mas não posso recompensar quem tenha ligação com os demônios! — Percebia-se o medo estampado em seu rosto. Fez um gesto com a mão, antecipando-se a que Jesus falasse. — E não me venha com a ameaça de que os espíritos poderão voltar! Nem o próprio Satanás o conseguiria!

Não era possível que aquilo estivesse acontecendo. Maria não acreditava no que via e ouvia — Joel voltando-se contra Jesus e acusando-o de estar ligado a Satanás. Era um pesadelo. Mas tudo o que tinha relação com os espíritos malignos era um pesadelo — fora assim desde o início. Mas não acabara. E agora parecia que os demônios haviam feito outra vítima.

— Foi ele! — disse Maria. — Foi Satanás que entrou em seus pensamentos, Joel. Como não pode me mais possuir, tenta agora controlar você. Faz você se voltar contra mim e contra Jesus. Faz o preto virar branco e o branco virar preto e apresenta um homem bom, que me libertou de uma maldade terrível, como se fosse o próprio Príncipe do Mal. Pare, Joel! Não deixe que ele faça isso com você!

— Satanás é o pai da mentira, Maria! Não sabia disso? — disse Joel. — Mas foi você que foi enganada!

— Como, enganada? Estou livre dos demônios, Joel. Estou livre deles! E só eu sei o que isso significa! Nem você, nem minha família. Ninguém! E o homem que me libertou deles está bem na sua frente. Qualquer recompensa que você lhe desse — o armazém, os negócios, o ouro que temos guardado — seria pouca. Mas, em vez disso, você o insulta e faz a pior das acusações que pode ser lançada contra um homem santo: a de ter relações com Satanás!

— Como é mesmo o nome dele? — perguntou Joel de supetão, ignorando o que ela acabara de dizer. — Jesus? É um nome banal. Jesus de quê, de onde?

— Sou de Nazaré.

Joel olhou-o, estupidificado. E caiu na risada, com uma gargalhada estranha, que não era a sua normal. — Nazaré! Nazaré! Ah, Maria você é louca. Este homem é perigoso e talvez até esteja possuído, ele próprio. Ontem, na sinagoga de Nazaré, ele disse possuir... poderes bizarros e foi expulso de lá. O que você diz disso?

Largara a mão de Maria e cruzara os braços, numa posição autoritária.

Maria olhava para Joel perplexa. Podiam essas ser realmente palavras ditas por um homem bom e equilibrado como Joel? — O que eu digo? Ou o que diz Jesus? — perguntou. — Com quem você está falando?

Joel pareceu confuso com a pergunta, mas refez-se. — Você, é claro — disse, dirigindo-se a Maria.

— Pois bem — disse ela. De repente, compreendeu que sua resposta o iria confundir ainda mais. — Eu estava lá e vi tudo com os meus olhos.

Então, foi Joel que ficou perplexo. — Você estava lá? Você foi para lá com... *ele*, ao invés de vir primeiro para casa?

— Fui. Precisava passar mais algum tempo com ele antes... antes de...

— Maria! — exclamou Joel, como se ela lhe tivesse batido.

— Você perguntou quem ele era, o que ele era e fez acusações terríveis contra ele. — Suas palavras saíam em torrente; ela tremia de emoção. — Sei que ele é de Nazaré. Conheço a família dele. Na verdade, conheci-os há muitos anos. Não posso dar a você as respostas que daria um rabino ou um sacerdote. Tudo o que posso fazer é ficar na sua frente, fazer com que você olhe para mim e veja que estou curada. Você me perguntou o que aconteceu? A única coisa de que tenho absoluta certeza é que eu estava possuída e era atormentada por demônios e agora estou livre deles porque *ele* os expulsou. Porque ele teve por mim a compaixão de me trazer de volta ao mundo do bem, ao mundo de Deus. Se isso representa maldade, então que todas as pessoas sejam más! — Parou e respirou fundo. — Vi o que aconteceu em Nazaré. Vi pessoas voltarem-se contra ele do jeito que você o fez. Tentaram matá-lo! Isso mesmo, matá-lo! E isso é coisa do mal, é uma tentativa de impedi-lo de fazer o que quer, de eliminá-lo.

— Maria, pare com isso! Afaste-se desse mundo de demônios, de exorcistas e de maldições. — Joel suplicava, com o rosto pálido. — Deixe-a em paz! — ordenou a Jesus. — Não a arraste para seus próprios perigos!

— Joel — gritou Maria. — Eu me afastei de casa para não fazer mal a você e para fazer o possível por recuperar a minha sanidade e a minha saúde. Mas também devo minha vida a Jesus. Sem ele, não estaríamos juntos de novo. Portanto, deixe-me retribuir-lhe ajudando-o como ele me ajudou...

— Maria! — Joel recuou como se tivesse sido atingido. — Maria! Essa loucura é pior que os demônios!

Só então Jesus falou. — Não diga isso, meu amigo. Isso é uma blasfêmia contra o Espírito Santo. — Estendeu-lhe a mão, mas Joel a empurrou para trás.

— Afaste-se de mim! — gritou. Os trabalhadores do armazém pararam o que estavam fazendo para assistir. Pouco depois veio Natã correndo, empurrando os trabalhadores da sua frente.

— Minha filha! — gritou. Mas Joel se pôs na sua frente.

— Não se aproxime deles! — disse Joel. — Esse homem estranho... fez algum tipo de feitiço com ela.

Natã olhou Jesus de alto a baixo. Depois, lançou-se para a frente e começou a rasgar sua túnica, num ritual de lamentação. — Jonas me falou dele. Seus filhos, Simão e André, também foram enfeitiçados por ele. Lá no deserto. E as histórias que contaram... — Estava lavado em lágrimas. — Minha filha Maria, sua mulher, sozinha com aqueles homens durante um mês. Esperando por *este* homem. Perdeu a vergonha e a honra, não a poderemos aceitar de volta. — Tornou a pegar sua túnica, rasgando-a. — Para nós, ela morreu.

— Mas... — O rosto de Joel estava impassível. — Mas eu...

— Para nós, morreu! — berrou Natã, tomando Joel pelo ombro. — Que vergonha! Que vergonha! Viver com homens no deserto é uma desgraça, é pecado! Você *não pode* aceitá-la de volta. Você não o pode fazer! Se o fizer, será banido da nossa família, eu o despedirei do seu emprego e tomarei Eliseba de seus cuidados. Eu o arruinarei como ela se arruinou!

— Pai! — Eli aproximou-se, empurrando os outros da frente. — Maria? O que está acontecendo? Você finalmente voltou para casa? — Por um instante, parecia contente.

— Ela não tem casa! — gritou Natã. — E eu não tenho filha alguma e você não tem uma irmã!

— E eu não tenho esposa — murmurou Joel.

Maria estava tão estarrecida com a sua submissão que não conseguia dizer senão seu nome. — Joel! Joel! Joel!

Mas ele lhe deu as costas sem olhar para ela.

— É uma prostituta! — disse Natã. — A mãe de sua filha será chamada de prostituta e Eliseba irá sofrer com isso, a menos que você a mande embora agora. Agora!

Joel chorava.

— Pense nisso, por Deus do céu! — disse Natã. — Pense na sua filha! Ah, meu Deus!... — E dobrou-se, soluçando. — Não! Não!

— As coisas não têm de ser assim, Joel! — gritou Maria. — Não dê ouvidos a meu pai! Ele está cego de ódio. Mas você... você sabe refletir. Olhe para Jesus. Retire as palavras ruins que você disse. Você pode dizer-lhe "Meu amigo, você deve ser um homem santo. Você conseguiu derrotar os poderes do Mal que mesmo os homens mais sagrados da nossa comunidade não tinham conseguido. Eu o respeito e desejo conhecê-lo melhor." Faça isso, Joel. Nossas vidas — a sua vida e a minha — irão mudar. Não perca esta oportunidade.

Mas não foi Joel que respondeu.

— Vá-se embora daqui! — ordenou-lhe Natã. — Por que você voltou? Nós já a tínhamos por morta!

— Eu *estava* morta — respondeu Maria. — E não havia como esperar que voltasse a ter uma vida. E, mesmo que voltasse, não havia como esperar que fosse a mesma pessoa. E realmente não sou. Seus piores medos realizaram-se.

— Este Jesus! — gritou Joel. — Por que tudo isto só por causa dele? — O tom da sua voz tornou-se um rugido de dor. — Por quê? Por quê? Não suporto ver você no estado em que está!

— Como sabe você o estado em que estou? — disse Maria. — Só pelo que disse meu pai sobre coisas que jamais se passaram? É por isso que você me abandona?

— Foi você que *me abandonou* — gritou ele. — Na verdade, você nunca foi minha esposa. Você sempre teve seus segredos. Primeiro, eram os demônios, e depois essa estadia no deserto com esse... louco... e os seus seguidores. — E começou a chorar de novo.

Curiosamente, foi ela quem sentiu que deveria ser forte. Não posso mais ter a vida que tinha antes, pensou. Foi tolice pensar que expulsando os demônios de dentro de mim tudo se resolveria. Já me sinto num caminho que me levará para bem longe de tudo o que conheci até hoje.

— Então você me expulsa — disse, devagar, como se constatasse uma realidade. Fez um enorme esforço para não chorar nem segurar Joel pelo braço. Ele a empurraria, se enfezaria se o tocasse e isso seria mais do que ela poderia aguentar. — Seguiremos para Cafarnaum — acrescentou, prometendo a si própria ter força para não vacilar e para não fazer algo que pudesse irritar Joel e os outros ainda mais. — Se quiser me ver, é lá que estarei. Os outros seguidores se reunirão lá. — Quando ouviu Joel soluçar, continuou. — Guarde-me em seu coração. Não o abandonarei. E, se você quiser, poderá nos acompanhar.

— Nunca! — respondeu ele com raiva. — A única coisa que posso fazer é rezar para que você volte à razão, para que reze e se purifique, para que se redima de seu pecado. E quanto a você — disse, virando-se para Jesus — vá-se embora daqui, desapareça, vá para o inferno!

Aos tropeços, Maria e Jesus saíram para a luz forte da rua. Seus olhos piscaram por alguns momentos. Maria receava que Joel e os outros os seguissem para ter certeza de que os expulsavam da cidade. Mas a porta ficou firmemente fechada.

— Eu não esperava por isso — disse Maria, por fim, quase sem palavras. — Pensava que seria uma reunião mais... agradável.

Jesus assentiu com a cabeça. — Também eu, em Nazaré. — E deram uma risada amarga. Sentiam um curioso vínculo de companheirismo entre si.

— Pelo menos sua família nos recebeu bem — disse Maria.

— É, mas depois o pessoal tentou me matar.

Aí, ambos riram com vontade.

De repente, a porta escancarou-se e apareceram Natã, Eli e Joel, olhando fixamente para eles e sentindo-se atraiçoados e com raiva.

— Quem fica dando gargalhada junto senão amantes e conspiradores? Acho que vocês são as duas coisas! — gritou Natã.

— Não somos nenhuma delas — disse Jesus. — Mas compreendo que você possa pensar dessa forma.

— Compreende!? Ele compreende! — disse Joel, ridicularizando Jesus. — Bondade sua! Agora compreenda você uma coisa: tenho todo o direito de o matar. Você desonrou minha mulher e minha família. Só o amor que tenho por ela me impede de o fazer. Mas vá-se embora daqui de uma vez por todas! Vá! — E, voltando-se para Maria, disse: — E você desapareça da minha frente! Não a quero ver nunca mais! Não suporto!

Entrou para dentro do armazém e bateu a porta.

Maria compreendeu a dificuldade que era para Joel dizer o que disseram e depois desaparecer. — Joel é um bom homem — disse.

— Eu sei disso. É muito difícil para pessoas como ele. Rezarei por ele, pois nenhum de nós o quer perder.

Perdê-lo? Como assim? Perdê-lo para os demônios? Para o mundo? Ou para eles dois?

— Parece que ambos perdemos as nossas famílias — disse Maria, recuperando o fôlego aos poucos.

— Isso não deveria ter acontecido — disse Jesus. — Mas talvez eles ainda mudem. Talvez não amanhã, ou depois... Mas com o tempo.

Estavam próximo ao cais, que estava muito movimentado. Ao final do dia, a pescaria era entregue e o peixe separado e até os vendedores já tinham ido para casa. Trabalhadores lavavam o local de entrega do peixe, preparando-se para a pescaria da manhã seguinte.

— Você foi corajosa — disse Jesus.

— Não quero que aconteça isto — disse Maria em voz suave. — Não quero perder minha filha nem quero que meu marido me expulse de casa. Acho que não o suportaria se não acreditasse, como você mesmo disse, que eles poderão mudar. — Sua voz foi sumindo. — Por que as coisas têm de ser desta maneira?

— Não sei — respondeu ele, devagar. — É parte do sofrimento de viver neste mundo, com Satanás em liberdade para atormentar a nossa vida diária.

— Jesus — disse ela subitamente. — Tenho outro irmão e ele não é como Eli ou como meu pai... — Mas Joel também nunca fora como eles, ou pelo menos era o que ela pensava. — Vamos procurá-lo antes que eles o procurem com suas mentiras!

Jesus não parecia achar que fosse uma boa ideia. — Tudo bem. Mas é bom você se preparar para o caso de ele também dizer coisas desagradáveis. Lembre-se de que, apesar de tudo, minha mãe não nos acompanhou.

— Mas ela não sabia o que tinha acontecido — disse Maria. Alguém lhe devia ter contado. Maria sentiu-se culpada por não ter voltado para avisá-la. Também sou mãe, pensou. Como posso ter feito isso com outra mãe? Deixá-la ficar numa dúvida tão atroz, tão cruel?

Levava no seu pulso o colarzinho de Eliseba.

— Tenho de ver milha filha outra vez! Tenho de levá-la! — disse em voz entrecortada. — Vamos voltar lá em casa e pegá-la. Se eu sou sua mãe, como não posso ficar com ela? Depois, passamos na casa de Silvanus e ele nos dará mantimentos, talvez até nos esconda... — Voltou-se e encaminhou-se para as ruas que levavam a casa e Jesus não teve alternativa senão segui-la.

Maria chegou rapidamente a casa. Dessa vez não bateu à porta, com delicadeza. Abriu a porta e foi correndo para o quarto de Eliseba. Quando a babá tentou barrar-lhe a passagem, bateu-lhe e empurrou-a com a força de um homem. Tomou Eliseba nos braços, puxando-a da cama, e saiu correndo para a casa de Silvanus. Eliseba chorava de medo.

— Silvanus! Naomi! — gritou Maria, enquanto batia na porta. Eles devem estar em casa, têm de estar em casa!

Naomi, com cara de espanto, abriu a porta e olhou para ela.

— Maria! — disse, sorrindo de alegria sincera. — Que bom que você voltou! Mas... — Seus olhos desviaram-se para a menina chorando nos braços de Maria e depois para o estranho que a acompanhava. — O quê...?

— Silvanus está em casa? — gritava Maria, histérica. — Tenho de falar com ele!

— Ele saiu, mas volta já — disse Naomi. — Entrem, por favor...

Mas antes que Maria e Jesus pudessem entrar, Natã e Eli, acompanhados por um grupo de homens, dobraram a esquina e vinham chegando impetuosamente.

— Ela a roubou! — gritou Eli. — Parem-na!

— Ela não tem vergonha! Não tem vergonha! — A voz trêmula de seu pai soava como uma convocação de trombeta.

Assustada, Naomi afastou-se quando o grupo de homens ficou entre ela e Maria, separando-as.

— Entregue-nos a criança! — ordenou Natã, avançando na direção de Maria.

Ela segurou Eliseba com mais força contra seu peito. A criança debatia-se, gritava. — Não. Não. Eu sou sua mãe. Se vocês me expulsam, eu a levarei comigo. Não permitirei que me separem dela outra vez.

— Você não tem condições de ser mãe dela! — disse Eli, avançando em passos largos e tentando arrancá-la dos braços de Maria, que a continuou segurando com firmeza a ponto de parecer que a criança seria machucada.

— Pare com isso! — disse Jesus. — Deixe a criança com a mãe dela! — Tentou colocar-se no caminho entre os dois, apartando Eli da criança apavorada.

— Quem é você? — gritou Eli, empurrando Jesus com força. — Você não manda em ninguém aqui!

Jesus voltou a aproximar-se e, dessa vez, Elie e Natã o empurraram com força, fazendo-o cair. Mas Jesus levantou-se rapidamente. Seus movimentos rápidos os fizeram recuar. Era evidente que aquele homem era forte e ágil e devia ser um lutador.

— Peço-lhes que deixem a criança com essa mulher — repetiu Jesus. Mas não fez qualquer menção de atacar as pessoas que o empurravam.

Então, Natã tornou a empurrá-lo e ele caiu. Em seguida, Eli bateu nele e ele caiu de joelhos. Atendendo a um chamado, os outros homens do grupo caíram sobre ele, chutando-o e espancando-o. Jesus não tentava defender-se.

— Então é este o homem que você segue! — disse Eli. — Que tipo de homem é esse que não se defende e fica deitado ali, como uma mulher frágil, deixando que lhe batamos?

— Quem pratica a violência, morre pela violência — disse Jesus numa voz sumida.

— Belas palavras para esconder a sua covardia!

Juntos, Eli e Natã agarraram Maria e enquanto um deles separava os seus braços o outro arrancou-lhe Eliseba. Naomi começou a gritar.

— Cala a boca, mulher! — disse Eli.

Os homens afastaram-se levando seu prêmio e deixaram Maria, Jesus e Naomi sozinhos.

— Venha — disse Jesus a Maria, por fim. — Venha. Vamos para Cafarnaum. — E respirou fundo, produzindo um ruído.

28

Haviam sido muitas as vezes que Maria viajara para Cafarnaum por aquele caminho, que agora lhe parecia um pesadelo. Um pesadelo camuflado por um sofrimento infinito — o sofrimento que ficara para trás, aquele que tinha agora pela frente e, o mais terrível de todos, que cercava agora aquele caminho por todos os lados. Tropeçava e esbarrava em Jesus ao tentar caminhar; seus olhos quase não enxergavam, devido às lágrimas e à comoção. Quando saíram dos arredores de Magdala, seu corpo tremia tanto que não conseguia caminhar. Seus joelhos travaram e Jesus teve que levá-la, com cuidado, para a beira do caminho, onde se refugiaram, longe de olhares curiosos, sob uma árvore agradável.

Protegida de viajantes que passavam, Maria sentou-se no chão e começou a soluçar. Sentia que não podia parar, que nunca chegaria ao fundo de sua angústia. As lágrimas e os soluços não aliviavam seu sofrimento, mas pareciam ter vida própria, distanciando-se do que os provocava.

Jesus sentou-se a seu lado. Através de suas lágrimas, Maria via o capim verde que crescia no chão árido e o padrão do bordado do manto que ele usava. O manto que sua mãe havia tecido e lhe dera antes... Para ela, agora, o próprio manto e cada ponto do bordado representavam os vínculos com famílias que os haviam expulsado. O cuidadoso trabalho de costura, a alegria de dar um presente ao filho predileto, a hospitalidade com que haviam sido recebidos — tudo desaparecera, tudo mudara. Haviam sido expulsos, como Adão e Eva do paraíso, e suas famílias pareciam menos tristes com isso do que Deus ficara. A família, que agora lhes era proibida, parecia ganhar os contornos de um paraíso.

— Minha filha! — soluçou ela. Segurava o colar que, por alguma razão, estava em sua mão até agora. Pretendia recolocá-lo em Eliseba. — Isto é tudo o que tenho dela! — Abriu a mão e mostrou a Jesus o pequeno círculo de cerâmica no colar.

— Maria, você será sempre a mãe dela — disse Jesus. — Nada acabou.

Seus soluços dilacerantes foram diminuindo e ela tentou retomar o fôlego.

Jesus pegou no colar que tinha em sua mão suada e passou-o em torno de sua cabeça — Agora você deverá usá-lo — disse.

Colocou as mãos sobre os joelhos e ela as examinou cuidadosamente. Não eram grandes, mas eram fortes e bonitas. Deveriam ter calos — imaginava ela — devido ao seu trabalho na carpintaria e o tempo que passara no deserto.

— Maria — disse ele numa voz reconfortante. — Não sofra, Maria.

— Como posso evitá-lo? — disse ela. Ele tinha de responder-lhe, tinha de convencê-la. Se alguém o poderia fazer, seria ele.

— O sofrimento só vem no fim — disse. — E isto não é o fim.

Não é o fim. Não é o fim. Será que era verdade? — Como é que... Como é que você sabe? — desabafou ela. Ah, se ele realmente soubesse! Se ele soubesse e o pudesse prometer...

— Porque, além do amor que ainda existe aqui, há a coisa mais antiga de todas: uma mãe e uma filha.

— Mas esse amor é só de um lado! Eliseba é muito pequena, não o pode sentir. Outras pessoas tomarão o meu lugar e ela irá esquecer-me...

— O amor nunca morre — insistiu ele.

Ela olhou para seu rosto e viu a expressão em seus olhos; ele tinha certeza absoluta do que dizia. Preocupava-se com ela, compreendia suas confusões e seus medos. Sua voz, como suas mãos, era forte e reconfortante. Ela baixou os olhos.

Não é possível! — murmurava, em sua mente, uma espécie de advertência. Você está perigosamente perto de ficar enamorada por este homem. Só por ele ser generoso e reconfortá-la quando seu marido a expulsou de casa. Isso não basta. Você está fraca e perdeu o controle de seus próprios sentidos.

— Devemos continuar agora — murmurou ela, tentando levantar-se.

— Espere um pouco — disse Jesus, pondo a mão sobre seu braço. Mas não disse mais nada. Ficaram sentados, em silêncio, recolhidos a seus pensamentos.

Retomaram a caminhada no meio da tarde. O lago ainda estava cheio de barcos de pesca. Maria voltou a chorar ao constatar a crueldade que era testemunhar a vida cotidiana dos outros quando a sua própria havia sido destruída. Mas continuou caminhando e pensou, pela primeira vez, que a tristeza também poderia um dia abater-se sobre os pescadores daqueles barcos; que o sol que então brilhava na água não seria eterno para aquelas pessoas.

Quando chegaram à curva de Sete Fontes, viram muitos barcos movendo-se para cá e para lá e ouviram a tradicional algazarra de vozes excitadas sem razão alguma. No estado de espírito em que se encontrava, os pescadores, a pescaria e as redes tinham, para Maria, a importância do capim nas margens do lago.

Um homem, com um vozeirão, gritava ordens para um dos barcos. Maria fez uma careta. Não queria ouvi-lo; sua voz era tão desagradável quanto os gritos de crianças mimadas num piquenique, só que mais forte.

— Seu idiota! — gritava o homem. — Quantas vezes terei de lhe dizer para puxar a rede para dentro, para que ela não fique presa dos lados do barco? Que idade você tem? Trinta? Como é que um homem que já viveu 30 anos pode ser tão burro?

— Sim, pai — respondeu uma voz conhecida. Maria olhou para ele. Era Pedro.

Jesus o viu ao mesmo tempo. Mas não demonstrou reconhecê-lo. Parou de andar e ficou quieto, observando.

— Olhe para essa rede! — disse o homem do vozeirão. — Metade dela está vazia!

— Mas hoje saíram muitos barcos — disse Pedro. — Os locais de pescaria estavam cheios de barcos.

— E por que você permitiu que os outros o deixassem de fora? Você devia tê-los afastado de lá. Vamos lá, temos de contar esta pescaria mixuruca antes de escurecer.

Pedro — e André também, que Maria acabara de ver — começaram a remar. Logo chegaram próximo ao cais. Jogaram as amarras na direção do pai, que as agarrou e prendeu a uma pedra firme. Os homens pularam de dentro do barco e, com água pelo peito, puxaram o barco para a terra. Então começaram a puxar a rede.

— Eu até fico encabulado — disse o pai, examinando a rede como se fosse um feitor furioso. — Vocês devem ser os piores pescadores de todo o lago!

Pedro irritou-se. — Nós sabemos o que fazemos! — E apontou para a rede, que se mexia, arredondada, com os peixes que pulavam. — Se o senhor acha que não, basta comparar com outras pescarias desta mesma zona.

— E como posso fazê-lo, se ainda não chegaram à terra?

— Pois é. E o senhor nos criticaria também se ainda não tivéssemos voltado. — Era a voz de André. — O senhor diria que éramos irresponsáveis e que ficáramos esperando até muito tarde.

— Parem de discutir comigo! — retrucou o homem. — Já não tenho mais paciência para aguentar vocês! Primeiro vocês desaparecem por um tempão, levando uma mulher louca para o deserto para ouvir um pregador louco e nunca mais voltam. Fazem qualquer coisa para não ter de trabalhar.

— Não foi para fugir do trabalho que ficamos lá — disse Pedro.

— Então foi por quê? Vocês nunca me contaram.

Maria espantou-se. Pedro nunca falara sobre Jesus com seu pai ou com outras pessoas?

— Bom... Eu... — Pedro deu de ombros.

Maria sentiu que Jesus se movia. Com o canto do olho, via seu manto branco, que de repente se dirigiu para o cais e, em seguida, diretamente para a frente de Pedro, André e o pai.

Jesus levantou o capuz. — Pedro! — disse, numa voz forte, mais forte que a do pai, mais profunda e plena de autoridade.

Pedro o reconheceu com um sobressalto. E então o pavor de que Jesus ouvira tudo o que fora dito estampou-se em seu rosto. — Ah! — gaguejou. — Ah!, ah... — Continuava paralisado.

— Quem é este homem? — perguntou seu pai.

Jesus nem olhou para ele. — Simão, que és Pedro, que és a minha pedra! — disse, dirigindo-se a Pedro. — Deixe esta vida. Siga-me e eu o farei um pescador de homens. — Apontou a rede, que ainda se retorcia com o peixe dentro. — De homens. Siga-me. Temos outras pescarias pela frente, e bem maiores.

— Sim! — disse Pedro, largando a rede e dando um passo em frente. A alegria inundava seu rosto.

— Você também — disse Jesus, apontando para André.

— Mestre! — gritou André, largando a rede e aproximando-se de Jesus.

— O que é isto? O que está acontecendo? — perguntou o pai. — E os barcos? E esta pescaria que está aqui?

— O senhor saberá cuidar dela — disse Pedro. — O senhor sabe tanto sobre o assunto... — E, rodeando seu pai, foi abraçar Jesus.

— Isso quer dizer que amanhã não irão trabalhar? — disse o pai. — Não podemos nos dar a esse luxo, justamente agora, quando começam as melhores pescarias...

— Nem amanhã, nem o dia seguinte, nem o outro, nem muitos outros que se seguirão — disse Pedro. — Agora tenho um novo mestre.

Maria se espantava de ver Pedro tão decidido, de repente. Mas talvez estivesse esperando que Jesus reaparecesse, para libertá-lo.

— Venham — disse Jesus, virando-se e começando a caminhar. Eles o seguiram e o pai continuava berrando, atrás deles. — Fique em paz, Jonas.

— Como você sabe o meu nome? — berrou.

— Eu o ouvi muitas vezes da boca de seus filhos — disse Jesus.

Quando se distanciaram de Jonas, começaram a falar com entusiasmo entre si. Pedro deu um grito de alegria ao ver Maria, mas logo se arrependeu ao ver seu rosto triste e devastado por lágrimas.

— Foi muito ruim, é? — disse, balançando a cabeça.

— Pior do que você possa imaginar — disse Jesus. — A família a expulsou de casa.

— Joel? — perguntou Pedro, numa voz baixa de incredulidade.

— Sim — disse Jesus. — Acharam que ela estava enfeitiçada ou que eu estava possuído.

— Isso é absurdo! — disse André. — Será que eles não enxergam? Não compreendem?

— Acharam que ela comprometera a sua reputação por ter passado um tempo no deserto sozinha com vocês, que são homens — explicou Jesus.

Pedro deu uma risada triste. — Ah, se eles soubessem...

— Talvez estivessem pensando sobre o que *eles* fariam numa situação dessas — disse Maria. É, talvez o próprio Eli, em sua hipócrita beatitude, tivesse se aproveitado de uma mulher desprotegida. Talvez até seu pai, talvez Joel... Que acusações odiosas! Mas, se não fosse assim, por que teriam sido seus primeiros pensamentos?

— É da generosidade do coração que a boca fala — disse Jesus. Obviamente, estivera pensando a mesma coisa. — Venham — disse, conduzindo seu rebanho em direção a Cafarnaum.

Ainda não haviam se afastado muito dos locais de pescaria quando encontraram mais barcos numa área congestionada, com os pescadores quase esbarrando uns nos outros.

— Todo mundo procura as correntes de água quente — disse Pedro a Jesus. Não sendo pescador, Jesus não conhecia as complexidades do ofício. Pedro mostrava-se nervoso, mas entusiasmado com a ousadia que demonstrara ao se rebelar contra seu pai. Agora estava bem próximo a Jesus e falava o tempo todo. Maria pouco ouvia sobre o que conversavam. Na verdade, pouco lhe importava, pois apenas se esforçava por ficar em pé e não chorar. Continuava tocando o colar que pusera ao pescoço.

De repente, um pouco mais adiante, ouviu uma voz familiar. Era a daquele pescador desagradável de cara vermelha, Zebedeu, que sempre agia como se fosse o dono do lago. A primeira vez que o encontrara, quando passeava com Joel, causara-lhe tanta impressão que nunca mais o esquecera. Ele tinha contatos em Jerusalém, com o sumo sacerdote, lembrava-se, mas se isso explicava a sua maneira autoritária de ser, não a justificava. Logo agora, logo *ele*!, foi seu primeiro pensamento. Mas, em seguida, pensou: Jesus saberá cuidar dele.

Zebedeu estava repreendendo seus filhos, que ainda estavam no barco. Era óbvio que a pescaria fora fraca. Pedro voltou-se e esboçou um sorriso, como se dissesse: "Está vendo como nos demos bem?"

Os dois rapazes no bote não se pareciam. Um era bastante forte, tinha um rosto largo e ombros largos e o outro era tão delicado e com feições tão bonitas que poderia ser tomado por uma moça.

— Pai, nós fizemos o melhor que pudemos — disse o magro, lamentando-se.

— O melhor, ora, o melhor! O melhor de vocês é o pior para mim! Dominamos tudo isto — e fez um gesto com o braço, abrangendo toda a água do lago — e ainda assim vocês fracassam!

Não era o dono do lago, mas sua prepotência o fazia pensar que era, pensou Maria.

— Meu nome ecoa pelas águas! — gritou. — De Betsaida a Susita, de Tiberíades a Gergesa! O nome de Zebedeu de Betsaida é famoso até em Jerusalém!

— É verdade, e eu também sou conhecido! — revidou o filho mais forte. — O nome de Tiago também já é famoso!

— Não, não é, e é pouco provável que o venha a ser! — retrucou seu pai.

De novo, Jesus afastou-se de seu grupo e caminhou em direção à água, ficando em cima das pedras que beiravam o lago.

— Amigos — disse, dirigindo-se aos homens no barco. — Remem um pouco mais para lá e joguem suas redes.

— Mas nós pescamos a noite toda e não trouxemos nada — disse o irmão mais forte. — E agora já se passaram as melhores horas para pescar.

— Remem um pouco mais e joguem as redes — repetiu Jesus.

Abobalhado, Zebedeu apenas olhava para Jesus, sem compreender coisa alguma.

— Não lhe deem atenção — ordenou, por fim, a seus filhos. — Você tem razão, as horas de pescaria já se acabaram por hoje.

Irritado, o rapaz grande voltou-se e, olhando para seu pai com ar debochado, começou a remar para fora.

Jesus e seus companheiros ficaram esperando, enquanto o barco, chegando ao meio do lago, parou e os rapazes jogaram as redes. Zebedeu aproximou-se de Jesus para desafiá-lo, mas como Jesus não respondesse às suas perguntas, voltou a tomar seu posto à beira do lago.

Veio um grito do meio do lago. — As redes! As redes estão rasgando! Socorro! Socorro! — Os rapazes esforçavam-se para puxar as redes para o barco, mas elas estavam tão cheias de peixe que ameaçavam rasgar-se.

— Vá lá! — gritou Zebedeu, mandando outro de seus barcos ir ajudar seus filhos. Pouco depois, os dois barcos dirigiam-se para terra, mas moviam-se bem devagar devido ao peso da pescaria. Quando vinham chegando, o peso da carga os fez começarem a afundar. Zebedeu pulou para dentro d'água e foi ajudar a trazer as redes para a margem do lago. Os barcos adernavam com o peso. As redes estavam completamente cheias.

Em sua alegria, Zebedeu quase pulava. Já fazia cálculos do lucro que aquela extraordinária pescaria lhe traria. — Que beleza! Que bom!

Jesus observava tranquilamente enquanto o pai e os filhos se deliciavam com sua sorte.

— Diretamente para a mesa do Caiaphas — disse Zebedeu, satisfeito. — Isso mesmo, este peixe irá para a mesa do próprio sumo sacerdote! E meu nome ecoará nos bairros mais ricos de Jerusalém!

— Lembre-se de citar os *nossos* nomes na entrega — disse o filho mais magro e bonito. — Fomos nós que pegamos os peixes.

— Não, está tudo em meu nome, em nome da empresa — disse Zebedeu. — Como, aliás, sempre esteve. Uma única pescaria não lhes dá o direito de reivindicar a autoria.

— Na verdade, o nome dele é que deveria ser citado com o seu. Foi ele que nos disse onde deveríamos ir — disse o rapaz forte, notando a presença de Jesus. — Como é seu nome, amigo?

— Jesus. De Nazaré. E os seus?

— Sou Tiago — disse o rapaz grande.

— E eu sou João — disse o irmão.

— Vocês são os Boanerges, filhos do trovão — disse Jesus. — Sigam-me, filhos do trovão, e farei com que seus nomes sejam conhecidos para além deste lago. Quem me seguir, verá seus nomes perdurar para além dos dias de hoje e dos anos que ainda virão.

— E Caiaphas? Você o conhece? Seremos reconhecidos por ele se mudarmos da empresa de nosso pai para a sua? — perguntou João.

Jesus riu. — Caiaphas. Quando ninguém mais se lembrar de Caiaphas, vossos nomes ainda serão conhecidos. Para dizer a verdade, Caiaphas só terá seu nome lembrado por nossa causa.

— Ele é louco — disse Zebedeu. — Olhem aqui, filhos. Talvez eu esteja exagerando. Passarei a dar-lhes uma participação maior nas pescarias de agora em diante. Quanto a ele...

— Sigam-me — disse Jesus. — E eu os farei pescadores de homens. Não irão pescar no lago, mas nos vilarejos. E ao invés de lhes trazerem a morte, trarão a vida.

— Não deem ouvidos a ele! — ordenou Zebedeu.

Tiago e João ficaram parados, por um momento, junto às redes e ao barco. Então, calmamente, Tiago prendeu a rede ao lado do barco e veio caminhando para a terra pela água.

— Eu vou — disse.

— E eu também — disse João, seguindo o irmão.

— Parem! — gritou Zebedeu.

Só quando Jesus os conduziu, com Zebedeu ainda gritando lá atrás, é que viram os outros.

— Simão! — disse Tiago. — Você também vai com ele?

— Vou — respondeu ele. — Mas tenho outro nome. Ele me chama de Pedro, como chamou vocês de Boanerges, filhos do trovão.

— Ele muda os nomes de todos? — perguntou Tiago.

— Não — respondeu Pedro. — André e Maria ainda esperam novos nomes.

Tiago e João espantaram-se. — Uma mulher? — murmuraram.

— Sim — disse Jesus. — E haverá outras. Ela foi a primeira.

— Mas ela é uma mulher casada. Onde está seu marido? Como lhe permite que saia assim sozinha em liberdade? — perguntou João.

— No novo Reino, todos serão livres — disse Jesus. — Nenhuma pessoa possuirá outra pessoa. Todos pertencerão somente a Deus. E este é o começo do novo Reino.

Voltaram de novo à casa de Pedro. Como era diferente daquela primeira vez, pensou Maria. Será que era? Estou livre dos demônios, mas ainda sou rejeitada e agora outros se juntaram a mim neste exílio.

Mara, mulher de Pedro, e sua mãe deram as boas-vindas com hospitalidade e os convidaram a acomodar-se.

— Minha querida mulher — disse Pedro, abraçando-a carinhosamente enquanto os outros se acomodavam. — A partir de hoje, as coisas tomarão outro rumo.

Ela recuou, desconfiada. — Como assim?

— Abandonei a pesca. Assim como meu irmão, André. — Pôs os braços em volta dos ombros do irmão. — E não o fizemos à toa.

— O quê? — A voz de Mara era bem tranquila. — Mas vocês tinham acabado de fazer um contrato para esta estação com Zebedeu e seu pai...

— O pai ficou com raiva — reconheceu Pedro. Depois sorriu. — E Zebedeu também! — Com um gesto, apontou para Tiago e João. — Seus filhos também se juntaram a nós.

— Juntaram-se... para quê?

— Vamos acompanhar esse homem, Jesus de Nazaré — disse Pedro. Mas sua voz tinha diminuído e era hesitante.

— Para fazer o quê? — Maria virou-se, com o cenho franzido, para Jesus. — Não estou compreendendo.

Pedro olhou para Jesus, implorando. — Mestre, explique-lhe.

Ao invés de responder, Jesus disse: — Agradeço-lhe por me receber em sua casa e por sua hospitalidade.

— Não tenho certeza de que o queira fazer antes que me explique o que pretendem fazer. Nossa família precisa comer. Somos uma família de pescadores. Se meu marido deixar essa profissão, não sabe fazer outra coisa.

— Eu convoquei seu marido, e estas outras pessoas, para participarem da minha missão.

— Tudo bem, tudo bem, mas o que *é* essa missão? — perguntou Mara, interrompendo-o.

— Eu venho anunciar o novo Reino, e de alguma maneira — que eu próprio ainda não compreendo — trazê-lo à realidade.

Mara irritou-se. Olhou para seu marido. — Isto é ridículo. Existem umas 50 pessoas como ele nesta região. Todos eles pregando por uma reforma, anunciando um novo Reino, rebelando-se contra Roma, prevendo o fim de uma era... Como pode você envolver-se com isso? Se você acompanhar este homem, estaremos arruinados. Arruinados! Sem dinheiro, com as autoridades nos punindo... Não! — Virou-se rapidamente para Jesus. — Deixe-o em paz! Eu lhe ordeno que o deixe em paz!

Calmamente, Pedro aproximou-se dela e afastou-a de Jesus. — Acabaram-se os dias em que deveria obedecer a você ou a meu pai.

Maria estava surpreendida com a sua coragem. De alguma forma, Jesus a dera a ele, o que não deixava de ser um milagre.

— E o que vai ser de nós? — perguntou Mara. — Suponho que seu novo mestre tenha pensado nisso!

— Se você procura o Reino de Deus, o resto lhe chegará — disse Jesus. — Isto é uma promessa.

— Sério?! E de você? — Ela quase cuspiu nele.

— Não, é uma promessa de Deus.

— Imagino que você fale por Deus. Como você pode fazer promessas em nome dele?

— Porque sei o que quer — disse Jesus. — E sei-o muito bem.

— Ah, porque sabe o que Deus quer! — Voltou-se para seu marido. — É esse tipo de homem que você vai acompanhar? Suponho que tenha passado algum tempo com Deus, para saber o que ele deseja! Nem os escribas mais sábios o sabem, nem fingem sabê-lo! Hipócrita. Este homem não passa de um hipócrita.

— Mulher, veremos! — disse Pedro em voz alta. — E agora vamos descansar nesta casa e espero que você saiba comportar-se com modos e decência. Caso contrário, partiremos e iremos para o campo. — Olhou para ela nos olhos. — Não temos medo de escândalos, mas talvez você tenha.

Resmungando, ela saiu da sala levando sua mãe. Maria compreendia como estavam se sentindo. Tudo se dera de maneira muito rápida, inesperada e sem explicações. Jesus não fizera senão ficar de pé, tranquilamente, no meio da sala. E no entanto, a vida destas pessoas iria mudar radicalmente.

Eu pensava que se fossem *mulheres* que tivessem me visto em Magdala, não iriam me punir nem me expulsar, pensou Maria. Mas talvez estivesse enganada. Talvez tivessem agido da mesma forma que o fizeram os homens.

Jesus olhou para seus seguidores, que agora estavam sozinhos na sala. — Queridos amigos — disse. — Agradeço a Deus por vocês. Devemos saber que é dentro de nossa casa que encontramos os piores inimigos. Receio que nos tempos ainda por vir os choques se darão entre pai e filho, entre filha e sogra, entre marido e mulher. Receio que a minha presença não tenha trazido paz, mas essa divisão.

Sim, é verdade... Meu marido, Joel, a mulher de Pedro, Mara, e Zebedeu e Jonas. Além da própria família de Jesus, de sua querida mãe, Maria, de seu irmão Tiago e os outros... Os pensamentos de Maria a afligiam. Por que deveriam as coisas ser assim? Jesus, diga-nos por quê.

Impulsivamente, murmurou sua pergunta.

— Porque, neste mundo, Satanás cega e divide as pessoas — disse Jesus. — E o sofrimento não é só das pessoas que ficaram cegas e não podem compreender, mas também dos que enxergam mas não conseguem fazer os outros partilhar sua visão. — Fez uma pausa. — Para a maioria das pessoas, é confortável seguir o caminho que já conhecem. Mas vocês, agora, tomaram outro caminho.

29

No Sabá seguinte, a sinagoga do rabino Hanina estava cheia. Maria e Mara estavam entre as mulheres que estavam de pé, nas fileiras de trás, enquanto os homens estavam confortavelmente sentados nos bancos. Maria não se sentia à vontade com Mara. Não só deixava transparecer, como seguidora de Jesus, uma influência subversiva, como Mara provavelmente ainda se lembrava dela como a pobre mulher possuída que buscara abrigo em sua casa. A seus olhos, talvez Jesus e os demônios fossem uma única coisa.

O rabino Hanina conduzia os serviços do culto. Maria estava pensando se deveria procurá-lo mais tarde e contar-lhe o que acontecera com ela, mas achava que ele não iria querer ouvir falar de Jesus. Suas instruções de buscar um local ermo, rezar e enfrentar os demônios haviam resultado simplesmente na derrota de Maria, e em seu desespero e tentativa de morrer. Com certeza ele não gostaria de ter essas notícias.

Quando chegou a hora de se convidarem pessoas a levantar-se, ler e analisar uma passagem dos profetas, Jesus tornou a levantar-se e leu, de novo, a passagem de Isaías que havia lido em Nazaré. E de novo, quando ao final da leitura disse "A escritura que ouviram já foi atendida", houve um pequeno tumulto.

Mas antes que a congregação pudesse fazer mais do que um mero murmúrio de espanto, um homem avançou aos tropeções. — O que queres aqui, Jesus de Nazaré? — gritou, numa voz rouca e gutural. — Vieste para nos destruir? — Segurava ambos os braços, tropeçou e caiu.

Mara pegou Maria pela manga da túnica. — Aquele homem... está possuído! — E olhou para Maria. — Mas o caso dele é muito pior que o seu.

Como se alguém pudesse estar em situação pior da que eu estava, pensou Maria. Essa pobre mulher não sabe de nada, não pode compreender nada.

— Calem-se! — ordenou Jesus, em pé diante do homem. — Deixem o corpo deste homem!

O homem começou a tremer e a gritar e soltou um berro desumano antes de começar a arrastar-se.

Agora, os murmúrios na congregação cresciam. Maria ouviu uma voz dizer: — Mas o que é isto? Ele ordena aos espíritos malignos que saiam e eles lhe obedecem? — E outra voz dizia: — Ele tem autoridade sobre os demônios?

Jesus tinha-se ajoelhado e falava em voz baixa com o homem quando se aproximou o rabino Hanina. — Isto não é permitido durante o Sabá — disse.

Jesus olhou para ele e disse: — O que não é permitido no Sabá?

— Curas. Exorcismos. São considerados trabalho e o trabalho não é permitido durante o Sabá. Você sabe disso, com certeza.

— Rabino — disse Jesus. — Suponha que o seu boi ou o seu jumento caísse num poço durante o Sabá. O senhor esperaria outro dia para tirá-lo de lá?

— Não, claro que não, pois a Lei permite que um animal seja salvo.

— E uma pessoa não é mais importante que um jumento?

— Senhor — disse o rabino Hanina em voz calma. — Queira sair da minha sinagoga. Não será bem recebido se retornar.

— Sua sinagoga? Este por acaso não é o lugar de reunião dos filhos de Israel? E se estou agindo dentro da Lei, por que seria impedido de voltar a este lugar?

— Fazer curas durante o Sabá *não é* agir dentro da Lei, amigo, e você sabe disso. Um jumento num poço é uma emergência, mas não há emergência alguma no que se refere a este homem e ao seu estado. Ele está possuído há muito tempo e um dia a mais ou a menos não faria diferença.

— Se o senhor algum dia tivesse sido possuído não pensaria dessa forma — disse Jesus.

— É verdade! — disse Maria. Sem ter plena consciência do que fazia, correu para perto deles. — Rabino Hanina, o senhor lembra-se de mim. Sou Maria de Magdala. — Tirou o véu da cabeça, mostrando a cabeça ainda raspada. — O senhor raspou pessoalmente a minha cabeça e o senhor sabe do estado em que me encontrava, possuída como está este homem. O senhor me mandou para o deserto, esperando que isso me salvasse. Este homem que aqui está foi quem me livrou dos espíritos malignos — quando tudo o mais fracassara. E uma coisa posso dizer-lhe: um dia é uma eternidade, quando se está sendo atormentado por demônios. As pessoas que estão possuídas não podem esperar por mais um dia.

— Silêncio! — disse ele, erguendo as mãos. Estava lívido do choque de tornar a ver Maria e de forma tão repentina. — As mulheres não têm o direito de falar na congregação — disse em voz calma. — Mas estou feliz de saber que você se curou e é isso que importa.

— Pode ser que tenha acontecido durante o Sabá — disse Maria em voz suficientemente alta para ser ouvida pelas pessoas presentes. — E se foi, foi com o sorriso de Deus.

— Mulher — disse o rabino Hanina. — Onde está seu marido? Como ele lhe permite falar assim em público?

O rabino não poderia ter escolhido argumento melhor para a calar. Estonteada, Maria voltou-se e saiu, cambaleante, para a rua. *Onde está seu marido?*

— E você também tem de sair — disse o rabino para Jesus. — Você profanou o Sabá!

— Enquanto for dia — disse Jesus — devo fazer o trabalho daquele que me enviou. A noite está próxima e então ninguém mais trabalha.

— Do que você está falando? — perguntou o rabino.

— Meu Pai continua o seu trabalho até hoje. E também eu estou trabalhando.

— O quê? Seu Pai? Quem é ele? Ele também profana o Sabá?

— Ele é de Nazaré — explicou um dos ouvintes. — E o pai dele é falecido.

— Eu me referia ao meu pai do céu, que também é seu — disse Jesus.

— Você está dizendo que Deus trabalha no Sabá? Isso é uma blasfêmia! As escrituras dizem que ele descansou.

— Do trabalho de criar o mundo — disse Jesus. — Mas não de fazer o bem.

O rabino pôs as mãos sobre os ouvidos. — Basta! Como você se atreve a falar assim? Você não pode se pronunciar sobre o que Deus faz ou deixa de fazer. Ainda por cima para justificar suas próprias ações. Pare com isso ou mandarei prendê-lo.

— O senhor não tem poder para me mandar prender — disse Jesus. — Não violei lei alguma.

Virou-se e saiu da sinagoga, levando consigo o homem que curara. — Venha — disse. Sorriu para Mara, que saía naquele instante da sinagoga. — Ele precisa de ajuda. Podemos levá-lo à sua casa?

Mais tarde, naquela noite, multidões de pessoas que haviam ouvido Jesus na sinagoga começaram a juntar-se em frente à casa de Pedro. Todas elas pareciam sofrer de algum tipo de deficiência física — havia pessoas aleijadas, deitadas em esteiras, havia cegos e outras pessoas que se julgavam possuídas. Ao entardecer, Maria e os outros que estavam na casa de Pedro viam um mar de rostos suplicando e chamando Jesus, chorando e pedindo-lhe que viesse para fora.

— Ajude-nos! — gritavam. — Você diz que os cegos podem ver e que os presos serão libertados! Veja-nos aqui! Liberte-nos! Liberte-nos!

Maria observava Jesus, que ouvia atentamente e em seguida se dobrou para a frente, rezando. Preparando-se, saiu lá para fora. Maria e Pedro o seguiram.

Ouviu-se um grande alarido, mas Jesus lhes disse para ficarem onde estavam. Só assim poderia caminhar entre eles. Surpreendentemente, obedeceram-lhe.

Maria viu-o caminhando entre o primeiro grupo, falando com as pessoas e colocando suas mãos sobre elas. Foi caminhando para mais longe até que a escuridão o tragou.

Havia uma certa movimentação e gritos na multidão. As pessoas pareciam multiplicar-se, como se chegassem de todos os lados, até das águas do lago. Jesus estava sendo completamente engolido pela multidão. Não podia trabalhar nem falar com as pessoas numa situação daquelas. Conseguiu alcançar a porta da casa de Pedro, correu para dentro e fechou-a.

— São muitos — disse. — Muitos. Não posso ajudar todos eles. — Olhou para o rosto espantado de seus seguidores. — É por isso que preciso de vocês — disse, por fim. — Não tenho condições de o fazer sozinho.

— Nós não sabemos curar ninguém — disse Pedro rapidamente. — Não temos o poder para fazê-lo.

— Mas terão — disse Jesus. — Terão.

Nesse momento, ouviram ruídos de arranhões e murros no teto e pedaços do emboço começaram a cair sobre seus ombros.

— O que está acontecendo? — gritou a sogra de Pedro. — O que é isto? — Correu para fora para ver, gritando e fazendo gestos com os braços. — Afastem-se da minha casa! Afastem-se!

Antes que ela voltasse a entrar na casa, fez-se um enorme buraco no teto e surgiram quatro rostos ansiosos olhando para baixo para eles.

— Este amigo nosso... não podia aproximar-se por causa da multidão — disseram, desculpando-se pelo que faziam. — Ele é paralítico. Então, o carregamos para cima e o trouxemos para você. — E começaram a baixar uma maca pelo buraco no teto.

Por um instante, Jesus pareceu surpreender-se. Então, estendeu a mão para ajudar a descer o estrado. Um homem — bem fraco, que quase não conseguia erguer a cabeça do travesseiro — olhou para ele.

— A fé de seus amigos o curou — disse Jesus, por fim. — Meu filho, seus pecados estão perdoados.

Ouviu-se uma voz da janela. — E quem é você para perdoar pecados? — disse um homem, olhando para dentro da sala. — Cale a sua boca! Isso é blasfêmia!

Jesus olhou para o homem à janela. — Deixe-me responder-lhe — disse. — Diga-me: é mais fácil perdoar pecados ou devolver vida a pernas sem vida?

O homem que estava à janela hesitou. — Nenhuma das coisas é fácil — disse. — E ambas são providência de Deus.

— Então veja! — disse Jesus. Era uma ordem, não um pedido. Virando-se para o homem deitado no estrado, disse: — Venha, meu amigo. Levante-se e vá para casa! — Devagar, mexendo-se com dificuldade e hesitante, o homem conseguiu apoiar-se nos cotovelos.

— Vamos, eu sei que você consegue! — disse Jesus. — Você pode ficar em pé. Você até pode levar esse estrado e a esteira.

Todos os olhares estavam fixos nele. Com dificuldade, o homem continuou se levantando e em seguida passou suas pernas ressecadas por cima do estrado. Tremendo, apoiou-se nos suportes do estrado e finalmente levantou-se. Mexeu uma perna, com cuidado, e depois a outra. Parecia tão assustado que Maria pensou que iria desmaiar.

— Pegue a esteira — disse Jesus. — Pegue-a e leve-a lá para fora. — Com os braços tremendo, o homem obedeceu.

Um silêncio profundo abateu-se na sala enquanto o homem saía pela porta. Então, alguém gritou: — Louvado seja Deus, que mostrou seu poder aos homens!

Lá fora, continuava a vigília em volta da casa, com a multidão pedindo para Jesus sair.

— Fique aqui dentro — disse Pedro, que tremia como todos os outros, encostado a uma mesa. As súplicas e as vozes aumentavam do lado de fora. Quando escureceu por completo, as tochas acesas, erguidas acima da multidão maciça, pintava seus rostos de vermelho. Era um mar de gente, esbarrando uns nos outros, acotovelando-se.

Jesus parecia exausto. De repente, sem que o pudessem deter, escancarou a porta e saiu lá para fora. Maria ouviu um grito ensurdecedor; um rugido assustador, esfomeado, como se fossem um leão prestes a devorá-lo — mas suas necessidades eram tão insaciáveis que, na verdade, era quase isso.

Antes que a porta se fechasse, ela também foi lá para fora. Encostada ao batente da porta, tentou ver o que Jesus fazia. Parecia que a multidão ia agora até o cais.

Mas como ele saíra, e agora os olhava de frente, a gritaria diminuiu. Em pé, olhando-os de frente, Jesus disse: — Agora é tarde, amigos. A noite é para repousar. Deus trabalhou à luz do dia, não foi? Depois, até ele repousou. Vamos seguir o seu exemplo. Ele criou o repouso para restabelecermos nossas forças e ele próprio descansou. Amanhã será outro dia. Então, trabalharemos juntos.

Com a garantia de um novo dia, a multidão se acalmou. Ainda com um certo murmúrio, foram se afastando. Foi então que uma mulher com os cabelos longos e desgrenhados conseguiu abrir caminho entre a multidão e jogou-se aos pés de Jesus.

— Socorro! Ajude-me! — gritava ela, agarrada às suas sandálias.

Um amigo dela correu para a frente e pôs a mão sobre seu ombro.

— Mestre! — disse, dirigindo-se a Jesus. — Ela não pode esperar pelo amanhecer.

Jesus ajoelhou-se e tentou ver seu rosto, mas estava oculto pela longa cabeleira desgrenhada. — Minha filha — disse ele, finalmente. — Você deve olhar para mim.

O homem balançou a cabeça. — Eles não permitem que ela fale — disse.

— Quem? — perguntou Jesus.

Num gesto brusco, a mulher ajoelhada levantou-se e deu sua boca saíram palavras roucas e guturais. — O que quer você de nós, Jesus de Nazaré? Você veio para nos destruir? Sei quem você é, filho de Deus!

Será que eu estava desse jeito?, pensou Maria. Dava arrepios ver o mesmo em outra pessoa. Mas... mas... era necessário vê-lo, senão jamais o iria compreender.

— Cale-se! — ordenou Jesus em voz alta. — Deixe o corpo desta mulher!

A mulher desmoronou, retorcendo-se, e emitiu um berro selvagem e desumano. Sentiu-se a presença de algo frio, que logo desapareceria. Um silêncio profundo abateu-se sobre a multidão. E então Maria ouviu um homem dizer: — Vamos contar para os outros! Vamos contar para todo o mundo! — E, como uma nuvem que traz a tempestade, a multidão dispersou-se para tudo quanto é lado.

Jesus nem via o que se passava. Ajoelhara-se junto à mulher, trêmula, e a ajudava a levantar-se. Maria, que sabia perfeitamente como se sentia a mulher, pôs os braços em volta dela.

— Foram expulsos — disse Jesus, em voz calma. — Foram expulsos.

— Mas... já os expulsaram antes. E nunca durou muito tempo. — A voz da mulher era fraca.

— Não irão voltar — disse Jesus. Suas palavras eram categóricas e definitivas. — Diga-me o seu nome. Onde você mora? — Fez um sinal a Maria para que abrisse a porta e a conduzisse para dentro da casa de Pedro. Apoiando-se nos dois, ela se arrastou pelo limiar da porta. Já na sala, deixou-se cair sobre um banco.

Pedro e André, acompanhados por Mara, aproximaram-se. — Seja bem-vinda à nossa casa — disseram. — Onde quer que seja sua casa, considere esta também a sua. — Mara ofereceu-lhe uma taça de vinho e Pedro entregou-lhe uma bandeja com figos. Mas ela os dispensou. Quase não tinha forças para falar. Maria lembrava-se da sensação, pois também passara por ela. Ajoelhou-se em frente da mulher.

— Também fui atormentada por demônios — disse-lhe. — E Jesus me livrou deles. E nunca mais voltaram, como ele havia prometido. Você está salva.

— Finalmente — murmurou ela. — Você não pode imaginar...

— Posso, sim — disse Maria. — Eu posso.

A mulher ergueu a cabeça. — Meu nome é Joana — disse. — Sou a mulher de Chuza.

A mulher do mordomo de Herodes Antipas, a mulher possuída de que haviam falado em Tiberíades! Pedro e André se entreolharam. Uma pessoa da casa real que agora se abrigava na casa deles!

— Seu marido... — Maria não queria perguntar de uma forma direta. Mas precisavam saber.

— Ele perdeu todas as esperanças — disse Joana. — Eu era... incompatível com as suas obrigações para com a casa real. Herodes Antipas começou a preteri-lo por minha causa. Meu marido perdeu a confiança dele e eu quase lhe custei o seu sustento. Eu não queria uma coisa dessas. Tinha de partir, ir embora. Mas não sabia para onde ir. Então fiquei vagando, indo da casa de um amigo para a de outro, mas meus amigos também foram escasseando. Os espíritos malignos afastam os amigos! — Deu uma pequena risada, empurrando o cabelo para trás, e Maria pôde perceber seu verdadeiro rosto. — Despojaram-me de tudo, levaram-me tudo o que tinha.

— Você tem filhos? — perguntou Maria.

— Tenho um filho já adulto e uma filha cujo casamento não se concretizou por culpa minha. Talvez agora, que saí de lá... — Soluçou, angustiada. — É um sacrifício que uma mãe faz sem hesitar. Se minha ausência a ajudar, essa será uma alegria que lhe concedo.

Em suas palavras, parecia simples. Mas também, ela já estivera com sua filha por todos esses anos, pensou Maria. Seu caso não era como o meu!

— Não há nada que você conceda a Deus que não lhe seja retribuído centenas, não, milhares de vezes — disse Jesus olhando para Maria, como se quisesse reconfortá-la em relação a Eliseba. Mas não era bem assim. Algumas coisas que eram concedidas a Deus perdiam-se para sempre, como os animais sacrificados no altar. Deus não os devolvia.

Maria olhou para Jesus. Ele sabia coisas que não deveria saber, pois não havia meios que o permitissem fazê-lo.

— Será que um dia ainda o conhecerei? — perguntou, tocando na manga de seu manto quando saíram para ir para o telhado da casa.

— Nada tenho a esconder — garantiu ele. — Qualquer pessoa pode conhecer-me.

— Venha, você precisa descansar — disse Maria, encarregando-se de cuidar de Joana. Juntas, subiram as escadas que levavam para o telhado da casa. Evitaram passar perto do buraco no teto e prepararam suas camas do outro lado.

Deitada, contemplando as estrelas que brilhavam no céu, Maria sentia a presença de Deus, ainda que este não falasse com ela. E nessas horas, sentia-se como se fosse içada e levada à presença dele.

30

Querido irmão Samuel, também conhecido por Silvanus, ou qualquer outro nome que se queira

Meu adorado Silvanus. Naomi contou-lhe o que aconteceu quando voltei a Magdala e o procurei em sua casa? Bem na frente dela, arrancaram Eliseba de meus braços. Meu próprio pai — o seu pai! — disse que eu era uma desavergonhada e expulsou-me. Eli também se juntou a ele e depois ameaçaram Joel de privá-lo de seu sustento se não ficasse do lado deles.

Eu tinha voltado e pensava retomar a minha vida no lar, com minha família. Pensava que seria bem-vinda e que agradeceriam a Deus por ter sido libertada da cruel opressão a que fora submetida. Em vez disso, voltaram-se contra o homem que me libertou desses demônios e acusaram-me de ter feito coisas vergonhosas com os homens que são seus seguidores. Na verdade, fui tão casta quanto Ártemis, que você gosta de ler em grego, e tão fiel quanto Penélope, mas foi essa a forma pela qual fui tratada. Silvanus, eles me expulsaram e tiraram de mim a minha filha! Você era a minha única esperança, mas não estava em casa quando o procurei e não havia onde me abrigar.

Ajude-me agora! Leia minhas cartas, por favor, e, de alguma maneira, leve a Eliseba as cartinhas que tentarei escrever para ela. Não as entregue a eles, *pois serão rasgadas. Leia-as para ela quando estiverem sozinhos. Você certamente poderá levá-la a sua casa para brincar com seus filhos sem que desconfiem. Meu coração se dilacera por cada dia que fico longe dela e às vezes meus braços ficam doendo do esforço para tentar segurá-la.*

Como sei que você gosta de mim, embora o resto de minha família me tenha banido, vou contar-lhe onde estou e o que aconteceu. O homem que me libertou dos espíritos malignos, Jesus, veio para Cafarnaum, onde fez pregações, curas e deu ensinamentos. Talvez você já tenha ouvido falar dele. Seus trabalhos de caridade trouxeram-lhe muito reconhecimento e muita gente vem, de todos os lugares, em busca de sua ajuda. Não permitem mais a sua entrada na sinagoga devido às críticas que fez às autoridades e às discussões sobre a compreensão da Lei. Faz as suas pregações no campo, ao ar livre. Multidões vêm ouvi-lo. Você mesmo poderia vir, Silvanus! Você o vem ouvir e nos reencontramos. Sou uma de suas ajudantes. A cada dia que passa, mais pessoas se juntam a nós, mas quatro de seus primeiros seguidores são pescadores que você conhece, pois entregavam peixe no armazém — os filhos de Jonas e os de Zebedeu.

Temos muitas coisas a fazer, muito mais do que fiz até hoje. Fico ocupada o dia inteiro e à noite, exausta, caio na cama. Mas meu sono é profundo e revigorante, pois sei que estou fazendo o bem e ajudando pessoas necessitadas — pessoas que, às vezes, estão tão desesperadas quanto eu estava antigamente.

Quem ele é? Ninguém sabe. Nem eu sei. Sei de onde ele é, até conheci sua mãe e seus irmãos e irmãs, mas ainda não posso dizer que o conheça. É um mistério, mas quando se está perto dele não há nada de misterioso.

Estamos todos envolvidos pelo entusiasmo desta nova vida, tão completamente diferente de tudo o que podíamos ter imaginado. Nossa força é constantemente renovada e, a cada dia, vamos em busca do que nos espera. Nunca pensei que uma vida destas pudesse ser possível.

Mas só conseguirei minha paz absoluta no dia em que estiver outra vez com Eliseba e quando Joel compreender. Jesus diz que isso pode acontecer com o passar do tempo. Quero acreditar que tenha razão.

Ah, meu irmão, venha vê-lo pessoalmente! Venha me ver!

Sua irmã querida,

Maria

31

Para minha querida filha Eliseba, de sua mãe que lhe quer muito

Seu tio Silvanus irá ler estas linhas para você, pois você ainda não sabe ler. Mas um dia você aprenderá a ler (como eu aprendi) e um dia voltaremos a nos encontrar. Sei que você terá tanta vontade de saber ler e de descobrir o que há nos livros como eu tive, assim como sei que você não irá ligar para quem disser que uma menina não deve ler.

Penso em você diariamente. Na verdade, penso em você muitas, muitas vezes durante o dia. E em que penso eu? Penso na sua risada e penso como você se divertia quando eu fazia desenhos com as mãos projetando as sombras na parede. Uma vez fiz um coelho com orelhas compridas. Na realidade, eram meus dedos, mas pareciam orelhas de coelho. Você também fez outras coisas com seus dedos, mas eu não adivinhei o que eram. Você ainda gosta de fazer isso?

Lembro-me das palavras engraçadas que você inventava. Você chamava as moscas de "mochh" e os sapatos de "sapsss". É claro que logo você vai esquecer e vai usar as palavras certas, mas eu não vou esquecer e as lembrarei a você. Podemos falar uma língua de segredos e as pessoas não irão entender. Vamos enganar as outras pessoas e guardar nossos segredos.

Lembro-me de como você gostava de bolo de figo feito com figos fresquinhos, acabados de colher, e aí você ficava com o rostinho todo sujo. Já está quase na época do figo. Você tem comido bolo de figo?

Quero muito bem a você, minha querida, e logo estarei de volta em casa. Logo, logo. Muitos beijos e carinhos de sua Mãe.

32

A notícia sobre a presença de Jesus e aquela noite em que curara pessoas espalhou-se rapidamente por toda a região. Em pouco tempo, enormes multidões acorriam para Cafarnaum paralisando a cidade. Pedro e sua família tentaram consertar o buraco no teto e colocar tábuas nas janelas para poderem ter um pouco de privacidade, mas não adiantava. Estavam de tal forma sitiados em sua própria casa, que era o local em que Jesus exercia o sacerdócio, que dificilmente conseguiam fazer suas refeições em família.

Nos primeiros dias, Maria ficou dentro de casa com Joana, cuidando dela e ouvindo sua história. Era bom ter outra mulher entre eles; não se sentia mais tão sozinha.

Jesus começou a deixar a casa antes do amanhecer, na esperança de levar a multidão para longe. Certa manhã, depois que Jesus, Pedro e André tinham saído, Maria e Joana resolveram segui-los, procurando-os pelas ruas congestionadas de Cafarnaum. Caminharam pelas calçadas perguntando pelo profeta, o mestre, o curandeiro, e cada pessoa apontava numa direção diferente. Frustradas, vagaram por quase toda a cidade até a linha de demarcação dos territórios dos dois irmãos Herodes. Chegaram, por fim, no local onde ficava o detestável prédio da alfândega.

Joana riu. — Não seria *aqui* que eles estariam!

Mas, de repente, Maria os viu justamente na esquina do prédio da alfândega. — Veja! — disse, apontando. — É *aqui* que eles estão! — Mas por quê? Correram para o prédio a tempo de ver as costas de Pedro desaparecendo por uma entrada lateral. Era a porta que dava acesso à coletoria de impostos, onde os desprezíveis filhos de Alfeu roubavam seus conterrâneos por meios tecnicamente legais — legais, do ponto de vista dos costumes romanos, naturalmente. Havia umas mesinhas em que os funcionários atendiam às pessoas, respondendo a perguntas e fazendo os cálculos das quantias devidas, enquanto seus chefes estavam instalados mais longe, em cadeiras almofadadas, colhendo os lucros. Mas, por alguma razão, uma multidão se juntara e olhava fixamente para os coletores de impostos que estavam sentados. Pedro e André estavam de pé, do lado de fora da porta.

— Pedro! — Maria puxou a manga de sua túnica e Pedro, com um susto, virou-se. Para surpresa de Maria, em vez de cumprimentá-la ele fez um gesto, com a mão, pedindo-lhe silêncio.

Ela viu que, dentro do prédio, Jesus falava com o homem sentado na cadeira almofadada e, pelas expressões, a discussão parecia séria. O homem fazia gestos e apontava para seus livros. Maria observou que embora seus gestos fossem floreados, seu rosto estava sério e rígido.

Então, ouviu Jesus dizer: — Você não gosta, realmente, deste senhor, não é verdade? Quero dizer, o senhor dinheiro... — E, aproximando-se da mesa, Jesus apanhou uma moeda de prata, de uma pilha ao lado dos livros do homem. — É tão... pequeno. — Pegou-a e olhou-a como se fedesse.

— Seu poder nada tem a ver com seu tamanho — disse o homem. Até sua voz parecia insípida, como se viesse de dentro de um tubo oco. Tomou a moeda da mão de Jesus.

— Levi, esta não é uma profissão para um levita — disse Jesus, aproximando-se para falar mais perto do homem. — É verdade que Deus prometeu dar provisões a todos os levitas às custas de seus conterrâneos, mas acho que não era bem isto que ele imaginava. O que ele quis dizer é que sua tribo passaria a ter a liberdade para se dedicar a ele sem se preocupar com provisões.

Levi deu uma risada, como um eco triste. — Não tenho capacidade para ministrar cultos no Templo de Jerusalém.

— E então, em vez disso você ministra o culto a Mamona?

Agora, a risada de Levi era mais forte. — Que palavras antiquadas, você usa! Mamona! — E tornou a rir.

— Suponho que você prefira 'lucros obtidos de maneira pouco honesta'?

— Outra frase antiquada. De onde é você, amigo?

— Ele é de Nazaré. — Uma voz conhecida pronunciara as palavras bem ao lado de Maria, que viu uma figura alta, elegante, passar por ela e entrar na sala. — Mas frequenta lugares estranhos, como Bethabara e... Cafarnaum. Mas diga-me, Levi, o que *fez* você para chamar a atenção dele?

Então, o coletor desajeitado sorriu. — Judas! O que traz você por aqui?

— Bem, o de sempre — disse Judas, dando de ombros. — É a época de arrecadar — como é que é mesmo? — lucros obtidos de maneira pouco honesta...

— Minhas saudações, Judas — disse Jesus.

Levi olhou para um e para o outro. — Vocês se conhecem?

— É verdade que já ouvi falar dele — disse Judas, acenando com a cabeça para Jesus. — Estou feliz em encontrá-lo, finalmente. E ansioso por ouvi-lo falar.

Levi balançou a cabeça. — Você sempre me surpreende, Judas. Com as coisas que você sabe...

Judas fez um gesto de modéstia. — Ao lado de Jesus, com certeza sou uma pessoa muito comum. — Apontou para a pilha de moedas. — Se você está pensando em deixá-las para trás, deixe-as para *mim*.

— Deixe-as, Levi, e siga-me — disse Jesus, ignorando Judas.

Perplexo, Levi olhou para ele, depois para Judas, em pé atrás da mesa. E de novo para Jesus.

— O que você disse?

— Disse para você deixar tudo isto. — Olhou fixamente para os olhos de Levi. — Siga-me.

Alguém na multidão, lá fora, deu uma sonora gargalhada, mas Levi não pareceu ouvi-la. Levantou-se. — Está certo — disse.

Então, foi a vez do rosto de Judas ficar sério. Mas antes que pudesse dizer alguma coisa, Jesus voltou-se para o homem sentado na outra cadeira, um homem mais baixo com cabelo encaracolado. — Você também, Tiago!

Tiago olhou-o, assustado. Como sabia o seu nome?

— Eu chamaria um irmão sem chamar o outro? — disse Jesus. — Preciso dos dois.

— Para... fazer o quê? — perguntou Tiago, num fio de voz.

— Para que abandonem essa vida de pecado — disse Jesus. — E vocês sabem de que forma pecaram.

— Eu tenho... Tenho muitos amigos pecadores — disse Levi. — Eu os convidarei para irem a minha casa esta noite. Tiago e eu anunciaremos a nossa... resignação e você poderá... conversar com mais pecadores.

Estaria ele testando Jesus?, pensou Maria.

— Ótimo — respondeu Jesus. — Gosto de pecadores.

— Também posso ir? — perguntou Judas. — Eu também gosto muito deles.

Escurecera e as lamparinas do imenso pátio da mansão de Levi estavam acesas, atraindo nuvens de insetos de asas brancas que esvoaçavam no ar fresco da noite. As folhas de árvores ornamentais farfalhavam na brisa. Sob os galhos das árvores, uma multidão de pessoas, com véus de seda na cabeça que lembravam os insetos, dirigia-se para a casa. Os banquetes de Levi eram sempre espetaculares. Em geral, eram convidadas pessoas ricas, que compareciam, condescendentes, mas desta vez surpreendiam-se de ver tantas pessoas conhecidas chegando junto. Reparavam que havia até alguns romanos presentes e imaginavam que Levi os convidara por participarem de seus negócios.

Levi fizera os convites naquela tarde, e de uma forma bastante peculiar. — Amigos! Amigos! — gritara para as pessoas enquanto passava no cais. — Convido-os todos para irem a minha casa esta noite! Sei que é inesperado, mas não deixem de vir! Venham! Venham mesmo! — Depois correra para outra rua, para convocar mais gente. E, portanto, uma multidão de curiosos estava chegando. Era sabido que as recepções de Levi eram sempre ricas, com as mesas repletas de iguarias importadas para todos. Os convidados sempre se sentiam à vontade para se refestelarem às custas dele, pois "às custas dele" significava, na realidade, "às suas custas", já que era de seus próprios bolsos que o desonesto coletor de impostos tirava o dinheiro que tinha.

À entrada, uma fileira de criados, ajoelhados, lavava os pés dos convidados com água perfumada e os enxugava com toalhas de linho. Dentro da mansão, as telas de madeira talhada haviam sido retiradas para permitir a entrada da brisa noturna e os criados circulavam oferecendo jarras de vinho — da melhor qualidade, evidentemente. Por toda parte havia travessas com tâmaras de Jericó e os melhores figos da Síria, bacias com pistache e amêndoas e sentia-se o cheiro do delicioso assado de costelas de carneiro. Logo seria servido em enormes travessas, fatiado e decorado com pedaços de maçã.

No centro da sala, Levi cumprimentava os convidados, tendo a seu lado o irmão, Tiago, e Jesus. A cada um que passava por ele, Levi anunciava: "Deixei meu emprego. Irei com ele."

— Sim, claro! Claro que sim! — era a resposta que ouvia, seguida de uma gargalhada.

— Mas é verdade! — insistia Levi. Algumas pessoas começavam a fazer-lhe perguntas, discutindo, enquanto outras continuavam a rir e saíam procurando comida.

Maria e Joana haviam chegado acompanhadas por Pedro e André e Maria reparou que, além de Judas, Filipe também conseguira comparecer. Foi bom vê-lo de novo; o grupo original começava a se recompor.

Levi contratara músicos, mas o som da música fora abafado pelas vozes da multidão. De que estariam falando Jesus e Levi? Conversavam animadamente. Quando olhou para outro canto da sala, Maria viu vários homens vestidos com uma roupa muito formal, atentos ao movimento, balançando o corpo sobre os calcanhares e sorvendo alguns goles de vinho.

Quando se aproximavam de Levi, ouviram Jesus dizer: — Acho que você precisa de um novo nome para sua nova vida. De agora em diante, eu o chamarei Mateus. Significa "dádiva de Deus".

O novo Mateus pareceu pouco à vontade com essa escolha. — Acho que não é apropriado — disse, rispidamente. — Você bem sabe o que é um coletor de impostos. Nem podemos servir como testemunhas legais ou como juízes. E nem podemos participar de cultos públicos. Que "dádiva de Deus" eu seria!...

— Você deve falar no passado, Mateus — disse Jesus. — Você não *podia*. Mas isso era quando você era um coletor de impostos.

Mateus olhou em volta da sala, observando seus convidados barulhentos e dando gargalhadas. — Para eles, serei sempre um coletor de impostos — disse. — Nada irá mudar.

Jesus sorriu. — Acho que você descobrirá que está errado. — Fez um gesto para Simão. — Aqui está Pedro, a minha *pedra*. Você vê, eu gosto de dar novos nomes às pessoas. Simão também diz que não se sente muito como uma pedra. Mas eu lhe direi que ele se tornará uma pedra.

— Um pedregulho — disse Pedro, batendo na barriga. Deu uma risada. — Acho que estou no bom caminho!...

Muitos de seus colegas funcionários da alfândega vinham conversar com Mateus, evidentemente ansiosos por compreender o que se passara. — E aí? — disse um deles. — Você vai realmente deixar os negócios?

— É verdade — garantia Levi, que de repente passara a ser Mateus.

— Mas assim, de uma hora para a outra?

Jesus pousou a mão sobre o ombro de Mateus, sentindo que ele precisava de apoio.

— Isso mesmo — disse. — Mas era uma coisa que se vinha anunciando há muito tempo.

Então, ocorreu a Maria que talvez Mateus tivesse ouvido Jesus falar em algum outro lugar. Ou talvez conhecesse pessoalmente alguém que Jesus curara. Seu primeiro encontro com Jesus não podia ter sido aquela breve troca de opiniões a respeito de uma moeda.

— E você tem condições de largar tudo? — perguntava outro funcionário. — O que diz sua mulher? — E olhou em volta da sala, magnificamente decorada, levantando as sobrancelhas.

— Ela diz que se sente aliviada porque não seremos mais malvistos devido à minha profissão — disse Mateus resolutamente. — É difícil você usufruir de sua riqueza quando as outras pessoas consideram sujas até as moedas que você toca. Às vezes, nem as aceitam. Então, é o mesmo que ser pobre, mas ainda pior.

— Não há nada pior que ser pobre.

— Ah, Judas! Você fale com ele — O colega coletor acenou, com a cabeça, na direção de Mateus.

Judas cumprimentou a todos. — Então este é o seu banquete de despedida, Levi! Ou devo chamá-lo Mateus? Uma excelente despedida, devo dizer. Foi até preferível gastar tudo agora, já que o dinheiro está sujo. Aí você se livra dele. — Inclinou-se para a frente, com ares de conspirador. — É verdade que sua mulher *realmente* diz isso?

Antes que Mateus pudesse responder, seu irmão Tiago fez com que olhasse para o outro lado da sala, onde vários comerciantes famosos por serem desonestos — estavam sempre sendo multados por usarem pesos falsos — bebiam e comiam juntos.

— Que afronta! — disse Tiago. — Como se atrevem a vir aqui?

O convidado coletor de impostos disse: — Mas não são os únicos. Olhe ali!

Três dos bêbados mais conhecidos de Cafarnaum haviam conseguido uma jarra inteira de vinho e bebiam dela, num cantinho da sala. Em sua companhia estavam várias prostitutas, todas vestidas em suas tradicionais roupas de trabalho — estolas coloridas, berrantes, os braços nus, rostos pintados e um monte de bugigangas ao pescoço. Seus amigos, um grupo de batedores de carteiras, participavam da festa.

O grupo de homens idosos em roupas formais, decanos religiosos, pareceu vê-los naquele mesmo momento e dirigiu-se, imediatamente, para onde se encontravam Mateus e Jesus. Vieram marchando, arrastando suas túnicas austeras, e fitaram Jesus.

— Então é este o homem que diz ser um profeta e um mestre — disseram, dirigindo-se a Mateus, como se Jesus não falasse.

— É ele mesmo — disse Mateus. — Se vocês o ouvissem pregar...

— Nós ouvimos falar *sobre* seus sermões e é por isso que estamos aqui. Para descobrir a verdade. Mas diga-nos uma coisa: por que convidou estes pecadores para sua casa? Você enlouqueceu? — Sutilmente, evitavam constatar o óbvio: coletores de impostos eram outro tipo de pecador; não fediam.

— Fui eu quem os convidou — disse Jesus. — Disse a todos eles que viessem. — Olhou para Mateus. — Você convidou seus amigos e eu convidei os meus.

Eles olharam-no fixamente. — Por quê? Diga-nos, mestre, por que você anda com esse lixo de gente? A impureza se alastra sobre tudo o que toca, como você deve saber. Esse é o princípio que rege os nossos rituais de limpeza e de alimentação. Você sabe, certamente, que isso irá desabonar o seu... ministério, seja ele qual for.

— Convidei-os porque eu vim para chamar os pecadores, e não os justos. São os doentes que precisam de um médico, e não os saudáveis.

Olharam para ele com profunda antipatia. — É você que precisa de um médico — disse um deles, por fim. — Um médico da Torá! Um médico da Lei!

Aproximou-se um romano. Um centurião que negociava com Mateus e o considerava um amigo. Os líderes religiosos fizeram mesuras à sua passagem, afastando-se de seu caminho, enquanto lançavam a Mateus e Jesus olhares ameaçadores, irritados por sua intervenção ter sido interrompida.

— Como iremos sobreviver, na alfândega, sem vocês dois? — perguntou o romano, dirigindo-se a Mateus e fazendo um aceno com a cabeça para Tiago.

— Vocês terão inúmeros candidatos para preencher as nossas vagas — disse Mateus. O cargo era normalmente preenchido por licitação pública.

— Mas nenhum tão bom quanto vocês — garantiu o romano.

— Você diz isso a todo mundo, Cláudio — disse Mateus, sem sarcasmo. — Sentirei sua falta, principalmente de seus elogios...

— Você está levando um homem inteligente — disse Cláudio a Jesus. — É um homem trabalhador, tem uma memória fantástica e é muito atento aos pormenores... O que foi mesmo que você o contratou para fazer? Não compreendi muito bem como funciona a sua... organização.

— Não tenho uma organização — respondeu Jesus.

— Então, pode deixar que o Levi o ajudará a construir uma. É o homem talhado para fazê-lo. — Voltou-se para Mateus. — Lá na sala da alfândega você não tinha grandes horizontes para se projetar. Foi esse o problema. Agora você poderá ir mais longe. Procurar alguma coisa que realmente o interesse.

— Você sabe, há coisas muito irônicas — disse Mateus a Jesus. — Eu não tinha permissão para ir à sinagoga, mas Cláudio tinha.

— É esse o princípio que rege nossos rituais de limpeza e alimentação — disse Jesus, repetindo as palavras dos líderes religiosos. — Mas os sacerdotes o invertem. Um pagão, estranho às nossas leis — se você me permite, Cláudio — não pode ser julgado pela Lei e tem acesso concedido aos cultos, enquanto esse acesso é negado a um filho de Israel se este for tachado de pecador por essas mesmas leis. Na realidade, é o pecador que mais precisa aproximar-se do sagrado. Eles estão tão equivocados!...

— Se *você* me permite — disse Cláudio. — Não acho que tenha a autoridade para fazer declarações como essa. Você sabe que os escribas e os estudiosos constituem uma sociedade fechada e não reconhecem pessoas de fora. — Deu uma risada. — Imagino que isso nos torne irmãos, de certa forma... Somos ambos de fora.

Pessoas juntavam-se em torno deles por todos os lados. Maria e Joana foram empurradas pela massa de gente e não ouviram o resto da conversa.

— Você deve ter participado de muitas reuniões como esta — disse Maria a Joana. Herodes Antipas sempre dava grandes recepções. — Você foi... você assistiu ao casamento? — Antipas mantivera seu casamento com Herodias apesar das advertências de João Batista.

— Não — disse Joana. — Quero dizer, eu estava presente, mas não posso dizer que assisti.

Maria compreendia perfeitamente o que ela queria dizer. Os demônios não a haviam deixado ver. — Mas, nesse caso, talvez não tenha feito diferença alguma — disse.

Ficou pensando se Antipas e sua noiva teriam provado o molho feito por sua família e se teriam gostado. Será que tinham notado o selo especial na ânfora? Houve um tempo em que tudo isso tinha importância para mim, pensou Maria. Enquanto agora — agora, a única coisa de minha antiga vida sempre presente em meus pensamentos é minha filha. Ah! Eliseba! A mera lembrança de seu nome a feria como uma navalha e, naquele preciso momento, teria trocado praticamente qualquer outra coisa para poder segurar a filha em seus braços.

Estava tão absorta em seus pensamentos tristes, no meio daquela sala iluminada e repleta de gente, que nem percebeu um movimento rápido que acontecia à sua esquerda. Mas logo se ouviram gritos estridentes e ela viu quando três homens encapuzados se abaixaram, escondendo-se atrás de Cláudio para se aproximarem de Mateus. Então atacaram o romano, que estava em seu caminho, derrubando-o como um leão derruba a presa após ficar horas à espreita. Com um movimento brusco de sua capa, Cláudio caiu de costas e seus agressores lançaram-se sobre ele com facas nas mãos. Uma, duas, três lâminas curvas, brilhantes, cruzaram o ar. Sicários.

Agora todo mundo gritava e corria na sala, uns juntando-se à luta, outros afastando-se para longe. Maria via uma confusão de pernas e de braços e ouviu um som cavo e profundo como se as facas atingissem alguma coisa. Embora com dificuldade, Cláudio levantou-se quando seu treinamento de soldado superou o elemento surpresa. Agora, seus inimigos teriam de lutar de igual para igual, mostrando sua destreza.

— Morra! Morra! — gritava um dos agressores. — Matem-no agora!

Quando Cláudio se levantou, um dos homens pulou, agarrando-se a ele pelas costas, como se montasse um cavalo selvagem. Outro dos agressores pulou à sua frente, tentando apunhalá-lo no peito, mas Cláudio defendeu-se habilmente chutando a faca de sua mão. Girou sobre si e jogou o agressor para trás com tanta força que o homem bateu com a cabeça na parede e caiu ao chão. Desacordado, relaxou sua mão e soltou a faca. Cláudio pisou em seu pulso, quebrando os ossos da mão. Maria ouviu os ossos estalando como galhos secos.

O último dos agressores agora atacava Cláudio pelas costas, dando-lhe uma gravata em torno do pescoço e tentando apunhalá-lo por trás, mas sua mão se enroscou na capa de Cláudio. O capuz caiu mostrando seu rosto. Um rosto magro, de fuinha, que Maria já vira antes. Era o do homem que invadira a casa de Silvanus! O homem que assassinara uma pessoa em Tiberíades. Simão. Era esse seu nome, Simão.

— Simão! — gritou Maria sem perceber. — Simão! Pare! Pare!

Surpreendido por ouvir chamarem seu nome, Simão hesitou por um momento, o suficiente para que Cláudio se livrasse da gravata que lhe dava e quebrasse seu braço. Um som horrível, mas diferente dos ossos da mão do outro homem. Simão gritou de dor e de revolta, como se tivesse sido atacado de forma desleal, e desabou.

Maria correu para ele, fitando-o. Sim, era ele mesmo.

— Foi culpa sua! — acusou Simão, com os olhos esbugalhados de dor devido ao braço quebrado. Teimosamente, ainda segurava sua faca curva. — Você gritou e provocou isto!

— Provoquei o quê? — respondeu Maria, também gritando. — Você não tinha como escapar. Se matasse este romano, você seria crucificado. E isso para quê?

— Se você não sabe, então você está do lado do inimigo. — Apertou os olhos. — De qualquer maneira, você já estava, agora me lembro. Lembro-me de quando fui expulso daquela casa e você só ficou sorrindo e olhando. Você é uma traidora! — Mesmo se torcendo de dor, conseguiu forças para cuspir.

Cláudio balançava a cabeça e esfregava o braço, ainda surpreendido de como conseguira escapar. — Será crucificado — disse. — Uma tentativa de matar alguém é o mesmo que o assassinato. No que se refere ao criminoso, naturalmente, e não à vítima. — Olhou para eles. — Todos os três. — Soldados romanos, colegas seus, já haviam feito um círculo em torno dos homens e os prendiam. Ergueram o homem desmaiado e o puseram de pé. Amarraram Simão e pareciam divertir-se em ver sua dor quando atavam seu braço por trás. O terceiro homem, que Cláudio desarmara com um pontapé, também foi preso, e seus braços, imobilizados.

— Levem-nos — ordenou Cláudio aos soldados.

— Simão! — Era Jesus quem falava. Mantivera-se calado durante toda a confusão, mas agora falava em voz alta.

O assassino com cara de fuinha voltou-se para ver quem se dirigia a ele.

— Simão! — repetiu Jesus.

Cláudio parecia confuso e fez um gesto para os soldados esperarem.

— O que é? — disse Simão, irritado. — Vamos acabar logo com isto! Deixe que eu morra pelo meu povo! Não quero ouvir seus sermões, nem quero julgamentos de romanos nem piedade por parte de um governo que é conivente e covarde! Não quero nada disso!

— Simão!

Alguma coisa na voz de Jesus fez com que Simão parasse de falar. Fechou a boca e esperou.

— Simão. Siga-me.

— O quê? — disse Mateus, empalidecendo.

— Não! — disse Cláudio. — Ele agrediu um representante de Roma e isso é traição. Deve morrer.

— Traidores morrem o tempo todo — disse Jesus. — O que foi mesmo que você perguntou, Maria? Para quê? Para que serviria a sua morte? Uma pergunta muito séria. Simão, você não gostaria de fazer algo no sentido de fundar o Reino? Não é por isso que você vem trabalhando?

— Não sei de nada sobre reino algum — respondeu Simão. Seu rosto refletia a dor do braço quebrado.

— Eu acho que você sabe — disse Jesus. — Você gostaria de se juntar a nós e aprender mais sobre isso?

Simão olhava-o, perplexo.

— Não tem nada a ver com facas e assassinatos — disse Jesus. — Você deve ter consciência disso, antes de mais nada. Mas também imagino que já esteja cansado disso...

— Este homem está detido — disse Cláudio. — Terá de ser levado para a prisão.

— Sim, sim! Irei com você! — disse Simão, de repente, a Jesus. Seus olhos brilhavam. Faria qualquer coisa para escapar.

— Você não o pode levar — disse Cláudio. — Não tem autoridade para fazê-lo, se é que você tem alguma autoridade.

— E se eu me responsabilizar pelo seu bom comportamento? — disse Jesus.

— Legalmente, você não pode fazê-lo. Ele participou de vários desses atentados. E desta vez tivemos a sorte de apanhá-lo.

— Você poderá punir-me no lugar dele, se ele tornar a criar problemas.

— Nem pensar. Você não nos causou qualquer problema, portanto puni-lo no lugar dele de nada iria adiantar.

— Simão, você promete abandonar todo tipo de violência? — perguntou Jesus.

Simão hesitou. Por fim concordou, com um aceno da cabeça, mas não olhou Jesus de frente.

— Pode começar por entregar sua faca — disse Cláudio.

Simão largou-a no chão.

— E você, Dimas? — perguntou Jesus ao terceiro homem, que recebera o pontapé de Cláudio e continuava calado.

O homem ficou tão assustado de ouvir seu nome que ficou mudo.

— Falei com você, Dimas — repetiu Jesus. — Você me acompanhará?

— Não! — Dimas parecia aterrorizado. — Não, você é um louco!

Sem mais conversa, os romanos o levantaram e levaram embora antes que mudasse de ideia.

O segundo homem — o do braço quebrado — estava recuperando os sentidos. Ele também tinha um rosto familiar a Maria. Talvez fosse ele o segundo sicário em Tiberíades. Abriu os olhos para descobrir que estava preso.

— E você? — perguntou Jesus.

— Eu o quê? Quem é você? — Olhou para Simão, preso, e para o romano, que não só estava vivo como dava ordens. Deu um grunhido e fechou os olhos.

— Meu nome é Jesus — disse. — Convido você a juntar-se a mim e à minha missão.

O preso balançou a cabeça. — A única missão que conheço é lutar contra Roma e seus aliados — disse. — Não aceito, obrigado.

— Simão aceitou.

O homem pareceu enojado. Depois, deu de ombros. — As pessoas são imprevisíveis.

— Então, seja imprevisível e junte-se a nós.

Ele refletiu por um momento e disse: — Não.

— Levem-no também — disse Cláudio.

Só ficara Simão. Olhou em torno de si, sem acreditar. — Eu deveria ir com eles — disse, por fim.

Jesus balançou a cabeça. — Você fez uma opção, não fez? — Olhou para Cláudio. — Garanto-lhe que nada mais terá a recear dele.

Cláudio ficou só olhando os dois.

— Também o prometo — disse Mateus. — Também me responsabilizarei por ele.

Simão voltou-se para ele. — Era você, traidor de seu próprio povo, que eu queria matar. O romano só ficou na frente. Odeio traidores mais do que os próprios romanos.

— Sei disso — disse Mateus. — Fazia algum tempo que estava olhando para a sua faca. Mas agora não sou mais coletor de impostos.

— É mesmo? Não acredito. Fico com o que disse o profeta Jeremias. Um leopardo pode mudar suas pintas? Jamais. — Simão fitou-o com um olhar superior.

— Mas Isaías diz que o leopardo se deitará ao lado da cabra, e as escrituras não mentem. Como explicar isso? Algo terá de mudar para que isso aconteça — disse Jesus. — E, portanto, tudo é inteiramente possível.

— Quem luta contra o invasor fica deitado ao lado dos romanos? — perguntou Simão. — Isso é ainda mais improvável.

— Você o solta? — perguntou Jesus a Cláudio.

— Não posso — respondeu, teimoso.

— Garanto sua segurança — disse Jesus.

Cláudio abriu a boca para responder, mas as palavras lhe escaparam. — Muito bem — disse. — Mas você está trocando sua vida pela dele. — Olhou, sério, para Simão. — Você está consciente disto? Qualquer coisa que você faça de errado custará a vida deste homem.

Simão desviou o olhar, como se não tolerasse olhar para a cara de um romano. — Sim — murmurou. — Sim, estou consciente.

— Soltem-no — ordenou Cláudio, a contragosto. — E não faça com que me arrependa — advertiu Jesus. — Ou morrerão todos vocês.

33

Minha querida Quezia

Eu havia escrito páginas e páginas de coisas para você, pensando que logo iria encontrá-la e aquilo explicaria tudo, mas não tive oportunidade de entregá-las a você e agora estarei fora de Magdala por algum tempo. Será que não daria para você vir me ver? Então, eu entregaria a você tudo aquilo que escrevi e você saberia de tudo. Não o irei repetir aqui... Não o quero fazer, é muito doloroso... Se a encontrasse, poderia contar-lhe tudo, olhos nos olhos. Saiba apenas, por enquanto, que estive doente e tive de sair de Magdala por algum tempo e que agora estou na região de Cafarnaum, onde espero e oro para que você venha me ver.

Você por acaso já ouviu falar de um homem chamado Jesus, que é de Nazaré? É um profeta. Nunca tinha conhecido um profeta antes, mas agora conheço. Ele formou uma espécie de família, que está sendo uma nova família para mim. É formada por pessoas que ele ajudou ou que chamou para o acompanharem em sua missão. Contei tudo para você nas coisas que escrevi — que, naturalmente, você não leu.

Não tem nada a ver com a vida que imaginava para mim quando fazíamos juntas os nossos devaneios. Na realidade, não sabia que poderia existir este tipo de vida. As únicas vidas de pessoas religiosas de que tinha conhecimento eram as de profetas inflamados, como João Batista, que se arriscavam politicamente; ou de pessoas que se retiravam para o deserto, para evitar a corrupção da vida cotidiana; ou dos escribas, que passam o tempo inteiro estudando as escrituras. Não sabia que era possível ser sagrado de outra maneira. Mas este homem — Jesus — não cita textos, interpreta-os. Não se afasta das pessoas comuns; procura-as. E nada existe de perigoso em estar na companhia dele, pois não representa uma ameaça para governo algum. Oh, Quezia, dentro de três dias ele irá pregar no campo, ao norte de Cafarnaum. Venha ouvi-lo, por favor, e para me encontrar outra vez e para nos abraçarmos. Como senti sua falta, minha querida amiga. E como desejo revê-la!

Sua amiga e companheira,
Maria

34

Naquele dia claro de verão, os gaviões voavam bem alto, em círculos, procurando por uma presa no chão. Em geral, achavam o que procuravam entre as espigas de linho ou, no campo aberto, onde o vento soprava sobre searas secas. Nesse dia, porém, estavam frustrados, pois o campo, lá embaixo, estava coberto por uma multidão de gente. Vinham de todos os lados e convergiam para os prados que ficavam à beira do lago. Qualquer tipo de animal que fosse alimento em potencial para os gaviões tinha debandado com o tropel de pés humanos.

Maria e Joana, juntas, balançavam suas cabeças enquanto caminhavam. Espalhara-se o rumor de que Jesus estaria pregando naquele dia — não avisara, ela mesma, Silvanus e Quezia? —, mas a multidão excedia qualquer perspectiva.

— Quem iria pensar que vinha tanta gente? — disse Maria. — De onde virão eles?

— De lugares bem distantes — disse Joana. — Nas cidades à beira do lago, não há gente suficiente para formar tamanha multidão.

— Se pudéssemos contar com tanta gente em nosso movimento, seria fácil derrotar os romanos — disse Simão, de pé, ao lado delas.

— Você tem de esquecer essas coisas — respondeu-lhe Maria com firmeza. Ela e Joana haviam sido encarregadas de ajudar Simão a se enturmar no grupo, mas ele era uma pessoa difícil e era evidente que aceitara acompanhar Jesus somente para salvar o pescoço.

Simão olhou para Jesus, que conversava com Pedro e Tiago, o Maior. Maria e os outros haviam lhe dado esse apelido porque o outro Tiago, irmão de Mateus, era baixo. Era mais simpático chamar o mais forte de "Maior" do que o outro de "Menor".

Simão balançou a cabeça. — Ele foi um louco em se responsabilizar por mim. Quando este braço estiver bom — apontou o braço enfaixado — irá atacar de novo.

— Então, o louco é você — disse Maria. Mas ela sabia que, embora ele se recusasse a admiti-lo, a ousadia de Jesus o deixara desarmado.

Simão deu de ombros. — Talvez — disse. — Talvez. Mas o país está gritando pela libertação.

— Foi você mesmo que o disse — observou Joana. — Se pudessem contar com tanta gente, talvez fosse possível. — Com um gesto da mão, indicou aquele mar de gente. — Mas vocês não podem contar. E você mesmo mostrou que não tem o desejo de morrer.

— Você está me chamando de covarde?

— Não, Simão — disse Maria, antecipando-se a que ele pudesse tentar dar uma demonstração de coragem. — Sabemos muito bem que você não se juntou a Jesus e ao nosso grupo porque o tenha desejado. Mas também esperamos que, com o tempo, você perceba que fez a coisa certa. — Ele estava aborrecido. — Simão, conheço você há mais tempo que qualquer dos outros. E sei de sua coragem e dedicação. Mas acho que teria mais serventia ouvindo as palavras de Jesus. Ele também procura a libertação.

Simão resmungou. — É uma libertação que não serve para nada. — Fez uma careta de dor quando tentou cruzar os braços.

— Bom, então veremos quem irá converter quem — disse Joana com um sorriso amplo.

Maria observava como Joana era forte, como parecia competente e saudável. Graças a Deus outra pessoa fora salva dos demônios! Pôs o braço em torno da cintura de Joana. Talvez minhas verdadeiras irmãs sejam aquelas que eram escravas dos demônios e depois foram libertadas, pensou.

— Jesus vai começar a falar — disse Joana. Os três afastaram-se da beira do lago, onde se encontravam, e foram juntar-se aos outros, ao lado de Jesus. Seria um dia quente, pensou Maria, notando como o ar já estava sufocante.

O mar de ouvintes era imenso, quase tão amplo quanto o lago, que haviam deixado para trás. Alguns eram fisicamente saudáveis, mas precisavam, obviamente, ouvir palavras que os redimissem de seus pecados secretos, escondidos, vergonhosos. Outros pareciam ser praticantes de seitas muito rigorosas, como a dos fariseus, que era seguida pela família de Maria. Outros arrastavam-se em muletas, enquanto outros ainda se aproximavam em passos lentos e hesitantes. Havia camponeses, obviamente pobres — suas roupas gastas, as túnicas, caseiras, bastante puídas e as sandálias esburacadas traíam suas origens. Havia leprosos, encurvados de forma grotesca — impossível dizer se devido ao desespero ou à doença. Outros estavam deitados em padiolas, com seus corpos magros e esfacelados gritando por socorro.

— Deixe sua sombra tocar meu pai e ele ficará curado — gritava um jovem, apontando para uma massa humana disforme e imóvel, sobre uma maca.

— Vocês vieram aqui porque querem ouvir a palavra de Deus! — gritou Jesus. — E Deus tem palavras para vocês, tem palavras que quer que vocês ouçam!

Surpreendentemente, o barulho da multidão morreu e as palavras de Jesus chegavam às pessoas.

— Meus amigos, tenho tanto para lhes dizer! — disse Jesus. — A coisa mais importante é que todos vocês são preciosos para seu Pai celestial. E ele é seu Pai e deseja que pensem nele dessa forma. Quer que todos vocês cheguem à sua presença como uma criança que corre para seu pai: "*Aba*! Papai!" Sem qualquer cerimônia, apenas uma brincadeira de correr para seus braços.

Na multidão, as pessoas mexiam-se e murmuravam, balançando as cabeças.

— Não é com cerimônia que você se aproxima de Deus, de seu pai, de seu *aba* — disse Jesus. — Não basta a pureza dos rituais nem as oferendas. O que Deus deseja são os seus *corações*, só isso.

— Blasfêmia! — gritou uma voz estridente, isolada.

— Blasfêmia? Não — respondeu Jesus. — Não foi o profeta Oseias que disse "Misericórdia quero, e não sacrifício"? Mas me deixem falar-lhes do reino dos céus. Está chegando, mas de certa forma já existe, aqui, entre vocês, neste preciso instante. Vocês podem conhecê-lo hoje, agora! Não é possível descrevê-lo com palavras, pois deve ser sentido com o coração.

— Como? Como? — gritou um homem magro, de meia-idade, lá na frente.

— Há duas maneiras de fazê-lo — disse Jesus. — A primeira delas é muito simples. Quando chegar o fim desta era — que já está chegando, e antes do que se espera — as pessoas serão separadas em dois grupos. Um deles será levado à presença de seu Pai celestial, que lhes explicará os motivos. Ele dirá: "Eu tinha sede e vocês me deram água, tinha fome e me deram de comer, estava nu e me vestiram, estava preso e me visitaram". Quando protestarem que Deus nunca foi visto com fome, com sede ou na prisão, ele dirá: "Se você ajudou um necessitado, ajudou a Deus".

— E a obediência à Lei? E o ritual da pureza? — gritou uma mulher.

Jesus refletiu por um momento. — Minha filha, o bem que você praticou merece ser louvado e ninguém o negará. Mas é necessário mais. Você ajudou seus irmãos e suas irmãs? — E, com um gesto, indicou a multidão.

E quem iria ter tempo para isso, quando passa tantas horas obedecendo aos rituais?, pensou Maria. E que mulher tem a liberdade de ajudar pessoas estranhas? Achou que Jesus não estava sendo justo com as mulheres.

— E a segunda maneira? — perguntou alguém. — A segunda maneira de conhecer o reino dos céus?

— É entendendo o seu significado, seu grande mistério, para que todos possam viver suas vidas de acordo com ele — respondeu Jesus.

— Como? — perguntou um homem gordinho, vestindo roupas caras.

— Ah, meu amigo — disse Jesus. — Você é um homem que sabe saborear e apreciar as coisas boas da vida. — Aproximando-se do homem, tocou o tecido de sua capa. — Você é um homem de bom gosto.

O homem puxou a capa de volta, com medo de que Jesus o mandasse dá-la aos pobres, que agora se aproximavam em grande número.

Jesus riu e soltou o tecido. Parecia divertir-se com a confusão do homem. — O reino dos céus é muito mais precioso do que este pedaço de tecido, mesmo que tenha vindo da Arábia, mesmo que tenha sido feito da melhor lã! O reino dos céus é tão precioso quanto uma pérola. Uma pérola que custaria até o último centavo do dinheiro de todos vocês. Tudo deve ser trocado pelo reino dos céus!

Então, ele voltou-se, rodando para a frente de outro grupo de pessoas. — É, é uma pérola! Uma pérola de um preço inacreditável! E quando você a tiver, deve guardá-la como um tesouro. Deixem-me dizer-lhes uma coisa: não são todos que o compreendem. Nem todos saberão apreciá-la. Portanto, quando vocês conquistarem essa pérola, não a mostrem a pessoas que não a saibam honrar. É como se fossem porcos. Você daria a um porco algo de sagrado? Não ofereça sua pérola a um porco. Ele irá pisoteá-la e enterrá-la na lama. E sabem do que mais? Depois o porco se voltará contra vocês e os tentará atacar. Irá odiá-los por causa daquela pérola e tentará jogá-los na lama e mordê-los e destruí-los.

Seria isso que teria inspirado todo aquele ódio quando voltei a Magdala?, pensou Maria. Talvez o inimigo fosse a pérola, e não eu. Talvez a vissem brilhando, em nós, quando eu mesma não a via.

— Mas a boa nova de hoje é a de que o reino dos céus já está aqui, dentro de vocês, de cada uma das pessoas que aqui estão! Não terão mais de esperar. O reino dos céus está aqui e vocês são parte dele! — Jesus falava com voz forte.

— Mas como? — perguntou uma moça. — Como é que isso é possível?

Era Quezia! O coração de Maria pareceu parar de bater. Quezia tinha vindo, recebera a carta que Maria lhe enviara por um mensageiro de boa vontade, mas um tanto atrapalhado. Ou talvez nem tivesse recebido a carta e tivesse vindo por si mesma. Maria mordeu a mão. Iria esperar pela resposta de Jesus e depois correria para sua amiga.

— Pois você tem ouvidos para ouvir e um coração para procurar — disse Jesus. — Deixem-me que lhes diga: só vêm a mim as pessoas que meu Pai do céu me envia. Se você está aqui, portanto, você é com certeza parte do reino dos céus.

Maria percebeu que Quezia franzia o cenho. Conhecia tão bem aquele gesto.

— Quezia! — Correu para ela. — Quezia! — E abraçou a jovem que, confusa, tentava livrar-se dela, primeiro com delicadeza e depois empurrando, com raiva.

— Como você se atreve? — dizia Quezia, afastando Maria.

— Quezia! Quezia! Sou eu, Maria!

Quezia parou de empurrar e fitou-a. — Maria?

— Você recebeu minha carta? Foi por isso que veio?

— Eu, eu... — Quezia recuperava o fôlego. — Sim, recebi. Mas, Maria... — olhou-a, tomando distância — eu não a reconheci.

Maria arrancou da cabeça seu véu, mostrando o cabelo curto. Quezia assustou-se.

— Sim, minha querida, a vaidade foi-se — disse Maria. — Tive de sacrificá-la. Mas que bom ter você aqui, minha amiga! — Tomou suas mãos. — Vamos procurar um lugar para ficarmos sozinhas.

Havia uma multidão em volta delas, mas Maria dirigiu-se para a praia de seixos à beira do lago, onde era mais fresco e algumas árvores ofereciam uma sombra. Com exceção de alguns barcos, ancorados, que balançavam nas ondas enquanto seus ocupantes ouviam Jesus, estavam sozinhas.

— Olhe, veja aqui — disse Maria, retirando de seu cinto um maço de folhas que tinha guardado para o caso de Quezia aparecer. — Isto lhe revelará a história toda.

— Devo ler agora? — perguntou Quezia.

— Sim — respondeu Maria. — Caso contrário, você só irá ler em casa, terá mil perguntas para me fazer e eu não estarei lá para respondê-las.

— Muito bem. — Lançou um olhar à amiga, pegou nas folhas e dirigiu-se para uma pedra. Quando voltou, não estava sorrindo. Sentou-se ao lado de Maria e encostaram-se ambas numa pedra, com os cotovelos se tocando.

— Não sei o que dizer — gaguejou Quezia.

— Eu não sabia como escrevê-lo — disse Maria.

— Você foi totalmente rejeitada? Joel a expulsou de casa?

— Não só Joel, mas meu pai e meu irmão — respondeu Maria.

— Eles não ficaram contentes de saber que você estava curada? Ah, Maria, que angústia terrível a que você sofreu sozinha!

— Não se importaram com isso — disse Maria. Quando as pronunciou, percebeu como suas palavras eram acusadoras. — Só se importaram com minha reputação. Não, não a minha reputação, mas a deles. A minha apenas refletia na reputação deles.

— Mas isso é horrível!

— É a verdade. — Maria fez uma pausa antes de continuar. — A verdade é que não me querem bem. Nem o próprio Joel! O que os preocupa é a sua posição social, a sua reputação em Magdala. — Suas palavras ressoavam como marteladas.

— E Eliseba?

Maria suspirou. — Tentei raptá-la.

— Não acredito!...

— É verdade, tentei. Queria levá-la para longe deles, de todos eles, queria que ficasse comigo. Mas como eles eram mais fortes, ficaram com ela. — Segurou Quezia pela manga da túnica. — Você olha por ela para mim?

— Maria — disse Quezia, gentilmente. — Sua família não me conhece. Não poderia, de forma alguma, olhar por ela ou ajudar a tomar conta dela.

Maria evitava as lágrimas. — Sim, claro que você tem razão.

— E Joel? — perguntou Quezia. — Ele... Ele separou-se de você?

Ela nem havia pensado sobre isso. — Eu... Ele não disse nada a respeito disso, quando o vi.

— Mas os outros irão martelar em sua cabeça, irão persuadi-lo... — disse Quezia.

— Mas... o que posso fazer? Se eu voltar...

Quezia olhou para Jesus, que falava fazendo gestos com os braços para a multidão, para enfatizar suas palavras. — Você parece ter um trabalho a fazer por aqui. — disse.

— É, tenho — disse Maria. — E o que você está achando? Você compreende o que leva as pessoas a se aproximarem dele?

— Será que compreendo o que aproximou *você* dele? — respondeu Quezia. — Talvez compreenda. Mas não mexe comigo. Eu não acompanharia o seu Jesus. Devo voltar para casa.

Você não precisa dele, pensou Maria, com tristeza. E quando não se precisa dele, ninguém procura Jesus. Talvez os que não têm necessidades sejam os que realmente precisam de misericórdia, pensou.

— Muito obrigada por ter vindo — disse. — Nem tenho palavras para lhe agradecer. — Abraçou sua amiga com tristeza.

Ficou claro que tenho consciência de que não poderei voltar, pensou. Esperou que Quezia desaparecesse, levou as mãos aos olhos e chorou. Nunca mais posso voltar. Esse caminho acabou para mim. Ficou sentada, por algum tempo, tentando controlar as lágrimas. Finalmente, levantou-se e voltou para onde estava Jesus. Jesus era o que lhe restava, pensou.

Quando se aproximava, um grupo de pessoas horrivelmente desfiguradas — sete homens e três mulheres, embora fosse difícil distingui-los — dirigia-se para ele. Leprosos. Sua pele era descolorida e descascada e seus pés retorcidos, como maçanetas. — Ajude-nos! — gritavam. — Ajude-nos, se você sabe onde é o reino de Deus!

Jesus olhou para eles e fez uma pergunta inesperada. — Vocês querem ficar sãos?

Que estranho. Quem não iria querer ter saúde, quando se encontrava numa situação daquelas?

Eles acenaram com a cabeça e tornaram a gritar. — Jesus, nosso mestre, tenha misericórdia de nós!

— Vão, então, apresentem-se ao sacerdote e ofereçam o sacrifício exigido por Moisés — disse. Existia um ritual de purificação para leprosos que era previsto na Lei.

Pareceram ficar decepcionados, mas levantaram-se e fizeram uma mesura, respeitosamente. Naquele instante, nada aconteceu, mas quando se levantaram Maria teve a impressão de que ficavam em posição mais ereta. Com dificuldade, voltaram-se para caminhar de volta a Cafarnaum, arrastando-se naquele calor brutal.

Jesus quase terminara de falar quando se aproximou um homem cego, tropeçando, e se agarrou a seu manto. — Ajude-me! — gritou.

Jesus parou de falar e tomou o rosto do homem em suas mãos. Olhou para ele com atenção, por algum tempo, e por fim disse: — O que quer que eu faça por você?

Por que sempre fazia essa pergunta?, pensou Maria. Era tão evidente o que o homem queria!

— Quero ver! — gritou ele.

Jesus orou e depois tocou, de leve, em suas pálpebras. — Sua fé devolveu sua visão — disse.

O homem ficou piscando os olhos, esfregando-os com as mãos.

— Você vê? — perguntou Jesus. — O que você pode ver?

— Vejo... formas. Cores que se mexem. E... — Estendeu a mão e tocou a face de Jesus. — E... vejo um rosto. O seu rosto. — Aproximou-se e seus olhos, turvos, olharam para os olhos claros de Jesus. — Vejo seu rosto. — Caiu de joelhos e tomou as mãos de Jesus. — Obrigado — murmurou.

— Vocês estão vendo? — perguntou Jesus à multidão. — Estas curas são um sinal, um sinal de que o reino está chegando, que já está aqui, como lhes disse. Como prometeu Isaías, os cegos irão enxergar, os presos serão soltos, os sofredores serão consolados. Sou apenas um instrumento — sou o instrumento de Deus que o proclama.

Entardecia e logo desapareceriam os últimos raios de sol.

— Amigos, vão em paz — disse Jesus às pessoas presentes. — Voltem a suas casas e contem aos outros o que Deus está fazendo.

— Não irão embora — disse Joana a Maria em voz baixa.

Mas, surpreendentemente, foram. A imensa multidão começou a dispersar-se tomando os caminhos que beiravam o lago. Quando o sol se pôs, Jesus e seus seguidores estavam sozinhos.

O fogo estalava, lançando centelhas na noite, como estrelinhas. Estavam sentados em círculo, em volta da fogueira, cansados, embora todo o trabalho tivesse sido feito por Jesus. Por alguma razão misteriosa, no entanto, todos se sentiam como se também tivessem participado.

— Vocês não só farão coisas como estas, mas ainda melhores — disse-lhes Jesus. — Há muita coisa a ser feita e não o posso fazer sozinho. Preciso da ajuda de todos vocês.

— Mas nós... Nós não sabemos fazê-lo — disse Filipe, balançando a cabeça.

— Será que conseguiremos aprender? — disse Pedro. — Você nos ensinaria seus segredos?

Jesus sorriu. — O segredo está na frente de todos, mas poucos o querem usar: obedecer a Deus. Se você fizer o que Deus lhe pede, ele lhe concederá um poder enorme.

O fogo assobiava como uma serpente. Simão olhou para trás, pensando que alguém pudesse estar ali.

— Tudo o que sei é obedecer aos mandamentos — disse Filipe.

— É um bom começo — disse Jesus. — É uma base. Muita gente procura por instruções especiais em primeiro lugar, quando a verdade é que estas são as últimas. Deus lhes dá sempre as tarefas mais simples primeiro. Quem mostrar fé em fazer coisas pequenas, depois terá pela frente coisas grandes.

— Mestre, não quero parecer... desrespeitoso, ou preocupado com esse tipo de coisa, mas... como iremos viver? — perguntou Mateus. — Perdoe-me, mas eu sou um homem prático, mexo com dinheiro e com cálculo. É tudo o que conheço. Mas... precisamos comer. Ou devemos pedir? — Ergueu as mãos. — Não me importo com isso, não é com meu orgulho que me preocupo, mesmo se meus ex-colegas passassem e me vissem de mão estendida, mas... isso tomaria todo o nosso tempo. Quero dizer, pedir esmola é algo que se faz o dia inteiro. E teremos, por certo, outras tarefas... — Limpou a garganta antes de concluir. — Pelo que você diz, quero dizer.

— Sinto-me gratificado por ter um homem de negócios que me acompanha — disse Jesus, tocando o braço de Mateus. — Você tem toda a razão, temos necessidades a que devemos dar toda a nossa atenção. Quando disse às pessoas que não se preocupassem, também eu estava consciente de que todos temos de comer.

— Eu tenho dinheiro — disse Joana, de repente. — Tenho muito dinheiro. — Abaixando-se, desatou a sacola que prendia à cintura. — Tome este dinheiro. Sentirei alegria que nos seja útil, que sirva para comermos e para que possamos desempenhar tarefas mais importantes.

Jesus esticou o braço, pegou a sacola, abriu-a e olhou para dentro. — É muita generosidade — disse. — Isto nos libertará para fazermos as tarefas que Deus espera que façamos.

— Quando meu marido me concedeu a liberdade... — Joana engasgou-se um pouco. — Não. Devo ser honesta com vocês. Quando ele me expulsou de casa, por eu ser inútil, quis aliviar a sua consciência e deu-me todo este dinheiro. É claro que pensava que eu seria roubada em pouco tempo, pois era incapaz de cuidar de mim mesma, mas isso deixava-o tranquilo. Mas, embora eu estivesse possuída, não era uma idiota, e sabia como proteger o dinheiro. Agora, é de vocês. — Parecia aliviada em se livrar do dinheiro e contente em poder fazer alguma coisa para ajudar Jesus.

— Obrigado, Joana — disse ele.

Maria olhou os rostos de cada um, em torno do fogo. Agora, eram uma família; não dependiam de mais ninguém. — Haverá outras pessoas que se juntarão a nós? — perguntou a Jesus.

— Talvez — respondeu Jesus. — Depende da vontade do Pai. Se quiser que outros se juntem a nós... então lhes daremos as boas-vindas. Homens e mulheres.

— Mestre — disse Maria, sem conseguir se conter. — Os homens deixam suas casas o tempo todo. Mas com as mulheres... é diferente. Têm de enfrentar desafios que não lhes são naturais.

— Talvez seja um preço muito alto para as mulheres — disse Jesus. — Mas senti que você era diferente e que minha missão precisava de você. Se você fosse um homem, eu o teria chamado sem qualquer hesitação. Errei em tratá-la da mesma maneira que trato os homens?

— Não! — respondeu ela, rapidamente. — Não errou.

— Gostaria de saber onde Deus nos levará — disse André, olhando para seus companheiros.

Jesus não respondeu de imediato. Por fim, disse: — Nem Abraão sabia aonde iria. Quando Deus lhe ordenou que deixasse Ur, nada lhe revelou sobre seu destino. Mas se Abraão não tivesse deixado Ur, todas aquelas coisas não teriam acontecido. Então, por que revelá-las?

— Porque se Abraão tivesse sabido de tudo, teria mais condições de decidir o que fazer? — sugeriu Tiago, o Maior, irmão de Mateus.

— Porque teria se inspirado nas promessas e ficado em melhores condições de enfrentar as dificuldades? — sugeriu Pedro.

— A segunda resposta é melhor — disse Jesus. — É verdade que às vezes Deus nos concede promessas para que possamos resistir às dificuldades. Mas ele não parece gostar de revelar sua vontade aos curiosos — somente aos que ele sabe que obedecerão à sua vontade. E aos que obedecerão, ele não precisa revelar coisa alguma.

— É uma charada difícil! — exclamou Filipe. — Quem resistirá às dificuldades? E quem as compreenderá?

— Acho que o que se espera de nós é que enfrentemos as dificuldades *sem* compreendê-las — disse Jesus. — Uma coisa, entretanto, eu lhes prometo: enfrentar este desafio é uma grande aventura. Uma vida com Deus nunca é fastidiosa.

Nem você é, pensou Maria. Mas para *onde* nos leva?, perguntou-lhe em silêncio.

35

Outro dia muito quente e a multidão começou a chegar antes do amanhecer. Maria já ouvia o barulho antes de acordar. Um barulho que interferiu com seu sonho. Sonhava que via Joel empurrando-a e Eliseba correndo para ela, de braços abertos. Acordou chorando.

E Quezia... Quezia tinha vindo, pensou. Depois, aos poucos, enquanto acordava, lembrou-se de que Quezia viera, mas não podia ajudá-la, e que Quezia não compreendera Jesus. E Silvanus acabara não vindo, apesar de sua carta. Talvez não a tivesse recebido. Ou... teria ele ficado do lado do resto da família? Deviam ter-lhe contado sobre sua rápida visita a Magdala, descrevendo-a em tons assustadores.

O barulho da multidão passando na rua a despertara e ela logo se aprontou para o dia que começava. A cada dia... cada dia, pensava o que a esperava. Por quanto tempo ficará Jesus pregando por aqui, no campo?

A multidão ainda era grande, mas agora havia um bom número de fariseus. Meticulosamente vestidos em seus *talliths*, com as tradicionais estolas de oração com franjas muito compridas — que os identificavam imediatamente — pareciam estar curiosamente fora de seu lugar, ao ar livre, no calor forte do campo. Assim que Jesus deixava o lugar onde fazia suas orações para falar aos presentes, começavam a disparar perguntas.

— Explique uma coisa, mestre! — Empurrando seus colegas, um dos fariseus ficou de frente para Jesus. — Estamos sob o império de Roma, não é verdade? Então, será que é lícito pagar impostos a Roma, sabendo que esse dinheiro será usado para nos oprimir?

Era uma pergunta que agitava todo o país. Os fanáticos respondiam que não, o que os tornava traidores na opinião dos romanos. Os moderados diziam que sim, o que os tornava covardes na opinião de seus compatriotas. Qualquer que fosse a resposta que desse, Jesus ficaria desacreditado na opinião de muita gente, o que prejudicaria a sua missão.

— Como se nós os devêssemos ajudar! — soprou Simão, sibilante, a Maria e Joana. — Que outra resposta poderia ele ter?

Jesus pediu: — Emprestem-me uma moeda.

Solícito, um homem entregou-lhe uma moeda romana.

Jesus pegou-a e examinou-a. — De quem é a efígie nesta moeda? — E entregou-a ao fariseu.

O homem olhou-a como se fosse uma gravura impura de um ídolo. Olhou o perfil na moeda de prata. — De César — disse, finalmente.

— Então, dê a César o que é de César, a Deus o que é de Deus — disse Jesus.

Ao lado de Maria, Simão balançava a cabeça. — Pagar impostos a César!... — resmungava. — Como é que ele pode dizer uma coisa dessas?

— Todas as leis são passageiras — disse Jesus. — O reino dos céus as tornará inúteis. Dar-lhes mais valor do que merecem é um erro.

— Nossa Lei é eterna! — gritou um dos fariseus. — Ela é parte de nosso acordo com Deus.

Nesse momento, um jovem chegou correndo na direção de Jesus, com suas roupas rasgadas esvoaçando. — Louvado seja Deus! Louvado seja Deus! — gritava. Deu um salto, rodopiou no ar e pousou, delicadamente, como um dançarino. Jogou-se aos pés de Jesus. — Obrigado! Obrigado! Quando mandou que fôssemos ver o sacerdote, eu não sabia... não compreendi... — Tinha o sotaque dos samaritanos, os temíveis e hereges samaritanos.

Jesus pegou sua mão e o fez levantar-se. Olhou atentamente para o homem. — Este homem veio a mim com um grupo de leprosos. Mas eram dez. Onde estarão os outros nove? Por que o único deles que voltou para louvar a Deus foi um estranho, um samaritano? — Tocou a cabeça do homem. — Vá, a sua fé o curou.

O homem fez uma mesura e depois sumiu em meio à multidão.

— Um samaritano! — disse alguém. — Você tocou num leproso que, além do mais, é samaritano!

— É a isso que me referia quando mencionava a interpretação equivocada da Lei — disse Jesus. — Às vezes, um estranho, um pagão, pode estar mais perto de Deus do que aquele que mistura adequadamente a hortelã e o tomilho para fazer um bom chá, usando dez folhas ao invés de cem. Deus disse ao profeta Samuel: "Porque o Senhor não vê como vê o homem. O homem vê o exterior, porém o Senhor, o coração".

— Mas nós só podemos ver as aparências — disse um dos religiosos, baixo e forte, mas também de boa aparência. — É pela aparência que temos de nos guiar, pois não temos a mente do Senhor. Estaria você dizendo que deveríamos fingir ver pelos olhos de Deus? Isso também desagradaria a Deus. — Com a aparência que tem, provavelmente sabe o que significa ser julgado por ela, pensou Maria.

Jesus refletiu por um momento. — Você disse bem. Deus não quer que finjamos ter um conhecimento que é só dele. Mas ele deseja misericórdia e por isso devemos lutar por ela quando a ocasião se apresentar.

Já passava de meio-dia e as pessoas deveriam estar pensando em suas famílias e em se alimentar, mas não saíam do lugar. De pé, ao sol, continuavam fazendo perguntas, ininterruptamente, a Jesus.

De repente, Maria viu um rosto conhecido na multidão, uma mulher bonita, ruiva, ao lado de um rapaz que também tinha certeza de conhecer. Tiago! O irmão teimoso de Jesus! O que fazia aqui? E a seu lado — sim, era Maria, mãe de Jesus, com a preocupação estampada no rosto. Faziam gestos para alguns homens fortes que, ao lado de cada um deles, abriam caminho em meio à multidão e marchavam na direção de Jesus.

Os homens foram empurrando todo mundo para chegarem até Jesus. Tentaram segurá-lo, mas ele os empurrou, afastando-os. — Mãe — disse, ignorando os homens que ali estavam e falando somente com ela. — Mãe. — Sua voz transmitia emoção e tristeza.

— Meu filho, você... Você... — Caiu no pranto. — Você enlouqueceu! Seu comportamento em Nazaré e, agora, as coisas que está dizendo... Por favor, entregue-se a nós e vamos voltar para casa, para você descansar e ficar bom.

Tiago aproximou-se dele com cara de raiva. — Então foi por causa disto que você abandonou a carpintaria? Por causa desta heresia? Como você se atreve a mandar eu ficar em seu lugar para vir fazer *isto*? — Tentou agarrar Jesus pelo ombro.

Foi então que Maria reconheceu a outra mulher. Era Lia, irmã de Jesus. Claro, ela se casara e vivia em Cafarnaum.

— Jesus! Jesus! — suplicava Lia. — Deixe isto, por favor! Tudo o que ouvimos falar de você, agora vimos com nossos próprios olhos! Você não sabe, na verdade, o que faz! O que aconteceu com você? Volte para Nazaré, descanse, volte a ser você mesmo. — Seu véu caiu da cabeça, mostrando sua bela e abundante cabeleira.

Ele afastou-se deles. — Não — disse. Parecia tão triste que Maria pensou que fosse chorar. Mas recuperou o controle.

— Somos sua mãe, sua irmã e seu irmão! — gritava Lia. — Pense nisso. Sua mãe, sua irmã e seu irmão! — Aproximou-se até ficar bem próxima a Jesus, mas não tentou alcançá-lo. Os homens fortes que os acompanhavam esperavam por um sinal para intervir.

Jesus deu um passo para trás. Em vez de responder, olhou em volta para Maria, Pedro, Simão e todos os seguidores que escolhera. — Minha mãe, minha irmã e meu irmão? Quem são minha mãe, minha irmã e meu irmão? — Olhou para Maria, sua mãe, e para Lia e Tiago. — Minha mãe, minha irmã e meu irmão são os que ouvem a palavra de Deus e a obedecem.

— Nós o fazemos — disse Tiago, resoluto. — Nós ouvimos a palavra de Deus!

— Mas vocês pensam que enlouqueci — disse Jesus. — E essas duas coisas são irreconciliáveis.

— Jesus, Jesus! — Sua mãe chorava e gritava, desesperada. — Meu filho, meu filho!

— Não, mãe, não é o seu filho! — disse Tiago, envolvendo-a e protegendo-a com seus braços. — Não é seu filho. Nem é o meu irmão! — Obrigou a mãe a virar-se e quase a arrastou por entre a multidão, para longe de Jesus, que ficou quieto, vendo-os irem embora.

Em seguida fez-se silêncio. A multidão, calada, o fitava. O que acabara este Jesus de fazer? Recusara a lealdade da família, o pilar de tudo que honrava a tradição. Não fazia sentido. O que era um homem sem a família? A família era a identidade de todos. "Da linhagem de Davi." "Da linhagem de Benjamim." A família era tudo. E Jesus repudiara sua importância... Em nome de quê? De que um homem podia construir sua própria família escolhendo seus próprios parentes?

Tão abalada quanto a própria família de Jesus, a multidão dispersou-se. Ficaram apenas algumas pessoas e, entre elas, Maria viu Judas. De pé, olhando, bem vestido e sozinho.

— Venha, Judas! — chamou Jesus. — Junte-se a nós! Torne-se meu irmão!

Judas recuou, apavorado de ser chamado pelo próprio nome. E por quê? Nada dissera, apenas olhava.

— Venha, Judas! Estamos indo para outro lugar. Venha conosco — chamou Jesus.

Judas voltou-se e correu, desaparecendo em meio à multidão que deixava o lugar.

— Vamos para o outro lado do lago — disse Jesus a seus companheiros. — Precisamos encontrar um lugar para descansar.

Não foi difícil encontrar barcos para os transportarem. Quando os barcos zarparam, Maria sentiu um grande alívio. Olhou para as montanhas onde estivera a multidão. Era tanta gente! À medida que os barcos se dirigiam para o centro do lago, ela se sentia mais segura. Como teria Jesus podido responder às perguntas de toda aquela gente? Ele a curara quando estava praticamente sozinho, sem a pressão exercida por outras pessoas, mas agora... Como poderia fazer por toda aquela gente o que fizera por ela?

Enquanto se afastavam da beira do lago, Maria ainda ouvia os chamados dos que haviam ficado na montanha.

Os barcos atracaram na parte oriental do lago, no território de Herodes Filipe, irmão de Antipas. Jesus desceu do barco e dirigiu-se para a margem abrindo caminho entre as pedras. O terreno era árido e as pedras e o solo, da cor da areia, não eram acolhedores. Mas, pelo menos, poderiam ficar ali tranquilos e sozinhos.

Jesus fez um gesto para todos eles. — Venham! — disse, adiantando-se a eles pela praia de areia grossa. O sol logo iria se pôr. E eles o haviam visto nascer. Como fora longo o tempo que se passara e como Jesus estendera esse tempo.

Maria observava Jesus, que caminhava entre as pedras, projetando sua sombra magra entre as sombras enormes dos rochedos. Estava de cabeça baixa. Era evidente que estava triste pelo que acontecera com sua família. Mas, de repente, ouviu-se um grito pavoroso. De onde viria? Era impossível dizer.

Jesus parou e olhou em volta.

Um homem nu aproximou-se dele, saindo de trás de um rochedo. Estava tão imundo que mais parecia um macaco do que um homem e carregava duas pedras pontudas em cada mão. Pegou uma delas e fez um talho em seu próprio peito. Viu-se aparecer uma linha diagonal ao longo de sua pele enrugada, pingando sangue escuro. Tinha grilhões nos pulsos e nos tornozelos, mas somente restavam uma ou duas tiras de ferro.

Tinham voltado àquela região horrível onde Maria, Pedro e André haviam sido atacados. Aquele homem devia ser bem mais forte do que indicava sua estatura.

— Corra! — disse Pedro, segurando Jesus pela mão.

Mas Jesus ficou parado. Pedro tentou arrastá-lo.

— Mestre, esse homem é perigoso! — Mas Jesus não se mexia. Pedro recuou, protegendo-se.

O homem possuído rosnava e andava de quatro, em torno de Jesus, como uma fera. Abriu a boca e deu um urro.

Outro homem, também possuído, mas menos agressivo, apareceu. — Não deixe que ele se aproxime! — preveniu Jesus. — Quebrou os grilhões e ninguém o consegue deter! Ele mata quem chegar perto dele!

O homem com os grilhões quebrados continuava a andar em volta deles. Maria segurou a mão de Joana. Pobre homem, pensou.

O homem-fera estava agora bem próximo de Jesus. Estava agachado, dobrado e rosnando. Suas costas estavam tão cheias de feridas e arranhões que parecia um animal esfolado. Seu cabelo era emaranhado e imundo.

Sem esperar que pronunciasse qualquer palavra, Jesus disse: — Deixe o corpo deste homem, espírito do mal!

Imediatamente, o homem correu na direção de Jesus gritando: — O que você quer de mim, Jesus? Jure por Deus que não irá me torturar! — A voz era um guincho.

Jesus ficou imóvel. O homem agachou-se a seus pés. — Qual é seu nome? — perguntou Jesus, friamente.

O homem ergueu a cabeça e mostrou os dentes. — Meu nome é Legião — disse —, pois não sou um, mas muitos.

— Deixem este homem — ordenou Jesus à legião de demônios.

O homem fez um gesto brusco com a cabeça. — Não nos expulse daqui! Disse a voz, que não era a dele. — Não nos expulse!

— Procurem seu mestre, vão para o inferno! — disse Jesus.

— Não! Não! — E ouviram-se gritos estridentes, horrorosos.

— Deixem-no! — Jesus repetiu a ordem, em voz mais alta.

— Mande-nos para os porcos! — suplicava a voz, num grito de lamento.

Foi só então que Maria viu uma enorme quantidade de porcos que comiam na ladeira da montanha, perto da falésia que dava para o lago.

— Muito bem — disse Jesus, por fim. — Eu lhes dou permissão.

O homem retorcia-se com espasmos de dor e lançou-se ao chão, com convulsões. Sons horríveis, lamentosos, saindo de sua boca inerte e, finalmente, ficou imóvel, como se estivesse morto.

No mesmo instante, um ruído ensurdecedor vinha da montanha próxima. Os porcos se agitavam, como se tivessem ficado assustados ou como se a terra se abrisse abaixo deles, como num terremoto. Começaram a pular e correr freneticamente, grunhindo e emitindo guinchos estridentes. A terra tremeu quando desceram a montanha, numa corrida desabalada. Maria se sentiu quase asfixiada pelo cheiro, a sujeira e a podridão dos porcos, que se espalhou no ar. E os olhos deles — ela via os olhinhos pequenos, brilhantes e vermelhos, à luz do sol, e os focinhos que tremiam e babavam. Correram todos em direção ao lago e mergulharam na água, onde se debateram até se afogarem.

Em seguida, o restante dos porcos que estavam lá em cima na montanha jogaram-se do precipício, caindo numa cascata um atrás do outro, batendo no chão com um som surdo e horrível. Os primeiros batiam nas pedras e esborrachavam-se e os outros caíam sobre os corpos dos primeiros produzindo sons pavorosos. Ficou uma pilha de porcos da altura de um homem, centenas deles. Ouviam-se guinchos estridentes e angustiados.

Maria viu Simão olhando, de boca aberta. — Veja só sua palavra secreta — disse. — Porcos. Não é simbólico, de certa forma?

Silenciosamente, ele só fazia que sim com a cabeça. — Era só uma senha — disse. — Uma senha escolhida ao acaso. Não significava...

Pérolas a porcos, pensou Maria. Não dê sua pérola aos porcos... Seria minha família em Magdala tão embrutecida e inútil como esses porcos? Atacaram-me como o fizeram os porcos.

Os porcos continuavam caindo, despedaçando-se e urrando, apavorados. O homem parecia morto e continuava estendido, imóvel, aos pés de Jesus.

O sol já se pusera por trás da montanha quando o último dos porcos caiu do precipício. Uma imensa quantidade de porcos havia morrido. Estavam empilhados, à margem do lago, e os corpos de alguns boiavam sobre a água.

Maria e Joana limpavam a testa do homem com panos úmidos e tentavam fazê-lo voltar a si quando ele abriu os olhos. Era completamente coxo. Elas compreenderam e apoiaram sua cabeça.

— Deem-lhe de comer e algo para se vestir — disseram. — Qualquer coisa, um manto, uma túnica. — Maria lembrou-se da boa mulher que lhe dera uma manta. — Qualquer coisa — disse.

Pedro contribuiu com um manto e Filipe tinha outra túnica. Simão ofereceu suas próprias sandálias. André conseguiu alguns figos e pão sem fermento.

Lentamente, o homem sentou-se. Estava tonto, não se lembrava de nada. Também nesse ponto, Maria e Joana compreendiam muito bem o que sentia.

— Quem são vocês? — perguntou, em voz fraca.

— Este é Jesus — disse Maria. — Um homem santo que tem o poder de expulsar os demônios. Fez isso por mim e por ela. — Com um gesto, indicou Joana.

— Deus fez com que você ficasse bom — disse Jesus. Não parecia importar-se com a pilha de porcos mortos.

O homem continuava olhando em volta. — Você me salvou! — disse, por fim.

— Deus o salvou — insistiu Jesus.

— Ninguém o poderia fazer — disse o homem. — Há muitos anos que estou possuído e procurei todos os homens santos conhecidos na região sem sucesso. — Olhou para seu próprio corpo, surpreendido. — Vivi como um animal durante tanto tempo! Roupas! Isto é um milagre! — Puxou a túnica e o manto. Depois pegou no braço de Jesus. — Deixe-me ir com vocês! Quero estar com todos estes seus seguidores!

— Não — respondeu Jesus, em voz baixa.

Maria levou um susto. Ele não aceitava sempre aqueles a quem libertava?

— Mas... O meu lugar é aqui. Eu sinto isso! Não quero deixar vocês! Até hoje, eu...

— Não — repetiu Jesus.

— Você não pode fazer isso comigo! Sinto que devo ir com vocês! Não existe mais nada para mim! — O homem começou a chorar. — Não me liberte apenas para me abandonar!

— Você não tem uma família? — perguntou Jesus suavemente.

— Eu tinha — respondeu o homem. — Mas agora não sei... Foi há tanto tempo... E eu mudei muito. Não seria mais a mesma coisa.

Jesus olhou para ele, e Maria sentia que ele sofria. Via o sofrimento do homem, mas sabia o que era melhor para cada pessoa. — É verdade — disse. — Não seria mais a mesma coisa. Mas você é uma testemunha viva do que Deus fez. Você tem uma tarefa e é uma tarefa difícil: você voltará para sua casa e contará a todos o que Deus fez por você. Você lhes dirá da misericórdia que ele teve para com você.

— Mas não quero ir para minha casa! Lá, eu já não era bem-vindo antes. Agora também não serei!

— Por isso lhe disse que era uma tarefa difícil — disse Jesus. — Voltar àqueles que o desporaram apenas para servir de testemunha de Deus... É uma tarefa difícil, a que ele te deu. Mas foi Deus que a deu, não fui eu.

Nessa altura, um grande número de porcos desceu a montanha, arfando, e chegou perto de onde estavam os outros, mortos. Ensaiaram sons de lamentação.

Logo atrás deles, chegaram pessoas da cidade, atraídas pelo barulho e pela gritaria. Viram a pilha de porcos mortos, assim como os corpos de outros, boiando no lago, e olharam para o grupo em torno de Jesus.

— O que está acontecendo? — perguntou um dos homens. Olhou para Jesus e, em seguida, para o homem possuído, que pareceu reconhecer. — O que aconteceu aqui? — Era difícil dizer o que o assustava mais — os animais mortos, ou o homem, que parecia são.

— Este homem foi libertado dos demônios que o possuíam — disse Jesus. Colocou a mão sobre o ombro do homem, fazendo-o virar-se de frente para os que chegavam.

— Josué! — gritou o homem. — É você mesmo?

— Sim, sou eu — respondeu o homem possuído. — Ele mesmo, a quem vocês conheceram por todas as suas vidas.

Mas, em vez de demonstrar alegria, o homem recuou, com medo. — Não é possível! Ele está louco há muitos anos! Até quebrou os grilhões que o seguravam!

Os outros, que o acompanhavam, apontaram para os porcos. — O que significa isto? Quem foi o responsável por isto?

— Os demônios se apoderaram dos porcos — disse Pedro — quando este homem foi libertado deles.

— E quem vai pagar por eles? — perguntou um dos homens. — É uma perda inestimável! Centenas de dracmas! — Voltou-se para Jesus. — Você vai pagar por isso? Vai?

Jesus pareceu surpreso. — Foi esse o preço da libertação deste seu irmão aqui — disse, apontando Josué.

— Ele não é *meu* irmão — disse o homem. — Quem vai pagar pelos porcos? Respondam-me, quem vai pagar? Quem?

Josué voltou-se para Jesus com um olhar de súplica. Mas Jesus balançou a cabeça. — Não — disse. — Você deve ficar aqui.

— Saia imediatamente daqui! — gritou um dos homens para Jesus. — Saia! Saia! Nunca mais chegue perto desta margem do lago!

Apanharam do chão algumas pedras para jogar em Jesus e seus seguidores. Rapidamente, estes chegaram onde estavam os barcos, apesar de já ter escurecido.

Os barcos deslizavam suavemente, fazendo o caminho de volta através do lago. Maria segurava a beirada do bote, pensando que poderia tê-la mandado de volta, como fizera com Josué. Ele não tivera que a escolher. Até agora, ela pensara que toda pessoa que ele curasse seria bem-vinda e poderia juntar-se a ele. As palavras que ele dissera em Betabara — às quais ela não prestara muita atenção — ressoavam agora em seus ouvidos: "Vocês não me escolhem, eu os escolho".

Por que eu, e não Josué? Ela quisera intervir e insistir para que viesse com eles. Mas Jesus falara de forma categórica. Talvez Josué devesse fazer ainda alguma coisa em Gergesa antes de ser completamente livre — algo de que só ele e Jesus sabiam.

Já era tarde quando chegaram, sãos e salvos, ao lugar onde haviam acampado na noite anterior. Mais uma noite ao ar livre. Maria já estava se habituando. Já não parecia tão estranho dormir ao relento, sob as estrelas do céu. As casas já se tornavam meras lembranças.

— As raposas têm seus covis, e as aves dos céus, ninhos, mas o Filho do Homem não tem onde reclinar a cabeça — disse Jesus, quando se preparavam para outra noite de descanso.

— Mestre — disse Pedro. — Durante o verão, não há problema, mas o que faremos quando chegar o inverno?

Jesus continuou estendendo seu manto no chão. — Veremos, quando a hora chegar.

A ideia de dormir ao relento debaixo de chuva era tão desagradável que Maria fez uma careta. Quase sentia os dedos frios das gotas de chuva e o vento picando seu rosto.

— Meus amigos, nós... — De repente, Jesus parou de falar e olhou na direção de onde parecia ter ouvido alguma coisa.

Duas lamparinas balançavam na noite escura, como se estivessem no ar. Maria viu duas mãos segurando as alças das lamparinas e, na penumbra, viu os rostos de Judas e do jovem religioso de boa aparência. — Ah, meu Pai trouxe mais dois. — Jesus levantou-se. — Sejam bem-vindos.

Judas aproximou-se, nervoso. — Nem sei direito o que estou fazendo aqui — disse.

— Deus sabe — disse Jesus. — Confie nele.

Judas deu uma risada. — Nunca falou comigo antes. Não sei por que o faria agora.

— Também nunca havia falado a Moisés, mas Moisés reconheceu sua voz.

— Não sou Moisés.

— Deus sabe disso. Jesus voltou sua atenção para o outro homem.

— Refleti e achei suas respostas... satisfatórias — disse o homem. — Racionais, persuasivas. — Fez uma pausa, antes de concluir. — Admiráveis.

Jesus riu. — É muito prazeroso que você o tenha pensado. Quem é você?

— Meu nome é Tomé — disse. — Queremos juntar-nos a vocês.

— Você não sabe o que isso significa — disse Jesus.

— Nenhum deles o sabia, também — disse Judas, olhando em torno de si. — Pelo que posso observar, creio que são pessoas que optaram pelo caminho da fé.

— Fé — disse Jesus. — Sim, isso é o mais importante. Você tem fé?

— Tenho... Sim... Claro que tenho! — Judas parecia inquieto e preocupado em defender-se. — Venho desde há muito procurando alguém que tenha uma integridade absoluta. E disse para mim mesmo que quando encontrasse esse homem honesto, em cujas respostas eu pudesse confiar...

— Deus lhe dirá imediatamente que não existe um homem honesto — disse Jesus. — Como disse o rei Davi, "não há um único que faça o bem, não há nenhum". Aos olhos de Deus, todos somos pecadores.

— Não, eu não quis dizer... Procuro apenas o que há de bom na razão humana. Compreenda, sou um realista! Não busco a perfeição!

— E você irá se conformar com menos para sua própria pessoa? — perguntou Jesus.

— Você é um mestre muito rigoroso! Para os outros, a condescendência; para si mesmo, nada menos que a perfeição? Irei tentar, mas...

Para surpresa de Maria, Jesus o interrompeu. — "Irei tentar"? Detesto essas palavras. Diga, simplesmente "eu o farei". — E olhou fixamente para Judas. — Se seu filho estiver se afogando, você diz: "Tentarei salvá-lo"? É claro que não! O mesmo ocorre com o reino dos céus. Não é de covardes que precisamos. Vá e leve seu "irei tentar" para outro lugar qualquer.

— Pois bem. Então, eu o farei.

— Assim é melhor. — Jesus voltou-se para Tomé e fez um gesto para que se sentasse junto com o grupo. Depois fez um aceno para Judas. — Sente-se. Junte-se a nós. — Olhou em volta e disse: — Foram vocês que escolhi para abrir meu coração. Mas há muitos outros que nos querem seguir a uma certa distância. E eles o farão. Virão conosco, nos ouvirão e, quando sentirem vontade de fazê-lo, se aproximar-se-ão.

— Mas... Para onde vamos? — perguntou Pedro.

— Penso que é hora de deixarmos esta região e ir para mais longe. Visitaremos outras cidades da Galileia, Corazim e Betsaida. Para isso fui enviado.

Judas inclinou-se para a frente. — Sinto-me honrado por ter sido escolhido e por me permitirem fazer parte deste grupo. Mas é bom que você saiba o que vem ocorrendo no mundo distante. As coisas pioraram... quero dizer, no domínio dos homens — apressou-se em acrescentar. — Pilatos mandou atacar um grupo de peregrinos galileus que fora a Jerusalém em paz. Encontravam-se no Templo quando ordenou a seus homens que os passassem à espada. Desconheço os motivos que o levaram a fazê-lo.

Seguiu-se um silêncio profundo. — Oremos por eles — disse Jesus. — Nossos pobres conterrâneos!

— Alguns eram de Tiberíades, outros de Cafarnaum e outros de Magdala — disse Judas. — Foi meu pai que me contou.

Magdala? Quem seria? Alguém que ela conhecia? Maria sentiu um calafrio. Tomara que não!

— Com Pilatos, servimos a um senhor cruel — disse Filipe.

— Todos os senhores humanos são cruéis, de uma ou de outra maneira — disse Jesus. — É isso que procuro mudar.

Naquele instante, outro homem se aproximou na escuridão. Pedro deu um salto para ver quem era.

— Pedro! — disse a voz. — Não me reconhece?

— Eu... — Hesitou, procurando lembrar-se do nome.

— Natanael! — disse o homem. Estávamos juntos em Betabara, onde estava João Batista! Lembra-se? — Magro, moreno, Natanael aproximou-se.

Jesus levantou-se para cumprimentá-lo, segurando suas mãos e beijando suas faces. — Já faz um bom tempo que você nos deixou.

— Mas voltei — disse Natanael. — É uma longa história.

Natanael! Depois de um prolongado retiro espiritual, decidira voltar. Maria estava contente.

— Você está aqui! — disse Jesus. Todos temos longas histórias e as ouviremos, noite após noite, em torno da fogueira do acampamento. Agradeço a Deus por você ter vindo — disse. — Já tinha desistido de procurar você.

— Bem-vindo. Sou Tomé. Cheguei ainda há pouco, mas agora já não sou o último. — Tomé cumprimentou Natanael.

Tomé, um dos religiosos fariseus. Um interrogador rigoroso, um cético. Até agora, era o único do grupo que viera das fileiras dos religiosos ortodoxos. Era bom que tivessem conquistado a simpatia de uma pessoa estritamente religiosa. Mas Maria olhava para Tomé e perguntava a si própria se seria a coisa certa. E se ele os abandonasse e denunciasse todos eles a seus colegas?

Um leopardo pode mudar suas pintas?

A súbita consciência disso fez com que sentisse vergonha de se atrever a olhar dentro da alma de outro ser humano.

36

Na manhã seguinte, partiram, caminhando ao longo de picadas poeirentas, que eram as estradas da região. O calor sufocante fizera murcharem os brotos de flores coloridas que tinham surgido no início da primavera. Em pouco tempo, as colinas ficariam com uma cor escura e as chuvas não passariam de uma lembrança. Já passara a data da Festa das Semanas, quando as pessoas faziam peregrinações ao Templo para fazer as oferendas de novos cereais.

Como fizera minha família tanto tempo atrás, pensou Maria. Há tanto tempo...

— Iremos até Dã? — perguntou Pedro, em voz alta, para todos ouvirem.

— Você quer ir até lá? — perguntou Jesus.

— Quero, sim! Sempre gostei muito daquela frase "De Dã a Berseba", que queria dizer o glorioso reino de Israel! — respondeu Pedro. — Do norte ao sul, de uma ponta à outra!

Jesus riu. — Bem, Pedro, certamente iremos a Dã. Se não o fizermos agora, iremos outra vez.

Também Maria sempre gostara da frase "De Dã a Berseba". Ficava imaginando os tempos do reino de Salomão e quase podia ver as carruagens, conduzidas por homens galantes, os poderosos exércitos marchando através dos campos, as caravanas de camelos vindo do norte e do leste, todos se precipitando para depositar seus bens aos pés de Salomão. E havia ainda as frotas de navios atracando, trazendo carregamentos de marfim, macacos, joias preciosas e perfumes. Isso era no tempo em que Israel era poderoso, quando era um país cobiçado pelos outros, e não aquela naçãozinha diminuta que era agora, escrava de um poder mais forte, o de Roma.

À medida que iam subindo os morros, viam cada vez mais o mar da Galileia espalhando-se diante de seus olhos. Quando chegaram a um ponto em que a sombra de uma árvore lhes permitia descansar e comer, viam praticamente toda a margem sul do lago.

Repartiram o que tinham para comer — vinho, queijo e pão. O vinho, que já não era muito bom, piorara com o calor e com o balanço constante dos odres; o queijo ressecara; e o pão não tinha sabor. Era uma refeição de pobre. E, daqui em diante, será essa a nossa refeição, pensou Maria. Será algo de novo para todos nós. Tiago e João seguramente tinham excelente vinho da adega de seu pai quando quisessem. Judas deve ter vida boa — sua educação é reveladora disso. Joana está acostumada às refeições do palácio. A Pedro e André, respeitáveis cidadãos de Cafarnaum, nunca faltou nada. E Jesus — o próprio Jesus — vivia em conforto quando morava em Nazaré.

Mordeu um pedaço de queijo e ele lhe trouxe lembranças do queijo que tinha em casa: o queijo de cabra, o queijo defumado e a coalhada, que comiam com salsa e cebola em fatias grossas de pão. Quando o tinha, não dava valor. Mas agora, tudo isso acabara. A lembrança desses queijos só lhe servia para atormentar a memória do passado, como uma tentação, fazendo-a lembrar seu paladar em sonhos.

Lá embaixo, via Magdala, ou o que pensava ser Magdala. Não compreendia muito bem o que seria aquele bosque espesso de árvores do lado norte da cidade. Preocupara-se o dia inteiro com as pessoas de Magdala que Judas dissera que haviam sido atacadas por Pilatos. Quem seriam? E por que Pilatos as teria atacado?

É claro que não deveria ter sido Joel. Joel não estaria em Jerusalém. Jamais participaria de uma peregrinação. O Joel que ela conhecia não ligava para esse tipo de coisas. E, da sua família, Silvanus, Eli e seu pai, Natã...

É, podiam ter ido. Fazia muitos anos que Eli tinha ido e, sem dúvida, gostaria de voltar. Ah, tomara que não fossem eles, as pessoas feridas pelos soldados de Pilatos!

— Você parece preocupada. — Judas a observava.

— Não, não é nada.

— Sinto que é alguma coisa. Diga-me o que é. — Seu olhar mostrava interesse.

Finalmente, Maria disse: — Estava... Estava preocupada por minha família, em Magdala. Espero que não estejam entre os galileus que foram atacados por ordem de Pilatos.

Judas acenou com a cabeça. Aproximou-se mais dela e estendeu o braço, mas hesitou. — Não há por que ter vergonha de querer bem a quem se ama, mesmo se nos tenham expulsado de casa.

Seria realmente Judas? Não era aquele o seu jeito de falar. — Não, eu sei que não há — disse, após um minuto.

Abaixando a cabeça, fez uma rápida oração para que Eli e Natã estivessem bem. Teve a impressão de que Deus lhe respondeu, tranquilizando-a.

Continuaram subindo, rumo ao planalto que se estendia bem acima do lago. Passaram por bosques de oliveiras, nas falésias da montanha, e por umas figueiras retorcidas que exibiam seus ramos largos ao sol, como se fossem folhas de palmeira, mas a exuberância do vale da Galileia já ficara para trás.

— Vamos parar por aqui — anunciou Jesus ao pôr do sol, quando se aproximavam da entrada de um vilarejo que tinha um poço por perto. Lá embaixo, o lago ganhara outra de suas tonalidades, agora de um vermelho-tijolo.

Pela primeira vez não havia aquela confusão de pessoas gritando pela atenção de Jesus, nem filas de padiolas com aleijados esperando por ele, nem professores da Lei querendo fazer-lhe perguntas.

— Agora estamos apenas entre nós — comentou Filipe. — Acho que isso não acontecia desde... desde que estávamos no deserto com João Batista.

Quando pronunciou essas palavras, uma preocupação... ou um pensamento... ou uma visão, veio à cabeça de Maria. Relacionava-se com João. Mas fazia algum tempo que não tinham notícias de João. Haviam ouvido dizer que ele fora para Samaria, onde estava batizando e pregando, longe do alcance de Herodes Antipas. Apesar de sua aparência extravagante e de sua linguagem inflamada, Maria pensava que ele não era tão pouco convencional quanto Jesus. Sua mensagem de arrependimento encaixava-se mais nos moldes tradicionais: fazer o bem e ser generoso. Não pedia às pessoas para largarem suas famílias ou seu modo de viver comum. Enquanto Jesus...

Ela e Joana tinham preparado camas com capim da beira da estrada e as cobriram com seus mantos. Pensou que seria difícil adormecer, mas não foi. A exaustão de um dia de viagem mais o esforço da subida a tinham deixado cansada.

No meio da noite, acordou. Ficou completamente acordada. Apoiou-se no cotovelo e olhou em volta para os vultos das pessoas adormecidas, acomodadas em torno do fogo, ou o que sobrara dele. Seu coração disparou. Bem à sua frente havia a figura de um homem: João Batista. Gesticulava e gritava, mas ela não o ouvia. Estava sendo atacado, agarrado por soldados e arrastado para longe. Viu quando desaparecia, ao longe, debatendo-se com seus agressores, dando pontapés e retorcendo-se.

Por alguns instantes, a visão desapareceu. Depois apareceu outra cena: João Batista estava preso numa sala escura, de pedra, com grilhões nos pés e nas mãos. Estava dobrado, como se tivesse sido espancado, ou estivesse com fome, com seus braços magros cruzados sobre os joelhos, sem qualquer sinal de resistência ou de vitalidade. Seu cabelo era fino e comprido e parecia que tinha sido tosado, pois em algumas falhas dava para ver seu crânio.

João ergueu a cabeça e a viu. Sim, olhava-a fixamente.

— Avise Jesus! — sussurrou. — Avise Jesus! — Estendeu a mão para ela, suplicando-lhe.

— Aviso Jesus sobre o quê? — perguntou ela, em voz alta. — Não sei de nada.

— Você me pode ver — disse João. — Aqui na prisão. Avise Jesus. Foi obra de Herodes Antipas. Maldade dele. Irá calar-me.

Mas onde está você? — Maria começou a perguntar. Quando se preparava para formular a pergunta, João e a cela da prisão desapareceram e ela pôde ver onde era: numa enorme fortaleza, em cima de um morro, num ponto alto do deserto. Atrás dela, só se viam areia e pedras. Maria não reconheceu o lugar. Não havia quaisquer pontos de referência, exceto... Ordenou à visão que tinha que se ampliasse. Via-se água, a distância, era um lago. Mas não era o mar da Galileia. Era uma porção de água, comprida e estreita, cercada por um deserto total. Às suas margens não havia plantas nem árvores, assim como não existiam casas.

Embora nunca o tivesse visto, Maria compreendeu que deveria tratar-se do mar Morto, ou mar Salgado, que ficava no extremo sul.

Então, tornou a ver João em sua cela. Ele pareceu vê-la ao mesmo tempo. Fez um esforço para se levantar, fitando-a.

De repente, tudo desapareceu e só havia os vultos das pessoas dormindo em torno do fogo, num silêncio total, em que só se ouvia a respiração.

"Avise Jesus." Sobre o quê? Certamente tudo não passara de um sonho, por mais real que tivesse parecido.

Mas as cenas... As cenas que ela vira... Já as vi uma vez, quando vi minha ancestral Bila na cozinha lá de casa. Não podia ser, eram fantasias produzidas pela imaginação. Na verdade, só a *vi* em pensamento. *Pensei* nela e então pintei uma cena, como uma criança pinta uma árvore ou uma nuvem, dizia-lhe o bom senso de sua voz.

Ou então... Será que os demônios voltaram? Será que estão de novo dentro da minha cabeça? Foi tomada pelo pavor. Não, não!

Mas isto foi completamente diferente. Foi um tipo de uma mensagem, e não algo que me torturasse.

Quando deverei avisar Jesus? — perguntou, dirigindo-se à figura de João Batista. Mas ele não reapareceu para lhe responder.

Com certeza, poderá esperar até de manhã, pensou. João não havia pedido nada. Não havia pedido que Jesus fizesse coisa alguma, apenas que fosse avisado. Ela obedeceria a seu desejo.

Bem antes do amanhecer, Maria ouviu alguém se levantando. Devia ter tornado a dormir, pois a noite transcorrera em tranquilidade. Joana dormia, tranquila, a seu lado.

Maria levantou-se. Era bom estar sozinha por alguns minutos. Lá embaixo, o lago tinha um tom turvo, fantasmagórico, de lilás.

Aqui estou, orou, meu Deus, ouça-me, por favor. Aconteceram tantas coisas desde que este homem estranho, Jesus, me libertou dos demônios. Eu o acompanho porque penso que esteja agindo em seu nome. Se não for este o caso, diga-me, por favor, e me dê a coragem de abandoná-lo. Sinto-me atraída por ele, movimento-me como num sonho. Mas tive tantas atrações em minha vida — os demônios, o amor de minha família, o desejo de estar bem e o desejo de ser amada, o profundo desejo de ser sua filha e de servi-lo — que posso estar confusa. Ajude-me em minha confusão! Apertou os olhos, como se isso a ajudasse a ver mais claramente sua visão interior.

Quieta, ali onde se retirara para orar, sentia que aquele lugar fora reservado só para ela, que Deus o preparara para ela desde o começo do mundo.

Nada havia que a pudesse prevenir contra Jesus, nada a alertara para isso. Era uma sensação de tranquilidade completa, uma calmaria infinitamente generosa que parecia envolvê-la em carinho e ternura. A dor pela perda de Joel e de Eliseba fora suavizada — não esquecida, ou descartada, mas aceita e carregada. Tal como a mãe de Moisés o teve de abandonar, e Ana teve de abandonar Samuel, e até a mãe de Jesus teve de se resignar, às vezes uma mãe tem de oferecer seu filho ou sua filha aos cuidados de Deus, pensou.

Mas não é Eliseba que estou oferecendo, protestou. Eliseba é um bebê. Sou eu mesma que me ofereço, a mãe. E não há nada nas escrituras sobre isso.

— É verdade. É uma coisa nova. O profeta Jeremias disse que os pecados de cada um eram exclusivamente seus e não podiam afetar seus filhos. Mas nunca ousou dizer que uma mulher deveria procurar o seu caminho, independentemente do que disso pensasse sua família.

Parecia ser a voz de Jesus, interrompendo seu momento de solidão. Era uma continuação do que antes dissera sobre a inimizade entre uma filha e uma sogra. E ele, por certo, quisera também dizer marido contra mulher, pai contra filha, irmão contra irmã...

— Mas ela irá compreender? — murmurou Maria para a presença invisível. — Irá ela compreender e perdoar? — Era-lhe insuportável pensar que Eliseba poderia não perdoá-la e ela perderia sua filha para sempre.

— Se lhe for concedido o direito de compreender — disse a voz. — Cabe a Deus decidi-lo. E ele é um Deus misericordioso.

Agora, a voz fora real. Maria olhou em volta para ver de onde viera. Jesus não estava longe. Deixara o grupo dormindo e levantara-se. De frente para a luz do sol que nascia, ela o via junto a uma das pedras maiores. Mas parecia perdido em seus pensamentos e orações. Não devia ter sido sua a voz que ouvira.

Balançando a cabeça, voltou para seu mundo real, um mundo de luz, de pedras e de oliveiras. Tinha algo para dizer-lhe, algo de urgente. Como podia ter se atrasado?

Aproximou-se, devagar. Jesus estava sentado, imóvel, com os olhos fechados. Suas mãos estavam dentro de seu manto.

— Jesus. — Estendeu a mão e tocou seu ombro suavemente. Rapidamente, ele abriu os olhos, como se a estivesse esperando. — Tenho um recado para você. Veio durante a noite, num sonho... ou numa visão.

— É sobre João? — perguntou.

— É. — Como saberia ele? — Vi-o sendo carregado à força por soldados, e depois com grilhões, para uma prisão. Foi horrível! Ele está muito magro e parece doente. E disse: "Avise Jesus".

Jesus baixou a cabeça. — João. — Foi tudo que disse, com uma tristeza profunda naquela única palavra de desgosto e mágoa.

— Ficava numa fortaleza perto do mar Morto — disse Maria. — No alto de uma montanha.

Jesus olhou para ela. — Como você sabe que era no mar Morto?

— Eu vi. Não vi de imediato, mas pedi à visão que me mostrasse o que ficava próximo à montanha. Mostrou-me um curso de água longo e fino no meio do deserto. Não havia vegetação e não parecia haver qualquer tipo de vida. Foi por isso que achei que era o mar Morto.

Jesus fechou os olhos por um momento. — De que lado da montanha ficava a fortaleza?

Então, foi a vez de ela fechar os olhos para tentar relembrar a visão que tivera. — Creio que era do lado leste. Do lado que o sol nascia. É, acho que ficava do lado leste.

— Machaerus — disse Jesus. — É uma das fortalezas de Herodes Antipas. — Levantou-se. — Você viu tudo isso?

— Sim. E João me pediu para avisá-lo.

Jesus sorriu. — Então, suas visões sobreviveram. Estavam em sua essência, não era uma mera praga dos demônios.

Qualquer tipo de visão é uma espécie de praga, pensou Maria. — Queria que tivessem desaparecido junto com eles! — disse.

— Talvez fosse essa parte sua que os demônios queriam destruir ou perverter — disse Jesus. — Os demônios não atacam as pessoas a menos que vejam nelas uma ameaça.

Maria quase deu uma risada. Como poderia ela representar uma ameaça para alguém ou para alguma coisa? Sempre fora uma pessoa comum, tentando viver uma vida normal.

— Quero ser uma pessoa comum — insistiu. — Não quero ter visões.

— Deus decidiu de outra forma — disse Jesus. — Quem somos nós para discutir?

Maria segurou seu braço. — Mas...

— Maria, seja feliz na vida que Deus escolheu para você — disse.

Ela ficou desconcertada com aquela resposta. Mas, de momento, devia esquecer suas preocupações. — E João? O que estava tentando dizer? — perguntou.

— Que foi preso por ordem de Herodes Antipas para que calasse a boca. Mas a verdadeira mensagem é para me alertar e me convocar a agir. A partir deste momento, começa o meu verdadeiro ministério. João não pode falar e eu o devo fazer. Não tenho outra opção.

Quando se juntaram aos outros, que acordavam, Jesus disse: — Tenho notícias tristes sobre João Batista. Está preso na fortaleza de Machaerus por ordem de Herodes Antipas.

Fazendo um esforço para se pôr de pé, Pedro esfregou os olhos. — Quem lhe contou? Alguém veio trazer a mensagem?

— Veio alguém aqui e nós não ouvimos? — perguntou Tomé, indignado. Levantou-se, de um pulo, sacudindo as cobertas.

— Foi uma visão — disse Jesus. — Uma visão concedida a Maria durante a noite. — Acenou com a cabeça na direção de Maria. — Acho que ela tem o dom da profecia — disse Jesus. — Devemos confiar nela.

— Conte-nos! Conte-nos o que viu! — insistiu Natanael.

— A única coisa que podemos fazer para ajudar João é orar — disse Jesus, depois que Maria descrevera sua visão. — Ninguém conseguiria invadir aquela prisão, e nós, menos ainda. Nossa luta não é com espadas.

Juntos, baixaram as cabeças e, com fervor, fizeram uma oração para que Deus protegesse João mesmo naquela prisão detestável.

— Deus disse a Moisés: "Seria o braço do Senhor muito curto?" — disse Jesus. — Não é. Não existem masmorras que não alcance. Devemos ter fé.

Depois de se prepararem, retomaram a caminhada, continuando a subida. Não encontraram muitos viajantes; apenas pessoas que cuidavam das árvores ou aravam a terra. Os regos, secos, estavam cheios de pinhas e cardos. Ainda não sabiam para onde Jesus os conduzia. Depois de algum tempo, terminou a ladeira escarpada e chegaram a um planalto, pedregoso e com muito vento, de onde se enxergava a terra, lá embaixo, de ambos os lados. Na direção norte havia um vale, ao longe, com uma área pantanosa em torno do lago Hula, o primeiro formado pelo rio Jordão em seu trajeto para o mar da Galileia. Era um lago pequeno, mas rico em peixe e animais selvagens.

— E mais ao norte, Pedro, é onde fica a nossa Dã — disse Jesus. — Não se esqueçam de que foi em Dã que o rei Jeroboão pôs os bezerros de ouro para serem adorados pelo povo, em vez de irem ao Templo, em Jerusalém. Queria facilitar a vida deles. "Para não terem o trabalho de fazer essa viagem", disse ele, "fica mais conveniente fazer aqui mesmo".

— Bom, mas agora não existem mais! — disse Pedro, decidido. — Foram destruídos, como deveriam mesmo ter sido.

— É verdade. — Jesus levantou-se da pedra em que se sentara para descansar. — Vamos em frente.

A terra em volta deles era pedregosa, com exceção de alguns lugares onde, com grande esforço, as pessoas tinham empilhado as pedras para permitir arar a terra. Era um terreno árido e exigente, muito diferente das enormes várzeas verdes da acolhedora Galileia. Alguns pés de zimbro, raquíticos, espalhavam-se nos campos como sentinelas, com os galhos retorcidos e pendentes devido aos ventos e chuvas do inverno.

Maria sentiu-se aliviada quando, ao final da tarde, chegaram a um pequeno vilarejo. Mas, ao se aproximarem, ouviram lamentos e choros. Um grande número de pessoas, reunidas à entrada do vilarejo, chorava ruidosamente. Sentados no chão, os homens jogavam poeira sobre as cabeças, enquanto outros vagavam, a esmo, para um lado e para o outro, rasgando suas túnicas. As mulheres choravam e cantavam hinos. Quando se aproximaram, três homens levantaram-se, barrando-lhes a passagem.

— Passem pelo outro lado! — ordenaram. — Não cheguem aqui! Deixem-nos em paz! — Um dos homens, o mais alto, brandia um cajado e os ameaçava.

Mas Jesus dirigiu-se a ele e pegou o cajado de sua mão, obrigando-o a baixá-lo. — Quem é você? — perguntou suavemente. — Por que estão chorando?

— E quem é *você*? — perguntou o homem. Seu rosto estava marejado de lágrimas.

— Jesus de Nazaré — respondeu.

A atitude do homem mudou imediatamente. — Jesus? De Nazaré, você disse?

— Na realidade, de Cafarnaum, até recentemente — disse Jesus. — Mas sou natural de Nazaré.

— João Batista nos falou de você — disse o homem. — Disse que havia um homem que ele batizara e que agora pregava por conta própria, que era seu rival. Disse que você até se atrevera a adotar alguns dos discípulos de João! Por que fez isso? — perguntou, irritado. — Por que você abandonou João?

— Deus me destinou outros caminhos. Mas respeito João como um autêntico profeta e como um homem de Deus. É verdade que alguns dos seguidores de João me acompanharam — com um gesto da mão, mostrou Pedro, André, Natanael, Filipe e Maria — mas de sua própria vontade. O que ensino em nada difere de João.

— João Batista foi preso, não é verdade? — perguntou Maria, aproximando-se do homem que chorava. Tinha de saber sobre seu sonho, sua visão.

— É — respondeu o homem. — Ele nos disse que nos refugiássemos aqui, nas colinas do norte da Galileia. Sabia que ia ser preso.

— E ele está preso em Machaerus, não é verdade? Aquela fortaleza que fica do lado leste do mar Morto? — perguntou Maria.

— É verdade.

— É por isso que vocês estão chorando?

— É, ele está perdido. Sua missão acabou — disse o homem. — Mas nós, seus discípulos, continuaremos eternamente fiéis. Não nos podem matar a todos. — Seus olhos tinham um brilho intenso.

— Acompanhem-nos — disse Jesus. — Nós também honramos João.

O homem franziu a testa. — Não. Só acompanhamos João. Se o que você ensina fosse o mesmo, não o teria abandonado.

— Você tem razão — disse Jesus. — João anunciava que o reino de Deus estava chegando e eu anuncio que já chegou.

O homem deu uma risada de desprezo. — Sim, claro. Já chegou. E é por isso que Antipas tem o poder de mandar prender João!

— Antipas tem somente o poder que lhe concedem seus superiores. Mas esse próprio poder já está em decadência. Os sinais de que o reino de Deus existe podem ser vistos por toda a parte, nas curas que Deus me permitiu fazer...

— As curas podem ser muito boas, mas não significam que o reino chegou — disse o homem, teimosamente.

— Não creio que João concordasse com você — disse Jesus.

— Só que não podemos perguntar-lhe, não é verdade? — respondeu ele. E, voltando-se, dirigiu-se para sua barraca, onde se sentou e fechou os olhos.

Jesus levou seu grupo para um lugar do lado oposto do vilarejo. — Passaremos a noite aqui — disse.

Maria procurou-o quando haviam acabado de preparar o acampamento. André e Filipe tinham ido ao vilarejo para comprar os mantimentos que conseguissem encontrar e haviam voltado com lentilhas, um pouco de carne seca de cordeiro e um pouco de salsão fresco. Com isso, fariam um assado que daria para todos.

— Então era verdade — disse Maria a Jesus. — O meu sonho. Sobre João e a prisão.

— Sim — disse ele. — Eu lhe disse que era verdade.

— Preferiria que não fosse — disse ela.

— Estou triste por ter sido verdade, mas você deveria ficar agradecida porque suas visões, agora purificadas da presença de Satanás, permitirão que Deus lhe fale. Através de você, ele dirá coisas que quer que outras pessoas saibam.

— Eu detesto aquelas visões! Peça a Deus que acabe com elas!

— Deus decidiu que você não será uma mulher comum, Maria de Magdala. — Jesus sorriu. — Descanse em sua imensa sabedoria. O dom que ele lhe dá não é para você, mas para ajudar os outros. Aceite-o e sinta-se gratificada!

Após a ceia, Jesus conduziu uma oração e, em seguida, pediu-lhes que ficassem em silêncio e meditassem. Sentaram-se, fecharam os olhos e sentiram o dia que terminava com o som dos passarinhos ao entardecer e o vento que soprava mais forte.

— Meus amigos — disse Jesus, por fim. — Eu havia pensado em nos retirarmos e passarmos um tempo meditando, aqui na região norte, antes de iniciarmos nossa verdadeira missão. Mas agora que João está preso, penso que devemos voltar. A voz do desafio, a voz do profeta não deve calar por um só instante. Se a voz dele calou, então devo falar em voz ainda mais forte. Amanhã começaremos nossa viagem de volta. De volta ao território de Herodes Antipas. Não devemos ter medo.

Estavam todos sentados, de cabeça baixa.

— É lá embaixo, no mundo dos homens, que nos convocam a agir — disse Jesus, de repente. — Aqui em cima temos repouso e regozijo, mas não podemos permanecer por mais tempo.

À noite, deitada a seu lado, Joana murmurou a Maria: — Não quero voltar para lá. Quero deixar tudo para trás e ir para qualquer outro lugar.

Logicamente, qualquer coisa relacionada a Herodes Antipas a fazia sofrer. Tempos atrás, ela entrara e saíra de seus palácios, fora cumprimentada como alguém que pertencia à corte. Então, caíra em desgraça e os instrumentos de sua cura a haviam tornado inimiga dele.

— O que eu realmente gostaria era de ir para um lugar desconhecido e começar sem quaisquer lembranças — concordou Maria. — Começar, realmente, tudo de novo.

Assim que acabara de dizer, pensou que Jesus a repreenderia por aquele pensamento. Diria que a partir do momento em que uma pessoa é tocada por algo do reino de Deus, as coisas do passado deixam de exercer poder sobre ela.

37

Esta noite dormirei bem, pensou Maria. Estou tão cansada. A noite chegou, a lenha da fogueira queimou até o fim e a calmaria do lugar os envolveu a todos.

E, realmente, o sono chegou logo. Maria deixou-se adormecer pela tranquilidade do lugar e pelo cansaço de seu corpo. Porém, no meio da noite apareceram-lhe sonhos muito nítidos, tão nítidos que a fizeram acordar e sentar-se. Eram piores do que aquele que tivera com João Batista, muito piores.

Via Joel deitado sobre uma cama com o corpo esmagado. Seu peito estava coberto por uma compressa ensopada em sangue e ele gesticulava, com dificuldade, para alguém — ou alguma coisa — do outro lado do quarto. Seu braço parecia enfaixado e sua mão saía da faixa como uma garra de um animal marinho.

— Ajude-me — murmurava. — Não aguento mais.

Alguém se debruçava sobre ele, enxugando o suor de sua testa e cuidando dele. Maria suplicou à visão que voltasse, que lhe mostrasse mais. A pessoa que se debruçava sobre Joel era Eli. A seu lado, estavam a mãe e o pai de Joel, abraçados. Também estava lá sua mãe, Zebida, segurando Eliseba no colo.

Joel estava morrendo. Joel, tão jovem e tão saudável. O que acontecera com ele?

Maria estava sentada. Seu sonho se esvaía, sua visão desaparecia. Seu coração disparou. Soluçou e segurou a garganta. À sua volta, todos dormiam. A noite estava límpida e as estrelas, distantes, brilhavam no céu.

Teria sido um sonho ou uma visão? Se fosse uma visão, tinha que saber mais.

Por alguns momentos, nada aconteceu. E então, a visão voltou. Joel estava no Templo, entrando nos pátios internos. Joel e um grupo de companheiros da Galileia aproximavam-se do altar, onde podiam ver a enorme pedra, maciça, salpicada com o sangue dos animais sacrificados. De repente, um batalhão dos soldados romanos de Pilatos dirigiu-se para eles gritando e disparando flechas. Uma confusão. Ninguém sabia para onde fugir. Correram, abaixaram-se e caíram ao chão. Ouviam-se gritos de desespero e berros dos soldados de Pilatos. E via-se muito sangue. As pessoas recuaram. Mortos e feridos eram jogados sobre a multidão que vinha atrás deles. A multidão maciça de pessoas que se encontravam no pátio foi empurrada contra as portas de bronze das cerimônias, e os soldados de Pilatos espancavam quem encontravam pela frente. Joel levou uma pancada na cabeça com uma maça, depois na barriga e, por fim, nas pernas, quase as despedaçando. Joel arrastou-se e caiu.

Então, apareceu outra visão. Uma pilha de pessoas feridas, mortas e moribundas, uma montanha horrorosa de carne ensanguentada que se mexia no pátio do Templo. Chegavam soldados com padiolas e os retiravam dali, arrastando-os para fora do recinto do Templo para que os portões exteriores pudessem ser fechados. Os feridos e os moribundos ficaram jogados na rua, do lado de fora do Templo. O problema não era de Pilatos.

De alguma maneira, Joel conseguiu chegar em casa, carregado por seus companheiros da Galileia. A viagem levou vários dias. E agora está deitado em seu leito de morte, num quarto escuro.

Joel! Não pode ser. Nunca fora a Jerusalém. Deus não seria, com certeza, tão cruel para puni-lo por procurar o Templo, por tentar cumprir sua obrigação de visitá-lo pela primeira vez.

Ainda sentada, Maria tentou recuperar o fôlego. Mas a visão era muito nítida. Tinha que voltar imediatamente. Com Jesus! Teria que levar Jesus a Joel, para que o curasse. Jesus podia salvá-lo. E ficou repetindo, para si própria, que não existia um caso impossível, se permitissem a Jesus tratá-lo.

Foi uma noite interminável. O céu azul-escuro parecia-lhe feio, pois não chegava o amanhecer. Quando, finalmente, a luz do sol nasceu, ela pulou de sua cama improvisada.

Assim que viu Jesus caminhando perto da beira do rochedo, não pôde esperar mais. Correu para ele e pegou no seu braço.

— Jesus! — disse. — Tive outra visão. Foi horrível desta vez. Era sobre os galileus que Pilatos mandou atacar no Templo de que nos falou Judas. Meu marido estava lá! E agora está morrendo em consequência das feridas do ataque de Pilatos. Temos que ir até ele em Magdala e tentar salvá-lo!

Para sua surpresa, Jesus balançou a cabeça. — Eu devo salvá-lo? Você pode ir e orar por ele. Deus a ouvirá.

— Deus, talvez — disse ela. — Mas Joel, não. Não foi você mesmo quem disse que "um profeta não tem reconhecimento entre a gente de sua terra e entre os seus"? Joel jamais me dará ouvidos ou acreditará em minhas orações.

— Mas ele não acredita em minha mensagem — disse Jesus. — E eu aprendi, em Nazaré, que não posso curar alguém que não tenha fé.

— Ele não teve oportunidade de expressar sua fé! — disse Maria. — É verdade que ficou contra você quando fomos a Magdala, mas não ouviu o que você tinha a dizer, assim como não testemunhou suas obras. Você tem que ir vê-lo!

— Vamos juntos, então — disse Jesus. — Mas, peço-lhe que não tenha muitas esperanças. Se ele não concordar...

— Mas ele não pode morrer, não pode! — gritou Maria. — Seria uma coisa errada, tudo seria errado!

— É errado que João Batista morra — disse Jesus. — E, no entanto, ele morrerá.

— Mas João é um homem santo! — disse Maria. — Optou por uma vida a serviço de Deus e de pregar como um profeta. Tinha consciência de que a morte estava sempre por perto. Mas Joel é um homem comum. Não é muito rigoroso em seus princípios religiosos, mas é um homem bom.

— Eu irei — disse Jesus. — Farei o que me for possível, mas caberá a Joel decidir o que ele permitirá que Deus faça.

Jesus e Maria partiram imediatamente, após Jesus instruir os outros sobre esperarem ali por alguns dias e depois seguirem para a cidade de Betsaida.

Conversaram pouco durante a viagem, embora Maria quisesse muito falar com Jesus sobre sua vida com Joel, sobre o que significara para ela e como ele a amara — e como ela o amara — e como ela acreditara que sua separação seria por pouco tempo, e por isso aguentaria. Joel já teria compreendido, com certeza, o bem que Jesus fizera a ela, e permitiria, de alguma maneira, que Jesus e seus seguidores passassem a fazer parte de sua própria vida — uma vida com ela e com Eliseba.

Mas, à medida que ia caminhando, naquele silêncio insuportável e com o calor sufocante, começou a ter terríveis sensações de perda. Começou a tremer de medo. Naquele preciso momento, Joel estava ferido e muito mal, cercado por toda a família, exceto sua mulher. Será que ele ainda pensa em mim?, pensou. Ou estarei morta para ele?

Tomara que Joel esteja vivo quando chegarmos lá! Tomara que esteja se recuperando!, orou Maria.

As ruas de Magdala, o caminho à beira do lago e a praça do mercado, que conhecera tão bem ao longo de sua vida, estavam de novo diante dela. As casas pareciam tão confortáveis e familiares que parecia que sua intimidade evitaria qualquer tipo de desastre. Mas agora não havia tempo para pensar: dobraram uma esquina e, de repente, estavam na frente de sua casa. Quando viram a multidão que se comprimia do lado de fora, Maria teve certeza de que sua visão era verdadeira. Quando se dirigiram para a porta de entrada, algumas pessoas a reconheceram e levaram um susto, como se ela estivesse morta e se tivesse levantado do túmulo. No entanto, não impediram sua passagem, e ela e Jesus entraram para dentro de casa.

Estava tudo exatamente como vira em seu sonho: escuro, as janelas fechadas, tudo tão fechado que qualquer cheiro se sentia redobrado. Um círculo de parentes estava reunido na sala maior, e alguns deles já estavam chorando. Quase ninguém notou quando Maria e Jesus passaram por eles e foram para o quarto de dormir.

O odor de doença era tão forte que Maria se sentiu tonta. De pé, ao lado da cama — como em seu sonho —, estava sua mãe segurando Eliseba, que choramingava e olhava para a pessoa que estava deitada.

Maria nem conseguia olhar para a cama. Em vez disso, jogou-se nos braços de sua mãe, abraçando-a com força, e a Eliseba. — Mãe! Mãe! — sussurrou.

— Maria? — Sua mãe deu um passo para trás e olhou para ela, sem acreditar. — Ah, Maria, é você mesmo, de verdade? — Seus olhos encheram-se de lágrimas. — Você voltou, minha filha, e voltou bem na hora. — Não viu Jesus; pensou que ela estava sozinha.

Eliseba, que parecia um pouco confusa com aquela pessoa estranha que lhe era vagamente familiar, acabou dando um sorriso tímido. Seus olhos, enormes, mediam atentamente tudo o que viam.

— Eliseba... — Eliseba estendeu os braços gordinhos e a abraçou. O coração de Maria disparou de alegria.

— Mãe... Eu soube do acidente com Joel... — Não havia necessidade de explicar por quem ou como soubera. — E agora vejo que é verdade! — Reuniu suas forças para olhar para a cama.

Joel estava deitado de costas, com os braços, enfaixados, sobre a barriga, também enfaixada. Suas pernas, feridas, estavam apoiadas numa coberta dobrada. Estava tão consumido pela dor e pela fraqueza que nem abria os olhos, nem parecia ouvir o que se passava à sua volta.

Maria ajoelhou-se a seu lado. Ali estava Joel, com aquele seu querido perfil de sempre. Mas as olheiras profundas sob seus olhos, o rosto chupado e os lábios partidos e sem cor sugeriam a imagem da morte iminente. A cada sopro de respiração que custosamente produzia apareciam pequenas bolhas de espuma entre seus lábios. Ela tocou sua testa. Imaginava que estivesse quente, queimando de febre. Em vez disso, para sua surpresa, estava gelada. Sua morte estava tão próxima que já sentiam os arrepios de frio.

— Joel — murmurou, acariciando sua testa e sua face, também fria. — Sou eu, Maria, sua esposa. — Pegou nas mãos dele e as esfregou.

Joel não se mexia nem dava sinais de sentir coisa alguma.

— Joel — disse ela de novo. — Joel, abra os olhos! Abra os olhos!

Só então, Eli que estava em pé do outro lado, a reconheceu. Com um gesto brusco da cabeça, pulou em sua direção.

— Você! — gritou. — Você! Como se atreve a vir aqui? — Com um movimento rápido, agarrou-a pelo braço e puxou-a para longe da cama. — Não toque nele! Como se atreve a tocar nele?

— Sou a esposa dele! — respondeu Maria. Tirou o véu que cobria sua cabeça para que todos vissem. Sim, para deixar que vissem quem ela era, inclusive o cabelo rente. Independentemente do que lhe tivesse acontecido, ainda era a esposa de Joel e esta casa era mais dela do que de qualquer das outras pessoas presentes.

— Não é mais! — disse Eli. — Ele ia separar-se de você. — Baixou a voz para que as outras pessoas não ouvissem.

Ela soltou o braço da mão de Eli, que o apertava com força. — Não tinha motivo para fazê-lo! — respondeu, em voz alta.

— Tinha motivos suficientes — disse Eli. — Você teve um comportamento vergonhoso e escandaloso, difamando o nome da família.

— Por quê? — disse Maria, desafiando-o. Todos no quarto olhavam para ela. — Por ter estado doente? Ou por ter sido curada? Nenhuma das coisas é pecado!

— Segundo a Lei, um homem pode se separar de sua mulher se achar que seu comportamento for “indecente”. Que palavra a descreve melhor?

— Estar doente não é uma “indecência”, assim como não é buscar sua cura — argumentou ela. Voltou-se para Eli. — Você sempre foi um homem cruel, utilizando-se da Lei para ocultar e justificar sua própria crueldade. Agora diga a verdade: Joel tomou realmente as medidas legais para a separação?

— Não — confessou Eli, olhando-a fixamente. — Mas disse que o faria, quando voltasse de Jerusalém.

Maria voltou-lhe as costas e abaixou-se de novo, junto a Joel. — Joel, meu querido marido, por favor, abra os olhos. Nada se acabou, você pode ser ajudado. Eu trouxe uma pessoa que poderá ajudá-lo. — E continuou esfregando suas têmporas.

Um dos olhos de Joel — o menos inchado — se entreabriu. Ele não conseguia mover a cabeça para vê-la, mas pareceu reconhecer sua voz. –Ajude-me — disse. — Ajude-me. — Em seguida, estendeu um dos braços, tal como ela vira em seu sonho.

— Estou aqui — disse Maria. — Estou aqui. Vamos, tente de novo. Abra o outro olho. Fale comigo, Joel. Você pode ser ajudado.

Aos poucos, o outro olho se entreabriu. Seus lábios murmuraram: — Maria?

Ela segurou as mãos dele. — Sim! Sim, sou eu! Estou aqui! — Inclinou-se e beijou sua face. — Fique tranquilo. Agora vai ficar tudo bem.

Joel deu um suspiro profundo. — Aqui, agora — murmurou. — Aqui, agora — repetiu.

Pareceu a Maria sentir um ligeiro aperto em sua mão, mas tão leve que nem teve certeza. A família toda se aproximara da cama e Maria sentia que quase não podia respirar. E se ela não podia, o que dizer de Joel?

— Por favor — disse. — Afastem-se um pouco, está sufocante. — Inclinou-se junto ao ouvido de Joel. — Joel, eu trouxe alguém que poderá ajudá-lo. Você já o viu antes e sabe que foi ele quem me curou. É um homem muito especial, um enviado de Deus. Ajudou muitas pessoas que estavam em situação pior que a sua. Eu o vi com meus próprios olhos. Pessoas leprosas, cuja cor da pele passara de branco para vermelho rubro. Homens paralíticos, que agora andam e até pulam e correm. O mal que você tem é menor. Deixe-me ajudá-lo. — Levantando-se, estendeu a mão para Jesus. — Venha — disse. — Aqui está Joel. Ele precisa de você.

Jesus, que não fora visto por ninguém por ter ficado na penumbra, adiantou-se. Ficou ao lado da cama de Joel e olhou para ele, que respirava com dificuldade.

A expressão de Jesus nada revelava. Acharia possível salvar Joel? Teria perdido as esperanças? Estava de tal forma concentrado nas feições de Joel que parecia não perceber a presença de outras pessoas no quarto.

— Joel! — disse. — Pode me ouvir?

Seguiu-se um momento longo, em que Joel não respondeu.

Meu Deus!, pensou Maria. Ele está indo, está nos deixando! Apesar de nossos esforços, chegamos tarde demais!

Mas, finalmente, Joel produziu uma resposta que mais parecia um grasnado.

— Sim — disse. — Sim.

Jesus tomou suas mãos, segurou-as, fechou os olhos e orou. Por fim, disse: — Joel, seus ferimentos físicos podem ser curados. Mas somente se você tiver confiança total em mim e acreditar que posso pedir a Deus esse favor e que ele irá concedê-lo. Que para Deus nada é impossível.

Joel ficou em silêncio. Após um longo momento, disse: — Para Deus... nada é impossível, eu sei disso. — Falava com grande dificuldade e teve que fazer uma longa pausa antes de continuar. Então, murmurou: — Mas em você... não, em você não posso confiar. — Tossiu e saiu sangue. — Eu... vi você. Você libertou minha mulher para fazê-la sua escrava. Para tê-la a seu lado. — Tornou a se engasgar e sua voz ficou mais fraca. — Talvez você... talvez faça coisas prodigiosas, mas apenas porque Satanás o permite. Você é um instrumento dele. — Suas palavras eram muito fracas.

— Não, Joel! Você está enganado — murmurou Maria. — Ele é inimigo de Satanás, não o ajuda! Foi Satanás que soprou essas palavras em seu ouvido!

Com enorme dificuldade, Joel conseguiu erguer sua cabeça do travesseiro. Seus olhos, um pouco mais abertos, fitavam Maria com a suavidade de que ela se lembrava, mas encaravam Jesus com hostilidade.

Jesus aproximou-se dele e tentou tornar a segurar suas mãos. — Confie em Deus — suplicou. — Ore com todas as forças de seu coração.

Mas Joel retirou as mãos e balançou a cabeça, devagar. — Não me toque! — disse, por fim, rangendo os dentes. — Você é a maldade!

Maria deixou-se cair para a frente, chorando, com a cabeça encostada em seu peito. — Não, Joel! Não! Esta é sua única esperança! — Passou a mão, com ternura, em seu rosto. — Ah, Joel! Não nos abandone! Não abandone Eliseba! Deixe Jesus ajudá-lo!

Ele voltou a balançar a cabeça, devagar, antes de deitá-la novamente no travesseiro. — Não. E pensar... que você só veio ao meu leito de morte... como um abutre! Você não ficará com coisa alguma. Nada! E foi por isso... que você veio!

— Esqueça-me, Joel! — ela suplicou. — Não me deixe nada. Você tem todo o direito de fazê-lo. Mas, por favor, deixe Jesus interceder por você!

— Não — disse ele, numa voz alta que assustou todo mundo. De onde vinha essa voz? E sua cabeça tornou a cair sobre o travesseiro com um baque.

— Ore por ele, de qualquer maneira — pediu Maria a Jesus. — Tente curá-lo! Talvez depois ele se arrependa. Ele verá que estava errado! Depois é um luxo de que só os vivos usufruem. Conceda-lhe isso!

Jesus orava, de olhos fechados e com as mãos juntas. Parecia alheio a todos os presentes.

— É tarde demais — disse, com enorme tristeza. — Tarde demais. Sem fé... é muito tarde.

Assim que pronunciou essas palavras, Maria percebeu que os olhos de Joel se haviam fechado e que seu peito não se movia. Ouviu-se um som fraco, débil, de sua garganta, e depois foi o silêncio.

Estava morto. Joel tinha morrido. Maria desabou, ao lado da cama de Joel, e chorou com a cabeça encostada em seu braço. As outras pessoas no quarto caíram num pranto, mas ela não ouvia. Sentia apenas a ausência de Joel e o que ouvia era o silêncio de seus lábios.

Joel morrera quase ao pôr do sol, o que significava que não poderia ser feito o funeral, o enterro, até o dia seguinte. As mulheres deveriam preparar o funeral. E isso incluía Maria, embora ela não pensasse ter forças para fazê-lo.

— Jesus — disse, pegando em seu braço. — Por que não conseguiu salvá-lo?

Jesus parecia mais triste do que qualquer outro dos presentes. — Porque ele não o permitiu — disse. Então, afastou-se por uns momentos e chorou. Em seguida, disse a Maria: — Faça o que você tem que fazer. Fique com as mulheres e ajude a preparar seu marido. Eu a esperarei.

Soluçando e lamentando-se, Ezequiel, o pai de Joel, e Natã, o pai de Maria, levantaram o corpo inerte de Joel da cama, levando-o para outro quarto, onde seria preparado para o enterro. As mulheres ajudaram a estendê-lo sobre uma folha de alabastro. Depois que os homens saíram, Judite, mãe de Joel, retirou respeitosamente suas roupas e preparou-se para lavar seu corpo. Ao lado dele estava Débora, sua irmã, e a sua volta estavam as cunhadas, Naomi e Diná, e outras primas das quais Maria se lembrava vagamente, mas que pouco contavam naquele momento. Sentiu um arrepio quando viu as feridas. Na altura dos rins, seu corpo estava escuro e azulado, e os braços estavam quebrados em vários pontos.

Joel! Um homem bonito e elegante, Joel. Fora espancado e assassinado. Fora morto como os animais que sacrificavam no altar — como um carneiro ou um touro. Mas não o fora por um sacerdote, e sim por ordem de Pilatos, o representante de Roma!

Agora as mulheres o lavavam despejando água de jarras de barro sobre seu corpo, limpando-o do sangue de suas feridas. Era estranho ver a água que caía sobre ele sem que se mexesse. Estendendo a mão, Maria fechou, com delicadeza, seus olhos, e passou-a por seus cabelos. Acariciou sua face. A carne já não era a de uma pessoa viva; ficara mais fria e mais dura. E a cor da pele desaparecera, tornando-o pálido. Entre lágrimas, cantaram os Salmos e esfregaram seu corpo com óleo de aloés e mirra. Depois, juntas, levantaram-no para que pudesse ser enfaixado pela mortalha, de linho branco. Suas pernas e braços foram enfaixados e um tecido especial foi colocado sobre seu rosto antes de enfaixar o restante da cabeça. Então, seu corpo foi colocado sobre a padiola que, de manhã, o conduziria à sua sepultura, e o alabastro onde ficara foi limpo e seco.

Com um gesto, as mulheres convidaram Maria a ir com elas para um cômodo especial onde passariam a noite, pois agora estavam impuras, perante o ritual religioso, por terem tocado o corpo de um morto. Alheia, Maria seguiu-as, caminhando em silêncio. Voltaram a entrar na casa de Maria (será que já foi minha casa?, pensou; não parece), de onde o leito de morte de Joel já fora retirado, as janelas haviam sido abertas para deixar circular o ar fresco e o chão fora varrido. Maria sentou-se numa banqueta. Havia outras mulheres no quarto, parentes que não haviam participado do ritual de preparação do enterro. Maria olhou-as, absorta. Quem seriam?

Estavam sentadas juntas, sussurrando, como se Joel ainda ali estivesse e pudesse ser incomodado. Abraçavam-se e confortavam-se umas às outras, mas nenhuma delas abraçava Maria. Por algum tempo, não ligou. Não queria que lhe tocassem nem queria falar com ninguém. Sentia-se prostrada.

Então, pouco a pouco, começou a ouvir o que sussurravam.

— *Ela* está aqui, ela veio e deixou aquele maluco com quem anda...

— Não, não, ela trouxe-o com ela, você não viu? Ele até se atreveu a pegar as mãos de Joel...

— Há pessoas que não têm um mínimo de vergonha...

— Qual deles? Maria ou esse... homem?

Eu sou a viúva, pensou Maria. Meu marido acabou de morrer. E aqui estão as mulheres da minha família. Mas ninguém me respeita.

Lá estava Eva, sua tia, a mulher que piscara o olho para ela e lhe dera um afrodisíaco para que fosse uma boa esposa na reunião que precedera seu casamento. E a outra tia, Ana, que dera uma poção a Joel para que ficasse com a virilidade de "um camelo macho". E as primas, que davam gritinhos estridentes e risadinhas naquela mesma reunião. E sua própria mãe, e suas cunhadas...

Embora muito debilitada, Maria levantou-se porque queria olhá-las cara a cara.

— Não haverá palavras de consolo para mim? — gritou em voz alta.

As mulheres, unidas num só grupo, pararam de falar e olharam para ela. — Consolo? Para você? — perguntou, por fim, Débora, a irmã de Joel. Já era adulta, aquela menina que tanto se parecia com Joel, e que era tão ligada com ele.

— Sim, para mim — disse Maria. — Eu perdi meu marido.

Zebida, sua mãe, aproximou-se e pegou sua mão. — É, foi uma tragédia.

— E ninguém vai me contar sobre a viagem dele a Jerusalém? Ou sobre o que fazia na peregrinação? — gritou Maria. — Ele nunca participara disso!

Judite, a mãe de Joel, balançou a cabeça. — Ele disse que iriam várias famílias e ouviu um chamado para que as acompanhasse.

Joel? Um chamado?

— Ele mudara seu modo de pensar a respeito de muitas coisas — disse Judite, em voz firme.

— Meu marido também foi na peregrinação — disse uma mulher que Maria não reconheceu. — Não se previa qualquer perigo. E aí... Pilatos ficou nervoso com alguma coisa — talvez tenha temido uma revolta, pois vêm ocorrendo muitas e a maioria começa na Galileia — quando viu os peregrinos, que talvez tenham feito alguma coisa que o levou a mandar atacá-los. Depois do ataque, os outros encontraram Joel e o trouxeram, mas a viagem foi longa. O balanço do jumento causava-lhe muitas dores... Quando chegaram a Magdala, ele já delirava, estava com muita febre e via-se que as feridas estavam feias e purulentas. A viagem demorou tempo demais.

— Obrigada — disse Maria. — Agradeço por me contar. — Pobre Joel! Como devem ter sido terríveis aqueles dias todos de viagem, sendo carregado de Jerusalém para Magdala.

— E você? — perguntou uma das primas. — Por que você ficou longe de nós?

Longe de nós... Longe de nós... Parece que falam de mim como seu eu tivesse morrido, pensou Maria.

— Eu...

— Maria estava possuída. — Era a voz ríspida de sua própria mãe, que agora abandonara os sussurros. — É isso mesmo. Demônios a possuíram e ela teve que buscar uma cura. Porém, infelizmente, o homem que a tratou era malvado e a corrompeu. Joel o compreendeu e a esqueceu como sua esposa. Portanto — levantando-se, dirigiu as palavras diretamente a Maria —, você não é, realmente, a sua viúva.

— Agora, como sempre, continuo sendo sua esposa — disse Maria. — E não fui eu quem os abandonou, nunca os abandonei.

— A menos que você se arrependa e se purifique, você já deixou de ser minha filha — disse Zebida. Maria nunca vira aquele olhar nas feições de sua mãe, um olhar de condenação absoluta.

— Mãe, eu nada fiz de errado! — disse, estendendo a mão para ela. Sua mãe afastou-se. — Mãe! — repetiu. E sua mãe afastou-se ainda mais.

— Você diz que é sua viúva — disse Débora. — Mas você *não foi* uma esposa para meu irmão!

Débora fora sempre sua amiga e dizia que queria ser como ela, que a admirava. Maria sentiu como se um raio caísse sobre sua cabeça. — Eu... Eu sempre... — Tentou começar a justificar-se, mas desistiu, confusa.

— Você poderá voltar para cá e morar na casa de Joel, contando o dinheiro dele — disse Débora. — Mas deve preparar-se: durante sete anos, ninguém confiará em você. Terá que viver retirada e sob nossa orientação. Sua filha será criada por Diná, que já a levou para sua casa.

Diná? Levou Eliseba? Maria soltou um grito de angústia.

— Devia ter pensado nisso antes... Antes que você começasse com todas essas coisas — disse sua mãe. — Diná sabia que teria que assumir essa responsabilidade e por isso não participou da preparação do enterro de Joel, para não tocar no corpo dele. Tinha que ficar purificada, segundo os ritos, assim como Eliseba. Diná ficará com a criança e tomará conta dela.

— Mas nós queremos você de volta — disse, rapidamente, Judite, a mãe de Joel. — Queremos que você volte a ter uma vida normal. E, afinal, sete anos não é assim tanto tempo. Passarão logo.

— É lógico que, como viúva, você terá certas obrigações — disse sua mãe, de novo. — Viúvas não têm a liberdade que têm as esposas.

— E terá seus anos de provação... Terá que deixar de fazer muitas coisas — disse Débora, com um sorriso moralista. — Depois, quando você tiver dado provas...

— Será que ninguém seria capaz de se dirigir a mim como uma sofredora e me consolar? — disse Maria, olhando para aquele monte de pessoas que a fitavam de maneira fria e rígida.

Naomi, a mulher de Silvanus, adiantou-se e abraçou-a. Sussurrou, em seu ouvido: — Não se desespere. Não se desespere. Seu querido irmão e eu jamais a abandonaremos ou lhe voltaremos as costas. Nós a ajudaremos durante esse período de sete anos.

Aquele círculo de mulheres, tão bem tecido que parecia uma irmandade, queria agora armar uma arapuca para ela e matá-la.

— Tenho que voltar para Joel! — disse, de repente. — Tenho que ficar com ele! — Levantou-se e saiu correndo do quarto, de volta para ele.

Até um morto pode ser mais generoso para mim, pensou, ao entrar no quarto. Algumas lamparinas estavam acesas de cada lado do corpo, mas o resto do quarto estava muito escuro. E frio — ali não havia necessidade de calor. Sentou-se numa banqueta e fez sua vigília, sozinha, olhando para aquele corpo enfaixado de branco, tão sozinho, sobre a padiola. Não pensava em nada de especial, pois estava assustada e abalada. Esqueceu as mulheres. Só conseguia olhar para o corpo, chorar e tornar a olhar. As mulheres — e o que elas tinham dito — foram sumindo no vazio.

— Joel, meu querido Joel — era tudo o que dizia.

Quase nem ouviu quando Jesus entrou e se sentou a seu lado. Nada disse. Apenas fechou os olhos e orou em silêncio. Ela sentiu que Jesus talvez compreendesse mais do que todas aquelas mulheres, talvez tivesse mais experiência do que elas e talvez pudesse compartilhar sua compreensão da morte e do sofrimento. Só Joel interessava.

Maria queria dizer algo que revelasse a dimensão da tragédia, mas tudo o que conseguiu dizer foi: — Não quero deixá-lo!

— A dor da separação é muito forte — disse Jesus. — É a dor mais profunda. Nem eu, nem ninguém, pode fazer coisa alguma para aliviar esse sofrimento.

— Eu o deixei... e agora... agora não tornarei a vê-lo. E ele morreu com raiva de mim. E nada irá mudar isso.

Jesus aproximou-se e colocou ambas as mãos sobre a mão dela. — Estava com raiva porque não compreendeu. Mas isso em nada mudou o amor que tinha por você.

— Mas eles me expulsaram — murmurou ela, por fim. — As mulheres... são ainda mais cruéis do que os homens!

Enquanto conversavam, em voz baixa, as lamparinas que cercavam o corpo de Joel tremulavam, projetando sombras em sua mortalha branca. Como era estranho falar sobre coisas tão pessoais daquela maneira, na frente dele.

Olhou para o corpo imóvel, na mortalha. Joel a expulsara, para que acompanhasse Jesus. Agora lhe dava outra oportunidade para recomeçar, mas desta vez por iniciativa sua. Poderia voltar para a família, submeter-se às suas exigências, aceitar a punição pelo que quer que fosse que a condenavam.

Sofria com a perda de Joel e com a ideia de uma perda definitiva de sua família, mas o pensamento de abandonar Jesus era ainda pior. "Então, estarei perdida de vez", murmurou, mas tão baixinho que nem Jesus poderia ouvi-la. O dilema era esse: a convicção de que Jesus, mais do que qualquer outra coisa, se tornara necessário à sua vida.

O cortejo do funeral formou-se à saída da casa. O corpo de Joel estava na padiola, carregada por seu pai Ezequiel, que chorava, por Natã, por Jacó e Esdras, do armazém. Os símbolos rituais foram observados: os rasgões nas roupas, exigidos pela cerimônia, e a poeira sobre as cabeças. Lágrimas rolavam pelos olhos dos homens enquanto cumpriam esse ritual.

Ao lado da padiola, as pessoas se juntavam e surgiram os músicos que iriam tocar as flautas e as mulheres que cantariam antigos hinos de lamentação. Também havia carpideiras profissionais, contratadas por alguém da família, que lançariam aqueles gritos desesperados e ululantes até a sepultura.

As mulheres tomariam a frente da procissão, e Judite, Zebida, Débora, Naomi e as primas já estavam em seus lugares. Haviam impedido que Maria ficasse à frente do cortejo.

Não vira Eliseba em lugar algum. Apesar daquela forma inerte e imóvel de Joel na padiola, ela procurava desesperadamente por Eliseba. Deveria estar aqui, em meus braços, pensava Maria. Preciso pegá-la no colo, ela tem que ir à frente do cortejo fúnebre de seu pai.

Lá atrás, viu Diná segurando uma criança com um capuz. Saiu correndo do lugar em que estava e dirigiu-se para ela. — Eliseba! — disse, tirando-lhe o capuz. Os olhos escuros de sua filha a fitaram, mas ela não sorria nem parecia reconhecê-la.

— Você! — gritou Diná, batendo em sua mão. — Como se atreve a tocá-la, tornando-a impura para a cerimônia? — Olhou para sua própria mão. — E agora, também eu estou impura.

— A impureza causada pela morte de seu pai é uma honra — disse Maria. — E uma honra que ela se arrependeria de não ter, quando for mais velha.

Eliseba estendeu os braços e Maria tentou pegá-la. Por um instante, sentiu o calor do corpo de sua filha e segurou-a contra si.

— Socorro! — gritou Diná. — Ela está tentando pegá-la!

Imediatamente, um grupo de homens e mulheres que estava na retaguarda do cortejo do funeral cercou-a.

— Largue-a! Largue a criança!

Um deles tomou o braço de Maria, torcendo-o. Outro agarrou Eliseba.

— Parem com isso! — Jesus aproximou-se e tentou tomar Eliseba de volta. — Deixem que a mãe dela a segure.

Um dos homens — não muito emocionado pela tristeza do momento — bateu no rosto de Jesus e arrancou Eliseba de seus braços.

— Esta mulher não tem esse direito! — disse. Triunfante, marchou para Diná com Eliseba, que começara a chorar, e devolveu-a a seus braços.

— Eliseba! - gritou Maria.

Uma mulher, ao lado de Diná, empurrou-a. — Tome seu lugar na procissão! — ordenou-lhe.

Estavam todos reunidos e uma longa fila de pessoas da cidade se havia juntado atrás do cortejo dos parentes. O sol estava alto e o lago brilhava. As pessoas choravam, lamentavam-se, e as flautas tocavam, enquanto Joel era levado para sua sepultura, em algum lugar das colinas que cercavam Magdala.

— Nunca escolhemos o lugar da sepultura — disse Maria a Jesus, com voz trêmula. — Pensávamos que tínhamos muitos anos pela frente.

Ela olhou para o cortejo. Não havia lugar para ela. Perdera o lugar quando fora para o deserto.

— Deixe que os mortos enterrem os mortos — disse Jesus, mostrando o cortejo fúnebre.

E era verdade: pareciam mortos. Curioso como nunca pensara nessas palavras.

— Venha, vamos embora — disse Jesus. — Não somos queridos nem necessitados. Deixemos os mortos uns com os outros.

Ela deveria ter resistido, mas só queria mesmo ir para bem longe. Este lugar não era mais sua casa. — Mas minha filha está com os mortos! — disse.

— Ela irá crescer entre eles, mas Deus lhe dará a oportunidade de ouvir outras vozes — disse Jesus. — E se ela as aceitar, poderá ter outro tipo de vida.

— Quero levar essa outra voz a ela. Quero que ela ouça a minha voz — disse Maria.

Jesus a conduziu para fora da cidade e foram caminhando à beira do lago. Singravam barcos de pesca, para lá e para cá, redes eram lançadas e puxadas e a vida continuava, como sempre. As tarefas do trabalho diário abafavam os lamentos e os hinos que se faziam ouvir a pouca distância.

— Sua voz ainda não está muito nítida — disse Jesus. — Você ainda deverá aprender muito e ganhar experiência antes de poder falar com a voz que Deus quer que fale, com a voz que Eliseba irá ouvir.

Mas, de alguma maneira, falarei com ela, pensou Maria. Não irei abandoná-la. Ela ouvirá minha voz mesmo agora, antes que eu tenha essa sabedoria. Uma mãe não tem que ser sábia, mas tem que amar como uma mãe.

38

Ficaram na casa de Pedro, mas sem Pedro. Maria estava exausta depois da viagem a Betsaida, a oito milhas romanas de distância. Fora um sofrimento diferente daquele que tivera com os demônios, diferente, inclusive, do que tivera da primeira vez que voltara a Magdala. Não conseguia compreender. E não o iria aceitar, jamais o aceitaria. Mas agora estava tão confusa que não lutaria mais contra tudo aquilo.

Mara foi acolhedora, mas reservada. Afinal, Jesus e Maria eram as pessoas que haviam atraído seu marido para uma vida estranha e desconhecida, deixando-a para trás. Simão — recusava-se a chamá-lo Pedro — abandonara-a e ela nem sabia onde ele estava.

Mas naquele momento Maria pouco se importava para o que pensava Mara ou sua mãe. Limitou-se a agradecer pela esteira forrada que lhe ofereceram e a tentar esquecer seus sentimentos e suas lembranças. Chegou, inclusive, a tomar toda a jarra de vinho aguado que haviam deixado perto de onde iria dormir, na esperança de que isso a fizesse dormir um sono sem sonhos.

Mas seu sono não foi sem sonhos. Joel veio vê-la, fazendo-lhe acusações, balançando a cabeça e dizendo coisas cruéis. Eliseba tentou aproximar-se dela, mas foi contida por uma barreira — uma divisão de mármore como a que existia no Templo, separando os judeus dos pagãos impuros.

Quando o dia já clareava, o horror não havia terminado. Joel estava morto e Eliseba tinha sido levada. Não fora um sonho, não desaparecera durante a noite. Mara preparou alguma coisa para comerem e Maria tentou comer, pois sabia que seu corpo necessitava alimentar-se, mas não sentia o gosto de nada. Mara fazia perguntas sobre Simão, sobre a missão de Jesus, mas ela quase nem ouvia.

— Seu marido não se foi, ele apenas foi chamado a cumprir outra missão. — Seriam palavras de Jesus? Era isso que ele lhe dizia? E ela, Maria, iria ligar para isso?

Ouviu-se um barulho à porta e Mara pediu licença para ir atender. Só então Maria percebeu a presença de Jesus e tentou comunicar-se com ele com os olhos. Antes que ele respondesse, um homem alto, estranho, entrou na sala vestindo um turbante e uma espécie de máscara que lhe cobria parte do rosto. Deveria ser um nabateu, um mercador do deserto.

— Pois não, senhor? Quem é o senhor e o que deseja? — perguntou Mara ao estranho.

Ele tirou o turbante e, com um susto, Maria viu que era Silvanus. — Precisava ver você — disse ele, simplesmente. — Consegui saber, aqui em Cafarnaum, onde Jesus costuma ficar, e esperava que parassem aqui quando estivessem voltando — para onde quer que estejam indo. — Sem acreditar no que via, Maria levantou-se e aproximou-se dele para o abraçar.

— Ah, Silvanus! — foi tudo que conseguiu dizer, abraçando-o com força. — Você veio! Consegui encontrá-lo, finalmente! — Deu um passo atrás, soltando-o. — Não havia visto você desde que voltei, pela primeira vez, a Magdala, e depois, no funeral... você recebeu minha carta?

— Sim — respondeu ele. — Recebi.

— Então você já sabe. E compreende.

— Fiquei sabendo. Mas não compreendo.

— Porque eu não tive oportunidade de explicar — disse ela. — Quando você ouvir, quando você conversar com Jesus... — Com um gesto, Maria apontou Jesus e os dois se cumprimentaram.

— Não estou interessado na sua mensagem — disse Silvanus, sem rodeios. — Há muito tempo perdi o interesse em pessoas que se autodenominam mensageiros. Mas estou profundamente preocupado com você. — Tornou a abraçá-la. Você é minha irmãzinha muito querida e passou por muita coisa ruim... Como posso ajudá-la?

Então, ele também não queria ouvir Jesus. Assim seja. O que era mesmo que Jesus tinha dito? Depende de quem o Pai escolher... Mas Silvanus mostrara-se generoso, apesar de tudo. E isso era o importante.

— Eliseba foi levada por Diná — disse. — Logo Diná! Isso foi armação do pai, de Eli e... talvez... mesmo... das mulheres da família. Mas eu preciso ter certeza de que ela está bem, de que ela terá a atenção e os cuidados de pessoas que lhe querem bem, assim como querem bem a mim. Naquela carta, eu lhe pedia para você ser, por favor, o meu intermediário. Sem você, estarei perdida! E ela estará perdida para mim!

— Eu... — Silvanus parecia confuso. — ...farei o que puder. Mas você tem que compreender. Isso talvez não seja o suficiente.

Maria pediu, então, a Mara, se ela lhe dava licença para que conversassem a sós. Quando ela acedeu, foram para o pequeno pátio e ficaram à sombra de uma árvore.

Conversaram um longo tempo, tranquilos mas também ansiosos por contar tudo o que acontecera desde a última vez em que se haviam encontrado. Silvanus contou-lhe da raiva e da amargura de Joel, da condenação implacável por parte de Eli e da perplexidade de seus pais. — Ouvíamos falar desse homem, Jesus. Sua fama se alastrou. Ouvimos sobre o que fizera em Cafarnaum, quando as multidões foram ficando tão grandes que ele teve que sair do local. E os porcos de Gergesa! Todo mundo comentou sobre isso!

— Silvanus, você não vai acreditar nisto. Lembra-se daquele fanático que invadiu sua casa e usou a palavra "porco" como uma senha? Pois ele também se juntou a Jesus.

— Não é possível! — E Silvanus deu uma risada. — E aquele desgraçado daquele coletor de impostos também. Ouvimos também a história dele e do atentado contra o soldado romano em sua casa. Como é que pode se dar bem com Jesus?

— Não sei — disse Maria. — Mas a verdade é que essas pessoas mudaram.

— Jesus também está atraindo a atenção das pessoas que estão no poder — disse Silvanus. — Ouvi dizer que Herodes Antipas está muito interessado nele. — Fez uma pausa. — Portanto, minha querida irmã, você está envolvida numa aventura e tanto. As pessoas falam de Jesus o tempo todo. — Demonstrava curiosidade, mas não inveja. — Nessas longas caminhadas com Jesus, não há lugar para Eliseba — disse. — Ela é muito pequena e você certamente compreende isso. — Olhou para ela como se quisesse ter certeza de que ela não perdera a noção de responsabilidade.

— Sim — concordou ela. — Eu sei disso.

— Iriam afastá-la de você, de qualquer maneira — disse. — Já tinham preparado um documento legal dizendo que, antes que se passassem sete anos e você demonstrasse estar em perfeita saúde, não seria seguro que ela ficasse com você. Convenceram as autoridades a assiná-lo, tornando-o obrigatório. Você não poderia, inclusive, ver a menina, exceto na presença de Eli.

— Mas, depois de sete anos...

— Há várias maneiras de encarar essa questão. Veja o que eu lhe trouxe: eles também queriam apossar-se de sua herança. Como Joel estava muito deprimido, tentaram persuadi-lo a assinar um documento passando toda a propriedade para o nome de Eli. Mas ele não quis fazê-lo e, quando morreu, esse papel não existia. Conversei com o pai de Joel, Ezequiel, e ele concorda: tanto o dinheiro quanto a parte de Joel nos negócios da família devem ir para você. Ele conhecia bem a bondade de Joel e sabe que aquelas suas últimas palavras não foram por mal. Quando a viu lá em casa, quando percebeu que você estava curada e continuava fiel a Joel, Ezequiel ficou comovido. Faz questão de que nada lhe falte. Se você preferir, posso vender a sua parte e enviar-lhe o dinheiro. O que você quiser, será feito. Mas pertence totalmente a você. — Pegou uma caixa, dentro da qual havia uns documentos e uma sacola de moedas de ouro.

Maria levou um susto quando viu.

— Nós estamos convencidos de que era isso que ele queria, já que se recusou a assinar os papéis alterando a herança.

— Obrigada, Silvanus — disse Maria. — Obrigada por ainda ser meu irmão.

— Serei sempre seu irmão — respondeu ele.

Silvanus, querido. — Lembre-se de que penso sempre em você — disse ela. — E oro para que você e Naomi estejam bem e possam dar meu amor a Eliseba. Diga-lhe que a quero muito, não se esqueça.

— Quando Eli não estiver ouvindo — disse Silvanus.

Depois de se despedir, Silvanus conversou rapidamente com Jesus. Maria percebeu que, sob o pretexto de ser amável e educado, Silvanus observava atentamente o rosto de Jesus, tentando descobrir o que era que fazia com que pessoas largassem suas redes de pesca, seus barcos e suas famílias para segui-lo, o que era o seu famoso poder.

Maria acompanhou Silvanus até a porta para se despedir.

— O que tem esse homem de especial? — perguntou-lhe Silvanus.

— Você não sente? — disse Maria. — Não sente o seu poder?

— Não — confessou Silvanus. — Ele parece uma pessoa agradável, mas não tão extraordinária a ponto de arrastar multidões, como faz. — Silvanus abraçou-a bem forte. Aquela sensação forte, de proximidade com a família, trouxe mil lembranças a Maria. Esfregou os olhos para conter as lágrimas, mas não conseguiu.

— Minha querida irmã — disse. — Deixo-a aos cuidados dele. Mas me preocuparei com você o tempo todo, pois você nunca estará a salvo se estiver na companhia de alguém que vem sendo observado por Herodes Antipas.

— Proteja Eliseba por mim — disse ela, despedindo-se.

— Prometo que o farei — disse Silvanus, afastando-se. — Prometo...

Cedo, na manhã seguinte, embora mal refeitos do cansaço, Maria e Jesus partiram de Cafarnaum. O frescor do dia que nascia, com o céu que prometia ser claro e com a brisa, parecia debochar da morte de Joel. O horror do túmulo, com sua escuridão e silêncio, acentuava o contraste com a natureza da vida ao ar livre. Como era possível que Joel estivesse ali, Joel, que há pouco estava tão vivo quanto ela? E, se ele podia estar ali, então também ela podia... Não, era impossível compreender a própria morte, a rigidez, o não-sentir, o não-ver...

— Jesus — disse ela, de repente. — Você alguma vez brincou de enterro?

Ele diminuiu o passo e olhou para ela. — Como é que é?

— Não, é porque... uma vez, quando eu era pequena, brincamos, num grupo de crianças, de enterro.

— Como é que fizeram uma coisa dessas? — perguntou ele, balançando a cabeça. Depois, riu e perguntou: — Mas por quê?

— Tinha morrido alguém na cidade — disse ela. — Não era uma pessoa que conhecêssemos bem, mas vimos o cortejo fúnebre passando, com as pessoas chorando e ouvimos os hinos. Lembro-me de ver o corpo na padiola, com sua mortalha e as flores, como uma estátua. Imagino que nós, crianças, estivéssemos procurando uma brincadeira diferente e, à tarde, eu adoeci e "morri". Meus amigos me enrolaram num manto e me colocaram numa padiola — uma coberta e dois pedaços de pau —, depois me levaram para fora, para o jardim. Aí é que foi um pouco assustador. Cobriram-me com cobertas, como se eu estivesse enterrada debaixo do chão. E eu ouvia meus amigos, lá em cima, recitando Salmos e despedindo-se de mim, dizendo como gostavam de mim e como sentiriam minha falta, e eu cheguei a sentir uma leve pancada quando jogaram flores sobre as cobertas.

Ele parara de andar e ficara ouvindo, olhando fixamente para o rosto dela.

— E depois?

— Depois ficou tudo em silêncio. Um enorme silêncio. Senti o movimento de seus pés no chão, quando se afastaram. E fiquei sozinha. Sozinha naquele lugar escuro e abafado. Tentei sentar-me, pois a brincadeira terminara. Mas descobri que não conseguia me mexer. As cobertas eram muito pesadas. Comecei a gritar, mas quase não conseguia respirar, pois as cobertas abafavam minha voz. Então me senti morta, realmente morta, e foi insuportável. — Fez uma pausa para tomar fôlego. — Desde então, a morte me apavora.

Ele tomou suas mãos e fez com que ela se virasse para si. — Maria — disse, por fim. — a morte não é assim.

Era uma voz que consolava. Mas, pensou Maria, como é que ele sabe? Como poderia alguém saber? Joel o sabe, agora. Mas nada me pode dizer. — Como é, então? — perguntou num fio de voz.

— Não é o fim — disse. — Você não fica naquele lugar escuro e abafado. Sua alma não pode ficar lá porque Deus a quer. — Então, como se já tivesse falado demais, perguntou: — E como você se salvou?

— Meus amigos voltaram. Quando se afastaram um pouco, perceberam que eu não os tinha acompanhado. Então, puxaram as cobertas e... me trouxeram de volta à vida. — Deu uma risada. — É, foi isso que fingimos que tinha acontecido.

— Você irá sofrer por Joel durante muitos dias — disse Jesus, revelando sua verdadeira aflição. — E deve fazê-lo. Irá pensar em túmulos, em almas, na culpa, mas no final você deixará tudo para trás, como fez com aquele monte de cobertas. — Olhou para ela. — Eu o prometo.

Ao final da tarde chegaram a Betsaida, passando, uma vez mais, do território de Herodes Antipas para o de seu irmão, Filipe. Atravessando os portões da cidade, chegaram ao cais e ao passeio que o acompanhava, mas que dava sobre uma pequena lagoa. A cidade parecia calma, brilhando no calor do sol poente.

— Acho que deveríamos ir ao mercado — disse Jesus. — Embora deva estar vazio a esta hora, é um local de encontro e, se queremos encontrar alguém, é lá que o faremos.

As ruas estavam cheias de gente que parecia rica, fechando as portas de seus comércios, levando comida e água para suas ceias e conduzindo seus animais de carga para descansarem. Magdala também já fora uma cidade rica, mas era diferente, tinha mais movimento nas ruas e comércio.

Quando Jesus e Maria passavam pelas pequenas ruas, repararam que muitas das colunas dos prédios reluziam com novas e limpas fachadas de calcário e, ao longe, avistaram um palácio em construção.

— Devem querer fazer da cidade uma miniatura de Atenas — disse Maria.

Jesus assentiu com a cabeça. — Talvez um dia devêssemos visitar a verdadeira Atenas para fazer uma comparação — disse. Ambos riram por achá-lo pouco provável.

Acabaram chegando ao mercado, depois de passarem pelo último dos comerciantes que levavam seus jumentos para casa, com cestas carregadas de mercadorias não vendidas. A praça do mercado propriamente dita tinha o ar desolado de um lugar recentemente abandonado. O chão estava cheio de entulho de barracas desmontadas, frutas amassadas, feijão e legumes pisados, penas de pombos. Alguns trabalhadores, ociosos, descansavam, encostados às portas, olhando displicentemente quem passava. Olharam para Maria e Jesus, quando estes se aproximaram do outro lado da praça, mas depois perderam o interesse.

Seria uma longa espera, pensou Maria.

— Eles nos encontrarão — garantiu Jesus. — Ou nós os encontraremos.

Os trabalhadores desempregados acabaram indo embora — dificilmente alguém os contrataria a uma hora daquelas — e ficou uma única pessoa, do outro lado da praça, varrendo energicamente o lixo e juntando-o em pilhas. Assoviava enquanto lançava sua vassoura de galhos de árvore contra montes de moscas que esvoaçavam sobre o lixo, parecendo não se incomodar quando elas o envolviam. Foi contornando todo o perímetro da praça em seu trabalho infatigável. A noite começava a cair quando chegou ao lugar onde estavam Maria e Jesus, que recuaram diante da ameaça da vassoura que trazia as moscas.

— Desculpem-me — disse o gari.

Enxotou as moscas que esvoaçavam sobre sua cabeça, fazendo um halo.

— Qual é seu nome? — perguntou Jesus.

— Pode me chamar Belzebu — disse ele.

Em vez de rir, Jesus respondeu: — Jamais chamaria alguém por esse nome, a menos que fosse o próprio.

— Eu quis dizer que... sou o Senhor das Moscas — disse o rapaz, apontando a nuvem de moscas à sua volta. — Pelo menos, por enquanto.

— Se você fosse o Senhor das Moscas, elas lhe obedeceriam se você o mandasse — disse Jesus. — Elas obedecem?

O rapaz deu uma risada. — Você acha que obedecem?

— Não, e você deveria ficar agradecido por isso — disse Jesus. — Diga-me seu nome de verdade.

— Tadeu — disse ele. Pousou a vassoura, parecendo confuso pelo interesse que aquele estranho poderia ter nele.

— Você é grego? — perguntou Maria.

— Não, mas meus pais gostariam de ter sido.

Então foi a vez de Maria rir. — Temos algo em comum. — Pensava em Silvanus.

— Muito bem — disse Jesus. — Porque se você não fosse um filho de Abraão, eu não o poderia convidar a juntar-se a nós. — E explicou, mais para

Maria do que para Tadeu. — Quaisquer outros podem vir ouvir, mas estou procurando os filhos de Israel.

— Como assim? Juntar-me a vocês? O que significa isso? — Tadeu parecia preocupado. Era isso que acontecia quando não se dá atenção ao trabalho para dar atenção a estranhos. Segurou a vassoura pelo cabo e deu alguns passos para trás.

Em vez de responder, Jesus perguntou: — O que faz você? Quero dizer, quando não está varrendo o mercado.

— Vendo panelas e jarras de barro e, quando as pessoas me pedem, pinto murais. Às vezes — disse, desafiador — até faço cópias das estatuetas de Ártemis, de Afrodite e de Héracles para alguns fregueses.

— Então, não são só seus pais que gostam de coisas gregas?

— Não — respondeu. — Eu também gosto muito.

— Não me surpreende — disse Jesus. — Aqui, você cresceu rodeado por coisas gregas. Teria que ser cego para não apreciar sua beleza. — Fez uma pausa. — Mas, se você se juntar a nós, eu lhe daria olhos para ver a beleza em coisas diferentes.

— Como quê, por exemplo? — perguntou, segurando o cabo da vassoura com mais força.

— Como aqueles trabalhadores desempregados que ficaram ali esperando até o pôr do sol.

— O quê? Aqueles vagabundos? Ficam só vagando pelo mercado e irritando as pessoas — disse.

— As pessoas, talvez; mas Deus, não — disse Jesus. — Ele os vê de outra maneira. — Deixando o lugar em que se encontrava, ao lado de Maria, Jesus aproximou-se de Tadeu. — Deixe-me dizer-lhe como é o reino de Deus. Pense num homem rico que contrata alguns trabalhadores de manhã cedo, como é comum acontecer. Mas, com o passar do tempo, ele percebe que precisa de mais trabalhadores e volta à praça da cidade para contratar mais. Já depois do almoço, ele acha que precisa ainda mais trabalhadores e volta à praça e contrata mais. Finalmente, ao pôr do sol — mais ou menos no horário que os nossos amigos estavam saindo da praça sem terem conseguido coisa alguma —, ele torna a voltar à praça e contrata mais gente. Quando chegou a noite, pagou a todos eles o mesmo. Os que tinham sido contratados primeiro reclamaram, mas o homem rico disse-lhes: "Não paguei a vocês o que havíamos combinado? Se quero ser generoso e pago mais a outro, com meu próprio dinheiro, o que vocês têm a ver com isso?" Assim é no reino de Deus. Deus é generoso e nos recompensa de maneiras surpreendentes, assim como escolhe pessoas surpreendentes. Como aqueles homens que irritam as pessoas.

— O que você diz não faz qualquer sentido — disse Tadeu.

— Junte-se a mim e aprenderá como faz sentido.

De repente, o rosto de Tadeu iluminou-se como se descobrisse algo. — Já sei quem você é. Aquele homem de Nazaré. O famoso nazareno que fala de um modo estranho e faz curas e expulsa demônios. É isso mesmo! Não negue! — Apontou o dedo para Jesus. — Mas você desapareceu depois que os porcos despencaram do precipício. Por onde andou? O que andou fazendo?

— Contratando pessoas para trabalharem na colheita do reino de Deus — disse Jesus. — O treinamento começará logo, depois será a missão. Você não se juntará a nós?

— Eu... Eu vou pensar sobre isso — disse Tadeu, recuando. — O que iriam pensar meus pais?

— Pergunte-lhes — respondeu Jesus.

— Diriam que é muito perigoso — disse Tadeu. — Há cerca de quarenta anos, um profeta local que tinha o meu nome dizia que o rio Jordão se dividiria e ele conduziria seus seguidores para o outro lado, como Josué. Sua cabeça acabou espetada num pau em Jerusalém. Seus seguidores foram massacrados. Essas lembranças ainda são muito recentes. E depois há o caso de João Batista.

— Foi preso — disse Maria. E eu o vi em sua cela.

— Morto — corrigiu Tadeu.

Jesus recuou, como se tivesse recebido um soco. — Morto? — perguntou.

— Teve a cabeça cortada — disse Tadeu, solene.

— Quando? — perguntou Jesus, em voz calma.

— Vamos sentar aqui — disse Tadeu. — Não gosto de falar muito alto sobre essas coisas. — Com um gesto, apontou um banco improvisado que algum comerciante deixara para trás. Sentaram-se os três e então Tadeu voltou-se para Jesus. Era muito jovem e tinha um rosto simpático. Seu cabelo era tão claro que parecia um estrangeiro das terras do norte. — Foi há dois dias.

No mesmo dia em que Joel morreu, pensou Maria. Por isso, não sabíamos. E, naquele dia, eu nem teria me preocupado com isso.

— Herodes Antipas mandou executá-lo? — perguntou Jesus, com tristeza. Desde que o prenderam, seu fim já era uma certeza.

— Mas Antipas parecia ter medo dele — disse Tadeu. — É provável que quisesse mantê-lo preso para sempre. Mas mandou executá-lo para agradar a sua nova enteada, Salomé. Ela dançou para Herodes no banquete de seu aniversário e ele prometeu conceder-lhe o que ela quisesse. "Até metade de meu reino", disse. Então, ela pediu-lhe a cabeça de João numa bandeja.

Maria olhou do rosto assustado de Tadeu para a expressão de horror de Jesus.

— Numa bandeja? — disse.

— Numa bandeja de prata — respondeu Tadeu.

Maria pensou que ia vomitar, só de pensar na cabeça cortada de João apresentada dessa maneira. Estariam aqueles olhos acusadores fechados, ou estariam eles olhando fixamente, da bandeja?

— Para agradar uma dançarina — disse Jesus. — Como é possível tamanha maldade... — Parecia não conseguir compreender algo de tão irracional.

— Portanto, esta não é uma hora apropriada para seguirmos um profeta — disse Tadeu. — Peço-lhe que me perdoe. Sei que também estão atrás de você. Ouvi dizer que Antipas o procura. Assim como o procuram os fariseus fanáticos. Estão convencidos de que você os conduzirá. Querem proclamá-lo rei.

— Rei — disse Jesus. — Rei de quê?

— Rei de... rei... da terra de Israel, suponho. Eles irão encontrar um título. Filho de Davi, Filho do Homem, Filho da Estrela, Messias, sei lá. Qualquer nome serve, imagino.

Jesus levantou-se. — Fique um pouco com Maria, por favor — disse Jesus. — Preciso... perdoem-me, mas preciso ficar sozinho por um momento. — Afastou-se um pouco até a esquina e desapareceu.

Tadeu e Maria olharam um para o outro, perplexos.

— Tenho certeza de que não irá demorar — disse Maria. — Ficou muito deprimido com essas notícias terríveis.

— Sinto muito ter sido eu quem as deu — disse Tadeu. — O que vocês... por que vocês vieram aqui?

— Algumas pessoas do nosso grupo virão encontrar-se conosco aqui. Tivemos que nos separar por... razões pessoais — disse Maria. Não iria suportar falar sobre Joel agora. — Combinamos encontrar-nos em Betsaida. Um dos nossos companheiros, Filipe, é daqui.

Tadeu pareceu ficar confuso, mas não fez mais perguntas.

Maria ficou grata pelo silêncio. Sentia o coração tão pesado que lhe era custoso falar. Só ficar sentada ou caminhar já lhe exigiam todas as suas forças. Dentro de seu peito sentia uma dor que, por vezes, lhe parecia um peso; por outras, um espaço vazio. Mesmo ouvir Jesus lhe exigia um grande esforço e suas palavras de conforto não alcançavam o ponto que tanto lhe doía.

Depois de bastante tempo, Jesus voltou. Parecia tão deprimido e abalado pela tristeza que Maria o queria consolar. Mas sua própria perda era tão grande...

Já estava escurecendo e Tadeu levantou-se para ir para casa. Justamente quando punha a vassoura ao ombro, João e os outros discípulos chegaram à praça, procurando por eles. No escuro, mal enxergavam do outro lado da praça, mas João acabou vendo Jesus.

— Mestre! — gritou. — Mestre! — E correu para ele, com os outros atrás. Seu lindo rosto estava afogueado por excitação e o capuz caíra, revelando seu cabelo encaracolado. Aproximou-se de Jesus e segurou suas mãos. — Vimos uma pessoa expulsando demônios em seu nome, à entrada da cidade! Que ousadia! Então o detivemos, pois não o conhecíamos! — Estava exultante de orgulho. — Tinha que ver a cara dele!

— Você deveria ver a sua — disse Jesus. — Está horrível.

— Isso não é coisa que João costuma ouvir — disse seu irmão, aproximando-se. — Sempre lhe disseram que é muito bonito, durante toda sua vida. — E deu uma risada, divertido. — Mas, mestre, aquele homem realmente merecia ser detido. — Tiago, o Maior, concordou enfaticamente, com um aceno de cabeça.

— Vocês não compreendem — disse Jesus. — Quem não for contra nós, está conosco. Deveriam tê-lo deixado em paz.

— Mas... — Tiago parecia desafiador. — Mas isso... Nós só...

— Tiago, você não vai perguntar pelo marido de Maria? — E Jesus olhou para ele com tristeza.

— Sim, claro, eu ia... — Obviamente, tinha-se esquecido ou não tinha a menor dúvida de que Jesus o curara.

— Ele morreu — disse Jesus.

Um silêncio de espanto tomou conta de todos eles. Jesus fora a Magdala e, assim mesmo...

Judas foi o primeiro a falar. — Maria, sinto profundamente. Gostaria de lhe dar meus pêsames. — Deu um passo à frente para se aproximar dela. Os outros também se aproximaram e estenderam os braços, envolvendo-a no que parecia um manto de tristeza.

Maria enrolou-se em seu manto. Aquelas palavras de pêsames pareciam a espuma do mar — boiavam à superfície, mas não alcançavam a profundidade da dor interior.

Começou a soprar o vento, lembrando-os que já era noite e não tinham para onde ir.

— Onde iremos ficar? — A pergunta era de André, que era um homem prático.

— Não me atrevo a pedir a minha mulher para hospedar estes... rivais. Receio que seja assim que ela vê a todos vocês — disse Filipe.

— Vocês podem ficar na minha casa — disse Tadeu, que ainda não se fora embora.

— Quem é ele? — perguntou Simão, sempre desconfiado.

— Um amigo — respondeu Jesus. — Um amigo que conhecemos enquanto esperávamos vocês.

— Vai juntar-se a nós? — perguntou Simão.

— Não — disse Jesus. — Convidei-o, mas ele não quis. De qualquer maneira, é generoso de sua parte, Tadeu. E nós aceitaremos.

A casa dos pais de Tadeu era na cidade alta. Dali, via-se o palácio semiconstruído de Herodes Filipe. Tadeu disse que o soberano gostava tanto de Betsaida que decidira mandar construir aquele luxuoso palácio para seu próprio prazer.

— Dizem que ele pretende mudar o nome da cidade para Lívia Júlia, em homenagem à esposa do finado imperador — disse Simão, que gostava de fofocas.

— Ela ainda é viva? — perguntou João, espantado. — O velho imperador morreu há tanto tempo...

— Está vivíssima — disse Simão, quase exultando de alegria por poder falar novamente de política. — E ainda é a eminência parda de seu filho, Tibério. E gosta de ser, pelo que dizem. Afinal, depois de ter mandado matar tanta gente para fazê-lo imperador, teria que usufruir das consequências. Seria lamentável que não o fizesse.

— Que idade tem ela? — perguntou Pedro. — Já deve ser uma múmia...

— Setenta — respondeu Simão, que sabia tudo na ponta da língua. — E há uma nova disputa política em Roma — continuou. — Sejano persuadiu Tibério...

— Basta, Simão — disse Jesus, interrompendo. — Há assuntos mais importantes aqui. Antipas mandou executar João Batista.

— O quê? — gritou Simão. — Quando?

— Durante a comemoração do aniversário de Antipas — disse Tadeu. — Houve um banquete e... — Tornou a contar a história toda aos discípulos, que a ouviram em silêncio.

Por fim, Natanael disse: — Oremos por ele. — Nada havia senão uma imensa tristeza em sua voz. Pôs de lado aquelas figuras criminosas — Antipas, Herodias e sua filha Salomé — e pensou apenas em João e seu martírio.

— Ouça-nos, Pai, em nome de João — disse Filipe. — Leve-o para si, para que fique a salvo.

— Senhor, que és Deus da justiça — disse Tiago, o Maior. — Não permitas que este crime fique impune! Vingue João, que a ti servia!

— Proteja sua alma e nos console — disse Judas, em voz baixa.

— Agora, estamos sós — disse Jesus. — Cabe-nos a tarefa de levar em frente o trabalho de João.

Olharam uns para os outros, apreensivos. Continuar o trabalho de João, num momento daqueles, significava tornar-se um alvo político.

— Será isso... prudente? — perguntou Mateus. Até sua confiança parecia ter sido abalada. — Será que não teríamos melhores resultados trabalhando em silêncio, ensinando, estudando e...

— Nos escondendo? É essa a palavra que você procura? — perguntou Judas, de repente. — Procurar um esconderijo é uma coisa recomendável. Algumas das pessoas mais famosas esconderam-se — Elias, Davi e Moisés. Não há nada de vergonhoso em fazê-lo.

Então, foi a vez de Tomé, especialista na Torá, falar. — Convenhamos, Judas! Por que disfarçar sua própria covardia usando as escrituras? Todos os três estavam dispostos a sacrificar-se quando Deus lhes pediu.

Judas empertigou-se. — Não sou covarde e mantenho o que disse. Todos os três se esconderam de tiranos que, como Antipas, os queriam destruir. O faraó queria matar Moisés, Saul queria matar Davi e Acabe Jezabel queriam matar Elias — todos por motivos injustos. Eles tinham a obrigação de se esconder e de se proteger.

— Mas agora Deus não quer que nos escondamos — disse Jesus secamente. — Quer que levemos o nosso ministério e que o façamos à vista de todos. O tempo é curto e as pessoas devem ouvir-nos. Portanto... — Fez uma pausa para ordenar seu raciocínio. — tudo aconteceu de maneira muito mais rápida do que eu esperava. Pensei que teríamos mais tempo... — Suspirou. — Mas não temos. Assim seja. Quero que vocês se dividam em missões, dois a dois, e que se dirijam ao campo, às cidades e às aldeias.

Pedro espantou-se. — E fazemos o quê?

— Anunciem a boa nova da chegada do reino de Deus, curem os doentes e expulsem os demônios.

— Como? — A voz de trovão de Pedro soou baixinho.

— Eu lhes darei o poder para fazê-lo.

— Assim, fácil?

— E com muita oração e fé — disse Jesus. — Essa é a parte mais importante.

— E como saberemos que o podemos fazer?

— Têm que ter fé — respondeu Jesus. — E têm que ter a coragem de fazer promessas em público, com todo mundo olhando.

— E se... se as promessas não se realizarem?

— Vocês têm que ter fé de que se realizarão.

— Mas... mas...

— Não quero que os irmãos fiquem juntos — disse Jesus, pensando rapidamente. — Quero que os pares sejam bem diferentes. Simão, quero você e o Menor, Tiago, juntos.

O fanático e o coletor de impostos!, pensou Maria, espantada.

— Você, Pedro, irá com Natanael.

O impulsivo com o contemplativo. Como poderão trabalhar juntos?

— Judas, você irá com Tiago, o Maior.

O refinado e o prosaico — seria irritante para ambos.

— Mateus, você e Tomé trabalharão juntos.

Esse é o primeiro par que faz sentido, pensou Maria. Ambos são pessoas práticas. Depois pensou: Não! Tomé, um fariseu ortodoxo, se sentirá ofendido pela impureza de um coletor de impostos.

— Joana, você irá com Filipe.

Maria e Joana olharam uma para a outra. Ele também as chamava, como chamava os homens. Não ficariam apenas para trás, cuidando do acampamento.

— E Maria, você e João trabalharão juntos.

João. O belo e imprevisível João. Seria eu seu oposto — feia e vagarosa? Nunca vemos nossas próprias características. Mas, sejam elas quais forem, Jesus acha que as minhas contrastam com as de João.

— Não haverá líderes — disse Jesus. — Eu lhes darei a todos a mesma autoridade.

Maria achou que ia desmaiar. Quase não tinha forças para caminhar e falar, com a dor que sentia no coração. Mas mesmo que se sentisse livre e forte, não o conseguiria fazer. Como poderia participar de uma missão tão exigente, falar às pessoas?

— Não, mestre — disse, por fim. — Não posso... Não sei o suficiente... Sou uma mulher... Não tenho o que dar a ninguém... Não tenho sabedoria...

— Você tem razão — disse Jesus. — Não sabe o suficiente e não tem sabedoria.

Graças a Deus! Ele compreendeu seu erro, pensou Maria. Sentia-se tonta de alívio.

— E é por isso que você deve ter fé em Deus — continuou Jesus. — E lembre-se. Deus concedeu-lhe o dom de ter visões espirituais. Você é uma profetisa. Talvez seja a única de todo o grupo.

— Mas ela é uma mulher — atalhou Pedro.

Jesus olhou para ele com severidade. — E por acaso não eram também mulheres as profetisas Hulda e Noadia, como nos contam as antigas escrituras?

Pedro abriu a boca para dizer alguma coisa, mas achou melhor não o fazer.

— Agora — continuou Jesus, falando pausadamente —, as instruções são muito simples. Vocês nada irão levar — nem dinheiro, nem roupas, nem pão. Ao chegarem a uma aldeia, ficarão na casa de quem lhes der acolhida. Ao entrarem numa casa, dirão: “Que a paz esteja nesta casa”. Se um homem de paz ali estiver, sua paz ficará com ele. Caso contrário, ficará com você.

Jesus olhou em volta, aguardando perguntas. Mas não houve perguntas, apenas olhares assustados. — Curem os doentes nas cidades e digam-lhes: “O reino de Deus está próximo”. Mas quando não forem bem-vindos, vão para as ruas dessa cidade e digam: “Até a poeira que gruda em nossos pés limpamos em testemunho contra esta cidade. Mas podem ter certeza: o reino de Deus está próximo”. Garanto-lhes que haverá menor rigor para Sodoma e Gomorra, no Dia do Juízo, do que para aquela cidade.

— Mas... Mestre... como deveremos proceder quando chegarmos a uma aldeia? Como nos devemos apresentar e iniciar o nosso trabalho? — perguntou Filipe.

— Irão curar os doentes impondo as mãos sobre eles e orando. Expulsarão os demônios, ordenando-lhes que deixem aquele corpo. Anunciarão o reino de Deus revelando o que dele já experimentaram. — Balançou a cabeça, achando-os muito lentos. — Aquele que os escuta, também me escuta; aquele que os rejeita, também me rejeita; mas quem me rejeitar estará rejeitando aquele que me enviou. — Fez uma pausa. — Estou enviando vocês como ovelhas para o meio dos lobos. Sejam, portanto, prudentes como as serpentes e símplices como as pombas. O tempo está curto, muito mais curto do que eu imaginara. Devemos, portanto, falar e trabalhar imediatamente. Os campos já estão prontos para a colheita. E a noite está chegando, quando não podemos trabalhar. Devemos trabalhar enquanto perdurar a luz do dia.

Seguiu-se um silêncio longo e profundo. Então, Natanael disse: — Mestre... Quando começaremos?

— Amanhã — respondeu Jesus.

39

As velhas portas de madeira das casas da aldeia de Corazim estavam todas cerradas quando Maria e João chegaram, por volta de meio-dia. Com suas túnicas empoeiradas e as cabeças cobertas, para se protegerem do sol, ambos pareciam mercadores nômades. Ou melhor, mercadores assaltados e a quem tinham roubado suas mercadorias, pois nada tinham exceto um odre que enchiam, nos poços pelo caminho, para beber água. Andavam devagar e com o cansaço dos viajantes que caminhavam há muito tempo.

Antes do início da viagem, quando os discípulos saíam da casa em Betsaida, Tadeu segurara subitamente Jesus pelo braço e dissera: — Mudei de ideia! Posso ir com vocês?

Jesus olhara em torno da sala, para a estante com uma fileira de jarras e estatuetas pintadas. — Você tem certeza de que está preparado para deixar tudo isto? — perguntara.

— Sim, estou! — Tadeu atravessara a sala e pegara uma estatueta de cabelos longos e lisos, que parecia Afrodite. Levantara-a como se a fosse rebentar, mas Jesus o detivera. — Se isso pertence a seus pais, então seriam eles que a deveriam destruir. Não podemos retribuir a hospitalidade deles quebrando as coisas de sua casa. Venha. Separei André para ser seu companheiro na missão.

Só então Maria reparara que André não tinha parceiro; antes, fora encarregado de acompanhar Mateus e Tomé. Certamente Jesus sabia que Tadeu se juntaria a eles.

Quando os discípulos se separaram na estrada, à saída de Betsaida, Maria e João haviam escolhido ir a Corazim.

Pedro anunciou que iria para o norte, para Dã. — Sempre quis ver essa cidade e Jesus se dirigia para lá, antes de voltarmos para trás — disse.

— Não seja muito ambicioso, Pedro — disse Jesus. –Dã fica bem longe daqui.

— Melhor que seja! — disse Pedro.

Os restantes foram em direções distintas — para Genesaré, no Oeste, para Gergesa, do outro lado do lago, e para algumas aldeias do Norte, do outro lado do rio Jordão.

Já fora da cidade, Jesus os havia reunido todos à sombra de um grande carvalho. Ao lado uns dos outros, perfaziam um grande círculo e, como grupo, pareciam fortes. No meio de todos eles, Jesus fechou os olhos e orou.

— Pai, sei que me ouves. Sei que escolheu estas pessoas e as enviou a mim. Conceda-lhes, agora, o seu poder, para que outros o vejam nelas e possam também ser atraídos. Abra os olhos de quem as veja e ao trabalho delas — o trabalho que lhes seja destinado fazer.

Tocou em seus ombros, um por um. — Receba este poder. Saiba que o tem.

Quando tocou seus ombros, apoiando as mãos em cada um deles, Maria fechou os olhos e tentou sentir uma nova força entrando em si. Mas nada sentiu de diferente.

— Iremos encontrar-nos às margens do Jordão daqui a quarenta dias — disse Jesus. — No lugar em que o rio passa perto de Betsaida. Vão, agora.

Maria escolhera Corazim porque era um nome que conhecia desde criança, mas nunca visitara a aldeia; e também porque, embora uma aldeia movimentada da Galileia, não era um lugar de pesca. De momento, à luz do que ocorrera em Magdala, tudo o que fosse relacionado com pesca era muito doloroso para ela. Prefiro encontrar lavradores, tecelões, comerciantes e pedreiros, pensara ela. Tudo menos pescadores.

Quando ela e João tomaram a direção oeste, para Corazim, na estrada poeirenta que ficava acima do lago, ela se sentiu como se estivesse enterrada com Joel, no túmulo, e iniciasse agora uma nova vida. Jesus deveria ter-me dado outro nome, como fez com os outros, pensou.

Agora, quando ela e João iam chegando a Corazim, na montanha sobre o lago, Maria perguntou-se se sua escolha teria sido boa. A cidade parecia deserta e hostil. O basalto preto, vulcânico, de que fora construída toda a cidade, dava-lhe um aspecto ameaçador. Todas as casas, alinhadas nas ruas, tinham a mesma cor escura, embora muitas delas fossem decoradas com gravuras geométricas nas esquadrias das janelas, para lhes dar um aspecto mais aprazível. Dentro das residências deveria ser terrivelmente quente, pois o basalto absorvia o calor, em vez de refleti-lo. As janelas eram pequenas e não permitiam que circulasse a brisa que, felizmente, soprava na montanha.

Dirigiram-se diretamente ao centro da cidade, onde esperavam encontrar um poço. E não se decepcionaram. Um poço enorme os aguardava e puderam tirar dele uma água deliciosamente fresca, que quase os revigorou por mágica. Principalmente para Maria. Ainda se sentia muito deprimida pela tristeza e pelo ar quente sufocante do meio-dia que a envolvia.

— E agora, Maria? — disse João, enquanto descansavam, encostados ao muro, ao lado do poço. — Por onde começamos? — Parecia perdido.

— O que faria Jesus agora? — perguntou Maria. Enxugou o suor da testa. — É o que devemos fazer.

— Bom, ele esperou pelo Sabá, foi à sinagoga, pregou e de lá foi expulso — disse João com um sorriso malicioso. — Depois, outras pessoas o procuraram, pessoas desesperadas que não se preocupavam com o que as autoridades pensavam dele.

— Imagino que podíamos tentar fazê-lo — disse Maria. — Você acha que eu deveria ler e fazer um sermão? — A ideia de que uma mulher tentasse fazê-lo era divertida.

— A congregação inteira iria desmaiar — disse João. — Venha, vamos procurar a sinagoga. Podemos começar por lá.

Cansados, puseram-se a andar pelas ruas da cidade. Maria reconheceu que era um lugar atraente. Como era tudo construído do mesmo material, os prédios combinavam e a cidade parecia mais planejada do que talvez realmente fosse.

— Olhe — disse João, quando se aproximaram de um belo prédio, com uma varanda imponente, gravuras da Arca nas esquadrias das janelas e vinhas entrelaçadas por cima da entrada. — Que maravilha! — E ambos pararam para admirar o prédio.

— Deve ser a sinagoga — disse Maria.

João admirava a casa, fascinado. — Que beleza! — disse.

Maria olhou para ele atentamente. Sempre pensara nele como uma pessoa superficial, rica e de boa aparência, que fora mimada a vida toda. Agora conhecia-lhe outra feição, contemplativa, que talvez fosse ofuscada pelas exigências de sua vida de pescador e pela posição social de sua família. — É mesmo — respondeu, suavemente. — Talvez devêssemos começar por aqui. Mas que dia é hoje? Quanto falta para o Sabá? — Tinham perdido a noção dos dias.

— Não sei — confessou João. — Mas não devem faltar mais que dois ou três dias. O último Sabá foi antes de nos encontrarmos em Betsaida.

Era estranho como os dias passavam. Fazia quanto tempo que Joel morrera? Esse seria, certamente, o segundo Sabá. Ou seria o terceiro? Ela nem conseguira pensar em cultos religiosos, muito menos participar deles. Segurou o amuleto de Eliseba, que agora levava ao pescoço. Sentir aquela pedra consolava-a.

— Então, temos dois ou três dias para conversar com as pessoas e conhecer algo sobre Corazim — disse Maria.

Corazim não parecia muito ansiosa para conhecê-los. Suas portas continuavam firmemente fechadas e, enquanto vagavam pelas ruas, para baixo e para cima, passaram a observar os vários tipos de portas que ali existiam. Algumas eram pintadas num azul brilhante, outras em vermelho-escuro, algumas tinham gravuras e outras eram da cor natural da madeira. Com o fundo escuro do basalto, constituíam um mosaico agradável.

Estavam com fome. Tinham seguido as instruções de Jesus de não levarem nada consigo e agora sofriam com isso. Maria deixara sua caixa com dinheiro e papéis no cofre da família de Tadeu e nada haviam comprado pelo caminho. Até então, nenhuma boa alma se dignara a ajudá-los e estavam esfomeados. Tinham comido apenas alguma coisa que haviam trazido da casa de Tadeu.

— Como irá alguém nos convidar a entrar ou oferecer-nos de comer se as portas estão todas fechadas? — perguntou João. — Não imagino como iremos sobreviver.

Mas foi isso que Jesus mandou fazer, pensou Maria. E ele deve ter pensado nessa possibilidade.

— Não podemos simplesmente bater à porta de alguém e pedir comida — disse João.

— Não — concordou Maria. — Não podemos. Jesus não nos mandou pedir esmola.

O calor do meio-dia já passara e as pessoas começavam a abrir as portas de suas casas e sair à rua. Maria e João iam caminhando, quase se arrastando, quando uma figurinha saiu de sua casa e os viu.

— Vocês estão visitando a cidade? — perguntou. Sua voz era tão fraca que quase não a ouviam.

— Estamos — disse Maria. — Somos da região do lago e nunca tínhamos vindo aqui.

— Ah! — Aproximou-se deles. — E por que vieram aqui?

— Viemos porque nos disseram... — começou João.

— Viemos porque queríamos conhecer e encontrar o povo de Corazim — interrompeu Maria, rapidamente.

— Por quê? — A velhinha estava desconfiada.

— Temos algumas notícias importantes para as pessoas que vivem aqui — disse Maria.

— Que espécie de notícias? — perguntou. — Só temos recebido más notícias. João Batista foi executado, o que nos deixa sem esperanças. Pensávamos que ele era o Messias e iria nos conduzir... — Sua voz foi diminuindo. — Mas tudo não passou de um sonho. Ele não conseguiu.

— É verdade, João morreu — disse Maria. — Mas o reino de Deus não morreu. — A força de sua voz e sua convicção a surpreenderam.

A velhinha curiosa convidou-os a entrarem em sua casa, que estava muito escura por dentro, e, como Maria imaginara, muito quente. Mas ela queria ouvir mais. Na realidade, descobriram que ela já ouvira falar de Jesus — "aquele camarada que provocou todo aquele tumulto em Cafarnaum" —, mas pouco sabia sobre a pessoa dele. Maria e João tentaram explicar-lhe a relação que tinham com ele, mandando o tempo todo suas barrigas pararem de roncar e suas cabeças de rodopiar. Depois de muito tempo, a viúva trouxe-lhes algo para comer — figos secos, pão seco e um vinho bastante desagradável. Tentaram não engolir a comida. Maria queria ter algumas moedas para retribuir à mulher. Por que Jesus o proibira?

— Agradecemos muito — disseram antes de começar a refeição. E nunca o haviam dito com tanta sinceridade.

A viúva explicou que ficara sozinha desde a morte do marido, dez anos antes, e que não tinha filhos. Portanto, dependia da ajuda de seus primos.

— E posso acrescentar que é pouco o que me dão e é dado de má vontade — disse. — Quisera Deus que tivesse tido filhos. — Fez uma pausa. — Mas Deus sabe o que faz. E eu *como* todos os dias.

Sua fé inabalável, assim como a gratidão, comoveram Maria. — Também sou viúva — disse. — Meu marido morreu em consequência de feridas que sofreu quando os peregrinos galileus foram atacados no Templo. — Não acrescentou que tinha uma filha, ou que estava afastada do resto da família. — Este é meu irmão — disse, apontando para João.

Menti, pensou. Esta velhinha não iria compreender o que diz Jesus sobre homens e mulheres serem todos irmãos e irmãs.

No final, a viúva acabou oferecendo-lhes lugar para descansar e dormir. Também os esclareceu sobre a confusão dos dias da semana. — O Sabá é depois de amanhã — disse-lhes.

A bela sinagoga tinha bastante gente. Era óbvio que todos se orgulhavam dela e não perdiam uma única cerimônia. O interior da sinagoga era tão bonito quanto o exterior: a Torá ficava guardada num vão que tinha um belo arco esculpido por cima e as cadeiras e os bancos eram de figueira, uma madeira cara, que resistia ao cupim, e muito decorativa.

Durante o culto, a leitura da Torá obedecia ao calendário litúrgico, mas qualquer pessoa podia ler um trecho escolhido das escrituras dos profetas na segunda parte da cerimônia.

— Usamos o mesmo trecho que Jesus leu? — perguntou Maria, inclinando-se para João. — Não me ocorre nada melhor.

Quando chegou sua vez, João levantou-se do banco e leu o mesmo trecho de Isaías que Jesus tinha lido. Em seguida, disse: — Foi esta a escritura que nosso mestre, Jesus, leu e disse: "Hoje se cumpriu a escritura que acabais de ouvir." E nós, seus discípulos, viemos anunciar-lhes esta boa nova.

Seguiu-se o mesmo silêncio de perplexidade, os mesmos murmúrios. A mesma inquietação e as mesmas acusações de "Blasfêmia!". Mas o rabino tratou João com muita delicadeza.

— Meu filho — disse. — Creio que você foi enganado e está equivocado. Seu mestre não pode ser aquele que nos libertará. Os sinais que devemos procurar não correspondem à pessoa dele. Não vem de onde foi anunciado nas escrituras. Mas se você quiser prosseguir com sua exposição — e, gentilmente, apontou o púlpito da sinagoga —, tenho certeza de que há pessoas que gostariam de lhe fazer perguntas.

Maria e João foram autorizados a continuarem sua pregação do lado de fora da sinagoga. Como não haviam afirmado que eles próprios atendiam à profecia, não foram atacados por hordas raivosas e barulhentas de fiéis indignados. Já do lado de fora, fizeram-lhes algumas perguntas, de maneira educada.

Esse seu mestre... Quem é mesmo que ele diz ser?... Já ouvimos falar dele... Não foi ele que jogou aqueles porcos no precipício, em Gergesa?... Como é mesmo que ele diz que o trecho da escritura de Isaías já foi atendido?... Onde está ele agora?... O que pensava ele de João Batista?...

Mas Jesus não lhes dissera para ficarem respondendo perguntas. Tinha-lhes dito para agirem como ele, não para dar explicações sobre sua pessoa.

De repente, Maria sentiu-se forçada a gritar, de forma irresistível: — Tragam-me uma pessoa que esteja aprisionada e que sofra devido ao pecado! Deus as curará desses sofrimentos. Através de Jesus, a pessoa que está aprisionada é libertada, como dizem as escrituras. E a nós, seus discípulos, ele deu esse poder.

Como era possível que ela dissesse aquilo? Será que ela própria o acreditava? Na verdade, não sabia o que podia, de fato, fazer, mas se curasse alguém, isso impressionaria as pessoas, enquanto falar sobre Jesus e sua missão não iria mudar o que pensavam.

Após um longo momento em que a multidão ficou imóvel, aproximou-se uma mulher aleijada que se movimentava de lado, como um caranguejo. Sua corcunda era tão acentuada que só conseguia mover-se balançando os braços e projetando-se em diagonal à direção em que queria ir.

Ajoelhou-se em frente de Maria e João. — Completei noventa anos na última Páscoa — disse. — E fiquei aleijada desta forma desde que Tibério se tornou imperador. — Para poupá-los de fazer contas, acrescentou: — Isso foi há quase quinze anos, quando eu tinha setenta e cinco.

— Por que veio a nós? — perguntou João. Parecia assustado, como se quisesse que a mulher se desmascarasse.

— Não tenho aonde ir. — Ergueu seu rosto enrugado e olhou, desafiadora, para Maria e João. — Se vocês realmente receberam esse poder de Deus, então mostrem-no!

Maria olhou para João, que parecia angustiado. — Muito bem — disse ele. E começou a orar, baixinho. Em seguida, estendeu as mãos, colocando-as sobre a cabeça da mulher. Envolveu seu crânio com as mãos e orou com fervor. Então, de repente, soltou-a.

— Em nome de Jesus de Nazaré, levante-se e fique reta!

A mulher caiu ao chão e esforçou-se para se pôr de pé. Com grande dificuldade, espalhou as mãos à sua frente e conseguiu levantar-se de novo. Mas suas costas continuavam curvas.

Impaciente, a multidão começou a murmurar. Uma ou duas pessoas xingavam.

Isto não vai dar certo, pensou Maria. Na realidade, desacredita Jesus. Fechando os olhos, chamou-o, desesperada, para si mesma: "Diga-nos o que fazer! Em vez de ajudá-lo, estamos prejudicando-o".

Sem esperar, conscientemente, por uma resposta, Maria adiantou-se e tomou a mão da mulher. Devagar, com cuidado, esta levantou-se e ficou em posição ereta.

— Jesus de Nazaré curou-a — disse Maria. Não tinha a menor noção do que acontecera. Mas acontecera.

A mulher tocou seu corpo com as mãos, passando-as pelos lados e pelas costas, em pé e ereta. Estava maravilhada, sem conseguir falar.

— Louvado seja Deus e Jesus, seu profeta! — disse Maria em voz alta. Aproximou-se da mulher novamente. — Seus pecados foram perdoados!

Agora, ouvia-se uma balbúrdia. Maria olhou para a pequena multidão que agora aumentava, com as pessoas que saíam da sinagoga e se juntavam às que ali estavam.

— Não sou eu que perdoo os pecados — disse Maria. — Nem tenho o poder para fazê-lo. Mas, ao libertar esta sua filha da escravidão, Deus anunciou claramente que seus pecados foram perdoados.

Então, como já ocorrera com Jesus, as pessoas foram se aproximando de João e, em especial, de Maria. Queriam ser curadas. Não lhes interessava a mensagem, as profecias das escrituras. Mostravam uma vaga curiosidade sobre Jesus, mas o que realmente queriam eram curas físicas, milagres físicos.

— Ajudem-me! Ajudem-me! — Os gritos iam se tornando uma cacofonia estridente e horrível. Um jovem, pálido, agarrou-se à túnica de João, puxando-o.

Alguém, por trás de Maria, puxou seu manto e quando este caiu revelou sua cabeça raspada.

— Cabelo de prostituta! — berrou uma voz. Raspar o cabelo significava desgraça pública e era muitas vezes determinado que prostitutas o fizessem. — Vejam!

— Aah! — disseram as pessoas, em coro. — Talvez seja uma bruxa e curou a aleijada com um feitiço!

— Moisés disse que bruxas não devem viver! — O clamor das vozes crescia. Agora, a multidão já cercava Maria e João perigosamente. Não tinham como se defender de seus agressores. Jesus nem lhes permitira carregar um cajado — ainda que isso pouco adiantasse contra tanta gente.

Maria estava espantada com a rápida sucessão dos acontecimentos: primeiro, a multidão, ameaçadora, depois a coragem que tivera para seguir as instruções de Jesus, a rápida resposta que tivera a seu chamado por ajuda e, finalmente, à súbita revelação de seu passado. Tudo acontecera muito rapidamente.

— Meu Deus! Ajude-me! — rogou, quase sem palavras. — Não sei o que fazer agora.

A algazarra da multidão enraivecida os ia envolvendo, cercando-os. Sentia a pressão, como se uma enorme serpente envolvesse ela e João num abraço, esmagando-os.

— Não sou uma prostituta! — gritou bem alto, para que todos a ouvissem. — Meu cabelo foi cortado devido a um ritual religioso, quando fiz um voto. Deixem que lhes conte tudo!

O atrevimento daquela mulher que pregava era quase tão surpreendente quanto a cura da mulher aleijada. As pessoas afastaram-se um pouco e Maria sentiu que a pressão diminuía. Tomou fôlego antes de falar.

— Fui possuída por demônios! — anunciou, sem se envergonhar. — Fui atormentada e todos na minha família foram atormentados pela minha doença. Tentei todo o tipo de curas, inclusive o ritual religioso e o voto. Mas uma única coisa foi mais forte que os demônios: Jesus de Nazaré, um poderoso profeta que segue o caminho de João Batista, ordenou-lhes que deixassem o meu corpo e eles obedeceram. Desde então, eu sigo Jesus e vi coisas muito mais assombrosas do que essa. Meu cabelo vem crescendo, mas enquanto ficar curto lembrará as tentativas mal-sucedidas de minha antiga vida e das curas que fracassaram. Mas prestem atenção! Não percam tempo com os antigos modos de vida, com as antigas curas! O profeta Isaías dizia: "Esqueçam as coisas do passado, não pensem nas coisas de antigamente. Vejam o que eu trago de novo!" Aceitem, pois, o que é novo, aceitem os sinais do reino de Deus que se anuncia! — Sua voz fora aumentando enquanto falava, até que ressoava sem que ela própria soubesse que estranho poder lhe concedera aquelas palavras.

— Onde está Jesus? — perguntou alguém, por fim.

— Ele agora está pregando e curando pessoas perto de Betsaida. E nos enviou para que divulguemos a sua obra.

Parou, para tomar fôlego. Fizera um sermão em público, testemunhara a palavra de Deus, coisa que nunca pensara ser capaz de fazer. Fez um gesto para que João falasse. Ele precisava fazê-lo.

— Deixem que lhes falemos mais sobre a nossa mensagem — começou João.

— Prove que você não é uma bruxa! — gritou uma voz. Maria viu que era a voz de um homem baixinho, moreno, que vestia uma túnica escura.

— Como posso fazê-lo? — respondeu Maria. Estava aborrecida por não terem deixado João falar.

— Expulse os demônios de alguém que esteja possuído! — disse ele, desafiador. — Mostre que você está realmente curada e não tem mais demônios em você!

— Muito bem — disse Maria, em voz calma, mas sentindo-se prostrada. Era pedir demais dela. Tinha medo de enfrentar os demônios. E se eles se virassem contra ela e se apossassem de seu corpo de novo? E se ela tentasse, na frente de toda aquela gente, e fracassasse?

Alguém empurrou uma mulher jovem para a frente de Maria. Um corpo amorfo, aos pés de Maria, enrolado numa manta, que nem parecia humano. Só o ligeiro tremular do tecido indicava haver vida naquele corpo.

Maria abaixou-se e tentou ver seu rosto. Só enxergava a forma arredondada de sua cabeça, coberta por um véu áspero e rústico. Devagar, Maria puxou, aos poucos, o tecido que a cobria.

Não consigo fazê-lo!, pensou. Irei desgraçar a mim mesma e a Jesus e ficarei exposta a outro ataque dos demônios.

Quando seus dedos puxaram o véu para trás, a mulher deu um pulo inesperado e ficou de pé, revelando seu rosto, distorcido pela dor e pela raiva. — Deixe-me! — ordenou. Movendo uma de suas mãos rapidamente, agarrou a mão de Maria, apertando-a com força. Maria sentiu dor ao longo do pulso e do braço.

— Não! — disse. — Não a deixarei! Não a deixarei enquanto você não se curar. Não importa o tempo que isso leve! — De onde lhe vinham aquelas palavras?, pensou Maria. Como as estarei conseguindo pronunciar? Com sua mão livre, tocou a cabeça da mulher. — Em nome de Jesus de Nazaré, a quem até os demônios obedecem, eu lhe ordeno que deixe o corpo desta mulher! — gritou, em voz estridente.

Como já ocorrera em outras ocasiões, o demônio jogou sua vítima ao chão. A mulher largou a mão de Maria e começou a se arranhar e a rasgar suas roupas. Numa voz diferente, sua boca pronunciava obscenidades enquanto a mulher parecia estrebuchar e ser rasgada por dentro.

Maria ajoelhou-se, pegou um de seus braços e fez um gesto a João para que pegasse o outro. — Levante-se! Agora! — disse, enquanto ambos a levantavam, forçando-a a ficar de pé. A mulher retorcia-se de dor. — Deixem esta mulher! — ordenou aos demônios.

A mulher se contorcia e lutava para livrar seus pulsos, que eles seguravam.

— Deixem-na! Deixem esta mulher! — ordenava Maria aos demônios. Sentia a presença deles, fortes e insistentes, prontos para voltar a atacá-la. Preparou-se.

Foi então que um dos demônios falou numa voz nítida e fria. — Sei quem é Jesus, e o respeito, mas por que deveria obedecer a *você*?

— Sou discípula de Jesus e guiada por ele para vencer você!

— Sim, nós a reconhecemos. Conhecemos você muito bem. Bem demais! — E o demônio deu uma gargalhada.

Apesar do medo que sentia e das terríveis lembranças que lhe traziam aquela voz, Maria repetiu a ordem para que os demônios abandonassem sua vítima. Forçando sua voz para não demonstrar o medo, gritou: — Deixem esta mulher! Jesus lhes ordena que a deixem imediatamente!

— E iremos para *você*? — Aquela voz maliciosa subia, rouca, pela garganta da mulher.

A voz sabia que estava com medo, pensou Maria. — Vocês irão para seu mestre por ordem do meu mestre!

O demônio no corpo da mulher resistia, debatendo-se com tamanha ferocidade que Maria e João sentiam como se seus braços fossem ser arrancados. Crescia à multidão a volta deles. A voz do demônio era provocativa e estridente e Maria respondia àquela voz.

— Saiam para sempre! — gritou. — Saiam para sempre e voltem para as profundezas do inferno!

Então, a luta foi diminuindo até a mulher desabar no chão. Em meio a várias convulsões, pareceu encolher-se para si mesma. Maria pensou ter visto as sombras de algumas formas saindo do corpo, mas não tinha certeza. E, subitamente, estavam só ela, João e a mulher juntos.

Maria começou a chorar, enquanto a pobre mulher, exausta, não o conseguia fazer. De dentro de Maria, as lágrimas rolavam sem parar.

— Então, você não está possuída — disse, finalmente, o homem que a desafiara. Falava num sussurro. — Nunca havia visto uma tal demonstração do poder de Deus.

Maria voltou-se para ele, com os olhos ainda cheios de lágrimas. — Você não devia zombar de Deus, mas em sua misericórdia ele o transformou num bem. Pôs o braço em torno dos ombros da mulher. — Qual é seu nome? — perguntou.

— Susana — respondeu a mulher, numa voz tão fraca que quase não se ouvia.

— Um lírio — disse Maria. — Susana significa lírio do campo. Agora, suas cores não mais serão apagadas por Satanás. — Fez uma pausa. — Você deve ter família aqui.

— Ela é minha mulher! — disse o homem que a desafiara.

— Você permitirá que ela fique conosco esta noite? — perguntou Maria. — Como eu mesma passei por essa experiência, sei como ajudá-la.

O homem pareceu ficar aliviado e decepcionado. — Muito bem — disse, por fim.

Maria e João ajudaram Susana a descer os degraus da sinagoga e a foram conduzindo para a casa da viúva, que agora podiam considerar a sua. Susana estava tão fraca que se sentia como uma cabaça oca. Apoiada por seus salvadores, foi caminhando, num silêncio absoluto.

Quando chegaram, a viúva não estava em casa. Talvez estivesse, inclusive, na sinagoga e tivesse visto tudo. Maria esperava que ela compreendesse e não fosse como alguns dos céticos que estavam naquela multidão. Sentia-se um pouco culpada por usar sua casa e suas coisas por causa de Jesus... Mas não fora ele próprio que dissera que o podiam fazer?

Susana deitou-se numa esteira, num quarto escuro e fresco da casa. As janelas estavam fechadas, para se proteger do calor do início da tarde, e as portas também, tal como Maria e João as haviam encontrado da primeira vez. Limitaram-se a passar um pano úmido no rosto dela, evitando excitá-la. Maria sabia como deveria estar se sentindo fraca.

Observando-a, Maria e João ficaram ambos pensando. Estavam sentados no chão e o frio do assoalho aliviava-lhes as pernas e os pés.

— Tive medo — confessou João. — Sinceramente, cheguei a pensar que seria melhor que não tivéssemos que falar.

— Eu também tive medo — disse Maria. — E, além disso, não fui testada uma vez apenas, mas duas. Se o tivesse sabido, será que me teria arriscado?

— Não sei onde você encontrou a coragem para falar de nossa missão como o fez.

— Nem eu — disse Maria. — Parecia que as palavras vinham à minha boca. Senti como se Jesus soubesse o que fazíamos e nos estivesse ajudando. Mas mesmo assim... — Balançou a cabeça. — Dizer o que eu disse na frente de toda aquela gente...

— Quantas pessoas o terão ouvido? — disse João. — Parecia que só lhes interessava saber o que iria acontecer quando tocávamos as pessoas.

— Mas ouviram a mensagem — disse Maria.

— Não estou tão certo disso.

Susana gritou e mexeu-se e ambos correram para seu lado.

— Ajude-me — murmurava. — Ajude-me, eles voltaram... — E voltou-se para o outro lado.

— Vai ficar assim durante algum tempo — disse Maria. — Quando Jesus me tocou, senti-me livre deles de imediato, mas eu não sou Jesus.

— Mas você teve o poder — disse João, com uma voz de admiração.

— Foi Jesus quem o quis — disse ela, finalmente. Na realidade, ela mesma estava perplexa. Só sabia que Jesus lhe dissera para agir dessa maneira. Ela o fizera e aqueles milagres e curas tinham ocorrido. Não o sabia explicar.

Nesse instante a viúva entrou, devagar, pela porta da frente. Cada movimento seu parecia levar anos. Entrou no quarto e olhou para seus três hóspedes.

— Então, foi por isso que vocês vieram — disse, por fim. — Para preocupar as pessoas e causar confusão. Terei que lhes pedir que saiam de minha casa. — Vendo o estado em que se encontrava Susana, acrescentou: — Pode ser amanhã. Mas terão que sair daqui de manhã bem cedo.

— Mas por quê? — perguntou João. Maria olhou para ele. Não havia como reclamar. A viúva não era obrigada a aceitá-los em sua casa e, afinal, fora a única pessoa da cidade a demonstrar hospitalidade. Se agora voltava atrás, era um direito seu.

— O Sabá — disse ela. — Vocês fizeram esta cura durante o Sabá!

Então, ela optara por julgar o dia em que ocorrera o fato, pensou Maria, e não o que realmente ocorrera. Uma pessoa aleijada pudera andar direito, os demônios que possuíam uma outra haviam sido expulsos, mas isso fora feito no dia errado. Maria ficou furiosa, mas tentou não demonstrá-lo.

Mas João revidou e respondeu à velhinha: — Isso é uma besteira! É uma bobagem tão grande dizer uma coisa dessas!

A viúva, com sua carinha espremida e olhos pretos, recuou, como se tivesse sido esbofeteada. — Como se atreve a falar assim comigo? Saia daqui agora mesmo! Já!

Maria levantou-se e aproximou-se dela. — Por favor — disse. — Deixe esta pobre mulher descansar, pelo menos esta noite. Pode punir-nos como quiser, mas poupe-a. — Vendo a expressão dura da mulher, acrescentou: — Pelo amor de Deus, tenha misericórdia!

A viúva resmungou e voltou atrás. — Tem um pouco de comida aí. Vocês podem comer, beber a água e descansar, mas de manhã cedo devem sair daqui. Virou as costas a eles, foi para outro quarto e fechou a porta.

— Ela tem medo por sua reputação. — Susana falou pela primeira vez, numa voz fraca. — Tem que ter cuidado com tudo o que diz e faz. Dar hospedagem a vocês dois, e a mim, é generoso da parte dela. — Maria e João haviam se abaixado para ouvir suas palavras. — Não sei quem vocês são, mas estou muito agradecida.

Enquanto passavam as horas, cuidaram de Susana e contaram-lhe sobre suas vidas e sobre o mestre que seguiam. — Não sei se tenho o direito de convidar alguém para se juntar a nós. Só Jesus o faz. Mas, se você puder, acompanhe-nos para conhecê-lo. É a ele que você deve agradecer por estar curada — disse Maria.

— Se meu marido deixar, irei — disse Susana.

Maria percebera que ele era muito mais velho que ela — e também autoritário e exigente. Susana devia ter-se casado com ele quando era bastante jovem.

— Você quer comer alguma coisa? — perguntou Maria. Teria sido ótimo se houvesse uvas suculentas e doces, mas a viúva não tinha uvas, e Maria e João não tinham dinheiro para comprá-las. Além disso, era dia do Sabá, e nada podia ser comprado ou vendido. Maria foi ver o que havia na bandeja. — Quer um bolo de figo seco?

Susana disse que não.

— Pão?

Embora estivesse tão seco e duro de mastigar quanto o bolo de figo, tinha que comer alguma coisa. Partiram o pão em pedaços e o deram a Susana. Deram-lhe também uma taça com um vinho aguado, que, na realidade, era uma água rosada.

Susana deixou-se cair de volta na esteira. — Sinto-me tão leve sem eles. Parece que estou voando. — E adormeceu.

Durante a noite, quando estavam deitados, descansando, ouviram vozes do lado de fora. Eram pessoas que queriam falar com eles. Mas a viúva ficou em seu quarto, com a porta fechada, e não respondeu às pessoas que chamavam. Susana teve um sono tranquilo, João mexeu-se muito na esteira e Maria também se sentia muito leve. Livrara-se daquela sensação de opressão que a acompanhava e perseguia desde a morte de Joel. Ao expulsar os demônios e curar a mulher aleijada, libertara-se de seus próprios tormentos. Em seus sonhos, sentia, exaltada, que Deus a içara e a colocara na palma de sua mão. E ouvira quando sussurrara seu nome. "Maria", disse. "Maria."

Bem antes de o sol nascer, Maria já estava acordada — se é que chegara a dormir. Lembrava-se, quando estava deitada, de ter sido carregada para os céus e de ter se encontrado com Deus. Não era um sonho.

Durante a noite, vira as nuvens de cima, do céu, como as veem os seres celestiais e vira os rostos de outras... pessoas? Anjos? Alguns desses seres ela quase reconheceu, mas suas feições se haviam transformado e resplandeciam com um brilho radiante que as mudava. Jesus estava lá, naturalmente, mas também outros rostos que pareciam os de Pedro e de Tiago, o Maior, assim como um homem que vestia um uniforme romano. Estava também Maria, a mãe de Jesus, e seu irmão Tiago, que curiosamente parecia não ter envelhecido. Estava João, seu companheiro-discípulo, mas este já bem velho. Depois havia umas pessoas com roupas esquisitas — um homem com uma barba bem comprida, que lembrava uma cachoeira, com olhos pequenos e escuros, e que vestia uma roupa preta com um colarinho branco que terminava em forquilha; e uma mulher vestida com uma roupa de metal. Por toda parte brilhava uma luz etérea, mais dourada do que ouro, e embaixo havia um mar de safiras brilhantes.

Não se sentia acordada e lembrava, maravilhada, tudo o que vira. Relembrava a sensação do calor das asas de Deus sobre ela: asas que cobriam suas fraquezas e erros, que a protegiam e lhe transmitiam amor.

Quando se levantaram e se preparavam para partir, tudo aquilo lhe pareceu um sonho. A verdadeira realidade fora o que vira quando ela própria, aparentemente, estava dormindo. Mas a aparição rápida da glória de Deus obscurecera tudo naquele quarto.

A porta do quarto da viúva continuava firmemente fechada, mas Maria e João escreveram um bilhete de agradecimento. De repente, Susana virou-se para eles e disse: — Também vou com vocês! Tenho que encontrar Jesus!

— Mas seu marido... — balbuciou João.

— Deixem um bilhete para ele também! — disse ela. — Vocês têm com que escrever. Deixem o bilhete aqui e a viúva o entregará.

— Você se sente com forças para viajar? — perguntou Maria, delicadamente. — É uma caminhada longa. E são vários dias até encontrarmos Jesus.

— Sinto-me suficientemente forte para procurar Jesus. Mas não suficientemente forte para enfrentar meu marido e o povo da cidade.

Sente exatamente o que eu senti, pensou Maria.

— Nós a ajudaremos — disse Maria.

Partiram de Corazim quando a cidade começava a se movimentar, ao amanhecer. Uma brisa fresca soprava nas ruas vazias, dirigindo-se para a montanha e, depois, mergulhando no lago.

Quando deixavam a cidade, João começou a sacudir suas sandálias, como num ritual. — Limpamos até a poeira que gruda em nossos pés...

— João! — gritou Maria.

— Eles nos rejeitaram! Rejeitaram a mensagem! — E, levantando seu pé direito, sacudiu-o enquanto esvoaçavam partículas de pó.

Maria o segurou pelo braço. — Não nos rejeitaram. Muitos deles nos ouviram. Susana foi curada. E se não nos ouviram mais, foi porque não soubemos divulgar a mensagem com clareza. Não soubemos explicar.

— Eles não nos deram a oportunidade de fazê-lo. — O rosto bonito de João estava obscurecido pela raiva.

— Talvez não tenhamos tentado o suficiente — disse Maria. — Não acho que Jesus quisesse que fossem condenados os que não ouvem.

— Não concordo. — João continuava sacudindo o pé, mas com menos disposição.

Susana, que ficara calada até então, disse: — Por que vocês não chegam a um acordo sobre o que Jesus disse, ou quis dizer?

João pôs o pé no chão. Parecia confuso, derrotado. — Uma excelente pergunta — disse, por fim. — E não sei respondê-la. Imagino que o escutamos de forma diferente.

— Ele não fala de uma maneira clara? — perguntou Susana.

— Fala de maneira clara para cada um de nós — disse Maria. — Mas parece que o compreendemos de maneiras diferentes.

— Então, deve ficar difícil seguir suas orientações, será que não? — perguntou Susana, também confusa.

20

Meu querido irmão, meu querido Silvanus

Como tenho querido conversar mais com você! Aqueles minutos que estivemos juntos em Cafarnaum, por mais preciosos que fossem, deveriam ter sido apenas um começo, e não uma despedida. Fiquei muito grata por suas palavras e por sua visita. Agradeço-lhe de coração.

Escrevo-lhe estas linhas da entrada de uma caverna. Isso mesmo, uma caverna, nas montanhas. Quando descermos, procurarei alguém que leve este bilhete para você.

Depois que deixamos Cafarnaum, recebemos a terrível notícia sobre o assassinato de João Batista. Agora, Jesus acha que deve levar em frente aquela missão e enviar-nos em treinamento para ajudar as pessoas doentes. Separou-nos em grupos de dois e meu companheiro é João, filho de Zebedeu. Jesus disse: "Estou enviando vocês como ovelhas para o meio dos lobos. Sejam, portanto, prudentes como as serpentes e símplices como as pombas." Além disso, não devemos levar nada conosco. É difícil ser uma espécie de mendigo e aceitar a caridade. (Não se preocupe porque não joguei fora o dinheiro que me deu. Está guardado até que seja usado de uma forma apropriada.)

Agora estamos em três, pois juntou-se a nós uma mulher, em Corazim. Assim como eu, também estava possuída e também era casada. E, como eu, também deixou tudo para trás para se encontrar com Jesus. Desconhecemos o que fará seu marido, mas provavelmente irá agir como Joel. Ela está sentindo dificuldade para acreditar que ficou boa — e, por isso, precisa de um tempo sozinha. Pode ser que aconteça um milagre e seu marido o compreenda.

O eremita que mora nesta caverna deu a João material para escrever e ele também está escrevendo. Ele é bastante diferente do que eu o imaginava. É bastante intempestivo, como você bem sabe, mas também tem um lado sonhador. Contou-nos que gostava quando fazia mau tempo e não podiam ir pescar, pois assim podia ficar em casa com seus devaneios. Inventava histórias que contava a si próprio. E escrevi-as, para não se esquecer. Eu disse-lhe que ele deveria ir escrevendo tudo o que aconteceu desde que conhecemos Jesus. Ele respondeu que talvez algum dia o faça, mas por enquanto Jesus não nos deu tempo para fazê-lo. Receio que quando tivermos tempo, não nos lembremos mais.

Mas estou me desviando do assunto. Você vê, Silvanus, é o que acontece quando estamos conversando!

Corazim foi o primeiro lugar que visitamos. Mas, de lá para cá, atravessamos toda a Galileia — nas montanhas mais altas, onde o ar é puro e rarefeito, e nas planícies, por onde passam as estradas principais. Falamos com as pessoas que vamos encontrando sobre nossa missão. Para ser honesta, meu querido Silvanus, a maioria dessas pessoas tem uma atitude igual à sua: escutam, mas não mudam de seu caminho.

Quanto à caverna... Não, não nos tornamos rebeldes. Quando subíamos por um caminho estreito, deparamos com um desses eremitas bem ferozes, um desses ascetas religiosos que se isolam do mundo. Ficou furioso como um urso que hiberna e vê sua toca invadida. Mas, entre todas as pessoas que encontramos, ele pareceu aquela que mais se interessou sobre Jesus, depois que lhe contamos quem éramos e por que invadíamos a sua montanha. Depois de minha experiência no deserto, pensei que jamais teria que entrar numa caverna em minha vida.

Ao contrário da minha caverna, a dele é muito úmida e cheira a bafio. Lá dentro, ele tem uma lamparina improvisada com cheiro de banha rançosa. Em cima de uma pedra, vi umas coisas de comer que parecem podres, o que explica por que o homem é esquelético. Mas também tem lá pilhas de pergaminhos e muito papel. É nesse papel, que ele generosamente me deu, que estou escrevendo.

Começou logo a nos fazer inúmeras perguntas sobre Jesus, tentando descobrir se ele se enquadrava nas profecias sobre o Messias. Talvez você se sinta aliviado em saber que não se enquadra. (Na verdade, talvez eu devesse dizer que Eli se sentiria aliviado, pois você, eu sei, está pouco ligando.)

Para começar, perguntou se Jesus se anunciava como o Messias. Quando lhe dissemos que nunca o havíamos ouvido dizer isso, acenou com a cabeça. Depois perguntou se Jesus era da linhagem de Davi. Dissemos que o ignorávamos. Então, ele disse que, se fosse, Jesus certamente nos teria dito. (Se um dia tornar a ver sua mãe, eu lhe perguntarei. Sei que se perguntasse a Jesus, ele apenas daria um sorriso e não responderia.)

"Foi consagrado com os óleos sagrados?", perguntou em seguida, com os olhos refletindo a chama flamejante de sua lamparina fraquinha.

"Não imagino como o possa ter sido" — disse João. "Que eu saiba, só o é o sumo sacerdote, em Jerusalém."

"Ele deveria... Deixe-me ver...". E empurrou rapidamente para o lado um pergaminho e desenrolou um outro. "Segundo o profeta Miqueias, ele deveria ter nascido em Belém. Nasceu lá?". Seus olhos escuros estavam fixos em nós, e eu não sabia se ele queria que déssemos a resposta certa ou a errada.

"Que eu saiba, não" — disse eu. "A família dele é de Nazaré."

"Ah..." Então, pareceu decepcionado. Apontou para outro pergaminho. "Aqui, em Zacarias, há alguma coisa sobre entrar em Jerusalém montado num jumentinho."

Fez uma pausa. "E diz que aconteceriam muitas coisas em Jerusalém: 'E sobre a casa de Davi e sobre os habitantes de Jerusalém derramarei o espírito de graça e de súplicas; olharão para aquele a quem transpassaram; pranteá-lo-ão como quem pranteia por um unigênito; e chorarão por ele como se chora amargamente pelo primogênito. Naquele dia, será grande o pranto em Jerusalém.' E aí, continua dizendo: 'Naquele dia, haverá uma fonte aberta para a Casa de Davi e para os habitantes de Jerusalém, para remover o pecado e a impureza.' Bom, não sei o que isto poderia ter a ver com Jesus, pois ele não está em Jerusalém." Então, enrolou o pergaminho fazendo bastante barulho.

"Mas também", disse, de repente, "o livro de Daniel nos conta algo sobre alguém que se chamava a si mesmo de Filho do Homem e que reinaria sobre nós e nos julgaria", disse. "... e eis que vinha com as nuvens do céu um como o Filho do Homem, e dirigiu-se ao Ancião de Dias, e o fizeram chegar até ele. Foi-lhe dado domínio, e glória, e o reino, para que os povos, nações e homens de todas as línguas o servissem; o seu domínio é domínio eterno, que não passará, e o seu reino jamais será destruído."

Quando balançamos as cabeças, ele procurou outra pista. "No livro de Isaías há uma referência a um servo doente que era espancado e maltratado para nosso bem", sugeriu.

"Jesus é sadio e forte", respondeu João.

"Bom, então..." O eremita deu de ombros. "Ele não parece se enquadrar em qualquer das referências das escrituras." Fez uma pausa. "Eu já ouvira falar de suas boas obras na Galileia, mas, naturalmente, não há profecias que se refiram à Galileia... a menos que... espere aí, é isso mesmo, no livro de Isaías...". Consultou rapidamente um pergaminho. "Diz o seguinte: 'mas, nos últimos (tempos), tornará glorioso o caminho do mar, além do Jordão, Galileia dos gentios. O povo que andava em trevas viu grande luz.' E isso é tudo o que diz." Deu um suspiro.

Na verdade, embora ele tenha se preocupado tanto em saber se Jesus era ou não o Messias, eu não me preocupo nem um pouco. Jesus é Jesus. E isso basta.

"É claro", disse ainda ele, "que talvez seja normal que esse homem não se diga o Messias, pois, como vocês sabem, a Lei de Moisés fala de um falso profeta que deverá ser morto."

Não, eu não sabia. É uma lei que raramente foi posta em prática, ao contrário da lei sobre bruxas e sortilégios.

Depois que o ajudamos a enrolar os pergaminhos — ele tinha feito uma bagunça daquilo tudo e a umidade da caverna certamente compromete os textos — ele deu-me um pedaço de papel e sugeriu que eu anotasse minhas ideias. Ele anotava as suas, disse. Mostrou uma pilha de pergaminhos do outro lado da caverna.

"Ali, está tudo sobre o que pensei desde que estou aqui", disse, orgulhosamente. Fiquei pensando sobre quem iria ler aquilo tudo. Mas, por outro lado, quem escreve não fica pensando nisso; escreve porque quer escrever. Depois, quem quiser que o leia — espera o escritor, e esperamos nós.

Meu querido irmão, envio-lhe todo o meu amor e peço-lhe, como você sabe que pediria, que leia esta cartinha que estou anexando para Eliseba e depois guarde-a para que ela a leia no futuro. Passe também pelo túmulo de Joel, numa destas manhãs, e diga-lhe que sempre o amei com meu corpo e com minhas palavras. Você as conhece.

Sua irmã, Maria

Minha querida filhinha

Penso em você todos os dias e todos os dias vejo alguma coisa sobre a qual lhe queria falar. Hoje, vi uma tartaruga bem grande, escondida atrás de um mato, na montanha. Quase não a via, pois ela ficou bem quieta e suas cores eram as do chão e das folhas à sua volta. Se pudesse, eu a teria levado para você, para que você a guardasse, de estimação. As tartarugas são simpáticas, apesar de sua pele, com escamas esquisitas, e de suas patas, grandonas. Se um dia você tiver uma, não pense que elas são vagarosas: se você der as costas para ela e olhar para outro lado por algum tempo, ela pode escapar e você nunca mais irá encontrá-la!

Minha doce Eliseba, amanhã encontrarei mais alguma coisa para você saber sobre este mundo maravilhoso em que você vive. E quando nos tornarmos a encontrar, iremos reler tudo o que escrevi sobre uma porção de coisas. Que o Deus de Abraão e Isaque, de Jacó e José, de Sara, Rebeca, Raquel e Lia a aperte em seus braços, até que eu o possa fazer.

Sua mãe adorada

41

Os quarenta dias passaram, arrebatando cada pôr do sol após um dia exaustivo e, em pouco tempo, Maria e seus companheiros já se voltavam na direção de

Betsaida — pouco tempo porque essa jornada juntos os mudara bastante e ainda não achavam que fosse a hora de pararem sua peregrinação.

Encontraram-se com Joana e Filipe num poço, nos arredores de Betsaida.

— Ainda não vimos ninguém, portanto devemos ser os primeiros — disse Filipe. — Podemos esperar por aqui mesmo. — Encostou-se ao muro de pedra do poço e, franzindo a testa, olhou para Susana.

— Trouxemos uma pessoa para conhecer Jesus — disse Maria. Estava contente de reencontrar Filipe e Joana. Agora, pareciam fazer todos parte da mesma família. — Eu a curei! — contou, excitada. — Estava possuída por demônios!

— Você quer dizer que Deus a curou — corrigiu João.

— Sim, sim, claro que foi Deus. Foi em Corazim. Pedi a ajuda de Deus e ele me respondeu.

— Você parece surpreendida — disse Filipe.

Maria acenou a cabeça. — Acho que fiquei. — Surpreendida por ele ter respondido ao pedido de uma pessoa comum, como ela. Talvez isso confirmasse, de certa forma, algo que ainda tinha grande dificuldade em acreditar: que estava realmente curada e os demônios haviam sido expulsos para sempre. Pensava que em algum lugar recôndito de seu próprio ser as pessoas poderiam ver o que já tinha sido. E agora isso terminara. E então, quem curara quem?

— Não se preocupe. Nós também ficamos surpreendidos — disse Joana. — Na primeira cidade que visitamos, Endor, estávamos tão nervosos que torcíamos para que ninguém nos procurasse. — Aproximou-se de Susana. — Seja bem-vinda. É uma alegria ter outra mulher conosco.

Susana ficou pouco à vontade e Maria explicou. — Não sei se poderá juntar-se a nós definitivamente. Seu marido espera sua volta.

— Mas quero encontrar-me com Jesus — disse Susana em voz baixa. — Ficarei pelo menos até o conhecer.

Enquanto esperavam, as pessoas vinham ao poço para pegar água, juntando-se em torno deles e amarrando seus jumentos às palmeiras em volta do poço. Pareciam bem dispostos, cumprimentando alegremente os discípulos e conversando sobre a colheita da uva, que já começara.

— As mulheres fazem danças nas vinhas — disse um homem forte, com um gesto de apreço. — Dançam à luz de tochas. Vocês deviam ir ver!

João sorriu. Nem era necessário explicar por que não podiam fazê-lo.

— Para onde foram vocês? — perguntou Filipe, depois que o povo se afastou.

— Para as montanhas do norte da Galileia — disse Maria. — Começamos por Corazim e depois fomos subindo até chegar a lugares onde havia muito pouca gente. Passamos por montanhas selvagens e escarpadas, vimos cedros enormes e florestas de ciprestes, mas não encontramos vilarejos. Depois descemos e fomos pela estrada que vai para Tiro e Damasco e visitamos alguns vilarejos perto do lago. Foi em Corazim, onde fomos primeiro, que tivemos mais sucesso. E vocês?

Filipe e Joana contaram sua experiência em Endor, onde acabaram sendo expulsos da sinagoga, e depois algumas experiências melhores, curando pessoas que sofriam de artrite e quase não podiam se mover.

— Não encontraram ninguém possuído por demônios? — perguntou Maria.

— Algumas pessoas pareciam perseguidas, mas não vimos autênticos casos de possessão — disse Joana. — E pode crer que eu o saberia! — acrescentou, com uma risada.

Todos estavam cansados; o esforço da missão fora exaustivo e agora conversavam, recuperando forças e descansando. À noite, compartilharam a comida que tinham e foram dormir cedo, no campo, onde terminara a colheita. Não participariam da festa da uva — nem o conseguiriam, pois não teriam ficado acordados.

Na manhã seguinte, Mateus e Tomé chegaram antes do amanhecer, seguidos por Judas e Tiago, o Maior. Mateus emagrecera bastante, como se a caminhada e a pobreza se fizessem notar em seu aspecto físico. Na realidade, estava quase esgotado e, assim que chegou ao poço, tomou várias canecas de água. Tomé não parecia mais magro, mas mais sério, como se tivesse visto coisas que o tivessem sensibilizado.

— Então, amigos, por onde andaram? — perguntou Judas. Até ele, em geral tão autossuficiente, parecia cansado.

— Voltamos a Gergesa — disse Mateus.

— Não! — Tiago parecia surpreso. Era o único que não parecia abatido pelo esforço da missão e sua voz de trovão continuava igual. — Foram sozinhos?

— Fomos — disse Mateus. Não era a voz calma, com que normalmente falava. Estava excitado.

— Mas por quê? — perguntou Judas.

— Porque parecia evidente que as pessoas dali precisavam muito de ajuda — disse Tomé.

— Mas poucos pareciam compreender a missão — disse Filipe. — Vocês curaram algumas pessoas?

— Uma ou duas — respondeu Mateus. — Mas não foi tão fácil quanto foi com Jesus. E dois deles nos agrediram. — Levantou o braço e mostrou uma ferida feia e uma porção de arranhões. — Pobre gente — disse.

— E algum de vocês teve que sacudir a poeira dos pés? — perguntou João.

— Não houve nenhum caso de rejeição absoluta — disse Tomé. Parecia decepcionado, como se realmente quisesse ter realizado a cerimônia da rejeição.

— João tentou fazê-lo — disse Maria. — Em Corazim. Mas acho que só queria ter o prazer de passar pela experiência.

— As pessoas da cidade eram quase hostis — disse ele.

— Nem todas — disse Maria. — Permitiram-nos que fizéssemos um sermão, que curássemos pessoas e, inclusive, conseguimos uma companheira. — Fez uma pausa. — Por isso disse a João que pusesse o pé no chão!

— Bem, nós estivemos em Jerusalém! — anunciou Judas. — Afinal, minha família mora lá e a família de Tiago, o Maior, tem vínculos com a casa do sumo sacerdote, por causa do abastecimento de peixe. Mas, enfim, conseguimos entrar na mansão do sumo sacerdote, lá perto do Templo, e espionamos um pouco.

— Tiago! — disse João. — Não acredito que você tenha feito isso! Nós deixamos todos esses vínculos para trás, quando nos afastamos de nosso pai.

— Só queria fazer uma visita de cortesia — disse Tiago, emburrado. — Não faz mal a ninguém ter pessoas influentes do seu lado. — Fez uma pausa e enrubesceu. — Mas eu não traí a nossa missão!

— Mas também garanto que não explicou coisa alguma — disse seu irmão.

À noite, dirigiram-se para as margens do Jordão, onde Jesus havia dito que os encontraria. O barulho da correnteza os relaxou e adormeceram com a canção das águas próxima ao lugar onde se haviam deitado. Na manhã do dia seguinte, Simão e Tiago, o Menor, os encontraram. Agitando os braços, Simão correu para eles, seguido de perto por Tiago.

Depois de se abraçarem, Simão contou que tinham ido na direção oeste, para as montanhas de Arbel, e depois descido para Magdala.

— Então, o leopardo não mudou suas pintas — disse Filipe, abanando a cabeça. — Você voltou para o lugar onde se escondem aqueles fanáticos.

— É verdade que eu queria ver alguns de meus velhos amigos — confessou Simão. Franzindo a testa, olhou em torno de si e defendeu-se. — E queria que eles me vissem também. Queria contar-lhes sobre o que aconteceu comigo.

— E então? — disse Mateus. — O que disseram eles? — Obviamente, não havia esquecido o episódio com aquele homem que puxara a faca e causara um pandemônio na festa em sua casa, assim como ainda associava Simão com o fato.

— Ficaram decepcionados comigo — reconheceu Simão. — Disseram que perdi a coragem e me tornei um covarde.

— E algum deles mostrou interesse em juntar-se a nós? Ou em ouvir Jesus? — perguntou Mateus.

— Só um — respondeu Simão. — É muito jovem. Os mais velhos se recusam, dizem que preferem morrer pela espada.

— Depois deixamos as montanhas e as cavernas e descemos para Magdala — disse Tiago, o Menor. Com o cabelo despenteado, parecia meio perdido.

— E aí? O que aconteceu lá? — perguntou Maria. Receava saber o que se passara.

— Convertemos algumas pessoas! — contou Tiago, exultante. — É verdade! Naquela cidade movimentada, com todos aqueles barcos, pescadores e mercadores, fomos para o caminho que beira o cais, bem no centro da cidade, e começamos nossa pregação. Falamos sobre Jesus e sua missão. — Fez uma pausa e afastou uma mecha de cabelo dos olhos. — É verdade que tinha muita gente zombando de nós, mas também havia pessoas interessadas. Dois homens aleijados se aproximaram de nós e eu, quero dizer, nós, pusemos as mãos sobre suas cabeças, oramos e eles foram embora. Andando retos, sem mancar. Em seguida, vieram mais pessoas. E conversamos, conversamos...

Quem seriam essas pessoas?, pensava Maria. Seriam amigos meus, vizinhos? Será que minha mãe e meu pai os tinham ouvido falar? Será que mudaram suas opiniões sobre Jesus?

— Alguns deles disseram que viriam até aqui para verem Jesus pessoalmente — concluiu Tiago, o Menor. Estava sem fôlego, de tanta excitação.

— Bom trabalho, Tiago.

A voz era inconfundível. Era Jesus.

Voltaram-se e o viram de pé, entre dois regos perto da margem do rio, com o sol por trás e segurando a túnica.

— Fizeram um bom trabalho — disse Jesus, aproximando-se deles. Cumprimentou-os a todos, chamando-os pelo nome. — Foi difícil?

Todos eles começaram a falar ao mesmo tempo, contando-lhe suas experiências no deserto, nas montanhas, nas cavernas. Maria e João contaram-lhe, particularmente entusiasmados, como haviam expulsado os demônios de Susana. E Mateus e Tomé contaram sobre seus encontros com demônios em Gergesa.

— Vimos Satanás descer como um raio das alturas! — disseram.

— É verdade! — disse Maria, relembrando aquele momento de exaltação em que ordenara ao demônio que deixasse o corpo de Susana. — Eles nos obedecem! E, novamente, sentia aquele orgulho especial: ela, que fora libertada de demônios, agora fazia os demônios obedecerem-lhe.

Jesus olhou para todos, um por um. — Vocês estão contentes porque os demônios lhes obedeceram? — perguntou, como se estivessem totalmente equivocados. — Seria melhor que estivessem contentes porque seus nomes estão escritos no livro da vida.

O que queria dizer com isso?, pensou Maria. Mas tinha que apresentar Susana, a quem agora levava pela mão. — Mestre, esta mulher estava possuída por demônios, como eu estava. E ela queria agradecer-lhe por tê-la libertado deles.

Susana ajoelhou-se diante de Jesus, baixando a cabeça. — Jamais poderei agradecer-lhe por ter-me devolvido à minha vida — murmurou.

Jesus pegou sua mão e a levantou. — Foi Deus que devolveu sua vida — disse. — E devemos agradecer-lhe por seu poder. — Olhou em volta de si para os discípulos reunidos, ainda empoeirados e refazendo-se de sua missão. — Nunca esqueçam que é Deus que lhes dá o poder para combater o mal em seu nome — disse. — Não são vocês.

Mas é Deus que escolhe seus agentes, pensou Maria.

— E a glória que vocês recebem se deve a Deus — disse Jesus. — E não a vocês.

Olhou para Susana, fixamente. — Você irá juntar-se a nós? — perguntou, com curiosidade.

— Só deixei... por algum tempo... meu marido... só por uns dias... — As palavras vinham desordenadas, com hesitações e aceitações, como água correndo sobre as pedras.

— Ótimo — disse Jesus. — Ficarei grato a você pelo tempo que nos puder dar.

Nunca disse isso para *mim*, pensou Maria. Será que prefere *ela*? Que coisa horrível, a concorrência, querer ser preferida! Ajudei-a e agora sinto inveja dela, repreendeu-se a si mesma. Como sou má! Mas conheci Jesus primeiro e há mais tempo...

— Maria, não se atormente com esses pensamentos — disse-lhe Jesus, tocando seu braço. Ela olhou em seus olhos e pensou acreditar que seria impossível alguém ser mais precioso para ele.

— Não compreendo o que quer dizer — disse secamente, puxando o braço.

— Não se atormente — repetiu Jesus.

Ainda naquele dia, Pedro e Natanael juntaram-se a eles, logo seguidos por Tadeu e André. Estavam entusiasmados.

— Fomos para Naim — contou Tadeu. — E as pessoas de lá não paravam de querer ouvir mais sobre o que falávamos!

Naim! Era onde morava a família de Joel, pensou Maria. Será que estavam lá? Será que os ouviram?

— Fizeram alguma coisa além da pregação? — perguntou Jesus gentilmente, não em tom de acusação.

— Colocamos as mãos sobre as cabeças de algumas pessoas e oramos — disse André. — Mas não sabemos ao certo se as curamos para sempre. Parecem ter ficado melhor, é o que sabemos.

Jesus fez um aceno de concordância. — E você, Pedro, foi a Dã? — perguntou.

— Quase cheguei lá — respondeu Pedro. — Cheguei a Tela, mas...

— Os pântanos de Hula nos impediram de passar — disse Natanael. — Mas destruímos alguns santuários pagãos que encontramos pelo caminho.

— E as pessoas? — perguntou Jesus. — Imagens e estátuas, afinal, nunca irão mudar.

— Conversamos com elas...

— E elas os escutaram? — perguntou Jesus.

— Bom... — Pedro olhou em volta, confuso. — Algumas escutaram, mas a maioria afastava-se de nós.

— E iam para onde? — perguntou Jesus.

— Não sei — respondeu Pedro. — Só sei que olhei em volta e o número de pessoas era menor.

— É difícil — disse Jesus. — Nunca podemos ter certeza sobre quem irá se lembrar e quem irá esquecer.

Enquanto conversavam, o sol ia desaparecendo atrás das montanhas da Galileia. Via-se o reflexo de seus últimos raios sobre a superfície do lago, como se este fosse tocado por uma presença sagrada.

— Também andei fazendo pregações e ensinando — disse Jesus. — E, como vocês, recebi muito. Algumas pessoas estão preparadas para ouvir a mensagem; outras, não. — Em torno deles, estendiam-se os campos vazios. Logo chegariam as chuvas de outono, revigorando a terra, acabando com a seca e permitindo que os lavradores começassem a semear. — Quando um lavrador joga seus grãos, não pode saber aonde cairão as sementes — continuou Jesus. — Tem que jogá-los longe, espalhando-os até onde o permita seu braço. Alguns desses grãos irão cair sobre pedras e nada irão produzir. Outros cairão sobre terra rasa. Poderão brotar durante algum tempo, mas depois ficam sem nutrientes e logo irão morrer. Outros ainda caem sobre uma terra tão fértil que logo estarão competindo com o mato e com outras plantas vorazes para conseguirem sobreviver. — Olhou em torno de si para eles. — Vocês compreendem o que isso significa?

Pedro começou a falar. — O lavrador tem que arar o solo! — disse, sem pensar.

Jesus riu. — Você é realmente um pescador. Nunca viu um lavrador trabalhando. Algum de vocês já foi lavrador?

Todos eles — o fanático, os irmãos coletores de impostos, os irmãos pescadores, o estudante de religião, o contador de Jerusalém, a mulher que vivera num palácio, o pintor de afrescos e Maria, a dona-de- casa — disseram que não.

— Como é possível que eu tenha começado na Galileia sem encontrar um único lavrador? — E Jesus deu uma risada. — O que quis dizer foi o seguinte: a semente é a palavra de Deus. Pode cair numa região de pedras — num solo que lhe seja hostil ou onde Satanás está atento e desvia a palavra de Deus, para que não seja ouvida. A terra rasa refere-se às pessoas que ficam excitadas pelo que escutam, mas seu entusiasmo dura pouco. O solo fértil é o mundo, um mundo que oferece tanta riqueza, tantas preocupações e tanta diversidade que a palavra de Deus é logo asfixiada.

Fez uma pausa. — Mas existe um quarto lugar em que pode cair a palavra de Deus. Pode cair em solo fértil. E ali poderá proporcionar uma colheita de abundância. Ao semearmos, só temos a responsabilidade de usar toda a nossa força para lançar a semente longe de nós. Não sabemos onde irá cair. Todos o fizeram e estou orgulhoso de vocês. Que Deus cuide da colheita. — Vocês veem aqueles campos de cevada? Hoje estão vazios, mas na época da colheita estarão brancos de grãos e irão produzir. Precisarei da ajuda de vocês durante a colheita, quando tudo estiver maduro.

— Quer que façamos a colheita dos grãos? — perguntou Pedro, decepcionado.

— Não dos grãos, mas das almas — respondeu Jesus. — Reparem, veem as pessoas lá ao longe no campo? Estão se preparando para a Festa dos Tabernáculos. Faremos nossa própria tenda e passaremos o feriado com eles. — Olhou para eles com satisfação. — Mas, antes disso, voltaremos ao rio Jordão, pois há uma coisa que deve ser feita.

Voltou-se e conduziu-os para as margens do rio, cheias de juncos. O rio estava baixo. Não recebia as chuvas de inverno nem a neve derretida da primavera, e borbotava em seu leito num fluxo plácido. — Venham — disse Jesus, fazendo um gesto para que descessem as margens escarpadas e se aproximassem do nível da água. Quando todos estavam ali, lado a lado, Jesus abaixou-se e, com as mãos em concha, trouxe um pouco de água. — Neste mesmo Jordão João batizava em nome do arrependimento. Não o faço, mas um tempo virá em que batizarei pelo fogo e vocês verão. Agora, vocês se batizarão uns aos outros, não em nome do arrependimento, mas para que sejam irmãos e irmãs — embora, para aqueles que me seguem, não existam homens nem mulheres, escravos ou homens livres, gregos ou judeus.

Olharam uns para os outros. Naquele seu grupo de companheiros não havia escravos nem gregos. Pelo menos, por enquanto...

— João, pegue um pouco de água e jogue-a sobre a cabeça de um de seus irmãos ou irmãs — disse Jesus.

João pegou a água e voltou-se, com a água escorrendo entre seus dedos enquanto escolhia uma pessoa. Ergueu suas mãos sobre a cabeça de Maria, que sentiu a água escorrendo pelo seu rosto e ouviu João dizer: — Assim nos vinculamos a Jesus e entre nós.

Com o rosto pingando, ela abaixou-se, pegou a água do Jordão e derramou-a sobre a cabeça de Joana dizendo: — Com esta água nos comprometemos com Jesus e entre nós.

Um por um, os discípulos todos repetiram o ritual. Suas palavras variavam, mas no final voltaram para Jesus seus rostos resplandecentes. Jesus sorria para eles.

— Quem são meus irmãos e minhas irmãs? — disse. — São todos vocês.

Em torno deles, à luz fraca do entardecer, o verde-escuro do rio Jordão ia transformando-se numa cor escura de terra que continuava a correr.

42

Durante a Festa dos Tabernáculos, todos os israelitas abandonavam seus lares durante sete dias e moravam ao ar livre, em "tendas" feitas de folhas de palmeira e galhos de salgueiros, relembrando os tempos em que seus ancestrais tinham vivido em tendas, no deserto, com Moisés. Era uma festa alegre que ocorria por ocasião do final da colheita da azeitona e da tâmara, um pouco antes do início das chuvas de inverno. A partir das instruções simples deixadas por Moisés, os estudiosos tinham definido com precisão como eram as estruturas das tendas. Tinham que ser desmontáveis e temporárias. Tinham que medir 13,20 m por 2 m de altura. Tinham que ter um mínimo de três lados e permitir ver a paisagem do céu e das estrelas. Os móveis dentro das tendas tinham que ser da maior simplicidade possível e os participantes tinham que viver naqueles abrigos durante todos os sete dias, a menos que ocorressem chuvas muito fortes. No interior das tendas, a decoração seria unicamente de folhas e frutas.

Fariseus e saduceus discordavam quanto à forma correta de interpretar o uso das plantas. Os saduceus, que só acreditavam na palavra escrita da Lei, entendiam que a cidra e a murta, assim como as folhas de palmeira e de salgueiro, constituíam a tenda propriamente dita. Os fariseus, que diziam existir uma tradição oral da Lei, além daquela escrita, sustentavam que as plantas deveriam ser usadas exclusivamente durante um ritual religioso. Os adeptos das diferentes crenças religiosas não montavam suas tendas na proximidade uns dos outros.

— E então, mestre, como iremos fazer? — perguntou Judas. — Paredes de folhas ou de varas?

Jesus pensou por um momento e respondeu: — Por que não de ambas as coisas? Se não as utilizarmos para fazer os lados da tenda, o que iremos usar? Folhas de cipreste não serviriam...

As colinas em volta de Betsaida tinham muita madeira e pomares, e os discípulos dispersaram-se para conseguir os galhos. Os bosques estavam cheios de gente que apanhava folhas de murta e de palmeira, com crianças rindo e correndo, umas atrás das outras, pela terra pantanosa. Embora o intenso e prolongado calor do sol de verão tivesse secado as flores silvestres, dentro dos bosques ainda era fresco e verdejante, e os carvalhos e os álamos faziam um sussurro agradável enquanto Maria e seus companheiros iam em busca dos galhos que queriam.

Enquanto ouvia a gritaria da criançada, algo doeu dentro de seu peito. Estava contente, mas sentia um vazio interior. Teriam se acabado seus dias de alegria? Ainda nem completara trinta anos. Como tudo acontecera rápido e se fora... Mas você não é tão nova assim, disse a si própria. Quase trinta... Não é tão jovem. Muitas viúvas têm a sua idade, e se contentam com a vida que já se foi, com suas lembranças. E Jesus... Olhou para seus companheiros enquanto quebrava uns galhos. Será que... será que olha para mim de modo diferente do que olha para os outros? E se o fizesse? Pessoalmente, olho para ele de modo diferente daquele que olho para qualquer pessoa que já conheci, mas ainda assim ele é um homem.

Um dia, se casará. Deveria fazê-lo. Precisa de uma companheira.

Suas mãos haviam parado de quebrar os galhos. O céu parecia girar à sua volta.

Por que fico pensando estas coisas?, perguntou a si mesma. Tenho que parar com isso. Está errado! Mas por que está errado? Perguntava uma vozinha insistente dentro dela. Por quê?

Seria aquela sua voz... ou de Satanás? Mas por que Satanás? Jesus era um homem. E os homens casavam-se. A verdade era essa.

Na beira do campo, Pedro empunhava uma pedra pesada para enterrar no chão os postes que iriam ser os quatro cantos da tenda. Eram de tronco de palmeira, conforme exigido, e eram suficientemente altos para que os três mais altos — o próprio Pedro, Natanael e Judas — pudessem movimentar-se livremente sob o teto. Fizeram o teto com mais galhos de palmeira, deixando uma parte entreaberta para se poder ver o céu, como assinalava a Lei. Trouxeram para dentro da tenda pedras que usariam como bancos, pois não iriam construir móveis somente para essa ocasião.

O barulho do entusiasmo de todas aquelas pessoas construindo suas tendas tornava o campo mais movimentado do que a hora da chegada do peixe no cais de Magdala. Surgiam abrigos de todos os tamanhos e formas, e as pessoas trabalhavam cantando. Algumas competiam com os vizinhos, para ver quem terminaria antes, comemorando com frutas e verduras.

O pequeno Tiago e Simão, os dois mais baixos, esforçavam-se por levar para dentro uma enorme pedra chata, que serviria como uma mesa perfeita. Pedro largou seu martelo e ajudou-os, empurrando a pedra enquanto eles a puxavam. Logo a pedra foi instalada dentro da tenda num lugar de honra. Joana e Maria lavaram-na e esfregaram e em seguida continuaram o trabalho de decorar a tenda com cabaças secas, romãs e maçãs nas paredes internas.

Convencida de que a família de Tadeu provavelmente já deixara a cidade a caminho da tenda, Maria pediu a Tadeu que voltasse à sua casa e lhe trouxesse a caixa em que tinha sua herança. Pediu-lhe que, no caminho, comprasse algumas lamparinas.

Um longo pôr do sol esquentou o campo, lançando uma agradável luz avermelhada sobre os sulcos vazios da terra. Lá no alto da montanha, mal se enxergavam as torres de vigia dos vinhedos, onde há pouco os donos haviam recolhido a colheita da uva. Talvez naquela noite fossem dormir entre as vinhas podadas, ainda dançando à luz de tochas entre as fileiras da plantação.

Foi escurecendo. A tenda estava terminada e Tadeu pendurou, orgulhosamente, as lamparinas nas paredes. O chão, que servia de assoalho, fora nivelado e varrido: estava limpo e juntaram-se todos em torno da mesa. Em Jerusalém, é claro, haveria cerimônias sofisticadas, no Templo, mas aqui poderiam fazer tudo de um modo simples. Com a mesma simplicidade, sem dúvida, que Moisés o teria feito. A refeição que haviam preparado consistia de lentilhas, cozidas numa das panelas pequenas que tinham, pão, que fora assado em pequenos fornos que haviam improvisado no chão, maçã cortada e um pouco de uvas e azeitonas que haviam coletado nas redondezas. O dinheiro de Maria — que Tadeu trouxera — servira para pagar por tudo isso, além de um bom vinho para todos eles.

Era agradável poder pagar, pensou Maria, pois além de contribuir, não se tinha que ser eternamente um convidado ou um pedinte.

Jesus colocou vinho nas taças para todos e, depois, para si mesmo. O vinho, à luz da lamparina, ganhava uma tonalidade vermelho-escura. Ele o abençoou, agradeceu a Deus e depois partiu o pão em pedaços, passando-os em volta. Com as lentilhas em suas tigelinhas de terracota, todos aguardavam, com ansiedade.

— Poderia um de vocês fazer a oração de graças e recitar um texto apropriado? — perguntou Jesus.

Tomé aceitou de imediato. — No Livro de Levítico, Moisés dá as seguintes instruções: "No primeiro dia, tomareis para vós outros frutos de árvores formosas, ramos de palmeiras, ramos de árvores frondosas e salgueiros de ribeiras; e, por sete dias, vos alegrareis perante o Senhor vosso Deus. Todos os naturais de Israel habitarão em tendas, para que saibam as vossas gerações que eu fiz habitar os filhos de Israel em tendas, quando os tirei da terra do Egito".

Jesus acenou com a cabeça, agradecendo. — Obrigado, Tomé. Um bom estudante da Torá como você teria que saber disto. E os outros?

— Há também uma passagem no Deuteronômio — disse Natanael, o outro estudante. — Acrescenta algo sobre a celebração. Diz: "A Festa dos Tabernáculos, celebrá-la-á por sete dias, quando houveres recolhido da tua eira e do teu lagar. Alegrar-te-ás, na tua festa, tu, e o teu filho, e a tua filha, e o teu servo, e a tua serva, e o levita, e o estrangeiro, e o órfão, e a viúva que estão dentro das tuas cidades".

"Órfãos", pobre Eliseba, agora órfã, e "viúvas", como eu, pensou Maria. Deus pensara em nós e nos incluíra na festa.

— Somos levitas — disse Mateus, olhando para seu irmão.

— Para completar a ordem que recebemos, falta-nos apenas encontrar um estrangeiro — disse Judas. — Talvez seja eu, pois sou o único que não sou da Galileia.

— Mas não temos empregadas e empregados — corrigiu André.

— Temos, sim — respondeu Jesus. — É o que todos somos agora. Servas e servos do povo de Deus.

Pedro se confundiu. — Desculpe-me, mas não compreendo — gaguejou, por fim.

Jesus sorriu para ele. — Você irá compreender. Todos vocês irão compreender, Pedro, e já fizeram grandes progressos. — Estendeu sua taça e pediu a Pedro que a completasse de vinho.

Por que achava Jesus que Pedro fizera progressos? Com seu rosto plácido, Pedro parecia tão contente e tão banal, mastigando seu pão, que Maria não conseguia perceber nele qualquer profundidade. Tentou não pensar nisso e refletir apenas sobre aquele momento em que estavam juntos. O calor humano e o sentido de proximidade com todos eles eram reconfortantes, principalmente em meio às sensações que experimentava de solidão e de confusão em relação a Jesus. Sentiu-se invadida por uma onda de amor enquanto olhava os rostos de cada um.

Depois da ceia, foram passear pelos campos. O céu estava agora com uma cor lilás, e as crianças haviam saído de todas as tendas para brincar de pique para além dos abrigos e dos sulcos com restolho da colheita. Meninos e meninas mais velhos aproveitavam-se da escuridão e do ambiente festivo para saírem juntos, com suas e seus namorados. Era uma noite de alegria e celebração.

É essa a grande diferença entre os mais novos e eu, pensou Maria. Eles não sentem o peso de uma perda, nem, na verdade, sabem o que isso é. Para nós, que o sabemos, há sempre um pouco de tristeza em nossa alegria.

À sua direita, uma garota dançava e a fita que tinha atada ao tornozelo, assim como seus cabelos, esvoaçavam. Atrás dela vinha um rapaz rindo e tentando segurá-la pelas dobras do vestido. Sumiram por trás de uma das tendas e Maria não ouviu mais suas vozes.

Pensava em Joel e sua sepultura. As risadas e as brincadeiras passavam tão rápido e a sepultura e sua lápide de pedra eram tão eternas...

— Deveríamos chamar-nos as Filhas Libertadas dos Demônios — disse Joana, rindo e pegando pelo braço Maria e Susana.

— Certa vez, um homem que também estava possuído por demônios, e Jesus libertou, queria juntar-se a nós — disse Maria a Susana. — Mas Jesus não o permitiu. Portanto, nossa sorte é dupla: além de termos sido libertadas, pudemos começar uma vida nova em conjunto.

Susana parou de caminhar e, de repente, olhou para Maria e para Joana.

— Será que devo ficar? — perguntou. — Não sei o que fazer.

Maria compreendia perfeitamente o que ela sentia.

— Em primeiro lugar — disse Joana — você deve decidir se quer ficar ou se sente um chamado para fazê-lo, o que não é, necessariamente, a mesma coisa. Em seguida, deve perguntar a Jesus.

— Haveria alguma maneira de conversar ou explicar isto a meu marido? — disse Susana.

— Você pode escrever-lhe e abrir seu coração — disse Maria.

— Não sei escrever — respondeu Susana.

— Posso ajudá-la — disse Maria. — Escreverei as palavras que você me ditar e procuraremos um mensageiro para levar a carta para ele.

Cartas, cartas... Como podem nos levar em espírito, pensou Maria. Será que Silvanus está guardando minhas cartas para Eliseba?

Pouco a pouco, o barulho da festa foi diminuindo. Os pais chamavam seus filhos para dormir e fechavam as portas rudimentares de suas tendas. Dormir naquelas tendas também era uma diversão. Na tenda que tinham construído, havia espaço para todos se deitarem e ainda podiam ver o céu, de suas esteiras.

— Pensem em nossos antepassados, no deserto — disse Jesus, quando todos se haviam acomodado. Sua voz era suave, parecia que estava com sono. — No Egito, tinham sido escravos e estavam habituados a morar em casas de adobe, com os tetos baixos, onde caíam de cansaço, exaustos após um dia de trabalho. Então, de repente, foram para o deserto, onde não havia casas. É verdade que também não havia escravos. Mas era tudo vazio, exceto pela presença de Deus.

Exceto por Deus... Exceto por Deus... Deitada de costas, Maria olhava as estrelas no céu. No deserto, também era frio, embora aqui não fosse. Deus sabia que, no futuro, as pessoas iriam esquecer sua jornada no deserto com Moisés. Deus partilhara seu tempo conosco, permitindo que lhe pertencêssemos. Mas sabia que logo iríamos esquecer. Por isso criou esta festa. E por isso voltamos a lembrar, ano após ano. Devemos voltar de novo para o deserto, onde ficaremos sozinhos com Deus.

Sob o céu de estrelas, com seu brilho branco ainda vivo em sua mente, Maria voltou a sonhar. Dessa vez, era uma sequência de quadros silenciosos e ela não conseguia distinguir o que diziam as pessoas. Viu Magdala e viu soldados lutando, barcos cheios de homens armados que lutavam no lago. Depois, viu a água do lago se tornar vermelha de sangue e, na orla do lago, próxima à sua casa, pilhas de corpos ensanguentados. Logo após esse quadro horrível, viu Jerusalém envolvida por uma batalha e depois — não era possível!... Não, não era possível...

Sentou-se com um susto, o coração batendo disparado, banhada em suor, embora não fizesse calor na tenda.

O Templo estava em chamas. Estava ruindo, suas paredes cediam, pedras voavam para todo lado, rios de sangue escorriam pelos degraus, bem longe do altar em que se sacrificavam animais e onde existiam canaletas para drenar o sangue. Não, aquilo era — tinha que ser! — sangue humano. Em sua visão, não se ouvia coisa alguma, nem gritos de desespero nem gritos de ordens. Não havia como identificar a linguagem. Quem lutava contra quem? Quem estava morrendo? Naquela confusão, nem conseguia separar os soldados romanos das outras pessoas.

Como se tivesse recebido um soco, caiu de novo sobre a esteira e foi obrigada a assistir a mais visões. Jerusalém estava em chamas. Nas casas que ficavam na colina perto do Templo — onde viviam a sumo sacerdote e a classe rica — travava-se uma batalha. As pessoas corriam, apavoradas. As muralhas de Jerusalém tinham caído.

Sentiu-se asfixiada. Sentia o cheiro espesso da fumaça preta e mal conseguia respirar. Nuvens de fumaça subiam aos céus. A cidade inteira fora tomada pelo fogo.

Felizmente, acordou. Suava e respirava com dificuldade. Arrastou-se até a porta, em busca do ar fresco da noite.

Já do lado de fora, apoiada nas mãos e nos joelhos, tentou respirar fundo. À sua frente, as tendas de folha de palmeira dos participantes da festa espalhavam-se por todos os lados. Era um quadro de paz.

— Leve essas visões para longe de mim!, gritou para Deus. — Não aguento, não aguento mais. — Lágrimas escorriam por seu rosto.

Ainda sentia o cheiro de madeira e de carne queimada. E aquele vermelho horrível das chamas, espalhando-se como animais enlouquecidos... Sentiu que ia vomitar. Esforçou-se para manter o controle.

— Mande-me outra visão!, — pediu. — Alguma coisa de bom, de abençoado. Não me atormente com essas visões cruéis!

Finalmente, sua respiração voltou ao normal. Vendo que os campos à sua volta estavam calmos e seguros, arrastou-se de volta à tenda e procurou sua esteira. Todos pareciam dormir profundamente.

Achou a esteira e deitou-se, de costas. Acima dela, o céu parecia benigno de novo.

Fechou os olhos, com medo do que iria ver.

Vou ficar acordada!, prometeu a si mesma. Sim, ficarei acordada.

Mas tornou a adormecer e dessa vez viu outras coisas. Um grupo de pessoas tranquilamente reunidas, num evidente ambiente de paz. Não podia ver seus rostos, apenas as sentia. E então — que coisa estranha — viu Jesus, com suas roupas resplandecendo e o rosto radiante. Nessa hora, sentiu aquela mesma luz radiante em suas pálpebras e acordou: era o sol.

Durante o dia, Jesus passeou entre as tendas, conversando com as famílias, em especial os mais idosos e as crianças, que não sentiam timidez em falar com ele. Parecia gostar de sua candura. Os mais velhos reclamavam e xingavam os romanos, enquanto as crianças lhe perguntavam se tinha filhos e, caso não os tivesse, por quê.

Atrás dele, os discípulos observavam seu comportamento.

— Talvez devêssemos ter falado com mais pessoas em nossa missão — disse João a Maria, em tom preocupado. — E talvez devêssemos ter ouvido mais.

Pedro tomara a dianteira do grupo e tentava chamar a atenção de Jesus. Ele é sempre tão enxerido, pensou Maria. Ouviu-o dizendo algo sobre mandar as crianças embora, pois certamente estavam aborrecendo Jesus. Chegou a tentar empurrar uma delas. Então ela ouviu Jesus repreendê-lo e dizer-lhe: — O reino de Deus é como estas crianças. Deixe que venham a mim! — E, aproximando-se de um menino, balançou-o, e ele dava gritos de satisfação.

Por volta do meio-dia, quando o calor forte e sonolento baixou sobre os campos da recém-terminada colheita — fazendo com que até as borboletas parassem de esvoaçar —, um maior número de pessoas se dirigiu para onde estava Jesus. Por suas roupas, Maria os identificou como um grupo de fariseus — acadêmicos religiosos e autoridades que vinham da cidade para o campo com o objetivo de provocá-lo.

— Mestre — disse um magistrado imponente que encabeçava o grupo que se dirigia para Jesus através dos sulcos da terra lavrada. — Precisamos de sua ajuda para interpretar um aspecto difícil da Lei.

Jesus olhou para os campos à sua volta. — E então vieram até aqui só para ouvir uma opinião minha?

— Exatamente — respondeu o mesmo homem. — Embora sejamos de Jerusalém, temos nossas famílias aqui...

— Sim, claro — disse Jesus. — É claro que foi por isso que vieram. — Fez uma pausa. — E então, meu amigo, sobre o que quer ouvir minha opinião?

— Mestre — disse ele. — É legal um homem se divorciar de sua mulher?

— Bom — disse Jesus. — O que diz Moisés a respeito disso?

— O senhor sabe que Moisés permitiu a um homem que escrevesse um documento separando-se de sua mulher. O que disse foi...

— "Se um homem tomar uma mulher e se casar com ela, e se ela não for agradável aos seus olhos, por ter ele achado coisa indecente nela, ele lhe lavra um termo de divórcio, e lhe dá na mão, e a despede de casa." — concluiu Jesus por ele. — E, mais adiante, Moisés especifica sobre a possibilidade desse homem voltar a se casar com essa mulher, caso mude de ideia. Porém, Moisés só concedeu essa permissão por causa da dureza dos seus corações. Deus não permite o divórcio. Em Gênesis, diz que "Por esta razão deixará o homem pai e mãe e se unirá a sua mulher, tornando-se os dois uma só carne".

Em vez de se aborrecerem, os fariseus pareciam contentes por justificar uma dúvida. — Então o senhor diz que Moisés errou.

— Até nosso último profeta, Malaquias, diz: "O Senhor, Deus de Israel, diz que odeia o divórcio" — disse Jesus. — É essa a opinião de Deus sobre a questão. Não é de Moisés que estamos tratando, mas de Deus.

O fariseu fez um aceno com a cabeça e começou a afastar-se, mas depois voltou a aproximar-se de Jesus. — Herodes Antipas está à sua procura — sussurrou, tão baixinho que só o ouviram os que estavam juntos a Jesus. — Vim avisá-lo. — O tom de sua voz mudara de desafio para preocupação. Talvez fosse por essa razão que viera, pensou Maria, e a dúvida sobre o divórcio tivesse sido apenas um pretexto.

— Antipas? — perguntou Jesus em voz alta. — Pois diga então àquela raposa hoje e amanhã expulso demônios e curo enfermos e, no terceiro dia, terminarei.

Espantado, o fariseu olhou para ele fixamente. — Fiz o que devia. Eu o avisei. — E, virando as costas, foi-se embora.

A resposta de Jesus também não fizera sentido para Maria. Terceiro dia? Ainda estariam aqui no terceiro dia. Quando Jesus e seus seguidores se afastavam, apareceu outro grupo, liderado por um homem de meia-idade, bem vestido. Aproximaram-se de Jesus de forma autoritária.

— Mestre — disse o homem. — Ouvi falar de sua grande sabedoria e conhecimentos. Por isso, eu e meus alunos, que aqui estão, gostaríamos de lhe colocar uma questão controvertida. — Com uma mesura debochada, mostrou os homens que o acompanhavam. — O senhor sabe que a Lei determina que se um homem morre sem deixar um herdeiro, seu irmão deverá casar com sua viúva e com ela ter um filho, para que não se extinga a linhagem da família. Nossa pergunta, portanto — perdoe-nos por fazê-la, mas temos que saber —, é a seguinte: e se um homem morrer e seus seis irmãos, sucessivamente, casam, um por um, com aquela mulher, sem conseguir ter filhos? No total, ela teria tido sete maridos.

Jesus deu uma risada. — E creio que teria tido uma vida bastante movimentada...

O homem franziu a testa. — Não é essa a questão. A questão é outra: no final dos dias, quando os mortos ressuscitarem, de quem será ela a esposa?

Jesus olhou atentamente para a roupa do homem — um belo manto de lã, bege, bordados de ouro nas mangas da túnica, sandálias com pinos de prata...

— Vocês também são de Jerusalém? — perguntou.

— Somos, sim — respondeu o homem.

Então, tinham que ser saduceus: os religiosos vinculados ao Templo não acreditavam na ressurreição e debochavam da ideia de seres celestiais, como os anjos. A pergunta que lhe faziam era um deboche sofisticado.

— Tenho certeza de que a pergunta que me fazem os preocupa profundamente — disse Jesus. Seu sorriso desaparecera e olhava o homem fixamente. — E, no entanto, a resposta é simples. Vocês erram porque não conhecem as escrituras nem o poder de Deus.

Acusar uma autoridade do Templo de desconhecer as escrituras e o poder de Deus era o equivalente a esbofeteá-lo publicamente. O homem recuou, emitindo um rosnado.

— Quando os mortos ressuscitarem — disse Jesus — não se casarão e ninguém se casará com eles, pois eles serão como os anjos do céu.

— Anjos! — bufou o homem. — Anjos? — Balançou a cabeça e, resmungando, foi-se embora.

Jesus não tomou conhecimento e, voltando-se para os discípulos e as outras pessoas presentes, continuou. — Deus disse a Moisés: "Sou o Deus de Abraão, o Deus de Isaque e o Deus de Jacó." Não é o Deus dos mortos — o que seria impossível —, mas dos vivos — explicou. — E, portanto, vocês estão inteiramente errados! — disse, em voz alta, para o homem que já se afastava.

— Agora você fez um inimigo — disse Tiago, o Maior.

Jesus olhou para ele como se fosse tão ignorante quanto o saduceu. — Ele já era meu inimigo — disse.

— Mas não deveríamos tentar trazê-los para o nosso lado? — perguntou Judas.

— Sim, mas eles se recusam a ouvir a verdade — disse Jesus, triste. — Vamos. — Queria voltar para a tenda e descansar durante as horas quentes do dia.

Antes que lá chegassem, um jovem, bem vestido, colocou-se em seu caminho. Engoliu em seco, como que tomando coragem para falar com Jesus e, ajoelhando-se, gaguejou: — Meu bom mestre! O que devo fazer para herdar a vida eterna? — Parecia desesperado e, desta vez, não era uma artimanha nem um teste.

— Por que me chama bom? — respondeu Jesus, finalmente. — Ninguém, senão Deus, é bom. E você conhece os mandamentos, sabe o que fazer. Eles dizem: "Não matarás, não cometerás adultério, não roubarás, não invocarás o nome de Deus em vão, honrarás teu pai e tua mãe".

O rosto simpático e honesto do jovem parecia decepcionado. — Mestre — disse. — Eu sempre cumpri os mandamentos desde criança.

Jesus ficou impávido por um momento, olhando para ele. Por fim, aproximou-se dele e disse-lhe, com ternura: — Então, só resta uma última coisa que você terá que fazer. Venda tudo o que tem e dê aos pobres. Assim você terá um tesouro no céu. Depois, venha e siga-me. — Apontou os discípulos, que o acompanhavam. — Junte-se a nós. Queremos você.

O rosto do rapaz refletia sua perplexidade total, a apreensão acentuava as curvas e as reentrâncias das bochechas e dos olhos. Sua boca movia-se, mas não saíam palavras. Começou a mexer os braços, tentando aproximar-se, mas eles caíram. Com dificuldade, ergueu-se, olhou angustiado para Jesus e foi-se embora.

Jesus o olhou, enquanto se afastava, e Maria viu lágrimas brilhando em seus olhos.

— Parecia uma pessoa muito rica — disse Tiago, o Maior. — E, naturalmente, não consegue abandonar tudo. — Sua voz soava com orgulho, como se para lembrar a Jesus que ele e João haviam feito outra opção.

Jesus ficou tão deprimido que quase não conseguia falar. Quando conseguiu, disse: — Como é difícil para os ricos entrarem no reino de Deus!

Pedro segurou seu braço. — *Nós* deixamos tudo para trás para o acompanhar!

— E serão retribuídos — disse Jesus. — Na verdade, digo-lhes que não há ninguém que tenha deixado sua casa, seus irmãos e irmãs, sua mãe, seu pai ou seus filhos, por amor de mim e por amor do evangelho, que não tenha recebido, já no presente, cem vezes mais, com perseguições; e no mundo por vir, a vida eterna.

Não quero mais filhos, pensou Maria, só quero Eliseba! Ninguém a substituirá, nem uma centena de outras crianças. Ainda que me desse todas as crianças do mundo...

Antes que chegasse à tenda, outro homem se colocou em seu caminho, impedindo-os de passar. Também ele parecia um fariseu. Maria fez uma careta. Quantos deles ainda iriam surgir, como um campo de urtigas, impedindo Jesus de descansar?

— Eu o ouvi falar — disse o homem. — Eu o ouvi em Cafarnaum e o ouvi no campo. Suas palavras são sábias. Mas, diga-me, em sua opinião qual é o mandamento mais importante? — Seu jeito era humilde e parecia ser apenas curioso.

Jesus respondeu rapidamente. — O mais importante é: "Ouça-me, ó Israel. O Senhor é nosso Deus, o Senhor é único. Ame o Senhor teu Deus com todo seu coração, com todo seu espírito, com toda sua razão e com todas as suas forças." E o segundo mais importante é: "Ame seu próximo como a ti mesmo." Não há mandamentos mais importantes do que esses.

O homem olhava em volta, assustado. — Ah! — disse. — O senhor tem razão em dizer que Deus é um só e não há outro além dele. Amar a Deus com todo o coração, com toda a compreensão, com todas as forças e amar o próximo como a si mesmo são coisas muito mais importantes do que fazer oferendas ou sacrificar animais.

Jesus sorriu. — Você não está longe do reino de Deus — disse.

Embora muitas pessoas o ouvissem atentamente, de todos os lados, permaneceram silenciosas a partir de então, e ninguém lhe fez mais perguntas. Devagar, Jesus e seus discípulos foram se encaminhando para a tenda, e o único som que se ouvia era o da palha seca sob suas sandálias.

Um grupo de mulheres os observava, com lenços protegendo seus rostos do sol forte do meio-dia. Pareciam ser de idades variadas — algumas já encurvadas pelo peso da idade, outras, robustas, mais novas, e outras, mais magras, com a pele macia da juventude. Maria reparou nelas quando passava e ficou imaginando se pertenceriam a um enorme clã familiar e como seria uma bênção estarem todas juntas nesta festa.

Algo a fez diminuir o ritmo em que caminhava e voltou-se, olhando atentamente para o rosto de cada uma. Olhou diretamente nos olhos, embora às vezes achasse pouco delicado fazê-lo. Olhos castanho-escuros, tão escuros que pareciam pretos. As pestanas eram tão longas que faziam sombra nas bochechas das mulheres. Olhos de cor amarelada, que lembravam o casco de uma tartaruga. Havia mesmo um par de olhos surpreendentemente azuis, do azul de macedônios: Maria observou todas elas e sentiu uma súbita necessidade de agradecer a Deus por criar variações tão maravilhosas, com a precisão de uma joia de ourivesaria. Então, de repente, seus olhos depararam com um par de olhos castanhos que ela conhecia. Já vira aquela mulher.

Os olhos castanhos tinham uma forma perfeita: não eram redondos, nem amendoados e percebia-se neles uma compreensão e uma paz que Maria só vira em Jesus.

Que felicidade, a de ter tanta paz!, foi a única coisa em que Maria pensou. Se alguém, algum dia, visse alguma coisa como aquela em meus olhos, ou nos de João, de Pedro, de Judas ou de Joana... Mas por enquanto não era assim. Nossos olhos não transmitem paz nem sabedoria, mas lutas bastante humanas.

Tornou a olhar para os olhos tranquilos daquela mulher, fez-lhe um ligeiro sorriso e seguiu em frente. — Maria! Maria! É você? Você continua com ele? — disse uma voz.

Voltou-se e viu a mulher com os belos olhos, que segurava na mão a lã do manto. A mulher tirou o lenço que lhe cobria a cabeça e a luz do sol bateu em seu rosto.

— Ah! — Maria teve um sobressalto ao reconhecê-la. Era a mãe de Jesus.

— Você o acompanhou durante todo este tempo? — perguntava, repetitiva, a mulher.

Maria parou e deixou os outros seguirem em frente. Segurou a mão da mãe de Jesus. — É verdade, eu o acompanhei — disse. — Venha, vamos sentar-nos ali. — E, pegando a mão dela, afastou-se um pouco de onde estavam.

O sol forte bateu em suas cabeças quando Maria também tirou seu lenço para que ambas pudessem realmente ver uma à outra. — Da última vez que a vi — disse — a senhora e Tiago tinham ido a Cafarnaum para levar Jesus embora. A senhora achava que ele era perigoso para si mesmo. E o que aconteceu neste meio tempo, para que esteja aqui hoje?

— Orei muito — respondeu a mãe de Jesus. — Pedi a Deus que me mostrasse o que era a verdade, o que era o certo. E vim para ouvi-lo, como outros o ouvem, e para vê-lo como se fosse pela primeira vez. — Fez uma pausa e depois continuou, com humildade. — Deus me mostrou minha confusão e meu equívoco e me trouxe para aqui, para o lado dele.

— E Deus o fez na hora certa — disse Maria. — Mas aconteceu tanta coisa desde que saímos de Cafarnaum...

Afastaram-se um pouco mais, para a sombra de um carvalho solitário, e sentaram-se. Maria contou como Jesus expulsara os demônios em Gergesa, de como ele organizara os discípulos e sobre a missão de que participara.

— Uma missão experimental, na verdade — disse Maria. — Mas fizemos alguns progressos... Sentimos um poder... E conseguimos fazer curas e expulsar demônios de pessoas possuídas. — Fez uma pausa. — Acho que a visão dele se vai tornando realidade.

A mãe de Jesus parecia pensativa, perdida em lembranças. — Houve alguns sinais — disse. — Recebi mensagens de Deus — ou, pelo menos, foi o que pensei — muitos anos atrás. Essas... vozes... diziam-me que Jesus não era uma criança comum. E deve ser verdade, pois não recebi mensagens dessas em relação a meus outros filhos. Mas Jesus *foi* um menino normal durante tanto tempo! Era uma criança alegre, brincalhona. Depois, na juventude, era muito querido. É verdade que tinha uma paixão pelo estudo da Torá, mas há tanta gente que o tem... E certa vez deixou-nos para ficar em Jerusalém, no Templo. — Balançou a cabeça. — Mas levou uma vida tranquila durante tantos anos. Então, um belo dia decidiu, de repente, que iria ver João Batista e... — Sorriu para Maria. — e a partir daí você sabe de tudo o que se passou com ele, pois você o encontrou quando ele foi ver João. Na verdade, você sabe mais do que eu! — Sua voz revelava como lhe era difícil reconhecê-lo.

— Ele é, realmente, um homem inspirado — disse Maria. — Tem... tem poderes... — Fez uma pausa. — A senhora os conhece?

— Não — disse a mãe de Jesus. — Quando foi crescendo, parecia um jovem tão normal... Cheguei a questionar as tais vozes e visões que tivera. Achava que poderiam ter sido obra de Satanás. Mas quando voltou da visita que fez a João Batista e fez aquela leitura na sinagoga... Foi tão chocante a maneira como começou... Não era o que eu esperava.

— Venha — disse Maria. — Deixe-me levá-la a ele. Ele a está esperando.

43

Dentro da tenda estava escuro e surpreendentemente fresco. O calor sufocante e a luz não penetravam pelas folhas de palmeira, e, quando Maria entrou, levou algum tempo para habituar seus olhos à escuridão. As paredes, feitas de junco, soltavam um cheiro seco e adocicado.

Várias pessoas estavam estendidas no chão, sobre suas esteiras, com os braços sobre os olhos. Onde estaria Jesus? Será que o incomodaria? Mas, à medida que sua visão se adaptava à luz do interior, ela viu que ele estava no final da tenda, sentado, de pernas cruzadas, com a cabeça abaixada. Estava orando.

Maria aproximou-se e esperou, respeitosamente. Mas como o tempo passava e ele não erguia a cabeça, ajoelhou-se a seu lado.

Ele olhou imediatamente para ela. — O que foi? — perguntou suavemente.

— Mestre, eu trouxe-lhe... Sua querida mãe veio — disse Maria, por fim, puxando delicadamente a mão de Maria, mãe de Jesus, que se abaixou e olhou para o rosto dele.

Era difícil dizer qual deles ficou mais emocionado. Jesus surpreendeu-se, mas estava feliz, e sua mãe parecia não acreditar que o via de novo.

Abaixou-se um pouco mais e se abraçaram; então, Jesus levantou-se e ajudou-a a se levantar.

— Mãe — disse. Uma satisfação infinita parecia envolver aquela palavra. — Finalmente a senhora veio.

— Finalmente, vim para ver... — Sua voz era fraca e Maria não escutou o resto. Só via os dois se abraçando. E assim ficaram por um bom momento. Então, soltaram-se de seu abraço e Jesus voltou-se para seus seguidores.

— Meus amigos — disse. E só Maria percebia uma ligeira diferença, uma mudança na sua voz. — Minha mãe veio de Nazaré para se juntar a nós. — Voltou-se para ela e riu. — Ou será que estou me precipitando? A senhora veio para uma visita ou para se juntar a nós?

Ela olhou para todos, em torno de si. Sua beleza continuava impressionando Maria. — Eu vim... para visitá-los, mas ficarei para me juntar a vocês — disse, devagar. Sua voz era tão rica quanto a voz de que Maria se lembrava tão nitidamente tantos anos atrás.

— A senhora é mãe dele? — perguntou Pedro. E, levantando-se, abriu os braços para abraçá-la. — E ele tem mãe? — perguntou, rindo de sua própria piada.

— Todo mundo tem mãe — disse Jesus. Parecia triste com Pedro.

Judas levantou-se. — Seja bem-vinda! — disse, acenando para a mãe de Jesus. — Seria bom que todas as nossas mães viessem a nós de novo.

— E onde está sua mãe? — perguntou Maria.

— Receio que não possa vir a nós — disse Judas. — Ela morreu há vários anos.

— Isso é triste — disse André. — Sinto muito.

— É verdade. — Judas sentiu-se sem graça por tê-lo mencionado. — Mas acontece. Muitas pessoas ficam órfãs e é raro conhecer um adulto que ainda tenha sua mãe. Eu o invejo — disse a Jesus. E tornou a sentar-se em sua esteira.

— Ouvi dizer que você fala aos fariseus e saduceus — disse Maria, a mãe de Jesus. — E eles vêm até aqui para tentar seduzi-lo?

Jesus sorriu. — Eu diria que vêm para me testar.

— Eu diria que é para seduzi-lo.

— Talvez venha a ser a mesma coisa. — E deu um suspiro. — Perdoe-me, mãe, mas realmente fiquei muito cansado depois dos tais testes. — Ajoelhou-se junto à sua esteira. — Preciso dormir um pouco. Fique aqui comigo.

Fez espaço, na esteira, para sua mãe e ambos se deitaram para descansar.

Mas Maria tinha medo de adormecer e voltar a sonhar com visões escabrosas. Aquelas horríveis imagens de guerra que vira a tinham acompanhado o dia inteiro, enquanto passeavam e durante as perguntas que haviam feito a Jesus.

Fecharia os olhos, mas não iria dormir. Acima de sua cabeça, nos galhos, ouvia o zumbido de uma mosca.

Aqui estamos, todos juntos. E agora, para onde iremos? As perguntas martelavam em sua cabeça como uma chuva forte de outono. Tudo parece conduzir a alguma coisa, mas Jesus nunca dá qualquer indicação de que quer fazer algo diferente. Será que passaremos a vida fazendo aquilo que fizemos até agora?

E o que haveria de errado em fazê-lo?, perguntou a si mesma com severidade. É uma vida dura, mas basta uma única cura para torná-la gratificante. E, no entanto, eu gostaria que ele nos ensinasse mais coisas, que nos explicasse, que abrisse seu coração para nós...

Levantou-se, num sobressalto. Começara a adormecer, naquele ar espesso e quente. Não! Levantou-se, apoiando-se num cotovelo, e sacudiu a cabeça. À sua volta, ninguém se mexia.

Que sorte a das pessoas que podem dormir sem ter medo dos sonhos!, disse-lhes, em silêncio.

Quando, de tarde, refrescou, Jesus e alguns outros do grupo saíram da tenda. Pedro e André foram à cidade comprar comida com o dinheiro de Joana e Maria. Voltaram com aipo, lentilhas, uvas e cevada, para assar pão. As duas Marias cuidaram da cozinha e pouco conversaram, ambas contentes por terem um tempo para refletir. Era bom trabalhar lado a lado, e era bom sentir que ofereciam seu trabalho a um grupo de companheiros. Quando o restante do grupo voltou, já os esperava o aipo, grelhado, um cozido de lentilhas e um pão de cevada grosso e crocante. Pedro ergueu o vinho que escolhera e afirmou que vinha da região de Nazaré.

— Em sua honra — disse à mãe de Jesus.

— Espero que seja de uma das vinhas boas — disse ela. — Temos alguns que ficam melhores se os deixarmos descansando por algum tempo. — E deu um sorriso, como se para dizer a Pedro que já experimentara o da qualidade pior.

Como a noite estava agradável, comeram do lado de fora, de pernas cruzadas, formando um círculo. Antes de iniciarem a refeição, Jesus fez uma longa oração de graças pedindo a bênção de Deus pela comida e pela presença dos companheiros à sua volta. Depois, disse: — E também agradeço a Deus por ter trazido minha mãe. — Fez um aceno com a cabeça para ela, estendendo-lhe a mão. Ela sentou-se a seu lado.

— Na verdade, esta é uma noite especial para nós — disse Jesus. — São duas famílias que se unem, a minha família física e a minha família espiritual.

— Pôs o braço em volta de sua mãe. — E a família de qualquer outro será bem-vinda quando se juntar a nós.

Se o fizessem, pensou Maria. Se o pudessem fazer...

A brisa do entardecer era agradável, assoviando as alegrias da colheita, da volta para casa. Saborearam as uvas frescas, recém-colhidas, as belas azeitonas dos bosques das redondezas e a pasta, escura, de figo. O pepino e o melão estavam frescos e excelentes. Sentiam a bondade e a generosidade de Deus chegando a eles na forma de coisas produzidas pela terra.

Os campos em torno deles, respirando calor, transmitiam paz e proteção.

— Ficaremos aqui durante todos os sete dias? — perguntou Judas, que foi o primeiro a falar.

— Sim, essa é a duração prevista para a festa — disse Jesus.

— Por que, então, você disse que no terceiro dia terminaria, se ficaremos aqui?

— Posso chegar a meu objetivo sem me mexer — respondeu Jesus.

— Gostaria que parasse de falar em enigmas! — disse Pedro. — Diga, de forma clara, o que quer dizer. Ou, pelo menos, explique-nos depois, em particular. — Parecia mais ressentido do que irritado.

— O que você deseja saber, Pedro? — perguntou Jesus.

— Muito bem! O que quis você dizer quando perguntou àquele homem por que o chamava de bom? Por que disse que só Deus é bom? Você compreendeu o que ele quis dizer. E, além disso, você *é* bom. Então, ficou uma coisa sem sentido!

— Entendi que me perguntava se eu estava no lugar de Deus.

— E por que ele faria uma pergunta dessas? Ele fez uma pergunta simples e o termo "bom" foi apenas um sinal de respeito.

— Gostaria que ele refletisse sobre como chama as outras pessoas antes de as elogiar — disse Jesus.

— Pode estar certo que, a partir de hoje, ele o fará!

— E o que você quis dizer sobre receber novos irmão e irmãs em substituição aos que deixamos? — perguntou Maria.

Jesus fez um gesto, apontando o círculo à sua volta. — E você não acha que isso já ocorreu? — respondeu, serenamente. — E haverá mais do que estes. Não foi cem vezes mais que eu disse?

— Mas você também mencionou perseguições, além dos irmãos e irmãs. E referiu-se "ao presente".

— Vocês já assistiram ao início desse processo — disse Jesus. — Vocês viram pessoas voltarem-se contra nós. O discípulo não está acima do mestre, como o servo não está acima de seu senhor. Quando o senhor da casa for chamado de Belzebu, imagine o que não serão chamados os seus servos! — Jesus suspirou. — Mas isso não será hoje. Aproveitemos esta noite, livres de quaisquer perseguições. Mais tarde, desejaremos relembrá-la.

— "No presente"... Você sempre usa essa expressão, em vez de dizer "agora", ou "nos tempos de hoje". Por que o faz? — Quando as perguntas começavam, sucediam-se sem parar.

— Eu lhes direi quando formos para dentro da tenda — disse Jesus. — Assim será, como o desejam, somente para vocês. Mas aqui, onde tanta gente fica passando e escutando — parou de falar, por um momento, e ouviram-se vozes e movimento bem próximo a eles — não parece o lugar apropriado. — Parecia querer ficar lá fora e os discípulos sentaram-se a seu lado, gozando o ar fresco da noite.

Mais tarde, quando já se encontravam todos juntos dentro da tenda, Jesus colocou as lamparinas no chão e disse: — Vocês me perguntaram onde os estou conduzindo e é justo e correto que o saibam, pois são muitos os riscos que correm ao serem meus discípulos. Agora, portanto, eu lhes falarei sobre o que mencionei em todos os meus sermões, em todas as minhas orações e em todos os meus pensamentos.

Todos ficaram esperando, sem saber ao certo o que esperar. Maria sentia a boca seca. O silêncio era tão grande que se ouvia a respiração de cada um.

— O presente, como o conhecemos, irá terminar em breve — disse Jesus, por fim. — Não há forma mais direta de dizê-lo. Não nos sobra muito tempo. O fim chegará de repente, como um ladrão se esgueirando na noite. E quando chegar, a vida na terra como a conhecemos, todas as coisas que conhecemos, desaparecerão. Terá início o reino de Deus, e quem não estiver preparado para ele será varrido como palha seca.

Todos o olhavam, perplexos. Sim, todos sabiam que chegaria o dia do Juízo Final e que este talvez tivesse alguma relação com a vinda do Messias ou de um misterioso Filho do Homem, mas as previsões para tal eram imprecisas.

— Agora? — perguntou Pedro, o primeiro a falar.

— Poderia ser amanhã — respondeu Jesus. — Por isso era tão urgente que levássemos a mensagem ao maior número possível de pessoas. Tínhamos que avisá-las.

— Mas... avisá-las sobre o quê? — perguntou Judas. Sua voz era triste, e não desafiadora. — O que poderão fazer?

— Avisá-las de que o novo tempo será completamente diferente e que, se não quiserem ser destruídas nessa catástrofe, devem arrepender-se e mudar suas vidas

— disse Jesus. — Tudo será diferente. *Tudo*! É essa a mensagem. Se eu tivesse que escolher uma única frase, diria: "Os primeiros serão os últimos e os últimos serão os primeiros. Os pobres serão abençoados, os ricos cairão na ruína, os poderosos ficarão fracos e os gentis e os humildes serão os herdeiros dos novos tempos". — Olhou em torno de si e, de repente, seu rosto perdeu aquela ternura e tornou-se severo, algo que Maria nunca vira. — Vocês não veem? Não sentem? O que pensam que significam as curas e as expulsões de demônios? Essas coisas não ocorrem sozinhas. São sinais de que o reino de Deus está chegando. São desafios ao poder de Satanás, que já vem perdendo seu poder de controle sobre a terra. Os demônios que expulsamos são prova disso. — Agora sua expressão mudara de novo, ganhando uma transcendência, um êxtase sobre o que estava por vir.

Um silêncio completo e profundo abateu-se sobre as pessoas que formavam o círculo. Ninguém queria falar.

Mas eu não quero que tudo se acabe!, pensou Maria. Não quero que desapareça, não posso deixar isso acontecer...

— Mas não conseguiremos levar a palavra a todos — disse, finalmente, Tomé. — Não há como avisá-los a todos.

— Então... Então é por isso que você acha inúteis os esforços de pessoas como eu para nos libertarmos dos romanos? — perguntou Simão, refletindo pela primeira vez sobre o assunto.

— Agora você compreende — disse Jesus. — Lutar por alguma pequena causa política, num momento em que tudo vai acabar e as pessoas estão condenadas se não estiverem preparadas, é uma desgraça. Não interessa quem reina sobre quem, ou se os impostos são caros, ou se é injusto que um romano possa obrigar alguém a carregar sua mudança por uma distância de uma milha. Que fossem duas, que diferença faria? Os romanos e os de sua laia em breve irão desaparecer.

— E sobrará alguma coisa? — perguntou Pedro, hesitante.

— Sobrarão as boas ações, e talvez por isso você devesse carregar o pacote por mais uma milha. Sua boa ação prevalecerá, o que não irá ocorrer com o romano e seu pacote de mudança. É difícil compreendê-lo, mas isso é parte do mistério de Deus.

Hesitante, Maria disse: — Talvez esta seja uma pergunta inútil, mestre, mas... sentiremos dor?

Jesus fez um aceno de cabeça, com tristeza. — Os que estiverem longe de Deus sentirão. Haverá choro e ranger de dentes, mas tarde demais. Um grande sofrimento, maior do que a queda de Jerusalém nos tempos de Jeremias.

A queda de Jerusalém... Aquele sonho terrível... Meu Deus! Era isso que ele significava! Maria sentiu um calafrio. E deve ser em breve... Deve ser isso que o sonho sugeria...

— Mas como saberemos que a hora chegou? — A pergunta foi feita a Jesus por sua mãe. — E como nos devemos preparar?

Ele olhou para ela como se sentisse aliviado por ela estar ali, a seu lado, e ele poder avisá-la. — Não poderão existir preparações, exceto a de estar sempre preparado. Digo-lhes que o fim se abaterá de maneira tão repentina que ninguém poderá fazer coisa alguma. Se duas pessoas estiverem deitadas numa cama, uma poderá ser salva e a outra, não. Se duas pessoas trabalharem numa casa de moagem, uma poderá ser salva e a outra, não. Uma pessoa poderá ver seu parceiro arrastado pelo vendaval da catástrofe. Será um dia terrível e o pior virá a seguir — sinais nos céus e cataclismos quando chegar ao fim a vida na terra. Sei disto. Recebi essa mensagem. Vocês devem acreditar em mim.

— Mas, mestre, não nos mandou levar essa mensagem às pessoas — disse Pedro. — Apenas nos instruiu para dizer às pessoas que se arrependessem e acreditassem na chegada do reino de Deus, escolhendo ficar desse lado.

— E que mais precisariam saber? — perguntou Jesus. — Se não responderem a essa mensagem, você acha que acreditariam em outra, mais minuciosa? Digo-lhes que será como nos tempos de Noé. As pessoas continuaram comendo, bebendo e divertindo-se até que a chuva começou a cair, embora tivessem, também elas, sido avisadas. Continuaram suas vidas normais até Noé já ter entrado na arca e a porta ter sido fechada.

— Mas, então... De que adianta avisar as pessoas? — perguntou Mateus.

— Deus ordenou que o fizéssemos — disse Jesus. — Ordenou a todos os seus profetas que falassem às pessoas, que levassem a mensagem, pois carregariam a culpa em suas almas se não o fizessem. — Fez uma pausa. — Se alguém ouve a mensagem e não reage, então é culpada. Se a mensagem não for divulgada, então a culpa será de quem não a divulgou.

— Não deveríamos dizer-lhes de uma forma clara que sabemos o que está por vir? Avisá-los de uma maneira mais enérgica? — perguntou Tiago, irmão de Mateus, aproximando-se. Seu raciocínio jurídico levava-o sempre a pensar em alternativas para todas as situações.

— Deixem-me contar-lhes uma história — disse Jesus. — E seu significado não é em enigmas. Certa vez existia um homem rico que se recusava a dar até uma migalha a um mendigo chamado Lázaro, que sempre vinha bater à sua porta. Quando ambos morreram, Lázaro foi para o lado de Abraão, enquanto o rico desceu para o inferno. O homem rico estava sedento, desesperado por uma gota d'água, e pediu a Abraão que deixasse Lázaro molhar seu dedo em água e refrescasse sua boca. Embora Lázaro fosse generoso e lhe tivesse dado o que o homem rico lhe recusara, não pôde atendê-lo. Havia um enorme fosso entre o paraíso e o inferno. Então, o homem rico suplicou a Abraão: "Então, mande Lázaro de volta para que avise meus cinco irmãos que evitem o destino que tive". E Abraão respondeu: "Eles já têm Moisés e os profetas. E se não escutam as palavras de Moisés e dos profetas, não serão convencidos nem por uma pessoa que ressuscita para falar-lhes". — Jesus olhou em torno de si. — Não é uma mensagem clara?

— Com o devido respeito, mestre, eu discordo — disse Judas. — Os avisos genéricos, assim como as advertências genéricas, são facilmente ignorados. "Cuide da higiene", "pague o que deve", "trate bem as viúvas" são coisas a que as pessoas não dão a menor importância. Mas se alguém chegar e lhes disser: "Você irá morrer esta noite!", aí essas pessoas prestarão atenção. Talvez devêssemos falar-lhes de uma maneira mais direta.

Antes que Jesus pudesse responder, Tadeu, preocupado, perguntou: — E quando vai mesmo acontecer tudo isso?

— Ninguém sabe o dia nem a hora — disse Jesus. — Mas será em breve. Muito em breve. — Olhou para todos à sua volta. — Mas vocês deveriam estar exultantes. Alegrem-se por já estarem no reino de Deus. E por terem o privilégio de levar a mensagem aos outros.

Procuraram suas esteiras e foram se deitar. O ambiente alegre e festivo da celebração desaparecera, tal como o mundo que Jesus previra que desapareceria. Tudo, agora, parecia banal — juntar gravetos, comer as refeições, respeitar as instruções para construir as tendas e lembrar Moisés no deserto.

Deitada sobre sua esteira, Maria sentia-se inquieta. E Magdala? E aquela visão terrível de Magdala — seriam aquelas as últimas horas que ela vira em seu sonho? Como podia abandonar sua filha àquele destino?

Quando ouviu Jesus levantar-se e sair da tenda, também se levantou, rapidamente, acompanhando-o. Tinha que lhe contar sobre seus sonhos.

A meia-lua começava apenas a aparecer, refletindo uma luz azulada sobre uma porção de tendas. Maria viu que Jesus se dirigia para a ladeira acima da seara, onde ficava um bosque. Estava só. Ouviam-se as canções e risadas das poucas pessoas que ainda estavam acordadas. Segurando sua túnica, ela tentava aproximar-se de Jesus, que caminhava a passadas largas. Então ela correu e, pouco antes que ele chegasse ao bosque, ela o alcançou e tocou a manga de sua túnica.

— Jesus... Tive outra visão, ontem à noite. Receio que seja sobre o fim dos tempos, de que nos falou. Mas tinha que lhe falar sobre isso. — Suas palavras jorravam aos borbotões.

— Por que não me contou quando estávamos todos juntos? — Voltou-se para ela e sua expressão era severa. A luz fria do luar ressaltava suas feições rígidas, críticas.

— Eu... — Maria sentiu como se ele a acusasse de agir de forma sigilosa. — Eu nem sempre confio nessas visões e não queria assustar os outros. — Será que pensava que ela buscava um pretexto para ficar sozinha com ele? Ao contrário, achara que ele ficaria contente de vê-la. — As visões foram terríveis.

— Conte-me. — Agora, parecia mais receptivo.

Em torno deles, soprava uma brisa de ar quente, pelos sulcos da seara, com cheiro de terra. Aquele mundo não estava preparado para acabar.

— Foram três — disse Maria em voz baixa, como se a terra a ouvisse e pudesse ficar desesperada. — A primeira visão foi de Magdala. Havia uma guerra e as pessoas lutavam... Eu via soldados romanos, montados em cavalos e atacando a cidade, lutando contra o povo. Pior ainda foi a visão que tive do lago, cheio de barcos em guerra, uns contra os outros.

— Barcos? Em guerra? — Sua pergunta fora direta. — Não eram barcos de pesca?

— Alguns deles talvez tivessem sido barcos de pesca, mas estavam cheios de homens desesperados, vestidos como soldados, e outros barcos estavam cheios de soldados romanos. Alguns dos homens que lutavam lançavam pedras contra os romanos, mas não os atingiam. E os romanos disparavam flechas que acertavam em cheio nos homens que enfrentavam. Alguns dos barcos afundaram e os homens tentavam fugir nadando, mas os romanos lhes cortavam a cabeça ou as mãos. Morreram todos, afogados, e a água do lago ficou vermelha de sangue.

Ele gemeu, como se também o pudesse ver. — A água ficou vermelha?

— Vermelha como se tivesse sido tingida por baldes e baldes de tinta. Depois vi, à margem do lago, pilhas de corpos e barcos despedaçados. Os corpos estavam inchados e eu até... sentia o fedor. Foi assustador. Quando acordei, ainda sentia o cheiro. — Ele ficou silencioso por tanto tempo que ela voltou a falar. — Poderia ser verdade? Será que isso vai acontecer? Será que era a isso que você se referia?

— Romanos... Deus pode usar qualquer um como instrumento do seu flagelo — disse Jesus, pensativo. — Já usou os babilônios e os assírios. Então, agora serão os romanos.

— Minha cidade! — disse Maria. — Não suporto ver isso acontecer com a minha cidade. E as crianças. Quando chegar o fim dos tempos, as crianças serão poupadas? Elas não precisam de um novo mundo, nem de uma nova ordem, para recomeçar. O mundo ainda é novo para elas e não são responsáveis pela maldade que existe nele.

Agora parecia que Jesus ia chorar. A severidade em seu rosto mudara para ternura e tristeza. — As crianças foram poupadas quando Jerusalém caiu? Não. E não foram os babilônios que as mataram, mas suas próprias famílias.

— Não, não posso deixar isso acontecer. Irei lá resgatar minha filha.

— Não será possível.

— Será, sim. Eu o deixarei.

— Você pode deixar-me, mas não pode impedir o que terá que acontecer. — Tomou as mãos dela, que tremiam. — Você não tem o poder para fazê-lo. — Abraçou-a, tentando acalmá-la, pois Maria tremia de medo. — Você disse que foram três sonhos. O que foi o segundo?

O segundo. O segundo foi o de Jerusalém. Rapidamente, Maria o contou, falando em voz baixa, para que ele não deixasse de abraçá-la. Mas ele o acabou fazendo.

— Você disse o Templo? — gritou. — Então a mensagem que me foi concedida era verdadeira. Ó meu pai, quisera que não fosse! — Ficou imóvel e agora era ele que tremia. Maria estendeu-lhe a mão, para acalmá-lo.

— Quando irá acontecer? — perguntou. — Será que as visões significam que acontecerá em breve?

— Não o podemos saber — disse ele. — Mas se envolve romanos, sim, poderia ser em breve. — Fez uma pausa. — E a terceira visão? — Parecia recear que fosse a mais terrível de todas.

— Era você. Você numa túnica branca, com uma porção de gente à sua volta. Mas onde você estava, e quem eram aquelas pessoas... eu não sei. Esse foi o último sonho e desapareceu rapidamente.

— Ah... — Em vez de sorrir, como ela esperara, Jesus pareceu achar que essa visão era tão inquietante quanto as outras. — Então, que assim seja. Está chegando e me aguarda... — Fez uma pequena interrupção. — Eu lhe agradeço por me contar suas revelações. Confio nelas. E confio em você.

— Eu não esconderia coisa alguma de você. — E enquanto pronunciava aquelas palavras, desejava gritar: "Fique comigo! Fique comigo para sempre!". Mas, ainda que ele o prometesse, de que adiantaria, se o apocalipse estava chegando?

"Nos dias anteriores ao dilúvio, (as pessoas) comiam e bebiam, se casavam davam-se em casamento... até o dia em que Noé entrou na arca."

44

Na manhã seguinte, o sol quente brilhava, sem qualquer indicação de que em breve iria encolher ou escurecer. Na delicadeza agradável do amanhecer, as palavras duras que Jesus pronunciara na noite anterior haviam sumido. Nem ele próprio parecia preocupado: cuidava de seus afazeres e perguntou a sua mãe como Tiago se estava virando na carpintaria e como iam Simão e José. Ela respondeu-lhe que Tiago continuava ácido, como sempre, mas demonstrava ser um bom administrador do negócio, e Simão o estava ajudando e já mostrara ser talentoso. Nenhum deles mostrara qualquer interesse em saber onde levavam seus sermões, embora fosse impossível não terem tomado conhecimento das multidões em Cafarnaum e do incidente com os porcos em Gergesa.

Jesus reconfortou-a pelo desinteresse deles, embora certamente sofresse tanto quanto ela pela indiferença que mostravam.

— Algum dia, ainda irei buscar o Tiago — prometeu-lhe.

Quando saíram da tenda, as pessoas esperavam por Jesus. Como sempre, algumas delas estavam doentes, outras eram apenas pobres e outras, curiosas. Mas também desta vez, como na véspera, havia os fariseus, os religiosos fervorosos, os escribas e os acadêmicos. Postados, lá atrás da multidão, estavam alguns guardas de Antipas. Quando Jesus se misturou à multidão, um homem baixinho, forte e careca aproximou-se dele, por trás, e tocou a manga de sua túnica. Embora o toque fosse bem de leve, Jesus voltou-se rapidamente para ver quem era. Diante do olhar de Jesus, o homem confessou, hesitante, que viera pedir-lhe mais ajuda.

— Eu era cego e o senhor me devolveu a visão, mas estou em apuros... Não consigo habituar-me... Eu pensava que todos os meus problemas decorriam de minha cegueira, mas agora estou confuso. Vejo as coisas e elas não se parecem... com nada que eu reconheça. Tenho que as cheirar e tocar para saber o que são! — O homem estava tão angustiado que parecia sofrer fisicamente.

Jesus tomou sua mão e lhe falou como se fossem as duas únicas pessoas presentes. — Então as coisas não se parecem com o que você imaginara? — perguntou.

— Eu não imaginava coisa alguma. Só queria ser capaz de ver para onde ia para não ter que ser ajudado, nem depender dos toques da bengala. Deixaria de cair e de esbarrar em coisas que não enxergava. Mas agora tenho ainda mais problemas para caminhar. Degraus, obstáculos, morros... Não conheço a diferença entre um degrau e uma sombra. Não sei dizer o que é real.

Parou por um momento, consciente de que todos o ouviam. Mas continuou. — E todo esse brilho e as cores... Parecem... tão sem sentido. Antes, quando eu segurava uma maçã, eu a reconhecia pela sua firmeza, pelo seu peso e principalmente pelo seu cheiro. Pelo cheiro, podia adivinhar o seu sabor. Mas agora ela tem cor! O que tem a cor a ver com ela? Vermelha... E eu fico olhando, perplexo. E existem outras coisas redondas e vermelhas, como as romãs e os caquis. Então, tenho que pegar as frutas, segurá-las e cheirá-las, como se ainda fosse cego, para saber qual é qual.

— Mas as cores não são bonitas? — perguntou Maria.

— Não! Elas me confundem — disse o homem. — Não gosto de cores, perturbam a minha cabeça!

Jesus deu uma risada. — Muita riqueza pode, realmente, confundir as pessoas. Enquanto a escassez — tanto de cores quanto de bens — aumenta o poder de concentração da mente. Mas a luz foi uma das primeiras coisas que Deus criou e ele quer que saibamos viver com ela. — Até então, ele falava para que todos o ouviram. Mas aí baixou a voz e só os que estavam próximos o escutaram. — Você agora é cego de outra maneira. Você está deslumbrado pela glória do mundo de Deus. Você deverá se acostumar a ele aos poucos. Pegue a maçã e olhe-a com atenção, veja cada tonalidade em sua casca, peça que lhe digam o nome de cada uma dessas cores para que saiba seus nomes e, pouco a pouco, você irá identificar todas as coisas à sua volta. Mas você sempre as verá de uma maneira diferente da dos outros, pois foi você que optou por vê-las.

— Não entendo em que as cores contribuem! — gritou o homem. — Não as quero!

Jesus voltou-se para os outros. — Eis o que fazemos com Deus todos os dias. Ele nos dá visão, oferece-nos uma dádiva e nós reclamamos: "Não as quero!". Meu amigo, você agora tem o dom da visão e não há como voltar atrás.

— Talvez não devesse devolver a visão — disse Judas, aproximando-se de Jesus. — Eu nunca teria imaginado que pudesse representar uma dificuldade para a pessoa.

— É sempre mais fácil viver num patamar abaixo daquele que você pode viver — disse Jesus. — É por isso que sempre pergunto às pessoas: "Você quer ser curado?". Algumas delas são suficientemente sábias para reconhecer que não querem.

Sua mãe se aproximou e disse: — Por que alguém não iria querer ser curado? É inacreditável que alguém possa não querer.

— Acham que querem, mas não imaginam as exigências que isso representa — disse Jesus.

— É impossível que seja mais fácil uma pessoa ser cega do que enxergar — disse Tomé. — Não consigo aceitar!

Jesus olhou para ele e balançou a cabeça. — Você ouviu o que ele disse e ele sabe o que é ser cego e enxergar. Nós conhecemos apenas uma das situações e não conseguimos imaginar a outra.

— Então talvez você devesse parar de curar as pessoas — disse um homem que assistia à discussão.

— Deus é o Senhor da luz e quer que vivamos na luz — disse Jesus. — Não importa a dificuldade que isso represente. A escuridão é sempre mais fácil.

Um jovem aproximou-se de Jesus e disse: — Eu estava possuído por demônios e o senhor me libertou. Lembra-se de mim? Mas, tal como o cego, também acho difícil. As pessoas continuam me tratando como se ainda estivesse possuído. Não confiam em mim para coisa alguma. Percebo que ficam me testando, a cada palavra que falo, e me observando o tempo todo.

O rapaz estava bem vestido e nada nele indicava qualquer tipo de fraqueza.

— É difícil quando as pessoas só lembram daquilo que você foi — disse Jesus. Fez uma pausa. — Mas há algo que ainda o preocupa.

— Sim. Receio que eles voltem. E talvez seja isso que as pessoas sentem. Que os demônios possam voltar!

— Você se regenerou em sua vida? — perguntou Jesus. — Você baniu de si o que quer que tenha sido que convidou os demônios? Pois se você apenas deu um suspiro de alívio e se limpou um pouquinho, o demônio irá, certamente, voltar. E trará seus colegas. E você irá terminar pior ainda do que estava antes.

O rapaz caiu de joelhos. — Eu acho... acho que fiz tudo, mas... é tanta coisa que tem que ser consertada...

— Ore para que os demônios fiquem longe e continue tentando consertar os estragos que eles fizeram. Então, Deus certamente o protegerá.

Enquanto Jesus prosseguia, seus inimigos atrás da multidão aproximavam-se. Havia uma verdadeira muralha de fariseus, em suas roupas austeras, e um grupo compacto de pessoas com papel e material de escrever, que só podiam ser escribas. Por trás deles, olhando impassíveis e implacáveis, como deuses pagãos, estavam os soldados de Herodes Antipas. Usavam seus uniformes azuis tradicionais e ficavam com a mão direita na bainha de suas espadas. Terminara o ambiente festivo da celebração, substituído agora pela espionagem e pela tensão.

De repente, alguém gritou: — Um sinal! Dê-nos um sinal milagroso!

Jesus parou para ver quem o chamava. Havia um mar de gente; era impossível saber quem havia falado.

— Um sinal? — repetiu Jesus. — O que faria você com um sinal?

— Assim saberemos se você é um autêntico profeta! — respondeu a voz. Agora podia identificar-se quem falara: um jovem fariseu, alto, lá atrás.

Em vez de responder com gentileza, Jesus gritou-lhe: — Vocês são uma geração má e adúltera! Nunca receberão sinal algum!

Assustado, o rapaz recuou.

— O único sinal que você receberá será o sinal de Jonas! — gritou Jesus. — Jonas pregou junto ao povo de Nínive e eles se arrependeram. Agora será o próprio povo de Nínive que condenará vocês no dia do julgamento, pois um profeta maior do que Jonas está aqui e vocês não o ouvem! — Voltou-se para a multidão do outro lado. — E a rainha de Sabá também os condenará no dia do julgamento, pois ela veio dos confins do mundo para ouvir a sabedoria de Salomão e agora alguém maior do que Salomão está aqui!

— Você é um louco! — gritou o rapaz. — Está se referindo a si mesmo? Você se acha maior do que Salomão? Isso é um disparate!

A multidão começou a se manifestar ruidosamente e os soldados de Antipas aproximaram-se para impor a ordem, brandindo suas lanças e empurrando as pessoas. Dirigiram-se a Jesus, e seu comandante estendeu a mão para segurá-lo. — É melhor que você venha conosco — disse.

Mas Jesus puxou o braço de volta e olhou os soldados com tamanha intensidade que parecia impossível removê-lo. Por alguns longos instantes, sem palavras, o comandante e Jesus ficaram olhando um para o outro, e então o soldado recuou. — Você foi avisado — murmurou. Então, berrou para a multidão. — Dispersar! Voltem para suas tendas! Deixem este homem sozinho! Parem de segui-lo, de provocá-lo, de fazer-lhe perguntas! — Apontou para o fariseu que pedira a Jesus um sinal. — É de vocês que estou falando! Se não lhe dessem atenção, ele logo iria desaparecer! Mas vocês criaram uma atenção que lhe permite aumentar sua influência!

O fariseu olhou de volta para o soldado com absoluto desdém, como se ele fosse um monte de vísceras apodrecendo numa rua de pedras — e, na realidade, para os religiosos mais exigentes, os sicários de Antipas ou de

Roma não passavam de coisas impuras. Não se deu ao trabalho de responder, mas obedeceu. Não voltou a falar com Jesus.

Durante o restante da festa, com os soldados fazendo rondas, Jesus e seu grupo ficaram calmamente em sua tenda. Passaram o tempo fazendo-lhe perguntas, descansando e refletindo. Maria ficava repassando mentalmente as visões que tivera, tentando relembrar detalhes sobre elas, para estar melhor preparada quando as coisas acontecessem. Retinha as cores nítidas e os sons, o vermelho e o cheiro do sangue e as pessoas moviam-se, sem parar, cortadas por espadas e gritando.

Também deu por si observando Jesus, tentando descobrir o que sentia por cada um de seus discípulos. Daria ele preferência a Tadeu ou a Judas? Respondia com mais entusiasmo às perguntas de Tomé do que às de Pedro? Como falava com Susana? Ela continuava com eles. Será que Jesus lhe dera boas-vindas de uma maneira especial? Tentava comparar sua expressão e seu comportamento com cada um deles com aquele que dedicava à sua mãe.

Ao mesmo tempo, ficava aborrecida por pensar estas coisas. Por trás desses pensamentos, percebia que havia uma competição surda pela sua aprovação. Mas continuava pensando se haveria um lugar especial para ela no afeto de Jesus, ou se a compreensão que sentia entre ambos era pura imaginação sua. *Serei eu apenas uma viúva solitária que tenta ver alguma coisa de que necessita onde nada existe?* A resposta variava de um dia para o outro, conforme Jesus respondesse ou agisse.

É verdade que ainda choro por Joel, ainda me sinto privada dele, reconheceu. *Mas também é verdade que me sinto diferente, e não mais solitária, quando estou com Jesus. Mas não sei o que ele sente. Partilhamos das minhas visões, consigo ajudá-lo, mas, além disso, talvez não haja nada... Nada do que há entre um homem e uma mulher.*

Algum dia o saberei? — perguntou a si mesma. *E será que ousarei procurar saber?*

Quando terminou a festa, deixaram Betsaida e Jesus levou-os para as montanhas. Sua mãe e Susana continuavam com o grupo. Joana e Maria haviam trocado um pouco mais do dinheiro que tinham em Betsaida, de maneira que o grupo tivesse suprimentos durante a próxima etapa de sua viagem.

Caminhando dois a dois, às vezes Maria estava perto de Jesus; outras, não. Era sempre um privilégio estar próximo dele, poder falar com ele ou mesmo apenas caminhar a seu lado, em silêncio. Em determinado momento, quando ficou para trás para permitir que os irmãos Zebedeu ficassem à frente com

Jesus, ela entreouviu algumas palavras que a exoneraram da culpa que sentia pelo seu desejo de ser a preferida de Jesus.

Jesus fizera um sinal para que eles se aproximassem e quando tomaram o lugar de Maria ele disse: — De que falavam vocês lá atrás?

— Nada de especial — disse Tiago, o Maior. Como Jesus continuou calado e olhando para ele, deu de ombros. — Falávamos de Antipas e sobre o que significava que os soldados nos estivessem observando.

— Mas vocês estavam discutindo — disse Jesus. — Você, João e mais uns quatro ou cinco.

— Discutíamos sobre quem será mais importante no novo reino, pois você disse que então tudo será virado pelo avesso — confessou Tiago, o Maior. — João e eu... nós gostaríamos de ter sua permissão para nos sentarmos a seu lado. Para sermos seus ajudantes especiais.

Olha só! Conspiravam por antecedência, pois todos queriam ser os preferidos de Jesus!, pensou Maria. Eu só quero seu afeto e seu carinho, enquanto eles querem prestígio e uma posição especial. Ao compreendê-lo, sentiu-se superior.

— Eles não têm esse direito! — disse Filipe, que também se aproximara. — Eu o conheci antes deles.

— Eu também estava lá desde o começo — disse Pedro.

— Eu trouxe você a Jesus — corrigiu seu irmão. — Eu fui o primeiro.

— Jesus me viu debaixo de uma figueira — disse Natanael. — Fui uma das primeiras pessoas que ele chamou.

Jesus parou de andar e o grupo todo também parou. A poeira do chão os envolvia, como se fosse uma névoa.

— Filhos do Trovão! Vocês não sabem o que estão pedindo! — disse Jesus, dirigindo-se a Tiago e João. — Irão vocês beber da taça em que eu beber?

— Nós o faremos — disseram ambos, decididos.

Jesus balançou a cabeça. — Vocês podem, de fato, beber da minha taça, mas não é a mim que cabe dizer quem se sentará à minha direita ou à minha esquerda. Esses lugares serão daqueles para quem tiverem sido preparados por meu Pai.

— Eles não deviam ficar fazendo essas coisas pelas costas! — disse Pedro. — Bisbilhotando, tentando garantir...

— Pedro! — disse Jesus levantando a voz. — Todos vocês! Ouçam! — Voltou-se, devagar, para se certificar que todos o ouviam. — Vocês querem ser como Antipas e seus soldados? Ou como os romanos? Eles vivem segundo uma hierarquia e cada um é o senhor de seu segundo mais próximo. Entre vocês, deverá ser o contrário. O maior de vocês deverá ser um servo — não, um escravo — dos outros. Da mesma forma como eu sirvo aos outros.

— Um escravo? — disse Pedro, sentindo-se insultado. — Um escravo? Você diz que somos filhos de Deus e filhos de Deus não podem ser escravos!

— Vocês serão escravos do reino de Deus. — Jesus pronunciou as palavras de maneira clara. — No reino de Deus não há lugar para a ambição.

Decepcionados, João e Tiago voltaram lá para trás e deixaram que Maria e Joana reocupassem seus lugares.

— Mestre, eu não tenho ambições — disse Maria.

Jesus olhou para ela, abriu bem os olhos e, naquele momento, ela sentiu como se ele lesse sua mente. — Maria, receio que tenha — foi só o que respondeu.

Maria ficou pasma de ouvir aquelas palavras. *Não era* verdade... Será que era? No entanto, ele estava certo quanto aos outros... Sentiu que suas faces se ruborizavam de vergonha.

Joana começou a falar sobre o que conhecia de Antipas e o que provavelmente ele faria. Mandaria que fossem seguidos, advertiu. De agora em diante, seriam permanentemente observados. Ao mais pequeno tropeço, todos eles acabariam como João Batista — presos, ou mesmo executados.

— Até Antipas deve respeitar *alguma* lei — disse Maria. — Não pode simplesmente prender-nos. — Estava contente pela oportunidade de poder continuar conversando com Jesus, mas sobre um assunto mais seguro. E, certamente, era mais seguro falar de Antipas do que sobre seus sentimentos para com ele.

— Ele achará um pretexto — disse Joana. — Eu o conheço. Sei como pensa.

— Você tem razão, Joana — disse Jesus. — Mas não nos esconderemos dele, nem mudaremos o nosso comportamento. O que fizermos, faremos abertamente. Caberá a Antipas fazer o pior que possa.

— Isso mesmo! — disse João, que estava logo atrás deles, com seu belo rosto brilhando. — Iremos em frente com nossa coragem, mesmo que seja para a morte!

— Se for esse o caso, João... — disse Jesus, devagar. — Mas não há vergonha em tentar preservar a vida. Quando eu me for, espero que escapem das perseguições, desde que não me reneguem.

De que falava ele? "Quando eu me for"? Subitamente, Maria sentiu medo. A túnica branca e aquela sua frase "Está chegando e me aguarda..."

— Você não deve dizer essas coisas! — gritou Maria, empurrando João e segurando o braço de Jesus. — Por favor!

— Maria, Maria — disse ele. — O que será, será, e não há como negá-lo. Devemos estar preparados para isso.

— E sua mensagem?... Se você for silenciado, como ficarão os que ainda não ouviram a mensagem? — insistiu Tomé.

— É por isso que devo continuar falando, devo continuar me movimentando enquanto o permitirem. Depois, vocês falarão por mim.

"Depois", "quando eu me for"...

Ele nunca falara assim antes. Agora, ao ouvir aquelas palavras, Maria quase sentiu uma sombra negra ofuscando o brilho do dia, como se as asas de uma águia gigante tivessem ocultado a luz do sol. Se ele desaparecesse, jamais haveria calor novamente. Um autêntico calafrio percorreu sua pele.

Não era possível. Ela não tivera aquela visão. E se não tivesse ocorrido a visão, como poderia ser verdade? Minhas visões me contam tudo. Pela primeira vez, ela o admitia, não se defendia de suas revelações. Sua visão o mostrara numa túnica maravilhosa, engrandecido e glorioso. Mas não se diz que a túnica do martírio é gloriosa? Seria isso que ela vira?

Atrás dela, os discípulos subiam, com dificuldade, uma ladeira íngreme. Alguns usavam cajados para se apoiarem na subida, enquanto outros, mais atrás, resmungavam. João e Tiago tinham ido lá para trás, encabulados pelo que lhes dissera Jesus. Ao lado deles, outros discípulos ambiciosos ainda discutiam. À medida que subiam, um ar mais fresco começou a tocá-los e os pinheiros, bem altos, farfalhavam ao vento. Maria, perdida em seus pensamentos, quase nem reparara que Judas estava a seu lado, até que ele falou.

— Jesus terá que escolher jovens para o acompanharem — disse. Enterrava o cajado no chão, como se precisasse de apoio para o próximo passo.

— A mãe dele vem acompanhando bem — disse Maria observando-a. Caminhava com passadas enérgicas ao lado de Pedro.

— Ela não é muito velha — disse Judas. — Ainda deve estar nos quarenta. Mateus tem quase quarenta. E Simão, que lutou com os rebeldes fanáticos durante muito tempo. É por isso que está cansado. Lutar por muito tempo sem que nada aconteça acaba envelhecendo as pessoas.

— Ele até parece que rejuvenesceu depois que se juntou a nós.

— É verdade — concordou Judas. — É influência de Jesus.

— E agora Jesus está falando sobre sua missão ser interrompida por Antipas. Não podemos deixar que isso aconteça! — Judas seria um aliado importante, se fosse o caso de traçar um plano para ser mais esperto que Antipas. Era esperto, imaginativo e mais prático que os outros. Maria lembrava-se de uma frase que Jesus dissera: que os filhos deste mundo eram mais sábios que os filhos da luz, pelo menos em algumas coisas. Judas podia ser considerado um filho deste mundo muito competente.

Judas pensou por alguns momentos e Maria só ouvia seu cajado batendo no chão. Finalmente, disse: — Não, não podemos deixar. — Em seguida, disse algo surpreendente. — Devemos deter Jesus, se ele tentar alguma provocação exagerada.

Deter Jesus? Essa parecia ser uma ideia desleal. Será que ele deveria ser impedido de cometer uma ação perigosa? — Como? — perguntou.

— Por meio de persuasão — disse Judas. — Tenho certeza de que sua mãe nos ajudaria. E, se nada der certo... somos em número superior a ele...

A ideia de impedir pela força que Jesus fizesse algo que tivesse decidido fazer não só lhe parecia repugnante como impossível. Mas se fosse para salvar sua vida...

— É, se as coisas chegarem a esse ponto... — Maria sentia-se simultaneamente aliviada e conspiradora. A sombra negra deixou o céu, mas o calafrio continuou.

Judas caminhou algum tempo em silêncio, a seu lado, e depois disse: — Sei que você e Joana vêm contribuindo para o nosso sustento. Vocês precisam de alguém para cuidar das finanças? Sou muito bom nisso.

Seria por isso que ele se aproximara dela? — Você tem experiência com isso? Eu havia pensado que Mateus...

— Ele não quer nem ouvir falar em coisas do seu passado — disse Judas. — Assim como seu irmão, Tiago. Além deles, quem teríamos? Os cinco pescadores? Um estudante da Torá? São pessoas sem experiência em lidar com dinheiro. Jesus admira, com certeza, suas virtudes de pessoas simples, mas não é disso que necessitamos aqui. Temos nosso próprio dinheiro e o dinheiro de contribuições que nos dão; temos despesas com comida e bebida e alguém tem que administrar isso. Eu tenho experiência. Ou você prefere fazê-lo? — perguntou, delicadamente.

— Não. — Ela queria ter a liberdade de dirigir sua atenção para Jesus e sua mensagem, de ajudá-lo quando precisasse.

— Então eu lhe ofereço meus serviços — disse ele.

Naquela noite, dormiram numa floresta, um bosque isolado composto por pinheiros e carvalhos. Essas florestas eram sobreviventes dos tempos antigos, de Josué e da conquista da terra prometida. Já existiam nos tempos em que Davi, Salomão, Josias e Elias haviam defendido o território. Agora, serviam de abrigo para Jesus e seus companheiros. Mais abaixo, na ladeira, havia outros seguidores de Jesus, que o acompanhavam à distância e, embora não o conhecessem bem, se sentiam atraídos por ele.

Sob os pinheiros, os discípulos fizeram uma fogueira e sentaram-se em torno dela. Ouviam as pessoas, lá embaixo, ansiosas por se juntar a Jesus, em busca de um líder poderoso.

Quando se acomodaram em torno do fogo, notaram que Jesus estava triste e absorto, em nada parecendo um poderoso líder. As labaredas cresciam quando os ramos dos pinheiros caíam e crepitavam com as pinhas secas. O fogo iluminava seus rostos, salientando suas feições.

Se é verdade que somos jovens, pensou Maria, esta noite não o parecemos. Esses não são os olhos de jovens.

Jesus olhava para eles e seu olhar os escrutinava um por um.

— Meus amigos — disse, por fim. — E minha mãe, uma amiga acima de todos. — Fez um gesto com a cabeça em sua direção. — Sinto que entramos numa nova fase desta nossa viagem. — Olhou em volta. — Não só porque nos encontramos numa região da Galileia que não conhecemos, mas também por termos atraído a atenção dos romanos, de Antipas e das autoridades religiosas. Em breve nos dirigiremos a Jerusalém para enfrentá-los.

Jerusalém!

— Jerusalém, não — murmurou Maria. — Não, mestre! — Coisas ruins os aguardavam por lá.

Jesus baixou a cabeça e fechou os olhos por um momento. — Agradeço a Deus por todos vocês — disse. Seu rosto expressava angústia. — Mas tão poucos, entre tantos!

Lá embaixo podiam ouvir as pessoas que os acompanhavam à distância, juntando-se no sopé da ladeira.

— Somos completamente seus — afirmou Maria.

— E agora somos ameaçados pelos romanos e por Antipas mesmo antes de termos terminado nossa viagem pela terra. Devemos continuar. Eu lhes pergunto: Vocês estão dispostos? Vocês aguentarão? Será muito difícil.

Todos confirmaram, mas em voz baixa.

— Vocês me ouviram falar do fim — disse. — Mas não é a nós que cabe saber quando virá esse tempo. Sabemos apenas daquilo que nos foi concedido fazer e devemos fazê-lo até o último momento.

— Meu filho — disse sua mãe. — Como pode falar de último momento, se seus dias apenas estão começando?

Ele riu, mas foi um sorriso calmo. — É sempre assim que nos sentimos por alguém a quem amamos. Mas a verdade, minha querida mãe, é que já se passaram muitos anos desde que a senhora me segurou pela primeira vez. E, para as pessoas que amamos, as horas passam rapidamente. — Afastou seu olhar da mãe e fitou os outros com um olhar de águia. Seu olhar buscou Tiago e João. — É ele que escolhe o tempo e a hora, não eu.

— Estamos dispostos — disseram em coro. — Estamos dispostos. — Suas vozes eram profundas e angustiadas.

Durante a noite, começou a chover. O inverno chegava de repente. Apenas um ano atrás fiquei encharcada com as chuvas de inverno quando procurava libertar-me — da maneira que fosse possível — dos demônios que me possuíam, pensou Maria. Nem conhecia Jesus. Sua missão não havia começado. E agora ele se sente ameaçado.

Cobriu-se, sentindo-se bem por ter escolhido um lugar para sua esteira ao abrigo de um pinheiro. Ouvia os pingos caindo à sua volta e os sentia pesados e frios.

Foram tantas as pessoas que o ouviram falar. Mas são tantas, também, as que ainda não o ouviram... Não conseguirá falar a todas, pensou, enquanto os pingos da chuva batiam nos galhos acima de si. Ouviu os outros trazerem suas esteiras para mais perto, fugindo da chuva.

— Maria? — Era a voz de Judas. Será que estivera a seu lado o tempo todo?

— Sim? — Sentia-se pouco à vontade. Será que ele pensava?... Será que ele imaginaria que ela?... Pertenço apenas a Jesus. Inesperadas e decididas, foram essas as palavras que passaram por sua mente.

— Não compreendo o que temos pela frente — dizia ele. — Sinto-me confuso. Jesus nunca chegou a responder às minhas perguntas. Aquelas que lhe fiz logo no começo, ainda no deserto. — Falava em voz baixa, como se em segredo.

Que perguntas seriam essas? Maria só se lembrava de desafios.

— Talvez ele tenha pensado que você não queria, na verdade, ouvir as respostas — disse ela, por fim. Afastou um pouco sua esteira do lugar em que ele estava.

— Mas deveria ter compreendido que eram perguntas importantes — insistiu Judas. E ela ouviu um ruído quando ele puxou a esteira para debaixo da árvore. Talvez não estivesse aproximando-se dela. Talvez só quisesse ficar ao abrigo da chuva. Repreendeu-se por sempre pensar o pior das pessoas. Jesus não gostaria disso, pensou. Espera sempre o melhor de nós e até se arrisca, com pessoas como Simão e Mateus. Mas como irei aprender a pensar como ele?

— Fui honesto em minha busca — continuou Judas. — Uma busca que, receio, venho fazendo ao longo de toda minha vida.

Ela sentou-se para escutar melhor e para poder responder sem perturbar os outros. — Sua busca deve ter sido atendida — murmurou. — Você se juntou a ele.

— É verdade, juntei-me a ele e há dias em que a busca parece ter terminado, mas... — Sua voz tornou-se mais fraca, como a fumaça se esvaindo das brasas. — talvez o erro seja meu, mas há outros dias em que me sinto oprimido pelas perguntas não respondidas.

Maria baixou a cabeça e fechou os olhos. Entendia o que ele dizia. — Há momentos em que você deve confiar numa fé absoluta — disse, finalmente. Fora isso que fizera: uma fé cega e um compromisso fervoroso. Bloquear qualquer outra coisa. Grudar-se a isso.

— Você sabe que algumas daquelas pessoas que nos seguiam — lá embaixo, na ladeira — foram embora — disse Judas. Sua voz era suave, no escuro. — Ouvi Jesus perguntando a Pedro sobre isso. Jesus fica aborrecido quando alguém vai embora. Numa voz bem triste, perguntou: "Vocês também irão embora?". E Pedro respondeu: "Para onde iríamos? Você tem as palavras da vida eterna". É assim que me sinto. Quero ouvir essas palavras, na esperança de que uma delas — uma palavra milagrosa — responda a todas aquelas perguntas. Se fosse embora, jamais as ouviria.

Era um motivo negativo para ficar com Jesus, mas Maria não o podia censurar. O que mais importava era que continuavam ali, com ele, e não espalhados por outros lugares. E talvez uma palavra indefinível conquistasse a confiança definitiva de Judas, se estivesse perto para ouvi-la.

45

Meu querido irmão Silvanus,

Talvez esta seja a última vez que lhe posso escrever uma carta. Espero conseguir um mensageiro para levá-la até Magdala. Estamos nas montanhas do Norte, longe do lago. É verdade, sei que não é um bom lugar para se estar no inverno.

Mudou tudo. Lembro-me de que você alertou que Jesus estava atraindo atenção — o tipo errado de atenção. Você tinha razão. As autoridades religiosas vieram de Jerusalém, os soldados de Antipas já nos incomodaram e eu tive horríveis pressentimentos de destruição e terror. Jesus foi tomado por um ânimo esquisito. Fica falando sobre o fim desta era, que diz que vai chegar em breve, diz que deve ir para Jerusalém e "enfrentá-lo" lá. Todos nos sentimos deprimidos e ameaçados, embora não tenhamos visto inimigos em lugar algum enquanto subíamos estas montanhas escarpadas.

A mãe de Jesus se juntou a nós e isso é reconfortante, pois ela é uma pessoa forte e muito tranquila — uma força diferente da dele, mas não menos importante. Uma das outras pessoas do nosso grupo é um homem da Judeia, chamado Judas, e, como eu, acha que Jesus corre perigo e quer fazer o que for possível para evitá-lo. Não sei se isso é possível, pois não podemos prever de que lado virá o perigo.

Ó Silvanus, cuide de sua vida tranquila perto do mar! E, por favor, entregue a Eliseba esta cartinha minha.

Sua irmã, com muito amor

Minha querida e doce Eliseba,

Está chovendo e faz frio. Embora a maioria das pessoas não goste, eu gosto muito, pois você nasceu no inverno, o que significa que seu aniversário será em breve e você terá três anos de idade. Três anos! Quando as pessoas perguntarem a sua idade, você pode mostrar seus três dedos do meio. Só esses três. Pode ser um pouco difícil, mas você pode ir treinando. Às vezes os dedos são marotos para mexer com eles!

Se eu estivesse aí, você iria ganhar um presente especial. Mas, em vez disso, você me deu um, que estou usando agora. Sempre o uso. É um colar com um amuleto que você costumava usar. Acho que permite que nossos espíritos fiquem juntos e quando a gente se encontrar vou tirá-lo e colocá-lo de novo em volta de seu pescoço. Então, minha alegria será completa.

Todo meu amor para você, minha filhinha preciosa,

Maria

46

O tempo estava ficando desagradável. A chuva da noite anterior deixara o chão ensopado. A terra adormecida voltaria a viver e a água da chuva iria encher cisternas e barris. Mas para quem tinha que viver ao ar livre, era um tempo triste e frio.

Jesus e seu grupo retomaram sua árdua caminhada. Maria ficava pensando por que razão Jesus teria escolhido aquela região. Era pouco habitada e num terreno difícil — ainda mais difícil devido às chuvas —, em que as ladeiras eram escorregadias.

Finalmente, chegaram a um planalto, mais ao norte da região onde Maria e João haviam estado. Era um lugar exposto e ventava muito. À medida que progrediam, viram, um por um, vales e montanhas que se espalhavam à sua frente. Quase podiam ver o oceano. Uma região vasta e plana era visível, estendendo-se entre o lugar em que estavam e o mar.

— A grande planície de Megido — disse Jesus, quando se aproximaram dele, tentando recuperar o fôlego. — É aqui que dizem que se travará a última grande batalha.

Maria olhou para a planície que, na realidade, parecia suficientemente grande para ser ocupada por vários exércitos. Agora, porém, estava absolutamente tranquila.

— No final dos tempos... Nos últimos dias... — Ele olhava com atenção a planície. — É aqui que todos se enfrentarão. Os exércitos dos justos e os exércitos da maldade. E é aqui que tudo será decidido.

— Mas... você disse que o mundo iria mudar. Que iria acabar o mundo do jeito que o conhecemos — disse Maria. — Talvez amanhã, você disse. Então, como será possível travar essa batalha? — Na realidade, pouco mudava: em ambos os casos seria a destruição e o fim. Mas os dois cenários pareciam excludentes.

Jesus voltou-se para ela e seu rosto estava radiante — quase como na visão que tivera. Mas não por completo. — Esta será a batalha final dos tempos, antes que os tempos acabem. — Ele via coisas para além da compreensão e da imaginação deles. — Mas antes, o Filho do Homem virá e julgará. Haverá uma enorme comoção sobre a terra.

— Quando? — A pergunta, angustiada, irrompeu dela. — Quando, senhor?

— Maria, Maria. — Ele aproximou-se dela. O jeito de repetir seu nome quando se dirigia a ela fazia com que estremecesse. — A cada dia você deve dar um novo passo. Isto não acontecerá durante sua vida.

— Mas você disse que iria acontecer logo! — protestou Judas.

— Alguma coisa irá acontecer logo — respondeu Jesus. — Mas será algo passageiro. Sinto que é o alvorecer do reino de Deus. Mas há uma longa distância separando o amanhecer do meio-dia, quando será travada a batalha final.

Natanael aproximou-se dele e disse: — Não vejo nada disso. Tudo o que vejo são fazendas e pessoas trabalhando tranquilamente. Não consigo imaginar essas coisas de que nos fala.

— Isso é tudo o que você precisa ver — disse Jesus. — Precisamos anunciar a mensagem enquanto tudo ainda estiver calmo e as pessoas nos possam ouvir. Agora, ouçam-me! — Recuou e levantou as mãos. — Esse fim dos tempos de que falo, só o Pai sabe quando realmente acontecerá. Devemos falar e agir como se tivéssemos todo o tempo do mundo, embora conscientes de que talvez não o tenhamos. Devemos viver como se já estivéssemos na eternidade, quando o próprio tempo desaparece.

Talvez seja simples para ele, mas para nós é quase impossível, pensou Maria.

— Continuaremos anunciando a mensagem da forma que o fazemos, dia após dia, pelo tempo que nos for concedido. — Voltou-se para olhar o enorme vale que se estendia abaixo e à frente dele, escuro e sonolento. — *Vejo* aqueles exércitos. Mas desconheço quando entrarão em choque. Talvez tenhamos bastante tempo.

Abandonando o lugar de onde observava o enorme vale, continuou seu caminho.

Não parecia haver ninguém em lugar algum. As montanhas e o planalto espalhavam-se por todos os lados, mas só viam algumas cabras, uns bosques, vazios, de oliveiras e alguns rebanhos de ovelhas nas ladeiras íngremes. Parecia ser o próprio fim do mundo.

Começou a chover, de novo, e ficaram ensopados. Quando atravessavam um campo lamacento, com ladeiras por todos os lados, Jesus disse, de repente: — Aqui. Vamos ficar aqui.

Era um lugar exposto, sem árvores, e o vento soprava forte, lançando os pingos de chuva contra eles como dardos.

— Mestre — disse Pedro. — Devo construir abrigos? — Mas era uma pergunta boba: não havia como fazê-los.

— Não — respondeu Jesus. — Então, não seríamos vistos. — Pôs no chão o fardo que carregava e, em seguida, pegou o que sua mãe carregava, conduzindo-a para o único abrigo disponível — uns arbustos, baixinhos, cheios de espinhos. Colocou uma coberta sobre os arbustos e, com um gesto, sugeriu que se abrigasse ali.

A maioria do grupo ficou no campo enlameado, numa confusão total. O ruído de seus pés pisando na lama lembrava o de um tropel de bois à margem de um rio, com barulhos de sucção.

— Amigos! — A voz de Jesus chegava ao extremo daquele campo, onde cada vez mais gente se ia juntando. — Deixem-me falar-lhes! Vocês fizeram uma longa viagem sem nada ouvir, e assim provaram que querem, realmente, ouvir!

As pessoas aproximaram-se, reunindo-se em grupos, de modo que o campo foi ficando vazio.

— Abençoados sejam todos vocês, pelo que irão ouvir! — gritou Jesus. — Pois eu lhes digo que os próprios profetas gostariam de ter visto o que vocês veem, mas não o viram. Gostariam de ter ouvido o que vocês ouvem, mas não ouviram.

Iria ele revelar seus planos finais? Seria por isso que os trouxera para um lugar tão distante? Maria pensava, olhando em torno de si. Pelo canto do olho, viu mais gente aproximando-se daquele campo. Pessoas novas. De onde viriam? E chegavam mais e mais pessoas, preenchendo as lacunas vazias do campo, até formar uma vasta multidão.

— Vocês pensam que eu vim para abolir a Lei ou os profetas? — gritou. — Não, não vim para os abolir, mas para os cumprir. E vocês devem fazer mais do que obedecer, devem ir mais longe. Vocês conhecem o mandamento "não matarás". Mas eu lhes digo que aquele que voltar sua raiva contra um irmão também será julgado. Assim como aquele que chamar seu irmão de louco estará sujeito ao fogo do inferno.

Maria olhou para aquele mar de rostos que o fitavam com toda a atenção. Está nos ensinando a controlar nossos pensamentos. Está dizendo que os pensamentos são tão reais quanto as ações.

— Vocês conhecem o mandamento "não cobiçarás a mulher do próximo". Mas eu lhes digo que aquele que olha para uma mulher com desejo, já cometeu adultério em seu coração.

Ouviram-se gracejos entre a multidão.

— Vocês acham que exagero em minhas palavras? — continuou Jesus, rapidamente. — Então, deixem que lhes diga que se seu olho direito os leva ao pecado, devem arrancá-lo e jogá-lo fora. É melhor perder um olho que ter seu corpo inteiro arrastado para o inferno.

Acabaram os gracejos, dando lugar a olhares inquietos, para os lados.

— E se sua mão direita os levar ao pecado, cortem-na! Sim, cortem-na!

Andava na lama, para trás e para frente, com a borda de sua túnica arrastando-se como o manto de um rei — só que, em vez de joias, estava cheio de lama e palha molhada. Sua voz erguia-se acima do vento e da chuva.

— Lembrem-se do que disse Moisés: "Olho por olho, dente por dente". Mas eu lhes digo, não ofereçam resistência a uma pessoa má. Se lhe baterem no rosto, ofereça a outra face. Se alguém quiser tomar sua túnica, deixe que também leve sua capa. — E começou a tirar a sua própria capa. Avançou para entregá-la, mas as pessoas recuaram.

Simão tocou no ombro de Maria. — Ele enlouqueceu? — sussurrou. — Desta vez foi longe demais.

— Ame seu inimigo! — gritava Jesus. Ore pelos que o perseguem!

— Jamais orarei por um romano! — resmungou Simão. — Já basta que parei de matá-los.

— Se você o fizer — dizia Jesus — fará como seu Pai, no céu. Ele envia a chuva para os que merecem e para os que não merecem. — Estendeu suas mãos, deixando a chuva cair sobre elas. — Se você só amar a quem o ama, que crédito terá você? E se só cumprimentar seus irmãos, que diferença terá dos outros? Até os pagãos o fazem. Portanto, seja perfeito, como é perfeito seu Pai celestial.

Embora não falasse em voz muito alta, o silêncio de espanto da multidão fazia parecer que gritava. — Quando você orar, não faça como os hipócritas que gostam de orar dos púlpitos das sinagogas e nas esquinas das ruas para que todos os vejam. Vá para seu quarto, feche a porta e ore a Deus, que é invisível. Mas ele vê tudo o que é feito em sigilo, e ouvirá sua prece. Deixem-me falar-lhes sobre duas preces. Um homem justo foi ao Templo e disse: "Meu Deus, eu lhe agradeço por não ser como outros homens — ladrões, malfeitores, adúlteros — ou mesmo como esse coletor de impostos que está aí. Faço jejum duas vezes por semana e dou o dízimo daquilo que recebo". E o coletor de impostos, que estava um pouco mais longe, nem olhou para os céus e disse: "Meu Deus, tenha misericórdia de mim, pois sou um pecador". Foi este que foi agraciado por Deus. Pois todo aquele que se glorifica a si próprio será humilhado, enquanto o que se humilha será glorificado.

O vento ficou mais forte e rajadas de chuva batiam no rosto das pessoas. Algumas delas correram, tropeçando na lama, em busca de um abrigo na orla do campo. Jesus fez o contrário: puxou seu capuz, ficando com a cabeça à chuva. Via as pessoas fugindo da chuva e Maria viu, em sua expressão, uma tristeza profunda.

— Não julguem os outros! — gritou, para as pessoas presentes como para si mesmo, vendo-as em debandada. — Pois também vocês serão julgados. Por que procura tirar o cisco do olho de seu irmão? Primeiro, tire de seu próprio olho o que não o deixa enxergar, e em seguida verá com nitidez para tirar o cisco do olho de seu irmão!

Por uns instantes, ficou só e solitário, como um monumento naquele campo, olhando as pessoas que fugiam e já não o podiam ouvir. Então, continuou seu sermão.

— Digo-lhes que não se preocupem com suas vidas, com o que irão comer ou beber, com seu corpo e com as roupas que irão vestir. Vejam os pássaros. Eles não plantam, não colhem, nem armazenam sua comida. Mas o Pai celestial dá seu alimento. Vocês não seriam mais preciosos do que eles?

Maria pensou no armazém de sua família, estocando peixe defumado e salgado. Como poderiam deixar de confiar naquele armazém? Sem ele, não poderiam prosperar nos negócios. Por outro lado... como sentia a liberdade, deixando tudo para trás. No entanto... acampar ao ar livre e comer aquelas refeições minguadas não era o mesmo que saborear aquela comida abundante na casa de meu pai.

— E por que se preocupam com suas roupas? Vejam os lírios do campo. Não trabalham, nem tecem. E, no entanto, eu lhes digo que nem Salomão, em todo seu esplendor, era tão belo quanto eles. Se Deus dá vestimenta às plantas do campo — que hoje estão aí e amanhã serão jogadas na fogueira — não irá vestir vocês, ó gente de pouca fé?

Olhou para as pessoas em sua volta antes de continuar. — Não se preocupem, então, perguntando "o que comeremos?", "O que beberemos?", "O que vestiremos?". Os pagãos perseguem essas coisas, mas seu Pai celestial sabe que precisam delas. Procurem, antes, seu reino e sua justiça. Então, receberão todas essas coisas. — Fez uma pausa. — Portanto, não se preocupem com o amanhã! — ordenou a todos. — O amanhã se preocupará com ele mesmo. Eu lhes digo que cada dia tem suas próprias preocupações.

Começou a caminhar entre os vários grupos de pessoas que se haviam juntado para se proteger da chuva. Maria esforçava-se por ouvi-lo, pois ele se afastara.

— Quem de vocês daria uma pedra a seu filho, se ele lhe pedir um pão? Então, se vocês sabem oferecer boas coisas a seus filhos, quanto mais não lhes oferecerá seu Pai celestial se assim lhe pedirem? Portanto, façam sempre aos outros o que desejam que seja feito a vocês mesmos.

Voltando-se, repetiu. — Se nunca ouvirem mais nada, lembrem-se disto: façam aos outros o que desejam que seja feito a vocês mesmos. Isso representa o que diz a Lei e o que disseram os profetas. Sigam-me e ouçam mais! — Fez uma pausa. — Muitos, entre vocês, sofrem. Eu lhes digo: os que sofrem serão consolados. Outros, entre vocês, têm fome e sede de justiça. Eu lhes digo que são bem-aventurados, pois suas necessidades serão atendidas. Bem-aventurados são os humildes, pois herdarão a terra. Bem-aventurados são os misericordiosos, pois alcançarão misericórdia. Bem-aventurados os pacificadores, pois serão chamados filhos de Deus. E bem-aventurados os perseguidos por causa da justiça, pois é deles o reino de Deus.

Então, deixou os ouvintes no campo e aproximou-se de seus discípulos. — E vocês, os escolhidos, bem-aventurados sejam vocês quando forem insultados, perseguidos ou vítimas de falsas acusações e maldades por minha causa. Alegrem-se, fiquem contentes, pois será grande a sua recompensa no céu porque também foram perseguidos os profetas que os antecederam. — Enquanto falava, olhava o rosto de cada um e quando pronunciou a palavra "perseguidos", seus olhos estavam no rosto de Maria.

Ela tremia com a chuva e com o frio, e o som da palavra "perseguidos" foi tão profundo, que parecia que olhava para um abismo. Perseguida. Havia tantas maneiras de ser perseguida: agressões rápidas, um longo tempo na prisão, a degradação física, o isolamento, a tortura. A cisterna onde jogaram Jeremias, o poço onde lançaram José... Para mim, a maior das perseguições foi perder Eliseba. Sim, perdê-la, pois as pessoas lhe haviam feito "falsas acusações e maldades" por causa de Jesus. Portanto, para mim a perseguição já começou.

Jesus continuou olhando um por um dos discípulos, advertindo-os para a terrível possibilidade da perseguição. Eles também o olhavam, perplexos e assustados.

Então, subitamente, Jesus voltou-se para aquela massa de gente no campo. Maria não compreendia como aquela multidão aumentara tão rapidamente. Ela caminhara, com João e Susana, durante semanas por aquela região e haviam encontrado tão poucas pessoas que desistiram, pois não tinham a quem pregar a mensagem. E agora, de repente, havia mais pessoas ali do que as populações inteiras de Cafarnaum e Corazim.

Agora não tremia apenas de frio. As palavras de Jesus tinham mexido com ela.

O sol já se punha. André aproximou-se de Jesus e falou-lhe em voz baixa.

— Senhor, a noite aproxima-se e estamos num lugar desprotegido. Devemos enviar esta gente a suas casas para que cheguem em segurança. Estão molhadas pela chuva, com frio e logo estarão com fome.

Assim como nós, pensou Maria. Também eu quero buscar um abrigo e comer o pão e as tâmaras que trouxe e tentar secar as roupas.

— Talvez lhes devêssemos dar algo de comer — disse Jesus.

André olhou para ele, sem compreender. A chuva ensopara seu capuz, que estava grudado em sua testa, como um boné. — O quê? Mesmo que pegássemos tudo o que temos, que Maria e Joana trouxeram, não daria para alimentar toda essa gente! E não há onde comprar nada, pois aqui é um deserto!

— Bom, e o que você tem aí?

Agitado, André mexeu em sua sacola. — Pão dormido, um pouco de peixe salgado... Isso é tudo o que tenho.

— E os outros?

Espantados, os discípulos começaram a remexer suas sacolas para ver o que tinham.

— Ofereçamos isso — disse Jesus. — Só podemos oferecer o que temos. — E então, de maneira inesperada, acrescentou: — Lembrem-se! Nunca devemos oferecer mais do que temos, mas não se deve pedir desculpas por isso.

Juntaram a comida que tinham, fazendo uma pilha — tâmaras, figos secos, pão e peixe salgado. Era muito pouco, considerando a imensa horda de gente que os cercava.

— Vamos oferecê-lo — disse Jesus.

Cada um com uma braçada de alimentos, os discípulos espalharam-se e aproximaram-se das pessoas que esperavam. — Isto é tudo o que temos — disseram.

Maria apenas ergueu o fardo que segurava e as pessoas o tomaram e ele desapareceu. Pensou que as pessoas iriam brigar por ele, mas não o fizeram.

— Que Deus a abençoe! — disse uma mulher, que se aproximou da frente da multidão e tocou a cabeça de Maria. — Que Deus a abençoe! — O toque de sua mão parecia conferir a bênção de suas palavras.

Quando terminaram de distribuir o pouco que tinham, os discípulos tornaram a reunir-se em volta de Jesus. Olharam para a multidão, que parecia satisfeita — Maria não conseguia imaginar como era possível.

— Nós os alimentamos — disse André, sem compreender. — Somente aquilo pareceu ser o suficiente para eles.

Jesus fez um aceno com a cabeça. — A preocupação com a comida é mais importante do que a própria comida — disse. — As pessoas morrem por falta de interesse, e o espírito tem mais fome do que o corpo. Uma palavra pode valer mais do que um pão.

Pelos ruídos de satisfação que ouvia, Maria sabia que ele tinha razão. O gesto de sinceridade falara alto. Mais alto que o ronco das barrigas vazias.

A chuva incessante e o céu nublado fizeram escurecer mais cedo. Na multidão algumas tochas foram acesas, mas a chuva logo as extinguiu. Em vez de se dispersar, a multidão reunia-se em pequenos grupos e então, de repente, começaram a marchar, decididos e irrefreáveis, em direção a Jesus.

E agora ouviam-se as palavras, palavras surpreendentes: — Nosso rei! — gritavam. — O senhor é nosso rei! — Não corriam. Marchavam, de forma ordeira, através do campo encharcado e escuro. — Nosso rei! — gritavam. — Nosso rei!

Jesus, surpreendido, recuou. Mas eles continuavam vindo e gritando: — Nosso rei! Nosso rei!

Jesus hesitou e recuou ainda mais. Refugiou-se atrás de Maria e André, como se tivesse que refletir sobre o que estava ocorrendo.

— Eles o proclamam rei — disse Maria, numa voz fraca. E pensou, rapidamente: Não, não nos abandone! Não vá com eles!

— Eles não sabem o que fazem — disse Jesus. Mas continuava imóvel, indeciso.

— O senhor é nosso rei, é o Messias prometido! — gritavam. — Deve comandar-nos! Há muito o esperávamos!

Os que vinham à frente aproximavam-se de Jesus. Eram rostos determinados, de homens e mulheres, e os mais corajosos vinham à frente.

— O senhor não é descendente da casa de Davi? Sabemos que é, sabemos que é o nosso rei! O senhor destruirá Roma e nos libertará!

— Não iremos esperar mais! — gritaram alguns jovens à frente da multidão. — Viemos aqui para vê-lo e fomos atendidos! O senhor é nosso guerreiro! Preocupa-se conosco! Marcharemos unidos atrás do senhor e os expulsaremos! — O ruído de suas passadas estava mais perto. — Chegou o dia! É o seu dia!

Maria olhou para Jesus e viu que seu rosto estava impassível, fixo. Expressava horror e repulsa. E a multidão continuava vindo. Só quando chegaram perigosamente perto, saiu de sua imobilidade para enfrentá-los. Sozinho, de frente para o grupo que chegava, ergueu os braços: — Meus amigos! Meus seguidores! Vocês estão enganados! Eu não os irei liderar contra Roma!

Sua voz não conseguia abafar os gritos. — Nosso rei, nosso rei, nosso rei! É o Messias! — gritavam. — O Messias quebrará os vínculos com Roma e voltaremos a ser grandes!

— Não posso quebrar os vínculos com Roma! Nem o pode Messias algum! Existe um poder terreno e um poder dos céus. O poder terreno de Roma é uma força suprema.

— O senhor é o Messias prometido! Queremos o Messias! — gritavam de volta.

— Esse Messias é impossível — disse Jesus.

A multidão continuava se aproximando, mas agora diminuía. A palavra "impossível" os assustara.

— É impossível, sim! — gritou. — O Messias que vocês querem jamais virá. Deus é sempre o Deus do presente. O Messias guerreiro que vocês querem é o passado. — Olhou para a multidão, que estancara. A penumbra do entardecer mostrava suas túnicas, mas não seus rostos. — O Messias é a emanação de Deus — continuou Jesus. — Quando ele vier, será diferente daquele que procuram. Deus o usará para novos objetivos.

— É o senhor! O novo objetivo é o senhor! — gritaram, voltando a avançar. Aproximaram-se de Jesus e tentaram tocá-lo com as mãos. Mas ele recuou, colocando-se ao lado de Maria e André.

— Não me toquem — disse rispidamente. De alguma forma, a força de suas palavras os deteve.

— Deve ser nosso líder! — gritaram. — Tem que fazê-lo! Israel espera sua ajuda!

— Ninguém pode servir a dois senhores — disse Jesus. — Pois se amar um, odiará o outro. Não posso servir ao poder terreno de Israel e ao poder de Deus.

Enquanto falava, uma linha escura surgia no final do campo. Homens fardados. Capacetes. Armaduras. Os homens de Antipas. Iam chegando cada vez mais, como um fluxo contínuo de água.

Jesus os viu. — Aí estão eles. As forças do poder terreno.

A multidão que avançara em direção a Jesus para proclamá-lo o Messias voltou-se para ver os recém-chegados. Os soldados de Antipas marchavam, com as lanças em riste, prontos para atacar. Dirigiram-se para a multidão, ameaçando atacá-la com suas armas. As pessoas correram para todo lado, em busca de abrigo, gritando de surpresa e de desespero. Aquele lugar não era conhecido. A invasão dos soldados de Antipas era uma afronta, um absurdo. As pessoas pensavam que seu poder não chegava a lugares tão longínquos.

— Escória! Vermes! — gritavam os soldados. — Nem tentem fugir! Os traidores devem morrer!

Continuaram avançando em sua marcha e Jesus, tranquilo, aguardou. Quando estavam ao alcance de sua voz, disse: — Nada fizemos para merecer isto. Falei a meus seguidores, distribuí comida e disse-lhes que não era um rei.

Os soldados de Antipas pararam à sua frente, com os pés enterrados na lama. — Nós o ouvimos, mas estas aglomerações são perigosas. O rei Antipas não gosta disto. Não importa o que é dito, mas as expectativas que as pessoas alimentam.

— Não tenho como evitá-lo — disse Jesus.

— Não é o que pensa Antipas — respondeu o comandante. — Ele acha que você incita essas expectativas. E se você não parar de fazê-lo, será preso.

— Por que motivo? — perguntou Jesus, despreocupado.

— Agitação — respondeu o comandante. — Pouco importa que você tenha rejeitado ser o Messias. A aglomeração de multidões é um ato subversivo.

— Mesmo as multidões que se reúnem por caridade? — perguntou Jesus.

— Essas, principalmente — disse o comandante. — Porque são uma crítica a Antipas. Ele é uma pessoa generosa e caridosa e quando as pessoas pedem mais caridade a outra pessoa, então... Não, não pode ser permitido!

— Posso ir agora? — perguntou Jesus, de forma ostensiva.

— Pode — respondeu o comandante, de má vontade. — Mas nós o estaremos observando. À primeira coisa que fizer de errado — fez um gesto com a cabeça na direção Sul — você será levado a Antipas. — Em seguida, deu uma ordem e os soldados foram deixando o campo, olhando de vez em quando para trás, com seus pés se afundando barulhentamente na lama.

Insatisfeita com a recusa de Jesus em ser proclamado rei, a multidão também foi deixando o campo, atrás dos soldados. A noite caía e os caminhos, ensopados pela chuva, seriam perigosos no escuro. Por isso, sumiram rapidamente, e logo aquele enorme campo estava vazio e a multidão não passava de um sonho.

Jesus e seus discípulos reuniram-se numa tenda improvisada, aproveitando-se de um imenso carvalho à beira do campo. Ali, o chão estava menos molhado. Com suas melhores roupas, os discípulos fizeram a tenda, pendurando-as num dos galhos mais baixos da árvore. Dentro da tenda, o número de pessoas era suficiente para gerar algum calor. Jesus, que usava seu manto de lã leve, estendeu-o sobre os ombros de João e Tiago, que estavam a seu lado.

— Agora concedi-lhes seu desejo — disse. — Um de meu lado direito e outro de meu lado esquerdo. — Riu baixinho, mas parecia muito cansado. — Vocês ficaram tão irritados, meus queridos Filhos do Trovão, que eu pensei que o comandante é que corria perigo.

Tiago, o Maior, balançou a cabeça. — Se eu tivesse uma lança...

— Pergunto-me se você ouviu alguma coisa do que eu disse — disse Jesus. — A violência é algo inerente a *este* mundo, e nós não estamos interessados neste mundo.

— Tenho a impressão de que as pessoas também não o compreendem muito bem — disse Maria. — Assim como Antipas... Mas como iriam compreender?

Jesus fez um aceno com a cabeça e falou diretamente para ela. — É difícil. Aquilo que é fácil para alguns, como vocês, compreenderem, é impossível para outros.

— Suponho que esteja falando de nós! — retorquiu Tiago, o Maior — Quer dizer que somos jumentos demais para compreender?

— Por que a privilegia? — disse Pedro, de repente. — O que sabe ela que o resto de nós não sabe? Eu a conheço há vários anos, mestre, e ela é uma boa pessoa. Ela esteve possuída por demônios e agora tem as tais visões, mas isso lhe dá sabedoria? Ela se parece... bem, se parece com todos nós! — Parou para tomar fôlego. O barulho dos pingos da chuva na tenda, precária, parecia o de tambores tribais, cujo som enfatizava suas palavras.

O silêncio que se seguiu fez Maria compreender que todos concordavam com Pedro. Ele apenas verbalizara o que todos sentiam. Sentiu-se profundamente desconfortável, como se quisesse, propositalmente, parecer melhor do que seus companheiros.

Não é verdade!, pensou. As visões e as vozes não foram uma astúcia minha para ganhar atenção e destaque. Diga-lhes, Jesus!

Mas Jesus continuou quieto, olhando para cada um deles, como se esperasse que alguém mais fosse falar. Dentro da tenda, só se ouviam os pingos da chuva.

Mas... é verdade que eu pensei que, como só eu tinha visões, podia oferecer a Jesus algo que os outros não podiam, reconheceu Maria para si mesma. E também não queria que os outros as tivessem. Se alguém começasse a ter visões, me sentiria ameaçada.

— Os profetas têm visões — disse Jesus, depois de algum tempo. — As visões autênticas são a marca de um verdadeiro profeta. Você já teve visões, Pedro?

— Não — reconheceu Pedro. — Mas as visões não significam grandeza por si mesmas. Não ocorre, às vezes, que pessoas comuns tenham visões?

— É verdade — disse a mãe de Jesus, penteando o cabelo e afastando-o do rosto. — Até eu já tive visões, quando era mais nova... Visões suas, meu filho. Eram pouco nítidas e nunca as comentei com você, mas eram visões. Isso faria de mim uma profetisa ou uma pessoa santa?

Jesus fez um aceno de concordância, com a cabeça. — *Eu* acho que a senhora é uma pessoa santa — disse. — Mas também acredito que foram concedidas a Maria algumas dádivas especiais. Não em razão de sua bondade ou de sua sabedoria, mas por alguma razão dos mistérios de Deus. Ele escolhe uma pessoa — às vezes pessoas que parecem muito comuns. Moisés, por exemplo, reclamava de ser muito lento para falar. Gideão dizia ser o menos dotado de sua tribo e mesmo dentro de sua família. Não foi Deus que disse "Terei misericórdia de quem eu tiver misericórdia e me compadecerei de quem eu me compadecer"?

— Sim, mas misericórdia e compaixão não são o mesmo que privilégios especiais — disse Pedro. — Afinal, posso sentir compaixão por um corvo, mas não vou ficar babando por ele.

Será assim tão óbvio que desejo um tratamento privilegiado de Deus?, pensou Maria. Sentia-se muito pouco à vontade.

Jesus levou bastante tempo, antes de responder. — No reino que virá, todos nós seremos tesouros de Deus, como era no Paraíso. Mas Maria passou por mais momentos que moldam uma alma em sua vida do que você. O que molda a alma? O sofrimento. É triste constatar que, sem sofrimento, muitas vezes não chegam a se abrir nossos olhos espirituais. E Maria foi possuída por demônios, foi caluniada e insultada e perdeu o marido. Sofreu na doença e na vida. Teve sua filha levada para longe dela. Todas essas coisas mudam uma pessoa, da mesma forma que um talho numa árvore madura é diferente daquele numa árvore verde. Portanto, não se trata apenas das visões.

— Está dizendo que nós somos como uma árvore ainda verde? — Pedro parecia sentido. Levantou-se e olhou em volta, para o grupo.

— Em termos relativos, sim, estou — disse Jesus.

— Como aquele fogo besta que temos ali fora, que só faz fumaça e fede porque a madeira é verde? — Pedro parecia não acreditar no que ouvia.

— Você deveria parar de questionar Maria. — Era a voz controlada de Judas que intervinha. — Você não tem o direito de fazê-lo.

— Você não vê o que está acontecendo? — disse Pedro. — Não deveria haver privilégios para ninguém!

— Pedro! — disse Jesus. — Sou carpinteiro. Você não acha que eu deveria saber alguma coisa sobre madeira — tanto verde quanto velha? Chamar a madeira verde de inútil não faz sentido. Toda a madeira começa por ser verde.

— Devo, então, esperar e esperar até que deixe de ser verde? É agora que quero ser útil! — suplicou Pedro.

Jesus olhou para ele e uma tristeza passou por seu rosto. — Ó, Pedro... — disse. — Agora, que você é jovem, você se veste e vai para onde lhe dá vontade. Mas quando ficar velho, você terá que estender o braço para que alguém vista sua roupa e depois o levarão para algum lugar aonde você não quer ir.

Pedro abrira a boca para falar, mas agora ficou mudo. Esse quadro que Jesus descrevera... Seria uma premonição? Preferia não tê-lo ouvido. Sentou-se, pesadamente.

O grupo foi tomado por um silêncio profundo. Maria ouvia a respiração de cada um. Sentia-se tão desconfortável que preferiria poder ir embora daquela tenda, onde estava presa com aquelas pessoas que não gostavam dela.

Não é que não gostem de mim, disse a si mesma. O próprio Pedro não desgosta de mim. Ele não gosta é do que pensa ser uma posição privilegiada minha. Olhou para a mãe de Jesus, para a resoluta Joana e para Susana, hesitante. Não desgostam de mim, sempre me senti próxima de todos eles. André, Filipe, Natanael... Sempre foram bons amigos. Até Simão parece gostar de mim e dos outros. Mateus, seu irmão Tiago e Tadeu não conheço bem, pois são muito reservados, mas também nunca senti qualquer hostilidade por parte deles. Então, é Pedro, o problema é Pedro, que tem ciúme das visões. Não deveria sentir-me pouco à vontade com os outros só por causa dele.

Mas é o que sinto. Os sentimentos de uma única pessoa afetam o ambiente coletivo. É como... uma madeirinha ainda verde, que faz muita fumaça.

— Deveríamos fazer nossa refeição — disse Jesus, mexendo-se ligeiramente da posição em que se encontrava, de pernas cruzadas, como se nada tivesse acontecido. — Creio que sobrou um pouco de comida. Alguém tem alguma coisa para oferecer?

De cabeça baixa, Pedro começou imediatamente a fuçar em sua sacola. Todos fizeram o mesmo e, para surpresa geral, descobriram que ainda havia bastante comida. Um por um, aproximaram-se de Jesus e mostraram-lhe o que havia de comida. Havia vários pães, bolos de figo, uvas e peixe seco.

— Vai ser a nossa festa — disse Jesus, sorrindo. O calor de sua voz fez esquecer o mal-estar que ainda pairava sobre eles. Com seus erros e tudo o mais, ainda se sentiam iguais a ele — ele fazia com que o sentissem.

— Meus amigos, agradeçamos por isto. — Pegou um pedaço de pão e partiu-o ao meio. — Por este pão, Deus, nosso Senhor, agradecemos que nos tenha provido. — Pegou, então, nos dois pedaços de pão, um em cada uma de suas mãos fortes de carpinteiro, e passou-os ao resto do grupo. Cada um partia ao meio o pedaço que recebia. Embora não devesse haver mais nada quando o pão chegou a Maria, que estava na ponta da fila, ela ainda recebeu um pedaço grande. Olhou para os outros e percebeu que estavam evitando fazer qualquer comentário.

— Louvado seja Deus, que sempre atende às nossas necessidades — disse Jesus. Ele sorria, enquanto observava a expressão no rosto de cada um. Era como se os estivesse ensinando: confie em Deus e ele se lembrará de você. E ele não privilegia ninguém. Se consegue alimentar uma multidão, também os conseguirá alimentar. — Quanto aos corvos, eles não guardam sua comida, mas Deus não permite que nada lhes falte. Assim como vê que não falte alimento a você, Pedro.

Ao ouvir seu nome, Pedro levantou rapidamente a cabeça — quase de maneira servil, como se esperasse ser repreendido — e Jesus continuou: — Não há necessidade de se preocupar. Deus o ama, como ama os corvos. O difícil é lembrar o contrário: ele ama os corvos como ama você. — Fez uma pausa. — Deus repreendeu Jó, dizendo-lhe: "Quem prepara aos corvos o seu alimento, quando os seus pintainhos gritam a Deus e andam vagueando, por não terem que comer?". Não era Jó.

Naquela pequena tenda, o ambiente agora era o de um autêntico banquete, como se estivessem refestelados em belas poltronas bordadas com filigranas e cortinas de seda, numa recepção exclusiva — como se ali estivessem as pessoas mais privilegiadas da terra. Maria foi subitamente tomada por um sentimento de amor por todos eles — quando, pouco antes, se sentira excluída. Olhou para Jesus, que ria e se inclinava para Tiago, o Maior, e João, que estavam a seu lado. Todos sorriam, felizes, e Maria percebeu que Judas tentava ganhar sua atenção. Até ele parecia descontraído e tolerante.

Quando olhou de novo para Jesus, viu que, de repente, seu rosto parecia brilhar, como um arco-íris sobre uma nuvem escura e sua túnica também resplandecia. Doía a vista olhar para ela.

Sem pensar, Maria moveu a cabeça e viu que a maioria deles comia, tranquilamente, com os olhos na comida. Mas Pedro olhava fixamente para Jesus, assim como Tiago, o Maior, e João. Estavam vendo o que ela também vira.

Era o que seu sonho previra — o manto resplandecente e o rosto brilhante. Revelava-se a sua visão... E de maneira rápida.

47

O céu escuro de inverno pairava sobre eles enquanto marchavam, com dificuldade, na direção norte. Dirigiam-se à parte mais alta do território de Herodes Filipe, o irmão de Antipas, próximo ao Monte Hermom, uma região mais isolada e longe de multidões.

O terreno — onde nascia o rio Jordão — era pouco habitado e montanhoso, tinha muitas árvores e cachoeiras, que desciam pelas ladeiras. Fazia frio e, à distância, viam o Monte Hermom, já coberto de neve. Na primavera a neve derretia, alimentando o leito do Jordão e fazendo subir o nível da água no Mar da Galileia.

Queria lembrar-me direito do que dizem as escrituras sobre a cidade de Dã e o rei Jeroboão, pensava Maria. Mas há alguém aqui — além de Jesus — que conhece bem essas coisas, e é Tomé. Vou perguntar-lhe.

Procurou-o e notou que ele ficou satisfeito por ela valorizar seus conhecimentos.

— É uma bênção saber tanto assim — disse ela. — Você sabe responder às perguntas sem a ajuda de outros.

— Não é a bênção que você imagina — respondeu-lhe. — Às vezes fico demasiado confiante em minhas próprias interpretações. No entanto, existem centenas — milhares, na verdade — de maneiras de interpretar um determinado texto. Se você ficar presa a uma única, é perigoso.

— Assim mesmo, gostaria de aprender mais. — Agora, tinha uma oportunidade para lhe fazer mais perguntas. — O que você acha das interpretações que Jesus faz? Certamente, você concorda com elas, mas você não acha que, às vezes, são surpreendentes? — Ia dizer "escandalosas", mas não o fez.

Ele pensou por um momento antes de responder. Tomé era sempre prudente. — Como fui ensinado desde menino a estudar as escrituras, às vezes tenho que morder a língua, quando ele fala. Mas ele tem tanta autoridade... E, ultimamente, fico repensando mentalmente algum texto e descubro que ou ele viu nesse texto alguma coisa que eu não fora capaz de ver, ou então aprofundou-o, superando sua própria intenção. Estou sempre ansioso por ouvir o que ele diz sobre algum texto. Gostaria que ele se pronunciasse sobre cada palavra das escrituras. — Deu um suspiro. — Mas ele teria que viver mil anos para fazê-lo.

Suas palavras tristes tocaram Maria.

— Às vezes os textos transmitem algo que desejamos, mas sabemos que não acontecerão, embora as desejemos — continuou Tomé. — No livro de Ezequiel, por exemplo, quando Deus diz: "Porei em vós o meu Espírito, e vivereis". — Fez uma pausa. — Tenho fé que Deus o faça. E acredito que Jesus nos possa ajudar, mostrando como isso pode ocorrer. Não sei como explicar! Só acho que ele sabe coisas... — Sua voz interrompeu-se, sem que terminasse. — Muito mais coisas do que eu sei, com todos os meus estudos. — Outra pausa. — Por isso resolvi acompanhá-lo. Para aprender. O que faço todos os dias.

Cada um de nós tem um motivo para fazer parte deste grupo, pensou Maria.

— Sobre que estão vocês dois a falar de maneira tão séria? — Judas aproximou-se deles. Parecia ansioso por fazer parte da conversa.

Tomé afastou-se um pouco para dar lugar a Judas. — Conversávamos sobre os motivos que nos levam a estar aqui. Por que viemos e por que ficamos. E você, foi por quê?

Judas deu de ombros. — Como se pudéssemos responder sinceramente a isso... — Olhou para ambos, tentando adivinhar o que pensavam para poder avaliar sua resposta. — Todos nós ouvimos o que tínhamos que fazer — disse, por fim.

— E o que foi que você ouviu? — perguntou Tomé.

— Ele parecia ter todas as respostas — disse Judas. Falara tão rapidamente que parecia que já tinha sua resposta pronta. — Mas para onde você acha que ele nos leva? Não estou gostando, ele parece caminhar a esmo, tentando atrair mais atenção por parte das autoridades. Por que será?

— Não sei — disse Tomé. — Mas concordo que é perigoso.

— Como mulher — disse Judas — tenho certeza de que você se preocupa por sua segurança. — Aproximou-se de Maria, num gesto que sugeria proteção.

— Não mais do que os homens — respondeu ela. E era verdade. A ameaça parecia indiscriminada. Na verdade, era mais provável que as mulheres fossem poupadas, em caso de ataque.

Judas aproximou-se ainda mais dela. — Atualizei a escrita dos livros — disse. — As contribuições...

Em sua viagem para o Norte, atravessaram território pagão. Vez por outra via--se um santuário à beira do caminho, entre as folhas do mato, em honra a Apolo, Afrodite ou algum outro deus... Aquele território, que já fora israelita, da tribo de Dã, pertencia hoje definitivamente ao mundo grego. Era parte da glória perdida, com as invasões dos assírios, dos babilônios, dos gregos e dos romanos. Os profetas diziam que era esse o castigo por terem os israelitas adorado ídolos. Agora, quando não mais queriam ídolos em sua terra, eram obrigados a conviver com eles contra a vontade.

No terceiro dia de viagem chegaram à antiga cidade de Dã. Havia um novo assentamento romano num dos lados da cidade, mas a aglomeração na colina propriamente dita crescera muito.

— Chegamos, Pedro! — disse Jesus, colocando as mãos nos ombros. — Eis o lugar a que você queria chegar.

— Era mais longe do que eu pensava — disse Pedro. — Mas meu sonho foi recompensado! Conhecer a região norte de Israel dos tempos de Salomão... — Olhava em volta, observando tudo. — Então era isto. A fronteira da terra.

— É verdade — disse Jesus. — Naqueles tempos, quando éramos poderosos, os reis estrangeiros paravam aqui e tremiam, maravilhados.

À sua volta só havia bosques e árvores, e ouvia-se o trinado dos pássaros. Um filete prateado de água — que logo se juntaria ao Jordão — jorrava de uma fonte no meio de um bosque.

— Talvez precisemos de espadas para atravessar esse mato — disse Jesus. Era verdade: a vegetação cerrada e os arbustos constituíam uma sólida muralha à sua frente.

— Nós temos! — disse Simão, desembainhando sua espada.

— Temos, sim! — disse Judas, como um eco, desembainhando a sua.

Continuaram em frente, com Simão e Judas abrindo o caminho. A calmaria parecia absoluta à volta deles, como se as árvores tivessem criado uma barreira à volta da antiga cidade — preservando-a ao longo do tempo e impedindo acesso a ela. Enquanto abriam caminho, continuavam subindo, sempre subindo.

O sol já se punha quando chegaram a uma clareira. Alguém estivera ali há pouco tempo. Maria via os restos de uma fogueira e pegadas de gente no solo úmido. Então, as pessoas ainda vinham a este lugar às escondidas, atraídas por algo que ficava na colina.

Com cautela, foram avançando e chegaram a uma área pavimentada. Era um espaço surpreendentemente amplo. Maria via — quase via, mentalmente, mas não era propriamente uma visão — as pessoas de antigamente que enchiam aquele lugar, que lhes era sagrado. No final da área pavimentada havia um lance de escadas enormes que conduzia claramente a um "lugar alto" — um altar.

A luz começava a sumir, apenas tocando de leve nos degraus e naquela plataforma vazia. As folhas das árvores e arbustos em torno do lugar farfalhavam, balançando como se uma deusa as comandasse para fazer o movimento em uníssono. Dançavam e obedeciam.

Jesus estava no degrau mais baixo.

— Vamos descansar aqui — disse. — Neste mesmo lugar que faz parte do grande pecado de Jeroboão. — O manto de lã leve que sua mãe lhe dera em Nazaré brilhava de uma cor rósea, ao pôr do sol. — Tomé, você que conhece as escrituras, poderá falar-nos sobre este lugar após a ceia.

Depois da refeição, agacharam-se junto à fogueira, que pouco iluminava a plataforma escura e desinteressante.

— Conte-nos — disse Jesus, acenando com a cabeça para Tomé.

— É uma história sórdida — disse Tomé. Ele já a contara a Maria, no caminho para ali.

— Mas conte-a, assim mesmo — disse Jesus. — Talvez o mal que ainda paira por aqui a deva ouvir.

Tomé contou a triste história daquela cidade, de sua idolatria e da apostasia. Na geração que se seguiu à de Salomão, o reino se dividira. Roboão, o filho de Salomão, reinou sobre a região Sul, de Judá, e Jeroboão, um supervisor dos projetos que Salomão mandava construir, reinou sobre a parte Norte, de Israel.

— Como o Templo e os legítimos sacerdotes ficavam todos nas terras de Roboão, Jeroboão inventou outros, para rivalizar com eles — explicou Tomé. — E ele o fez em Dã e em Betel, criando locais de adoração, com bezerros de ouro e seus próprios sacerdotes e rituais. Desafiou Deus e sua Lei e, em consequência disso, todo o reino da região Norte foi destruído, arrastando em sua ruína dez das doze tribos de Israel.

— E assim sucumbiram Jeroboão e seu reino — disse Jesus.

— Mas não foi de imediato! — gritou Tomé. — Levou duzentos anos! E, durante esse período, os reis que o sucederam foram cada vez mais malvados. Acabe, por exemplo, não construiu um altar aqui?

— Deus tentou avisá-los, por meio de seus profetas, mas não lhe deram ouvidos — disse Jesus. — Nem nós o fizemos. Sua palavra não bastou. Por isso, Deus vai pôr fim à era atual, quando a maldade tiver alcançado seu pico. O que já ocorreu.

Começara a ventar e as copas das árvores balançavam. Havia vários carvalhos onde se encontravam, com longos galhos que se espalhavam bem embaixo, perto do chão. Era como se os espíritos dos ídolos, errantes, os estivessem ouvindo e avisando: "Ainda estamos por aqui, aqui é nossa casa. Cuidado com o que dizem".

Os profetas haviam advertido constantemente de que não deveriam ser feitos sacrifícios aos ídolos "sob os carvalhos frondosos", lembrava Maria. Isso agora parecia verdade: os ramos baixos dos carvalhos pareciam altares, convidativos e íntimos, sugerindo que ali era um bom abrigo. Os falsos deuses e seus ídolos gostavam de lugares altos, reivindicando sua posse. Ela estremeceu, sentindo a raiva dos antigos deuses, tocando-lhe a face enquanto passeavam pela noite. Lembrou-se de Asera.

Deitaram-se; homens de um lado, as mulheres do outro. Desta vez, por ser um lugar estranho, sentiram a necessidade de ficarem mais próximos uns dos outros.

Maria não teve dificuldade em adormecer, pois os leves ruídos de quaisquer deuses que ainda pudessem ali estar em nada se comparavam com a ferocidade dos demônios que ela já tivera que enfrentar. Mas seus sonhos foram atormentados. Viu uma imagem rápida de Jesus sendo atacado, espancado e sangrando. Da escuridão e do silêncio surgiram figuras vestidas de maneira grandiosa, em roupas antigas. Ocupavam seus lugares na plataforma, que agora também tinha um altar, e um homem, mais bem vestido que os outros, numa túnica bordada de verde e ouro, falou, dirigindo-se ao grupo. Falava usando palavras que Maria não reconhecia, pronunciando outras de uma forma estranha, e era difícil de compreendê-lo. Fez um gesto na direção de um objeto coberto e alguém o descobriu. Era a figura de um animal que resplandecia e se apoiava, sentado sobre as patas traseiras, enquanto as dianteiras estavam erguidas. Tinha chifres e o focinho lembrava o de um touro. Devia ser o bezerro de ouro e o homem devia ser o próprio Jeroboão, aparecendo-lhe mentalmente e manifestando sua presença. Então, ainda estava ali. Maria sentou-se, assustada, e abriu os olhos para se livrar dele. Olhou para a plataforma vazia, sem bezerro e silenciosa, exceto pelos movimentos de alguns animais pequenos e o esvoaçar do capim próximo.

Sumiu, foi-se, foi-se de uma vez por todas e transformou-se em pó, dizia Maria a si mesma. E seu bezerro de ouro também se foi. Ele não existe.

Muito depois, de manhã cedo, ela viu Pedro, sozinho, andando de um lado para o outro na plataforma pagã, quase como se estivesse planando sobre as sombras azul-lilás daquele lugar. A névoa dos bosques vizinhos e o chão da plataforma faziam parecer que era incenso que se queimava em urnas escondidas.

Levantou-se e dirigiu-se para ele. Parecia agitado e, devido àquele lugar agourento e opressivo, ela sentiu que devia protegê-lo. Ele não a viu aproximar-se até que, chegando por trás, ela tocou-lhe o ombro. A névoa envolvia-a, chegando até os joelhos. — O que foi, Pedro? Posso ajudar? — Por alguma razão, ela achava que também ele tivera um sonho, ou uma visão.

— Ajudar? — Voltou-se de frente para ela. Parecia angustiado e triste. — Não sei...

— Você teve um sonho? Ou uma visão? Ou talvez tenha ouvido uma voz, ou tido uma sensação? — Teria ele visto Jeroboão, também?

Agora parecia que despertava, que voltava a ser ele mesmo — Tive — disse, por fim. Fez uma longa pausa. — Mas não lhe posso revelar. Sei que você acha que tem uma percepção especial, uma sabedoria, ou uma visão. Mas não tenho confiança. Não posso esquecer de quando você estava tão fraca, perseguida pelos demônios... E a verdade é que se André e eu não a tivéssemos levado em segurança para o deserto, você teria morrido! É por isso que não posso acreditar — perdoe-me, mas não posso! — que esteja acima de nós no conhecimento espiritual!

— Claro que você não pode — respondeu Maria. — Mas deixe-me ajudá-lo, como puder...

— Então, vou pedir-lhe um favor — disse ele. Não parecia precisar de consolo e ela se arrependeu de tê-lo procurado. — Diga-me o que foi a visão ou o sonho que eu tive. Então, eu acreditarei que você é privilegiada por um conhecimento espiritual.

— Só Deus pode fazê-lo — disse ela.

— Então peça a Deus que o revele — disse Pedro. — Ele certamente o fará, se você for de sua confiança. — E olhou para ela com ar de desafio.

— Pedro, eu só vim aqui ajudá-lo — disse ela.

— Então ajude-me! Diga-me o que foi a visão que tive!

— Como isso iria ajudar? Você sabe o que foi a visão que teve. De nada adiantaria eu lhe dizer alguma coisa. Talvez fosse melhor se a interpretássemos.

— Não! Não posso confiar em sua interpretação a menos que você me convença que Deus *realmente* lhe faz revelações. Por isso você me deve descrever a visão que tive.

Era Deus que Pedro queria testar, e não ela. A ela, não interessava se podia ou não ver a visão que Pedro tivera. Nem lhe interessava se via, realmente, as visões. Na verdade, preferia não ter esse dom. Faça com que eu erre este teste, pediu Maria a Deus. Faça com que eu erre e livre-me destas visões!

— Pedirei a Deus para o revelar — disse, por fim. — Não sei quando ele o irá fazer, nem se o fará. Pode ser que não o faça.

Pedro fez um aceno com a cabeça quando ela acabou de falar. — É o mais provável — disse, provocador.

Segurando a túnica, afastou-se de Pedro e voltou ao acampamento. Deveria sentir-se insultada, mas não sentia.

Pedro não confia em mim, pensou. E por que não o faria? E se eu fosse, como ele pensa que sou, uma impostora, uma pretensa adivinha? Como odeio esse dom que tenho! Gostaria que desaparecesse, da mesma forma que surgiu! Dirigiu-se para um caminho de vegetação rasteira que levava ao alto da colina. Ali, junto a uma ladeira íngreme que permitia uma ampla vista do vale, embaixo, sentou-se para descansar.

Senhor Deus, meu Pai, orou. Pedro teve uma visão que talvez o Senhor lhe tenha enviado. Ele quer que eu a veja, para testar-me e saber se o Senhor realmente me traz revelações. Se o Senhor assim o quiser, mostre-me essa visão. Não o peço, nem o desejo, senão para sua própria glória.

Suspirou, com alívio. Deus não o revelaria e ela se livraria, finalmente, daquelas estranhas revelações que lhe haviam sido concedidas. Estava pronta para que terminassem. No fundo, talvez não passassem de uma sequela do problema que tivera com os demônios, de sua sensibilidade aguçada, e ao voltar a uma vida normal elas iriam desaparecer.

Porém, antes mesmo que pusesse fim a esses pensamentos, de repente começou a ver cenas. Cenas com Pedro... Talvez fosse em Roma, pois as roupas pareciam romanas... Pedro sendo perseguido, depois agarrado e amarrado a uma espécie de barras transversais. Mas ele estava bem mais velho. Seu cabelo era grisalho e ralo e, apesar de seu tamanho, parecia pálido e fraco. Havia outra coisa... Um homem gordo com uma coroa de louros... Um imperador romano, mas não era Tibério. Conhecia Tibério por sua imagem nas moedas e aquele homem não era Tibério.

O que deveria ser interpretado? Era tão claro. Estaria Pedro dizendo alguma coisa? Pediu que a cena voltasse e ouviu cuidadosamente as vozes. — Outra maneira — dizia ele. — Eu não mereço. — E então, soldados romanos o viravam de cabeça para baixo naquelas barras de madeira.

Posso contar-lhe, pensou ela. Posso contar-lhe essas palavras. "Outra maneira. Não mereço." Talvez ele compreenda o seu significado.

Ficou por um longo tempo sentada naquele lugar, usufruindo de sua solidão com Deus e triste por este não tê-la livrado do peso das visões. No entanto, se fosse esse o preço por ser chamada a Ele...

Quando voltou ao acampamento, os outros já se tinham levantado, vestido e já estavam prontos para um novo dia. Pedro enrolava sua coberta e falava com André em voz alta, como se nada tivesse acontecido. Falaria com ele mais tarde.

Jesus não estava à vista. Talvez se tivesse afastado para passar alguns momentos sozinho, orando e organizando seus pensamentos. O resto do grupo estava reunido, aguardando suas instruções.

A névoa já desaparecera e agora os arbustos e o altar pagão não pareciam tão misteriosos ou ameaçadores. A luz da manhã devolvia confiança e segurança.

Finalmente, Jesus voltou e parecia descansado e revigorado. — De que vocês estão falando? — perguntou.

— Mestre — disse Pedro, fazendo a pergunta que todos os outros faziam mentalmente. — Por que nos trouxe aqui?

Jesus pensou por alguns momentos. — Porque é longe de tudo. Até a Galileia tem vínculos com Jerusalém e Roma. E eu precisava refletir... refletir sobre o que devo fazer e onde precisam de mim.

— E já decidiu? — perguntou Judas, em voz clara.

— Receio que sim — disse Jesus em voz baixa. — Gostaria de não tê-lo feito.

— E o que decidiu? — insistiu Judas.

— Devo ir a Jerusalém — respondeu Jesus, rapidamente. — E o que vier a acontecer lá... vocês sabem: Jerusalém mata seus profetas. — Esperou por um momento. — Não posso esperar menos do que isso.

— Não, mestre! — Pedro levantou-se e precipitou-se para Jesus, colocando as mãos sobre ele, como para evitá-lo. — Não, não pode ser! Nós não o permitiremos!

Jesus recuou. Uma expressão de horror tomou seu rosto. — Para trás de mim, Satanás! — ordenou, no tom que o fazia quando expulsava demônios.

Assustado, Pedro também recuou.

— Cale-se, Satanás! — gritou Jesus. — Você vê com os olhos dos homens, e não como Deus o deseja!

Pedro caíra sobre um joelho e levantara as mãos, como para proteger-se de um golpe. — Mas mestre — disse, por fim. — Eu *sou* um homem. Não posso enxergar com os olhos de Deus. Só quero protegê-lo de qualquer coisa, ou de qualquer pessoa que lhe queira fazer mal.

Jesus fechou os olhos, cerrou os punhos e parecia estar orando. Após um longo silêncio, descontraiu os dedos e deixou seus braços cair. — Pedro, — disse. — O que dizem as pessoas a meu respeito?

— Algumas dizem que é João Batista ressuscitado! — gritou Tomé, extemporâneo.

— Outros dizem que é Elias! — disse André, sem que lhe fosse perguntado.

— E quem você diz que eu sou? — perguntou Jesus, fitando Pedro nos olhos.

— Eu digo... digo... — Ele procurava as palavras. — Digo que é aquele que esperávamos, o ungido de Deus, aquele que nos conduzirá ao reino de Deus... — Ajoelhou-se aos pés de Jesus. — Talvez seja mesmo, como o escolhido de Deus, como seu filho, quem o compreende e compreende seus desejos melhor que qualquer outro homem vivo...

Jesus olhou para Pedro, segurando-o pelos ombros. — Ah! — disse. — Isso lhe foi revelado por Deus, meu Pai dos céus. — Inclinou-se e ajudou Pedro a levantar-se. — Levante-se! — Olhou para os outros, à sua volta. — Devo dizer-lhes que isto me preocupa. Haverá ainda outras revelações.

Os discípulos espalharam-se pela plataforma, caminhando de um lado para o outro, observando as árvores, o chão pavimentado e seus próprios pés... Olhavam para qualquer coisa para não ter que olhar para Jesus. Não suportavam ver a incerteza em seus olhos. Fora sempre tão decidido, tão seguro de suas ações. Se Jesus vacilasse agora, o que seria deles?

— Aguardarei por uma orientação — anunciou Jesus, finalmente. — Não sairei daqui enquanto não a receber.

— Mas... neste lugar? — Judas parecia assustado. Também ele sentira a influência malévola daquele lugar. Na realidade, de manhã seus olhos pareciam turvos, diferentes.

— É bom encarar o inimigo — disse Jesus. — Se Satanás é poderoso aqui, então será à sua sombra que faremos nossos planos, e não em campo aberto.

Se ali estivessem pela paisagem ou para descansar, aquele belo lugar seria o ideal. Do alto da colina, onde fora construído o altar quase mil anos antes, tinha-se uma vista magnífica do Monte Hermom e, nos dias que ali passaram, pararam as chuvas de inverno, poupando-os. As árvores nas ladeiras eram remanescentes das florestas que originalmente cobriam a terra — carvalhos, terebintos e ciprestes, empinando suas copas majestosamente e lançando suas sombras por toda a floresta.

Enquanto esperavam por Jesus, Maria procurou Pedro para contar-lhe que recebera uma visão de seu sonho. Seu rosto ficou alterado quando ela lhe descreveu os soldados romanos e aquela barra grossa de madeira. E quando ela lhe repetiu as palavras, ele pareceu perder o equilíbrio e teve que se apoiar num tronco de uma árvore para não cair.

— Você ouviu essas palavras? — sussurrou ele.

— Não sei o que significam — disse ela. — Mas foi o que ouvi.

— O que me preocupa é que também não sei o que significam. E a história dos soldados... E de me amarrar... — Deu de ombros. — Fosse o que fosse, seria no futuro distante, pois eu já estava velho. — Tentou recuperar a confiança.

— Jesus não disse alguma coisa sobre seu futuro? Algo como "quando ficar velho, você terá que estender o braço para que alguém vista sua roupa e depois o levarão para algum lugar aonde você não quer ir"? Será que foi isto que ele quis dizer? — perguntou Maria.

— Meu Deus! — gritou Pedro. — Será que... Seriam carrascos? — Sua voz era de medo. — Só pensei que seria um velho, senil, carregado por minha família. — Olhou em volta como se fosse chorar. — Executado, não! Por romanos!

— Pedro — disse Maria. — Foram só sombras o que vimos. — O que significaria, então, a visão que tivera de Jesus sendo espancado? — Não nos cabe saber mais sobre essas visões.

— Só que... Deus a revelou para você — disse Pedro. O que, para mim é uma prova: suas visões e percepções são reais. Irei respeitá-las. Não tornarei a questionar você. Peço-lhe perdão, mas tinha que ter certeza.

— E eu o respeito por isso. As escrituras estão cheias de falsos profetas e não quero estar entre eles. A verdade é que não quero estar entre os profetas, sejam eles verdadeiros ou falsos...

— Mas a escolha de Deus não foi essa — disse Pedro. — É um companheiro estranho. — Caiu na gargalhada. — Parece desrespeitoso o que eu disse!

Maria também riu. — Não é desrespeitoso. Só quer dizer que o conhece suficientemente bem para falar dele com intimidade.

Precisava falar com Jesus. Precisava contar-lhe o sonho que tivera com ele. O céu escuro e as estrelas cintilantes ainda nem sugeriam a luz do dia quando Maria ouviu o ruído de um movimento e percebeu que alguém se levantava e colocava um manto sobre os ombros. Então, aquele vulto se mexeu e deixou o acampamento. Devia ser Jesus.

Naqueles dias, ele vinha levantando-se cedo, antes dos outros acordarem, ficava fora e só voltava no final da tarde, falando suavemente com eles enquanto se sentavam em volta da fogueira. Guardava para si os pensamentos e as conclusões, mas a cada noite parecia mais preocupado e triste. Os outros receavam ouvir sua mensagem, quando finalmente decidisse partilhá-la com eles.

Livrou-se, rapidamente, das cobertas, amarrou as sandálias e saiu atrás dele. Passou correndo pela antiga plataforma e tropeçou, de leve, numa moita de arbustos. Era ele, pensou, enquanto observava seu jeito de andar. Seguiu-o até o caminho que atravessava o bosque.

Ele andava lentamente, escolhendo o caminho com cuidado, devido à escuridão. Com um esforço, aproximou-se dele e pegou-o pelo braço.

— Maria.

— Mestre. — Retirou a mão. — Venho querendo falar-lhe a sós. — Agora, que o conseguira, as palavras não lhe saíam da boca.

Jesus ficou esperando. Não disse "o que é?", ou "então, fale".

— Sei que é uma hora difícil... Uma hora de decisões...

— É.

— Precisava contar-lhe que tive outro daqueles sonhos, ou visões, ou o que quer que sejam. E você estava nele. Preciso contar-lhe o que vi.

Ele suspirou. — É. Tenho que saber. — Na escuridão, ela não via seu rosto; apenas ouvia sua voz.

Rapidamente, ela lhe contou o que vira — Jesus agarrado por alguém, espancado, sangrando. Sendo atacado.

— Você viu onde isso acontecia? — perguntou ele. Foi tudo o que disse.

— Vendo de longe... era em alguma cidade. Havia muita gente e edifícios por toda parte.

— Jerusalém. — Jesus pronunciou a palavra quase exultante. — Jerusalém.

— Mestre — disse ela. — Não tenho certeza. Não consegui identificar o lugar nem o que, na verdade, estava acontecendo.

— Era Jerusalém — disse ele. — Eu sei. É lá que morrerei.

Não seria ela quem o iria contradizer. Não suportaria se ele se virasse para ela e dissesse: "Para trás de mim, Satanás!", como fizera com Pedro. Mas queria, com todas as suas forças, discordar dele. Então, disse: — Você não estava sendo morto, só estava... ferido...

— Você só viu o início — disse ele. — Foi poupada de um final horroroso. — A luz do dia, que começava a surgir, já permitia reconhecer seu rosto. — Tenho tido cada vez mais revelações, nos últimos dias — disse ele. — Algumas coisas são tão terríveis que tenho dificuldade em me controlar para enfrentá-las. Mas agora vejo... compreendo... que minha primeira percepção foi... incompleta. Haverá, realmente, um fim, e Deus irá conduzir a novo tempo, mas não será tão simples como pensei. Faço parte disso tudo, e não apenas o anuncio, como fazia João. Mas minha ida a Jerusalém, onde fica o coração do reino e o Templo, um lugar sagrado a Deus, é necessária. Não o compreendo muito bem, mas foi isso que Deus me revelou.

— Mas por quê? O que irá acontecer lá?

— Não sei responder — disse ele. Agora ela via nitidamente seu rosto. Seu olhar estava perturbado, confuso. — Só sei que devo obedecer.

— Obedecer a quê?

— Deus disse-me que devo ir a Jerusalém por ocasião da Páscoa. Você se lembra de quando foi lá? Quando ainda era menina? — Mudara abruptamente o tom da conversa e agora falava de modo superficial, como numa conversa social.

— Lembro — disse ela. — Mas só me lembro das multidões, do tamanho do Templo, da pedra branca, ofuscante, e das decorações em ouro.

— Você não sentiu nada de sagrado?

— Se senti, não foi uma sensação que guardei — disse ela. — Perdoe-me.

— Se não o sentiu, talvez tenha sentido o que estava por vir. — Sua voz deixava transparecer a preocupação. — Ou talvez uma criança sinta melhor que as outras pessoas quando o sagrado está presente.

— Mas eu era muito pequena.

— Maior o motivo para o sentir. — Falava de forma resoluta. — O Templo e seus sacerdotes corruptos foram rejeitados por Deus — disse. — Dentro de poucos anos, dele não restará pedra sobre pedra.

Maria não conseguiu evitar o susto. O Templo era uma estrutura enorme, que parecia sólida como uma montanha. — Não! — Mas a visão que tivera...

— Sim. Nada irá sobrar dele. — Voltando-se para ela, segurou-a pelos ombros, com delicadeza. — Eu disse que a era atual irá acabar. E a contagem regressiva começará em Jerusalém e a partir de lá se ampliará.

— Mas o Templo... disseram-nos que era a morada de Deus. Isso quer dizer que ele fugirá de lá e nos abandonará?

— Ele jamais nos abandonará — disse Jesus, com autoridade. — Mas desconheço o significado da destruição do Templo. Sei que devo obedecer ao chamado e dirigir-me para Jerusalém. E quando lá chegar, devo agir como Deus determinar.

— A visão que eu tive...

— Era verdadeira. Só não sabemos o cenário em que ela ocorre. — Pegou as mãos de Maria nas suas. — Agradeço-lhe por me ter revelado. E agradeço a Deus por permitir-lhe que tenha essas visões. — Apertou as mãos dela. — E agradeço a Deus por você ter vindo a mim e falado abertamente.

Maria sentiu-se profundamente excitada e honrada com aquelas palavras, como se uma fonte começasse a brotar água de dentro de si, com uma energia espantosa. Ele reconhecia que havia um vínculo entre eles. Ele o reconhecia e até agradecia a Deus por isso. Maria não sabia dizer exatamente o que era, mas era algo de especial, era simplesmente alguma coisa, e Deus a trouxera aqui e a criara só para isso.

Quando as palavras vieram à sua cabeça, a única coisa que soube expressar foi: "Jesus é meu!". Sentiu percorrê-la a alegria da posse. Ele pertencia a ela, ele a olhava de maneira diferente da que olhava os outros, eles se integravam mentalmente. Ambos gozavam da concessão de revelações, diferentes, mas que se completavam. Ele valorizava o que ela lhe contava de suas revelações, de suas percepções. Ela oferecia-lhe algo que nenhum outro podia oferecer.

Ele a amava. Agora ela o sabia. Por que não conseguia falar? Pôs a mão na garganta como se isso ajudasse as palavras a saírem. Precisava falar, dizer alguma coisa. Mas apenas continuava olhando para ele, seu rosto comprido de olhos profundos. Tudo o que gostaria de ser ou de ter sido estava naquele rosto.

— Maria, assim não. — Era Jesus que falava. — Não dê ouvidos para Satanás. — Parecia derrotado. — Esperava uma reação. Sim, esperava, mas não desta maneira. E de vocês dois, você e Pedro. Ele falou com vocês e vocês o escutaram.

Satanás! Não! Aquele sentimento maravilhoso, aquele amor que, embora fosse entre um homem e uma mulher, era completamente bom e nobre... Não podia ter nada a ver com Satanás.

— Você está dizendo que eu... que eu... estou possuída de novo? — O que ele estava vendo? Aquela suprema tranquilidade e alegria que sentira começava a derreter, em pequenas gotas de medo.

A risada leve e reconfortante que ele deu a impediu de cair. — Não, claro que não. Satanás, agora, está fora, e não dentro de você. Está andando em volta de nós, sussurrando, tentando criar obstáculos.

— É este lugar! — gritou ela. — Este lugar é malévolo, com aquele altar para deuses estrangeiros — e construído pela desobediência e pela rebelião... É claro que sentimos a presença de Satanás. Vamos embora daqui!

— Logo iremos embora. Mas, Maria, escute-me, agora, em vez de escutar Satanás. Você sabe que ele nos ataca através de nossos dons, e você tem muitos dons. Ele os usa para que você sinta orgulho deles.

Orgulho?, pensou Maria. Não sou orgulhosa.

Mas quando olhou para os olhos dele, sentiu vergonha. Ele havia percebido a alegria secreta que ela sentira ao constatar que sabia mais do que os outros, ou que lhe era concedida uma revelação proibida aos outros, embora ela mesma dissesse que não a desejava.

— Perdoe-me — disse ela, por fim, sentindo-se encolher. Sua excitação desaparecera e agora ela queria apenas sumir dali.

— Não quis ser rude — disse Jesus. — Mas é sempre mais fácil ver Satanás agindo sobre os outros do que sobre nós mesmos. Lembre-se, Maria, de que ele só ataca quem tenta fazer o bem. Não é uma acusação a você.

Mas é claro que era. Ele desprezava seu orgulho; ele o vira e o desmascarara. Seria impossível que a amasse... Pelo menos, daquela maneira.

— Mas não é com seu orgulho que Satanás está mais preocupado — disse Jesus.

Não! Vamos parar por aqui. Não quero que ele veja mais dentro de mim!, suplicou Maria.

— Seu objetivo maior é o de tomar a coisa mais natural do mundo e transformá-la num obstáculo entre nós. — Jesus fez uma pausa, como se hesitasse em continuar. — Ou seja, o amor entre um homem e uma mulher. Eu sei que você me ama, Maria.

Ela sentiu-se completamente desconcertada. Pois a frase que se seguiria não seria, evidentemente: "E eu também a amo". Queria fugir dele, fugir daquela vergonha. Se seus sentimentos não correspondiam, então por que ele expunha os dela daquela maneira?

Mas por que negá-lo? Ele sabia de tudo, de qualquer maneira. O que poderia ser pior do que ele já dissera? — É verdade, eu o amo — disse. — E você também me ama. Eu o sinto! — acrescentou, desafiadora, embora já nem acreditasse nisso.

— É verdade, também a amo — disse ele. — Amo sua coragem, sua integridade e sua tranquilidade, e se minha vida fosse em outra direção eu a escolheria para percorrer o caminho a meu lado. Embora não seja, ainda a escolho para me acompanhar em minha caminhada. Mas será uma caminhada diferente, não aquela que se oferece aos outros, de casamento, filhos e um lar. Nesse sentido, não posso pertencer a ninguém. Mas Satanás sabe como isso é difícil para mim e me lembra constantemente daquilo que me devo abster.

— Não compreendo. Por que não pode tomar esse outro caminho?

— Porque o caminho que foi escolhido para mim, eu devo percorrer sozinho. E, a partir de uma determinada encruzilhada, só haverá espaço para um caminhante.

— Escolhido para você? Você o escolheu sozinho! — Ela revidava, agora, como forma de ocultar seus próprios sentimentos, muito confusos. — Você só nos provoca a todos, com suas alusões e insinuações misteriosas, e nós o continuamos acompanhando sem saber para onde vamos, nem sequer por que estamos aqui!

— Também não é fácil para mim. Vocês, pelo menos, têm uns aos outros...

— Se você não tem uma companheira é porque você... não é como...

— É porque assim o escolhi, como você disse. Isso não significa que não dê valor ao companheirismo que me é permitido.

— Não... não compreendo. — Maria esforçava-se por não soluçar.

— Tudo ficará claro para você. Você recordará minhas palavras e irá compreender tudo. Por enquanto, compreenda apenas que eu *realmente* a amo. Não como Joel a amou. Não me abandone! Preciso de sua força. Por favor!

Maria tentou afastar-se. Queria fugir, correr para longe, para bem longe.

— Por favor, Maria, fique comigo! Sem você... será difícil enfrentar o que virá.

— O que virá... O que virá... E o que significa isso para mim? — O vínculo que existia entre eles era Jesus. E sem ele...

— Você foi batizada numa irmandade. Eles precisam de você. E *precisarão* de você.

Não queria ser necessitada. O que queria era que alguém preenchesse suas necessidades. Não respondeu e começou a andar na direção do acampamento. Os outros, agora, estariam acordando e procurando por eles.

— Tenho que ir para Jerusalém. É lá que devo falar, no centro do lugar sagrado de Deus. Mesmo se for sozinho, tenho que ir. — Sua voz era melancólica, como se suplicando que ela compreendesse e, naturalmente, que prometesse ficar.

Ela virou-se e deixou-o sozinho na plataforma. A mágoa que sentia era tão grande que não suportava olhar para ele por mais tempo.

48

Enquanto se preparavam para deixar Dã, Maria estava calada. Sentia que seu rosto devia estar vermelho — de raiva? de vergonha? — e tentava não olhar para nenhum dos outros, com medo de que lessem seus pensamentos. A sensação pungente de ser rejeitada doía como uma bofetada. Rejeitada? Claro que fora, apesar das palavras suaves e tranquilizadoras de Jesus. Expusera-se a ele, revelara sua vontade mais profunda de ser só dele, e de que ele fosse só dela. E ele recuara, dissera que era impossível. Agora ele sabia de sua carência e nenhum deles jamais o esqueceria. Seria algo que existiria para sempre entre eles.

Ninguém notou suas preocupações. Estavam todos ocupados, juntando as coisas e perguntando-se, em voz alta, para onde iriam em seguida. Todos queriam sair daquele lugar assombrado. Mas para onde iriam?

Jesus parecia distraído, distante. — Ficaremos nas terras de Herodes Filipe até a Páscoa — disse. — Iremos para os arredores de sua cidade, que fica próxima daqui.

— Você se refere a Cesareia? — perguntou Pedro. — Mas não devemos entrar na cidade!

— Por quê? — perguntou Jesus. Sua expressão era inescrutável e Maria detestava quando fazia isso. Era típico dele: levar as pessoas a dizerem coisas impensadas, sem dizer nada, e deixá-las exporem-se, desfilando suas ideias. Ocorreu-lhe, de repente, que ele nunca incentivava uma troca de ideias entre os outros; as pessoas tinham que o procurar primeiro. Os doentes, os pobres, os necessitados — todos tinham que vir a ele, entregar-se à sua misericórdia. *Como eu mesma fiz!*

— É uma cidade muito grande, abarrotada de forasteiros, e nós não temos nada a ver com ela! — respondeu Pedro, decidido.

— Talvez tenhamos muito a ver com ela — disse Jesus.

— Mas... é tudo muito caro! — disse Pedro. — Alojamento, comida...

— Mas nós temos recursos — respondeu Jesus.

Suponho que isso signifique eu!, pensou Maria.

— Acho que é um esbanjamento dos recursos. — Era a voz inequívoca e retumbante de Judas. — É verdade que os temos, mas será que devemos gastá-los assim? Os pobres...

— Quer dizer que você está preocupado com os pobres, Judas? — disse Simão. — É a primeira vez que o ouço.

— Eu acho que ir para Cesareia é um desperdício de dinheiro — disse Judas a Jesus, ignorando Simão. — Poderíamos acampar nos arredores da cidade e poupar despesas. A menos — e fez um gesto com a cabeça — que você queira falar ao povo de Cesareia. Nesse caso...

— Mas eles são gentios! — gritou Tomé. — Por que lhes falar? Sua mensagem não é apenas para o povo de Israel? O que poderia ela significar para eles?

— O Messias destina-se só aos filhos de Israel! — disse Pedro, resoluto. — Nada significa para os estrangeiros. É parte de nossa tradição e só dela.

Jesus estava sobre o piso da plataforma pagã. — Talvez assim seja... Mas também eles deverão ser prevenidos. Por que não o deveriam ser? Os profetas incluíram todos os outros povos em suas acusações, mas também ofereciam o arrependimento. Talvez estejamos sendo muito restritivos.

— O que está dizendo, mestre? Os gentios também devem ser chamados? — Tomé parecia indignado. — São impuros, são povos sujos!

— Mas quando Deus condena um povo, também lhe oferece a salvação — disse Jesus, devagar. — Ele enviou Jonas para pregar junto ao povo de Nínive e Amós avisou os outros povos vizinhos. Devo consultar Deus.

Então, agora era com isso que ele se preocupava, pensou Maria. Agora se esquecerá de mim e do que conversamos de manhã cedo. Deveria ficar grata por isso ou me sentir desprezada?

Optou — ou melhor, não podia deixar de optar — pela última alternativa. Sei que é uma tarefa que me supera. A missão dele é importante e é a ela que se deve dedicar. Não devo atrapalhá-lo. Sabia de tudo isso, mas estava desesperada de decepção e inveja... Agora ele se preocupava até com os gentios...

Começaram a caminhada para Cesareia. A descida de Dã — cidade denunciada por Amós mais de oitocentos anos antes — levou quase toda a manhã. Quando chegaram à planície, sentiam-se melhor, aliviados de deixar para trás as lembranças dos espíritos daquele lugar malévolo.

Ao longo do caminho viam-se vários santuários pagãos e Maria viu que alguns dos discípulos perguntavam a Jesus sobre eles. Ela ficou bem atrás, distante de Jesus.

— O que a preocupa? — Era a voz inconfundível da mãe de Jesus.

Jamais lhe poderia dizer!

— Nada... Só me preocupa a incerteza — respondeu, evasivamente.

— É verdade... A incerteza. — Aproximou-se, ficando a seu lado. — Alguma coisa me dá medo. Sinto que alguma coisa vai acontecer. — Respirava com dificuldade. Maria compreendeu que, para ela, aquela viagem não era apenas um desafio espiritual, mas também físico. Provavelmente, nunca enfrentara uma viagem tão grande.

— Por que a senhora saiu de casa para se juntar a ele? — perguntou Maria. Era a pergunta fundamental para todos eles e cada um a respondia de modo diferente.

A mãe de Jesus pensou um pouco, refletindo sobre as palavras em sua cabeça. — Desde que nasceu, eu sabia que era predestinado a um chamamento ou a uma missão. E quando se decidiu a fazê-lo, eu precisava estar a seu lado, assisti-lo. Demorei um pouco, mas aqui estou. — Fez uma pausa, recuperando o fôlego. Maria diminuiu o ritmo para permitir que ela a acompanhasse confortavelmente.

— A senhora é abençoada, pois seu filho lhe permitiu que o acompanhasse. Nem todos os filhos adultos o permitem.

— Eu sei — disse, olhando para Maria, que tornou a sentir-se fascinada por sua beleza e sinceridade. Não pôde evitar a lembrança da admiração que tinha por aquela mulher desde menina, na viagem de volta de Jerusalém. O calor humano e a beleza de seu caráter eram agora evidentes naquela mulher já madura que caminhava, decididamente, atrás de seu filho, querendo apenas partilhar de seu destino — fosse este qual fosse.

Que diferença das mulheres de minha família, pensou, com inveja. Nem com minha filha, a quem nem têm amor, me deixaram ficar.

Passaram o inverno nos arredores de Cesareia, uma bela cidade com uma praça em estilo romano, ruas amplas, chafarizes e estátuas de mármore. Apesar de suas características materialistas, foram cativados pela cidade, e já se sentiam mais à vontade. Um dia Jesus anunciou que os iria levar às termas, onde havia minas de água subterrâneas que consistiam na nascente do rio Jordão — consideravam essa uma área de homenagem ao deus Pã.

Agora já nem discutiam, nem questionavam suas decisões, mas parecia um lugar estranho para visitar. Foram andando, obedientes, atrás dele, conversando baixinho uns com os outros e fazendo a pergunta que já se tornara uma espécie de refrão: o que significaria aquilo?

As chuvas de inverno já haviam diminuído e a primavera anunciava-se por todo lado — o ar ficara mais leve, o céu mais azul e as amendoeiras, que eram as primeiras a brotar, já mostravam botões brancos e folhas verdes e viçosas. Mais ao sul, na Galileia, a primavera começava mais cedo. E na Judeia, região em que ficava Jerusalém, os ventos que sopravam do deserto já estariam quentes. Ao se dirigirem para as termas, os passarinhos piavam, deliciando-se com a chegada da primavera.

E para nós, o que nos espera? Maria estava apreensiva. Não queria que fossem para Jerusalém, não queria que aquelas horríveis visões se tornassem realidade.

Já era meio-dia quando chegaram a um lugar que ficava sob um penhasco escarpado. A luz do sol batia na ladeira do penhasco revelando uma quantidade de pequenas reentrâncias esculpidas na pedra, onde se aninhavam inúmeros ídolos. Cada um desses santuários tinha um arco em forma de concha, revelando seu tesouro.

As estátuas eram lindas. Esculpidas com talento, suas mãos, delicadas, seguravam cornucópias, cajados, lanças, arcos e flechas e os rostos, perfeitamente desenhados, sorriam a seus adoradores, que se dirigiam em massa ao local, em frente a uma enorme gruta numa entrada em forma de garganta.

— Vamos parar por aqui e observar — disse Jesus, conduzindo-os para um lugar de onde podiam ver os santuários, os devotos e um pequeno templo, ao lado, onde algumas cabras estavam amarradas. Seus frágeis balidos soavam como um misterioso instrumento musical, como um sinal para os iniciados de uma seita. — Eis aí o templo deles. Lembrem-se dele quando chegarmos ao nosso Templo, em Jerusalém — disse Jesus. — E ali estão as cabras, prontas para o sacrifício. E os peregrinos, que procuram ver e sentir algo de sagrado. Mais além estão os deuses, olhando-os com aprovação. Tudo isso é feito de pedra esculpida por mãos humanas e as pessoas vêm orar a esses ídolos, como se eles tivessem algum poder para além da força humana das mãos que os esculpiram.

— Sim! — disse Tomé, interrompendo. — Como disse Isaías, as pessoas que fazem ídolos, cortam ao meio um pedaço de madeira, entalham uma imagem numa das metades e jogam a outra no fogo, para se aquecerem. Ridículo!

— Poderiam argumentar que não estão adorando a pedra propriamente dita, mas a imagem que representa um deus que está em outro lugar — disse Judas. — Não são assim tão simplórios. Isaías pode ter sido muito inteligente, mas subestimou-os. E nunca se deve subestimar os inimigos.

— Falou muito bem, Judas — disse Jesus. — Quanto às nossas diferenças, embora não tenhamos estátuas no Templo, temos um santuário que representa a presença de Deus. É difícil distinguir estas cabras daquelas do nosso Templo. Os peregrinos vêm, em parte pelo prazer da viagem e em parte por motivos religiosos. Na verdade, fico me perguntando se um estrangeiro que aqui chegasse veria alguma diferença entre nós e eles... — Com um gesto amplo, apontou a cerimônia à sua frente.

Tudo aquilo — a cor dourada do penhasco, os santuários e as lajes alaranjadas que constituíam o piso do lugar onde as pessoas se reuniam — transmitia uma sensação de uma profunda paz e tranquilidade, com o calor do sol sugerindo mera contemplação e o relaxamento dos sentidos. A religião grega era sofisticada em todos os sentidos, refinada, agradável e tolerante.

— Zeus, Atena, Hera, Afrodite, Ártemis, todos eles contentes em seus santuários — disse Judas, acenando com a cabeça.

— Gostaria de quebrá-los todos — disse Simão, deixando transparecer seu velho fanatismo. — É isso mesmo. Pegar um pedaço de pau e quebrar tudo!

— Mas o principal deus aqui presente é Pã — disse Jesus, ignorando-o. — É nesta gruta que se sacrificam cabras em adoração a ele. E é desta gruta que sai um filete de água que depois se transforma no rio Jordão. E o Jordão é sagrado para nós.

— Poluem nossa água sagrada com estes rituais obscenos! — disse Tomé.

— Será que é isso o seu significado? — disse Jesus. — Ou será o contrário? Será que o fato de o Jordão se ter tornado sagrado ao longo de nossa história, dos tempos de Josué até João Batista, elimina os rituais pagãos que estão em sua origem? A santidade propaga-se ou a injustiça se contamina? É bom refletir sobre isso.

Não iria responder. Maria perguntava-se por que ele fazia isso: provocava as pessoas com perguntas e depois negava-se a dar-lhes respostas. Respostas que, naturalmente, conhecia.

— Meus amigos... E devo chamá-los amigos, e não seguidores ou discípulos, pois agora são realmente amigos. Assim como o Jordão, estamos prontos para prosseguir nossa viagem — continuou Jesus. — Assim como o Jordão, que corre de sua fonte de origem até o Mar Salgado, por entre arbustos e lugares desérticos de onde não há qualquer saída, também para mim não haverá saída de Jerusalém. Assim como o Jordão, sairei daqui rumo ao lugar onde terei meu fim.

— Deixe-nos acompanhá-lo e também morreremos! — disse Tomé.

Curiosamente, Jesus não o contradisse.

Iriam todos morrer? Era isso que Jesus estava dizendo? Maria não sabia se teria coragem para morrer. Nem sabia se realmente queria morrer. Com um gesto, Jesus sugeriu que o seguissem para um lugar mais ermo, afastado do local do templo. Num bosque de salgueiros próximo havia um caramanchão onde podiam se reunir.

— Judas, você tem aí o material de escrita com que faz a contabilidade? — perguntou Jesus.

Judas disse que sim e começou a fuçar sua sacola em busca do material. Quando olhou para cima, Maria tornou a perceber uma expressão estranha em seu olhar.

— Meus amigos, penso que seria certo que enviassem algumas palavras às pessoas queridas que deixaram para trás — disse Jesus. — Judas tem papel e todos poderão fazê-lo. Se há algo que queiram transmitir a alguém, em qualquer lugar, agora é a hora de fazê-lo.

Ele está falando de nossas últimas palavras! Inconsciente, a mão de Maria pegou o talismã de Eliseba que trazia ao pescoço.

— Mas mestre — disse Pedro — você disse que deixássemos tudo para trás.

— É verdade, Pedro, realmente eu disse que o antigo modo de vida deveria ser abandonado quando começasse um novo. Mas muitas pessoas não tiveram a oportunidade de se despedir das pessoas que amam e agora é hora de fazê-lo.

Um adeus definitivo! Porque depois não o poderemos fazer... porque... — Então, iremos todos morrer com você!

— Não tenho a quem escrever — disse Judas. — Mas terei o maior prazer em escrever o que me ditarem os que não sabem escrever.

— Eu também — disse Maria. Falaram rapidamente para que não ficassem constrangidas as pessoas que não sabiam escrever. Jesus afastou-se em direção à margem do riacho, deixando-os sozinhos.

— Tenho que... Tenho que escrever para Mara — disse Pedro. — Você me ajuda? — Sentou-se ao lado de Maria, que se surpreendeu com seu pedido, por ser mulher. Por outro lado, conhecia-a há mais tempo e melhor do que Judas.

— Claro que sim. — Alisou a folha amarrotada de papiro, que não era da melhor qualidade. Era apenas para manter a contabilidade. E disse a Pedro que poderia começar a ditar.

— Então, escreva "minha querida" — sussurrou ele. — Escreva "espero que você e sua mãe estejam bem. Desde que deixamos Cafarnaum, viajamos bastante, pregando a multidões e fazendo curas. Agora estamos a caminho de Jerusalém, onde passaremos a Páscoa". — Fez uma pausa para que Maria o acompanhasse. — É muito difícil! Acho que deveria contar tudo, ou então não dizer nada.

— Acho que não haveria espaço para contar tudo — disse Maria.

— É claro que não. Então, vamos. "Orarei por você no Templo e, por favor, lembre-se de que penso em você o tempo todo. Seu marido, Simão bar-Jonas". Receio que essas palavras nem pareçam minhas — disse. — Mas... não sei o que dizer. Não quero preocupá-la falando de perigo.

— Acho que quando ela receber a mensagem com suas frases de carinho ficará satisfeita e lhe bastará.

João, com a cabeça baixa, escrevia energicamente. Seu irmão Tiago, a seu lado, resmungava. — Basta que um de nós escreva à mãe. Para o pai, não escrevo!

A mãe de Jesus aproximou-se de Maria. — Você poderia olhar isto para mim? Eu leio muito melhor do que escrevo... — Entregou-lhe um pedaço de papel.

Para meu querido filho Tiago:

Encontrei Jesus perto de Cafarnaum e estou com ele desde então. Sinto enorme alegria no coração por ter feito esta viagem e ter-me juntado a ele. Oro para que você também encontre seu caminho e esqueça a raiva com que ficou de nós dois. Deus não o ama menos do que ama Jesus, nem eu o amo menos do que amo Jesus. Não há palavras para traduzirem o que você significa para mim. Vamos para Jerusalém pela Páscoa e oro por sua paz e sua saúde.

Sua mãe querida

— Isso derreteria o coração de qualquer pessoa — disse Maria, devolvendo o papel à mãe de Jesus.

— Não quero que derreta... Só queria poder alcançá-lo — respondeu ela, com um suspiro.

Em seguida, veio Susana, que pediu a Maria se podia ajudá-la a escrever a seu marido. — Gostaria tanto de conseguir explicar a ele — disse.

Maria sorriu, mas seu sorriso era triste. As palavras de Susana lembravam-lhe de quando ela mesma tentara fazer Joel compreender. — Claro — disse. — Podemos fazer um resumo. Já a ajudei a escrever uma vez, lembra-se?

— Mas nunca soubemos se ele recebeu — disse Susana.

— Não soubemos. Mas é como diz Jesus: enviamos a mensagem, mas nunca podemos saber se ela chega...

Maria sentiu lágrimas nos olhos, tentando pensar nas palavras adequadas para deixar a Eliseba. Sua tristeza a envolvia como uma nuvem, deixando-a sem pensar ou sentir. Obcecada pela ideia de que não tornaria a ver sua querida filha, concentrou-se em escrever umas palavras a Eli, anexando uma lembrança para Eliseba. Deixara de ter medo de Eli.

Partiram no dia seguinte, dirigindo-se a Jerusalém pela estrada de Samaria. Era o caminho mais rápido e Jesus parecia estar apressado, após a longa espera durante o inverno. Embora ficassem atentos, não viram soldado algum de Antipas enquanto atravessavam a Galileia. Ao entrarem em Samaria, deixavam para trás o território de Antipas e passavam à jurisdição romana. Maria não sabia se havia alguma vantagem em trocar Antipas por Roma. Antipas poderia ser mais mesquinho e mais disposto quando perseguia seus inimigos, mas Roma era impessoal e implacável, não oferecendo qualquer meio de lhe escapar.

Continuaram a viagem para o Sul, atravessando vales cercados por montanhas. Às vezes os samaritanos os insultavam quando passavam por eles, e outras vezes só os olhavam com desprezo. Desde que Maria fizera sua primeira viagem a Jerusalém, as relações entre judeus e samaritanos não haviam progredido; talvez tivessem até piorado. Mas agora, com Jesus e os discípulos, era diferente do que fora quando viera com sua família — não se preocupavam com as provocações à beira da estrada, nem receavam o que iria ocorrer no próximo encontro.

O dia ficara mais quente e, ao meio-dia, já fazia um calor intenso. Quando se aproximaram de Siquém, a antiga cidade de Samaria, fizeram uma parada para descansar. Havia um poço por perto e Jesus sentou-se à beira dele. Enviou os discípulos homens à cidade, para comprarem comida, enquanto ficou esperando na companhia de sua mãe e das outras mulheres. Em torno deles, a calmaria do meio-dia convidava à inércia e à quietude. Do caminho que leva a Siquém, viram pequenas nuvens de poeira de alguém que se aproximava. Era uma mulher, carregando uma jarra de água vazia. Ao se aproximar do poço, Jesus falou-lhe, pedindo se lhe dava um pouco de água.

Ela olhou para ele, desconfiada. Era uma mulher de meia-idade que ainda tinha traços de beleza no rosto.

— O quê? — disse, por fim. — Você, judeu, pedindo água a uma samaritana?

— É verdade — disse Jesus. — Você me dá um pouco de água da jarra que vai mergulhar no poço?

Ela baixou a jarra no poço, puxando-a, em seguida, com movimentos rápidos e fortes. Estendeu-a a Jesus, ainda olhando para ele desconfiada, como se fosse perigoso. Jesus agradeceu e bebeu. Em seguida, devolveu a jarra.

— Nós nem devíamos falar um com o outro — disse ela. — Nem beber água da mesma cuia.

Jesus deu uma risada. — Mulher — disse. — Se você conhecesse o dom de Deus e soubesse quem lhe pediu de beber, seria você que o teria convidado a beber e ele lhe teria dado água viva.

Ela recuou, assustada. Devia ser um louco. — Senhor — disse ela, por fim. — O senhor não tem nada com que possa tirar água do poço e este poço é bem fundo. Como iria conseguir essa água viva? Até Jacó, nosso ancestral comum, grande como era, teve que cavar esse poço para beber água.

— É verdade, e todos os que bebem essa água tornam a sentir sede. Mas quem beber da água que *eu* dou, nunca mais terá sede. Será como uma fonte que continuará nele até a vida eterna.

— Então, dê-me essa água para que eu não tenha que ficar vindo aqui a toda hora para buscar mais água! — gritou ela.

— Vá chamar seu marido, volte aqui e eu lhe mostrarei — disse Jesus.

— Não tenho marido.

— Você está falando a verdade! Pois você teve cinco maridos e o homem com quem vive não é seu marido.

Ela ficou tão espantada que já nem sentia medo. Perplexa, exclamou: — Vejo que é um profeta! — Voltou-se para a direção da cidade, deixando para trás a jarra semicheia de água. Deu uns passos, mas parou e voltou atrás. — Senhor — disse. — Nós, samaritanos, sempre adoramos a Deus nesta montanha — e apontou na direção do Monte Gerizim —, mas vocês, judeus, dizem que o lugar de adorar a Deus é em Jerusalém. Por quê?

Jesus balançou a cabeça. — Acredite-me, mulher, que está chegando um tempo em que ele não será mais adorado em nenhum desses lugares, mas em espírito e em verdade. E poderá ser adorado em qualquer lugar. Deus é espírito e seus verdadeiros adoradores deverão adorá-lo em espírito.

— Eu sei que um Messias virá — disse a mulher. — E quando vier, ele nos explicará essas coisas.

— Mulher — disse Jesus, bem devagar. — Eu, que lhe falo, sou ele.

Colocando as mãos sobre a boca, a mulher saiu correndo em direção à cidade e Maria a ouviu gritando para a primeira pessoa que encontrou: "Venha conhecer um homem que me contou tudo o que já fiz na vida! Será ele o Messias?" Deparou com os discípulos, que voltavam, e continuou correndo para a cidade. Logo começaram a chegar ondas de pessoas que se apressavam para ouvir Jesus e, mais uma vez, ele e seus seguidores estavam cercados por uma multidão.

Ele dissera que era o Messias! Ele o dissera! Maria estava tão espantada quanto a mulher samaritana. Virou-se para a mãe de Jesus e viu que ela sorria.

— A senhora sabia — disse Maria, tocando seu braço e falando em voz baixa, só para ela. — Sempre soube?

A mãe de Jesus voltou-se e olhou de frente para Maria. Seus olhos, castanho-claros e plenos de sabedoria, procuraram os de Maria de Magdala. — Eu sabia — disse. — Mas ele tinha que o reconhecer por si mesmo. — Tomou a mão de Maria e segurou-a com firmeza.

— Venham! — disse Jesus. — Vamos para Siquém e lá ensinaremos. — Para surpresa dos discípulos, levantou-se e fez um gesto para que o seguissem.

Passaram vários dias em Siquém, onde os ensinamentos de Jesus foram ouvidos com ansiedade e atenção, e muita gente o abraçava e o saudava como o Messias. — Agora, que o ouvimos pessoalmente, podemos acreditar em tudo! — diziam à mulher que o encontrara.

Os mais surpreendidos eram Pedro, Tomé e Simão. Jesus comia com aquelas pessoas — pessoas da mesma tribo dos que haviam sido considerados impuros para reconstruir o Templo centenas de anos antes, e que sempre haviam sido um tormento para os judeus. Jesus lhes dava as boas-vindas, como seguidores e fiéis! Quem seriam os próximos — egípcios? romanos? Mantendo-se afastados, recusaram-se a sentar com os samaritanos ou comer sua comida. Ao retomarem sua viagem, arrumaram ansiosamente suas coisas e, de manhã cedo, foram esperar Jesus à saída da cidade.

A palavra "Messias" pairava sobre eles quando retomaram a caminhada para o Sul, mas ninguém ousava pronunciá-la em voz alta.

49

Jerusalém! Lá estava ela, no horizonte, resplandecente à frente deles. Pararam no alto de uma montanha para observar a cidade. Para alguns deles, era a primeira vez que a viam. Era meio-dia e, à luz daquela hora, a cidade brilhava de branco, como se fosse revestida de pureza e esculpida em mármore.

Quando se aproximaram e desceram até as ruas, Jesus tornou a parar, de repente. Olhou para cada um dos discípulos, depois para a cidade, e começou a chorar baixinho. Estava só e ninguém sabia o que fazer. Desajeitado, Pedro aproximou-se dele e abraçou-o, tocando seus ombros e tentando consolá-lo. João também se aproximou e passou a mão sobre seus ombros.

Todos se aproximaram para ver o que lhe causava tamanho sofrimento e Maria o ouviu dizer — com a voz abafada pelo ombro de Pedro: — Jerusalém! Se soubesses o que te traria a paz... Mas agora está longe de teus olhos. — Tornou a olhar para a cidade. — Dias virão em que teus inimigos construirão uma barreira em torno de ti e serás uma cidade sitiada. Serás destruída, assim como os filhos dentro de teus muros. Não ficará pedra sobre pedra, pois não reconheceste a hora em que Deus veio a ti.

Uma barreira? Uma cidade sitiada? Faria isso parte da visão que Maria tivera? Seria dessa maneira que os romanos entrariam na cidade e violariam o Templo? Agora, também Jesus o via.

Juntando-se a Pedro e João, a mãe de Jesus também o abraçou, com a cabeça baixa. Como deveria ter o coração despedaçado, ao ver o sofrimento por que ele passava. A cidade espalhava-se à frente deles, rejubilando nos rituais de sua beleza, mas ele a via como seria num dia futuro.

Finalmente, Jesus acalmou-se, consolado. Com um suspiro profundo de resignação, fez um gesto para que prosseguissem.

A multidão crescia e imensas levas de gente convergiam de toda parte rumo à cidade santa. Cantavam, como os peregrinos sempre faziam, hinos especialmente em louvor à visita a Jerusalém. A alegria e o orgulho que todos os judeus tinham por Jerusalém não diminuía, apesar da tensão política existente. Sempre que ocorria um feriado — mas especialmente pela Páscoa, quando o tema era o da libertação da opressão — os romanos traziam tropas suplementares e Pôncio Pilatos vinha de sua residência em Cesareia para fiscalizar o movimento. Devem ter ouvido boatos de possíveis distúrbios, pensou Maria.

Quando subiram a colina onde ficava o Monte das Oliveiras, que era a mais próxima de Jerusalém, pararam num vilarejo chamado Betânia, onde aparentemente Jesus tinha seguidores. Talvez tivessem ouvido seus sermões na Galileia, e Maria ficou surpresa ao saber que existiam ali pessoas que eram seguidoras de Jesus. Já haviam sido avisados de que ele "chamara a atenção das autoridades", mas isso era diferente de ter, realmente, seguidores num lugar tão distante da sua terra.

Sua surpresa foi ainda maior quando Jesus disse a Maria e Judas: — Vão ao vilarejo próximo e procurem um jumento que está amarrado à entrada do lugar. É um jumentinho bem novo e nunca foi montado. Desamarrem-no e tragam-no para aqui.

Judas disse: — Você quer dizer... roubá-lo?

— Se alguém perguntar, digam apenas: "O Senhor precisa dele e logo o mandará de volta".

Não havia como discutir, pois viviam agora em circunstâncias anormais. Todos o sentiam. Dirigiram-se, portanto, ao vilarejo sem fazer perguntas. Enquanto caminhavam, Judas olhou para Maria e parecia que ia falar, mas se deteve. Finalmente, acabou falando. — Você gostaria de conhecer meu pai?

— Seu pai?

— É, você sabe que ele mora em Jerusalém. Quando lá chegarmos — e tivermos um momento — gostaria muito de apresentá-los.

— Mas... mas por quê? — Não agradaria a Jesus, com certeza, que visitassem suas antigas casas.

— Faltam poucos dias para a Páscoa. Embora fôssemos passar a Páscoa com Jesus e com os nossos colegas — o que deveríamos fazer —, talvez pudéssemos passar em casa e você conheceria meus parentes, que estarão todos reunidos.

— Mas... não entendo o que eu... uma pessoa estranha, iria fazer lá. — disse Maria. Sentia-se pouco à vontade só de pensar nisso. Por outro lado, queria muito ver alguém de sua família, em Magdala, ainda que só por um momento, pois também eles estariam reunidos durante a celebração.

— Não consigo deixar de acreditar — e esperar — que talvez você pudesse pensar em se juntar à minha família.

Não! Isso não! Sentiu-se chocada com aquelas palavras e desviou os olhos dele, que a olhava fixamente.

— Creio que se somos companheiros sendo discípulos, para irmos aonde Jesus decida que devemos ir, também poderíamos estar juntos, trabalhar juntos — disse Judas. — Como marido e mulher.

O que terei feito para ele ter essas ideias? Deveria ter falado de maneira mais rude naquela noite que acampamos... Maria procurava as palavras enquanto caminhavam para o vilarejo, sem mesmo ousar olhar para ele. — Não... não sei o que dizer — murmurou, por fim. Acho que... acho que é muito cedo.

— Não, isto já vem de há muito tempo. Já conheço você há um ano, observei você, admiro você e estou certo do que sinto por você.

Voltava, uma vez mais, a ser cortejada. E, uma vez mais, num ambiente tranquilo e encantador — da primeira vez, à beira do lago, agora naquela linda colina nos arredores de Jerusalém. Porém, era tudo diferente. Com Joel, ela era jovem e não tinha alternativa que não fosse o casamento. Agora, já passei disso, pensou. Sou livre, não sou casada e não tenho vínculos com esse tipo de vida. Excetuando Jesus, não poderia imaginar qualquer possibilidade de me comprometer com outra pessoa dessa maneira.

E Jesus tinha deixado bem claro que não a desejava.

Naquele instante, tornou a sentir a profunda dor da rejeição que sentira quando Jesus desviara os seus desejos — e a distância que, a partir de então, os separava. Não quero que outra pessoa sofra o que eu sofri, suplicou.

Continuaram caminhando e, de repente, Maria parou de andar e esperou que Judas também parasse. — Acho que temos que deixar algumas coisas claras — disse, da maneira mais delicada que conseguiu. — Você se lembra, com certeza, que Jesus disse que "no Reino de Deus não haverá casamentos nem pedidos de casamento". E se, realmente, o fim de tudo estiver próximo, não deveríamos pensar em criar mais complicações.

— Complicações? Você chama o amor entre um homem e uma mulher de complicações? Duas pessoas com fé representariam uma união abençoada e muito especial! — Parecia que estava com raiva de ela não ter compreendido, ou ter fingido que não compreendia. Teria que dizê-lo de uma forma mais clara. Mas, meu Deus, não queria magoar ninguém!

— Judas, não é possível. Não posso ser sua mulher. A verdadeira razão é que meus sentimentos não o permitiriam. — O jeito era dizê-lo de maneira disfarçada, consolando-o e não ferindo seu amor-próprio. — Sou viúva há pouco tempo. Não me sinto segura, mentalmente. Terão que passar muitos anos antes que...

— Eu espero — disse, com solenidade.

— Mas talvez não exista esse futuro — disse Maria. — Não podemos pensar dessa maneira.

Sentindo-se ofendido, ele virou-se e recomeçou a caminhar. Ficou calado durante bastante tempo. Finalmente, numa voz baixa, mas determinada, disse:

— Muito bem, esqueça o que eu disse. Também quero esquecê-lo. Tenho vergonha de tê-lo feito.

Maria sabia o que ele sentia. — Você não deveria sentir-se assim! Minha própria situação...

— Eu disse para esquecermos! — disse numa voz rude e feia. — Não aconteceu! Eu não disse aquelas palavras!

— Então, está certo — disse ela. Sua mudança de atitude era assustadora. — Se você prefere esquecer, também o farei. — Se era aquele seu modo de ser, sentia-se duplamente satisfeita por não existirem quaisquer vínculos entre eles, sujeitos àquele temperamento irascível.

Foram caminhando em silêncio. Maria sentia-se tão pouco à vontade que queria sumir. Porém, um pouco depois Judas começou a falar como se nada se tivesse passado. Ela olhou para ele de esguelha e viu seu semblante franzido, embora sua voz fosse normal.

Chegaram pouco depois à entrada do vilarejo. E amarrado a uma cerca estava um jumentinho bem novo. Judas o desamarrou e, ao fazê-lo, apareceu um rapaz que disse: — O que você está fazendo?

— O Senhor precisa dele e logo o mandará de volta — rosnou Judas. Ninguém ousaria discutir com ele.

Voltaram-se e levaram o jumento para Betânia. Os cascos do jumento no chão da estrada foram o único som que quebrou o silêncio entre eles.

Jesus os saudou com alegria quando lhe mostraram o jumentinho. — Agora, amigos, continuaremos para Jerusalém — disse. — Só para ver a cidade. De noite, voltaremos para dormir aqui.

Não era muito tarde. Ainda teriam algumas horas antes que os portões da cidade fossem fechados. Jesus colocou uma capa sobre o lombo do jumento, montou nele e começaram a descer a ladeira do Monte das Oliveiras.

Rapidamente foram tragados por hordas de peregrinos que também se dirigiam à cidade santa, cantando e empurrando-se uns aos outros. Maria pensava que ficara invisível, no meio daquele mar de gente. Todos olhavam para Jesus, que ia no seu jumentinho trotando — e, curiosamente, não parecia se importar, embora fosse a primeira vez que era montado. Pedro o segurava pela rédea, pois não fora treinado para obedecer a quem o montava. A multidão afastava-se para lhe dar passagem. Então, quando Jesus e seus discípulos se aproximaram dos portões de Jerusalém, começaram a colocar seus capotes no chão à passagem do jumento, agitando ramos de palmeira e cantando os versículos do salmo 118: — Bendito o que vem que vem em nome do Senhor!

Outros se juntaram ao coro, gritando: — Hosana ao filho de Davi!

— Bendito seja o Reino de Davi, nosso pai!

— Bendito seja o rei que vem em nome do Senhor!

— Paz no céu e glória nas maiores alturas!

E, em seguida, um grito rouco: — Bendito seja o rei de Israel!

— É a previsão do profeta Zacarias! — gritou um homem. — Ele disse: "Eis aí vem o teu Rei, justo e salvador, humilde, montado em jumento."

— Então, o cenário está armado — disse uma voz conhecida ao ouvido de Maria. A voz de Judas. — Jesus conhece, porque leu, todas essas profecias e decidiu representá-las.

Ela voltou-se para ele. Seu rosto tinha ódio e raiva. Sentia-se traído — não só por ela, mas também por Jesus.

— Ele preparou tudo — disse, num silvo. — O jumento. A multidão. O jumento, naturalmente, foi um arranjo — sabemos muito bem disso. E agora, o que mais? O que precisará fazer quando chegar a Jerusalém? Deixe-me pensar, há tantas profecias... É claro que não terá que representar todas. Só algumas. Para as pessoas ficarem... maravilhadas. — A palavra "maravilhadas" soava em sua boca como uma praga.

Maria não sabia o que responder, pois o que ele dizia era verdade. O jumento fora um arranjo. Poderia existir alguma explicação razoável, mas ela a desconhecia. Ele nunca sentira necessidade de montar um jumento antes. Era um sinal preocupante.

Preferiu não buscar uma resposta e foi caminhando ao lado de Jesus enquanto a multidão o aplaudia. Soldados e oficiais vigiavam-nos do alto das muralhas da cidade. Deveriam estar perguntando uns aos outros: "Quem é esse homem?", e talvez fosse esse o objetivo de Jesus. Provocar as pessoas a fazerem a pergunta suprema: "Quem é esse homem?". Os discípulos já a haviam respondido, mas agora cabia aos outros fazê-lo.

Um grupo de doutores da Lei os observava. — Mestre, repreenda seus discípulos! — ordenaram-lhe, enquanto a multidão gritava: — Hosana! Bendito o que vem em nome do Senhor!

Em vez de discutir com eles, ou ignorá-los, Jesus gritou-lhes: — Digo-lhes que se eles se calarem, as próprias pedras clamarão!

Aborrecidos, ficaram olhando para ele.

Jesus e seus discípulos dirigiram-se ao portão da cidade e deram-lhes passagem, enquanto a multidão entusiástica ficava para trás. Agora, eram peregrinos comuns. Ao passarem pelas ruas estreitas, Maria notou um grande número de soldados romanos parados em cada esquina. Não se lembrava de ter visto tantos quando viera, ainda menina, mas não tinha certeza. Pareciam estar preparados para enfrentar distúrbios, prontos para intervir a qualquer momento. Em seu olhar sisudo, Maria percebeu desprezo e hostilidade. Eles nos odeiam, pensou. Odeiam nossas festas, odeiam nossa religião e odeiam ter que servir ao exército romano em Jerusalém. Para eles, só significamos um problema.

Pouco depois, chegaram ao recinto do Templo, aproximando-se do portão que separava as ruas do lugar santo. Apenas alguns soldados, enfastiados e com os pés bem afastados, pareciam não se comover pela glória do Templo.

A opulência e o tamanho da construção eram fascinantes. Parecia uma coisa realmente divina, apropriada para ser a residência do Deus supremo dos céus.

Os outros pensavam a mesma coisa. Ainda segurando a rédea do jumento, Pedro voltou-se para Jesus e disse: — Mestre, que pedras enormes! Que construção impressionante!

— Você está impressionado com isto? — disse Jesus, numa voz fria. — Pois eu lhe digo que, em pouco tempo, não ficará pedra sobre pedra.

Desceu do jumento e caminhou para o pátio externo do Templo, onde se vendiam animais e ficavam as barracas dos cambistas. Ficou olhando, em silêncio, por alguns momentos, depois voltou-se, tornou a montar no jumento e disse: — Vamos. A noite se aproxima e devemos arrumar um lugar para pernoitar.

Quando o sol se punha, colorindo os céus, saíram pelo mesmo portão que haviam entrado e pegaram a estrada com a ladeira íngreme que levava ao Monte das Oliveiras, onde muitos peregrinos já tinham acampado.

No sopé da montanha havia uma horta, muito bem cuidada, com uma oliveira e uma prensa para fazer azeite. Muito agradável, pensou Maria. Gostaria que parássemos aqui.

De ambos os lados do caminho por onde passavam, grupos de pessoas estendiam suas cobertas e se acomodavam, despreocupados com o desconforto daquela ladeira. Durante os feriados, a população de Jerusalém aumentava de tal maneira que só havia lugar para os peregrinos dormirem fora da cidade. Ao passarem, Maria reparou que muitos olhares estavam fixos em Jesus, como se soubessem quem ele era e o observassem. Mas como iriam todos esses peregrinos saber quem ele era? E por que tantos outros o haviam saudado antes, à entrada de Jerusalém?

Jesus escolheu o lugar em que ficariam, mas retirou-se, preferindo ficar sozinho. Até sua mãe procurou a companhia das outras mulheres. Antes, Jesus pedira a João e Tiago que fossem devolver o jumento.

À sua volta, os discípulos ouviam o murmúrio contínuo de centenas de vozes das outras pessoas que se preparavam para dormir e que os cercavam, como um exército.

Na manhã seguinte, a montanha parecia um formigueiro que se mexia enquanto os peregrinos se preparavam para enfrentar o novo dia. Havia muita coisa a fazer: tinham que separar os cordeiros que seriam abatidos de acordo com o ritual da véspera da Páscoa, no Templo, e tinham que encontrar temperos adequados e o vinho. Jesus parecia alheio a tudo isso. De supetão, disse:

— Vamos voltar para Jerusalém. Temos que ir ao Templo.

O grupo mal teve tempo para juntar suas coisas; Jesus já estava a caminho da cidade em marcha forçada. Ao passarem em frente de uma figueira velha e retorcida, encostada a um muro de pedra, Jesus puxou um galho, examinando-o rapidamente. — Não tem figos, embora houvesse a promessa de que os teria! — Balançou o galho e jogou-o fora. — Ninguém tornará a comer figos seus! — gritou.

O que se passava com ele? Maria nunca o vira agir de maneira tão irracional. É claro que deveria saber que não era época de dar figos. Em que pensava ele?

Olhou para João, que caminhava a seu lado, e percebeu que também ele estava perplexo. Mas, com a fidelidade de sempre, foram caminhando, silenciosos, atrás dele, sem fazer perguntas.

Uma enorme multidão comprimia-se contra os portões de Jerusalém, esperando que os abrissem. Quando o fizeram, aquele mar de gente inundou as ruas, dirigindo-se para o Templo. Este já estava movimentado e pronto para os negócios: os portões, abertos, davam as boas-vindas, e o murmúrio que se ouvia dos pátios externos indicava que os moradores de Jerusalém tinham vindo mais cedo, antecipando-se à multidão de forasteiros.

Em torno do Pátio dos Gentios só se viam animais prontos para o sacrifício e cambistas. Havia gaiolas para pombos, estábulos para ovelhas e cabras e mesas, imensas, para trocar dinheiro.

Tudo isso era necessário, pois a Lei especificava que somente alguns animais podiam ser sacrificados. E como era não era prático para as pessoas trazerem os animais de uma longa distância, tinha que haver uma maneira de conseguirem os animais após chegarem a Jerusalém.

Quanto aos cambistas, a razão para estarem ali era porque a única moeda aceita no Templo eram as moedas de prata de Tiro, que tinham um padrão de pureza superior ao romano. Portanto, qualquer outro tipo de moeda tinha que ser trocada. E, já que os cambistas resolviam uma necessidade pública, por que não teriam direito a ter algum lucro? Um argumento puxava o outro. Afinal de contas, tinham que viver e aquilo não era caridade.

Em torno deles, só se ouvia a balbúrdia de cambistas e mercadores, barulho que se sobrepunha ao cheiro forte do incenso que subia nos altares e aos hinos do Levítico.

— Cabras! Cabras! Compre sua cabra aqui! As melhores que existem! — Foi esse o cumprimento que receberam ao entrar no pátio.

— Perfeitos! Meus animais são perfeitos! Lembrem-se das palavras de Malaquias: "Quando trazeis animal cego para o sacrificardes, não é isso mal? E quando trazeis o coxo ou o enfermo, não é isso mal? Pois maldito seja o enganador, que, tendo um animal sadio no seu rebanho, promete e oferece ao Senhor um defeituoso!" Deus cospe nos sacrifícios de animais imperfeitos. Mas os meus são perfeitos! — gritava um mercador de rosto vermelho. Ao mesmo tempo, tentava controlar um bando de cabras desobedientes que baliam e tentavam fugir.

— Cordeiros são melhores! — gritava outro. — Cordeiros! Puros e dóceis, aceitáveis para o Senhor!

— Você tem dinheiro impuro? — disse outro homem, agarrando Maria pela manga esquerda. — Não pode trazê-lo para dentro do Templo! Deve trocá-lo aqui!

— A cotação que ele faz é um roubo! — Era outro, que a segurava pela outra manga. — Ele é mentiroso e trapaceiro! Veja as minhas moedas! — E jogou um monte de moedas na frente de Maria. — Pode procurar o quanto quiser, mas não encontrará aqui uma única moeda falsa! Nem uma!

De repente, Jesus virou-se para uma das mesas. — Ladrão! — gritou. — Você é um ladrão!

O mercador pareceu ficar assustado e olhou em volta para ver se alguém ouvira. Não era uma acusação que pudesse ignorar. — Com licença! — gritou. — Eu não sou trapaceiro! Como ousa dizer uma coisa dessas? Terá que me responder perante a justiça, por difamação!...

— Vocês todos são ladrões! — gritou Jesus. — Todos! — E, partindo para as mesas, começou a virá-las todas, jogando ao chão as pilhas de moedas e os livros. Antes que alguém o conseguisse deter, já virara uma fileira inteira de mesas, espalhando pelo chão as moedas. — Víboras, sanguessugas é o que vocês são! O Livro de Isaías diz: "Minha casa será chamada Casa de Oração para todos os povos." Mas vocês a transformaram num covil de ladrões, como disse Jeremias! — gritou Jesus.

As moedas rolavam a seus pés e os mercadores as catavam, tentando recuperá-las. Um dos mercadores mais velhos pegou Jesus pelo ombro. — Devemos desobedecer a Lei de Moisés? Como irão as pessoas cumprir os regulamentos? O que nós fazemos é oferecer um serviço público!

— Um serviço público!? Transformando os pátios do Templo num mercado público! — gritou Jesus.

— A Lei de Moisés não nos dá alternativas — insistiu o homem, mantendo-se calmo. — Reconheço que não é bonita, esta cena de mesas com animais e pilhas de moedas. Mas o que deveríamos fazer então? Violar a Lei? Estamos presos à Lei.

Sem responder ao homem, Jesus apanhou o chicote da mão de um homem e passou a atacar os cambistas e mercadores de animais, batendo-lhes com o chicote — que tinha nós de corda — e acusando-os de profanação. Assustados e com raiva, fugiram. Jesus correu atrás deles, por entre aquilo tudo espalhado no chão, com o chicote na mão e gritando, perseguindo-os. Em silêncio, soldados romanos observavam a cena, preparando-se, certamente, para transmitir as informações a Pilatos.

Durante tudo isso, os discípulos estavam tão espantados que nem conseguiam perguntar-lhe "o que está fazendo?". Eles não conheciam aquele Jesus; era um estranho para eles.

Maria nunca vira Jesus perder a cabeça daquela maneira, por uma coisa tão trivial. Queria conversar com ele sobre os assuntos que não haviam terminado de discutir. Agora, perguntava-se se isso seria possível. O homem que pensava conhecer, e que acreditava amar, era somente parte deste profeta — esta pessoa que, de repente, parecia distante de todos eles. Instintivamente, virou-se para a mãe de Jesus, percebendo que também ela estava com uma expressão de espanto.

Então, chegaram correndo as autoridades do Templo, furiosos e aos gritos. — O que significa isto? — gritou um deles. — Como você ousa perturbar a paz num lugar santo?

— Lugar santo? — gritou Jesus. — Este comércio profana a santidade deste lugar. E o faz com *sua* permissão e conivência!

— Estão apenas prestando um serviço que é necessário — disse o homem. — Você nos deve dinheiro pelo prejuízo!

— E você deve a Deus pelos prejuízos! — gritou Jesus.

— Sabemos quem você é — disse o homem. — Você é aquele rabino da Galileia que vem atraindo pessoas com sua retórica e essa conversa de Messias. Jesus de Nazaré, não é? Ontem você encenou uma grande entrada em Jerusalém, com as pessoas o saudando, aclamando e agitando folhas de palmeira. O que você faz é alimentar as esperanças de que um Messias está chegando e conduzir as pessoas para sua própria glória.

— Você não sabe de nada — disse Jesus.

— Sabemos o bastante para impedi-lo. Pare com isso imediatamente, antes que se meta em problemas mais sérios. Olhe aqui, meu amigo — disse o homem, aproximando-se dele. — Já houve um grande estrago aqui e as autoridades romanas estão preparadas para o pior. Um rebelde chamado Barrabás tentou apanhar numa emboscada um batalhão inteiro de soldados. Matou dois e depois foi preso, e agora seus companheiros estão ameaçando com mais violência. Portanto, é bom você ficar quieto para não ser confundido com essa gente.

Jesus pareceu surpreendido. — Barrabás?

— É um agitador profissional, um guerreiro.

— Ouvi falar dele.

Isso o confirmava. Jesus *tinha* vínculos com eles. O homem balançou a cabeça.

— Avisei esses rebeldes — disse Jesus. — Disse-lhes para pararem.

— Talvez você não seja propriamente um exemplo — disse o homem. — Por que haveriam eles de escutá-lo? — Com um gesto da mão, apontou as mesas viradas e os animais que tinham fugido.

Curiosamente, deixaram-nos sair sem serem molestados. Enfileirados de cada lado dos portões, os soldados permaneceram estáticos, impassíveis, sem tocar neles. O vozerio dos mercadores continuava, enquanto juntavam suas coisas, olhando para os lados, ansiosos por organizarem suas mesas de novo. Jesus fora um transtorno, mas esperavam que não tornasse a acontecer — seria um incômodo imprevisível, como uma tempestade ou uma nuvem de gafanhotos.

Depois de saírem da cidade, conduzidos em silêncio por Jesus, os discípulos passaram em frente à figueira e viram que seus galhos estavam todos ressecados, como se tivessem sido contraídos pela praga de Jesus. As folhinhas verdes, e novas, tinham apodrecido e pareciam doentes e os galhos estavam pendentes.

— Mestre! — gritou Pedro, espantado. — O que foi isto? O que aconteceu? — Pegou num galho seco. Tinha uma expressão de medo e confusão.

— Isto o surpreende? — disse Jesus. — Se você tiver fé, pode mandar uma montanha mexer-se e jogar-se no mar. Isto não é nada! — Pegou no galho, examinou-o e jogou-o fora. — O que você pedir em sua oração será respondido.

O que tinha aquilo a ver com fé? Era tudo tão misterioso e estranho. Aquilo nada tinha a ver com fé, ou com a ajuda às pessoas necessitadas, ou com as pregações, ou com a expulsão de demônios, que eram as coisas que Maria pensava que traduziam a missão de Jesus. Fora por essa razão que decidira acompanhá-lo, assim como todos os outros.

Naquela noite, à hora da ceia, estavam todos calados, de cabeça baixa. Maria reparou que até a mãe de Jesus estava de cabeça baixa e parecia triste. Jesus falou pouco, além de conduzir as orações. Após a ceia, Judas saiu. Maria o viu descendo a ladeira. Iria ver seu pai? Jesus não concordaria, mas talvez Judas não se preocupasse com isso. Talvez Judas nem estivesse ligando para aquela cena desagradável no Templo, ou para o castigo infligido à figueira.

Maria procurou a mãe de Jesus, que estava encostada a um dos pinheirinhos que, com muito custo, tentavam crescer ali. Estava com a cabeça enfiada nos braços e Maria tocou-lhe no ombro, de leve. Levantou a cabeça e Maria percebeu que seus olhos estavam cheios de lágrimas. Sem falar, Maria abraçou-a. Ela estava chorando.

— Ele foi sempre tão respeitoso para com o Templo, tão rigoroso — sussurrou. — Quando era menino, adorava passar o tempo lá, fazendo perguntas aos escribas e aos doutores da Lei, que acabavam ficando cansados... — Balançou a cabeça. — E agora faz uma coisa destas...

— É evidente que ficou indignado com o que viu. Deve ter sentido que deveria redimir o Templo — disse Maria. Mas disse-o apenas para que a mãe dele se sentisse melhor.

— O que diria Tiago disso? — disse a mãe de Jesus.

— Nenhum deles disse coisa alguma — disse Maria. Ambos os Tiagos tinham ficado tão perplexos quanto todos os outros.

— Não, não. Quero dizer meu filho, o irmão de Jesus! Ele é tão religioso! Iria morrer de vergonha! Espero que não se saiba disto em Nazaré...

— Nazaré fica muito longe — disse Maria. — Venha comigo. Vamos sentar-nos num lugar mais confortável e conversar um pouco...

Por fim, Maria fez a pergunta que a perseguia havia tanto tempo: a família deles era realmente descendente da tribo de Davi? Era algo que não deveria preocupá-la, mas preocupava... Era uma das profecias...

— Sim — respondeu a mãe de Jesus. — Foi isso que sempre nos disseram. E isso sempre nos fez sentir bem. Dava-nos forças nos dias em que as coisas não corriam bem. Era uma espécie de estímulo especial que nos incitava a fazer o melhor. Mas há muitas famílias que dizem ser descendentes de Davi, é uma coisa comum.

Então era verdade: pelo menos essa profecia correspondia à pessoa dele. E essa, ele não podia inventar — não era como a do jumento.

Mais tarde, quando a mãe de Jesus já se deitara para dormir, Maria ainda estava acordada e andava, impaciente, de um lado para o outro. Viu Tomé, debruçado sobre um velho pergaminho, escrevendo alguma coisa à luz do fogo. Inclinou-se para ver o que ele fazia.

Ele olhou para cima e disse: — Estou anotando algumas das coisas que Jesus disse, aqui e ali. Tenho medo de esquecer. Aliás, já esqueci tanta coisa...

Maria debruçou-se sobre o pergaminho e leu algumas linhas:

Jesus disse: "Eu lhes darei algo nunca visto, nunca ouvido, nunca tocado, algo que não penetrou em coração humano."

Jesus disse: "Quem buscar, encontrará, e a quem bater, abrir-se-lhe-á."

— Nunca ouvi ele dizer essas coisas — disse Maria.

— Ele diz coisas diferentes a cada um de nós — disse Tomé. Você só ouve se, na hora, estiver por perto. Tenho certeza de que você também poderia fazer uma lista.

— Eu acho que você deveria explicar quando e por que ele disse essas frases — disse Maria. — Do contrário, será difícil compreender.

— Mas é só para mim — disse Tomé. — E eu não esquecerei.

Imagino que ele fale de maneira diferente com cada um de nós, pensou Maria. Mas algumas das coisas que ele me disse não só jamais irei escrever, como desejo esquecer!

Ouviu-se, então, um barulho de vozes de homens que chegavam, conduzidos por Filipe. Falavam grego e estavam muito excitados, olhando em volta com ansiedade.

— Onde está Jesus? — perguntaram. — Queremos vê-lo!

Filipe tentava acalmá-los, fazendo gestos para que baixassem as vozes para não perturbar os peregrinos acampados perto dali, que dormiam. — Sim, sim! Já vai! Vou apresentá-los a Jesus, mas fiquem calmos — dizia Filipe.

— Ouvimos falar dele e o vimos, à distância, quando chegou... Viemos de Antioquia para as festas...

— Sejam bem-vindos, meus amigos. — De repente, Jesus estava atrás de Filipe, com o rosto ainda na sombra. A luz do acampamento era fraca e iluminava pouco. — Digam-me por que vieram...

Agora, sua voz e seus modos eram gentis e amigáveis, como os do Jesus que conheciam. Saiu, acompanhando os judeus gregos, e Maria não ouviu a conversa.

O som de sua voz de sempre despertara em Maria uma enorme ternura. Mas por que ele teria mudado? Seria uma mudança permanente? Seu temperamento é tão volátil quanto o de Judas, pensou.

E onde estava Judas? Por que saíra dali?

50

De volta ao Templo, Jesus os conduzira, e agora, no pátio externo, preparava-se para fazer um sermão. Alguma coisa em sua postura e em sua atitude levou várias pessoas a se aproximarem para ouvi-lo.

Tornara a assumir aquele comportamento distante; a visita dos judeus gregos fora apenas uma breve interrupção na profunda concentração e preocupação que o envolviam. Era óbvio que estava tão concentrado em algo que somente ele podia perceber, que seus próprios discípulos limitavam-se a ficar observando — assim como os que não o conheciam.

Qualquer pessoa podia pregar nos pátios do Templo, e muitos rabinos juntavam seus alunos ali. Mas num feriado daqueles, com toda a multidão presente, seriam poucos os que o ousariam fazer. De qualquer maneira, Jesus estava próximo a uma das colunas, como um rochedo no meio do mar de gente que invadia o Templo para orar, para o conhecer e para encomendar animais para sacrifício.

As barracas dos cambistas e dos vendedores de animais estavam de volta em seus lugares. Seus donos olharam, preocupados, quando Jesus passou, mas ele não lhes deu qualquer atenção, o que não deixava de ser curioso. Por que não daria hoje atenção à sua insolência e profanação, se ontem deu? Os soldados também o viram e ficaram mais atentos, embora apenas o seguissem com os olhos. Desta vez, porém, Maria reparou que nas últimas filas das pessoas presentes estava um número considerável de escribas fariseus.

Assim que Jesus ergueu os braços e disse "meus amigos, suas perguntas sobre a Lei e as escrituras serão bem-vindas" — convite que normalmente fazia aos seguidores e aos discípulos —, uma enorme multidão foi se juntando. Era uma rajada de perguntas, algumas simples — como, por exemplo, "o que disse

Moisés sobre cortar lenha durante o Sabá?" — e outras mais complicadas — como "a obediência ao pai e à mãe significa que deve ser acatado seu desejo sobre quem deverá ser seu marido ou sua esposa, quando já se tem quarenta anos de idade?". Jesus foi respondendo a todas as perguntas, aparentemente sem hesitar, como se já tivesse as respostas prontas e só aguardasse a pergunta.

— Com que autoridade você ensina estas coisas? — Uma pergunta inequívoca de um dos fariseus. Um homem gordo avançou e olhou desafiadoramente para Jesus. — Você fala como se tivesse alguma licença ou um privilégio especial.

Jesus parou subitamente de falar e olhou para o homem. — Responderei à sua pergunta se você responder à minha. Não é justo ensinar?

O homem ficou confuso. Fora ele que fizera a primeira pergunta e aquilo fugia às regras. Mas acenou com a cabeça.

— O batismo de João — disse Jesus. — Foi obra de Deus ou dos homens?

O homem franziu a testa e voltou-se para consultar seus companheiros. Maria sabia como contestá-lo até sem ouvir a discussão. Se eles aceitassem que era obra de Deus, Jesus lhes perguntaria por que, então, não se batizavam. Se dissessem que era obra dos homens, a multidão se enfureceria contra os fariseus, pois acreditavam que João era um homem santo.

— Não sabemos responder — disse, finalmente, o fariseu, como Maria previra.

— Nem eu lhe responderei com que autoridade faço estas coisas — disse Jesus.

A seu lado, Maria ouviu um lamento contido da mãe de Jesus. Voltou-se para ela e perguntou-lhe: — O que foi?

— Tenho medo — disse ela. — Essas pessoas que ele está provocando são poderosas. E ele as está tornando suas inimigas. Inimigas evidentes, num lugar em que as outras pessoas o veem. Portanto, não podem ignorar o insulto. — Olhou para ele e pôs o punho sobre a boca. — Ah, meu filho!

— O poder deles é relativo — disse Maria, tentando acalmá-la. — Roma os mantém sob controle.

— Mas eles convocam Roma a abraçar sua causa — disse a mãe de Jesus. — Apelam para Roma e aí...

— Mas ele nada fez para ofender Roma — insistiu Maria. — E o poder de Roma é regido por suas leis.

Os fariseus e os saduceus repetiram as velhas perguntas sobre casamento, proibições do Sabá, normas de pureza — sempre da mesma forma desafiadora como antes o haviam feito em outros lugares — e receberam as mesmas respostas. Só que desta vez era mais sério: ele os desmascarava diante de seus colegas, justamente no lugar onde exerciam sua influência, em Jerusalém — e não na tolerante e distante Galileia.

— Venham — disse Jesus, fazendo um gesto para seus discípulos. — Vamos para perto do santuário. Conduziu-os pelo Pátio das Mulheres. Não prosseguiu, pois não queria deixar para trás as mulheres do grupo.

Ali, naquela pequena sala, só podiam ter acesso os seguidores da Lei judaica — a entrada era proibida a romanos, fenícios e mercadores estrangeiros. Encontravam-se ali as famosas treze caixas de ofertas e as câmaras de quatro cantos dos sacerdotes, leprosos purificados, nazireus e os óleos e vinhos para ofertas.

Uma fila de pessoas aguardava a vez para colocar dinheiro nas caixas de ofertas. Jesus olhou para elas e disse: — Quando der uma esmola, não deixe que sua mão direita saiba o que faz sua mão esquerda. — Fez um gesto, com a cabeça, para um homem que dava sua contribuição e puxou rapidamente sua mão direita de volta, ficando a olhar para ela. Atrás de Jesus estava uma senhora velhinha, já curvada, que estendeu sua mão, trêmula, para a abertura da caixa e ficou olhando enquanto a moeda fazia *plim!*, caindo em cima das outras que já ali estavam. A mulher pareceu desconfortável quando ouviu o barulho.

— Ela acabou de dar tudo o que tinha! — declarou Jesus. — Mais do que essas pessoas ricas que estão na fila atrás dela — disse, apontando para umas pessoas bem-vestidas. — Eles dão apenas um pouco do que têm, mas ela deu tudo!

— Então é louca — disse Judas, bem atrás de Maria. — Agora vai ser um estorvo para o público, pedindo esmola na rua, carregando seus filhos. Pode ter sido um gesto bonito, mas foi idiota.

De onde viera ele? Maria não o via desde que desaparecera, na noite anterior. De manhã também não estivera com eles.

— Que coisa cínica de dizer — foi tudo que conseguiu dizer.

— Prática — respondeu ele, sem pedir desculpas. — Nem sempre devem ser aceitas as coisas que Jesus diz — acrescentou. — Algumas delas não fazem o menor sentido.

Agora Jesus já saíra dali e olhava por sobre as cabeças da multidão, dirigindo-se apenas às autoridades e aos fariseus que o haviam seguido.

— Ai de vocês! — gritou, apontando diretamente para um grupo de fariseus. — Sim, ai de vocês! Sentam-se na cadeira de Moisés e sobrecarregam as pessoas com pesos que não podem carregar. Tudo o que fazem é para se exibir: os bordados de seus xales de orações, o lugar de honra nos banquetes, os lugares de destaque na sinagoga!

Houve um murmúrio entre eles, mas nenhum respondeu. — Ai de vocês, doutores da Lei e fariseus, hipócritas! — repetiu Jesus. — Dão o dízimo da menta, do endro e do cominho, mas não dão a importância devida aos assuntos importantes da Lei — justiça, misericórdia e fé. São cegos! Coam uma mosca, mas engolem um camelo! — A voz de Jesus era extremamente angustiada. Mas seus ouvintes continuavam impassíveis.

— Ai de vocês, doutores da Lei e fariseus, hipócritas! Constroem túmulos para os profetas e decoram as sepulturas dos justos. E ainda dizem: "Se tivéssemos vivido no tempo de nossos ancestrais, não teríamos participado do derramamento de sangue dos profetas". Assim, reconhecem que são descendentes daqueles que assassinaram os profetas. E enchem a medida do pecado de seus ancestrais! — gritou. Agora, a multidão ficara enraivecida com os insultos.

— Serpentes! Raça de víboras! Como poderão escapar de queimar no inferno? Profetas, homens sábios e mestres lhes são enviados. A alguns deles, vocês irão matar e crucificar; a outros, irão açoitar em vossas sinagogas e os irão perseguir por toda parte. Sobre vocês virá o sangue que os justos derramaram na terra, do sangue de Abel ao sangue de Zacarias, filho de Baraquias, que vocês assassinaram entre o Templo e o altar. Em toda a verdade lhes digo que isso recairá sobre esta geração!

A seu lado, Maria ouvia a mãe de Jesus soluçar. — Não, não... — murmurava. — Eles o irão destruir!

Maria voltou-se e viu aquele belo rosto contorcido de medo e dor. — Não podem puni-lo somente por suas palavras — disse. Mas não tinha certeza. O poder das palavras é grande.

— Quando o trouxemos aqui pela primeira vez — disse a mãe de Jesus — há muitos e muitos anos, para fazer as ofertas que sempre se fazem pelo filho primogênito, havia um velho, aqui no pátio do Templo. Até pensei que fosse confusão dele, por causa da idade, ou pelo menos foi essa a explicação que dei a mim mesma... Ele disse: "Este menino está destinado tanto para queda como para elevação de muitos em Israel, e para ser alvo de contradição. Também uma espada traspassará a sua própria alma, para que se manifestem os pensamentos de muitos corações". E agora, ah!, é minha alma que foi perfurada! Agora vejo o que virá! — Agarrou-se ao braço de Maria. — Você não o vê também?

Apesar de todas minhas visões, agora não vejo coisa alguma, pensou Maria. Embora uma dessas visões fosse a de Jesus espancado, agredido... Mas, desde então, não tivera outra visão. E se está para acontecer, não o deveria ver agora?

— Não, não vejo nada — disse Maria, tentando consolá-la.

— Você está enganada! — disse a mãe de Jesus. — Estou sentindo, eu sei. Ah!, meu filho! — Livrando-se do abraço de Maria correu para ele, no meio da multidão. Mas não conseguiu passar pelas pessoas para chegar a ele.

Maria olhou cuidadosamente em volta e viu que tinham chegado mais soldados. Alguns usavam os uniformes militares de Antipas; outros, de Pilatos. Tinham vindo, certamente, para nos prender ou para nos denunciar. Tinham medo de nós. Mas não havia por que ter medo, pois não temos poder, pensou.

Reparou que a única pessoa que ficara junto de Jesus era João. João estava decidido a ser preso junto com ele.

Mas não houve prisões. Os soldados limitaram-se a ficar em seus lugares, vigiando atentamente. Não haviam recebido ordens para agir.

Jesus desceu da plataforma em que estava e misturou-se à multidão, respondendo perguntas e sem dar atenção aos soldados à sua volta.

— Não se veem os sumo sacerdotes, não é verdade? — A voz de Judas, de novo. — O próprio Caifás, ou Eleazar, ou Jonatan. Não estão aqui. Já devem saber o suficiente.

— Eu não saberia quem eles são. Nem exatamente o que saberiam, se nunca viram Jesus pessoalmente...

Judas deu de ombros. — Acho que eles estão conscientes de que têm um problema nas mãos. E, se já não estivessem, agora terão sido convencidos pela denúncia do sermão do "Ai de vocês"...

— Até parece que você está do lado deles? Por que você se virou contra Jesus?

Judas murmurou alguma coisa que poderia parecer uma risada. — Contra ele? Não compreendo o que quer dizer... Só o questionei. Seria isso tão errado?

— Certa vez você me disse que procurava desesperadamente por algo e que pensava que ele daria as respostas de que necessitava. Não seriam respostas previsíveis, mas respostas tão definitivas que você as teria que levar em conta. O que aconteceu com você, Judas?

— Levei em conta as respostas, mas elas não satisfizeram. Receio que estou de novo à sua procura.

Então, ele rejeitara Jesus. Hesitante, Maria tentava compreender. — Então, você acha... as respostas dele não são adequadas? Não o satisfizeram?

— São absurdas — disse Judas. Estava com raiva. — Eu pensava que ele sabia de coisas que nenhum de nós sabia, mas ele ficou atolado em todas aquelas profecias misteriosas e em brigar com as autoridades. — Parou para organizar os pensamentos. — Autoridades! O que são as autoridades? E agora Jesus vem perder seu tempo envolvendo-se com elas... Dízimos da menta e do cominho! Que filósofo, que líder, que Messias iria se importar com isso? Não passa de um político, como qualquer outro. Políticos não me interessam. Nada têm a oferecer.

— Mas nós pertencemos à época em que vivemos, e os políticos governam a nossa época — disse Maria. — Moisés teve que enfrentar o faraó. Ester enfrentou Xerxes. Gostaríamos que os atuais poderes que nos governam fossem diferentes dos poderes mesquinhos daquela época, mas não são.

— Um grande homem transcende tudo isso — disse Judas.

— Só mais tarde, à luz do julgamento da história — disse Maria. — Moisés não teria sido um líder *sem* a oposição do faraó.

Judas deu um rosnado de desprezo e foi embora. Mas, antes que fosse, Maria segurou-o pela manga da túnica. — Você acha que Jesus está em perigo? — perguntou.

Judas olhou para ela com um olhar de pena e condescendência. — Sim. Eu sei que ele está em perigo.

Aqueles olhos. Haviam mudado desde que estivemos em Dã, a cidade de Jeroboão, aquele lugar onde o mal andava entre nós. Como ele poderia saber?

— Onde você ouve essas coisas?

— De muita gente. Gente alheia à nossa causa.

Gente de quem ele deveria manter-se afastado, desde que se juntara a Jesus. Então, continuava preso ao passado!...

— Mas Jesus não representa uma ameaça para Roma ou para o sumo sacerdote.

— A ameaça que Jesus representa é maior do que você imagina — disse Judas. — Você é tão ingênua.

Ingênua. Jamais alguém a descrevera com essa palavra. Mas talvez fosse politicamente ingênua. Não se envergonhava disso. — Não consigo pensar nele como uma ameaça — repetiu.

— Isso é porque ele não representa uma ameaça para o que você é.

Deixaram a cidade sem problemas, apesar da vigilância atenta dos soldados. Tornaram a acampar no Monte das Oliveiras, em meio aos outros peregrinos. Dessa vez, no entanto, depois de se terem acomodado, Jesus anunciou subitamente: — Um homem que curei de lepra algum tempo atrás convidou-nos para ir a sua casa, em Betânia, para a ceia, e eu irei. Quem me acompanhará?

Já era tarde e estava muito escuro. Estavam cansados e já se haviam deitado para dormir. A ideia de sair, conversar com pessoas estranhas e voltar à meia-noite não era atraente. Vários deles declinaram do convite, dizendo que ficariam para cuidar do lugar. — Afinal — disse Mateus —, se formos todos, ninguém ficará cuidando para quando voltarmos.

Acho que deveria ir, disse Maria para si mesma. Olhou em volta, para as outras mulheres, perguntando-lhes, sem palavras, se iriam. Apesar do cansaço, a mãe de Jesus fez um aceno afirmativo com a cabeça. Joana também. Susana também. Então, se todas vão, também vou...

Era uma boa caminhada até Betânia: tinham que atravessar o alto da colina e descer pelo outro lado. Com um número menor de acompanhantes, Jesus estava mais acessível e conversava com quem estivesse a seu lado. Maria queria muito conversar com ele, mas algo a retinha. Queria estar a sós com ele, sem a ameaça de interrupções do tipo "Jesus, estava querendo perguntar..." por parte de outra pessoa. Portanto, conteve-se e decidiu esperar.

A velha questão entre eles continuava sem solução. Agora, finalmente, estava disposta a falar sobre o assunto. Surgirá uma oportunidade, em algum momento, pensou... Em algum momento. E quando surgir, falarei.

O vilarejo de Betânia era pequeno e a rua principal o atravessava passando pelo mercado e pela zona de comércio. Mais ao longe, casas maiores, das pessoas mais ricas, ficavam de ambos os lados da rua.

Para garantir que seus convidados achariam a casa, o anfitrião havia pedido que alguns rapazes, com lamparinas, ficassem nos cruzamentos da rua principal e perguntassem às pessoas que passavam se era "Jesus de Nazaré". Quando Jesus disse que era quem procuravam, os rapazes conduziram o pequeno grupo para uma bela casa, afastada da rua principal.

A casa não era tão grande quanto a de Mateus, nem havia tantas tochas ou empregados no pátio, mas era uma residência imponente, principalmente por seu dono ter sido, até pouco tempo atrás, um leproso.

Depois de entrarem e terem os pés lavados pelos empregados e os mantos pendurados, Simão aproximou-se e saudou Jesus efusivamente.

— Meu querido rabino! Talvez não se lembre, mas eu sou um dos leprosos que o procuraram quando estava perto do lago. Sinto não ter podido voltar para lhe agradecer, mas meu coração está profundamente grato e o faço agora.

— Não sabia quem você era — disse Jesus. — Minha única preocupação era a de que você, e os outros que estavam doentes, pudessem retomar suas vidas normalmente, em vez de relegados a uma sepultura. — Olhando em volta, dirigiu-se a todos os presentes em voz alta. — Não se iludam. Vim para trazer vida a todos, e para trazê-la em abundância!

Só então Maria reparou que havia um grupo grande de pessoas na sala. Todos se levantaram e cumprimentaram Jesus.

— Sim! — responderam. — Vida em abundância é tudo o que queremos!

— Refiro-me à vida do espírito — disse Jesus. — E não... — Com um gesto, apontou as almofadas e as mesas de madrepérola incrustada.

Atrás de Jesus, os discípulos entraram na sala e notaram que as mesas haviam sido preparadas para um grupo muito grande de convidados.

— Por favor — disse Simão, mostrando, orgulhoso, o lugar de Jesus, que se sentou. Indicou o lugar à sua direita para que João se sentasse e, à esquerda, para sua mãe. Simão ficou na poltrona em frente.

— Simão — disse Jesus. — Como o receberam depois que ficou curado?

— No início foi difícil — reconheceu o anfitrião. — As pessoas não queriam acreditar que eu estava bem.

Maria o compreendia perfeitamente.

— Eu mesmo tive alguma dificuldade em aceitar que a doença não voltaria. Convivia com ela havia tanto tempo...

— Parece que sua família cuidou dos negócios para que você estivesse bem quando pudesse reassumir — disse Jesus. E tornou a olhar as belas coisas em torno de si.

— É verdade. E estou grato por isso, pois não tive que depender do pires de esmolas.

Maria notou que Judas, reclinado, mastigava um pouco de salsa e ouvia a conversa com atenção. Pedro e André comiam com vontade — afinal, os discípulos dificilmente comiam uma verdadeira refeição. Tiago, o Maior, também só dava atenção à comida. Nenhum deles reparou numa mulher que se esgueirou para dentro da sala, com uma jarra de alabastro na mão, ficando exatamente atrás de Jesus.

Uma assassina!, pensou Maria. Deixou cair seu guardanapo e levantou-se, pronta para defender Jesus. A mulher estava por trás do ombro esquerdo de Jesus, numa posição ideal para enfiar um punhal em suas costas. Além dela, Tiago também se levantou.

Mas nem a mãe de Jesus, nem João deram atenção à mulher. Continuaram comendo até ouvirem o som, alto, de uma rolha sendo destampada. Então, Jesus virou-se para a mulher, que caiu a seus pés e começou a beijá-los.

Quem seria? Uma outra discípula secreta — secreta dos outros, mas conhecida de Jesus? Ele não parecia surpreendido. Solene e respeitosamente, a mulher começou a derramar o conteúdo da jarra sobre a cabeça de Jesus, embora ele estivesse comendo. O cheiro intenso e inconfundível da essência de nardo espalhou-se pela sala. O óleo de nardo escorria pela cabeça e pelo rosto de Jesus, e a mulher pegou delicadamente num pano e começou a enxugá-lo. Pegou, então, o que sobrara na jarra e untou seus pés, massageando-os nas solas e entre os dedos.

Um silêncio profundo envolveu a sala, e só se ouvia a massagem feita pelas mãos da mulher contra a pele de Jesus. Então, ela desmanchou os cabelos e passou limpar o óleo de nardo com eles, fazendo movimentos circulares. O som de um choro, baixinho, ouviu-se, mas ninguém conseguia ver seu rosto, escondido detrás do cabelo.

Finalmente, levantou-se e, cobrindo o rosto com as mãos, voltou-se para sair da sala. Não falara com Jesus, nem lhe pedira coisa alguma. Apenas lhe oferecera aquele presente.

— Essência de nardo! — A voz de Pedro foi a que se ouviu primeiro. — Essência de nardo! O perfume mais caro que existe! Deve custar uns trezentos denários!

— O equivalente ao soldo de um ano de um soldado! Para não falar de um pobre artesão! — Judas estava indignado. — Que desperdício! Voltando-se para Jesus, disse: — Mestre, como permitiu uma coisa destas?

Jesus olhou para Judas. — Deixe-a em paz — disse. Virando-se para a mulher, tomou suas mãos. — Fez uma coisa muito bonita. Untou-me por antecipação, preparando meu corpo para o enterro.

Ouviu-se um grito de desespero de sua mãe.

— Sim, foi uma boa ação que ela fez, e enquanto durar o mundo ela será lembrada.

— Meu filho... — Sua mãe estendeu o braço para tocar seu ombro, mas ele não olhou para ela. Continuava olhando, alternadamente, para Judas e para a mulher.

"Enquanto durar o mundo...". Será que ele quis dizer que as pessoas falariam disto mesmo depois de seus tempos?, pensou Maria. Mas por quê? Não fazia sentido, como não faziam sentido muitas das coisas que ultimamente ele dizia.

— Judas — disse ele, por fim. — Se você está tão preocupado assim com os pobres, lembre-se de que eles sempre estão esperando, sempre prontos a receber uma generosidade que lhes seja concedida. Nunca é demasiado tarde. Mas a mim... a mim, você nem sempre terá.

A mulher ia saindo, mas Jesus a chamou. — Eu lhe agradeço. Esta será minha única unção. Quando o tempo vier, não haverá outra oportunidade.

Ao ouvir isso, sua mãe soluçou. Todos ficaram em pé. Não havia como continuar comendo. Apesar das reclamações e promessas de Simão, logo todos iriam embora.

Do lado de fora da casa, uma multidão de curiosos os esperava — apesar do avançado da hora e de ser uma casa particular — para ver Jesus. Maria nem queria olhar para aquelas pessoas. Sua única preocupação era com a mãe de Jesus. Este a levaria para perto dele, com certeza, explicaria o que quisera dizer com aquela frase e a consolaria. Como podia um filho fazer declarações sobre a morte de uma maneira tão prosaica? Sentiu-se aliviada quando viu Jesus e sua mãe conversando e caminhando juntos — ele, de cabeça baixa.

Foi então que, de repente, Joana gritou, engasgando-se: — É *ele*! — Petrificada, agarrou Maria pelo braço. Suas unhas enterraram-se na carne de Maria.

— Quem?

— Eliude! O chefe dos espiões de Antipas! — Abaixou-se para que ele não visse seu rosto. — Pensei que nunca mais tornaria a ver aquela cara odiosa. Mas isso significa que Antipas mandou Jesus ser seguido. Após aquele incidente com os cambistas do Templo, e embora não tenha sido preso, quer dizer que ele será seguido daqui em diante.

Passaram, rapidamente, cobrindo seus rostos com os véus. Através do tecido fino, Maria conseguiu dar uma olhada nas feições do homem: duras, com lábios grossos. Seus olhos acompanhavam todos os que passavam.

— Antipas já tinha Jesus sob vigilância há muito tempo — disse Joana. — Agora passará à ofensiva. Ele e os sacerdotes do Templo, com sua polícia religiosa, podem unir forças e justificar uma ação... Jesus caiu na armadilha deles.

Aquilo fazia Jesus parecer uma vítima confusa e despreparada. Mas, para Maria, era Jesus que armara a armadilha usando a si mesmo como isca. Não sabia por quê, mas a verdade era essa.

— Acho que nada acontecerá com Jesus que ele não deseje — disse, por fim. Parecia-lhe que Judas tinha razão ao dizer que Jesus estava arranjando, propositalmente, uma série de fatos. Sua interpretação — de que Jesus era, portanto, um impostor — não parecia ser verdadeira, mas sua observação inicial mostrava astúcia. Jesus podia estar representando cenas com um certo objetivo — prioritariamente, o de convencer os outros de alguma coisa — mas era incapaz de ser desonesto. Disso, Maria tinha certeza até o fundo de sua alma.

— Talvez sua previsão não fosse além daqui — disse Joana. — E, às vezes, ocorrem imprevistos. Acho que posso descobrir quais são os planos de Antipas. — Baixando a cabeça, sussurrou, numa voz tão baixa que Maria teve dificuldade em ouvir: — Antipas está aqui, em seu palácio, em Jerusalém — disse. — Conheço todas as entradas e saídas e posso facilmente entrar e fazer a minha investigação.

— Não! É muito perigoso!

— Claro que é perigoso — disse Joana. — Mas todo o nosso grupo está em perigo e estou disposta a correr esse risco para ajudar os outros.

— Jesus não o permitiria!

— Ele parece querer concentrar o ímpeto do ataque em sua própria pessoa. Mas por que fui curada? Talvez precisamente para realizar esta tarefa. Ninguém, entre nós, tem acesso ao palácio de Antipas, exceto eu. Sei que o devo fazer.

— Eu irei com você.

— Agora sou eu que lhe devo dizer: *não*!

— Então, eu lhe faço a mesma pergunta: por que fui curada? Neste caso, duas pessoas são menos visíveis que uma. Insisto em ir com você.

Joana acabou sendo convencida. E agradeceu pela ajuda. — Então, amanhã, depois que entrarmos na cidade...

— De que coisas tão sérias vocês estão falando? — Judas estava ao lado delas. Teria ouvido alguma coisa?

— Estávamos falando sobre como é longo o caminho de volta — disse Maria, rapidamente.

— É sempre assim, quando estamos ansiosos por chegar — disse Judas. Agora, parecia contente. Deixara de lado suas preocupações e o sarcasmo. — Devo dizer que me sinto cansado e pronto para ir dormir.

De manhã, voltaram a dirigir-se ao Templo, onde Jesus pretendia pregar, mas dessa vez só para as pessoas do povo. Não queria tornar a ver as autoridades, pois já lhes dissera tudo o que queria dizer.

Maria e Joana tinham decidido que iriam esperar até que Jesus se envolvesse em sua pregação à multidão para escaparem. Seria fácil fazê-lo, em meio àquele mar de gente. A cada dia, mais peregrinos chegavam à cidade, aumentando a confusão.

As pessoas falavam livremente e muitas vezes entreouviam-se trechos dessas conversas. Comentários inocentes, como "compramos nosso cordeiro daquele mercador que está ali no portão", ou "todos nossos primos vieram e estamos todos espremidos lá na casa de meu tio"; e outros, mais políticos, como "então Antipas está por aqui... Será que pretende disputar o poder com Pilatos?", ou "Anás, aquele trouxa, tenta dirigir o clero, como se ainda fosse o sumo sacerdote", ou "aquele homem que as pessoas estão seguindo...".

Mais sinistros eram os boatos que corriam sobre *sicários* que estariam à solta pela cidade, prontos para atacar a cada esquina. Barrabás estava preso, mas muitos outros estavam dispostos a usar seus punhais, nada tendo a perder senão suas vidas, o que fariam de bom grado. Tensão, medo e excitação misturavam-se no ar.

— Vamos agora! — disse Joana, puxando Maria pela manga da túnica. Com uma porção de crianças à sua volta, Jesus explicava detalhes e respondia a suas perguntas ansiosas. Deixaram o pátio e saíram para a rua, larga, onde se misturaram rapidamente à multidão que avançava. Faltavam apenas dois dias para a Páscoa e o número de peregrinos que chegavam à cidade já quase atingira seu máximo.

— Ele está no palácio antigo — disse Joana. — Quando Pilatos vem à cidade, fica no novo, que Antipas mandou construir junto aos muros. Pobre Antipas! Tem que se virar com mármore colorido, em vez do mármore branco, e com salas onde passam correntes de ar. Mas, para agradar a seu senhor romano, vale qualquer sacrifício!

O palácio, que era conhecido como "O Velho Palácio Asmoneano", ficava próximo do Monte do Templo — um lugar conveniente para se reunirem conspiradores, que depois escapavam sem serem vistos.

— Há uma portinha, aqui atrás, que só os empregados conhecem — disse Joana, conduzindo Maria por um beco fechado. Uma pequena porta ficava na imensa parede à frente delas. Antes de entrar, Joana mordeu o lábio, para ganhar coragem. Agora não parecia tão autossuficiente, tão segura de sua capacidade de penetrar na fortaleza do inimigo. — Se não tivesse certeza de que alguma coisa de fundamental para a vida de Jesus estivesse acontecendo aqui, não teria coragem de entrar no palácio. — Parou e engoliu em seco. — Na verdade, não sei se tenho coragem de fazê-lo.

— Tem, sim, você tem! — incentivou-a Maria. Talvez fosse por isso que as duas deveriam estar ali: uma incentivava a outra.

Com um movimento decidido, Joana girou a maçaneta da porta e entrou. Maria seguiu-a.

A passagem estava às escuras; não havia lâmpadas de óleo nem lamparinas para iluminá-la. Era óbvio que era uma passagem pouco usada. — Venha, eu conheço o caminho — disse Joana. — Você está com o véu?

Maria fez um sinal afirmativo. Tinha um véu grande que escondia o rosto.

Atravessaram um corredor e Joana conduziu-a para a luz do dia. Em seguida, passaram por um vestíbulo e, depois, chegaram a uma sala fechada, caiada de branco. Parecia um depósito: panelas e toalhas estavam dispostas sobre estantes de madeira.

— Por aqui! — Joana sabia exatamente para onde ir. Saíram numa antecâmara dividida em dois vestíbulos. Então, ela parou e espiou pela porta. — Não há guardas. Aqui embaixo é a sala de jantar e já está quase na hora do almoço. Podemos servir a refeição e observá-los.

E se alguém reconhecesse Joana? Se os convidados desconhecessem sua doença, tudo bem, faria parte do disfarce. E se soubessem que ela não trabalhava mais ali? Vários empregados carregavam enormes bandejas para a sala de jantar e Maria e Joana se juntaram a eles.

O cheiro da comida quase as traiu. Havia pepino cozido com erva-doce e amêndoas e uvas com molho de vinho — coisa que não provavam havia muito tempo. Mas controlaram-se e evitaram pensar nisso, reprimindo a sensação de água na boca. Entraram na sala de jantar e viram algumas poltronas em torno de mesas de mármore, que reluziam por causa das joias incrustadas.

Antipas e sua mulher proibida, Herodias, estavam reclinados numa poltrona. Joana apertou o braço de Maria e sussurrou: — Estão aqui. — Sua mão tremia e ela puxou o véu que lhe cobria o rosto mais para baixo. Ficaram observando enquanto os empregados colocavam os pratos nas mesinhas de seus senhores.

Antipas deveria ter uns cinquenta anos de idade, mas parecia muito mais velho — talvez devido ao peso das preocupações e vigilância constantes. Sua noiva — Herodias — era atraente, embora exagerasse na maquiagem. Mas justificaria seu amor a morte de João Batista?, pensou Maria. E que tipo de amor existiria entre eles? Ambos eram idosos e a paixão já diminuíra. Mas diminuíra tarde demais para João Batista.

Antipas levantou a tampa de uma das travessas e balançou a cabeça. A empregada retirou-a rapidamente da mesa dirigindo-se para a porta. Maria e Joana seguiram-na.

Aquele palácio, aquela vida, assim como seu marido, Chuza, eram o que Joana deixara para trás, pensou Maria. Será que sentia falta de tudo aquilo? Será que a presença lhe despertava saudade? Como isso não iria acontecer?

Na cozinha, os cozinheiros estavam ocupados com o prato seguinte. O peixe deveria ser servido com agrião da Suméria, e acompanhado por alho-porro e cebola azeda. Não deveria ser servido muito quente, nem muito frio. Ninguém parecia interessado em saber o que faziam ali aquelas duas mulheres. Joana parecia tão confiante e segura do que fazia que parecia desnecessário perguntar-lhe por que estava ali. Antipas era famoso por preparar armadilhas e colocar pessoas espionando as outras — talvez fosse esse o caso. Por isso, limitaram-se a sorrir para ela e entregaram as bandejas para que ela e Maria levassem para a sala de jantar.

Maria observava Joana para saber a maneira correta de servir os senhores. Havia um protocolo: destampar; sorrir; fazer uma reverência; servir com a concha. Depois, afastar-se, mas sem sair da sala. Ficaram ambas na penumbra discreta do outro lado da sala.

Um velho, vestindo um manto avermelhado, entrou rapidamente na sala, seguido por um homem de meia-idade com sobrancelhas pretas e espessas. Sentaram-se à mesa, junto a Antipas e Herodias, e começaram a gesticular e conversar animadamente.

— São os sumo sacerdotes — sussurrou Joana. — O atual, Caifás, e o antecessor, Anás. Eu os conheço. Já os vi várias vezes.

— O sumo sacerdote está aqui? — Maria imaginava que ele passasse todo seu tempo no Templo.

Joana riu, baixinho, abafando o som. — Precisam vir para fazer reverência a seu mestre. É claro que não é o mestre supremo, que é Pilatos. — Parou, por um momento, e pensou. — O velho Anás é sogro de Caifás. Toda a política é dirigida por uma única família. Mas o cérebro é Anás. Caifás é um idiota. Faz o que Anás manda. Sempre o fez.

— Temos que nos aproximar — sussurrou Maria. De onde estavam, não ouviam coisa alguma.

— Nós o faremos — disse Joana. — Depois do almoço, passam para a sala de estar. Venha. — E levou Maria para a sala de estar.

A sala de estar era fechada e decorada com madeira incrustada de ouro. As janelas davam sobre duas vistas panorâmicas: uma, do próprio Monte do Templo; e a outra, das ruas daquele setor rico de Jerusalém.

Como empregadas obedientes, Maria e Joana ficaram de costas para a parede da sala. Pouco depois, Antipas e Herodias entraram, com passadas imponentes, arrastando seus mantos reais e seguidos por Caifás e o mal-humorado Anás. Foi então que Judas entrou e elas mal conseguiram ficar onde estavam sem se precipitar para ele.

Entrou então um empregado, que serviu uns cálices. Todos tomaram.

Judas! Ali estava ele, vestindo um belo manto azul que Maria nunca vira ele usar quando em companhia de Jesus. Sorrindo, conversava com Antipas,

Herodias, Caifás e Anás. Parecia inteiramente à vontade. Deram-lhe as boas-vindas e parecia que já o conheciam.

Maria sentiu nojo. Não conseguia tirar os olhos dele, sem acreditar no que via. Judas! Um discípulo de Jesus! Ali, com aquela gente!

Conversavam, riam e diziam coisas que Maria e Joana não conseguiam ouvir. Tinham que se aproximar. Em silêncio, fizeram um sinal uma para a outra, ajeitaram os véus e se aproximaram.

Maria aproximou-se do grupo segurando na mão uma jarra que pegara de cima da bandeja. — Mais vinho? — murmurou, de cabeça baixa e mudando de voz. Tremia de medo de ser apanhada e quase derramou o vinho.

Judas virou-se para ela, distraído, e disse: — Claro — enquanto ela tornava a encher o cálice com o braço tremendo.

Que se embebede!, pensou. Que se embebede e comece a falar, para que eu saiba o que pensa! Não ousou olhar diretamente para seus olhos — olhos que, agora, tinham outro brilho —, pois ele podia reconhecê-la, mas queria muito saber o que eles tinham visto.

— Ele já foi longe demais — disse Anás em voz queixosa. — Temos que acabar com isto.

— Mais vinho? — perguntou Joana, tornando a encher, gentilmente, seu cálice. Ele agradeceu, fazendo um sinal afirmativo para ela.

— Isso é fácil — disse Caifás, levantando as sobrancelhas. — Prenda-o.

— Com base em quê? Vocês vacilaram quando deixaram passar sem investigação aquela confusão de dois dias atrás no Templo. — A voz de Judas era de indignação. — Agora não têm pretexto algum. — Inclinou-se para a frente. — E ele não o dará. Ele é esperto. Sabe exatamente o que fazer, até onde ir.

— Então inventaremos um — disse Caifás.

— Seu idiota — disse seu sogro. — O pretexto tem que servir para os romanos. Se eles sentirem que o vacilo foi nosso, voltam-se contra nós.

— Não se preocupe. Servirá para os romanos — disse Caifás, teimosamente. — Esse homem representa um perigo para a nação, um perigo para o arranjo que fizemos com os romanos. Pode incitar a uma revolta. Não se deve permitir que continue fazendo o que faz.

— Caifás, você me surpreende — disse Anás. — Às vezes, você até *pensa*. — Voltou-se para Judas. — Mas ele é muito popular. Esse é o problema. Mais tarde as pessoas irão esquecer, pois sempre acabam esquecendo... Isso é uma certeza. Mas agora, se o mandarmos prender, na frente daquela multidão, pode resultar num problema — vocês o viram no Templo e viram aquela massa de gente que o aclamou quando chegou a Jerusalém... Nada de multidões. E é por isso que precisamos de você.

— E é isso que lhes posso oferecer — disse Judas. Só o movimento incessante dos pés traía alguma inquietação. — Posso levá-los a ele quando estiver sozinho. Sei de tudo o que faz. Responsabilizo-me por uma prisão tranquila, longe das multidões que o adoram. — Falava rapidamente.

Anás fez um sinal afirmativo. — Muito bem.

— Mas espero ser bem pago. Afinal, sou a única pessoa que lhes pode oferecer isto. — Sua voz ficara mais fina e mais aguda.

— Dez moedas de prata — disse Caifás em sua voz ressonante de sacerdote.

Judas deu uma gargalhada.

— Vinte — disse Caifás, erguendo as mãos com as palmas para cima, para mostrar benevolência. — *Shekels*, moedas *shekel* de Tiro.

Judas balançou a cabeça com tristeza. — Os senhores me decepcionam — disse. — Ofereço-lhes algo precioso e tentam me enganar.

— Trinta moedas — disse Anás, com autoridade. — E não se fala mais nisso.

Judas mexeu a cabeça de um lado para o outro, avaliando a oferta. — É muito pouco — disse.

— É pegar ou largar. Afinal, o que você nos oferece é uma prisão particular. Se a prisão fosse pública, seria gratuita...

— Mas resultaria em problemas.

— Saberemos dar conta disso. Pretendemos ter uma corte romana, e quais seriam os problemas que os soldados romanos não resolvem? Alguns legionários, uma ou outra morte — eles não têm escrúpulos quanto a isso. Fazem-no diariamente. É claro que seria preferível uma prisão tranquila, mas temos como fazê-la por outras formas.

— Muito bem — disse Judas. — Então são trinta moedas.

— Vá ao meu gabinete — disse Caifás. — Lá, eu lhe darei o dinheiro.

— Não. Você certamente tem essa quantia aqui mesmo — uma coisa à toa, como eu disse. Prefiro ser pago agora. Não quero ter que explicar a algum funcionário do que se trata.

Resmungando, Caifás fuçou sua sacola de dinheiro, retirando, uma a uma, com relutância, as moedas de prata. — Cinco... Dez... Mais duas aqui...

Judas estendeu a mão e as recebeu. — E quanto ao nosso acordo, de ele não ser machucado, continua de pé?

— Se você não quer mal a ele, por que o está denunciando? — perguntou Anás.

— Porque acho que deveria ser protegido de si mesmo — disse Judas, devagar. Maria já o ouvira dizer aquilo antes, escolhendo cada palavra cuidadosamente. Mas antes, ele se referira a evitar que Jesus corresse riscos que pudessem representar perigo. Será que realmente acreditava que era isso que estava fazendo? Estaria ele usando as autoridades do Templo — como tentara usar a mãe de Jesus — para conseguir seus objetivos? — Ele criou uma enorme expectativa que jamais poderá preencher. E, ao não fazê-lo, as pessoas se voltarão contra ele. Esta prisão deveria dar-lhe a oportunidade de refletir, antes de ser tarde demais.

— E de você enriquecer, nesse processo...

— Com trinta moedas de prata de Tiro? Senhores, devem pensar que sou um lavrador da Galileia... É uma quantia insignificante. Mas estou contente — acrescentou, rapidamente. Ainda tinha dezoito moedas de prata para receber. Uma a uma, foram depositadas em sua mão, juntando-se à pilha que ali estava.

— Você se juntou ao grupo dele — disse Caifás. — Deve ter percebido alguma coisa nele. Por que as pessoas o estão seguindo? Não consigo compreender...

Três, quatro, cinco, seis. Judas acabou de juntar em sua mão as moedas que faltavam.

— Eu acreditei nele — disse, de novo com sua voz normal. — Achei que tinha as respostas para as perguntas que eu buscava. Tinha respostas, mas não as que eu queria. Ou de que necessitava. O que não é a mesma coisa. Estava preparado para aceitar as respostas de que necessitava, mesmo que representassem sofrimento. Mas ele não as deu. Portanto... — abriu os braços e a voz empostada voltou — o mínimo que posso fazer é protegê-lo de perigos. Os senhores não concordam?

Maria achou que tinha que correr lá para fora e vomitar naquele momento. Judas não pedira quaisquer garantias ou explicações sobre como Jesus seria protegido do perigo. Temos que ir avisá-lo!, Joana e eu. Temos que lhe contar sobre Judas e sobre o que o espera.

Judas. Olhou para ele, tão enfeitado e tão sofisticado, naquelas roupas caras. Ah! Judas... Você quase chegou lá. Quase compreendeu. E Maria surpreendeu-se chorando por ele, abafando os soluços antes que Joana a ouvisse. Chorava mais por ele do que por Jesus. Não sabia explicar por quê, mas era Judas que dilacerava seu coração.

Judas saiu, deixando o lugar como uma sombra. Os outros conspiradores continuaram discutindo o problema que Jesus representava. Quando Maria conseguiu controlar seu choro, puxou Joana para o lado e disse, em voz trêmula: — Devemos ficar? Talvez ainda possamos ouvir mais alguma coisa.

Joana lançou um olhar de dúvida aos conspiradores reunidos. Seria difícil chegar perto deles. A refeição terminara e já haviam tomado bastante vinho e comido doces. Todos os empregados já se haviam retirado, com exceção dos que atendiam pessoalmente aos senhores do palácio. Pessoas estranhas chamariam a atenção.

— É muito perigoso — disse Joana, olhando para eles. — Vamos passar lá só mais uma vez. Podemos fingir que procuramos cálices usados ou queremos limpar comida derramada.

Aproximaram-se da mesa tentando agir com naturalidade, sem olhar para eles. Ficaram olhando para o chão.

— ... Não tenho certeza se confio nele — dizia um deles. — É complicado ter que depender de discípulos decepcionados... Mudam de temperamento rapidamente. Se, de repente, esse tal Jesus disser alguma coisa que agrade a Judas, então...

Maria abaixou-se e pegou um cálice de vinho, fazendo uma reverência, obediente.

— É um risco que temos que correr — disse outro. — Ele parecia triste, o que não deixa de ser bastante cínico.

— O que é ser cínico? — Era uma voz de mulher. Herodias. — Ser cínico é apenas uma pessoa ter muito amor e sentir-se traída. Uma pessoa dessas é fácil de conquistar. Concordo com Caifás.

Então era Caifás que fazia reservas a Judas. Afinal, talvez não fosse tão idiota assim...

— E quando for preso, fazemos o quê? Vai para a cadeia, como Barrabás?

— Não, teremos que entregá-lo aos romanos, para que o julguem. Imediatamente. Barrabás pode apodrecer na cadeia. Os romanos têm que ter conhecimento deste caso antes de deixarem Jerusalém e debandarem de volta para Cesareia, para seus banquetes e corridas de bigas. Se isso não for feito, muitos anos vão se passar antes que o caso seja ouvido. Assim que pusermos as mãos nele o entregaremos imediatamente aos romanos. E faremos uma acusação formal contra ele.

Joana achara um cálice virado e demorou o tempo que pôde para pegá-lo do chão. Fez um gesto com a cabeça para Maria. Tinham que ir. O tempo se esgotara. Foi então que um dos convidados olhou para as duas mulheres que os atendiam. Por sorte, seu olhar caiu sobre Maria, a desconhecida, e não sobre Joana, que Antipas poderia reconhecer.

Saíram da sala de estar e jogaram fora o cálice. — Não podemos voltar à cozinha — disse Joana. — Vamos embora daqui!

Passaram pelo corredor e, passando por vários cômodos, evitaram a sala dos empregados e chegaram com segurança ao beco de entrada. Saíram correndo até chegarem a uma das ruas principais. Então Maria desabou sobre uma parede.

— Meu Deus do céu! — gritou, invocando o nome do Senhor. Sentia-se tonta, esmagada pelo peso do que vira e ouvira.

Joana amparou-a. — Deus nos ajudou. Queria que ouvíssemos. E agora o que devemos fazer? Avisar Jesus, é lógico... Mas devemos desmascarar Judas?

Desmascarar Judas. E se o fizessem, será que ele mudaria seus planos?

— Não, acho que ele não deve saber que ouvimos aquela conversa — disse Maria. Estava convencida disso. — Devemos fingir que está tudo normal. Mas teremos que avisar Jesus. E a mãe dele.

— Sua mãe, não — disse Joana. — Por que afligi-la? E ela não conseguirá persuadi-lo a mudar de ideia. Já pudemos ver que ele a ama, mas se aconselha a si mesmo.

— Joana — disse Maria. — Estou tão confusa. Todos nós procuramos Jesus com perguntas e para algumas delas nunca tivemos resposta. Mas confiamos nele, temos fé nele... Como é possível que outro dos discípulos faça uma coisa destas? Por que não sair do grupo, simplesmente ir embora? Muitos o fizeram. Já vimos outras pessoas, curiosas, que se juntaram ao grupo e depois foram embora. Por que Judas faria isto?

— Por vingança — disse Joana sem hesitar. — Ele é como um amante que foi desprezado. Essas pessoas não desaparecem, de vergonha; exigem o sofrimento da pessoa que as fez sofrer, para que esta reconheça nelas seu poder e sua existência. É, ao mesmo tempo, uma forma de ser reconhecido e de punir.

— Mas Jesus não o fez sofrer.

— Você não sabe o que Judas queria dele, o que esperava dele, nem o que ele deu como resposta.

Isso era verdade. Maria nada sabia das relações dos outros com Jesus. Eram relações particulares e cada uma era específica, ao contrário do que ocorria nas relações de outros mestres com seus alunos.

— Eu o odeio! — exclamou Maria. E pensar que aquele homem, Judas, achava que ela poderia ser sua companheira para a vida.

— Não o odeie — disse Joana. — Isso vai afetar seu raciocínio.

— Você fala como Jesus! — disse Maria. — Ame seus inimigos...

— E não é isso que devemos fazer? Falar como Jesus? Jesus nos disse para orarmos por ele... Por todos os nossos inimigos.

— Tentarei fazê-lo, mas... — A raiva que sentia de Judas, o discípulo pecador, era enorme, como era a tristeza que a levara a chorar.

— Ainda devemos lutar contra Judas — disse Joana. — Orar por sua alma, mas impedir seus planos.

Foram avançando pelas ruas, cheias de gente, e olhando para as vestimentas exóticas de uma multidão composta por peregrinos, moradores de Jerusalém, soldados romanos e pessoas misteriosas de quem era impossível adivinhar a origem. O sol já ia se pondo e quem tinha que sair da cidade já se dirigia para seus portões. Chegava a Páscoa.

— Por que a noite da Páscoa é diferente das outras? — Essa era a pergunta tradicional.

"Seria esta Páscoa diferente das outras?", perguntavam-se os peregrinos. "Será esta a da vinda do Messias?" A cada ano renovava-se essa possibilidade. Era por esse motivo que a Páscoa era sempre no presente, e nunca no passado.

51

Era tarde demais para voltar ao Templo. Àquela hora, Jesus já teria saído da cidade. Talvez se encontrassem com ele na ladeira que levava ao Monte das Oliveiras. O número de peregrinos que subiam aquele caminho era tão grande que Maria e Joana decidiram ficar no bosque de oliveiras no sopé da colina, aguardando que passassem.

Naquele jardim, que era chamado de Getsêmani em razão das prensas de azeite que ali existiam, elas encontraram tranquilidade e uma agradável solidão. As oliveiras à sua volta eram antigas e respiravam segredos imemoriais de tempos anteriores ao da restauração de Jerusalém. O que elas teriam visto? A reconstrução da cidade sob as ordens de Neemias e Esdras? Teriam elas esperado e esperado, ao longo daqueles quinhentos anos, até que Israel se reconstituísse e lutasse contra os invasores — primeiro, os gregos, e agora, os romanos? Teriam os líderes macabeus se reunido para traçar seus planos sob a copa de suas ramagens? Teriam os soldados de Antioquia estado ali?

— Este lugar é assombrado — disse Joana. — Ouvem-se muitas vozes. — Ela se acomodara sob uma oliveira que tinha um tronco particularmente grosso.

— Mas não falam tão alto quanto os peregrinos lá na estrada — disse Maria. Ainda estava perplexa com o que ouvira no palácio. Joana estava certa em dizer que deveriam apenas avisar Jesus e evitar sua prisão. E se não o conseguissem? A deserção e a traição de Judas a haviam perturbado tanto que se sentia fisicamente abalada. Fazia-lhe bem aquela pequena pausa de tranquilidade entre ouvir a conspiração e tornar a encontrar Jesus.

Sentou-se ao lado de Joana sob a árvore. Seus pensamentos rodopiavam e pareciam fazer mais barulho em sua cabeça do que a multidão que passava ao lado. As várias línguas que falavam fundiam-se num barulho único; conversas inocentes, sobre abrigo e comida, soavam como um urro sinistro. Pela primeira vez em sua vida, Maria censurava a Lei, que exigia das pessoas que se reunissem em Jerusalém para as três festas. E, também pela primeira vez, questionava os motivos que teriam levado Jesus a optar por vir para aqui.

O maior número possível de pessoas reunidas... Tudo sob a especial atenção de romanos, dos homens de Antipas e das autoridades do Templo... Jesus queria ser examinado, queria uma atenção que só aquela data e aquele lugar permitiam... Queria ir para além da Galileia, alcançar o próprio coração da nação. Tudo isso era parte de seu projeto, maior do que aquele que o envolvia no divino despertar do Reino de Deus.

E agora Judas queria impedi-lo. Judas faria com que fosse preso, forçando-o a afastar-se do que quer que fosse o clímax por que esperava. Seria silenciado e isolado.

Ela e Joana tinham que avisá-lo, para que se protegesse. E se Jesus optasse por não fazê-lo?

O bosque de oliveiras era muito tranquilo e protetor, e elas sorviam aquele ar benéfico e bondoso. As árvores à volta delas pareciam consolá-las, sussurrando e murmurando: "Fiquem calmas... Isso passa... Reflitam com calma... Tudo é passageiro...". Como era tentadora a vontade de ficar ali, respirando profundamente, acreditando que tudo se resolveria da forma que deveria ser.

Após certo tempo, Joana mexeu-se. — Temos que ir. Está ficando tarde.

Maria saiu de seu devaneio e viu que a multidão já era bem menor e não havia qualquer motivo que justificasse continuarem ali. Relutante, levantou-se e deixaram a tranquilidade do bosque-jardim para enfrentar o caminho que subia a ladeira.

Encontraram-se com os outros, que tinham ficado no mesmo lugar e já haviam acendido o fogo para preparar a ceia. Jesus estava sozinho, um pouco afastado, e olhava para Jerusalém, que agora mal se via à luz fraca do anoitecer. Viam-se as muralhas e os reflexos brancos do Templo, mas escurecia rapidamente.

Tenho que falar com ele!, pensou Maria. Tem que ser antes da ceia, antes de nos reunirmos todos. Tem que ser agora.

Aproximou-se dele, preocupada. Estendeu a mão e tocou seu ombro, de leve. Ele ainda olhava a silhueta, apenas visível, de Jerusalém. Voltou-se rapidamente para ela, mas sua expressão não era de satisfação.

— Sim? — disse.

— Mestre — disse Maria. Lembrou-se, de repente, da última vez que estivera a sós com ele e do que acontecera entre eles. Não deixe que aquilo possa influir sobre o que tenho a dizer-lhe!, suplicou para si mesma.

— Sim? — repetiu Jesus. Olhava para ela de maneira estranha — não com frieza, mas quase como se não a reconhecesse.

— Mestre, hoje Joana e eu conseguimos entrar no palácio de Herodes Antipas. Ficamos espionando, e bastante bem, devo dizer. O sumo sacerdote, Caifás, estava lá, assim como o velho Anás, Antipas e Herodias...

— Uma bela reunião — disse Jesus. — Você ficou bem impressionada?

Aquela pergunta irritou-a. — Não — disse. — Por que deveria ficar? Não há o que invejar naquela gente.

— Muita gente os invejaria — disse ele.

— Não sou uma delas — respondeu Maria, desejando que ele parasse de provocá-la. — E se a riqueza me impressionasse, lembre-se de que eu não teria deixado tudo para trás em Magdala.

Ele continuou a olhar para ela, em silêncio. Finalmente, ela se aproximou mais um pouco e disse: — Ouvimos a conversa deles. Eles o consideram perigoso. Querem silenciá-lo.

Em vez de fazer qualquer comentário, Jesus continuou olhando fixamente para ela, obrigando-a a desviar o olhar.

— O mais revoltante foi que... — Fez uma pausa. Teria coragem de dizê-lo? — ... Judas também estava lá. Contou-lhes coisas sobre você. E concordou em levá-los até você, em segredo.

Agora, finalmente parecia que Jesus estava escutando. — Judas. — Levou a mão à cabeça e começou a tocá-la. — Judas.

— Sim, Judas! — Respirou fundo. — *Judas*. Ele até... Até recebeu dinheiro deles. Aceitou dinheiro deles para levá-los até você.

— Então desperdiçaram o dinheiro. O lugar onde estou não é secreto. Seria tudo o que tinha a dizer?

— Querem prendê-lo de maneira privada, sem que as pessoas — aquela multidão — o vejam — gritou ela.

— Judas — disse ele. — Judas. Meu querido Judas, não! Não!

— Mas *era* Judas. Eu o vi e ouvi. Também fiquei muito triste. Era uma pessoa... tão próxima... Entendia tão bem o que você dizia... Parecia sincero... Mas agora, mestre, deverá proteger-se dele! — Tornou a respirar fundo. — Ele é o mal! É nosso inimigo!

— Não há como evitar o mal — disse Jesus, depois de uma pausa. — O que tiver que vir, virá. Mas ai daquele que traz o mal.

— Jesus... — Estendeu a mão na direção dele. Tenho que dizê-lo. Tenho que dizer-lhe que me arrependo de tudo aquilo que foi conversado entre nós em Dã. Tenho que dizer-lhe como agora compreendo, como agora...

— Não suporto ouvir mais nada — disse ele, interrompendo-a. — Agradeço-lhe por me ter contado. Teve que ser corajosa. Deixe-me agora, por favor, e não diga mais nada. Tenho que me preparar, assim como preparar os outros.

Mas eu tenho que lhe contar sobre meus sentimentos, sobre todas estas coisas que me afligem...

— Sim, mestre — disse, obedecendo e afastando-se.

Os outros estavam ocupados. Simão se encarregara do fogo e dava ordens sobre os espetos que deveriam ser colocados para assar a carne. Susana organizava os pratos e Mateus cuidava do vinho — que logo chegaria, garantia. Ao vê-los preocupados com aquelas banalidades, Maria e Joana sentiam-se ainda mais tristes com seus conhecimentos secretos.

Jesus juntou-se aos outros, sorrindo e satisfeito, como se nada o preocupasse. Estaria ele mostrando que aquelas tarefas do cotidiano eram importantes? E, no entanto, ele próprio as condenara, ordenando a seus discípulos que esquecessem as coisas da vida diária.

Talvez ele próprio não tenha certeza sobre o que é realmente importante, pensou Maria. Talvez... talvez tenhamos todos seguido um homem que, no fundo, também é um aprendiz!

Sentaram-se todos à mesa, para comer a ceia juntos. Jesus partiu o pão, segurado-o com suas mãos fortes, como sempre fazia, e deu graças. Seu belo manto branco caía bem sobre seus ombros. Nada em seu semblante parecia mostrar que as coisas não continuariam na rotina habitual. Todos reunidos... Partir o pão... Uma noite tranquila... Orar de manhã cedo... E assim por diante.

— Amanhã à noite é a Páscoa — disse Jesus, por fim. — Esta é a última vez que comemos juntos, como sempre fizemos até aqui. — Olhou em torno de si, observando um por um. Ninguém lhe perguntou o que significava "a última vez". Quando seus olhos passaram por Maria, ela sentiu que ele compreendia sua angústia, mas, na verdade, não iriam falar dela.

— A Páscoa em Jerusalém! — exclamou Tomé. — Sempre sonhei com isso.

— Será uma bela festa — disse Jesus. — Já fiz alguns arranjos. Amanhã vocês deverão ir cedo para a cidade, Pedro e João, e devem dirigir-se ao Portão das Ovelhas. Um homem com uma jarra de água irá encontrá-los. Deve ser fácil, pois poucos homens carregam jarras de água. Deverão segui-lo pelas ruas e ele entrará em determinada casa. Quando forem apresentados ao dono da casa, vocês lhe dirão que o mestre precisa de um lugar para celebrar a Páscoa com seus amigos. Ele os conduzirá a uma sala no andar de cima, mobiliada e apropriada. Será ali que deverão fazer as preparações para nossa ceia.

Então, quer dizer que também há seguidores aqui na cidade, seguidores secretos, que nem conhecemos, pensou Maria. Quanto deles haverá, espalhados por aqui e ali, que se juntaram a ele, um por um, e que só ele conhece e nós nem desconfiamos? Estou cercada de segredos e mistérios invisíveis por todos os lados...

— Minhas ovelhas ouvem a minha voz — disse Jesus, respondendo à pergunta que ela não fizera. — Assim como outras, que não pertencem a este rebanho.

Soprava o vento e os galhos dos pinheiros acima deles balançavam. Quem seriam as outras ovelhas? Depois, seguiu-se o pensamento proibido e mesquinho: será que as ama mais do que a nós?

Jesus estava quase em frente a ela e a luz trêmula da fogueira dava um tom avermelhado a seu rosto. E estavam todos os outros... João, como sempre, do lado dele, agora com um pouco de cor em suas feições pálidas; Tiago, o Maior, com sua mandíbula contraída; Tomé, como sempre, com seu belo rosto mergulhado em pensamentos; Pedro, rindo e conversando com Simão, a seu lado, Simão que trocara sua expressão raivosa por um sorriso; Susana, sorrindo e descontraída, sem revelar qualquer sofrimento... Amo-os todos, constatou Maria com satisfação. Às vezes pode ser difícil, mas no fundo amo todos eles e muito. Nossa lealdade a Jesus nos uniu a todos.

Uma névoa parecia envolver Eli e Silvanus; seu pai e sua mãe tinham desaparecido; e Joel, distante, ainda era uma lembrança sofrida. Só Eliseba ainda era real. Olhando para Jesus e sua mãe, agora tinha certeza de que o vínculo da maternidade nunca se romperia. Um dia, algum dia... estaríamos juntas de novo e tudo será compreendido e perdoado e, de alguma maneira, isso será obra de Jesus, que Eliseba irá conhecer. De alguma maneira...

— Partiremos para Jerusalém, amigos. Eu os chamo de amigos, pois amigos são — dizia Jesus. — E há muitas coisas que lhes quero dizer, como amigos. Mais tarde se lembrarão delas e, ao lembrá-las, compreenderão o que quero dizer.

Ninguém disse coisa alguma. Receavam que, se o fizessem, Jesus não dissesse o que realmente queria dizer, pois ele sempre respondia às perguntas, fossem ou não inconvenientes. Ficaram em silêncio enquanto, à sua volta, os vizinhos se preparavam, ruidosamente, para dormir.

— Vocês já sabem que há indícios de que esta era está por terminar — disse Jesus, como se estivesse falando de uma simples falta d'água ou de problemas com o comércio. — Em breve, tudo acabará. E isso será obra de Deus. Devemos acatar sua vontade, submeter-nos a servir à causa como pudermos, sacrificando-nos com esse objetivo. Estou completamente preparado para isso. E vocês, estão?

Ninguém disse coisa alguma até Mateus, finalmente, perguntar: — Como iremos saber que isso vai acontecer?

— Ocorrerão sinais inconfundíveis — nos céus e na terra. Até então, não deverão ficar decepcionados. Não se iludam. Permaneçam firmes. Meus amigos — disse Jesus — todos vocês me foram enviados por meu Pai. E eu lhe prometi que não perderia um só de vocês — exceto o filho da perdição, aquele que se destina à destruição — não importa o que acontecesse. Por isso, não tenham medo.

Judas, que nada dissera durante toda a refeição, teve um sobressalto quando Jesus mencionou "aquele que se destina à destruição" e olhou para Maria. Seu rosto estava rígido e seus olhos não olhavam diretamente para ela e tinham novamente aquele aspecto sinistro, vazio, que lhe davam arrepios. Maria reparou que estava sem aquele belo manto azul. Será que o escondera em algum tronco de uma árvore por perto, para tornar a vesti-lo quando reencontrasse seus amigos do Templo?

O rosto da mãe de Jesus estava iluminado pela luz fraca da fogueira. Era a única pessoa que parecia preocupada, mas se controlava.

Ficaram junto da fogueira por um bom tempo, esperando tranquilamente que se extinguisse e aproveitando seu calor. Levantaram-se, então, um por um, dirigindo-se para as esteiras em que dormiam. Jesus tornou a afastar-se, para o alto da colina, e Maria o seguiu.

Desta vez, olhava para o lado daquele vale feio, que chamavam Geena, ao sul de Jerusalém. Para ali era levado e incinerado todo o lixo da cidade. A fumaça desagradável que produzia provocava um ardor nas narinas, quando o vento a levava na direção das pessoas. Maria lembrava-se daquele poço onde ela e Joel tinham jogado os ídolos quebrados tanto tempo atrás.

— Impurezas — murmurava Jesus. — Tudo quanto é sujeira e degradação fica queimando ali. — Voltou-se para Maria, que se aproximava, como se a estivesse esperando. — Você sabe por que queimam ali os fogos eternos?

— Não, não sei — respondeu ela.

— Ali era o lugar onde eram feitos sacrifícios humanos em homenagem a Moloque — disse Jesus. — Até os reis de Israel, que iam orar no Templo, imolavam seus filhos e suas filhas em adoração ao deus Moloque. Quando Josias se tornou rei e adotou as reformas, determinou que o local onde ficavam os altares a Moloque passaria a ser um depósito de lixo. E assim é, até hoje. Porém, o mal ainda não foi expurgado. — Deu um suspiro. — Ainda é preciso fazer alguma coisa. O mal não desaparece com o tempo.

— Há muita impureza e muita maldade aqui — concordou ela, apontando a fumaça do vale de Geena. — Mas Joana e eu descobrimos um lugar tranquilo e sossegado no sopé do morro. É um bosque de oliveiras e estava completamente deserto, mesmo quando havia uma multidão em volta dele. Talvez o ache relaxante.

— Tranquilo? — disse Jesus, espantado. — No meio de tudo isto?

— É, sim. Fica lá embaixo, à esquerda do caminho principal. Há um portão que se pode abrir.

— Quero ir lá para ver — disse Jesus. — Talvez amanhã cedo.

Um pequeno ruído atrás dele revelou a presença de outra pessoa.

— Que vista horrível. — Judas estava de pé, bem próximo a eles. Teria ouvido a conversa? Teria ouvido sobre o bosque de oliveiras?

— É a expressão do pecado — disse Jesus. — Se sempre enxergássemos o pecado, a visão que teríamos seria esta.

— Infelizmente, não o podemos fazer — disse Judas, em voz triste.

— Satanás não quer que vejamos — disse Jesus — pois poderíamos fugir, horrorizados. — Afastou-se, dirigindo-se ao local onde os outros já dormiam, e deixou Maria e Judas juntos.

Judas continuava olhando para o vale, lá embaixo.

— É, a maldade é muito feia — disse Maria. — Às vezes revela seu verdadeiro rosto. O que você acha que deve ser feito com ela, Judas?

— Deve-se tocar fogo nela — respondeu, desinteressado. — Como fez Josias.

— Pessoas não queimam facilmente.

Espantado, Judas voltou-se para ela. — Pessoas?

— Pessoas que se aliaram a Satanás, que o ouviram. — Seguiu-se um longo silêncio. — Judas... — Ela o odiava, mas ele ainda podia tomar outro rumo e optar por trair Caifás, em vez de Jesus. — Você sabe a que me refiro.

Seguiu-se um silêncio ainda maior. Judas parecia estar prestes a confessar; várias expressões atravessaram seu rosto, mas acabou retomando sua máscara fria. — Receio que não — disse. — Mas talvez você devesse tomar mais cuidado e ver se seus demônios realmente foram expulsos. Parecem estar falando de novo com você, desencaminhando-a.

É muito esperto. Sabe exatamente onde atacar para tornar seu adversário indefeso... Pelo menos, é isso que pensa. É como o próprio Satanás, como Jesus me avisou. — Sinto pena por você, Judas — disse Maria, em voz forte. — Mas você está errado.

— Sobre seus demônios? Veremos.

— Não, não falo de meus demônios. São os seus demônios que me preocupam. — Será que Satanás o possuíra quando estavam perto daquele altar horrível e mal-assombrado em Dã? Satanás tinha tentado Jesus no deserto, sem o conseguir. Então, teria tentado Judas.

— E entristece-me ver você voltar a ficar louca — disse ele, com voz preocupada. — Realmente me entristece. — Fez uma pausa. — Venha, está na hora de dormir. — Tentou conduzi-la para onde os outros já estavam, colocando o braço, solícito, em volta de seus ombros.

Estaria planejando sair de novo dali quando todos estivessem dormindo?

A sensação de seu braço causava-lhe repugnância. Normalmente, as pessoas achavam que era horrível tocar em cobras, mas, certa vez, Maria tivera que pegar uma cobra que invadira seu quarto para levá-la para fora, e achara que sua pele era macia, seca e fresca — e até agradável ao tato. Até camaleões — ela já tivera um — tinham uns calombos caprichosos que ela achava agradáveis de tocar quando lhes acariciava a cabeça. Mas a sensação do braço daquele homem — que não soubera compreender e se sentira rejeitado por Jesus, ou decepcionado, ou o que quer que fosse que Satanás lhe soprara ao ouvido — era muito mais abominável do que aquela que Asera lhe transmitira.

Empurrou seu braço e afastou-se com um arrepio, que ele notou. — Não estou louca, mas parece que o satisfaz dizer que estou: mais mentiras, como quase tudo o que você tem feito ultimamente. Você não se cansa de mentir e fingir que é uma coisa que você não é? — Deteve-se e não disse mais nada, com receio de que Satanás percebesse que fora descoberto.

Na claridade da lua quase cheia, suas feições bonitas e esguias se iluminaram, como se o próprio luar o amasse. Tinha um sorriso de compaixão. — Ah, Maria. Nunca fiz nada disso. Sempre fiz perguntas e todos sabem disso.

Mas agora, Maria queria dizer, você também é um mentiroso e um traidor. Continha-se para não dizê-lo, para não o jogar na sua cara de convencido, mas se o fizesse daria a informação que ele não deveria ter.

— Você carregará suas perguntas e sua falsidade para o túmulo — foi tudo o que conseguiu dizer.

— Muitas pessoas de mais valor do que eu o fizeram — disse ele. — Será uma honra fazer-lhes companhia.

— Não pense na companhia de filósofos ou rebeldes famosos — gaguejou. — Eles não apreciariam sua companhia. Pense na companhia daqueles — queria mencionar os filhos desobedientes de Arão e a rebelião de Coré contra Moisés — que pecaram e se condenaram a si mesmos.

De novo, o sorriso irônico. — Você precisa descansar — repetiu. Mas não tentou pegá-la pelo braço.

— E você precisa se arrepender — replicou ela. — Mas quem irá perdoá-lo?

Deitada sobre sua esteira, Maria ainda ficou muito tempo com seus pensamentos voltados para Judas. Sua traição a despedaçava. Não culpava Caifás e Antipas. Eles nem conheciam Jesus; apenas o imaginavam como um desordeiro natural da Galileia que perturbava a ordem num momento em que era muito importante não chamar a atenção dos romanos. Mas, sob vários aspectos, Judas sempre parecera o mais informado, o mais consciente de todos os discípulos.

Talvez fosse esse o problema. Será que quanto mais uma pessoa compreendesse Jesus e sua mensagem, mais ficaria perturbada? Para que um movimento triunfasse, era preciso conquistar os Judas, era preciso quem perguntasse para lhes explicar por que suas perguntas eram respondidas — não de forma simplória, mas por um raciocínio complicado.

A traição de Judas não representava a mera perda de um discípulo, para Jesus. Era muito mais preocupante. Era a perda de um quadro importante para o movimento como um todo.

52

O luar prateado iluminava Jerusalém. O Templo brilhava como uma pérola submersa e, pela cidade toda, os palácios de mármore e os prédios resplandeciam como joias, ao lado de casas comuns de calcário. Maria via tudo isso de onde estava deitada, tentando dormir e sem o conseguir. As muralhas da cidade eram tão nitidamente visíveis que pareciam as lâminas de uma faca protegendo os prédios e as casas do lado de dentro, como uma linha de demarcação. Logo viria o amanhecer, os sacerdotes abririam as grandes portas do Templo e os guardas dariam ordens para que fossem abertos os portões da cidade. Tudo parecia tão confortavelmente eterno. Aquele lugar santo seria deles para sempre.

Jesus estava em pé, a seu lado, olhando para a cidade. Estava de costas e ela não podia ver a expressão de seu rosto, mas adivinhava que fosse de tristeza. A simples vista da cidade provocava nele uma angústia profunda. Maria deduziu que o fato de Jesus estar desperto impediria que Judas escapasse dali. Judas estava preso ali na montanha. Se tivesse algum plano para aquela noite, agora estava impedido de fazê-lo. Ela poderia descansar.

Mas quando o sono chegou, não foi tranquilo. A luz brilhante do luar parecia penetrar nas suas pálpebras e imiscuir-se em seus sonhos, perturbados por cenas de violência. Quando acordou, no entanto, só se lembrava de um deles.

Eram cenas de Jesus sangrando e caminhando com dificuldade. Já tivera aquele mesmo sonho, mas não de maneira tão explícita. Desta vez, além de vê-lo espancado e ferido, Maria percebia os prédios à sua volta, lugares que reconhecia: os pátios externos do palácio de Antipas e um dos portões de Jerusalém — mas não os do norte e do leste, por onde já tinham passado. Viu o rosto de Pilatos — nunca o vira, mas reconheceu-o pela sua vestimenta, com a toga formal dos romanos — e viu Antipas, perto dele. Viu também Dimas, o homem do punhal, que vira tão rapidamente, e há tanto tempo, no banquete da casa de Mateus. Estava morrendo. Mas o que teria aquilo a ver com Jesus? Até se esquecera do nome dele até o ouvir, num sussurro, em seu sonho: "Dimas, Dimas...".

Lentamente, foi acordando. Os outros já se mexiam. Já amanhecera e o céu estava inteiramente cor-de-rosa. Naquela luz suave, a cidade pulsava com uma beleza etérea. De longe, parecia preencher os desejos de beleza e santidade de todos os homens de bem.

Juntaram-se em torno da fogueira, ouvindo os galos cantar, anunciando o novo dia. Jesus falou calmamente, como se estivesse plenamente satisfeito com o que o novo dia lhes traria.

— Faremos a celebração da Páscoa no lugar que já foi preparado — disse. — Penso que acharão a mesa bela e farta. Serão conduzidos até lá pelos discípulos que cuidarão dos preparativos. — Fez um gesto, com a cabeça, na direção das mulheres e de Pedro e João. — Celebraremos a Páscoa juntos. Estou ansioso por esta noite. — Sua voz se tornara mais forte e Maria percebeu um tom de alegria.

Mas os espancamentos... as chicotadas e o sangramento... será que não devo mencioná-los?, pensou Maria. Mas eu devo avisá-lo! Devo transmitir-lhe o que as visões me revelaram!

Jesus dirigia-se para ela. Agora, teria que lhe contar.

Ele sorriu. — Maria, vou me retirar para aquele jardim de que me falou — disse. — O jardim das oliveiras no sopé do morro.

— É bastante sossegado. Se precisar ficar sozinho, ali é um bom lugar — disse ela. — Mas preciso contar-lhe sobre uma coisa que vi...

— Também o vi — disse ele, rapidamente. — Não precisa contar-me. — Fez uma pausa. — Maria, eu também tenho essas visões. E ainda há mais, muito mais, que essas visões, por serem limitadas, não nos podem mostrar. Mas eu as vejo. Meu Pai me conta e as revela para mim. — Pegou nas mãos dela. — Mas suas visões são preciosas para mim. Agradeço-lhe por partilhá-las comigo, como sempre fez.

— Judas...

— Foi fazer o que tinha que fazer — disse Jesus. — Você tentou. Fez o que pode.

Ela espantou-se. Como saberia ele? Teria ouvido a conversa?

— Você não conhece as escrituras? O destino já fora escrito. "Até o meu amigo íntimo, em quem eu confiava, que comia do meu pão, levantou contra mim o calcanhar", diz lá. E também: "Com efeito, não é o inimigo que me afronta; se fosse eu o suportaria; nem é o que me odeia que se exalta contra mim, pois dele eu me esconderia; mas és tu, homem meu igual, meu companheiro e amigo íntimo. Juntos andávamos, juntos nos entretínhamos e íamos com a multidão à Casa de Deus". Sei que é difícil para você compreender.

— Compreender, não — disse Maria, por fim. —, difícil é acreditar... Como poderia alguém que o conhece há tanto tempo...

— Conhecer e acreditar não são a mesma coisa — disse Jesus. — Lembre-se disso, nos dias que virão.

Desceram pelo caminho da ladeira rumo à cidade. Já sentia no ar a excitação pela celebração daquela noite; aquela festa sagrada parecia irradiar um incenso especial.

Maria olhou de esguelha para Judas, que caminhava com um sorriso fixo, mas sentia tanta repugnância que teve vontade de pegar uma pedra na beira do caminho e jogá-la em sua cabeça, lançando-o lá para baixo, aonde ficaria tão machucado e quebrado que nunca mais se levantaria.

A intensidade de seu ódio a surpreendeu. E Jesus fala de amarmos nosso inimigos e orarmos por eles, pensou. Às vezes isso é impossível!

Quando chegaram ao final da ladeira, quando o caminho ficava plano e atravessava o vale de Cedrom, Maria acelerou o passo, aproximando-se de Jesus, que caminhava com Pedro e João. Colocou-se ao lado deles e disse a Jesus: — O jardim fica ali à esquerda.

Dali, viam-se as oliveiras prateadas, algumas delas tão altas que se elevavam em direção ao céu, como carvalhos.

— Irei para lá, para orar — disse Jesus.

— Não vai para o Templo? — perguntou Pedro, espantado.

— Hoje, não — respondeu Jesus. — Hoje não farei sermões, exceto para vocês todos.

— Mas não o iremos ver?

— De noite — disse Jesus. — Nos reuniremos no lugar de que falei.

Afastando-se, dirigiu-se ao portão e não convidou nenhum dos discípulos para que o acompanhasse.

Continuaram o caminho para a cidade sem ele, cada qual com sua tarefa. Subiram o barranco do vale de Cedrom, dirigindo-se ao Portão das Ovelhas, por onde entravam vários rebanhos, conduzidos por pastores que levavam os animais para o Templo. Os discípulos ficaram junto ao portão, esperando ver um homem carregando uma jarra d'água. Não demorou muito para que vissem um homem forte, equilibrando, desajeitado, uma jarra d'água na cabeça.

Pedro correu para ele. — É você o homem que procuramos? — perguntou, de supetão.

O homem olhou, desconfiado, para Pedro. — O homem que os levará a uma casa?

— O próprio — exclamou Pedro.

O homem fez uma careta ao ouvir o vozeirão de Pedro e depois fez um gesto para que ambos se aproximassem. — Eu os levarei — disse. — É tudo o que devo fazer.

Foram seguindo o homem pelas ruas tortas e por subidas até chegarem à Cidade Alta de Jerusalém, o bairro rico da cidade, que Joana e Judas conheciam tão bem. Apontou para uma porta e em seguida desapareceu, como se não quisesse entrar.

Pedro virou-se para os outros e disse: — Deve ser aqui. Vamos fazer os preparativos. Vocês irão em busca de comida e será aqui que nos reuniremos.

— Olhou para o grupo. — Lembrem-se de que devemos comprar um cordeiro, o que já deveríamos ter feito mais cedo. Mas ainda haverá bastantes cordeiros para escolher.

É verdade, com os rebanhos de ovelhas que haviam visto, pouco antes, chegando à cidade, com certeza não faltariam cordeiros, pensou Maria.

— Vamos ao mercado da Cidade Alta — disse Judas. — Lá é onde se encontram as melhores mercadorias.

— Não, antes vamos escolher um cordeiro! — disse Maria. — Isso é o mais importante. — Voltou-se para os outros. — Precisamos do cordeiro, pois não podemos celebrar a Páscoa sem ele. E ainda tem que ser abatido e temos que prepará-lo...

— Não devíamos primeiro conhecer o lugar onde nos reuniremos? — perguntou Judas.

— Não — disse Maria. — Não temos tempo a perder. — Não queria ouvir mais sugestões de Judas.

O Templo estava formigando de gente. Era bom que Jesus não tivesse vindo hoje. Se tivesse tentado pregar ou fazer um sermão, ninguém o teria escutado. Os recém-chegados convergiam para o local onde ficavam os mercadores de cordeiros, enquanto outros se dirigiam para o altar de sacrifícios e de ofertas. Estava um caos.

Os discípulos aproximaram-se dos mercadores de cordeiros. Ouviam-se os balidos de centenas de animais, amarrados, que resistiam em ser vendidos. Ninguém mais ali se lembrava dos insultos que Jesus fizera aos vendilhões: havia filas de mais de dez pessoas em frente da barraca de cada cambista. Como fora fútil o que Jesus fizera, quase ninguém lhe prestara atenção, pensou Maria. Sentiu um peso de tristeza.

Teria sido preferível escolherem um cordeiro com cuidado e calma, mas, naquela confusão, tinham que se limitar a apontar um animal com o dedo e dizer: — Aquele! Quero aquele!

— Muito bem! — disse o mercador. — E vocês querem que prepare o cordeiro? Tenho um amigo aqui que tem uma excelente cozinha e ainda está aceitando encomendas... — E apontou para um homem sorridente a seu lado.

Acabaram convencendo o mercador a fornecer apenas a carne do cordeiro preparada de acordo com a Lei de Moisés. Mas Filipe e Mateus decidiram que levariam o cordeiro para ser abatido de acordo com a tradição, no Templo, e que não o entregariam a um intermediário.

Judas pegou sua sacola de dinheiro. — Vocês irão precisar de dinheiro para comprar as coisas que faltam — disse.

— Não, não! — Maria precipitou-se e quase derrubou o dinheiro de suas mãos. Mas lembrou-se, então, de que aquele dinheiro era de todos, inclusive dela mesma. Não era dinheiro sujo.

Judas contou as moedas, uma por uma.

— Vou tratar de outras coisas — disse. — Vocês não irão precisar de mim para comprar a comida. — Sorriu e despediu-se.

Por que ninguém lhe perguntou que coisas eram essas?, pensou Maria. Quando se confia em alguém, não se fazem perguntas.

— Vamos — disse Natanael, sem suspeitar de nada.

— Natanael — disse Maria. — Judas vai... Judas vai... — Ia quebrar a promessa que fizera a Joana e contar aos outros sobre Judas. Mas, se soubessem, talvez Pedro, ou Simão, ou Tiago, o Maior, ameaçassem dar-lhe uma surra e Judas receberia o aviso de que precisava para mudar seus planos.

— Siga-o! Veja para onde ele vai! — disse Maria.

Natanael olhou em volta. — Mas ele já foi. Não sei onde se meteu. Por que você diz isso?

Maria não podia responder. As palavras não saíam de sua garganta.

No mercado da Cidade Alta havia uma fileira de cestas em frente de cada barraca, cheias de produtos suculentos. A lista das coisas que tinham que comprar era chicória, rábano, cevada e trigo para assarem o pão ázimo, maçãs, amêndoas, tâmaras e uvas para preparar o *charoseth*, ovos, azeite, vinagre e, naturalmente, o melhor vinho que tivessem condições de comprar. Também precisavam de mostarda, mel e uvas para o molho do cordeiro. Cada vendedor garantia que tinha o melhor trigo dos campos de Zanoa, os melhores figos da Galileia, vinho das cepas de Zerede, tâmaras de Jericó e alface das hortas próximas a Jerusalém.

Maria não queria ser a responsável pela expedição das compras. Só pensava em Judas e como poderia frustrar seus planos. Mas parecia que todos esperavam que o fizesse.

— Minha querida Maria — disse ela, por fim, à mãe de Jesus. — A senhora tem, certamente, muita experiência, pois já preparou a ceia da celebração da Páscoa muitas vezes. Acho que poderia escolher as verduras e os ingredientes para o *charoseth*.

A mãe de Jesus concordou. Aquilo a desconcertava. Sentia-se pouco à vontade vendo a mãe de Jesus transferir a responsabilidade para si.

— Quanto aos outros, talvez pudéssemos assumir uma tarefa cada um. Joana escolhe a farinha para o pão ázimo. Susana procura os ingredientes para o molho do cordeiro assado. — Não gostava de distribuir essas tarefas, mas alguém o tinha que fazer para que se apressassem. — Os homens poderiam escolher alguma coisa de que tenham vontade, mesmo que não faça parte do ritual religioso. Alguma coisa de que sintam saudade. Eu vou procurar os ovos — disse, optando deliberadamente por uma tarefa menor.

Passeando pelo mercado, Maria podia entreouvir muitas conversas, o que fez questão de fazer: falavam de Barrabás, dos dois soldados romanos que haviam sido apunhalados, rumores sobre uma possível insurreição para a qual se preparavam Antipas e Pilatos. Nas esquinas do mercado e junto às barracas havia inúmeros soldados romanos, com as mãos na bainha das espadas, olhando em volta, preocupados.

Sentia-se o cheiro penetrante de carne fresca. Os cordeiros estavam sendo abatidos no Templo — centenas, milhares deles. Cada dono ou dona de casa passava a faca pela garganta do animal escolhido e repetia-se a cena ritual de recolher o sangue. Finalmente, os sacerdotes jogavam o sangue junto ao altar, de onde escorria. De onde estava, Maria ouvia os balidos e os urros dos animais sendo sacrificados.

Como poderia Deus querer uma coisa destas?, perguntava-se a si própria. É verdade que, há muito tempo, ele mandou Moisés fazê-lo, mas era para um número pequeno de pessoas. Como poderia Moisés prever uma multidão destas e as providências que têm que ser tomadas para acomodar milhares de animais? Engasgou-se com o cheiro forte de sangue. E também havia a exigência de que o ritual fosse realizado no Templo — isso não criaria dificuldades para inúmeras famílias religiosas? Deslocar-se até ali já era bastante difícil, e depois havia um sem-número de despesas!...

Olhou em torno de si e foi obrigada a reconhecer que aquele ambiente nada tinha de sagrado. Uma multidão pechinchando por um cordeiro ou por comida... Pessoas sem lugar para dormir ou morar... Não havia qualquer recanto sossegado, nem oportunidade, para que uma pessoa pudesse orar ou meditar... Enfim, tudo eliminava qualquer possibilidade de santidade, em vez de incentivá-la.

De repente, Maria percebeu que essas romarias em massa nada tinham a ver com santidade. Poderiam servir para as pessoas descobrirem a existência de colegas judeus, também religiosos, de lugares distantes, que pudessem ajudá-los a ter uma sensação de irmandade, mas isso era uma coisa entre homens, e não entre homens e Deus.

Como posso aproximar-me de Deus? É com Deus que me preocupo, é de Deus que necessito e não de uma multidão de peregrinos!

Voltou para a casa onde iriam celebrar a ceia da Páscoa. Precisava de tempo para pensar. Queria que Jesus estivesse ali e a consolasse. Mas Jesus não estava. Só estavam as outras mulheres, que faziam os preparativos para a ceia.

O lugar que lhes fora reservado era uma sala espaçosa, no andar de cima, de onde se viam os telhados da cidade. Já haviam sido colocadas mesas baixas e sofás. Àquela hora, meio-dia, a sala era bem iluminada.

— Então, iremos jantar ao estilo romano — disse Maria, observando a disposição dos arranjos.

— É adequado para a cerimônia — disse Susana. — E não entra em conflito com os rituais tradicionais.

— E teremos um número apropriado? — perguntou Maria. As ceias romanas eram sempre servidas a convivas em múltiplos de nove, com três sofás em cada mesa e três pessoas em cada sofá.

— Não vamos ser muito exigentes — disse Joana. — Colocamos várias mesas no centro e vários sofás em torno delas. Somos quase vinte. Não seria melhor se ficássemos todos à mesma mesa? — Deu uma risada. — Moisés não faz menção a isso e acredito que os fariseus não se oponham.

Seriam treze homens e quatro mulheres. Joana cantava enquanto arrumava as mesas e os sofás. Na cozinha, a mãe de Jesus estava ocupada preparando o *charoseth*, cortando maçã e moendo a canela, caríssima, para dar mais sabor ao vinho. Susana estava fazendo a massa de cevada e farinha de trigo para preparar o pão ázimo, que tinha que ser assado à tarde e deixado dentro do forno esfriando, para ficar crocante. Maria tinha que preparar os ovos e ralar o rábano, para fazer o molho picante, com vinagre, para as verduras. Enquanto trabalhavam, as mulheres ficavam imaginando como seria a ceia.

— Será uma ótima reunião — disse Susana. Maria percebeu uma certa tristeza em sua voz. Pensava, certamente, em Corazim, talvez tentando adivinhar o que seu marido estaria fazendo, onde passaria a ceia.

— Coloque essas canecas na mesa — disse a mãe de Jesus a Maria, entregando-lhe uma bandeja com canecas de barro. Não eram em número suficiente, mas Maria as colocou e foi procurar mais algumas. — O dono da casa foi muito atencioso em deixar até canecas e bandejas. Onde será que ele está, para que lhe possamos agradecer?

— Só Pedro e João o viram e ainda estão às voltas com o cordeiro — disse Joana. — Nosso anfitrião misterioso parece ser uma pessoa tímida.

Ou talvez não queira ser reconhecido, pensou Maria. Agora é perigoso conhecer Jesus ou ser visto ostensivamente a seu lado.

A cozinha ficava no andar térreo e, embora pequena, era prática e estava bem abastecida. Havia tábuas para preparar a comida, pilões e uma boa quantidade de facas. Apesar de tudo, não se sentiam muito à vontade fazendo os preparativos da ceia na cozinha de um desconhecido.

O forno interno — um luxo — já estava quente e pronto para a massa do pão ázimo que Susana cortara em pedaços redondos e chatos.

— Rápido, Susana! — disse Joana. — Tem que trabalhar mais rápido, senão não terá a aprovação dos fariseus. — Virando-se para as duas Marias, explicou: — Eles calcularam o tempo preciso que deve levar desde a preparação da massa até o tempo de ficar assado o pão: deve corresponder ao tempo que leva para perfazer, em passadas lentas, uma caminhada de uma milha romana.

— E se demorar mais? — perguntou a mãe de Jesus.

— Então o pão ázimo não será adequado para a celebração — disse Joana. — Mas, felizmente para nós, não haverá fariseus na ceia, nem nos estão observando agora. Vamos, ponha a massa no forno.

— É esse tipo de coisa que meu filho critica com veemência — disse a mãe de Jesus. — No fundo, talvez seja por essas coisas que as autoridades religiosas e seus inimigos o condenam. — Estava quase chorando. — Ele merece que sejam discutidas coisas sérias, e não o tempo que leva para assar o pão ázimo.

— Como fizeram os profetas — concordou Joana. — Elias desafiando os sacerdotes de Baal, Natã enfrentando Davi, Moisés, o faraó — tudo isso está bem longe dos dízimos e das regras de cozinha dos fariseus. Sinal dos tempos que correm.

Maria pôs no chão a cesta de ovos e escolheu alguns para serem assados com o pão. Foi Moisés quem nos ensinou e ainda o fazemos até hoje, pensou. Quase como um ritual, colocou os ovos numa bandeja para irem ao forno. No fundo, talvez seja só isso que sabemos fazer: cumprir regras e instruções simples. Nisso, pelo menos, Deus pode confiar em nós.

Começava a escurecer. Das janelas da sala no andar de cima via-se o pôr do sol, e a luz começava a desaparecer dos telhados, dando lugar a uma claridade quente que banhava os prédios de calcário. Em seguida, também essa claridade foi desaparecendo e surgiu uma tonalidade azulada. Depois nasceu a lua cheia, ainda pálida, contra um céu cor-de-rosa. Começava a Páscoa.

Um por um, os discípulos foram subindo as escadas e entrando na sala. Filipe e Natanael foram os primeiros a chegar e ficaram fascinados.

— Que lugar excelente! — disse Filipe. — De quem é a casa?

— Ainda não sabemos — disse a mãe de Jesus. — Estamos esperando que ele apareça.

André e Mateus chegaram em seguida, e depois vários outros — Tadeu, Tiago, o Maior e Tomé. Chegaram bufando depois de subirem as escadas. Pararam e olharam a sala, tão bem arrumada e aguardando a ceia.

Já estava bem escuro lá fora quando Judas chegou ao topo da escada. Continuava não usando aquela bela túnica azul, apesar da formalidade do acontecimento. Talvez pensasse que a Páscoa, e não ele, fosse algo de impuro. Mas também ficou impressionado com as mesas.

— Magnífico! — disse. — A quem devemos agradecer por isto?

— A um discípulo secreto, mas leal — disse Joana, olhando para ele enquanto pronunciava as palavras.

— Compreendo — disse. — Ele faz sua própria escolha. — E afastou-se, sem comentários.

Um pouco depois chegaram Pedro e João, trazendo o cordeiro assado numa bandeja coberta. — O cordeiro está ótimo! — disseram. — Foi bem assado e ficou melhor que os outros que foram cozidos lá. Era bem gordo e por isso demorou mais tempo para assar! — Na verdade, o cheiro da carne estava delicioso. Naquele tempo, era raro comerem carne.

Só faltava Jesus. Depois do que pareceu um longo tempo, ele apareceu no alto das escadas e entrou na sala.

Maria achou que ele parecia repousado e tranquilo. O jardim de Getsêmani fizera-lhe bem. Ainda bem que o conheci e pude mostrá-lo para ele, pensou.

— Salve, meus amigos — disse. — Estou feliz que possamos estar aqui todos juntos.

Sua mãe aproximou-se dele e disse-lhe alguma coisa em particular. Maria notou que ele dizia que sim com a cabeça. Em seguida, disse: — Vamos sentar-nos.

Maria garantiu um lugar no segundo sofá mais próximo da mesa central, mas tanto ela quanto as outras mulheres passariam boa parte do tempo servindo, e não sentadas em seus lugares. João estava ao lado de Jesus, onde podia encostar-se nele.

Porém, em vez de ocupar seu lugar e dar início à celebração, Jesus ficou de pé e retirou o belo manto que sua mãe lhe fizera. — Todos vocês serão servos —

disse, olhando para eles, um por um. — Os maiores servirão aos menores. Vou dar-lhes um exemplo. — Enrolou-se numa toalha, pendurou outra no braço e pediu uma bacia de água. Maria levantou-se e foi buscar uma bacia na cozinha.

— Vocês pegam a toalha assim — disse. — É preciso que os lave, pois é assim que ireis servir uns aos outros. — Abaixando-se, pegou os pés de Tomé e lavou-os, secando-os, em seguida, com a toalha. O silêncio, na sala, era total e o único som que se ouvia era o das mãos de Jesus na água.

Quando se aproximou de Pedro, este levantou-se de um salto. — Não! — disse. — Você não pode fazer isto! — E afastou-se.

— Se eu não o lavar, você não terá parte comigo — disse Jesus.

Pedro ficou olhando, hesitante. — Então... terá que me lavar todo, e não somente os pés! — Tornou a sentar-se e pegou a bainha de sua túnica.

— Aqueles de vocês que estiverem limpos terão que lavar apenas os pés — disse Jesus. — Os que não estiverem limpos... E olhou para Judas, que, rapidamente, descobriu os pés e os colocou para serem lavados.

Depois de Judas, Jesus dirigiu-se para Tiago, o Maior, repetindo o ritual com a mesma solenidade tranquila. Em seguida, aproximou-se dos pés de Maria, que não suportava a ideia de vê-lo ajoelhado a seus pés, como um servo. Aquilo não parecia certo. Jamais um homem se submetera a prestar-lhe um trabalho tão servil e o fato de ser Jesus tornava-o ainda menos adequado. No entanto, era inegável o vínculo que implicava aquele gesto seu, aproximando--os mais do que qualquer outra coisa poderia ter feito.

Quando terminou de lavar todos, disse: — Lembrem-se disto. Vocês deverão ser servos um do outro. — E tornou a vestir seu manto, sentando-se à cabeceira da mesa.

Vieram os pratinhos com o primeiro prato da refeição — salada de alface e cebola com semente de gergelim. A salada era acompanhada por mel, maçã e pistache. Esses foram os temperos que tinham escolhido aqueles que sentiam saudade deles para compensar o pouco que comiam no dia a dia.

— Veja aqui, figos da Galileia — disse Maria. — Sei que sente falta deles, Simão. E o peixe seco de Magdala? Alguém sente falta, além de mim? — Vê--los na mesa era uma bênção mística para ela. Tudo o que o peixe simbolizava para ela — sua rotina e seus rituais diários — ainda parecia estar ali, sem ter sido esquecido ou terminado.

— Eu também sentia falta do peixe — disse Pedro. — Você pensa que não sinto falta de algumas coisas que deixamos para trás? Pois não é só você...

Claro que era verdade. Todos haviam deixado coisas de que sentiam falta. Maria fez um sinal afirmativo para Pedro.

Lentamente, todos comeram. Havia chicória acompanhada por molho de vinagre e uvas que Joana havia preparado. Maria e as outras mulheres levantaram-se para pegar as taças de vinho para o grupo todo, voltando a seus lugares antes que Jesus desse início à ceia propriamente dita. Veio, então, o prato principal e, novamente, as mulheres levantaram-se e trouxeram as travessas com o cordeiro assado, pasta de tâmaras e cebolas assadas, temperado com coentro. Uma bandeja com as comidas do ritual tradicional já havia sido preparada: perna de cordeiro, ovos assados, agrião, água salgada e o pão ázimo. Foi colocada na mesa diretamente na frente de Jesus.

A refeição prosseguiu, obedecendo ao ritual religioso, e coube a Tadeu, o mais jovem, fazer as perguntas de praxe. Em seguida, Jesus encheu sua taça com um pouco de vinho, levantando-a. — Não beberei do fruto da vinha até bebê-lo novamente no Reino de Deus — disse. Provou do vinho. — Isto é o meu sangue, o sangue da nova aliança, derramado em favor de muitos, para remissão de pecados. Quando dele beberem, se lembrarão da minha morte. — Em seguida, disse: — Um de vocês irá me trair.

Todos olharam para ele e, depois, entre si.

— Serei... Serei eu? — perguntou Tomé. Tremia de medo ao fazer a pergunta.

— Serei eu? — perguntou Tadeu, preocupado.

Todos sussurravam e refletiam. Todos tinham suas dúvidas. Todos temiam que, por descuido, fossem o suspeito. Maria olhou para João, que, seguido por Pedro, murmuravam alguma coisa no ouvido de Jesus.

— Não seria eu, com certeza, mestre? — perguntou Judas, numa voz tão baixa que se perdeu em meio ao burburinho.

— Será alguém que, como eu, tem a mão sobre a mesa. — A voz de Jesus era calma e Maria compreendia as palavras apenas pelo movimento de seus lábios.

Apenas duas mãos estavam sobre a mesa: a de Jesus e a de Judas. Judas retirou-a da mesa. Aparentemente, Maria fora a única que ouvira a pergunta de Judas e a resposta de Jesus.

Jesus continuou com sua refeição ritual. Pegou um pedaço de pão ázimo, quebrou-o e disse: — Isto é o meu corpo, oferecido por vocês. — Em seguida, distribuiu os pedaços de pão. Quando terminaram de comer, em silêncio e reflexão, Jesus mergulhou um pedaço na tigela com comida e sucos, entregando-o, em seguida, a Judas. — Faça rápido o que tem que fazer — disse-lhe.

Judas levantou-se de um salto. Quase derrubava a mesinha à sua frente. Os outros o olharam, pensando que iria sair para dar dinheiro aos pobres, como oferta — afinal, era ele o encarregado de guardar o dinheiro.

Maria também se levantou. Ia detê-lo. Jesus fez um gesto para ela. — Não, Maria — disse. — Era uma ordem. Perplexa, ela tornou a sentar-se.

Judas desceu as escadas e desapareceu.

Agora, estavam apenas os fiéis no andar de cima. — Desejei muito passar esta Páscoa com vocês — disse Jesus. — São vocês aqueles que escolhi. E agora devo falar-lhes. Meus filhos, só ficarei com vocês por apenas mais algum tempo — disse. — Vocês me procurarão, mas não poderão ir para onde eu vou. Dou-lhes um novo mandamento: amai-vos uns aos outros. Deverão amar-se como amei cada um de vocês. Assim, todos saberão que são meus discípulos, se amarem uns aos outros.

Pedro falou. — Mas, mestre, para onde vai? Por que não posso acompanhá-lo?

Jesus olhou-o com tristeza. — Simão, Simão — disse.

— Não! Chame-me Pedro! — contestou Pedro.

— Satanás exigiu que você fosse peneirado como trigo — disse bruscamente Jesus. — Mas eu orei muito para que sua fé não fosse abalada. E como você conseguiu resistir, você deverá fortalecer seus irmãos e suas irmãs.

Então, além de Judas, Satanás também exigira Pedro!

Pedro gritou: — Senhor, estou preparado para ser preso e morrer com você!

Jesus balançou a cabeça. — Digo-lhe, Pedro, que antes que o galo cante na madrugada deste dia, você negará por três vezes que me conhece. — Voltou-se, então, para os outros, e seu rosto parecia de pedra. — Quando os enviei em missão, sem dinheiro, sem uma sacola de mantimentos e até sem sandálias, vocês necessitavam alguma coisa?

— Não, nada — responderam Tadeu e todos os outros. Maria assentiu com a cabeça.

— Pois agora será diferente. Peguem dinheiro, peguem uma sacola e, se não tiverem uma espada, vendam suas capas e comprem uma. As escrituras deverão ser cumpridas: "foi contado entre os malfeitores".

Simão e Pedro mostraram suas espadas e as desembainharam. — Veja, Senhor, já temos duas aqui!

Jesus pareceu satisfeito. — Isso basta — disse. — Venham. Devo falar-lhes como amigos, e não como servos. — Apontou para outro aposento da casa onde havia almofadas e lugares para se sentarem.

— Sentem-se, meus queridos — disse Jesus, dirigindo-se a todos como a uma pessoa a quem se ama. — Tenho tanto para lhes falar... Despedaça-me o coração.

Sentaram-se em torno dele, que continuou de pé.

— Devo ir — disse. — Mas isso vocês já sabiam. O que ainda não sabem é que será melhor para vocês que eu vá, pois depois que eu for, enviar-lhes-ei o Consolador, o Espírito Santo. Não os deixarei órfãos. Eu virei a vocês. E onde estarei, prepararei um lugar para vocês.

Todos o olhavam sem saber o que dizer.

— Deixo-lhes a paz. A minha paz lhes dou. Não a dou tal como dá o mundo. Não permitam que seus corações tenham preocupações ou medo.

Falou ainda mais, mas o que falava era confuso. Maria só entendia que os deixava. — Alegrem-se, pois estou indo para o Pai — ele disse.

Em seguida, disse que era uma vinha e eles eram seus ramos. Mas nada daquilo fazia sentido. Nada, pelo menos não naquela noite. — Nisto é glorificado meu pai meu Pai, em que deem frutos e se tornem meus discípulos. Eu os amo, como meu Pai me ama.

Como desejava ouvir a palavra "amor"!, pensou Maria. Só que de uma maneira mais específica, e não daquela forma geral. Não para ser partilhada por todos eles, como parte igual de um todo.

— Vocês irão chorar e se lamentar — dizia Jesus — enquanto o mundo se rejubila; vocês irão chorar de dor, mas também essa dor se tornará alegria. — Olhou para todos eles, detendo-se alguns instantes no rosto de cada um. — Mas tornarei a vê-los e haverá alegria em seus corações, e ninguém irá tirar essa alegria de vocês.

O que poderia significar aquilo? Durante a noite toda dissera coisas tão misteriosas. E também houve aquela sessão de lavar os pés. Chamara o vinho seu sangue, e o pão, seu corpo. E as espadas. E agora aquelas frases. Só a referência a Judas fora clara. Mas também essa, só era clara para Joana e para mim, pensava Maria. Talvez tudo seja claro, mas não o percebemos. Não o compreendemos.

Maria sentia vontade de jogar-se aos pés de Jesus e gritar: "Explique-nos, por favor! Explique essas palavras para que as possamos compreender!...".

— Vamos cantar os tradicionais Salmos da Páscoa? — disse ele. — Começaremos com "Amo o Senhor". "Amo o Senhor, porque ele ouve a minha voz e as minhas súplicas. Porque inclinou para mim os seus ouvidos, invocá-lo-ei enquanto eu viver."

Sua expressão parecia distante e seus pensamentos longínquos. Já os deixara. Volte!, queria dizer Maria. Ele aproximou-se, mas olhou-a com severidade, como se a advertisse para que não o tocasse, e ela recuou. Continuou entoando o salmo: — "Senhor, deveras sou teu servo, teu servo, filho da tua serva". Sua voz ecoava, forte e melancólica, para além daquelas paredes, noite adentro.

53

Ao acompanharem Jesus no cântico dos Salmos, aquelas vozes conhecidas eram reconfortantes — num momento e numa situação bastante estranhos. Então, Jesus fez uma reverência e disse: — Devo falar a meu Pai sobre vocês, meus queridos.

Em silêncio, eles aguardaram.

— Querido Pai, revelei teu nome àqueles que me deste. Eles te pertenciam e me foram concedidos por ti. Eles ouviram a tua palavra e agora sabem que tudo que lhes dei veio de ti. Pois são tuas as palavras que lhes dei e eles as aceitaram. Rogo por eles.

— Agora, não mais estarei neste mundo, mas eles aqui estarão enquanto vou para ti. Pai Santo, guarda-os em teu nome, que me deste, para que eles possam ser um, assim como nós . Enquanto estive com eles, protegi-os e guardei-os em teu nome, que me deste.

— Mas agora vou para ti. Falo no mundo para que eles possam compartilhar inteiramente de minha alegria. Dei-lhes a tua palavra e o mundo os odiou, pois também eles, como eu, não pertencem a este mundo. Não te peço que os tires deste mundo, mas que os guardes do mal. Assim como me enviaste a este mundo, também eu os enviei ao mundo.

— Não rogo apenas por eles, mas por aqueles que vierem a crer em mim por meio da tua palavra, para que sejam um, como tu, meu Pai, estás em mim e eu em ti. Eles são a dádiva que me concedeste. Gostaria que também eles pudessem estar onde estou, que pudessem ver a glória que me deste, pois teu amor por mim é anterior à criação do mundo.

— Pai Justo, o mundo não te conheceu, mas eu te conheci e eles sabem que me enviaste. Fiz que teu nome fosse conhecido por eles, e ainda o farei conhecer, a fim de que o amor que me deste possa também estar neles, assim como eu estou neles.

Jesus falava em voz baixa e não se ouvia qualquer outro som naquela sala. Todos eles escutavam atentamente aquelas frases surpreendentes. Maria não as compreendia, mas depreendia que ele os estivesse convocando para uma missão maior do que aquela que já lhes concedera. Uma missão que lhe parecia superar a capacidade que tinham.

— Eles são a dádiva que me concedeste... Eles não pertencem a este mundo... Eles ouviram a tua palavra... Será que nos saímos realmente bem? Não.

Trouxemos decepções constantes... Fomos fracos e vacilamos... Mas ele tem fé em nós... Em nós... — Na verdade, não o compreendo, mas devo ter fé nele, pensou Maria. Assim como acredito em outras coisas que nos diz, ele me pede que acredite nestas.

— Venham, meus queridos, a quem escolhi. Não os chamo servos, mas amigos — disse, levantando-se e estendendo os braços para abraçá-los, um por um. — Agora, iremos sair.

Deixaram a sala e saíram para a rua, que ficava na área nobre da Cidade Alta, bairro preferido pela velha aristocracia. Casas belas e espaçosas alinhavam-se nas calçadas largas, transmitindo uma aura de luxo e tranquilidade. O palácio de Anás ficava próximo e, um pouco mais adiante, o palácio residencial de Pilatos. A luz do luar batia nas casas, ressaltando o branco de suas fachadas. Maria imaginava que dentro delas as pessoas estariam celebrando a Páscoa com suntuosidade e de acordo com os rituais tradicionais. Os inimigos de Jesus celebravam a festa com o que supunham ser mãos limpas. Estaria Judas por ali? Teria um lugar reservado às suas mesas?

Seguiram Jesus pelas ruas que desciam para a Cidade Baixa, onde as casas eram bem menores e mais juntas umas das outras. Mas a iluminação fraca e amarelada das lamparinas que se via nas pequenas janelas era um sinal de que também ali era celebrada a Páscoa, com as mesmas palavras e os mesmos rituais com que era celebrada na Cidade Alta. Naquela noite, todos os judeus eram iguais.

Atravessavam a parte da Cidade Baixa onde existira, originalmente, a Cidade de Davi, um extenso planalto que ia do alto do Monte do Templo até quase o vale de Cedrom. Havia muito que deixara de ser o centro da cidade, mas continuava sendo associada ao nome de Davi. Dali, saíram por um pequeno portão na ala Leste e passaram ao vale de Cedrom.

Caminhavam atrás de Jesus e nenhum deles ousava falar. As palavras que haviam ouvido na sala do andar de cima daquela casa eram tão confusas, mas também tão elevadas, que ninguém as queria macular, discutindo-as com os outros. Caminhavam, portanto, em silêncio e sem se olhar entre si.

Chegaram ao caminho que conduzia ao Monte das Oliveiras. Quando chegou ao portão que dava para o jardim de Getsêmani, Jesus parou. — Venham comigo. Quero que orem aqui. — Entrou e segurou o portão aberto, para que passassem.

Dentro do jardim estendia-se o bosque de antigas oliveiras que Maria já conhecia. Tinham sido plantadas em fileiras e os troncos de algumas delas eram do tamanho do peito de Pedro. A lua parecia pendurada num dos altos ciprestes que rodeavam o jardim.

Jesus parou e reuniu todos à sua volta: todos os homens, com exceção de Judas, e as mulheres que o haviam seguido desde a Galileia. — Preciso orar — disse. — Se algum de vocês quiser voltar para o local onde ficamos, no Monte das Oliveiras, pode retirar-se. Eu irei mais tarde. Não sei quanto tempo permanecerei aqui, mas vocês podem ir.

Então, Tomé falou em voz trêmula: — Mestre... Você se referiu a coisas de grande importância que irão acontecer. Mas nós não o compreendemos. Se o deixarmos agora, como iremos compreender? Não veremos o que irá se passar.

Jesus suspirou. — Meu amor e minha confiança em vocês perdurará, mesmo que não vejam nem estejam aqui.

Alguns deles — Tiago, o Menor, Mateus, Tadeu e Natanael — decidiram voltar ao lugar do acampamento. Os restantes ficaram naquele bosque tranquilo e perfumado e olharam para Jesus, aguardando instruções.

Ele fez um sinal para que Pedro, Tiago, o Maior e João o acompanhassem. — Venham comigo — disse. Os quatro afastaram-se e desapareceram entre as árvores do bosque.

Os outros ficaram olhando uns para os outros.

— Vamos esperar aqui e fazer nossas próprias orações — disse Tomé, por fim. Retirou-se e foi orar sozinho.

Na penumbra da noite que caía, Maria percebeu que a mãe de Jesus estava chorando. Aproximando-se dela, disse: — Não chore. Nós não podemos compreender o que ele disse, ou o que quis dizer, sobre o que irá acontecer.

Voltando-se para ela, a mãe de Jesus disse: — Falou da traição e falou de sua morte. Falou de voltar a Deus. Como você pode dizer que não sabe o que irá acontecer? — Com um esforço, abafou um soluço de pranto. — Acho que não irei suportar!

Maria pôs o braço em volta de seus ombros. — Ele quer que suportemos — disse, só então percebendo, ao dizê-lo, que era isso o significado de parte da oração que Jesus fizera. Ainda não compreendera o resto. — Ele sabe que será difícil, não, muito doloroso. Mas também diz que assim deverá ser. — Fez uma pausa para organizar as ideias. — Mas não sabemos exatamente o que deverá ser. Talvez nem ele saiba. Isso é parte de nossa provação.

— Não aguento mais provações. Para mim, tem sido uma provação atrás da outra. Não consigo... Basta de provações! — desabafou a mãe de Jesus.

— Deus sabe até onde podemos suportar — disse Maria. — Ele deve acreditar em nós. — Não sabia de onde vinham aquelas palavras, mas sabia que refletiam a fé que tinha em Deus e o que ele lhe revelara até agora, por mais obscuras e estranhas que fossem essas revelações. — Vamos sentar-nos aqui. — Sentaram-se junto à raiz de uma das enormes oliveiras. A lua ia mais alta e já se soltara dos galhos do cipreste. Seu brilho iluminava todo o bosque de oliveiras, transformando aquelas árvores enormes em fileiras de feras prateadas, como elefantes de guerra.

Foi então que Maria viu as chamas de tochas e ouviu passos, bem baixinho. Pôs-se rapidamente de pé — a mãe de Jesus adormecera a seu lado — e tentou ver, na escuridão, o que se passava do lado de fora do portão.

Havia um grupo bastante grande junto ao portão, balançando lamparinas e gritando. Mexiam no trinco do portão, que acabaram abrindo, e entraram no bosque. Os discípulos, que dormiam, puseram-se de pé de um salto, sem compreenderem o que se passava. Simão, o primeiro a reagir, correu para eles, tentando impedir sua passagem.

— Parem aí! Não se aproximem! — gritou, levantando os braços. Tentou desembainhar a espada, mas um dos soldados empurrou-o para o chão como se fosse uma criança, e o ex-bandoleiro, desarmado, teve que se entregar. Maria via, agora, que as pessoas tinham cajados e pedaços de pau, mas atrás delas estavam soldados do Templo, armados com espadas, escudos e lanças. Talvez, atrás deles, estivessem soldados romanos, mas ainda não dava para vê-los. Só poderiam estar ali obedecendo a uma ordem judicial.

Os soldados continuavam chegando, em grande número. Maria e as outras mulheres afastaram-se de sua passagem, impressionadas com a quantidade de tropas enviadas para prender Jesus. A mãe de Jesus, de pé, olhava, estática, mas suas lágrimas haviam parado.

De repente, Jesus surgiu de um dos lados do bosque.

— A quem procuram? — perguntou em voz alta.

— Jesus de Nazaré — responderam vários deles, em uníssono. Outros soldados agarraram os outros apóstolos que assistiam à cena, prendendo-os.

— Sou eu — disse Jesus. — Soltem esses homens!

Curiosamente, obedeceram, soltando os discípulos.

Nesse momento, surgiram por trás dele Pedro, Tiago, o Maior, e João. Num movimento rápido, Pedro enfiou sua mão por baixo de sua capa.

No entanto, a atenção de Maria tinha sido desviada para a chegada de outro grupo de pessoas — todas bem-vestidas e, no meio delas, Judas!

Judas dirigiu-se para onde estava Jesus com uma expressão amistosa e de contentamento. — Rabi! — disse, como se não o visse há semanas. — Mestre! — Aproximou-se e pegou obsequiosamente a mão de Jesus, como um aluno aplicado, mostrando submissão e respeito por seu superior.

Jesus estendeu-lhe a mão. — Amigo — disse. — Faça o que veio fazer. — Judas beijou sua mão.

Jesus olhou para ele. — Judas. Você trai o Filho do Homem com um beijo?

Judas retirou sua mão rapidamente.

Jesus voltou-se para a multidão que acompanhava Judas, ignorando-o. — Por que veio armado com tropas contra mim, como se eu fosse um ladrão ou liderasse uma insurreição? Estive diariamente com você no Templo e você não me prendeu. Mas esta é sua hora: a hora do poder das trevas. — Olhou atentamente para o rosto de cada pessoa que ali estava; muitos ele já havia visto no meio da multidão quando pregava.

Subitamente, Pedro deu um salto em frente, puxando da espada que tinha escondida, e desferiu um golpe num homem que estava próximo a Jesus e parecia ameaçador. Cortou a orelha do homem, que sangrou muito e recuou com um grito.

— Pare! — gritou Jesus para Pedro. — Quem vive pela espada morrerá pela espada! Não irei eu beber da taça que me foi dada por meu Pai?

Em seguida, dirigiu-se ao homem ferido e tocou sua orelha, rogando para que fosse curada.

— Agarrem aquele homem! Segurem-no! — ordenou o comandante da guarnição. Um contingente de soldados avançou para Jesus, agarrando-o.

Houve uma correria, um som de confusão, e Maria viu, com espanto, que todos os discípulos fugiam. Pedro jogou a espada no chão e correu, assim como Tiago, o Maior, escapando pelo portão. Em seguida foi João e todos aqueles com quem Jesus acabara de passar a Páscoa e por quem rogara: André, Filipe, Simão e Tomé. Abandonaram Jesus à sua sorte e trataram de se salvar. Ficaram para trás somente as mulheres, que assistiram a tudo.

Os soldados cercaram Jesus, e Maria não o conseguia ver. Era tanta gente que tinham mandado para prendê-lo... Parecia um exército. "Mas esta é sua hora: a hora do poder das trevas." Abraçou a mãe de Jesus, que estava a seu lado e tremia, sem conseguir falar. Joana e Susana também correram para onde elas estavam.

Gritos horríveis varavam a noite; gritos de homens que tinham encurralado sua presa, que agora estava acuada. A luz das tochas e das lamparinas dava ao jardim um ar grotesco de uma festa animada que desandara num espetáculo horrível. Então, a multidão dirigiu-se para o lugar onde antes havia o portão, levando Jesus. À margem daquela massa em movimento, Maria viu a única pessoa que conhecia: Judas. Tentava juntar-se às pessoas que iam no centro do grupo.

— Esperem! Esperem! — gritava.

Maria não conseguiu se controlar. Fora tomada por um ódio inimaginável: deixou a mãe de Jesus e correu em direção a Judas, tão rapidamente que este nem percebeu quando ela se aproximou. No percurso, esbarrou num garoto que tinha uma tocha na mão, empurrou-o para o chão e tomou a tocha de sua mão sem que ele compreendesse o que ocorria. Em três rápidas passadas estava ao lado de Judas, que se voltara para falar com alguém atrás de si. Apenas teve tempo de reconhecê-la antes que ela balançasse a tocha, jogando-a no seu rosto com força suficiente para lançá-lo ao chão. A tocha, acesa, queimou seu cabelo — Maria via a fumaça — e ela esperava que também queimasse seu rosto.

Ele rolou, para se proteger, mas isso deixou seu pescoço e suas mãos expostos e ela jogou a parte da tocha que estava em brasa nas mãos dele, sentindo que o fogo penetrava na carne.

— Morra! Morra! — gritava, inteiramente tomada por um ódio violento e incontrolável.

Ele resmungou e conseguiu agarrar a tocha, mas ao tentar jogá-la longe puxou Maria, que caiu por cima dele, começando a arranhá-lo nos lugares das queimaduras. Uma camada de sua pele começou a descascar e o sangue brotava, abrindo as feridas.

— Morra! Morra! — repetia ela, sem consciência do que estava fazendo. Só sentia uma vontade incontrolável de bater, de arranhar, de rasgar; o resto desaparecera, como os discípulos que haviam fugido.

Ele conseguiu segurar seus pulsos e afastou suas mãos; depois, dominou-a e jogou-a no chão. Levantou-se, sem fôlego e sangrando. Seus joelhos tremiam e ele cambaleava, tentando firmar-se.

— Maldito seja! — disse Maria. — Por que não morre? Ou você não pode morrer?

Com o rosto queimado e ensanguentado, Judas apenas olhava para ela, incapaz de acreditar no que acabara de acontecer. Tentava tocar o rosto, mas não suportava a dor.

— Eu sei por que não pode morrer — disse ela, ofegante, levantando-se. — Por que é exatamente o que Jesus disse. Esta é sua hora: a hora do poder das trevas.

— E o que você acha que Jesus diria se tivesse visto esta cena? — disse Judas, por fim, numa voz dolorida e chocada. — Saberia que errara. Você acabou de provar que é impossível seguir suas pregações. Dê a outra face. Foi o que fiz e você feriu ambas as faces.

— Quisera tê-las rasgado e dilacerado também!

— Você vê? Acompanha Jesus desde o início, mas quando fica sozinha, reage como se nunca o tivesse ouvido.

— Não é isso. Só por Jesus eu seria capaz de agredir alguém como fiz com você.

— Você apenas pensa isso. No fundo, Jesus não passou de um pretexto. — Fez uma pausa, tentando firmar sua voz e parar de tremer. — Na realidade, queremos a mesma coisa. Proteger Jesus. Só o fizemos de maneiras diferentes.

A multidão começava a sumir na noite.

— Estão indo — zombou Maria. — Vai perder seus amigos.

— Sei para onde estão indo — respondeu Judas. — Não me perderei deles.

— E para onde vão?

— Para a casa de Anás e, depois, para o palácio de Caifás. Ali, Jesus será examinado, interrogado e detido até que a multidão tenha deixado Jerusalém. Depois poderá voltar à Galileia, para seus discípulos leais, pacíficos — tocou sua mão queimada — e corajosos — apontou o jardim vazio, de onde os homens haviam fugido.

— Vá, então, junte-se a seus senhores — disse Maria. Não queria estar em sua presença nem por mais um instante, já que não conseguira matá-lo. Mas ainda o queria matar.

Furiosa e envergonhada — não sabia se por não ter sabido se controlar, ou por não ter conseguido impedir a traição de Judas — deu as costas a alguns homens que, estarrecidos, haviam assistido à cena de sua agressão.

— Maria! — gritou Joana. — O quê?... Como pôde você fazer uma coisa dessas?

— Tinha que fazer alguma coisa por Jesus — gaguejou, sem fôlego. — Não podia deixar Judas ir embora tranquilamente.

— Bom, tranquilo ele não está indo... Você cuidou disso.

Lá embaixo, do outro lado do vale de Cedrom, a luz das tochas e das lamparinas revelava para onde se dirigia a multidão. Subiam a estrada que levava a um dos portões da cidade.

— Anás... Estão indo para a casa de Anás — disse. — Joana, você deve saber onde é. Vamos atrás deles. — Olhou para a mãe de Jesus, que estava imóvel e em silêncio. — Quer vir conosco? Se preferir ficar aqui, algumas de nós ficaremos com a senhora.

— Estou pronta para continuar — respondeu ela. — Mesmo que isso me leve a Roma, ou aos confins da terra.

— Nós também estamos — disseram as outras, em uníssono.

A casa de Anás ficava na Cidade Alta. Chegando lá — a casa poderia ser chamada de palácio, devido ao tamanho — a multidão tumultuada se comprimia aos portões, em meio a uma balbúrdia e algazarra. Era a multidão que prendera Jesus no jardim e o levara para lá. Agora esperavam, como cães esfomeados em frente a um açougue, querendo entrar. Os portões, porém, estavam trancados e vigiados por guardas mal-encarados. Maria não via Judas. Teria ele escapulido? Ou teriam permitido sua participação no círculo mais íntimo, ignorando seu passado?

De repente, ouviu-se uma movimentação. Alguém estava saindo para o pátio.

— Afastem-se! — gritou uma voz. Era de um homem fardado, um soldado do Templo. — Abram caminho! — Enquanto falava, chegava ao pátio uma procissão de pessoas. — Abram os portões! Afastem-se!

A portão foi escancarado e surgiu um contingente de soldados do Templo, olhando para todos os lados, tentando detectar um possível tumulto na multidão. Atrás deles vinha um pequeno grupo de sacerdotes e escribas, bem agasalhados para se protegerem do frio. No meio deles estava Jesus: amarrado, preso, olhando em frente, de cabeça erguida. Não tentou ver ninguém, nem viu, pois os soldados impediam a visão de ambos os lados.

Conduzindo seu preso, o grupo dirigiu-se para a residência de Caifás. As mulheres foram atrás, acompanhando-os em silêncio, sem falar entre si.

O palácio de Caifás era enorme e ficava perto do palácio de Antipas — que, no momento, era ocupado pelo próprio Pôncio Pilatos. Era um prédio de dois andares, com um pátio gigantesco, chafarizes, pórticos e mais alguns pátios adjacentes. O mármore branco reluzia à luz do luar e as colunas dos pórticos projetavam sombras esguias, como dedos, para dentro do pátio principal.

Os portões, que estavam abertos, fecharam-se rapidamente depois que entraram Jesus e seus captores, mantendo à distância a multidão com tochas, cajados e lamparinas.

— Vão para casa! — gritavam os guardas para a multidão. — Vão para suas casas! Eles vão passar a noite toda aqui! Vão para casa!

Alguns obedeceram. Era tarde, já passava da meia-noite. Mas outros ficaram, mantendo sua vigilância. Maria não via Judas em lugar algum. Talvez o tivesse realmente ferido. Esperava que sim.

As pessoas continuavam comprimindo-se junto ao portão, tentando convencer os guardas a deixá-las entrar. Os soldados haviam feito uma fogueira no pátio e as pessoas pediam que as deixassem entrar para se aquecerem, mas os guardas não lhes davam atenção. Foi então que alguém, aparentemente, convenceu os guardas a abrirem uma brecha no portão. Maria viu dois homens que conversavam com veemência com os guardas, que pareciam reconhecê-los. Então, com a claridade do luar, ela viu suas feições. Era João!

Antes que João e o outro homem entrassem, Maria e as outras mulheres precipitaram-se, por entre a multidão, em sua direção.

— João! João, você está aqui! — Maria estava contente que outro dos discípulos de Jesus também o tivesse seguido. Quando o outro homem se voltou, ela viu que era Pedro.

João fez um sinal para que ela não falasse. Ela compreendeu que João era conhecido do guarda, que não suspeitava que ele fosse um discípulo. Lembrava-se, vagamente, de ter ouvido que Zebedeu, o pai de João, teria vínculos com o sumo sacerdote, mas não sabia exatamente que vínculos eram esses. Poderiam entrar e ficariam mais próximos de Jesus, não importando quais fossem os meios de o conseguir.

Seu antigo companheiro de missão olhou para ela consternado. — Volte, Maria. É perigoso ficar aqui. O sinédrio irá reunir-se mais tarde. No momento estão realizando uma audiência preliminar. Os julgamentos legais não podem ser realizados durante a noite.

— Não, devemos ficar juntos de Jesus — insistiu ela. — Não podemos voltar. Viemos de muito longe. — Comprimiu-se junto a João, para que todos pudessem entrar juntos.

No pátio, havia fogueiras. O frio daquela noite de primavera era maior, e os empregados do sumo sacerdote — que não tinham horário certo para servir — estavam todos ali. Também ali estava um bom número de soldados, andando de um lado para o outro, esfregando as mãos para se aquecerem. Era um grupo mais calmo e disciplinado do que a multidão lá fora, mas também mais ameaçador em sua condição de autoridade anônima e em seus uniformes oficiais.

Maria viu Jesus e seus captores entrando no palácio. A lua ainda estava alta, mas já começara a descer, revelando que já se passara mais da metade da noite. Ainda restavam, no entanto, várias horas de escuridão.

Jesus desapareceu pela porta, que bateu com estrondo. Só restava aguardar ali no pátio. João e Pedro dirigiram-se para a fogueira. Por segurança, não olhavam para as mulheres, pois isso poderia revelar que as conheciam.

Fazia muito frio! As fogueiras eram convidativas. Maria conduziu a mãe de Jesus para perto de uma delas, mantendo-se cuidadosamente à distância do lugar onde João e Pedro aqueciam as mãos. Era gostoso! Estendeu as palmas das mãos, aquecendo-as no fogo que crepitava. Só então examinou as mãos para ver se estavam feridas. Um pouco, mas bem menos feridas do que Judas. Isso a consolou.

— O que você pensa que irá acontecer, Maria? — sussurrou a mãe de Jesus. Sua voz soava mais decidida do que receosa, como se tivesse adquirido coragem.

Os sonhos... As premonições sangrentas de Jesus, sua insistência em que iria acontecer algo de muito importante... Como sua mãe poderia não se lembrar dessas palavras?

— Não sei — respondeu, evasiva. — Temos que orar para que, seja como for que se passe o interrogatório e o julgamento, eles sejam justos. Se assim for, como disse Judas, eles o soltarão e ele poderá voltar para a Galileia. — Tomou as mãos da mãe de Jesus nas suas. — Têm medo dele. Temos que compreender isso. Temos que nos lembrar da situação política e de como sua mensagem pode tê-lo tornado suspeito de ser perigoso. Mas quando se certificarem de que não é, quando tiverem certeza de que ele não representa uma ameaça... — Interrompeu o que dizia quando ouviu Pedro dizer alguma coisa.

Em pé, ao lado da fogueira, Pedro levantara a gola de sua capa, escondendo seu rosto. Estendeu as mãos, que pareciam lívidas e brancas à luz do luar.

— Você é um dos seguidores dele! — ouviu-se a voz de uma das empregadas dizer, bem alto. — Você, sim! Você é um dos discípulos dele!

Pedro voltou-se rapidamente, segurando seu capuz. Como se teria revelado? — O quê? — disse. — Mulher, não sei do que está falando! — Sua voz era abafada.

— Ei, você! — Agora era um dos guardas do Templo que se aproximava apontando diretamente para Pedro. — Eu vi você lá no bosque de oliveiras. Você feriu meu tio. Cortou sua orelha com a espada. Você é um dos seguidores daquele tal de Jesus!

— Não — disse Pedro, cerrando os punhos. — Estou lhe dizendo que não conheço o homem!

— Mas você é galileu! Tem sotaque da Galileia! É seu sotaque que o entrega e é óbvio que você é um deles! Tem que ser! — gritava a empregada.

Pedro voltou-lhe as costas, ignorando-a. João recuou, tentando esconder-se nas sombras.

Foi então que um terceiro homem, empregado do sumo sacerdote, apontou para Pedro e disse: — Juro que vi você! Você é um discípulo de Jesus!

Pedro fitou-o e, com raiva, disse: — Que Javé me amaldiçoe, me fulmine neste instante, que toda minha família seja erradicada da terra dos vivos se eu conhecer esse homem... esse tal de Jesus...

No silêncio da noite, um galo cantou próximo às muralhas da cidade. Sua voz estridente e esganiçada ouviu-se por todo o pátio. Pedro emudeceu, de repente. E o galo tornou a cantar, desta vez ainda mais alto.

Então houve um tumulto e abriu-se uma porta do outro lado do pátio. Surgiu um grupo de pessoas e Jesus estava no meio delas, amarrado e com guardas de ambos os lados.

Pedro ficou emudecido, assim como Maria, João, os soldados e os espectadores. Jesus passou bem perto deles e olhou para Pedro com tristeza. Pedro soltou um grito abafado. E Jesus prosseguiu, acompanhado pelos guardas de Caifás e os soldados do Templo. Atrás deles, um grupo de pessoas que pareciam autoridades, visivelmente cansadas: o sinédrio. Foram eles e os soldados que encaminharam Jesus na direção dos pórticos.

— Meu Deus! — gritou Pedro, soluçando, e correu, escapando pelo portão de entrada. — Meu Deus! — Quando o portão se fechava atrás dele, o galo cantou pela terceira vez.

Algumas das pessoas que se aqueciam junto às fogueiras no pátio permaneceram no mesmo lugar. Outras aproximaram-se do pórtico para ver o que se passava ali — que tipo de diversão poderiam ter para enfrentar aquela noite fria e enfadonha. As discípulas de Jesus, acompanhadas por João, correram para a escuridão do pórtico, chegando antes dos outros.

Jesus estava de pé, ainda amarrado, cercado por seus inimigos. Podia-se esquecer qualquer possibilidade de que seu interrogatório tivesse sido justo, pois agora, à sua volta, estavam apenas torturadores e carcereiros famosos. Caifás, com feições leoninas, andava em círculos, à sua volta, como uma fera enjaulada, cofiando a espessa barba, com a cabeleira e as sobrancelhas despenteadas. Um dos membros do sinédrio gritava: — Morte! Morte! Você será condenado à morte por blasfêmia!

Dois outros cuspiram nele, rindo-se. Um dos soldados aproximou-se e, com um pano, vendou-lhe os olhos. Em seguida, outro soldado esbofeteou-o enquanto outro lhe dava um soco nas costas.

— Profecias! — disse um dos membros do sinédrio. — Diga-nos quem lhe bateu!

— É isso mesmo! Você, que tem visões, diga-nos o que está vendo! — Em seguida, outro soco derrubou Jesus, que ficou de joelhos. Depois, outro guarda atingiu-o com um pedaço de pau na cabeça, derrubando-o de vez.

— E então, não sabe dizer quem foi que lhe bateu? O que é que há com você? E todos caíram na gargalhada.

— Falso profeta, falso profeta!

Maria, que atacara Judas tão facilmente, sentia-se agora paralisada. Sua força se esvaíra e sentia-se imobilizada, embora sentisse em si mesma os socos e pancadas que eram desferidos. Já vira aquela cena de Jesus sangrando e espancado. Mas, então, fora uma visão turva, enquanto agora era horrivelmente nítido.

Mexa-se, mexa-se, gritava-lhe uma voz dentro da cabeça. Mexa-se, ajude-o! Mas continuava paralisada e impotente. Só conseguiu aproximar-se da mãe de Jesus e pegá-la pela mão.

— Levante-se! — Um dos soldados passou uma corda grossa em volta do pescoço de Jesus e deu-lhe um puxão. — Fique de pé, como um homem!

Outro soldado esmurrou-o e Caifás disse: — Basta! Você deve comparecer a uma audiência. Será apresentado a nosso misericordioso governador, Pôncio Pilatos. E será agora. — Tirou a venda dos olhos de Jesus, que olhou para ele. Caifás desviou o olhar.

Um dos soldados espetou Jesus com a ponta de sua lança. — Vá!

54

Cambaleando pelas ruas, quase sem conseguir enxergar devido às lágrimas e ao choque, as mulheres e João seguiram a multidão, que diminuíra, até o palácio, que era a residência de Pilatos. Ainda estava um pouco escuro e enevoado naquela hora em que a noite já anuncia o dia, como o galo anunciara de maneira tão estridente. A lua desaparecera por detrás dos prédios e a única iluminação era a da luz fraca das poucas tochas que a multidão levava, e a mancha anunciando a alvorada do lado oriental do céu.

As ruas estavam tranquilas. A celebração da Páscoa terminara havia muito tempo e as pessoas dormiam em suas casas. Os mais rigorosos já tinham limpado o lixo que sobrara da festa da ceia, empilhando-o ao longo da rua.

O palácio que Pilatos tomara emprestado não era longe do de Caifás. Parecia cobrir uma superfície maior do que a do Templo. Seus muros enormes, fortificados com guaritas, como uma fortaleza, davam-lhe a impressão de ser inexpugnável. Dentro, Maria imaginava que existiriam todos os requintes de prazer, duplicados, e mesmo triplicados, para atender a qualquer apetite. Os muros brancos, estonteantes, as torres e os portões — tudo anunciava que Herodes Antipas, da Galileia, era um rei poderoso e seus súditos deveriam aclamar sua grandeza e reverenciá-la. Agora, Pilatos o desafiara, apropriando-se de seu palácio. Roma era maior, proclamava. Ergam suas torres, construam seus muros, mas quando Roma assim o quiser, ela os destrói ou os toma para si a seu bel-prazer.

Quando Maria e as mulheres chegaram, Jesus e seus captores não se encontravam ali. A multidão reunida em torno do portão era composta por curiosos e religiosos, estes vestindo seus xales de oração e seus *tefillin*. Estavam ali também rebeldes mal-encarados, prontos para uma briga. Os inimigos jurados de Jesus, elegantes membros do sinédrio, também ficaram do lado de fora dos portões, dispostos a multiplicar as acusações contra ele, se necessário.

Passando por entre a multidão, Maria e os outros conseguiram aproximar-se de um portão, onde se agarraram às barras tentando ver o que se passava lá dentro. Em sua mente, Maria não conseguia esquecer a visão de Jesus espancado. Nunca o iria abandonar. — João, o que significa isto? — perguntou. — Por que o trouxeram a Pilatos?

— Porque querem vê-lo condenado — respondeu João, em voz baixa. — O sinédrio, em seu julgamento ilegal durante a noite, considerou-o culpado de blasfêmia. Esse é um crime cuja pena é a morte por apedrejamento, mas só os romanos podem executar alguém em sua jurisdição. Por isso, querem convencer os romanos a fazê-lo.

— Executar?

— Executar — disse João, lentamente. — Querem que Jesus morra, como João Batista.

— Mas... mas ele não é culpado de coisa alguma! — disse Maria, como se o próprio João tivesse pronunciado a sentença. Não era possível. O que fizera Jesus de ilegal?

— A blasfêmia é considerada um crime maior contra Deus, o mais hediondo dos crimes.

A mãe de Jesus tinha-se aproximado e estava ao lado deles. — Blasfêmia! Mas ninguém, mais do que meu filho, respeita o santo nome de Deus! — Sua voz tremia.

— Um dos membros do sinédrio — José, que é natural de Arimateia — é um discípulo secreto de Jesus. Encontrou-se comigo no pátio e, em segredo, contou-me que, embora Jesus se tenha recusado a responder à maioria das perguntas durante o interrogatório, eles o induziram a dizer alguma coisa que pudesse ser interpretada como blasfêmia.

Outro discípulo secreto. Quantos discípulos secretos teria Jesus? E como conseguiria alguém induzir Jesus a dizer o que ele não quisesse? Não previra ele tudo isto naquelas suas premonições sangrentas?

— Eu conheci José devido aos vínculos que meu pai mantinha com o palácio de Caifás. Foi por isso que ele revelou, em confiança — disse João. — Não o podemos trair.

Mas Maria não estava nem um pouco interessada em José. — Foi Pilatos quem matou meu marido! — disse. E pensar que, agora era Jesus que estava na frente dele. — Ele é famoso por ser cruel — murmurou.

— Ele é famoso por ser *arbitrário* — disse João. — Ele pode, por exemplo, surpreender os acusadores e não apoiá-los. Não se interessa pelo sinédrio, o que já deixou bem claro. Pode ficar do lado de Jesus só para decepcioná-los.

A mãe de Jesus assistia à conversa, séria. Parecia exaurida de qualquer emoção ou força, mas continuava firme e não pedia apoio a ninguém. — Então, meu filho depende do governador romano? Pilatos é nossa única esperança?

— Não — disse João. — Mas ele tem que se *defender* perante o governador romano. O sinédrio já o considerou culpado. Mas será que conseguem persuadir o governador que Jesus cometeu um crime que põe em risco o império romano?

— Jesus não cometeu crime algum! — gritou sua mãe. — Na verdade, nem entendo por que está sendo julgado...

— O próprio Jesus o disse. Ele disse que esta era a hora do poder das trevas — disse Maria. Era essa a única explicação possível.

O dia amanhecia. Iriam recuar as forças das trevas? — Será que Pilatos recebe para audiências a esta hora da manhã? — perguntou a mãe de Jesus. Não parecia razoável que o fosse fazer.

— Pediram que Pilatos tome conhecimento do caso antes de se dedicar a suas diversões habituais — disse João. — Estão decididos a ter uma solução para o caso até meio-dia.

— Meu Deus!

Em torno deles ouviam-se conversas truncadas. “Esse apóstata desgraçado, esse tal de Jesus, foi levado à presença de Pilatos, como deveria ser. E Pilatos conhecerá a verdade: toda essa conversa de Messias, do Reino de Deus chegando e de premonições sobre o fim do mundo é uma coisa subversiva, que ameaça a ordem pública. Pilatos saberá lidar com ele."

Esperaram por um tempo que lhes pareceu interminável até que se abrissem os portões do palácio, onde se viam autoridades entrando e saindo — e apenas isso. Então, de repente, um grupo de pessoas irrompeu de dentro do palácio. À sua frente vinha um magistrado vestindo uma túnica vermelho-escarlate.

— Pilatos! — murmurou João, que o reconheceu. Vinha cercado por soldados romanos e por escribas e doutores da lei. No meio deles, Jesus, sangrando e ainda amarrado. Em frente ao muro, montaram um palanque, que faria as vezes de um tribunal.

Pilatos chegou à beira do palanque e olhou para a multidão. Notou a presença dos membros do sinédrio, que estavam juntos, à frente da multidão.

— Para satisfazer vossos... curiosos rituais religiosos, vim falar-vos — disse Pilatos. Sua voz era estridente e desagradável. — Não teria necessidade de fazê-lo, mas faço-o para agradá-los, a vocês, meu povo. — Deu um sorriso zombeteiro. — Como, aparentemente, entrar na minha casa os torna impuros, é daqui que vos dirigirei a palavra. — Deixou claro que falar-lhes *tornava-o* impuro. — Ouçam-me, portanto. — Fez um gesto com a cabeça e os soldados empurraram Jesus para a frente. — Por que me trouxeram este homem, este Jesus de Nazaré? Se insultou vosso Deus, cabe a vocês resolver o assunto. Não estou preocupado com isso e, certamente, também não o estão as leis de Roma. — Pilatos olhava, acusativo, para as pessoas que ali se encontravam.

A cada palavra pronunciada, a cada movimento que fazia com a cabeça, Pilatos demonstrava seu desprezo. Maria fitava, estarrecida, aquele homem — que matara seu marido e agora decidiria se Jesus iria viver. Tinha estatura mediana, era de meia-idade e tinha cabelo preto e crespo. Tinha ombros largos e uma boa aparência, em seu uniforme oficial, mas demonstrava uma certa fragilidade. Na realidade, havia nele algo de estátua, como se não tivesse suficiente energia humana para suavizar seus movimentos, como se sua mera presença ali, de pé, falando e gesticulando, exaurisse todas suas forças.

Então, Caifás respondeu-lhe: — Consideramos esse homem culpado de blasfêmia e de enganar nosso povo. Ele se recusa a pagar impostos a César e garante ser o Messias, um rei.

Pilatos olhou para Jesus e examinou-o cuidadosamente, quase não contendo um sorriso de escárnio. — Você é o rei dos judeus? — perguntou.

— É você que o diz — respondeu Jesus.

Pilatos riu.

Então, Caifás gritou: — Ele está subvertendo a nação!

Um outro membro do sinédrio gritou: — Ele provocou uma insurreição do povo da Judeia com seus sermões!

Pilatos olhou para os acusadores e, em seguida, para Jesus. — Você não lhes responde? Não está ouvindo as acusações que lhe são feitas?

Jesus continuou em silêncio, enquanto Pilatos o olhava, perplexo. Finalmente, Pilatos deu uma risada. Voltou-se para a multidão e disse: — Considero este homem inocente!

Maria sentiu um alívio profundo. Terminara. Pilatos falara. Os inimigos de Jesus haviam sido derrotados. — Obrigada, obrigada — murmurou, agradecendo a Deus.

— Não! Não! Ele é um criminoso!

— Executem-no!

A multidão berrava, milhares de vozes exigiam que Pilatos punisse Jesus. O urro das vozes chocou Maria. Os inimigos de Jesus tinham colocado, certamente, agentes seus no meio da multidão, para incentivar os outros a pedirem sua desgraça.

— Ele começou por criar problemas na Galileia — gritou Caifás, à frente da multidão. — E veio até aqui para continuar sua agitação!

— Galileia? — perguntou Pilatos, espantado. — Galileia? Você é da Galileia?

Jesus não respondeu senão com um aceno da cabeça.

— Então, deve ser julgado por Herodes Antipas, pois essa é sua jurisdição — disse Pilatos. — Antipas deve julgá-lo! — Sua voz era triunfante, como se assim pudesse vingar-se de Antipas.

Atendendo a um gesto, os soldados agarraram Jesus pelos braços e o arrastaram do palanque, pelos degraus e para dentro do portão. Outros soldados trataram de conter a multidão.

Quando passou em frente deles, Jesus pareceu vê-los e Maria sentiu que ele lhes dava força por estar consciente da presença deles. Não poderiam eles dar força a Jesus? Não haveria uma maneira de ajudá-lo?

Uma vez mais, seguiram pelas ruas estreitas, passando pela praça pública e pelo mercado, que agora fervilhava de gente fazendo compras de manhã cedo. O imponente palácio logo seria apenas um vulto, com seus prédios maciços, ligados pelos pórticos e por passagens, ereto, majestosamente, no topo de um amplo lance de escadas. Quando Maria e Joana ali tinham ido, não haviam chegado por este lado, e agora Maria via a entrada principal pela primeira vez. Jesus e seus captores subiram as escadas e entraram no prédio, seguidos por Caifás e seu grupo. Em seguida, os guardas trancaram as portas. Hoje, não haveria passagem secreta.

Após um tempo que pareceu muito longo, Jesus apareceu de novo, agora vestindo uma túnica bordada em vermelho-escarlate, mas com suas mãos ainda amarradas. O sangue em seu rosto, devido aos espancamentos que sofrera, havia secado e estava escuro.

— Para onde o levam? — gritou um dos membros do sinédrio. — A que conclusão chegaram?

O comandante dos soldados respondeu: — A nenhuma. Não houve sentença. Ele se recusa a responder às acusações que lhe são feitas. Nem levou em consideração Antipas, quando ele lhe pediu um milagre. Portanto, vai de volta para Pilatos. — Atrás dele vinha Caifás, frustrado e furioso.

Pilatos já entrara no palácio, mas o tumulto e a gritaria da multidão quando Jesus foi trazido de volta fizeram-no sair de novo. Fez um gesto para que Jesus fosse novamente trazido à sua presença no palanque improvisado. Em seguida, fingiu admirar a túnica que fora colocada torta, nos ombros de Jesus, para ridicularizá-lo.

— *Ecce homo!* — gritou, com um gesto dramático. — Eis o homem!

A multidão rolava de rir. Alguns batiam palmas, outros assobiavam.

— Foi um presente de Antipas? — perguntou Pilatos. — Mas você terá de retirá-la e ficará aqui sem roupas emprestadas. — Os soldados tiraram a túnica e a entregaram a Pilatos, que a jogou numa cadeira que estava no palanque. — Então, ele mandou você de volta. Que pena! — Fez um gesto na direção de Caifás. — Aproxime-se. E venham também seus colegas do tribunal religioso, que nem sei como vocês chamam...

Caifás aproximou-se do portão do palácio, mas parou um pouco antes da entrada, para evitar contaminação. Seus colegas fizeram o mesmo.

— Ouçam então! — berrou Pilatos, na voz mais alta que conseguia. — Vocês me trouxeram este homem e o acusaram de incitar a revolução. Conduzi minha própria investigação e não o considero culpado. E Antipas também não, obviamente. Ele não cometeu qualquer crime relevante. Portanto, eu o mandarei açoitar e ele será libertado.

Graças a Deus! Em silêncio, as palavras brotaram de Maria, quando ouviu a declaração. As acusações não tinham consistência. Jesus seria libertado! Deus misericordioso! Pegou a mão da mãe de Jesus e a de Joana.

— Não! Não! — gritava a multidão. — Acabe com esse homem! Se vai soltar alguém, então que solte Barrabás!

— Liberte Barrabás! — Gritos soavam do outro lado da multidão.

— Já lhes disse que irei soltar Jesus! — gritou Pilatos de volta.

— Não, não! Crucifique-o! Crucifique-o! — As vozes pareciam um urro bestial, como o estrondo de uma cascata, abafando os protestos dos partidários de Jesus.

— Crucificarei vosso rei? — perguntou Pilatos.

— César é nosso rei! — gritaram os sacerdotes, repetindo-o até que a multidão também gritasse.

— Não o considero culpado e não mandarei crucificá-lo! — insistiu Pilatos, teimosamente. — Que mal fez ele? — Sua voz era tão alta que ele quase se engasgava. Sem olhar para Pilatos ou para Caifás, Jesus via seus seguidores na multidão, tentando, sem êxito, gritar mais alto que os outros.

— Se o libertar, não será um amigo de César. Quem apoia um homem que se diz rei é um adversário de César — disse Caifás, numa voz profunda e retumbante.

A multidão crescia, inchava, e uma rebelião parecia iminente. — Iremos denunciá-lo a Roma! — gritavam. — Garantimos que César saberá de sua deslealdade!

Pilatos mudou de comportamento. Hesitou, por um momento, e depois fez um sinal a um empregado, dando-lhe algumas instruções. Pouco depois, o empregado voltou com uma bacia d'água. Voltando-se para a multidão, ergueu os braços. — Sou inocente do sangue deste homem! Sou inocente! — Seguraram a bacia d'água à sua frente, ele mergulhou as mãos, lavou-as cuidadosa e lentamente e depois pegou a toalha que outro empregado lhe entregava.

— Soltem Barrabás! É o que exigem! — disse, em voz desinteressada, ao centurião de plantão. Enquanto aguardava que Barrabás fosse trazido à sua presença, Pilatos ficou olhando, alternadamente, para a multidão e para Jesus. Jesus nem parecia ter ouvido a sentença, muito menos contestado. Então, quando Barrabás foi trazido ao palanque, Jesus olhou sério para ele, inclinou-se e disse-lhe alguma coisa. As feições de Barrabás, lívidas e maltratadas pela prisão, transformaram-se: ficou em pânico.

O que quer que Jesus tivesse dito, Maria não poderia ter escutado.

Barrabás desceu as escadas, cambaleante e, no portão, um guarda cortou a corda que amarrava suas mãos. Dirigiu-se, ainda cambaleante, à multidão, que o saudou com gritos estridentes. Ainda olhou uma vez para Jesus, antes de ser tragado pela multidão.

— Açoitem-no! — ordenou Pilatos, apontando para Jesus. — Depois, levem-no para fora da cidade, para que seja crucificado. Que assim seja feito!

Nesse momento, houve uma forte agitação perto de Caifás e Maria o viu: Judas. Judas, com o rosto queimado e ferido, agarrava a túnica do sumo sacerdote e o sacudia. Os dentes de Caifás tremiam, sua mandíbula abria e fechava em desespero. Seus colegas agarraram rapidamente Judas e o afastaram.

— Tome! Tome! — gritava Judas, batendo em Caifás com uma sacola de dinheiro. — Pegue de volta! Meu Deus, você mentiu! E eu pequei! Pequei traindo sangue inocente!

Caifás deu de ombros e ajeitou seu colarinho. — E o que temos nós a ver com isso? — disse. — Resolva-o você mesmo.

Com um grito angustiante, um berro assustador, Judas saiu correndo. Maria o viu correndo pela rua, empurrando pessoas que estavam em seu caminho, na direção do Templo.

Então, Judas compreendera que os senhores a quem servia eram mentirosos. Só que o compreendera tarde demais para salvar Jesus, o senhor a quem traíra. Que seja ele o crucificado, meu Deus, implorou Maria. Foi ele que matou Jesus! Não. Olhou para Caifás, para os outros membros do sinédrio, para Pilatos e para a multidão. Todos eles mataram Jesus.

E Pedro... Pedro o negou, e Jesus o ouviu. E viu todos os discípulos fugirem do jardim de Getsêmani. Como o teria suportado?

Naquele instante, houve um pequeno tumulto e uma movimentação. Maria viu Jesus ser empurrado pelas escadas do palanque e conduzido para o pátio do palácio, onde foi jogado no meio de um círculo de soldados romanos, que o ridicularizavam. Pilatos desceu solenemente do palanque, saudou seus soldados e desapareceu no interior do palácio.

Os discípulos de Jesus que haviam permanecido ali dirigiram-se ao portão de entrada tentando ver o que se passava. Mas era tudo pouco nítido e só se ouvia o sussurro da palavra "Crucificar"... "Crucificar"... Um sussurro que ecoava em suas cabeças. Agarrada às barras do portão trancado, Maria olhava o grupo de soldados que riam e xingavam. De repente, viu Jesus no meio deles, com as mãos ainda amarradas e olhando para longe, para além deles, para a multidão lá fora.

Ele está nos vendo! Ele nos vê! Maria percebeu quando seu olhar parou sobre ela, depois sobre sua mãe, sobre Joana, sobre Susana e sobre João. Não via a multidão, nem seus inimigos: via a eles, apenas a eles.

Quero dizer-lhe... Quero dizer-lhe... Os soluços interrompiam seu pensamento. Tenho que lhe dizer... Tenho que lhe pedir perdão... Eu não queria...

Por favor... Por mais absurdo que parecesse, ela queria ajoelhar-se a seus pés e falar sobre as coisas inconsequentes que ainda a incomodavam. Queria que ele soubesse o que sentia por ele. Finalmente, acabou compreendendo.

Dois soldados trouxeram um manto lilás, segurando-o com reverência. Enorme, o manto esvoaçava atrás deles. Colocaram-no em volta dos ombros de Jesus, ajustando-o cuidadosamente. Outro soldado preparou uma coroa cujos espinhos, salientes, lembravam as coroas usadas pelos imperadores romanos para significar divindade.

— Pronto! — Com um gesto dramático, o soldado, orgulhoso de seu trabalho, colocou-a sobre a cabeça de Jesus. Alguns dos espinhos eram revirados para dentro, de maneira a espetar sua testa, provocando sangramentos. O sangue escorria por sua face. Jesus não tinha condições de limpar o sangue.

— Salve o rei dos judeus! — Os soldados faziam uma reverência.

— Esperem, ele precisa de um cetro! — Um soldado ofereceu um junco, enfiando-o entre as mãos atadas de Jesus. — Pronto, aí está! — disse o soldado, caindo de joelhos numa paródia de adoração. — Teu esplendor me cega! — disse, fechando os olhos.

— Rei dos judeus, rei dos judeus! — gritavam em coro. Um por um, faziam uma reverência. — E como o podemos servir, sua majestade?

Jesus continuava impávido, sem demonstrar que ouvia o que diziam.

— Deseja que vamos à Síria em busca de neve para refrescar sua bebida? — perguntou um soldado bem jovem.

— Talvez prefira um prato de codorna, ou melões fora de época?

— Ou será que devemos derrotar seus inimigos? Acabar com aqueles edomitas, jebuseus e cananeus, ou que diabos eram as tribos que seu povo combateu? Ah, ia esquecendo... essas tribos já não existem. Mas acharemos algum substituto.

Continuaram fazendo reverências e ridicularizando Jesus. Como não respondia, passaram a cuspir e a gritar com ele. — Faça alguma coisa, seu covarde!

Como ele apenas os olhava sem nada fazer, um deles pegou num caniço e começou a bater com ele na cabeça de Jesus. — Diga alguma coisa, seu imbecil! — gritava.

— Basta! — disse o comandante da guarnição. — Tirem essas roupas dele e vamos logo acabar com isto.

Removeram o manto lilás emprestado e arrastaram Jesus até um poste do lado oposto do pátio. Cortaram as cordas que amarravam suas mãos e seus pulsos, tornando a amarrá-las ao poste. — Vamos com isso! — O comandante arrancou as roupas de Jesus, que estava com o corpo curvado e ficou nu da cintura para cima. As chicotadas do açoite ficaram por conta de um soldado que o fazia com o maior prazer. O açoite tinha várias tiras e, nas extremidades de cada uma, uma pequena bola de chumbo que mordia a carne, quando acionada.

Pela lei judaica, eram permitidas trinta e nove chicotadas, mas os romanos não se atinham a essas regras. Poucos homens sobreviviam a quarenta — daí o motivo de a lei limitar a trinta e nove. O açoite era considerado uma bênção quando precedia a crucificação, pois o suplício já deixava o homem quase morto antes de enfrentar a pior morte que existia — e que era uma pena restrita a estrangeiros, criminosos e à ralé. Cidadãos romanos não podiam ser crucificados. Só os dos povos conquistados, como os judeus, escravos inimigos, mereciam ser crucificados.

Maria não conseguia pensar. Nem conseguia sentir. Vira tudo aquilo antes, o sangramento e o espancamento, mas não vira Jesus morto. Nunca o vira morto, em qualquer de suas visões. Voltou-se para a mãe de Jesus. Ele deve estar pensando nela, em sua mãe. Sim. Agora tudo o que podia fazer era ajudá-la.

A mãe de Jesus olhava fixamente para o pátio, onde ele era brutalmente açoitado. A expressão em seu rosto era de angústia total. A doçura e a profunda compreensão que sempre refletira sua expressão desaparecera. Agora, só havia dor. Seu rosto estava tão retorcido que parecia fundir-se com o de seu filho, transformando os dois em um.

— Parem! Já basta! Vamos embora daqui! Vamos para o Gólgota! — Quem falava era um soldado forte, fazendo sinais com os braços para pararem. — Afastem-se! Afastem-se! — Avançou, ameaçador, em direção à multidão, enquanto soldados armados se preparavam para abrir os portões. Outro soldado apanhou do chão a capa de Jesus e jogou-a em sua direção.

Como Maria e os outros discípulos não saíam do caminho, os soldados escancararam os portões, arrastando-os para o lado.

Jesus cambaleava, carregando uma enorme viga de madeira atravessada sobre seus ombros. Embora fosse um homem forte, estava tão enfraquecido pelo sofrimento que vacilava sob o peso. A viga seria presa a outra, vertical, quando chegassem ao local da execução.

— Para onde vão? — gritou Maria. — Onde é esse lugar?

— Nós os seguiremos — disse João.

Juntando todas suas forças — o que era surpreendente, em mulheres —, Maria e a mãe de Jesus foram abrindo caminho entre a multidão de inimigos de Jesus. Comprimidas em meio àquele mar de gente, as pessoas suavam e já se sentia o malcheiro. Os empurrões e safanões eram tão violentos que as pessoas pareciam uma manada de animais sendo levados para um precipício. Ao mesmo tempo, gritavam e riam, satisfeitos por participarem daquela procissão horripilante.

Abrindo caminho entre a multidão, empurrando e evitando os corpos de outros, Maria e a mãe de Jesus conseguiram, finalmente, chegar até ele, aproximando-se por trás, segurando seu manto e tocaram seu ombro.

— Meu filho, meu filho — disse sua mãe. — Ah, Jesus!

Jesus olhou em seus olhos. Os seus não estavam obscurecidos pela dor. Pareciam, inclusive, mais atentos do que nunca. — Mãe — disse, numa voz bem baixa. — Não chore. Nasci para esta hora. Eu a escolhi.

— Filho! — Com um soluço, sua mãe aproximou-se dele. Mas os soldados o espetavam com suas lanças para que fosse em frente.

Maria conseguiu ficar de frente para ele. — Meu querido! Tenho que lhe dizer... Tenho que... Ah, eu estava errada... O que eu disse... O que eu pensava...

Ele fez uma breve pausa. Seus inimigos o empurravam, de todos os lados.

— Eu sei — disse. — Conheço seu coração. Meu melhor coração. — Por um instante, olhou para seus olhos. — Sei de tudo. — E, quando o empurraram para a frente, acrescentou: — Conto com seu amor.

Maria se lembraria daquelas palavras por toda sua vida. Tentaria recordar o tom exato em que ele as pronunciara, tentaria descobrir o significado de cada uma delas. Naquele momento, porém, apenas sentiu uma imensa libertação e bênção. Ele compreendia. E perdoava.

A procissão era conduzida por um contingente de soldados romanos. As execuções tinham que ser realizadas fora dos muros da cidade, pois a morte poderia contaminar a cidade. Ao longo das ruas, uma imensa multidão assistia ao que, para eles, não passava de uma diversão e de um espetáculo. O meio-dia ainda estava distante. Como era possível que ainda ontem, àquela mesma hora, estivessem comprando comida para a ceia da Páscoa?

Maria não se lembrava. Parecia um turbilhão. Ontem, Jesus poderia ter ido embora. Se tivesse optado por fazer a refeição da Páscoa e, em seguida, voltar à Galileia, Judas não o teria encontrado. E nada disto teria acontecido.

Mas... Judas sabia de onde éramos. As autoridades poderiam nos ter seguido, se voltássemos à Galileia. Será que nos seguiriam?

E o que fora que Jesus dissera? Fez um esforço para se lembrar. Alguma coisa sobre ter que morrer. Que iria a Jerusalém e ali seria morto. Parecia desejá-lo. Se não houvesse um Judas, será que se entregaria pessoalmente aos sacerdotes?

Agora, nada disso interessava. Agora, a luz do sol inundava as ruas da cidade, parecendo fazer daquele um dia feliz e normal. A multidão era um misto de curiosidade, hostilidade e enfado. E Jesus, lutando sob aquele peso. Atrás dele — embora Maria nem tivesse tempo para pensar nisso agora — arrastavam-se os outros homens que seriam crucificados com ele. Cambaleavam pelas ruas, arrastando as vigas, vindos de outros julgamentos, de outras prisões.

Reunindo as forças que lhes sobravam, Maria e a mãe de Jesus mantinham-se atrás dele. Estava curvado pelo peso. Só a força que lhe fora forjada por seus anos de carpinteiro — assim como as longas caminhadas pela Galileia — o sustentava. Seu belo manto estava imundo de ser arrastado pelo chão e suas sandálias — era estranho como Maria reparava em seus pés e suas sandálias — estavam mal amarradas, dificultando seu andar. Justamente quando o observava, ele tropeçou no piso escorregadio e caiu para a frente.

Caiu de joelhos e a viga deslizou para um lado, assentando-se sobre um único ombro. Embora tentasse reequilibrar-se, não tinha forças para se levantar com a viga de madeira. Ninguém o ajudava e os soldados impediam quem o tentasse fazer. Maria e a mãe de Jesus foram brutalmente empurradas. Finalmente, um dos soldados deu-lhe um violento puxão para cima e empurrou-o em frente. Jesus deu alguns passos cambaleantes e tropeçou ladeira abaixo. Quando caiu de novo, a multidão também parou. Dessa vez, sua mãe precipitou-se e, passando entre o cordão de soldados, chegou a seu lado. Não o tentou levantar: apenas apoiou sua cabeça no braço e limpou seu rosto. Não queria que se levantasse, nem que desse mais um passo.

— Afaste-se dele! Um soldado grandalhão pegou-a com força e quase a jogou contra a multidão. Pela primeira vez, ouviu-se um gemido de dor da boca de Jesus.

— E você, *levante-se*! — Dois soldados puseram-no de pé e equilibraram-no. Depois, empurraram-no em frente.

— Meu querido filho! — Maria abraçava a mãe de Jesus com força, embora fosse inútil, como consolo. Não havia consolo — apenas horror. Horror, medo e uma dor profunda por ambos.

Jesus caiu de novo.

— Ei! Você aí! — Os soldados pararam a procissão. Apontavam para um homem que, obviamente alheio ao que estava acontecendo, acabara de entrar por um dos portões para vender coisas na cidade. — Venha aqui!

Estupefato, o homem obedeceu e o comandante da guarnição de soldados aproximou-se. O homem era jovem e tinha ombros largos.

— Carregue essa viga! — ordenou o comandante. — Este homem não tem condições de fazê-lo!

Mesmo antes que Jesus ou o homem protestassem, os soldados desamarraram a viga dos ombros de Jesus, amarrando-a aos ombros do estranho.

— Não se preocupe — disse o comandante. — Não é *você* que vamos crucificar! — E deu uma gargalhada.

Quando Jesus se livrou do peso da viga, um grupo de mulheres, chorando, aproximou-se dele. Lamentavam a tristeza dos tempos, dessa época.

— Choram por mim, mulheres de Jerusalém? — sussurrou Jesus, numa voz enfraquecida pela exaustão. — Chorem por vocês e por vossos filhos. Se os homens fazem coisas como estas na época em que a madeira ainda está verde, o que não farão quando ela estiver seca?

Madeira verde?... Madeira seca?... O que queria ele dizer?, pensou Maria.

Jesus foi em frente e a procissão continuou, com Maria e a mãe de Jesus comprimidas pelas mulheres que também choravam. Mas elas não choravam por Jerusalém ou por si mesmas; apenas por Jesus, por aquela cabeça baixa tropeçando nas pedras lisas da rua.

Agora, os dois homens caminhavam juntos, atravessando as ruas que separavam o palácio de Pilatos do local da execução.

Inclinada sobre a mãe de Jesus, ocorreu a Maria, de repente, que os cinco — ela, a mãe de Jesus, Joana, Susana e João — poderiam ajudar Jesus a fugir. Poderiam criar uma confusão que permitisse a Jesus escapar. — Maria — disse à mãe de Jesus — quando, chegarmos perto do local para onde vamos, que nem sei onde é, a senhora me apoia para ajudar ele a fugir? Podemos criar um tumulto tão grande que talvez o conseguíssemos fazer.

— Eu... Eu não... — Mergulhada na tristeza, a mãe de Jesus nem conseguia responder.

Maria virou-se para João, Joana e Susana. — Podemos acabar com isto. Há uma possibilidade. Temos que fazê-lo! Devemos tentar fazê-lo! — Olhou à sua volta. — Agora, somos tudo o que ele tem...

— E ele nos seguirá? — perguntou João. — Pelo que nos disse... Eu acho... Acho que o aceita, acho que esperava por isto.

Não haveria, então, como ajudá-lo? Não havia o que pudessem fazer por ele?

A multidão crescia. As pessoas saíam de suas casas e das vendas para olhar aquela procissão. Apressavam-se para fazer suas compras antes do pôr do sol e do início do Sabá. A rua estreita estava repleta de pessoas que compravam e vendiam coisas para o Sabá, e os carrascos e suas vítimas formavam um fileira, comprimida, que passava em frente do olhar dos curiosos.

— Temos que ficar perto dele! — disse Joana, abrindo caminho e empurrando as pessoas à sua frente. Tinham ficado para trás. Lá na frente, Maria via a parte de trás da cabeça do homem que carregava a viga, que, com imensa dificuldade, tentava caminhar — ele, que era jovem e forte. Jesus ia na frente, com um centurião de cada lado. Estes, atentos, preveniam-se contra qualquer tentativa de soltar os condenados, o que não ocorria; a multidão estava totalmente apática. Uma mulher rompeu o cordão de isolamento e correu para junto de Jesus para limpar o suor do seu rosto com um lenço, mas um dos centuriões empurrou-a para longe. Outras pessoas traziam canecas de água, mas Jesus não as alcançava.

Durante todo aquele tempo, eles apenas haviam contornado as muralhas altas do palácio, que pareciam as próprias muralhas da cidade. As pedras brancas e lisas, cortadas com precisão, pairavam, imponentes, sobre eles. E, espremidos contra eles, estavam os espectadores, boquiabertos com a cena de homens ensanguentados e tropeçando sob o peso das vigas que carregavam, que os acompanhavam como cães babando por sangue no local da execução. Aquele desfile de condenados era um espetáculo horripilante. Maria nem sabia quantos eram...

Quando Jesus tropeçou, um dos soldados segurou-o pelo ombro, erguendo-o. — Agora não falta muito! — disse.

Um pouco mais adiante, Jesus tropeçou de novo e caiu de joelhos. O centurião deu-lhe um pontapé. — Levante-se! Levante-se! — De mãos e pés no chão, Jesus arrastou-se um pouco e acabou conseguindo levantar-se. Pendia para um lado e para outro, sem conseguir manter-se ereto.

Maria tentou aproximar-se dele, mas um dos soldados bateu-lhe no rosto, jogando-a de volta. — Afaste-se! — gritou.

Com o rosto ardendo da pancada que levara, ela recuou.

— Temos que fazer alguma coisa, João! Temos que fazer! — suplicou. Mas agora sabia que os soldados não hesitariam em reprimi-los.

Daria minha vida para que libertassem Jesus!, pensou. Sabendo que realmente o faria, ficou maravilhada. Ela, que sempre tivera tanto medo da morte!...

Agora, passavam em frente de duas enormes guaritas do palácio que protegiam um dos portões da cidade. Maria viu os soldados romanos a postos, com arcos e lanças, prontos para reprimir qualquer desordem.

Atravessaram o portão e encontraram-se fora das muralhas da cidade. Isso era ruim. Enquanto estivessem dentro da cidade, estariam distantes do local da execução. Agora, podiam estar perto. Passavam por um terreno pedregoso, a noroeste da cidade, de onde era escavada a pedra para as construções. Era um lugar árido e feio, onde as únicas cores que se diferenciavam eram as da pedra — cinza, marrom, branca.

Maria as viu: vigas compridas espetadas no alto de uma colina, escuras, apontando para o céu. Era este o local. Era aquela a outra metade da cruz que esperava Jesus.

Os espectadores debandaram, correndo para a colina e lutando pelos melhores lugares para ver as execuções. Só os condenados, seus guardas e os que os acompanhavam continuaram caminhando devagar.

Seria agora. Se fossem fazer alguma coisa, teria que ser agora. Maria olhou para João. — Você me acompanha? — sussurrou. — Se eu desviar a atenção dos guardas, jogando-me em cima deles, você corre e foge com Jesus? Olhe ali, há umas pedras e esconderijos e se conseguíssemos chegar lá...

— Maria, eu faria qualquer coisa, mas isso é loucura. Eles nos veriam correndo por um campo aberto e nos agarrariam com facilidade. Você acha que Jesus está em condições de correr? — Segurou o braço dela. — Pense, Maria, pense!

Tentava evitar que ela o fizesse. Mas não podia fazê-lo. Ela tinha que tentar, senão iria ter remorsos para sempre. Tinha que tentar.

Afastando-se rapidamente, ela correu para a frente da procissão, passou por Jesus e ficou de frente para o centurião. Espantado, Jesus a viu jogar a capa sobre a cabeça do guarda, empurrando-o com força. O guarda, surpreendido, caiu de joelhos.

— Jesus! Jesus! — Aproximando-se dele, tomou-lhe o braço. — Fuja! Por ali! Corra por ali! — E apontava para o terreno de pedras.

Mas Jesus apenas balançou sua cabeça ensanguentada. — Não irei beber da taça que me Pai me deu? — perguntou, com uma expressão tão definitiva que a calou. — Maria, sua coragem ficará para sempre comigo. — E voltou-se, para continuar a caminhada para as estacas eretas.

— Agarrem aquela mulher! — disse o guarda, desembaraçando-se da capa. Mas o centurião apenas deu de ombros. A agressão de Maria não o afetou: foi apenas um pouco de diversão para uma tarefa desagradável.

Maria já correra para o lado do terreno de pedras, pois não percebera que não estava sendo seguida. Ofegante, chegou à ladeira, escalou-a e deslizou, em segurança, pelo outro lado. Aqui e ali, em meio àquele solo árido, cresciam alguns pinheiros. Só via um terreno branco, pedregoso, rochedos, pinheiros e umas ribanceiras. Então, de repente, tudo aquilo se transformou num pomar. Um belo pomar, que seria seu refúgio.

Ainda ofegante, parou. Não havia ninguém, não fora seguida. Ao longe, ouvia os gritos da multidão no local da execução.

Tenho que voltar, pensou. Tenho que ficar com Jesus. Levantou-se e voltou em direção ao local de onde extraíam pedra.

55

A feia abertura do local da pedreira lembrava uma tigela invertida. À beira dela, um enxame de pessoas, como um formigueiro escuro, fervilhava sob as estacas escuras que apontavam para o céu.

Maria foi abrindo caminho entre a multidão, procurando os outros discípulos. À sua volta, ouvia um coro horrível de frases enfastiadas: "Hoje é a vez de quem?"; "Parece que é um líder rebelde da Galileia e mais dois ladrões de meia-tigela"; "Depois do feriado, teremos pessoas mais interessantes"; "Ouvi dizer que um deles pretende ser o Messias"; "Não, esse aí era um revolucionário"... E os insultos não cessavam.

Maria acabou encontrando os outros, o mais perto possível da cruz, olhando, desesperados, enquanto Jesus era jogado de costas para ela e dois soldados se aproximavam, com marretas e cravos, para pregá-lo na viga.

A crucificação era um suplício longo e terrível. A pessoa podia ficar durante vários dias na cruz, dependendo de qual era sua força quando fora pregada nela. Ia perdendo, progressivamente, a capacidade de respirar, à medida que todo o peso do corpo pendente era exclusivamente sustentado pelos braços. Algumas cruzes tinham apoios para os pés, mas isso dificilmente poderia ser considerado um consolo, pois apenas prolongava o sofrimento. Às vezes, quando o fim se aproximava, quebravam-se as pernas do condenado para apressar sua morte: assim, a parte inferior do corpo não suportava qualquer peso.

Jesus não disse nada, não protestou e ofereceu os braços sem resistência. Os soldados, um de cada lado, pegaram seus braços, colocaram-nos sobre a viga e pregaram uns cravos enormes em seus pulsos com apenas duas marteladas. O som foi horrível — o barulho inconfundível de carne e ossos sendo esmagados.

— Pronto — disseram. Amarraram cordas em torno da viga e a levantaram, lentamente, ao encontro da estaca vertical. Finalmente, a viga se encaixou no entalhe chanfrado com um som surdo. Um dos soldados encostou uma escada e ajustou as duas vigas de madeira com cordas grossas. Em seguida, trouxeram as marretas e os cravos para prender seus pés à parte inferior da viga vertical. Maria tapou os olhos quando eles se inclinaram para pregar seus pés. Não dava para olhar, não o suportava. Despiram Jesus de sua roupa, deixando seu corpo apenas com uma estreita faixa de pano e a coroa de espinhos.

— Ei, segurem aqui... — disse o soldado, jogando o manto de Jesus, seu cinto, suas sandálias e sua túnica. Os outros soldados apanharam as coisas do chão.

Durante todo esse tempo, os discípulos não falaram, nem se mexeram. Apenas olhavam, horripilados. A mãe de Jesus parecia uma estátua. Maria aproximou-se para abraçá-la, mas era como abraçar uma coisa tão inerte e morta como a madeira da cruz.

Embaixo da cruz, os soldados encarregados da execução sentaram-se e começaram a dividir as roupas de Jesus. O grandalhão — um dos que pregaram os cravos — separou o manto: o manto que Maria e os outros tantas vezes haviam visto sobre os ombros de Jesus em tantos lugares — nos barcos, no campo, nas sinagogas. Era de uma cor suave e leve, que se identificava à distância. O soldado que pregara o cravo em sua mão direita ficou com o cinto. Um dos outros pegou as sandálias, e o outro, a túnica. O grandalhão pegou o manto.

— Feito de uma única peça — disse. — Um belo trabalho de tecelagem!

A mãe de Jesus — que o tecera — mexeu-se um pouco, apenas um pouco, e continuou olhando. Apertou a mão de Maria.

— Acho que devíamos fazer uma aposta! — disse o comandante. — Não há por que destruir o manto, repartindo-o em quatro pedaços. — Pegou uma sacolinha de couro de onde tirou dados. Os soldados sentaram-se enquanto jogavam.

Um ligeiro som ouviu-se da cruz. Jesus falava, olhando para os soldados que jogavam, apostando suas roupas.

A balbúrdia da multidão tornava sua voz quase imperceptível aos ouvidos. Maria fez um esforço, fechando os olhos, como se isso a ajudasse a escutar melhor.

— Pai... Perdoe-os, pois não sabem o que fazem.

Não era possível que estivesse dizendo aquilo! O que eles faziam era deliberado, e não acidental, não era fruto da ignorância. Maria fez um esforço para ouvir de novo, esperando que ele repetisse a frase. Mas ele não o fez.

O comandante, feliz ganhador do manto, tornou a subir a escada com uma caneca de vinagre. — Tome! — disse, jogando o vinagre no rosto de Jesus. Mas ele virou a cabeça para o outro lado. Em seguida, o soldado pregou um cartaz acima da cabeça de Jesus cujos dizeres estavam escritos em grego, latim e hebraico: o Rei dos Judeus.

Ali perto, os outros dois condenados estavam sendo pregados à viga. Depois, seriam içados, ficando um de cada lado de Jesus.

— O que você está olhando? — O soldado vira Maria olhando e avançou para ela, ameaçador. — Você pode ser a próxima. Temos uma maneira especial de tratar as mulheres — são crucificadas de costas para a multidão. Afinal, as mulheres têm que ser modestas! Deu uma gargalhada e, depois de fingir que avançaria sobre Maria e seus companheiros, dirigiu-se às outras cruzes, para pregar os cartazes com as acusações contra os condenados. Ambos os cartazes diziam "Criminoso e Revolucionário". Com um gesto dramático, ele insinuou que o público estava sendo convidado a aproximar-se. A multidão correu para perto. Comprimindo-se embaixo das três cruzes, provocavam os homens que ali estavam sendo supliciados.

— Você devia ter ficado com Barrabás. Esse, sim, é um homem que sabe usar a faca!

— Quantos de vocês ainda estão lá nas cavernas? Há mulheres lá? Alguém vai sentir sua falta hoje à noite?

— Estes, pelo menos, são bons judeus. São generosos, judeus até a alma. Mas, e aquele lá?... Aquele Messias patético e derrotado? Um Messias executado, já pensou?!...

— Ei, você aí!... Seu nome é Jesus, não é? Não foi você que disse que destruiria o Templo e o reconstruiria em três dias? Vai fundo, vai! Mostra-nos tua força agora! — E a multidão rolava de tanto rir.

— Desça daí dessa cruz, e então acreditaremos!

— Ele diz que salvou os outros, mas não consegue salvar a si próprio!...

— Tinha fé em Deus. Então, vamos deixar que Deus o socorra agora, se o deseja!

Nesse momento, um grupo de autoridades religiosas subiu a ladeira íngreme do local de extração de pedra: chegavam Caifás e seus colegas. Com movimentos lentos e calculados, como para enfatizar sua natureza solene, pararam em frente da cruz e leram o cartaz sobre a cabeça de Jesus.

— Rei dos judeus! Ora, vejam só! Na verdade, deveria estar escrito "Pseudo — rei dos judeus", pois era ele que o dizia, o que se provou ser uma ilusão — disse Caifás. — E, em minha casa, você até disse ser o filho de Deus. Portanto, não terá dificuldade em descer dessa cruz. Venha, desça! Surpreenda-nos!

Jesus limitava-se a olhar para eles.

— Desça daí e acreditaremos! Vamos! Negócio feito? — disse um dos escribas.

— Se o pode fazer, por que se recusa? Seremos todos convertidos. Não seria esse o desejo de Deus, se fosse verdade? Deus quer que todos acreditemos.

Então, foi a vez de um dos revolucionários falar. — Você não é o Messias? Não é? Então, salve a si próprio e salve-nos também!

— Cala a boca! — Um berro, forte e retumbante, veio da outra cruz. — Você não tem medo de Deus? Assim como ele, nós fomos condenados! E o merecemos, pois fizemos aquilo de que somos acusados. Mas este homem é inocente.

Jesus voltou a cabeça na direção do homem que havia falado. — Dimas... — disse.

A expressão do homem registrou surpresa e gratidão. — Sim — disse. Obviamente, achava difícil Jesus lembrar-se de seu nome, mas sua gratidão era maior que sua curiosidade. — Sim, Senhor.

— Dimas... — repetiu Jesus. As palavras eram pronunciadas lentamente, pois seus lábios estavam feridos. — Naquela noite... na casa de Mateus... foi este o caminho que você escolheu.

— Sim. Antes tivesse escolhido o outro. Hoje, mereço esta pena. Mas a sua morte... Senhor, ó Senhor! Lembre-se de mim quando chegar ao seu Reino...

Jesus respondeu-lhe: — Na verdade, eu lhe garanto que ainda hoje você estará comigo no paraíso.

— Paraíso? — berrou um dos espectadores. — Eles vão estar juntos é numa sepultura!

— Não! — gritou outro. — Vão ser jogados aos cachorros! Sepulturas são para os ricos!

Ao ouvir aquela horrível previsão, Maria estremeceu. Meu Deus, pensou, por que sua mãe é obrigada a ouvir isto? Superava qualquer crueldade, era mais do que qualquer pessoa podia suportar.

De repente, o céu escureceu e as nuvens rapidamente ocultaram a luz do sol. Começou um vendaval, com a poeira jogada nos olhos de quem ali se encontrava, criando um redemoinho em torno das cruzes. Os dois revolucionários não se viam.

— Uma tempestade de areia! — gritou um dos soldados, pegando seu manto.

Mas era mais do que uma tempestade. O próprio sol parecia apagar-se e logo baixou sobre eles a escuridão.

— Um eclipse! — gritou alguém. Mas eclipses nunca ocorriam durante a lua cheia — todo mundo o sabia. Além de os astrônomos não terem previsto eclipse algum.

No tumulto provocado pela escuridão, os discípulos conseguiram aproximar-se até o pé da cruz. Jesus olhou para eles e reconheceu-os, um por um. Eles o percebiam. Sentiam que ele os tocava, tentando dar-lhes forças para suportar a provação.

Com os braços imobilizados, Jesus fez um sinal com a cabeça de que se dirigia a sua mãe.

— Querida mulher! — disse. — Eis aqui o seu filho!

Com outro sinal da cabeça, dirigiu-se a João. — Eis aí sua mãe!

João abraçou a mãe de Jesus e este, de maneira quase imperceptível, fez um gesto afirmativo com a cabeça.

Aumentava a escuridão. Agora, parecia que era noite e ouviam-se barulhos surdos e sinistros. Vinham do céu ou do chão? Maria não sabia.

— Tenho sede. — A voz de Jesus vinha de cima, e um dos soldados ouviu. Subiu a escada e ofereceu-lhe uma esponja embebida em vinagre para umedecer os lábios. Ao pé da cruz, só tinham ficado os discípulos e os soldados. Porém, muitos outros discípulos — principalmente mulheres — haviam surgido da multidão e agora se juntavam aos outros. Algumas dessas mulheres tinham vindo da Galileia e outras eram discípulas secretas de Jerusalém. Era mais seguro para as mulheres aparecerem em público do que para os homens. Entre os discípulos homens, João fora o único que permanecera. Não era obra do acaso o amor que Jesus tinha por ele.

João... Quem diria que seria João, o destemperado e belo João, que se tornaria o discípulo predileto de Jesus?, pensava Maria. No começo, ele não parecia muito promissor. Era petulante e sonhador, quase sempre obscurecido pelas sombras do trovejante Pedro e do inteligente Judas. O caráter de um homem nem sempre era fácil de perceber. Tive sorte, pensou Maria, em ser sua companheira de missão.

Mas esses pensamentos sobre João, as mulheres da Galileia e a mãe de Jesus sumiram de sua cabeça quando ouviu, de repente, Jesus gritar: — Meu Deus, meu Deus, por que me abandonaste? — O grito varou o ar, mais alto que o trovão surdo que se ouvia das entranhas da terra.

Retorcia-se na cruz, num sofrimento terrível. Com a boca aberta e os olhos postos no céu.

— Está chamando Elias! — disse alguém. — Está esperando Elias. Vamos ver se Elias vem em sua ajuda.

Mas o único movimento que se percebia era o do redemoinho de vento causado pelas nuvens e o de ansiedade das pessoas presentes. O próprio Jesus estava imóvel.

— Pai, nas tuas mãos entrego meu espírito. — Maria ouviu as palavras, pronunciadas numa voz surpreendentemente alta. Jesus baixara a cabeça, que pendia sobre seu peito. A coroa de espinhos caiu, batendo no chão e rolando até parar numa pedra.

— Está consumado — disse Jesus. E sua cabeça caiu ainda mais, sem forças.

As mulheres caíram ao chão, prostradas.

Deus as tinha abandonado. Deus mentira para Maria, quando lhe dissera que ela fora escolhida para aquele destino. Mentiras e mais mentiras, enganos, burlas, engodos... Mas todos nós ouvimos a voz de Deus, pensou Maria. E todos fomos enganados. Deixamo-nos enganar por nós mesmos ou por Deus? Maria não sabia.

Deus os abandonara, ou lhes virara as costas, e tudo havia desmoronado. Jesus estava morto e só haviam sobrado ela e aqueles discípulos atônitos e esmagados. Maria levantou-se. De que importavam eles? Jesus tinha morrido. Nenhum deles podia fazer coisa alguma por ele. Agora, não passava de um corpo morto que tinha que ser enterrado. E ninguém ainda havia pensado nisso.

Era preciso uma sepultura. E tinha que se preparar a cerimônia. Eles eram visitantes numa cidade estranha, longe de suas casas, dependendo totalmente de outras pessoas para fazerem as mínimas coisas. E agora, além disso, eram marginais, vinculados a um criminoso que fora executado.

A multidão... Haviam sumido todos, como grãos de poeira. Os discípulos desconhecidos de Jerusalém talvez pudessem ajudar, mas estavam todos imóveis, olhando como animais assustados.

Já estava no final da tarde e a Lei proibia taxativamente que uma pessoa executada ficasse sem ser enterrada após o pôr do sol.

Os soldados levantaram-se de onde tinham ficado agachados. Outro oficial juntou-se a eles e dois se dirigiram à cruz de Dimas. Ele respirava com muita dificuldade, mas ainda estava vivo. Então, um dos soldados levantou um pedaço de pau e quebrou as canelas de Dimas com dois golpes fortes. Seu corpo pendeu todo para a frente no mesmo momento. Dimas deu um grito abafado de dor, mas os soldados já se dirigiam para o outro rebelde, que os olhava, apreensivo.

— Não — suplicou. — Não, por favor...

Sua súplica terminou num grito, quando o soldado ergueu o pedaço de pau e acertou suas pernas com um golpe bem forte. Os ossos despedaçaram-se e seus pés retorceram-se onde estavam presos pelos cravos, com os dedos encurvando-se.

— Estarão mortos ao anoitecer — garantiu aos seus companheiros o soldado que dera as pancadas. Quando se dirigia para Jesus, olhou na direção do céu e parou ao pé da cruz.

— Acho que esse já morreu — disse o segundo soldado. — Sorte dele. — Deu uma volta em torno da estaca vertical e olhou para Jesus de diversos ângulos. — Está morto — disse, finalmente.

— Temos que ter certeza. — O primeiro soldado arremessou sua lança contra Jesus e não houve qualquer movimento. Saiu uma golfada de sangue e de um líquido claro.

Maria desviou o olhar. Naquele momento, o horror definitivo do fim não poderia ter sido tão dolorosamente evidente.

— Você tinha razão — disse o soldado. — Deveríamos baixá-lo enquanto esperamos que os outros dois morram.

— Precisamos de uma escada. — O soldado foi procurar uma e voltou rapidamente.

Encostaram a escada à cruz. Um dos soldados cortou as cordas que amarravam o corpo, mas antes amarrou ambas as extremidades da viga com mais cordas, para baixá-la com seu peso. Era difícil tirar os cravos daquele ângulo superior e os soldados preferiram fazê-lo no chão. Antes de baixar o corpo, conseguiram arrancar os cravos que prendiam os pés.

Lentamente, a pesada viga foi baixada, com cuidado, como se o peso que sustentava fosse quebrável. Quando atingiu o pé da cruz, os homens encarregaram-se das mãos de Jesus. As mãos e os braços já pareciam mais pálidos, a pele mais translúcida. Maria olhava fixamente e subitamente recordava, com absoluta nitidez, a visão que tivera de Jesus transfigurando-se e, logo em seguida, numa autêntica transmutação, ficando de uma gloriosa cor pálida e clara. Mas nada tinha a ver com esta rigidez. Aquela era uma transparência viva e brilhante, enquanto esta era apenas um corpo inerte e descolorido.

— Pronto! — Com um puxão, o soldado soltou as mãos e arrancou os cravos que as pregavam. Eram pesados e compridos e fizeram um som surdo quando bateram no chão pedregoso. Os soldados retiraram o corpo de Jesus da viga e deixaram-no deitado no chão.

Com um grito, a mãe de Jesus precipitou-se para ele. Jogou-se contra seu peito e começou a chorar, alto, segurando sua cabeça. Depois, levantou a cabeça e gritou em direção ao céu. Os soldados recuaram, deixando o corpo com ela.

— Meu filho... Meu filho... — Tentou levantá-lo, implorando que ele se movesse, que reagisse. Mas ele permanecia, inerte, em seus braços, um peso enorme que ela mal conseguia segurar.

João aproximou-se, talvez inspirado pelo pedido de Jesus para que cuidasse de sua mãe. Mas parou, impotente, diante daquele corpo estatelado e inerte. Meio desajeitado, tentou abraçar protetoramente a mãe de Jesus, mas ela nada sentia.

Juntando todas suas forças, Maria também se aproximou deles.

Quando viu aquele Jesus pálido e imóvel estirado à sua frente, quase perdeu as forças de novo. Está morto, morto de verdade! Como Joel, estava ali inerte, branco, morto. E também morto por Pilatos.

Já fiz isso uma vez, não posso fazê-lo de novo, não posso. Mas arrastou-se até sua cabeça, segura por sua mãe, e beijou-lhe a face, coberta pelo suor frio da morte.

Maria sentiu que ele aceitava seu beijo. Ao contrário de Joel, não morrera com raiva dela, seu corpo não lhe era hostil. Afinal, era diferente. Enquanto as últimas palavras de Joel haviam sido "você não terá nada!", as de Jesus foram "Maria, sua coragem permanecerá para sempre comigo".

— Meu filho! Meu filho! — repetia sua mãe continuamente, como uma oração, passando a mão por seus cabelos.

Maria inclinou-se e passou a mão pelos cabelos da mãe de Jesus, repetindo o gesto que esta fazia com seu filho. Era o único consolo que podia dar.

De repente, ouviu-se uma movimentação e apareceu na frente deles um homem estranho, vestindo uma roupa de autoridade religiosa.

— Pilatos deu permissão para que o corpo fosse levado — disse. — Veja aqui. — E estendeu um bloco que os soldados pegaram e examinaram.

— Está errado — disse, finalmente, um dos soldados. — Temos que mostrá-lo ao comandante.

— Garanto-lhes que está em ordem — disse o homem calmamente.

João levantou-se, mas o homem fez um gesto para que desviasse o olhar enquanto os soldados voltavam com seu superior.

O centurião aproximou-se e olhou para o corpo de Jesus. — Bom... Isto não... Mas se Pilatos assinou... — Deu de ombros. — Vá em frente.

— Obrigado — disse o homem. Fez um sinal para outros homens que trouxera com ele. Avançaram rapidamente. Tinham uma padiola. Com cuidado, mas com experiência, transferiram para a padiola o corpo de Jesus.

— Por aqui — disse o homem que viera na frente, conduzindo-os.

João, a mãe de Jesus e Maria os acompanharam. Deixaram o local da crucificação e tomaram um caminho para fora da cidade, para campo aberto, e foram caminhando em silêncio, num silêncio total, num silêncio de dor.

À volta deles, tudo era cinzento. O solo era cinzento, as pedras eram cinzentas e o céu, que já escurecia com o final da tarde, era cinzento, como eram cinzentas as nuvens que esvoaçavam. Aquela escuridão anormal desaparecera, dando lugar a uma paisagem tristemente normal e feia. Tristemente normal. Como era isso possível? A escuridão do meio-dia e o vendaval de areia, pelo menos eram sinais da tragédia que ocorria. Mas quando ficava normal, meu Deus, realmente Deus os abandonara. Fizera com que aquele dia terminasse em normalidade. Até o tempo ficara normal, ninguém mais o lembraria.

Contornaram outra colina pedregosa e, de repente, viram um campo verde. Estendendo-se à sua frente havia uma horta — com oliveiras, um poço, caramanchões, uma vinha, figueiras e roseiras. Explodia, viçosa, como uma miragem. O homem fez um sinal para que parassem.

— Aqui é o local do meu sepulcro — disse. — Eu o preparara para mim e para minha família. Seria um lugar agradável de visitar. Mas nunca foi usado.

Estavam bem longe do local da execução e os soldados haviam ficado para trás. João aproximou-se do homem e disse: — Obrigado, José. Você nos concedeu uma dádiva importante.

José. João não falara de um José de Arimateia, que era membro do sinédrio e discípulo secreto de Jesus? Devia ser ele. Fosse ele quem fosse, mandou que os homens que carregavam a padiola continuassem em frente. Continuaram, por um caminho recentemente pavimentado com cascalho, na direção de um penhasco onde se viam três portões entalhados.

Era um sepulcro para pessoas ricas. Esculpido na pedra do penhasco, com camadas de pedra dentro e espaçoso — mais ou menos como os quartos de uma casa de pessoas vivas. Mas não seriam servidas ceias ali, a menos que o fossem do lado de fora, quando os parentes viessem em visita cerimonial a seus mortos. Também não se conversava no interior daquele lugar elegante. Os corpos que ali ficavam iriam ressecar e suas mortalhas iriam mofar, até que se transformassem em pó e fossem transferidos para urnas de cerâmica decoradas, permitindo que novos enterros fossem feitos ali. Os túmulos eram sempre provisórios, mesmo para os ricos. Na região pedregosa de Jerusalém, ninguém se dava ao luxo de ter uma sepultura privada que durasse eternamente.

De qualquer maneira, pelo menos naquele momento, era uma sepultura, e não a vala comum onde iam cães e para onde seriam levados Dimas e seu companheiro desconhecido.

— Tenho essências aromáticas — disse José, mostrando uma caixa que estava ao lado de uma das sepulturas. — Nicodemos as conseguiu para mim.

Ao ouvir seu nome, surgiu um homem, lentamente, de um dos lados da pedra, caminhando na direção deles.

— Pensamos que poderia ser necessário — disse. Também ele era um homem velho e bem vestido. Talvez fosse outro discípulo secreto.

Maria aproximou-se da caixa, abriu-a e espantou-se: dentro dela havia recipientes de alabastro com babosa e mirra, essências extremamente caras. Nicodemos não fizera economias. — É muita generosidade e nós ficamos todos muito gratos — disse, com a voz trêmula.

Em seguida, pediu que a padiola fosse colocada no chão. E, enquanto o fazia, ficou pensando por que motivo cabia sempre a ela dar instruções. Afinal, havia uma porção de gente ali — José, Nicodemos, João, o predileto de Jesus, a mãe de Jesus, Joana, Susana e outras pessoas da Galileia... No entanto, parecia que todos aguardavam suas instruções. Talvez tivessem perdido a coragem. Talvez tivessem dado tudo o que tinham para dar. Talvez precisassem simplesmente descansar. De qualquer maneira, só sobrara ela para dar instruções às pessoas.

E, no fundo, não tinha a menor importância. Aquelas cerimônias apressadas não eram definitivas. Ela — e outros, sem dúvida — iria voltar e terminar de fazer as coisas da maneira adequada. Por isso, agora o importante era fazer o mínimo indispensável, pois a noite já caía.

— Como podemos lavar seu corpo? — perguntou. Maria sabia que não tinham como fazê-lo. Portanto, continuou. — Vamos untá-lo.

José abriu os alabastros com babosa e mirra, afastando-se quando a primeira baforada de perfume se espalhou no ar. Então, Maria pegou com as mãos as essências e, inclinando-se, em reverência, passou-as no corpo de Jesus como havia feito no corpo de Joel! O brilho fosco do unguento cobriu as feridas e o sangramento, a ferida aberta em seu corpo pela lança, e disfarçou a palidez morta de seus pés. Aquela substância oleosa servia para que parecesse que ele nunca vivera, que sua vida não passara de um simulacro.

Os homens enrolaram seu corpo em pano de linho, e foi colocado um tecido especial para o rosto em sua cabeça e envolto mais algumas vezes. Por fim, seu corpo foi envolvido numa longa mortalha.

José pediu aos homens que colocassem o corpo de Jesus na sepultura do meio. Levantaram o corpo, com respeito e reverência, e colocaram-no para dentro. Em seguida saíram e cumprimentaram José com uma reverência.

— Colocamos o corpo na camada inferior da pedra — disseram.

— Muito bem — disse José.

Voltaram a atenção para uma pedra arredondada que estava ao lado do penhasco, num sulco.

— Fechem a entrada — disse José. Os três homens empurraram a pedra pelo sulco, com os ombros. Levou algum tempo para rolar a enorme pedra, mas acabou se encaixando na abertura do sepulcro, selando-o cuidadosamente até fazer o som de um baque surdo. Ouviu-se um eco do interior do sepulcro.

— Pronto, está feito — disse José. — Que ele descanse em paz. Um homem realmente bom, e talvez mais do que isso.

João, Maria, a mãe de Jesus e os outros, que haviam participado de tudo, até então, nada disseram. O som surdo da pedra selando o sepulcro calara todos eles. Fora um som tão surdo e profundo que nada havia que pudessem dizer.

— Obrigado — disse, finalmente, João, falando em nome de todos. — Não temos palavras para lhe agradecer o que fez e não o saberíamos retribuir.

José balançou a cabeça. — Uma pena... Uma grande perda...

Anoitecia. Não queriam ficar ali à noite.

— Posso oferecer-lhes uma casa para ficarem em Jerusalém — disse José. — Poderão ficar ali descansando até decidirem o que desejam fazer...

Estavam todos juntos, sentados na ampla sala da casa emprestada por José. Uma sepultura emprestada, uma casa emprestada... José era uma pessoa generosa. Fora embora, receoso de seus colegas do sinédrio. — Fiquem escondidos — avisara. — Eles não os conhecem e não podem identificá-los, mas, em geral, os discípulos são perseguidos, como seu mestre. Levantando a gola de seu manto até cobrir quase todo seu rosto, desaparecera.

Talvez fosse por isso que Pedro negara conhecer Jesus, pensou Maria. E talvez fosse por isso que os outros tinham fugido. João era muito corajoso. Preocupava-se com todos, tentava consolar todos. Levou a mãe de Jesus para um sofá, onde ela se deitou, e pediu a Joana e Susana que vissem se havia alguma comida que pudesse ser servida — tomou as providências que tinham que ser tomadas com sobreviventes feridos na guerra. Mas, à sua frente, só se viam rostos silenciosos e prostrados de pessoas imobilizadas pela dor.

— Precisamos de luz — disse, começando a acender as lamparinas de óleo pela sala, que estava quase completamente às escuras. Já era tarde da noite e a única luz era a da lua, que acabara de nascer.

— Não devíamos acender as luzes durante o Sabá — disse Maria, mecanicamente. — Deveríamos acendê-las antes do Sabá começar.

— Não estou preocupado com o Sabá. — João pronunciou calmamente aquelas palavras profanas. — Deixei de me preocupar com o Sabá. — Inclinou um pedaço de junco em brasa, acendendo o pavio de uma lamparina, lentamente. A lamparina acendeu-se, iluminando a sala escura. — O que quero dizer é que não me preocupo com as normas que regem o Sabá. Jesus disse que o Sabá foi feito para os homens, e não os homens para o Sabá. E não creio que Moisés quisesse que ficássemos sentados às escuras durante várias horas, quando o membro mais querido de nossa família acabou de morrer, ainda que ele tenha morrido numa hora que coincidiu com o Sabá.

— Foi justamente por isso que eles apressaram a crucificação — disse Joana, por fim. — Os soldados mataram aqueles homens para que o Sabá pudesse ser respeitado.

O Sabá e sua mão de ferro sobre suas vidas... Jesus realizara curas e trabalhara durante o Sabá. Como podiam agora voltar a pensar como antes? No fundo, era por isso que o haviam assassinado. Havia muita gente pensando a mesma coisa, muita gente rompendo com as velhas estruturas, muita gente dançando atrás dele. A mão de ferro do poder religioso — assim como a mão de ferro do Sabá, em nome do qual governavam — estava sendo rompida. E isso não podia ser tolerado.

— Também vou acender uma luz. — Maria levantou-se e tomou o junco em brasa da mão de João. Seus olhos encontraram-se: eram parceiros no desafio. Abaixando-se, ela acendeu outra lamparina, aumentando bastante a iluminação da sala.

— Pegue — disse, passando o junco a Joana, que o tomou de sua mão e acendeu outra lamparina. A sala da casa de José tinha bastante lamparinas. Um por um, todos se levantaram e a sala ficou inundada de luz.

Quando decidiram dormir, ou descansar — ou o que quer que fosse a dádiva que Deus lhes concederia —, apagaram as lamparinas, quebrando outra norma rígida do Sabá. E deitaram-se na escuridão, cada qual comungando com Deus.

Deitada numa cama estreita ao lado da mãe de Jesus, Maria esperou que todos estivessem em silêncio para se dirigir aos pés de Deus. Rígida, com os punhos cerrados, enviou para os céus seus pensamentos e sentimentos disformes, orando para que fossem aceitos. Durante a noite, a misericórdia divina passou um véu sobre seus pensamentos, cobrindo-a com o sono. Não teve sonhos, nem teve respostas às suas perguntas, mas, por algum tempo, fugiu da tortura em que o mundo se tornara.

A luz do amanhecer inundou a casa, pondo fim à escuridão da noite. Agora tinham que observar o Sabá, um tempo de inação e proibições. Mas isso era coisa do passado. De um tempo que morrera com Jesus, pensou Maria ao acordar e ver a claridade ainda hesitante entrando pela sala. Lembrava-se de tudo.

Temos algumas coisas que precisam ser feitas, pensou Maria. Tenho que comprar os óleos de unguento adequados e alguma coisa para comermos, pois não nos alimentamos desde que... desde a ceia com Jesus...

Ao pensar na sua morte, na perda, voltou a sentir toda aquela dor, mais nítida e mais forte do que a luz do sol.

Não aguento, não vou aguentar, não consigo... Mas, ainda deitada na cama por alguns momentos, começou a ouvir a movimentação dos outros na sala maior e a respiração da mãe de Jesus a seu lado.

Depois que tiver cuidado de todos... Depois que tiver untado Jesus da maneira que deveria ter sido feito... Depois que tiver cuidado para que todos voltem para a Galileia e façam o que quiserem fazer — pescar, estudar, trabalhar como coletor de impostos... Então, irei pensar sobre o que farei, mas agora...

Com esforço, levantou-se da cama. Sua nova missão fazia com que sentisse as pernas fortes. Deveria fazer o que faltava ser feito, e deveria fazê-lo bem. Depois...

A mãe de Jesus ainda dormia. Maria inclinou-se e examinou seu rosto. Mesmo depois de toda aquela tristeza e todo aquele sofrimento, seu rosto ainda era sereno e belo. A serenidade daquele rosto sempre renova minhas forças, pensou. Mas agora as coisas se inverteram: sou eu que tenho que dar forças a ela.

Saiu do quarto e dirigiu-se para a sala. Havia mais gente — de onde teriam vindo? Caído num canto, estava o vulto de um homem grande, envolto numa coberta. Na ponta dos pés, aproximou-se dele e levantou um pouco a coberta.

Pedro!

Tomou um susto tão grande que quase deu um grito. Como viera parar ali? Como os encontrara? O outro vulto, curvado, era Simão... e o terceiro, Tomé... Por que teriam todos voltado daquela maneira furtiva? O que os trouxera até ali?

João já se levantara e cuidava das coisas práticas.

— João — disse Maria, quando estavam a sós no outro quarto. — Como foi que nos acharam?

— De alguma maneira, ficaram sabendo onde estávamos. Vieram durante a noite. Um por um — respondeu João. — Talvez José os tenha conseguido avisar. — Fez uma pausa. — Parecem aliviados de estar aqui.

— O que faremos agora? — Maria sentia-se enérgica e eficiente.

João pensou por algum tempo antes de responder. — Temos que esperar — disse, por fim. — Como disse José, seremos perseguidos, mas talvez essa perseguição não dure muito. Não devemos chamar a atenção, nem devemos ser vistos. As autoridades não estarão preocupadas.

— Por que você diz isso? — perguntou Maria, segurando seu braço.

— Porque Jesus se foi — respondeu João. — E jamais existirá outro Jesus. Ninguém saberá falar como ele, ninguém saberá curar como ele, ninguém fará... nada do que ele fazia!

— Mas João... nós fomos juntos na missão a que Jesus nos enviou. E, por algum estranho poder, nós *curamos* pessoas. E nós *pregamos* às pessoas. Eu curei... Susana!... — Ao lado de João, Maria recordava-lhe o que haviam feito.

— Mas ninguém fala como ele falava. Nós apenas repetíamos o que ele dizia. Não dizíamos nada de original. — Ele falava com suavidade.

— Talvez bastasse repetir o que ele dizia.

— Mas as pessoas faziam-lhe perguntas e ele as respondia individualmente, a uma de cada vez, o que nós não sabemos fazer. Não temos essa sabedoria. E não podemos apenas citá-lo. Se o fizéssemos, faríamos como os fariseus, que só sabem citar seus mestres. — João balançou a cabeça.

— Jesus queria que fôssemos em frente, como ele. Dizia que as missões eram apenas o começo de nosso trabalho de ensinar. Se assim não fosse... Tudo desapareceria com ele. Não creio que... não creio que ele quisesse isso. Acho que era disso que tratava a nossa missão, que bem ou mal a desempenhássemos... mesmo que a desempenhássemos de maneira desajeitada e despreparada...

— E foi, sem dúvida, desajeitada e despreparada — concordou João.

— Mas nós... somos diferentes dele — disse Maria. — Ele sabia que somos desajeitados e nos irritamos, e não nos condenava por isso. — Esperou que ele respondesse. Como não respondeu, continuou: — Ele sabia que iríamos aprender. Sabia que teríamos condições de continuar a missão.

— Então, estava equivocado — disse João. — Acabou-se tudo. Não há mais nada a ser continuado.

Pedro, Simão e Tomé mexiam-se. Pedro levantou-se e piscou os olhos. — Meus amigos — disse. — Estou tão feliz por estar de novo com vocês... — E começou a chorar, enterrando a cabeça no braço. — Agradeço a Deus por me aceitarem de volta entre vocês. Eu o traí... disse que não o conhecia... — E soluçava, em prantos.

— Eu sei — disse João.

— Meu Deus! — chorava Pedro.

— Você se surpreendeu, mas Jesus, não — disse João. — Ele o previu.

— É imperdoável — soluçava Pedro.

— Jesus sempre perdoava você — disse João. — Deverá aceitá-lo.

— Não posso.

— Então, estará traindo-o de novo. — João olhou sério para ele. — Ele morreu numa cruz romana, como desejavam Caifás e seus aliados. Tudo se passou como mandaram. Jesus foi vencido por eles, foi silenciado e executado. Você sabe o que aconteceu?

— Eu... ouvi falar... mas não sei de detalhes. — Pedro deixou-se cair num banco. — Acho que nem aguento saber...

— Depois que você se foi — disse Maria, tentando manter a voz firme —, e depois que terminou o julgamento do sinédrio, ele foi levado à presença de Pilatos. — Teve que parar para que sua voz não tremesse. — Pilatos fez jus à sua reputação de homem cruel. Cedeu a eles... cedeu à multidão que berrava, embora minutos antes tivesse dito que ele era inocente...

— Não! — Pedro levantou-se, vacilante. — Pilatos ia libertá-lo?

— Mas a multidão desafiou Pilatos... por palavras... ameaçou-o... e ele teve medo... — Maria balançou a cabeça, sem conseguir prosseguir.

— Pilatos cedeu à pressão deles — disse João. — E então, Jesus foi executado num lugar ermo onde fica uma pedreira, que chamam Lugar da Caveira. Agora está morto, seu corpo descansa numa sepultura emprestada graças à bondade do homem que também nos emprestou esta casa.

Maria viu que Pedro ficava atônito com cada nova revelação. Fugira como um covarde. Sua fé e seu espírito decidido não tinham impedido que fugisse para salvar a pele.

— Meu Deus, perdoai-me! — Era a única coisa que Pedro conseguia dizer, soluçando sem parar.

Tomé não dizia nada. Simão parecia tão espantado com as execuções de Jesus e de Dimas que só ficava repetindo "mas um era inocente, e o outro, não. Eles não o compreenderam?". A libertação de Barrabás o deixou num estado de agitação incontrolável. — Soltaram... Barrabás... depois de toda aquela matança. Um inimigo do Estado. E Pilatos nem se preocupou... Jesus não matou ninguém. Isso significa que a mensagem de Jesus estava errada. Ele dizia que quem vive pela espada, morre pela espada, mas o que aconteceu foi o oposto...

Era essa a questão com que todos se debatiam, pensou Maria. Foi preciso Simão para que fosse colocada claramente: Jesus estava errado. Mandou Simão pôr fim à violência, mas eles deixaram o assassino Barrabás em liberdade mandando executar Jesus em seu lugar, um homem que não matara ninguém. Jesus havia previsto o fim dos tempos atuais, mas o sol nasceu e a lua brilhou como sempre o fizeram. Jesus estava errado. E se estava errado em relação a essas coisas, no que mais estaria errado? Disse que sempre estaria conosco, mas agora se foi.

Talvez fôssemos loucos em segui-lo. Agora tudo acabara.

Mas ainda tenho que untar seu corpo, pensou Maria. Porque ainda o amo. Depois que passar o pôr do sol e a escuridão... então, tudo estará realmente acabado.

56

As ruas de Jerusalém estavam tranquilas, esvaziadas da multidão do feriado. O mercado estava fechado durante o Sabá, as barracas cobertas e os toldos baixados.

Com seu aguçado senso de percepção, Maria olhava cuidadosamente os prédios daquela zona rica da cidade e, observando suas esculturas de pedra e as pesadas persianas de madeira, pensou quanto custariam. Depois, concluiu que de nada lhe adiantaria saber. Aliás, nada importava. Acompanhada por João, passou por aquelas casas, depois pelo palácio de Pilatos e, em seguida, saíram pelo portão da cidade, retomando o caminho que haviam feito na véspera. No palácio de Pilatos, o único movimento que se observava era o dos poucos soldados de plantão. As pedras do pátio estavam limpas. Não se via sangue, nenhum vestígio do que ali se passara na véspera.

Do lado de fora do portão, seguiram o caminho percorrido pelos condenados, na direção da pedreira. Sentiam-se levados a voltar pelo mesmo percurso, como se isso aliviasse seu sofrimento ou os fizesse estarem mais próximos de Jesus. Seguiam seus passos, participavam de sua caminhada de uma maneira que não haviam podido fazer durante o acontecimento propriamente dito.

O dia estava feio, nublado. Desaparecera o sol brilhante do dia anterior, como se agora não fosse apropriado. Fazia um vento frio no campo aberto, por onde caminhavam, de cabeça baixa. Não conversavam, observavam o silêncio do sofrimento que, no entanto, partilhavam.

Agora já estavam próximos do local. Na frente deles, viam as três estacas, aguardando seus próximos convidados.

Maria parou. — Não posso... Não posso encará-lo — disse, em voz calma. — Ainda não posso. — Virou a cabeça para o outro lado e João também parou. Do outro lado daquele terreno frio e pedregoso, ela viu a colina de onde havia fugido após sua súbita e absurda tentativa de salvar Jesus. — Eu... Vamos até ali... — disse. Queria retirar-se para sua solidão, esquecer a visão das horríveis cruzes, ganhar forças antes de se aproximar novamente dali.

Caminharam juntos até a colina. Agora, Maria recordava a correria, quando perdera o fôlego e como escorregara no cascalho liso. Mas, se tivesse conseguido voltar, Jesus ainda estaria vivo, só teria que olhar para trás para vê-lo. Agora, quando olhava, só via o vazio, um caminho sem ninguém.

Subiram a colina, como Maria já o fizera antes, mas mais lentamente, até chegar ao topo. Lá embaixo estava o pomar — pomar que parecia insólito, naquele cenário. Maria não chegara a entrar no pomar. Fora ali que ouvira os gritos da multidão e percebera que tinha por que fugir.

No pomar, viam-se as árvores envoltas numa névoa, à luz fraca da manhã. Maria ainda não estava preparada para voltar ao Gólgota, ao Lugar da Caveira. Ficaria no pomar por mais um pouco. Desceram, dirigindo-se às fileiras de árvores, cujas folhas farfalhavam e os galhos balançavam ao vento.

De uma daquelas árvores, os galhos não balançavam e parecia que havia alguma coisa pendurada...

Maria deu um grito abafado quando viu aquele fardo escuro pendurado do galho de uma das árvores que ficava mais distante. Sabia que não era um fardo, não era um saco, e sim uma coisa mais comprida e mais pesada, uma coisa com uma cabeça, braços e pernas, e os pés pendentes. O fardo oscilava, lentamente, empurrado pelo vento...

— Fique aqui — disse João. Lentamente, aproximou-se da árvore, sem barulho, como se receasse assustá-la. Maria viu que o fardo se mexia, rodando, quando João se aproximou. — Meu Deus! — gritou João. — Meu Deus!

Desobedecendo-lhe, Maria correu para ele por aquele solo agressivo, passando pelas árvores. Chegando junto dele, pegou sua mão.

— Meu Deus! — repetia João. Então, a figura que balançava na árvore voltou-se na direção deles e Maria viu o rosto escurecido e inchado de Judas.

O grito ficou preso em sua garganta. Olhava-o, perplexa. Os olhos de Judas já tinham sido arrancados pelas bicadas dos pássaros. A língua, vermelha e inchada, pendia de sua boca inerte, e a cabeça estava tão caída para a direita que se apoiava no ombro. Emanava um cheiro forte e desagradável, quando o vento soprava. Maria engasgou-se e saiu dali.

Ele se matara por ter traído Jesus! Como se isso o trouxesse de volta!

— Tarde demais! Agora é tarde demais! — gritou Maria para Judas. — Você é um inútil, completamente inútil, seu remorso também é inútil, como foi inútil sua vida. — Seu ódio ainda era grande. Nem a morte acabara com ele. — Ainda bem que você não se arrependeu. Ainda bem que você não o seguiu até o Gólgota, pois se o tivesse feito, ele o teria perdoado... E você não deve ser perdoado, deve ficar sem perdão para sempre... Para sempre...

— Maria! — disse João, chocado.

— Você não sabe como ele era, não pode compreender. Ele era pior que uma pessoa possuída e merecia morrer sem perdão. Jesus não o chamou de filho da perdição? Disse que seu destino era a destruição...

A corda balançava lentamente, sob o peso, e aqueles pés sem vida quase tocavam o chão.

— Essa é a única paz que você irá conseguir. A paz de ficar pendurado de uma corda! — gritou Maria. — Sim, João, no bolso dele está a sacola de dinheiro que é nossa, pois ele era nosso tesoureiro. Devíamos levá-la, pois iremos precisar e...

— Não — disse João, decidido. — Deixe-o com o dinheiro. Você seria capaz de tocá-lo?

— Não — disse ela, com um soluço. — Não!

— Então vamos. Este lugar de morte é pior que o Gólgota. — João conduziu-a para fora dali e deixaram a árvore murmurando baixinho sob seu peso.

Pouco depois, estavam junto ao pé da cruz do meio. Só o vento, que soprava forte, abalava aquele ambiente frio, de silêncio. Tanto barulho e tanta dor no dia de ontem e, hoje, tanto silêncio... como se o horror tivesse sido tragado, engolido por um vazio. Ajoelharam-se e oraram. Maria sussurrou: — O mal parece que se foi, mas não sei para onde. Nem como.

Nos cômodos da casa emprestada havia movimento, mas lento, como se as pessoas estivessem atônitas, como animais assustados. Alguns outros tinham chegado, durante a ausência de Maria e João, mas seus olhares pareciam vazios, aterrorizados. Falavam uns com os outros em sussurros, como se alguém pudesse ouvir o que diziam. Os homens olhavam, preocupados, pelas janelas, mas a calmaria do Sabá tomara conta das ruas.

Maria e João chamaram a atenção de todos. — Amigos, temos que lhes contar o que vimos. Judas morreu. Enforcou-se.

Os outros deram gritos de espanto e de dor. Mas com certeza não conheciam bem Judas. Ou, pelo menos, não sabiam de tudo. Maria queria falar sobre isso, revelar tudo a eles, mas algo a impediu de fazê-lo. Não conseguia fazê-lo. Aquele ódio, exacerbado, parecia ter sido reduzido pela visita ao Gólgota.

— Vamos orar por ele — disse Pedro, levantando-se. Maria ficou calada, enquanto os outros oravam.

— Temos que... temos que comprar comida para esta noite — disse Maria, quando haviam terminado de orar. — E também as essências... para depois untar Jesus.

Sentada à sombra, no fundo da sala, a mãe de Jesus disse em voz baixa: — Não queremos comer.

— É verdade, mas temos que fazer um esforço e comer — disse Maria. À sua volta, os discípulos, desanimados e abatidos, estavam sentados, imóveis. — Jesus teria exigido que comêssemos. — Como saberia ela? Não sabia dizer, mas era como se ele estivesse ali a seu lado.

Ao entardecer, o mercado tornou a abrir as portas e, de repente, surgiram hordas de pessoas ansiosas por fazer compras. Maria e João foram comprar comida e as essências, e conversaram sobre o que tinham visto no pomar.

— O pai de Judas mora em Jerusalém — disse João. — Não deveria ser avisado? Sabemos o sobrenome da família — Iscariotes.

— Quando tivermos terminado de fazer as compras — disse Maria.

O que deviam a Judas ou à sua família? O que Jesus teria dito que fizessem? Maria não sabia. Judas podia esperar. Havia coisas mais importantes a serem feitas.

Pão, vinho, queijo, lentilhas, cebolinha, alho-porro, pasta de figo — seria uma refeição simples. Mas nutriente. E era disso que necessitavam — uma alimentação simples.

Deixando de lado as mesas e optando por se sentarem no chão duro, em respeito ao luto e à dor, os discípulos estavam dispostos num círculo oval. Não havia cabeceira — eram todos iguais. Todos os discípulos que faltavam tinham voltado a aparecer, mas a ausência de Judas pairava sobre a sala de maneira mais forte que a presença de todos os outros. A outra pessoa ausente — José de Arimateia, o anfitrião — também parecia, por alguma razão misteriosa, fazer-se presente.

Foi passada uma cesta de pão, que, um por um, foram partindo em pedaços. Inclinando-se para o centro, serviam-se, com uma cuia, das porções de lentilhas, de verduras e de queijo de cabra, colocando-as em seus pratos. Finalmente, uma jarra de vinho foi passada em volta do grupo e, um por um, encheram suas canecas.

Era a hora da bênção. As refeições — em especial a refeição que se segue ao Sabá — devem ser abençoadas. Mas pairava sobre eles um silêncio profundo, encobrindo-os. Tinham colocado a comida em seus pratos, mas não conseguiam recitar uma bênção. Bênção? Deus os havia abandonado. Abandonara Jesus em seu momento mais difícil e, agora, também abandonara seus discípulos. Deus olhara para eles e dera de ombros, ou, pior, zombara deles.

Pedro ergueu o pedaço de pão com ambas as mãos em frente ao seu rosto. Com reverência.

— Nosso mestre disse que este era seu corpo — disse, lentamente. — Disse que este era o pão da nova aliança de Deus. — Mexeu-se, ligeiramente. — Não o compreendo, mas foi assim que ele disse. E disse que devemos lembrá-lo quando comermos desse pão.

A luz da lamparina que ficava sobre o pão lembrava a Maria a luz da noite da ceia, quando Jesus fizera o mesmo gesto. Quase podia ver as mãos fortes e bronzeadas de Jesus segurando o pão, no lugar dos dedos grossos de Pedro.

— Este é o meu corpo, disse ele. Este é o meu corpo.

Em uníssono, todos ergueram o pão, levando-o à boca. E Jesus se fazia presente entre eles. O pão não parecia mais pão, mas parte dele.

Mas Jesus está morto, dentro daquela sepultura no rochedo, pensou Maria. A sepultura aonde devo ir amanhã. Mastigaram o pão, confusos. Todos o sentiam.

A refeição frugal prosseguiu até que a taça foi erguida. João disse: — Este é o meu sangue da nova aliança de Deus e será servido para muitos. Quando beberem dele, lembrarão a minha morte. Foi o que ele nos disse. — Num gesto conjunto, lento e reflexivo, todos ergueram as canecas e beberam.

Ao pronunciar aquelas palavras, Jesus tinha garantido sua presença junto a eles, durante todas as refeições, pelo resto de suas vidas. E nesta noite, com certeza, estava com eles. O vinho, escuro e forte, parecia-se, realmente, com sangue.

— E nós... nós continuamos aqui — disse Pedro, por fim. — E devemos permanecer juntos. Nunca o devemos esquecer.

— Mas sem Jesus — ouviu-se a voz queixosa de Tomé — o que iremos fazer juntos? Ele falava de amor e de sermos servos, mas talvez isso significasse que o deveríamos fazer sozinhos. Não haveria sentido em continuarmos andando juntos, como um grupo. Devemos voltar para nossas casas, onde podemos guardar nossas lembranças de Jesus.

— Lembranças desaparecem — disse João, numa voz surpreendentemente forte. — Não creio que Jesus pensasse em lembranças.

— E o que haverá, então? — perguntou Pedro. — É tudo o que nos restou. E nós acabamos nem escrevendo sobre o que ele disse! Teremos que confiar na versão de nossas próprias memórias...

— Eu escrevi alguma coisa — disse Tomé. — Mas está incompleto, naturalmente.

— Tudo se acabou, acabou — disse Pedro. — Sempre o lembraremos, sempre o honraremos e talvez nos possamos reunir para uma ceia uma vez por ano. Beberemos vinho, partiremos o pão, falaremos sobre ele... mas... — Tomou outro gole da caneca.

Os últimos raios de sol entravam pela janela da sala, batendo na parede oposta. O círculo se quebrara devido à ausência de Jesus. Mas, de alguma maneira, Jesus estivera ali, apesar das palavras de Pedro. Por que seria que Pedro não o via, não o sentia? Maria olhava fixamente para o pão. Teriam as palavras pronunciadas por Jesus impregnado o pão com uma mudança que persistiria em cada pedaço de pão oferecido em seu nome? O pão era diferente. Quase resistia a comer o resto do pão, mas sabia que isso seria contrário aos desejos dele. Lentamente, levou o pedaço de pão à boca outra vez. Via Jesus em volta deles. Como os outros não poderiam vê-lo?

Subitamente, sentiu-se segura, protegida. Estavam todos assustados, mas aquela estranha cerimônia... sim, trouxera Jesus a eles, ainda que por apenas um instante. Um instante que desapareceria, como todas as visões e exaltações, mas se fosse possível guardar aquele instante, usá-lo para se fortalecer, então...

O brilho no rosto de Moisés após sua conversa com Deus desaparecera. A glória do Senhor pairando sobre o recém-construído Templo de Salomão sumira. A estranha intensidade da pessoa de Jesus naquela tenda com goteiras — logo após a visão que ela tivera de sua exaltação — fora um momento fugaz. Mas nem por isso todas essas coisas eram menos reais.

Por que Deus não nos permite guardar essas coisas?, perguntou a si mesma. Se as pudéssemos ver, se as pudéssemos perceber, se pudéssemos voltar a elas quando nos sentimos fracos, então não vacilaríamos... Por que Deus as leva embora?

Olhou para sua caneca, com um pouco de vinho no fundo. O vinho-Jesus, que o fazia presente entre eles.

"Digo-lhes que não beberei do fruto da vinha de novo até bebê-lo no Reino de Deus." Fora isso que ele dissera. Mas agora, nunca mais beberia de nada.

— Temos que descansar — dizia Pedro. Todos concordaram. Pegaram seus pratos, recolheram a comida e guardaram o que sobrara do vinho e do pão.

Tudo se acabara e Jesus os deixara novamente a sós. Mas eles o tinham visto.

Dormiam. Ou tentavam dormir. As luzes haviam sido apagadas e todos se tinham deitado. No silêncio do quarto, Maria ouviu um choro abafado e pessoas mexendo-se de um lado para o outro, e fazendo ruídos de suspiros, que mais pareciam resmungos.

Quando estiver próximo de amanhecer, irei à sepultura, disse a si mesma. Poderia ir agora, mas...

A ideia de fazer aquela caminhada através do chão semeado de pedras em plena escuridão era assustadora. E havia a sepultura propriamente dita: deparar com a sepultura no escuro seria horrível.

Ao lado de sua cama tinha colocado três jarras com essências de unguentos: mirra da Etiópia, gálbano, uma goma que parecia cera, da Síria, e, a mais cara de todas, fragrância de óleo de nardo, num bálsamo da Índia. Fora difícil encontrar as essências, mesmo num mercado grande, como o de Jerusalém. E fora tão caro que ela acabara ficando com jarras menores do que aquelas que pretendia. Mas estava contente por ter conseguido tudo.

Como demorava a passar aquela noite! Estava ansiosa para se pôr a caminho. Sentia algo como uma febre, que a apressava a fazer sua última tarefa. Queria começá-la e terminá-la logo.

Dormira ou sonhara? Não sabia. As coisas estavam muito confusas em sua cabeça desde que Jesus morrera. Ouvia os galos cantar, mas ainda faltava muito para o amanhecer. Ouviram-se mais alguns gritos e depois, ao longe, o ruído surdo de uma carroça numa das ruas da cidade. A carroça significava que um novo dia estava começando.

Sem fazer barulho, levantou-se e calçou os sapatos. Tinha dormido vestida, para não ter que ficar procurando as coisas quando se levantasse, acordando os outros. Dobrou a coberta, colocando-a ao pé da cama e pegou as três jarras. Já na porta, olhou para trás, para o quarto escuro.

Amo vocês todos, disse mentalmente.

A cidade ainda estava silenciosa. A carroça que ouvira devia ser uma exceção. Fazia frio e o céu ainda estava salpicado de estrelas. A lua, no quarto minguante, ainda estava no céu e só desapareceria mais tarde, já durante a manhã.

Ouviu um coro de pássaros piando nas árvores já do lado de fora das muralhas da cidade. É claro. Agora, era primavera, a estação do acasalamento e de construir os ninhos — embora para eles fosse tudo uma brincadeira. Os piados e gorjeios exuberantes ritmavam o que ainda faltava da noite, acompanhando-a enquanto atravessava o campo de chão pedregoso.

O brilho das pedras, que refletiam o que restava do luar, ajudava-a a enxergar o caminho. Sentia-se aliviada por ninguém ter querido vir com ela. Na verdade, não os convidara abertamente, como se receasse que aceitassem — especialmente a mãe de Jesus.

Só quando ia chegando ao local da sepultura é que pensou na pedra que selava a entrada. Era muito grande e pesada. Pensara nela apenas poeticamente, no sentido de obstruir a entrada de luz, mas não pensara em seu peso.

Eu consigo, disse a si mesma. Removo a pedra. Ela não está lá há muito tempo e não deve ter se fixado em único lugar. Sou forte e se quiser realmente removê-la, conseguirei. E é o que quero.

Rodeou o caminho e entrou no jardim, cujo verde viçoso era visível até naquela claridade fraca. O caminho que levava ao jardim era mal feito, desigual e pedregoso. De repente, como uma luz do paraíso, surgiu um tapete de grama, árvores frutíferas em flor e roseiras, bem-tratadas, próximo ao sepulcro. Havia também outras flores que ela não sabia distinguir. E havia um banco de pedra exatamente embaixo de uma amendoeira.

Sentou-se no banco, colocou as jarras com os unguentos a seus pés e ficou esperando amanhecer. Sentia-se gratificada por estar ali, perto de Jesus, naquele lindo jardim florido. Baixou a cabeça e orou — orou por Jesus, onde quer que estivesse seu espírito, e orou pelos discípulos e pela família que deixara para trás. Sentia-se aturdida pelo sofrimento da perda. Orou por si mesma, para que tivesse coragem para entrar na sepultura, e orou por Eliseba, para que um dia, não se sabia quando, se reencontrassem e ela fosse perdoada, e sua filha tivesse uma vida abençoada.

Abençoada para além do que lhe posso oferecer agora, pensou Maria. Não sei como, nem onde, irei viver. Acompanhei um mestre que foi proclamado um criminoso; minha própria vida está em perigo. Por enquanto, pelo menos, ainda não tenho condições de ser uma verdadeira mãe para ela.

Ó Eliseba, tenho que oferecê-la a Deus, agora mais do que nunca! Renuncio a cuidar de você e a confio a Ele, acima das coisas humanas.

Mas Jesus também confiou em Deus e foi abandonado na cruz. Foi abandonado, gritando seu nome, enquanto as pessoas o provocavam dizendo "deixem que Deus o ajude!" e riam porque nada acontecia.

Por outro lado, foi como se Jesus assim o quisesse e tivesse planejado tudo. E ontem à noite, esteve conosco... não é verdade? Ou seriam apenas lembranças? Ele disse que anunciaria no Reino de Deus, mas isso não aconteceu. A menos que quisesse dizer outra coisa e não o tivéssemos compreendido.

Ela confiara em Jesus, mas ele não conseguira vencer... *isto*.

A sepultura parecia chamá-la.

Levantando-se, examinou os botões brancos da amendoeira em frente da sepultura. Agora, ela via os canteiros com flores, do açafrão, roxo e amarelo, aos narcisos, com lindos botões dourados. Na beira dos canteiros, uma fileira de lírios brancos ainda não abrira e suas cabeças pendiam sob o orvalho da madrugada. Acima delas, duas pombas chamavam uma à outra.

Se ficar muito tempo por aqui, acabarei tendo medo, pensou. E tenho que fazer a unção.

Aproximou-se da pedra que bloqueava as sepulturas. Quando chegou mais perto, viu que a pedra já havia sido removida. A porta da sepultura estava aberta, como uma boca escancarada.

Seu coração disparou.

A pedra fora removida? Claro que não podia ser. Devo estar enganada. Será esta a sepultura? Será que fiz o caminho certo?

Se me perdi, meu Deus, como irei encontrar a sepultura outra vez? Tenho que encontrá-la.

Mas o banco de pedra e os entalhes eram os mesmos. A sepultura *era* esta.

Ladrões de sepulturas! Pôs a mão sobre a boca. Não pensara nisso. Mas este era o local do túmulo de pessoas ricas, o que poderia atrair ladrões. E se a pedra fora removida, então, os animais poderiam...

Abafando um grito, ela precipitou-se para a entrada do sepulcro. Deveria ter vindo ontem, pensou. Vim tarde demais, deveria ter pensado nisto!

A ideia de que animais pudessem ter entrado no sepulcro era tão terrível que ela soluçava quando correu para a entrada e tentou enxergar o interior escuro. Não conseguia ver quase nada. Ajoelhando-se, foi tateando as saliências internas da sepultura de pedra. Não havia nada ali.

Com um grito, saiu espavorida do sepulcro. Olhou freneticamente em volta do jardim e para além do local onde ficavam as sepulturas, mas não encontrou coisa alguma.

Não podia acreditar no que descobrira. Estava atônita com a perda total de Jesus, pois agora sabia que ele jamais seria encontrado.

Seu desaparecimento... O fato de não poder repousar em paz... Este castigo derradeiro era mais uma zombaria de Deus. Gritou para Deus, mas sabia que ele não a ouvia.

Sem enxergar direito de tanto chorar, voltou à casa de José e entrou tropeçando. Todos ainda dormiam, mas ela aproximou-se de João e Pedro e sacudiu-os. Quando despertaram, fez um sinal para que a seguissem até lá fora.

— João... Pedro... — Era difícil falar. Eram as primeiras palavras que pronunciava desde que se levantara. — Eu fui... fui até o túmulo... Levei as essências do unguento para passar em Jesus... quando acabasse o Sabá... Mas esperei demais... Fui tarde demais...

— Por que você foi sozinha? — perguntou Pedro. — Você não acha que também iríamos querer ir? — Parecia que Pedro queria compensar por sua deserção anterior.

— Eu senti... senti-me chamada a fazê-lo e era cedo demais para acordá-los. Não sei...

— O que aconteceu, Maria? — perguntou João.

— O túmulo está vazio!

— O quê? — gritou João. — Você tem certeza?

— Sim, eu fui lá dentro. É verdade!

Depois de se entreolharem, os homens seguraram as túnicas e saíram correndo para o túmulo, deixando para trás Maria, que os seguiu. Mas quando lá chegou, eles já vinham saindo do jardim, num passo rígido, com cara de espanto.

— Não está lá — disse João. — É como você disse.

— Temos que avisar os outros! — disse Pedro.

Olharam um para o outro e foram saindo rapidamente, sem convidá-la a ir com eles. Tanto melhor. Não queria ser ela a comunicar à mãe de Jesus o que acontecera.

Agora viam-se os canteiros de flores mais nitidamente, em sua beleza primaveril. Já não se via apenas o amarelo e o roxo das flores, mas também tonalidades claras, como cor-de-rosa. Os botões abriam-se como pequenas estrelas. Maria ajoelhou-se na frente das flores, que, em sua beleza, tocavam seu coração mais do que qualquer outra coisa. Imaginou os ladrões pisando nas flores quando invadiam o sepulcro. Pôs a cabeça entre as mãos e chorou bem alto, um pranto desesperado.

Havia alguém perto de um dos canteiros. Ela olhou e viu que era um jardineiro, remexendo, podando e cuidando dos galhos. Tinha que ser hoje, pensou! Não dá para ficar sozinha...

Quando conseguir me controlar, perguntarei sobre a pedra, pensou. Mas agora, não. Pelo menos, ainda não. Levantou-se do banco e foi procurar um pouco de privacidade — suas lágrimas não paravam e pareciam não ter fim.

— Mulher, por que está chorando?

Aquelas palavras! Já as ouvi antes! Sentiu um calafrio. Mas onde as ouvi?

— Quem procura? — continuou o jardineiro.

Ele está falando comigo. Como se atreve? Como se atreve a interferir em meu sofrimento? Que idiota...

Tomada de raiva, levantou-se e decidiu enfrentá-lo.

Seu vulto era uma silhueta escura contra a luz, como o de alguém — mas quem? — que já vira, há muito tempo. Vestia uma túnica rústica, de jardineiro, usava um chapéu de abas largas e estava encostado na pá. Parecia uma pessoa calma e só ligeiramente curiosa.

— O corpo de meu mestre desapareceu deste túmulo — disse Maria, apontando para a entrada do sepulcro. — Diga-me, por favor, se *o senhor* o tiver levado, onde ele está, para que o possa pegar de volta. Ou diga-me, se acaso viu acontecer qualquer coisa, por menos importante que seja. Como o senhor trabalha aqui, pode ter visto alguma coisa. — Limpou as lágrimas, tentando enxergar melhor e manter a voz mais firme.

O homem enterrou sua pá no chão e apoiou nela seu pé. Ela tentava ver seu rosto, mas estava na sombra, como, aliás, todo ele. — Maria — disse ele.

Era a voz de Jesus. Era idêntica.

Simultaneamente, ela sentiu frio e calor, uma sensação que a abalou e quase perdeu a voz. — Mestre! — conseguiu, finalmente, murmurar. — Mestre!

Ele puxou seu chapéu para trás, e pronto: era Jesus que ali estava. Vivo, forte e com sua cor bronzeada, e não aquele pálido cadavérico. — Maria!

O som de seu nome era como uma lufada de vento sobre os juncos, sussurrando, chamando-a, envolvendo-a.

— Mestre! — Tropeçou para a frente, correndo para ele.

Estava vivo. Estava de pé, no jardim, saudável e ileso. Maria nem conseguia pensar — jogou-se a seus pés.

Segurou seus pés e só quando os tocou — quentes e fortes — é que viu as enormes feridas dos cravos, que já cicatrizavam.

Esperava que ele tocasse sua cabeça, puxando o lenço que a cobria, e passasse a mão pelo seu cabelo, consolando-a. Continuava chorando, segurando os pés dele e murmurando: — Senhor, Senhor, está aqui!

Então, vieram aquelas estranhas palavras, enquanto ele recuava. — Não me toque, não me segure, pois ainda não subi para meu Pai. Mas vá e diga aos outros. Diga-lhes o que viu. Diga-lhes que estou indo para meu Pai, e seu Pai, seu Deus e meu Deus. — As mãos de Maria ficaram na grama quando ele recuou os pés, para fora de seu alcance.

Recolheu seus dedos vazios e levantou-se, olhando o rosto dele.

Estava aqui, mas estava longe. Não se atrevia a desobedecer, tocando-o, embora tivesse vontade. Seus olhos amigos a olhavam com ternura.

O que acontecera? Por que está vivo? A crucificação não fora real? Estava vivo quando o puseram na sepultura? Não chegou a morrer? E agora o que acontecerá? Tinha todas essas perguntas na ponta da língua, mas os olhos dele as silenciaram. Ela não ousava falar, embora sua alma estivesse cantando. Virando-se, afastou-se, sabendo que talvez não o encontrasse quando voltasse. Obedecia às suas ordens.

Dizer aos outros. Falar com os outros. Era disso que se lembrava. Tinha que contar aos outros.

O sol já ia alto e as ruas agora estavam cheias de animais, mercadores e fregueses. Correndo, Maria deslizava entre eles pelas ruas movimentadas e chegou a casa sem fôlego. Irrompeu pela porta e deparou com todos eles sentados na sala, olhando para ela. Era evidente que João e Pedro já lhes haviam contado sua história. Olhavam para ela desanimados.

A porta soltou-se de sua mão e bateu contra a parede, como se anunciasse a declaração que ia fazer. Continuavam olhando para ela.

— Eu vi Jesus — disse.

Continuaram olhando, perplexos, em silêncio.

— Vi Jesus e ele está vivo — gritou Maria. — Encontrei-me com ele no jardim. Vi suas feridas. Mas está vivo. O túmulo está vazio. Eles viram. — E apontou para Pedro e João.

João voltou-se para Maria. — Você está dizendo que o viu depois que saímos de lá? Devíamos ter ficado! Para vê-lo! Se ele está vivo, quero vê-lo. Ele vem para cá?

— Apenas pediu que dissesse a vocês que se levantou e está indo encontrar Deus, seu Pai.

— Nós o perdemos! — gritou João. — Nós o perdemos! — Sua angústia era desesperada. — Ah, não aguento!

A mãe de Jesus aproximou-se de Maria e pegou suas mãos. — Ele está vivo?

— Tenho tanta certeza quanto a de estar aqui neste momento — respondeu Maria. — E estas minhas mãos tocaram seus pés. — Deixou que a mãe de Jesus as acariciasse.

Ela baixou a cabeça, beijou suas mãos e chorou.

Ficaram na casa de José, pois não sabiam o que fazer. Alguns queriam voltar ao jardim, mas Maria sabia que Jesus não estaria mais ali.

— Vocês o irão procurar em vão — avisou.

Teimosamente, Pedro e João foram até lá e voltaram confirmando sua previsão.

— Estava vazio — disseram. — E cheio de romanos e soldados do Templo. Conseguimos escapar deles, mas estão furiosos. Acham que se trata de uma conspiração, mas não têm certeza do que significa..

— Nem eu — disse Maria. — Só sei que ele escapou deles para sempre. E conosco... Jesus nunca fica. Está sempre um passo à nossa frente. Somos nós que somos lentos para acompanhá-lo.

Falaram sobre o que Maria havia visto no jardim o dia inteiro e ficaram fazendo perguntas o tempo todo. Para sua tristeza, ela constatou que a visão de Jesus no jardim já começava a desaparecer. Quando o fato acontecera, tudo fora bem nítido: o cheiro das moitas aparadas, o orvalho fresco na grama, aquela voz forte e profunda de Jesus. Mas agora, com a pressão dos outros para conhecer detalhes, ela tropeçava, patinava em seus pensamentos, tentando desesperadamente lembrar-se.

Como seria difícil recordar todos os seus ensinamentos, pensou. Se, pelo menos, ele tivesse escrito o que queria que guardássemos para passar adiante... Mas cometeremos erros e acabaremos esquecendo.

Apesar de tudo, quando o grupo parou de fazer perguntas, ela tornou a viver aqueles poucos, mas preciosos e profundos, momentos que passara no jardim.

Ele está vivo. Vivo. E me chamou pelo meu nome. E disse as mesmas palavras que dissera, há tanto tempo, em Nazaré: "Por que está chorando?" Deve ter recordado aquela vez. Foi por isso que o disse. E foi justamente porque, também naquele momento, eu pensava que ele morrera e o procurava como uma louca no meio dos rochedos. E, também dessa vez, lá estava ele acima de mim, na beira do penhasco, chamando-me.

Está vivo. Mas o que significa isso? Não está vivo da mesma maneira que estava quando morava em Nazaré. Isto é diferente — profundamente diferente.

Voltava a escurecer. Aquela era a terceira noite desde a crucificação. A primeira fora passada em prostração e sofrimento; a segunda fora a da cerimônia da refeição. Agora seria esta, seguindo-se às extraordinárias informações trazidas por João, Pedro e Maria. Haviam fechado e trancado as portas e até tinham mantido alguém de vigilância, pois receavam que as autoridades os procurassem para interrogá-los.

Fizeram a ceia todos juntos, sem cerimônias. Comeram rapidamente e deitaram-se após uma breve oração. Estavam lavando os pratos quando, de repente, João ficou imóvel, petrificado e apavorado.

Jesus estava ali, de pé. De corpo inteiro e no meio deles, apesar das portas trancadas. — Que a paz esteja convosco — disse.

— Senhor! — disse João, correndo para ele.

— Ah, meu filho! — Sua mãe estendeu as mãos para ele.

Jesus sorriu para eles e fez um gesto para que o seguissem. Juntaram-se, num círculo, em torno dele. — Meu Senhor — murmuravam todos.

Em seguida, ele abriu sua túnica, mostrando a ferida aberta pela lança e estendeu as mãos, ainda manchadas pelo sangue coagulado. Curiosos e assombrados, juntaram-se em torno dele, revezando-se para examinar as feridas.

Então, com suavidade, ele disse: — Tudo isto podia ser lido nas escrituras, se tivessem olhos para o ler e mente para o compreender. Por meio desta minha nova vida, o Reino de Deus foi, realmente, inaugurado, e um novo tempo foi anunciado. A morte foi vencida e Satanás foi derrotado. Vocês estão no limiar do novo tempo. Deverão abrir suas portas.

Olhou com ternura e determinação para cada um deles. — Agora, deverão partilhar este tesouro. Serão as testemunhas de todas estas coisas. — Fez uma longa pausa. — Envio a vocês a promessa de meu Pai. Mas fiquem aqui, em Jerusalém, até serem ungidos com o poder que vem do alto.

Então, segurando o rosto de cada um em suas mãos, ele olhou diretamente para os olhos deles e disse: — Que a paz esteja convosco. Como meu Pai me enviou, também eu vos envio. — Então, respirou fundo e soprou diretamente sobre eles, dizendo: — Recebam o Espírito Santo.

Quando foi a vez de Maria e ele tomou seu rosto naquelas mãos quentes, ela sentiu uma fraqueza de alegria e de mistério.

Soprou suavemente sobre seu rosto e seu nariz, dizendo em voz baixa: — Maria, receba o Espírito Santo. Ainda segurou seu rosto por um momento e depois soltou-o. Dizia-lhe que devia dar a vez ao seguinte.

Parte Três

Apóstola

57

À excelentíssima e honrada senhora Eliseba de Magdala, patrona e líder da sinagoga de Tiberíades

Com os cumprimentos e bênçãos da parte de Maria, também chamada Madalena, apóstola e serva de Jesus na igreja de Éfeso, mãe da senhora Eliseba de Tiberíades. Como a mãe que muito a ama, suplico-lhe que leia esta carta, e não a jogue fora, como fez com as outras que escrevi durante todos estes anos. Tenha a graça e piedade de mim, pois estou agora com noventa anos de idade, mais velha que nossa ancestral Sara. E você, que também já não é tão jovem assim, deve compreender como diminui o número de dias em que ainda poderemos conversar.

Com base em todas as informações que tenho recebido a seu respeito, sinto orgulho por seus êxitos. Tenho pleno conhecimento de que é uma líder, respeitada e poderosa, da sinagoga de Tiberíades, que conhece bem as escrituras e as tradições, e que é famosa por sua caridade. Por isso, oro para que essa caridade possa estender-se a mim, sua mãe.

Não seja tão dura. Já não alimento muitas esperanças de ver seu rosto outra vez. Tantas coisas se passaram desde o dia em que, sessenta anos atrás, eu tive que abandoná-la... E temos que compreender esse dia, pois sem o compreender jamais compreenderemos uma à outra. Ambas erramos e devemos saber superar nossos erros. Escrevo-o com tristeza e reconheço meus erros de coração aberto.

Tenho nas mãos o texto com a praga que deve ser lida durante as orações, em todas as sinagogas, contra os "nazarenos", como nos chama. O texto diz o seguinte: "Que não haja esperança para os apóstatas e que o Senhor rapidamente destrua o reino da arrogância; que morram de imediato os nazarenos e os hereges; que sejam apagados do livro da vida e que não se alinhem aos justos. Louvado seja o Senhor, que humilha os arrogantes".

Ouvi dizer que este texto foi autorizado pelo sinédrio e adotado de forma a que qualquer pessoa presente a um culto na sinagoga que fique em silêncio durante sua leitura seja identificada e expurgada.

Por que nos vê como inimigos? Por que ocorreu esta ruptura? Como Jesus ficaria triste... Sei que até seu nome é uma aberração para você. Mas também sei que você deve sentir curiosidade, pelo menos para conhecer mais sobre esse homem — e o grupo de seus seguidores — que lhe causou tamanha perda pessoal. Suplico-lhe, portanto, que leia a história que lhe envio anexada a esta carta. Trabalhei esse texto durante muitos anos, como um testemunho e uma proteção contra lembranças que rapidamente se esquecem e textos escritos que se perdem. Durante a queda de Jerusalém, há vinte anos, foi tão grande a destruição, tanta coisa de nossa história que se perdeu para sempre!... Foi-se o Templo! A glória de nosso povo foi arrasada e completamente destruída pelos romanos. Textos, assim como inúmeras outras coisas, foram transformados em cinzas. Perdeu-se a trajetória de judeus e cristãos daquela cidade arruinada... É verdade que sobrevivemos, mas foi tanto o que perdemos!...

Só sobramos João e eu. Pedro morreu em Roma. Tiago, filho de Zebedeu, foi decapitado nove anos depois que Jesus nos deixou. Os outros se espalharam e já devem ter morrido. Havia muitos outros, mas também eles se foram. Só João e eu, velhos e com nossos corpos de gafanhotos, continuamos vivos.

Há pessoas que fazem peregrinações e nos procuram para perguntar: Como foi que se passou? O que dizia ele? Como era ele? E, com as forças que nos restam, tentamos responder-lhes. Mas dá muito trabalho falar com as pessoas dessa maneira, uma por uma.

Por isso o escrevi... Sobre o que sei, sobre o que ainda recordo, para que sobreviva a mim.

Do que me lembro, foi isto que aconteceu depois que Jesus voltou a nós.

58

Testamento de Maria, de Magdala, também chamada Madalena

Jesus voltou. Estava de novo conosco. Isso é o principal, a coisa mais importante. Ele tinha morrido. Eu o vira na sepultura. Depois, o vi vivo.

Fui a primeira pessoa a vê-lo novamente vivo. Apareceu à minha frente no jardim e depois, naquela noite, apareceu a todos os discípulos. Estávamos refugiados na casa, com as portas trancadas, com medo de sermos perseguidos.

Ele veio a nós e disse-nos que estava tudo bem, que estava vivo. Um de nós, Tomé, não estava lá naquela primeira noite. E quando lhe contamos, zombou de nós, o que é compreensível. Mas Jesus voltou e convenceu-o de que realmente era ele. Tomé tocou suas feridas, sua carne e depois exclamou: — Meu Senhor e meu Deus!

E Jesus disse-lhe, suavemente: — Tomé, você só acreditou por ter-me visto? Abençoados sejam os que não veem e acreditam.

É por isso que escrevo esta história do que aconteceu conosco a partir daquele momento. Muitos vieram depois de nós e nenhum deles viu. Por isso devem conhecer o que nós vimos.

Jesus não ficou muito tempo conosco. Pareceu um tempo muito curto — embora deva ter ficado por uns quarenta dias — e não caminhou conosco, como antes fazia. Não ficava permanentemente ao nosso lado, comendo conosco, conversando conosco, descansando conosco. Não. Aparecia de repente, em momentos inesperados, como se nos tivesse testando. Podíamos estar fazendo alguma coisa — pescando, cozinhando ou caminhando — e, de repente, ali estava ele.

Deu-nos mais algumas instruções. Uma delas foi a de que nos incumbia de levar sua mensagem mais longe — para além das fronteiras de Israel. Outra foi a de que deveríamos permanecer em Jerusalém até que algo de importante se passasse conosco, algo que não descreveu.

Adorávamos o tempo que passávamos com ele. Fazíamos-lhe perguntas, mas não o questionávamos. Por quanto tempo irá ficar? Como poderemos comunicar-nos? Como conseguiremos continuar sozinhos? Eram perguntas para as quais queríamos respostas. Ele apenas nos respondia que "alguma coisa" nos traria todas as respostas, e que estaria sempre conosco. Mas nós não compreendíamos.

Num dia de sol no início do verão, ele apareceu entre nós. Era estranho como já nos havíamos habituado com aquilo. Já não nos surpreendia. Falou sobre nossa missão, disse que estaria sempre conosco e, naquele momento, compreendemos. Estava nos deixando, estava se despedindo. E de uma maneira inteiramente diferente daquela em que o fizera quando morreu na cruz.

Mas já nos havia treinado. Nenhum de nós chorou, nem protestou. Não segurei sua mão, embora tivesse vontade de fazê-lo. Apenas nos comportamos como ele gostaria que o fizéssemos.

— Venham, meus filhos, meus amigos, meus irmão e irmãs — disse, conduzindo-nos para fora da cidade, de volta ao Monte das Oliveiras. Passamos em frente ao bosque de oliveiras de Getsêmani e continuamos subindo, para além do lugar onde havíamos acampado. Acabamos chegando ao pico do monte.

Espalhada à nossa frente, com o esplendor de uma obra de arte, estava Jerusalém, anunciando sua beleza e eterna existência.

Jesus reuniu todos nós e disse: — Vocês são testemunhas de tudo o que aconteceu. Conhecem a minha mensagem, pois a ouviram desde o começo. Agora, eu os envio para que a levem a outros. Antes, porém, fiquem em Jerusalém até que sejam revestidos pelo poder que vem do alto. — Então, abraçou cada um de nós, segurando-nos pelos ombros. — Lembrem-se de que estarei sempre com vocês, até o final desta era.

Em seguida, desapareceu. Foi levado para longe de nós. Alguns pensaram que ele teria sido levado para as nuvens, enquanto outros não sabiam explicar o que acontecera — ele apenas sumira. Mas certamente voltaria! Lembrávamo-nos do que dissera na crucificação, de que voltaria a deixar-nos, mas voltaria em glória. João preocupara-se com isso. Ele disse: — E se eu quiser que ele fique até que eu vá? E daí? Você me seguirá. — Pensamos que isso significava que, antes de João morrer, Jesus voltaria. Voltaria e tornaria a caminhar conosco. Poderia ter outro significado?

Ficamos ali, perplexos, olhando à nossa volta. Então, apareceram dois homens, vestidos de branco, que pareciam ter surgido do nada.

— Galileus! — disseram eles. — Por que estão vocês aí olhando para o céu? O Jesus que foi levado de vocês para o céu voltará da mesma maneira que o viram partir para o céu.

Loucos de excitação, mas também receosos, voltamos para Jerusalém, cantando e tentando convencer-nos de que estávamos repletos de alegria, quando, na verdade, nos sentíamos roubados. Dirigimo-nos ao Templo, como se este tivesse respostas para nossas perguntas. Era tudo que conhecíamos então.

Mas no momento que entrei no Templo, senti que nunca mais me sentiria em casa. Apesar das lembranças que tinha de Jesus ensinando ali, havia muitas outras terríveis: Joel sendo atacado. Jesus e os cambistas. A cara do sumo sacerdote, Caifás, gritando, no meio da multidão, e pedindo sua morte. Até aquela barreira que impedia a passagem das mulheres me parecia, de repente, intolerável. Não fazia sentido.

Mas Jesus havia previsto a queda do Templo. Dissera que não sobraria pedra sobre pedra. Não o compreendemos, nem o acreditamos. Só mais tarde — como tantas outras coisas — o compreenderíamos. Mesmo assim, há muitas coisas que até hoje permanecem incompreensíveis.

Continuávamos usando a casa de José de Arimateia, onde nos reuníamos todas as noites na sala do andar de cima. Para mim, era aquele o lugar sagrado, e não o Templo, pois quando Jesus voltara, fora ali que se reunira conosco. No dia anterior, quando ainda estava ausente, havíamos feito uma refeição, partilhando a tristeza e a camaradagem. Agora, teríamos novamente que comer, depois que nos deixara de uma maneira diferente.

Nós, mulheres, deixamos o Templo mais cedo e voltamos para casa levando a comida de que necessitaríamos para a ceia. Ao chegarmos lá, fomos surpreendidas com a presença de Tiago, irmão de Jesus, que nos esperava. Sua mãe soltou um grito abafado de felicidade e aproximou-se, hesitante, pegando as mãos de Tiago, seu segundo filho. Ele era mais baixo e mais forte que seu irmão mais velho. Não havia como confundi-los, exceto por uma pequena semelhança nos olhos, profundos.

— Meu filho! — disse. — Meu querido filho! — Não perguntou "por que você veio?", pois mães não fazem essa pergunta. Apenas aceitam com alegria a dádiva de que seus filhos *tenham* vindo.

— Eu o vi! — disse Tiago, cujo rosto demonstrava confusão e perplexidade. — Estou lhe dizendo que o vi!

— Você sabia que...

— Claro que sabia. Quem não o sabe? Tinha vindo passar a Páscoa aqui...

— Você estava aqui? Este tempo todo? — perguntou sua mãe, chocada.

— Fiquei num quarto alugado — disse Tiago. Quando sua mãe franziu a testa, pensando na despesa, ele acrescentou: — A carpintaria foi bem durante o ano que passou. Mas, mãe... ele me apareceu de repente, no quarto. No quarto em que fico. E disse-me tanta coisa... explicou muitas coisas... e eu... tudo isso é extraordinário. Tantas profecias que ele abriu das escrituras... Mas era o meu irmão! E também não era o meu irmão, mas outra pessoa!...

— Ele prometeu-me que algum dia o iria procurar — disse sua mãe. — Cumpriu sua promessa, cumpriu-a gloriosamente. — Aproximou-se dele e tocou sua face. — Mas agora deixou-nos e voltou a seu Pai, como disse. E agora devemos continuar sozinhos. Ele frisou que devemos levar em frente o trabalho. E muito trabalho.

— Sim, para cumprir e aperfeiçoar a Lei — disse Tiago. Franziu suas sobrancelhas espessas. — Devemos ser mais rígidos do que nunca em segui-la.

— Foi realmente isso que ele lhe disse? — perguntou Pedro, aproximando-se.

— E que outra coisa diria? Ele veio para observar que as profecias fossem cumpridas, assim como a Lei e as escrituras. E nada pode ser feito sem elas. — Tiago parecia surpreso que alguém pudesse questioná-lo.

— Mas ele próprio não era muito rigoroso no cumprimento da Lei — disse Pedro. — Ele disse realmente isso a você?

— E de que importam as palavras exatas? — perguntou Tiago. — Estamos aqui para mostrar que ele era um obediente filho de Israel. Ou melhor, o mais obediente de todos! E se alguma autoridade religiosa o criticar, estará errada!

— Você é bem-vindo! — disse Pedro. — Todos os irmãos de Jesus são bem-vindos. — Pedro estendeu os braços, mas não se aproximou para abraçar Tiago. — E aqui, somos todos irmãos e todos iguais. Certa vez Jesus nos disse que somos para ele o mesmo que irmãos ou irmãs de sangue.

— Ele disse isso? — Tiago parecia perplexo.

— De qualquer maneira — disse eu — será certamente um privilégio especial podermos contar com um autêntico irmão de sangue. — Sorri para Tiago, recordando outras conversas que tivera com ele, menos agradáveis. Talvez tivesse mudado. É verdade que Jesus mudava as pessoas.

Pedro olhou, espantado, e afastou-se.

Repetimos a cerimônia na hora da ceia. Partiu-se o pão, pronunciaram-se as mesmas palavras e a taça da promessa divina foi passada de um a um. Desta vez, não estávamos prostrados pela tristeza, mas vinculados por uma missão, embora não tivéssemos certeza de qual ela era. Aguardávamos instruções e sabíamos que elas viriam.

Tomamos o vinho e sentíamos como se o próprio Jesus nos tivesse oferecendo, fazendo um gesto de aprovação enquanto o tomávamos.

Nosso grupo continuava indo ao Templo, fazendo suas orações e tentando cumprir os ritos religiosos. Como já disse, aquilo era tudo o que conhecíamos, embora eu mesma não me sentisse bem no lugar. Jesus se fora... Onde, além do Templo, pensávamos conseguir apoio? Os homens iam, portanto, ao Templo, e tentavam parecer ainda mais obedientes e rigorosos que os fariseus, de maneira a que as pessoas os pudessem apontar e dizer: "Veja ali os discípulos de Jesus! Mas como são ortodoxos! Jesus era um verdadeiro filho de Abraão!"

Muitas vezes reuniam-se, ao meio-dia, no Pórtico de Salomão para orar. Não iam apenas os discípulos de nosso grupo: iam discípulos de Jerusalém e seguidores da Galileia, homens e mulheres. Às vezes nós, mulheres, e o irmão de Jesus nos juntávamos a eles. Houve um dia em que era o início da Festa das Semanas, também chamada Pentecostes, a festa a que eu fora levada há muito tempo, quando ainda era criança. Dessa vez, entrei nos recintos do Templo livre de qualquer pecado, sem esconder nada de que tivesse vergonha. Dessa vez, era o Templo que eu questionava, e não a mim mesma.

Tentei não pensar em Caifás, ciente de que se o visse não responderia pelo que pudesse fazer. Odiava-o com uma intensidade indescritível.

Mesmo no meio daquela confusão toda, conseguimos retirar-nos e fizemos nossas orações em grupo. Tentei concentrar-me exclusivamente nas palavras das orações, apagando a sensação de perda que tinha, sem Jesus ao nosso lado. Era impossível deixar de vê-lo, ali no Templo, embora aquele não fosse um lugar a que ele pertencesse. O Templo o expulsara, virara-se contra ele, destruindo-o.

Estava ali, com a cabeça baixa, em reverência e coberta pelo véu, quando ouvi — como o poderia descrever? Seria impossível... — um barulho forte, semelhante ao barulho de uma revoada de pássaros que, assustados, voam todos de uma vez. Isso, como uma revoada de pássaros do brejo. O bater de asas agitou o ar e um vento soprou sobre nós. Olhei para cima, mas não havia pássaros. Não havia coisa alguma, senão o vento que continuava soprando. Vi que revolvia o véu de minha cabeça e a bainha das túnicas dos outros.

E então vi alguma coisa que surgiu no ar, vermelha e brilhante, dançando como uma chama. Como várias chamas, como línguas de fogo que se separaram e vieram pousar sobre nossas cabeças. Vi as pontas das chamas sobre as cabeças dos outros, mas ninguém sentia dor e os véus que cobriam as cabeças não pegaram fogo. Então, vi que um círculo de luz e de chamas me cercava. Via tudo pelo canto dos olhos. Estendi minha mão, para tocá-lo, mas não senti coisa alguma; minha mão o atravessou. Terminara o barulho e agora só tinham ficado as chamas em torno de nós.

João Batista... João Batista dissera: "Alguém mais poderoso do que eu virá... Eu os batizo com água e ele os batizará com o Espírito Santo e com fogo". E Jesus... o que dissera ele naquele primeiro dia em que voltou a nós? "Mas fiquem aqui em Jerusalém, até serem revestidos com o poder que vem do alto."

E senti que pairava sobre mim uma presença profunda — como já disse, não sei descrevê-la de maneira apropriada —, como eu jamais tinha experimentado. Parecia que falava, que sussurrava, parecia que penetrava no fundo da minha mente. O que dizia? Não era uma presença estranha, era algo de dentro de mim.

Não me lembro de ter falado, embora tenha ouvido os outros falarem. André começou a falar numa língua estranha, e depois Simão, e Mateus... e todos nós. Mas o que dizíamos? As palavras saíam e não sabíamos seu significado.

Os peregrinos que se encontravam conosco no pátio externo calaram-se, de repente. Foi um silêncio estranhíssimo. Se o vento tivesse soprado em outros lugares, nós o saberíamos, teríamos escutado. Mas o silêncio era total, exceto onde estávamos.

— Vocês não são galileus? — disse um homem, por fim, aproximando-se e desafiando-nos. — Por que estão falando nessas línguas?

Mas nós continuamos falando, sem nos conseguirmos controlar — as palavras continuavam saindo.

— Ouçam! Nós viemos de todas terras que existem, unidos por nossa descendência comum de Abraão! — gritou o homem. E, com um gesto do braço, apontou uma porção de gente que estava com ele. — Somos pártios, medas, elamitas, habitantes da Mesopotâmia, da Judeia e da Capadócia. Viemos de Ponto e da Ásia, da Frígia e de Panfília, do Egito e de regiões da Líbia perto de Cirene, assim como temos visitantes de Roma. Somos convertidos ao judaísmo, embora nascidos judeus, cretenses e árabes. E aqui estamos nós ouvindo vocês, galileus, falando nossas línguas!

Estaríamos realmente falando todas aquelas línguas? Não conhecíamos nenhuma delas!...

— Estão bêbados! — disse uma voz forte, do outro lado do pátio. — Beberam do vinho novo e beberam demais!

Foi então que compreendi que alguma coisa tinha, realmente, acontecido conosco, mudando o nosso comportamento. Pedro começou a agir de uma maneira completamente diferente. Decidiu dirigir-se, com ousadia, à multidão que ali estava. Subiu numa pedra, de onde podia falar às pessoas. Pedro demonstrava agora ser um homem de uma força irreconhecível.

Erguendo a voz, gritou: — Ouçam-me todos! — Suas palavras tinham o peso da autoridade. — Nós não estamos bêbados. Ainda é de manhã cedo. Não é nada disso! O que se passou foi o que previu o profeta Joel. — Deus disse que ocorrerá nos últimos dias. Em suas palavras, "derramarei o meu Espírito sobre toda a carne; vossos filhos e vossas filhas profetizarão, vossos velhos sonharão, e vossos jovens terão visões; até sobre os servos e sobre as servas derramarei o meu Espírito naqueles dias. Mostrarei prodígios no céu e na terra: sangue, fogo e colunas de fumaça. O sol se converterá em treva, e a lua, em sangue, antes que venha o grande e terrível dia do Senhor. E acontecerá que todo aquele que invocar o nome do Senhor será salvo".

Como e de onde se lembrava Pedro de tudo aquilo? É verdade que Jesus dissera que nos lembraríamos de coisas, mas...

— Ouçam-me, vocês, que são israelitas! — gritava Pedro. — Jesus, o nazareno, foi um homem com grandes poderes que lhes foi enviado por Deus...

E Pedro contou-lhes toda a história de Jesus. No pátio, não se ouvia um som. O silêncio era absoluto. As pessoas estavam petrificadas. Pedro! O Pedro que vacilava, que hesitava, que negava!...

Cuidadosamente, passei a mão sobre minha cabeça tentando ver se sentia algum calor especial ou alguma coisa que mostrasse uma mudança. Se acontecera com Pedro, por que não aconteceria comigo? Todos havíamos recebido chamas idênticas.

— Portanto, que toda a casa de Israel saiba e reconheça que Deus fez de Jesus o Messias e o Senhor — dizia Pedro. — O homem que vocês crucificaram, Jesus, é o Cristo, o ungido de Deus.

Outro silêncio profundo. Então, uma voz forte perguntou: — E o que devemos fazer, meu irmão?

Sem hesitar, Pedro respondeu: — Devem arrepender-se e batizar-se, todos e cada um de vocês, em nome de Jesus, o Cristo, para que sejam perdoados por seus pecados. Então, receberão o dom do Espírito Santo.

De onde viera aquela resposta tão determinada e definitiva? Jesus nunca nos falara dessas coisas. Mas aquelas chamas, aquela presença misteriosa que sentíamos dentro de nós... Seria aquele o conforto, a proteção que Jesus prometera?

Ele dissera que seria outra versão de si mesmo. Mas aquilo em nada se parecia com ele. Teria Jesus dito as mesmas coisas? Deveríamos confiar neste novo companheiro recém-chegado? Mesmo se Jesus o tivesse enviado?

Então, toda a multidão que estava no pátio correu para Pedro, gritando: — Batize-nos! Batize-nos! — E eu fiquei só olhando, maravilhada.

Sentimo-nos forçados a anotar o que acontecia por escrito. E também tínhamos que encontrar um lugar suficientemente grande, e com água corrente, para acomodar aquele grupo imenso: umas três mil pessoas. O sermão espontâneo de Pedro provocara a conversão de três mil pessoas. Três mil pessoas dispostas a se apresentarem, em público, e se declararem seguidoras de Jesus — um número superior ao que ele mesmo conseguira durante sua vida.

Mas seria isto o mesmo que seguir o próprio Jesus? Pedro era Pedro, e não Jesus. E este estranho acompanhante na forma de um espírito também não era Jesus. É verdade que, segundo as escrituras, pessoas haviam sido temporariamente dotadas do Espírito de Deus para realizarem algum tipo de serviço extraordinário. Mas agora parecia que este Espírito Santo nos acompanharia por nossas vidas e, de alguma forma, seria um substituto para Jesus.

Mas eu preferiria — sem dúvida! — que fosse o próprio Jesus, em toda sua confusa perplexidade. No entanto, aos poucos, fui forçada a aceitar que fora aquilo que ele me impusera. E eu nada podia fazer, senão baixar a cabeça, em reverência, e aceitá-lo. Que outra opção tinha? "Não me toque, não me segure." Aquelas palavras iriam ressoar em meus ouvidos por toda a vida, quando me manteve à distância. No entanto, fora comigo que ele falara primeiro, antes de todos os outros.

Os três mil foram devidamente batizados e agora nossa comunidade inchara. O que iríamos fazer? Éramos galileus, peregrinos forasteiros na região de Jerusalém. Porém, havíamos conseguido uma casa e muitos dos convertidos nos procuravam. Deveríamos continuar ali?

Com a presença de nosso recém-encontrado companheiro, oramos ao Espírito, confiando que ele — ou ela, ou a Sabedoria, ou o que quer que fosse aquela presença — nos conduzisse para onde Jesus queria que fôssemos.

Aconteceram duas coisas quase de imediato. A primeira foi que Pedro e João começaram a realizar as mesmas ações de Jesus, fazendo curas e pregando sermões. Na verdade, Pedro ficou tão célebre que as pessoas levavam doentes e os colocavam a seu lado, na esperança de que sua sombra sobre a padiola simplesmente os curasse! A segunda coisa foi que todos nós — discípulos, apóstolos e convertidos — começamos a organizar-nos. Necessitávamos de outra casa para ser a nossa sede, pois a casa de José fora apenas emprestada. Mas foram muitas as pessoas, em Jerusalém, que começaram a seguir o Caminho (como fomos inicialmente conhecidos), inclusive alguns sacerdotes do Templo, e construíram casas e locais de encontro que ficavam à nossa disposição. E como alguns tinham mais posses do que outros, as pessoas reuniam todos os recursos, partilhando-os em seguida, de maneira a que ninguém ficasse sem comer. Essa ação de caridade espontânea chamou a atenção do público e foi assim que nos tornamos amplamente conhecidos.

Mas acontecia muito mais do que isso em nossos locais de reunião. Partíamos o pão e consagrávamos o vinho em nome de Jesus, orávamos, estudávamos as escrituras para encontrar antigas referências a Jesus, como ele nos havia dito. Também distribuíamos comida e roupas para as pessoas pobres e necessitadas.

Tínhamos muito trabalho. Do amanhecer até meia-noite, havia tarefas a serem feitas. Sobrava-nos pouco tempo para nosso próprio sofrimento e para reflexão. Só tínhamos tempo para agir e para uma ou outra oração rápida.

Como eu fora uma das primeiras discípulas e conhecera e acompanhara Jesus durante toda a sua missão, era chamada, de vez em quando, para falar aos convertidos sobre ele e tentar mantê-lo vivo para eles.

Como estavam ansiosos para saber sobre ele. Agora sei que essa fome e essa sede pelo conhecimento irá continuar, e eu jamais terei condições de preenchê-las. Tentei fazê-lo, neste breve testemunho, mas humildemente compreendo como é limitado.

Post scriptum, *para minha filha:*

E agora, Eliseba, envio-lhe isto. Enviarei mais, pois o testemunho está longe de ter ficado completo. Mas queria que recebesse esta parte com o começo, que deve ser a que mais a confunde.

Envio-lhe também minha bênção e oro para que encontre forças e paz para me responder. Tentei contar as coisas de uma maneira honesta, mas uma coisa deixei de fora. Disse que a chegada do Espírito Santo foi indescritível. Também indescritível é a saudade que sinto de você, que nunca se extinguiu ao longo de todos estes anos. Suplico-lhe que ouça seu coração. Com certeza fala-lhe de mim. Deus não seria tão cruel a ponto de silenciá-lo para sempre.

59

Para a viúva de Joel, de Naim, também conhecida como Maria de Magdala, e agora como Maria de Éfeso

Minha superiora, a senhora Eliseba de Tiberíades, viúva de Jorão de Magdala, pediu-me que respondesse à sua correspondência. Solicita-me que lhe diga que leu o estranho testemunho-depoimento de sua vida — ou o que a senhora diz ser apenas o começo desse documento — e que o considera apenas preocupante. Considera um atrevimento e uma afronta que, após sessenta anos, venha procurá-la, pedindo-lhe que a reconheça como sua mãe.

Solicita-me que lhe diga que, durante todos os anos de sua infância e juventude em que viveu como órfã — com uma mãe que se sabia ter sido possuída e, em seguida, portadora de conduta imoral, desertando de sua família e juntando-se a um bando de profetas errantes e rebeldes — jamais a senhora tentou vê-la ou procurá-la. Que ela cresceu tendo muita vergonha de sua mãe, cujo comportamento era uma vergonha na cidade. Ainda pequena, escreveu-lhe muitas cartas, infantis, a que a senhora jamais respondeu, até que desistiu. Se não fosse pela generosidade de seu tio Eli e de sua família, nunca teria tido um lar. Seu tio Eli ensinou-lhe tudo o que sabe e deu-lhe motivos para o orgulho de sua família.

Com o passar dos anos, ela imaginava que a senhora tivesse morrido, tal como morreu aquele rabino que a senhora acompanhava. Muitos dos que participavam daquele bando foram perseguidos e executados. O nome daquele odioso rabino tornou-se ainda mais detestável entre os fiéis de Israel após sua morte, quando seus seguidores puseram em prática uma perversão herética da Lei de Moisés, tornando-se ainda mais abomináveis perante os religiosos praticantes.

Solicita-me ainda que lhe diga que, na hora em que o povo judeu mais necessitou, quando da queda do Templo e da dispersão de todos, a senhora e os seguidores daquele infame rabino persistiram em sua heresia. Até o sofrimento por que passam hoje seus irmãos judeus não conseguiu trazê-la de volta, o que a torna pior ainda que os edomitas, os ex-irmãos de sangue dos judeus que lhes voltaram as costas quando passavam necessidades.

E então, de repente, após todos esses anos, a senhora surge em sua vida pedindo-lhe que leia a defesa da heresia! Como se fosse convertê-la!

Minha superiora solicita-me que lhe transmita que é com grande tristeza que ainda não tem uma mãe.

Saudações e paz,

Tirza, da casa da honorável Eliseba

60

Para minha querida e única filha, Eliseba, para sempre muito amada

De Maria, apóstola na igreja de Éfeso

Seria impossível transmitir-lhe a alegria que tive quando recebi a carta escrita por sua assistente. Finalmente ouço sua voz, ainda que em segunda mão e tão cheia de raiva. São tantas coisas que você diz que eu gostaria de responder, de explicar... Jamais recebi as cartas "infantis" a que se refere; imagino que seu "generoso" tio Eli as tenha jogado fora. E agora também imagino que nunca tenha recebido as minhas, embora algumas tenham sido enviadas a Silvanus e outra, diretamente a

Eli. Também aqui, suspeito que o generoso tio Eli tenha achado melhor que nunca chegássemos a comunicarmo-nos.

Eu fui a Magdala após a morte de meu mestre, quando você estava com sete ou oito anos de idade, mas Eli e Diná não me permitiram que visse ou falasse com você. Disseram-me que lhe haviam dito que eu morrera e que, na opinião deles, realmente morrera. Lembro-me de ter-lhes respondido que não só não estava morta, como nunca sonhara ser possível que estivesse tão viva. Mas eles nem queriam saber o que se passara comigo.

Reflita um pouco sobre isso. Pessoas supostamente generosas, caridosas e religiosas que nem por isso se interessam em saber o que aconteceu com uma irmã que sabiam ter passado por uma grave doença. Pergunte-se a você mesma que tipo de caridade é essa. Em minha opinião, isso apenas demonstra que o melhor da "bondade" humana ainda rima com egoísmo e cegueira, e talvez seja por isso que jamais conseguiremos agradar a Deus com nossas tentativas de santidade. Isaías é quem diz melhor: "Todas as nossas justiças são como trapo de imundícia."

Ao longo de todos estes anos, sempre que encontrava alguém de Magdala perguntava por você. Tentava por todos os meios ter notícias suas. Contaram-me que casara com Jorão, líder da comunidade judaica de Tiberíades. Ignorava que ele morrera e transmito-lhe meus sentimentos, pois sei o que é ser viúva. Nunca soube se você tem filhos, pois as informações que consigo são poucas e insuficientes. Mas teria enorme prazer em saber que exista essa dádiva.

Tudo o que aconteceu não existe mais. Os fatos, as pessoas e as barreiras que nos mantiveram isoladas desapareceram. Hoje você não é mais uma criança que dependa de um adulto para enviar ou receber uma carta. Também eu não faço mais parte de um bando errante e fixei-me em Éfeso já há muitos anos. Atualmente, até me consideram respeitável! Entre o grupo de pessoas que conheço sou considerada uma senhora velha, honrada, querida e respeitada. O meu grupo de hereges recebeu recentemente o reconhecimento de ser uma verdadeira religião. Somos milhares, atualmente, espalhados pelo mundo afora, da Espanha à Babilônia. Começamos sendo um pequeno grupo de pessoas apavoradas, chorando a morte de nosso mestre em Jerusalém, e hoje você pode ir a praticamente qualquer cidade do império e encontrar companheiros de fé. Sete ou oito anos após a morte de Jesus, já havia fiéis em Damasco e em outras cidades. Portanto, desapareceu o estigma de pertencer a uma heresia desconhecida.

Portanto... atravessemos as barreiras que sobraram, que existem apenas em nossas cabeças, de braços estendidos. Não há ninguém para o impedir e podemos dar ouvidos a nossos corações.

Respeito os sentimentos que a levaram a responder-me de maneira tão distante, utilizando, inclusive, um substituto para escrever, mas oro para que se atenuem.

De qualquer maneira, só o fato de ter recebido uma carta já foi uma resposta a minhas orações anteriores.

Estimulada pela congregação, aqui em Éfeso, continuo escrevendo a história de Jesus e dos primeiros discípulos. Enviarei cada parte desse texto, à medida que o for terminando. Quero que o tenha. Mesmo que o destrua sem ter lido, saiba que é seu.

Sua mãe querida,
Maria de Magdala e Éfeso

61

TESTAMENTO DE MARIA, DE MAGDALA, TAMBÉM CHAMADA MADALENA (CONTINUAÇÃO)

Como já contei, meus irmãos e irmãs no Senhor, naqueles primeiros tempos sucediam-se os fatos extraordinários. Na verdade, nós adoramos voltar a lembrar aqueles tempos, pois foram como os dias que imediatamente se sucedem ao casamento, quando a noiva e o noivo não desgrudam um do outro, só têm olhos para si e passam o tempo de que dispõem no quarto nupcial, alheios ao resto do mundo. Era numa espécie de quarto nupcial que nós estávamos, pois fôramos escolhidos por Jesus como seus companheiros para a eternidade — do que agora temos certeza. Mais do que companheiros, partilhamos de seu Espírito.

Pois havíamos mudado. Eu via essas mudanças nos outros: na súbita autoridade de Pedro, na profunda compreensão de João, na completa aceitação e felicidade da mãe de Jesus e no rigoroso Tiago, que agora reverenciava seu irmão com exaltação, e não com desprezo.

Mas não percebi mudança alguma em mim.

Não demorou muito para que nosso trabalho chamasse a atenção das mesmas pessoas que haviam perseguido Jesus — e, pensavam eles, o tinham calado para sempre. Pedro e João tinham ido orar no Templo, como sempre faziam. Quando subiam as escadas, passaram por um mendigo aleijado que lhes pediu uma esmola. Para sua surpresa — e das pessoas que por ali passavam —, Pedro disse-lhe: — Não tenho ouro nem prata. Mas dou-lhe aquilo que tenho. — Inclinando-se, tocou a mão do mendigo. — Em nome de Jesus, o Cristo de Nazaré, levante-se e ande! — E, pegando a mão direita do homem, puxou-o para cima. Não só o homem ficou de pé, como suas pernas e tornozelos pararam de tremer e ele subiu as escadas, louvando a Deus.

É claro que aquilo atraiu a atenção, pois o mendigo era conhecido de todos que por ali passavam em direção ao portão do Templo. O mendigo foi acompanhando Pedro e João e, quando se juntou uma multidão de curiosos, Pedro começou pregando sobre Jesus.

O comandante da guarda do Templo, acompanhado por sacerdotes saduceus, veio correndo e prendeu Pedro e João, mas não antes que muitas pessoas os tivessem ouvido e sido convertidas. Mantiveram Pedro, João e o homem curado na cadeia e marcaram uma audiência para o dia seguinte. Eu vi quando foram levados. Também Jesus fora levado daquela mesma maneira, e pelas mesmas autoridades.

Mas, ao contrário do que ocorrera com Jesus, Pedro e João foram soltos. E contaram-nos como fora o interrogatório, o que Jesus nunca tivera oportunidade de fazer.

— Foram justamente as mesmas pessoas — disse João. — Tivemos a honra de ser interrogados e ameaçados por Caifás e Anás.

Foi então que tive, pela primeira vez, a suspeita de que também eu passara por uma mudança com a chegada daquele Espírito. Até aquele momento, imaginava-me pulando em cima de Caifás e rasgando-lhe os olhos. Até gostaria de ter uma adaga escondida no cinto e esfaquear Anás. Mas, justamente naquele momento, senti apenas tristeza por sua cegueira, por sua violência.

A perda desse meu lado violento parecia estranha, como se me faltasse um braço.

Mas eles são malvados!, pensei. Merecem ser punidos! Porém, de alguma maneira, a antiga sede de vingança perdera seu sabor e seu prazer.

— Interrogaram-nos e ameaçaram-nos, e depois concordaram em soltar-nos desde que comprometêssemos a nunca mais mencionar aquele nome a ninguém — disse Pedro.

— Não conseguem pronunciar o nome "Jesus" — disse João. — É como se o próprio nome tivesse poder.

— E tem — disse Pedro. — Curei o mendigo pronunciando as palavras "em nome de Jesus, o Cristo de Nazaré".

Então, demos as mãos e oramos juntos. As palavras me vieram e eu disse: — Senhor, não considere as ameaças e dê força a seus servos para que levem a sua palavra com coragem e ousadia, da mesma forma que nos estende a mão para curar e que maravilhas se realizam em nome de seu santo servo, Jesus.

É claro que as coisas não ficaram por aí. Voltamos a ser presos — sim, dessa vez também as mulheres. Fomos levados para a cadeia pública. Foi a primeira vez que vi uma prisão e senti, de imediato, uma enorme compaixão pelos presos, sobre quem pouco ou nada pensara até então. A prisão era escura, parecia uma caverna, embora não fosse subterrânea. Ficamos juntos e tentamos transmitir força uns aos outros, mas eu tive medo.

Embora não saiba explicar como ou por que, a porta se abriu durante a noite e nós saímos, às escuras, tropeçando. Pedro disse que fora um anjo que o encarregara de uma missão: "Vá aos pátios do Templo e revele às pessoas a mensagem completa sobre a nova vida". Não o posso confirmar. Talvez fosse apenas um carcereiro negligente, ou amistoso, que não trancara bem a porta e nós a forçamos e abrimos. Mas, mesmo que fosse o carcereiro, Deus o deveria ter influenciado. Deus age sobre as pessoas. Na verdade, acho que é essa a maneira preferida de ele agir.

Na manhã seguinte, voltamos ao Templo e começamos a ensinar e a pregar. Eu sentia que podia ensinar, ainda que não pregasse. Logo em seguida, vieram os guardas e nos prenderam de novo.

Presos de novo! Maria de Magdala, uma mulher respeitável (graças a Jesus, que me devolveu essa condição)!... Dessa vez, eu teria o privilégio de passar pessoalmente por tudo aquilo, e não ouvir em segunda mão da boca de Pedro e João.

Comparecemos perante o sinédrio, aquele solene corpo de sacerdotes, escribas e decanos que havia condenado Jesus. Fomos amarrados e brutalmente empurrados, de forma a ficarmos de frente para nossos acusadores. Deveria haver setenta membros do sinédrio, mas tive a impressão de que não estavam ali setenta pessoas. Procurei os rostos de José de Arimateia e Nicodemos, os seguidores secretos de Jesus, e pareceu-me vê-los na última fila. Mas não tive certeza.

Caifás avançou, com o rosto tenso. Caifás. Meu maior inimigo. Como já disse, antes teria sido capaz de aproveitar uma oportunidade destas para me lançar sobre ele com uma adaga. Surpreendentemente, agora nada sentia senão pena e resignação por aquele homem equivocado. Não o amava — definitivamente, não! —, mas sentia pena dele.

— Nossas ordens foram claras... não foram? — ressoou a voz forte de Caifás. — Ordenamos que parassem de ensinar em nome dele. No entanto, vocês multiplicaram os ensinamentos em Jerusalém e querem lançar o sangue daquele homem sobre nós.

Subitamente, ouvi-me dizendo: — Devemos obedecer a Deus, e não aos homens!

E Pedro acrescentou: — Somos testemunhas dessas coisas, assim como é o Espírito Santo, que Deus concede àqueles que o obedecem.

Após alguns momentos de confusão, o sinédrio explodiu de acusações.

— Mais blasfêmias! Que sejam condenados à morte! — gritou um homem. E outros apoiaram-no, querendo ver nosso sangue.

— Esse falso profeta que os guiou tornou-os tão loucos quanto ele mesmo já era!

— Que sejam silenciados de vez!

— Um momento. — Um dos membros do sinédrio adiantou-se e ficou de frente para Caifás. Mais tarde, soube que o nome dele era Gamaliel e era um doutor da Lei fariseu. — Colegas israelitas, reflitam e tomem cuidado com o que decidem. Como sabem, outros impostores apareceram: Teudas, com seus quatrocentos homens, e Judas, o galileu. Todos eles diziam possuir algum tipo de revelação especial ou ser os líderes de que Israel necessitava. Porém, todos eles morreram, assim como pereceram seus movimentos.

Caifás o fitava. — Sabemos disso. E daí? Os impostores e os hereges, assim como seus seguidores, devem ser destruídos.

— É só o que digo: deixem essas pessoas em paz. Soltem-nos. Se seu movimento vier de Deus, ele os defenderá e nada o irá deter. Se não for, perecerá. É muito simples. Não há por que fazer coisa alguma. — Fez uma pausa. — Caso esse seja um movimento que venha de Deus, vocês não iriam, por certo, querer se opor a ele, não é verdade?

Caifás ficou rígido, com o rosto espumando de raiva. Por fim, disse: — Muito bem. Mas, certamente, você mesmo terá que reconhecer que eles merecem ser castigados pela desordem que causaram. Deveriam ser açoitados!

Como Jesus!, foi a primeira coisa que me ocorreu. Em seguida, pensei: Meu Deus, é tão brutal e doloroso!...

Os guardas do Templo arrastaram-nos e levaram-nos para um pequeno pátio interno, onde fomos amarrados e açoitados com o mesmo tipo de chicote usado em Jesus.

Foi muito mais doloroso do que eu imaginara, embora tivesse visto Jesus ser açoitado. O parto é doloroso, mas traz um dom de Deus e depois, embora qualquer mulher se lembre da dor, torna-se uma coisa sem importância. Suponho que isto siga o mesmo padrão. Fomos brutalmente espancados, com pedaços de pau e cajados, além de chicoteados — as tiras do chicote pareciam fios em brasa cortando na minha carne, mas, por sabermos que a resistência significava nossa lealdade a Jesus, conseguimos aguentar.

Finalmente, tiraram as cordas que nos amarravam e soltaram-nos. Quando saímos, cambaleantes, ordenaram: — E agora, parem de falar em nome de Jesus!

Encostado a uma coluna, Pedro murmurou uma oração pedindo forças. Quando íamos saindo, André virou-se para trás e gritou para seus torturadores: — Devemos celebrar a alegria de termos sido considerados capazes de sofrer a desonra em nome de... Jesus!

Então, antes que reagissem, corremos e passamos pelos portões. Não tínhamos como correr mais; mancávamos de dor. Mas ninguém nos seguiu.

Considerávamos uma honra ter sofrido como Jesus, ter sido punidos pelos mesmos homens. Mais tarde, soubemos que alguém com o nome de Paulo dizia que Jesus lhe aparecera e o encarregara de uma missão. Dizia ser um apóstolo de Jesus, como nós.

De início, achamos bizarro o que ele dizia. Esse Paulo, que era um judeu da cidade de Tarso e nunca sequer vira Jesus em sua vida, dizia que Jesus lhe aparecera — e, mais do que isso, que o desarmara e o encarregara de uma tarefa.

Paulo poderia nunca ter visto Jesus, mas tinha visto a nós — e nos perseguira. Como acólito fanático de Caifás e de suas necessidades religiosas, perseguira nossos irmãos e irmãs sem dó nem piedade. Em suas expedições punitivas, passara, inclusive, as fronteiras de Israel. Era odiado e temido por toda parte. Por isso, respiramos, aliviados, quando certa vez soubemos que partira numa missão para perseguir cristãos em Damasco.

De repente... apareceu em nossa sede em Jerusalém dizendo que Jesus mudara sua vida. Não estava ali por precisar de nossa concordância — deixou isso bem claro —, mas para aprender mais sobre o que Jesus dissera e fizera em sua vida anterior. Só queria falar com Pedro e com o irmão de Jesus.

O que deveríamos pensar dele? Se, realmente, quiséssemos acreditar que Jesus ainda vivia, por que iria ele aparecer a outras pessoas, que nos eram estranhas?, pensávamos. E como lhes poderíamos dar as boas-vindas, se nem as compreendíamos? Suas experiências com Jesus seriam sempre tão diferentes das nossas... No entanto, não cabia a nós julgá-las, muito menos repudiá-las.

Naqueles tempos, como já disse, começamos por ser como um noivo e uma noiva; depois, como uma pequena família; e, finalmente, como um grande clã. Conhecíamo-nos uns aos outros, confiávamos uns nos outros, comparávamos nossas experiências e as coisas que o Espírito Santo nos revelara, discutindo todas essas coisas até tarde, de noite, em salas de diversas casas de Jerusalém. Juntávamos nosso dinheiro e recursos e oferecíamos as decisões, por meio de orações e pedidos, à orientação divina.

E esperávamos que Jesus voltasse. Esperávamos por ele a qualquer momento. Afinal, aqueles mensageiros, no alto do Monte das Oliveiras, não haviam dito que ele voltaria da mesma forma que nos havia deixado? Já nos surpreendera, voltando de seu túmulo para ficar entre nós, e acreditávamos piamente que ele o fizesse de novo. Tínhamos certeza de que nossa separação era temporária... e não por muito tempo.

Às vezes, quando acordava, sentia que seria nesse dia. Sabia. Tinha certeza, inconfundível, de que aquele não seria um dia comum. Jesus apareceria — talvez quando nos reuníssemos, para a refeição, ou talvez apenas para um de nós... mas apareceria.

E cuidava do que tinha que fazer, durante aquele dia, atenta e olhando permanentemente para o lado. E o dia terminava sem que tivesse visto coisa alguma.

Paulo — de quem ainda tenho algumas restrições, embora tenha dito algumas coisas bastante profundas — escreveu que, certa vez, suplicara a Deus que o livrasse de um "espinho" que atormentava sua carne. A resposta de Deus fora: "Basta minha graça, pois o poder advém da fraqueza". De certa maneira, eu tivera a mesma resposta: basta minha graça. Portanto, deixei de ficar esperando por uma volta imediata de Jesus muito antes dos outros.

Nosso grupo, em Jerusalém, continuava crescendo, e logo passamos a ter facções entre nós: judeus que falavam grego e judeus que falavam aramaico. Era inevitável e as linhas de ruptura começaram a surgir em nossa comunidade, que, de qualquer maneira, se tornara grande demais para ficar num único lugar. Quando ocorreu essa ruptura, começamos a criar facções rivais e travar discussões. Logo iriam surgir o "pessoal de Pedro", o "pessoal de Maria", os judeus gregos da Sinagoga dos Homens Livres e muitos outros.

Se me perguntassem qual a lembrança que guardo mais viva daqueles tempos, em toda honestidade eu teria que responder: as discussões. Acusações de privilégios — seriam as viúvas gregas preteridas às viúvas hebraicas? — despedaçavam-nos, muito antes das feras de Nero. Foi assim que terminaram aqueles dias maravilhosos, inebriantes de exaltação.

Um outro tema que nos dividiu, bem no começo, foi se seria ou não permitido que um gentio se juntasse a nós. Afinal, os judeus de língua grega não deixavam de ser judeus. Jesus não dissera que viera pregar às ovelhas perdidas da casa de Israel? No entanto, o entusiasmo com que os forasteiros procuravam aprender sobre Jesus era muito maior do que o de seus irmãos israelitas. Isso era uma vergonha e um escândalo. Éramos constantemente procurados por pessoas de fora de nossa tradição e hostilizados por pessoas de dentro dela. O que deveríamos fazer?

Dessa vez, foi a Pedro que foi concedida uma visão, uma orientação. Naquela época, ele estava em Jope. Não ficávamos o tempo todo em Jerusalém; alguns de nós íamos visitar nossas famílias, como eu mesma fizera, indo à minha cidade de Magdala — de onde fui rapidamente expulsa. Por volta do meio-dia, Pedro subira ao telhado da casa em que estava para orar. Quando o fazia, foi impregnado por uma estranha visão — ou sonho. Viu um enorme lençol descendo dos céus, que se abria diante de seus olhos, e de onde se arrastavam todos os animais impuros que a Lei de Moisés proíbe de serem comidos — cobras, tartarugas, aqueles animais do mar, com conchas, coelhos e, os piores de todos, porcos. Bastava olhar para eles para sentir repugnância. Então, uma voz ordenou a Pedro: "Levante-se e coma!", e ele recuou, horrorizado.

Embora aquela pudesse ser a voz de Deus — mas também podia ser de Satanás — ele reclamou. — Nunca comi essas coisas, nunca desobedeci à Lei que declara impuros esses animais.

A voz protestou e disse: — Não deve chamar impuro o que Deus chamar puro.

Ele continuou discutindo, reclamou por mais duas vezes, ouvindo por mais duas vezes a mesma resposta.

Então, a visão, o lençol e os animais desapareceram. Pouco depois, bateram à sua porta uns gentios de Cesareia — que, durante suas orações, haviam recebido de Deus uma ordem desconcertante para que procurassem Pedro. O senhor romano a quem serviam, Cornélio, recebera, numa visão, a ordem de mandar chamar Pedro.

Como podia recusar? Dirigiu-se à casa de Cornélio, falou-lhes sobre Jesus e acabou batizando-os. E faziam, agora, parte de nossa comunidade — gentios, romanos. Devíamos comer com eles, dar-lhes as boas-vindas como nossos irmãos.

Havia outros, ainda mais proibidos. Havia um eunuco etíope que foi batizado por um de nós. Um eunuco! Quando a Lei de Moisés proclamava, claramente: "Aquele a quem forem trilhados os testículos ou cortado o membro viril não entrará na assembleia do Senhor".

"Não vos lembreis das coisas passadas, nem considereis as antigas. Eis que faço coisa nova, que sairá à luz; porventura, não o percebeis?" Não eram as próprias escrituras que assim o previam? Mas como o iríamos nós pôr em prática?

E como havia opiniões e interpretações distintas sobre o que deveríamos fazer. Um grupo, liderado por Tiago, o irmão de Jesus, entendia que só pelo cumprimento rigoroso da Lei de Moisés encontraríamos rumo neste novo território em que pisávamos. Defendia que deveríamos continuar frequentando o Templo para cumprir com todas as exigências da Lei e, em última instância, ser mais santos que os fariseus. Sentiram-se insultados com as acusações de que Jesus zombara, em parte, da Lei, e insistira em provar que ele e seus seguidores eram filhos obedientes de antigas tradições.

Outro grupo dizia: Tiago, tudo isso acabou. Devemos ir em frente.

Tiago não dava atenção e mantinha sob rígido controle a igreja em Jerusalém. Era curioso como até Pedro era condescendente com ele, mas creio que isso talvez pudesse ser explicado pelo sentimento que, naquela época, levava a crer que Jesus tivesse um tipo de sangue real, especial, que, consequentemente, fosse partilhado por sua família, a quem deveriam ser concedidos honras e privilégios. E não podíamos deixar de pensar nisso. Quantas vezes não nos tinham falado da linhagem real de Davi, das promessas especiais vinculadas a seu sangue? Até as promessas sagradas de nosso povo eram expressas em termos de linhagens sanguíneas, a começar por Abraão, que deveria dar um filho de seu próprio corpo.

Então, agora deveria haver uma Sagrada Família, como a de Davi, que se instalaria entre nós como uma liderança. Jesus tinha irmãos e, com certeza, estes deveriam preceder qualquer outra pessoa. Mas essa era uma maneira antiquada de pensar, e o próprio Jesus e o Espírito que nos enviara a contestaram, embora não o tivessem feito de imediato. Até os dias de hoje, Simeão, um primo de Jesus, é considerado líder da igreja. Mas ele vem sendo vigiado pelos romanos — não por ser cristão, mas devido a sua descendência de Davi, de onde os romanos ainda receiam que surjam lideranças populares.

Tiago, com todas as suas regras e restrições da Lei mosaica, era tão opressivo que muitos entre nós distanciávamo-nos dele e nos reuníamos em separado. Pessoalmente, eu não tinha interesse em participar de suas reuniões ou ouvir suas prédicas. Gratificara-me saber que reconhecera, ainda que tardiamente, seu irmão, mas sua prática era sufocante.

Muito piores do que a rigorosa ortodoxia de Tiago dentro da nossa comunidade eram as perseguições por parte das autoridades religiosas judaicas que vinham de fora. Julgaram um de nossos companheiros de língua grega e depois o apedrejaram, desencadeando sua fúria contra qualquer judeu "apóstata" que conseguissem encontrar. As perseguições fizeram com que nos espalhássemos. Alguns de nós fomos para Samaria, onde encontramos pessoas que nos queriam ouvir e convertemos muita gente. Outros foram para bem mais longe: cerca de dez anos após a crucificação no Monte da Caveira, era possível encontrar seguidores de Jesus em lugares tão distantes como a Etiópia, Roma, Chipre e Damasco.

O terrível pedido de Tiago, o Maior — assim como de João — para se sentarem ao lado de Jesus e beberem de sua taça gerou a reação de outro inimigo nosso, a autoridade secular do rei Agripa, que sucedeu a Antipas no trono.

Na época, vários de nós havíamos ficado em Jerusalém, tentando desviar a igreja dos rumos equivocados da visão de Tiago. A maior oposição era feita por Tiago, o Maior, que pregava diretamente às multidões. Isso não demoveu Tiago de seu rumo, mas chamou a atenção de Agripa, que decidiu reprimir os cristãos para melhorar sua popularidade, em queda vertiginosa. Tiago, o Maior, era um alvo óbvio e fácil de prender. Vi os soldados de Agripa prenderem-no, quando falava no mercado da Cidade Alta. Vieram por trás, agarraram-no e deram-lhe uma chave de braço.

Já nos acostumáramos a ser presos, mas não por autoridades seculares. Isso nos deu medo e oramos pela libertação de Tiago, o Maior, sem jamais pensar que Deus o recusaria.

Foi num dia em que o vento soprava forte, no verão, que soubemos da sentença: Tiago bar-Zebedeu fora condenado à morte e seria decapitado no pátio do palácio. Decapitado!... Certamente por ser sua família de alto padrão social. Seus antigos vínculos com a casa do sumo sacerdote teriam servido para determinar o tipo de execução que deveria enfrentar.

João ficou completamente surpreso e prostrado com a notícia: quando o fomos ver, para comunicar-lhe, ficou sentado numa cadeira, com a cabeça entre as mãos.

— Tiago... Não, não é possível... — ficou repetindo. — Não, não é possível...

Naquela época, a mãe de Jesus morava com ele, conforme ele lhe havia prometido. Abraçou, tentando consolá-lo, enquanto nós todos o rodeávamos.

— João, meu querido filho... Meu verdadeiro filho, agora, como Jesus pediu... Não se deixe dilacerar pela dor. Foi o que seu irmão pediu, há muito tempo. Não se lembra da resposta de Jesus?

João levantou a cabeça para ela. — Jamais irei esquecer: "Você realmente beberá de minha taça." Mas não sabíamos o que perguntávamos! Como disse o próprio Jesus.

— Mas agora você sabe — disse a mãe de Jesus. — Você voltaria atrás no que disse?

— Não — disse João. — Não por mim. Estou preparado. Mas por meu irmão...

— É uma morte menos dolorosa do que a de seu mestre — lembrou-lhe a mãe de Jesus.

— Sim, é claro que sei, mas... — João baixou a cabeça e chorou.

Não teve coragem de ver a execução, embora pudesse ser vista através dos portões do palácio. Nenhum de nós o fez. Já havíamos visto uma execução e isso nos bastava. Esperamos juntos, na ampla casa de João, fresca e bem iluminada, e oramos enquanto Tiago enfrentava a morte. O que fez com coragem, segundo nos disseram, proclamando sua fé.

Foi muito chocante. Era o primeiro de nosso grupo de fiéis que morria. Até então, sentíramo-nos protegidos pelo próprio Deus. Não se abrira a porta da prisão para Pedro e todos nós? Não havíamos caminhado livremente, pelas ruas de Jerusalém, desafiando as autoridades religiosas e nossos inimigos? Entendíamos que a urgência de nossa missão nos colocava a salvo.

Soluçando e chorando, conduzimos Tiago à sua sepultura de pedra, não muito distante do jardim de Nicodemos, sob o olhar de todos os membros da igreja de Jerusalém. João quase não parava em pé — foi apoiado por outros.

— Tiago! Tiago!... — gritava ele. — Tiago!...

— Jesus está com ele — disse Pedro. — Jesus estava esperando.

— Mas Jesus também está conosco — sussurrou João. — Não precisamos morrer para vê-lo. — E continuou chorando.

Em sua busca por popularidade, Agripa percebeu que sua ação agradara a alguns segmentos da população. Então, desencadeou uma caçada contra todos nós e Pedro foi preso, na Páscoa. Foi jogado na cadeia, enquanto nos escondíamos nas casas de vários amigos, tentando escapar das autoridades.

Embora temêssemos por nossas vidas, nunca se colocou a questão de pôr fim à nossa missão. Não seríamos silenciados. Certa vez, Pedro dissera a Caifás: — É impossível para nós não falarmos sobre o que vimos e ouvimos. — Portanto, apenas discutíamos sobre como iríamos sobreviver, e não sobre abandonar a causa.

Para nossa grande alegria e surpresa, Pedro conseguiu fugir! Procurou-nos, numa casa onde estávamos reunidos, e a mulher que abriu a porta ficou assustada, pois pensou que era um fantasma. Entrou na sala, aos tropeções, para nos dizer. Mas quando chegamos à porta, era o Pedro que ali estava em pessoa, e bem vivo.

Estava confuso e abalado. Também ele pensara tratar-se de um sonho.

— Eu... dei por mim vagando por uma ruela... — disse. Estava com um aspecto horrível: os cabelos desgrenhados, as roupas rasgadas. — Pensei que era um sonho. Não sei como saí de lá. Acho... pensei... penso que foi um anjo que me conduziu. Mas o ar da noite e o cheiro naquela ruela persuadiram-me que não era um sonho.

Alguém colocara uma taça em suas mãos e insistia para que tomasse. Deram-lhe pão e queijo, que comeu com voracidade.

— Aqui, é muito perigoso — disse Pedro. — Não posso ficar mais tempo.

— Não creio que esta casa esteja sendo vigiada — disse a mãe de Marcos, outro discípulo, que era dona da casa.

— Estou falando de Jerusalém — disse Pedro. — Devo deixar a cidade. E gostaria que também o fizessem todos de nós que já são conhecidos das autoridades.

— Mas... para onde você vai? — perguntou João.

— Para um lugar onde nunca irão me procurar: Roma.

— Roma! — gritou a mãe de Jesus.

— Sim, irei diretamente para Roma. Existem lá irmãos judeus que necessitam ouvir minha história.

— Mas Calígula detestava o nosso povo...

— Dizem que Cláudio é mais receptivo a nós. Ao contrário de seus antecessores, o novo imperador não diz ser um deus. E nós temos que criar a igreja em Roma que, afinal, é a cidade-sede do mundo.

— Roma! Mas nossos inimigos...

— É difícil imaginar um Messias que não veio para destruir os romanos, mas para morrer por eles, não é verdade? — disse Pedro, tranquilamente. — Mas se reconhecemos que os gentios são bem-vindos, isso inclui os romanos, mesmo os de Roma.

— Romanos. É verdade que temos alguns romanos em nossa comunidade aqui, mas ir para lá... Ah, Pedro, acho que você não deveria fazê-lo — disse João, delicadamente.

— Receio que foi Jesus que me disse para fazê-lo — disse Pedro, olhando diretamente para João. — Portanto, devo fazê-lo. E devo despedir-me de vocês todos, pois talvez nunca mais os volte a ver.

Também Pedro ia embora! Um por um, todos nos dispersaríamos, sumiríamos, morreríamos. De repente, senti-me muito só.

62

Testamento de Maria Madalena (continuação)

O que deveríamos fazer? Como saberíamos para onde ir? Deveríamos apenas permanecer juntos e orar? Deveríamos procurar sinais? Como decidira Jesus o que deveria ser feito? Nunca o soubéramos. Ele apenas anunciara o que pretendia fazer, e não como fora levado a tomar tal decisão. Sabíamos que ele passava muito tempo orando.

Por alguma razão, pensei que talvez nos fosse pedido que fizéssemos aquilo que era mais contrário à nossa própria natureza. Pedro não se sentia à vontade com não-judeus? Então é para Roma que deverá ir. Mateus ansiava por voltar para a Galileia? Então é aqui que deverá permanecer. João sentia-se chamado a viajar para outras terras, como Paulo? Seu compromisso com a mãe de Jesus significava que estava preso àquele lugar. Maria, a mãe de Jesus, já não era jovem e tinha outros filhos em Jerusalém — em especial, Tiago, uma figura importante na igreja. Enquanto Maria vivesse, caberia a João ficar ali.

E eu? O que deverei fazer? O que me diria Jesus para fazer? Poderia perguntar diretamente a ele? (Paulo falava do Espírito de Jesus dizendo-lhe para fazer isto e aquilo, mostrando-lhe para onde ir. Isso poderia acontecer comigo?)

Acima de tudo, eu queria voltar a Magdala. Queria tornar a ver minha família. Queria tornar a abraçar minha filha. Já estaria uma mulher, com dezessete anos. Era a idade que eu tinha quando fui prometida em casamento a Joel. Minha filhinha... Já não era uma criança... Como ansiava vê-la outra vez, pessoalmente. A dor que sentia tomava-me como uma onda.

Retirei-me para um lugar isolado — o que não era fácil, pois agora estava morando na enorme casa que João fundara no Monte Sião — e supliquei a Jesus que me dissesse o que deveria fazer. Na verdade, eu já sabia o que queria fazer; apenas queria que ele o permitisse.

Sabia que ele se recusaria. Sabia que me diria para ficar em Jerusalém e cuidar das necessidades dos fiéis que ali fossem perseguidos.

Quando me ajoelhei, fechei os olhos e os pensamentos pareciam voar. Minhas pernas, com quarenta e dois anos, sentiam nitidamente o chão duro, de pedra, onde estava ajoelhada. Comecei por apresentar minhas dúvidas, uma por uma. Primeira: gostaria de me certificar se existiam seguidores do Caminho em Magdala. Segunda: era necessário saber em que condições se encontrava a comunidade na região da Galileia, para que pudesse preparar um relatório. Terceira: estava muito perigoso em Jerusalém e, portanto, era preferível ir para qualquer outro lugar, por enquanto.

Imaginava que se fizesse silêncio. Imaginava aquele sentimento de censura, de saber que todos os motivos que eu apresentava eram apenas disfarces egoístas. Imaginava que me fosse pedido que o reconhecesse.

Mas, antes mesmo que pudesse terminar de os expor, veio a resposta, inconfundível. Vá. Vá para Magdala. Exige mais coragem do que qualquer das outras opções.

"Antes que clamem, eu responderei; estando eles ainda falando, eu os ouvirei."

A afirmação dessa promessa de Isaías quase me deixou sem conseguir respirar.

Às vezes Jesus nos permite que sigamos os desejos de nossos corações, embora saiba que não nos levarão aonde pretendemos. Como disse Davi: "Concedeu-lhes o que pediram, mas fez definhar-lhes a alma".

E que definhamento me aguardava ali! Aproximei-me dos muros da cidade e passei facilmente. Era meio-dia e eu tremia. À vista dos prédios mais inofensivos, eu tremia, e tinha que fazer um esforço para me controlar. A praça do mercado, a rua comprida beirando o lago em que ficava minha antiga casa e o armazém de meu pai, as pedras das ruas, o cais, os bueiros, o caminho à beira do lago — tudo isso fazia parte da minha formação, ainda fazia parte de mim. E ainda estava tudo ali. E, em algum lugar, estava Eliseba. Andava por aquelas ruas, as águas do lago batiam nos diques por onde passeava.

Na época, eu não sabia que ela não estava mais ali. Casara-se e fora para Tiberíades, e por isso não a conseguia encontrar enquanto passeava pelas ruas. Mas como olhei os rostos das pessoas, tentando adivinhar se seria o dela!... Como seria ela como uma jovem mulher? Seria parecida comigo, ou com Joel? Ou com nenhum dos dois? Seria alta ou baixa, seu rosto seria arredondado, ou aquilino, teria a boca fina ou lábios grossos? O que seria hoje a minha filha, em que Deus a transformara?

Deveria ir à casa de Eli, ou de Silvanus. Mas, de repente, senti medo. Eu, que enfrentara as autoridades do Templo, não conseguia enfrentar Eli ou Silvanus. Envolvida por uma profunda tristeza, vaguei pelo caminho perto do cais e sentei-me num banco, deixando meus pés balançarem junto à água. Caía a noite. A beleza do lago ao pôr do sol não mudara; pelo menos isso não mudara. A água à superfície do lago parecia brilhar com uma tonalidade lilás, suave, enquanto o céu do lado leste já estava bastante escuro; e viam-se estrelas. A água tocava meus pés. Seria aquele lago — onde Jesus pregara e ensinara e reunira seus discípulos naqueles primeiros tempos — sagrado? Olhando para trás, até aquela época parecia sagrada.

Escurecia. Teria desaparecido aquela glória? Fora ali que tudo começara. Haveria ali pessoas que o seguissem? Joel... Jesus... e Eliseba... E agora, tudo o que tenho é este presente incerto, vazio, distante daqueles meus primeiros tempos e ainda indefinido quanto aos meus objetivos... E, durante todo tempo, procuro, acima de tudo, um rosto humano, o de minha filha. E não a encontro.

Inclinei a cabeça para ouvir as ondas.

"Lembre-se, estarei sempre com você, até o final desta era." Jesus dissera aquela frase pouco antes de nos deixar para sempre.

Para sempre. Aquelas palavras, tristes, contestavam o que ele mesmo dizia: que estava aqui, neste preciso momento. Aqui, neste cais. Por que, então, sinto este enorme vazio? Estou sozinha aqui. Apesar do que disse, ele não está aqui. Assim como não está Eliseba. Não passo de uma mulher enganada e tonta, sentada, sozinha, num cais deserto.

Eliseba! Jesus! Venham a mim!

Sentindo-me fraca e deprimida, preparava-me para passar a noite ali, com minha autocomiseração e tristeza, quando alguém — que se acabaria revelando um seguidor de Jesus — me viu. Recusou-se a abandonar-me — embora, na verdade, eu tivesse preferido ficar sozinha — e fez questão de me levar para a casa de um mestre arrais.

Era filho do arrais que eu conhecia desde minha juventude, e tinha fé. Quando revelei quem eu era, tive minha primeira experiência de ser respeitada.

— Você estava com Jesus? Com o próprio Jesus? — Seu rosto transmitia um entusiasmo que eu nunca vira. Nem quando as pessoas tinham conhecido pessoalmente Jesus. Correu para a porta e disse alguma coisa a uma criada, gesticulando bastante.

Mandara chamar as pessoas da igreja, que se reuniam em sua casa, e todas elas vieram correndo para me conhecer. Fizeram-me inúmeras perguntas, tocaram minhas roupas e fizeram pedidos.

— Você foi a primeira pessoa a vê-lo depois que ressuscitou — disse um rapaz jovem. — Ele deveria ter uma preferência especial por você sobre os outros. — E ajoelhou-se, em reverência.

Era uma ironia muito grande — ali estava o povo de Magdala reverenciando uma mulher que era considerada indigna de ver sua própria filha por outras pessoas de Magdala.

— Você está equivocado — disse eu. — Jesus não tem preferidos. Para ele, somos todos iguais.

— Mas você estava com ele! Foi escolhida para ser uma das discípulas mais próximas. Nós o ouvimos falar, mas só de longe. Conte-nos como era! Conte-nos tudo o que ele dizia!

Lembro-me do que Jesus disse naquela última noite, durante a ceia. Disse que o Espírito Santo viria e nos lembraria de tudo o que ele nos dissera. Atualmente, penso que deveria registrar por escrito as mínimas coisas que me lembro que ele tenha dito, pois podem ter um significado especial para alguém que talvez eu nunca venha a conhecer.

Passei a noite toda tentando responder a todas as perguntas que me faziam. Ninguém dormiu até que nossas cabeças começaram a cair de sono. Eu também tinha perguntas que fazia a eles. Como começara a igreja em Magdala? Teria sido fundada por alguém que tivesse ficado impressionado com a presença de Jesus quando ele por ali passou? A igreja fora procurada por gentios? Quantos membros tinha a igreja? Continuavam eles frequentando a sinagoga?

A última pergunta provocou risos de desprezo.

— Com Eli e o pessoal dele tomando conta da sinagoga? — disse um homem, balançando a cabeça. — Você pode imaginar a recepção que tivemos...

— Eli bar-Natã? — perguntei. — Casado com Diná?

— O próprio — disse o homem. — Seu irmão. É tão beato, tão rígido, tão hipócrita que poderia se transformar numa pilha de sal, como a mulher de Ló. Só sabe olhar para trás.

— Tentamos fazer uma exposição sobre as escrituras e explicar a missão de Jesus — disse outro homem. — Mas Eli fez questão que fôssemos silenciados e expulsos da sinagoga. Nunca nos permitiram que voltássemos.

— Ele nos odeia — disse o primeiro homem. — Se as autoridades romanas nos estivessem procurando, ele seria o primeiro a nos delatar.

— Sou eu que ele odeia — disse eu, compreendendo que nossa rixa familiar já causara problemas aos outros. — Ele ficou com tanta raiva de mim por ter decidido seguir Jesus que me expulsou da família, como expulsou vocês da sinagoga. Nunca me permitiu que explicasse, nunca me deu a oportunidade de falar.

— O Eli é desse jeito — disse uma mulher, dando de ombros.

— Digam-me uma coisa. Ele ainda mora na mesma casa?

— Não, mudou para um bairro mais nobre. Agora, mora perto do lado ocidental do mercado. Acho que teve um bom lucro quando sua antiga casa foi vendida.

— E a menina que ficou com eles... Minha filha... Algum de vocês a conhece? Alguém a viu? — Meu coração parou, esperando pela resposta.

— Eles tinham uma ninhada, mas acho que eram todos deles — disse uma mulher. Vários rapazes, eu acho.

— E uma filha — disse eu, tentando espicaçar sua memória.

— Isso mesmo! O nome dela era Ana! Ficou uma bela moça... E também bastante teimosa. — A mulher deu uma risada. — Ela fugiu com um mercador de Tiro. Dizem que gostou de suas roupas de seda!... E todo mundo caiu na risada.

— Era... Era um pagão? — Eu não conseguia imaginar! Que lição, para Eli e Diná...

— Não era judeu — respondeu o homem. — Imagino que já não idolatrem Baal, mas ele devia adorar algum desses deuses que eles adoram por lá.

— E a outra menina... — insisti eu. — Vocês se lembram de alguma coisa dela?

A mulher deu de ombros. — Já se passaram muitos anos que a vi. Lembre-se de que já faz algum tempo que fomos expulsos da sinagoga.

— Preciso descobrir — disse eu. — Amanhã, por favor, vocês me mostram a casa de Eli.

Em seguida, voltaram a assediar-me com perguntas sobre Jesus e sobre a igreja em Jerusalém até eu perder o fôlego.

Estava em frente da casa — uma casa grande, de pedra, bastante imponente. Deve ter tido um bom lucro com a casa de Joel, pensei. Deve mesmo.

Quase não continha a respiração. Atrás daquela porta estava o que era para mim a coisa mais importante do mundo, embora me fosse proibida para sempre.

Quando uma criada abriu a porta, fiquei olhando, embrutecida, sem saber o que dizer.

Agora, Eli e Diná tinham empregados. — Eu gostaria de falar com o dono ou a dona da casa — disse, com firmeza. Sentia-me simultaneamente muito forte e também muito fraca. A força que sentia vinha de Jesus, que parecia estar ao meu lado. A fraqueza era minha.

— Muito bem. — Em vez de me convidar a entrar, ela fechou a porta na minha cara, deixando-me de fora.

Finalmente, a porta tornou a ser aberta e lá estava Eli, do outro lado, olhando para mim.

— Você! — foi a primeira palavra que disse.

— Sim, sou eu, sua irmã, Maria. — Ele continuou olhando para mim e a porta continuava apenas semiaberta. — Posso entrar?

Resmungando, ele abriu a porta e eu entrei. A primeira coisa que vi foi um imenso átrio e, por trás, agradáveis salas.

Ele continuava me fitando, olhando-me de cima a baixo. Eu estava com quarenta e dois anos e não o via fazia muitos anos. Ele estava com cinquenta e três, ainda atraente, e seu rosto mudara pouco. Seus filhos estavam adultos, sua filha casara e fora embora. Seria esta, certamente, uma oportunidade de tornarmos a nos aproximar.

— Os anos foram generosos com você — disse ele, parecendo que forçava as palavras a saírem.

Será? Eu não saberia dizer. Não sabia há quanto tempo não olhava para minha imagem num espelho ou numa bacia d'água. Estivera tão preocupada com a parte invisível de mim que não dera atenção à outra.

— Como está, Eli? — Queria, realmente, saber. Sentia uma preocupação especial com ele. Aquele era meu irmão e o tempo ia passando, mais rápido do que gostaríamos. Não podíamos nos dar ao luxo de mais ódios e incompreensões.

— Bastante bem — respondeu. Ainda não se movera para me conduzir para dentro da casa propriamente dita. Deixou-me no átrio, em pé, como se fosse um vendedor.

— E Diná?

— Bastante bem — repetiu.

Continuava olhando para mim, imóvel. Então era assim que ele queria.

— E minha filha, Eliseba?

— Não mora mais aqui — disse.

— Para onde foi?

— Casou com um homem muito bom de Tiberíades, Jorão.

Casada. Minha filha casara. E eu não fora consultada, nem sequer informada.

— Tem só dezessete anos! — disse eu.

— Está na idade — disse Eli. — Foi um bom casamento.

— E ela está morando lá?

— Está, mas eu jamais lhe direi onde! — Era como se batesse com um cajado no chão.

— Por quê? — E, antes que respondesse, acrescentei: — Se você não me disser, encontrarei maneiras de sabê-lo por outra pessoa.

— Então, faça-o — disse Eli, cruzando os braços.

— Eu o farei — disse eu. — Mas seria muito mais simples se você me dissesse.

— Não o farei.

— Compreendo. — Respirei fundo. — E as cartas que eu mandei? Nunca recebi resposta.

— Ela não queria falar com você. Nem por escrito, nem pessoalmente. — Continuava rígido e impassível. Seus olhos, bem abertos, não piscavam.

— Isso é verdade? Ou você escondeu as cartas sem jamais lhe dar uma opção?

— Você me acusa de estar mentindo? — Franziu a testa, com o insulto.

— Sim, Eli, é exatamente o que estou fazendo — disse eu. — Você entregou-lhe, realmente, minhas cartas?

— Não — confessou. — Sabia tratar-se de panfletos sujos, cheios de heresias, que deveriam ser destruídos. — Fez um gesto de desprezo.

— Fico-lhe agradecida por reconhecê-lo — disse eu. — Portanto, minha filha nunca soube que eu lhe escrevia?

— Não, mas que diferença isso faz? Ela não iria querer ouvir ou ler suas palavras. Ela é religiosa e conhece a verdade. A verdade que você quer distorcer. — Balançou a cabeça.

Fiquei ali, olhando para ele, sentindo-me estranhamente aliviada e infinitamente triste. Ela não me rejeitara, pois, na verdade, nunca vira as cartas que eu lhe escrevera, carinhosamente, ao longo dos anos. E, para responder à pergunta de Eli: a diferença que fazia era a eterna diferença entre a verdade e a mentira.

— Compreendo. — Olhei em volta. — Parece que, mesmo agora, não serei convidada a entrar em sua casa.

— Você é uma apóstata, uma desgraça — disse Eli. — Jamais permitirei que entre em minha casa. — E, com firmeza, conduziu-me de volta à porta.

— Onde está Silvanus? — perguntei. Precisava vê-lo. Precisava muito.

— Presumo que você se refira a Samuel. Por acaso pensa que terá melhor sorte com ele? — disse Eli. — Samuel faleceu. Juntou-se a nossos antepassados. Poderá visitar o túmulo dele, do lado de fora dos muros da cidade.

Minha mão voou para tapar a boca. — Oh, não! Mas onde, como?

Eli franziu a testa, aborrecido. — De uma doença que o consumiu — disse, rapidamente. — Foi há mais de dez anos. Seus costumes gregos em nada o ajudaram, assim como não o ajudou seu médico grego!

— Oh, Eli — disse eu. — Alguma vez você parou para refletir sobre como esse seu ódio é a verdadeira doença que consome as pessoas?

Ele irritou-se. — Que morram todos os hereges! — Pronunciou minha sentença e fechou a porta na minha cara.

Portanto, agora você sabe, Eliseba. Foi isso que aconteceu quando voltei a Magdala procurando por você.

Dirigi-me, então, a pé, para Tiberíades. Passei um dia perguntando a várias pessoas onde poderia morar um homem chamado Jorão, natural da cidade, e me indicaram uma casa de pedra, de um só pavimento, no setor novo da cidade. Fiquei ali bastante tempo, bati à porta, mas ninguém respondeu.

Não houve resposta. Estaria você fazendo compras? Teria viajado? Jamais o saberei. O que também não sei é se fiquei ali, batendo à porta, que não se abria, e você estava lá dentro, minha querida filha.

Seria aquela a sua casa? Só sabia que deveria procurar um homem chamado Jorão, mas existem, certamente, muitos Jorão em Tiberíades, embora, segundo Eli, este Jorão fosse uma pessoa bastante conhecida na cidade.

Ao longo dos anos, voltei ali por várias vezes, mas sempre encontrei a porta fechada. Ao longo dos anos, perguntei sobre você, mas o silêncio foi minha única resposta.

63

À mulher conhecida como Maria de Magdala e, recentemente, de Éfeso

Minha superiora, a senhora Eliseba, leu as justificativas que você insiste em enviar para ela, e continua considerando-as estranhas e desconcertantes. O que mais a desconcertou foi o relato de seu encontro com Eli e sua busca por ela em Tiberíades.

Ao longo dos anos, ela vem vendo pessoas olhando para dentro de casa, vigiando--a e espreitando para o pátio. Tinha a sensação de estar sendo espionada e agora sabe por que razão. Você a mandou vigiar e encarregou pessoas de lhe passarem informações sobre ela.

Voltamos a solicitar-lhe que ponha um fim a isto. Se você crê em Deus e deseja cumprir seus mandamentos, você não enviará mais estas cartas preocupantes a uma senhora que só deseja viver sua vida na justiça e na paz.

Tirza, uma serva de Eliseba

Para minha mãe

Não consigo evitar acrescentar algumas palavras de meu próprio punho, embora tivesse jurado que não o faria. Tirzah fala por mim, mas não com as palavras que eu usaria.

Você foi um mistério, para mim, durante toda minha vida. Agora, finalmente, eu a conheço. Agradeço sua coragem em tê-lo tornado possível.

Mas não pretendo encontrá-la — será melhor que as coisas continuem do jeito que estão.

Sua filha,
Eliseba

64

Testamento de Maria Madalena (continuação)

Voltei para Magdala e fiquei ali por muitos dias, tentando responder às perguntas que me faziam os fiéis e contando-lhes tudo o que achava que deveriam saber. Mas eles pareciam já ter uma base sólida, e isso era gratificante. Disse-lhes que, além de mim, outras pessoas estavam registrando por escrito os sermões e as ações de Jesus, para que isso não se comprometesse ou perdesse devido às falhas da memória humana.

— Você é famosa na Galileia, sabia? — disse um dos mais velhos. — Você teve uma oportunidade que mais ninguém voltará a ter: a de caminhar lado a lado com Jesus vivo.

E pensar que, naqueles tempos, qualquer pessoa teria aquela oportunidade!...

— Ficará algum tempo por aqui conosco? — perguntaram. — Guie-nos, oriente-nos.

Sentia que tinha que voltar para Jerusalém, onde ficava a sede da igreja, mas prometera que tentaria compreender as orientações do Espírito. E, naquele momento, senti que deveria permanecer por mais tempo com aquelas pessoas.

— Sim, ficarei — prometi. E deixei que procurassem um quarto em que pudesse ficar — uma coisa pequena, com algumas cobertas, no telhado da casa de alguém. Dali podia ver todo o lago e também as montanhas. De noite, sentava-me e deleitava-me com a brisa que soprava das alturas.

Durante todas as noites, enquanto ficava ali antes de me acomodar no quartinho improvisado, olhava em direção a Tiberíades e enviava minhas orações e meu amor para aquela casa, onde sabia que morava minha filha. Cheguei a enviar uma cesta com frutas e uma carta, mas o rapaz que a levou teve que deixá-la na porta, pois, uma vez mais, não havia ninguém em casa — ou ninguém o atendeu.

Por que não fui pessoalmente, quando me encontrava tão perto? Eu mesma fiz essa pergunta várias vezes. Acredito que estivesse influenciada pelas palavras cruéis de Eli, receando que pudessem ser verdadeiras. Se assim foi, fui covarde. Ensaiei, durante muito tempo, as belas palavras que diria quando estivesse frente a frente com minha filha perdida — mas nunca eram suficientemente belas, ou persuasivas, ou amorosas. Por isso nunca as disse, o que foi muito pior.

Enquanto me debatia com esses pensamentos angustiantes sobre minha família distante, era adorada pelo pequeno grupo de cristãos de Magdala — usarei esse termo, pois já se tornou de uso comum. Encontravam-se em várias casas, onde faziam suas reuniões à noite. Assim como outros fiéis, haviam começado a fazer suas reuniões no dia em que fora descoberta a sepultura vazia, e não durante o Sabá. Era sempre, portanto, num dia útil e, por isso, as reuniões tinham que ser à noite.

Apesar do cansaço que sentiam após um dia de trabalho, aquelas pessoas pareciam ter muita força espiritual e ansiavam por se reunirem para falar sobre Jesus. Os homens traziam vinho e as mulheres peixe, pão, uvas, azeitonas, figos e mel. A refeição comum fazia parte de seu ritual de adoração: enquanto comiam, repetiam a refeição de Jesus com seus discípulos e citavam a frase sobre seu corpo e seu sangue. Assim como ocorrera conosco durante a primeira noite que passamos sem ele — e quando, subitamente, ele apareceu —, também agora ocorria com aquelas pessoas, naquela noite.

Em seguida, cantamos os hinos e lemos as escrituras, assim como trechos de cartas que nos eram enviadas por cristãos que viajavam e queriam contar sobre as igrejas que haviam visitado. As cartas de Paulo eram famosas, mas havia muitos outros. Aquela igreja tinha um correspondente, Justo, cuja preocupação era com o protocolo do culto. Não queria que se parecesse demais com o de uma sinagoga.

— Como se isso fosse possível — disse uma mulher a meu lado. — No momento em que o nome de Jesus for citado, seremos expulsos! — Deu uma gargalhada e eu não pude deixar de sorrir, imaginando Eli conduzindo a cerimônia.

Em seguida, levantou-se um homem que, sentindo-se conduzido pelo Espírito Santo, desejava profetizar. Queria falar sobre a presença de Jesus nas coisas do dia a dia. Após uma última oração, o grupo discutiu as necessidades da comunidade, em particular se deviam ou não mudar o local em que eram realizados os batizados, e outros assuntos menores. Perguntaram se os costumes variavam de uma igreja para outra. Além das cartas que recebiam, pouco sabiam sobre o que os outros faziam.

— Não há como saber — disse um homem. — Às vezes recebemos visitas, como você, e isso ajuda, mas, como ainda somos quase uma sociedade secreta, como poderíamos reconhecer e conversar com outros companheiros de fé?

— Parece-me que vocês têm lideranças informais — disse eu. — Mas talvez devessem eleger líderes permanentes, pessoas mais velhas ou servos, para que estes entrassem em contato com outras igrejas em nome da sua. Na igreja de Jerusalém, que pode ser considerada a sede principal, temos alguns representantes, pessoas que participam de assembleias e escolhem missionários que visitam uma nova igreja, onde repassam os ensinamentos. Lembro-me, por exemplo, de que Pedro e João foram a Samaria para falar aos convertidos daquela região.

— Não queremos representantes oficiais! — disse um rapaz jovem. — Supostamente, somos todos iguais. A partir do momento em que seja eleito um presbítero, inicia-se uma hierarquia. E como irão distribuir os cargos?

Os mestres serão menos importantes que os que fazem caridade? E as pessoas que fazem profecias? Diga-nos, então: os discípulos de Jesus não eram todos iguais? — Antes que eu respondesse, continuou falando. — Escuta-se muito sobre como Pedro recebeu uma missão especial de Jesus. Isso é verdade? Você estava lá. Isso é verdade?

— Acho que não — disse eu, fazendo um esforço para lembrar o que Jesus dissera sobre Pedro na nossa frente. E teria que ter sido na nossa frente, se ele quisesse que Pedro fosse uma liderança. Lembro-me de quando Jesus previu o final da vida de Pedro, mencionando que ele seria levado para um lugar onde não pretendia ir. Lembro-me de quando disse a Pedro para "apascentar minhas ovelhas". Mas isso não era uma coisa específica, nem lhe dava autoridade alguma.

— É isso que dizem alguns seguidores de Pedro — disse o jovem. — Por aqui, há muitos deles — estamos próximos a Cafarnaum, onde vive a família dele. E eles dizem que Jesus fez de Pedro seu... seu representante, ou alguma coisa desse tipo. Que ele teria dado a Pedro seus poderes.

Não pude deixar de rir. — É verdade que Pedro curou várias pessoas. Assim como é verdade que é um grande orador. Mas Jesus concedeu o poder de curar a todos nós, quando nos enviou numa missão.

— Os seguidores de Pedro dizem que ele tem o poder de perdoar pecados — insistiu o jovem.

— Eu nunca ouvi Pedro dizer isso — disse eu. — E passei muito tempo na presença dele. Não acredito que Jesus tenha designado um sucessor. Ele sabia que éramos todos indignos de sê-lo. Ou igualmente dignos de o ser.

— Os seguidores de Pedro dizem que, a menos que seja Pedro ou um de seus representantes que visite uma determinada igreja e toque as cabeças das pessoas ali presentes, estas não poderão ser chamadas cristãs nem poderão receber o Espírito Santo.

— Isso simplesmente não é verdade — disse eu. — O que é verdade é que, às vezes, os discípulos originais têm que comparecer a determinado lugar para corrigir falsos ensinamentos. Atualmente, existem muitos mestres e pregadores falando sobre Jesus por toda parte e alguns deles não estão bem informados. Têm uma compreensão incompleta. Havia alguns discípulos que se consideravam cristãos por terem sido batizados segundo o ritual de João Batista, por exemplo, quando o nosso batismo é um ritual de iniciação, e não de arrependimento.

Enquanto pronunciava essas palavras, eu constatava que, no fundo, talvez fossem necessárias algumas normas sobre a prática. Mas como isso seria feito? Já existiam grupos de cristãos em Alexandria, em Damasco e até em Roma. Como iríamos nós conseguir, em Jerusalém, que todos adotassem as mesmas normas, as mesmas palavras?

— O que vocês fazem na igreja em Jerusalém? — perguntou uma mulher.

— Bom, nós... — que pergunta difícil de responder!... — oramos no Templo, fazemos reuniões em que relembramos a última ceia de Jesus conosco, atendemos aos necessitados, enviamos missionários a outras igrejas...

— Vocês mandam missionários para regiões hostis?

— Existem esses missionários, mas são enviados pelo Espírito Santo, e não por nós. — Pensei em Paulo e suas viagens para além de Éfeso. Judeus gregos, desconhecidos, originários de Creta e de Chipre, haviam levado a mensagem de Jesus a Antioquia. E quem fora o primeiro a ir a Alexandria? E à Espanha?

— Mas as pessoas ainda consultam vocês, como se precisassem de uma autorização — disse um homem mais velho.

— É verdade, acho que sim. Mas talvez porque a maioria dos primeiros discípulos está concentrada lá, assim como a mãe e os irmãos de Jesus. — Balancei a cabeça. Era tudo muito confuso e contraditório. Por que Jesus não nos preparara para isto? Por que não nos dissera como deveríamos agir?

— Não é muito prático esperar que as pessoas vão a Jerusalém para consultá-los — disse uma mulher, em tom de censura.

— E também não é prático imaginar que todo mundo, por algum milagre, vá chegar às mesmas conclusões — disse o rapaz jovem.

— Já ocorreram milagres — disse-lhe. — Temos que ter fé na orientação que nos dá o Espírito Santo.

— Isso levará ao caos — disse outra mulher. — Já ouvimos dizer que o grupo de Betsaida aceitou pagãos. E, em seguida, tentaram fazer com que cumprissem todo o ritual da conversão. Com circuncisão e tudo! Isso não é fácil para um homem adulto! Mesmo que Abraão o tenha feito aos noventa e nove anos de idade...

— Tudo isso não tem a menor importância! — Uma voz forte, de mulher, impôs-se acima de toda aquela balbúrdia. — Conte-nos, apenas, sobre Jesus. Diga-nos como era conviver com ele. Conte-nos!

Era quase impossível descrevê-lo. ("Ele era de estatura mediana... Cabelo escuro, olhos escuros, a boca firme... Uma voz suave e agradável que, às vezes, era forte, quando se dirigia a centenas de pessoas... Era forte e caminhava longas distâncias...". O que revelava isso tudo? Podia ser a descrição de milhares de pessoas.) Se alguém se prendesse a uma descrição minuciosa, o relato pareceria uma bobagem ("Ele sempre olhava as pessoas de frente e você sentia que ele sabia tudo sobre você", ou, como disse aquela mulher em Samaria: "Venham conhecer um homem que me disse tudo o que fiz durante minha vida").

— Ele nunca exigia de você uma provação, mas sabia do que você seria capaz muito antes de você mesma. Para ele, o futuro e o presente eram uma única coisa.

— Parecia uma pessoa dos tempos antigos, possuidor de conhecimentos que nós não tínhamos, mas também pertencia totalmente ao tempo e ao lugar de hoje.

Não adiantava. Essas descrições não revelavam a pessoa dele. Mas aquela última — a questão de ele pertencer ao tempo e ao lugar de hoje — significava que os fatos ocorriam atualmente em grande velocidade, para além do tempo em que vivera.

Depois que as autoridades religiosas haviam escolhido a igreja de Jerusalém como alvo de sua perseguição — matando Tiago e prendendo Pedro —, a situação ficara muito perigosa para os cristãos, mas também para os judeus moderados. Um movimento crescente de judeus extremistas preparava-se para enfrentar Roma, numa luta de morte. Refletiam sobre a intervenção divina no tempo dos macabeus e do faraó, e consideravam-se prontos a se lançarem novamente à mercê de Deus. Os moderados consideravam aquilo um erro. Diziam que Roma não era Antioquia, nem o faraó, e que era loucura — não, que era a destruição inevitável — desafiar o poder de Roma. Dividira-se o mundo judaico, com os extremistas provocando constantemente os romanos, desejosos de atear o pavio que desencadeasse a guerra — uma guerra que só eles desejavam, mas que envolveria todo mundo.

Isso representava um dilema para os cristãos: seriam eles ainda judeus? Se os extremistas fanáticos se lançassem contra Roma, deveriam unir-se a eles? Ou não teriam nada a ver com aquela guerra?

Por que Jesus não dera uma orientação para todos esses problemas? Por quê?

Baixei a cabeça e fechei os olhos, tentando abstrair-me do som das vozes.

Porque — veio a resposta — confiava em nós. E... porque muitos outros problemas virão, ao longo do tempo, e ele não poderia nos ter orientado especificamente para todos eles.

Queria que aquele grupo de pessoas perdurasse para sempre, muito além dos problemas de Jerusalém, ou do Templo, ou dos romanos. Que perdurasse para um tempo que não podemos divisar, com pessoas cujos nomes jamais conheceremos.

A resposta que eu recebera — e a imagem que trouxera, de uma imensa fila de fiéis descendo de nós e continuando através das eras que virão — foi tão surpreendente que comecei a tremer.

Voltei a Jerusalém. Devo confessar que tomei o caminho mais longo, saboreando a viagem. Passei em Tiberíades e fui novamente àquela casa que não me recebia. Bati à porta, mas como não responderam fui embora sem esperar.

Passei pelas cidades de Arbela e Naim e, quando cheguei a Jezreel já estava cansada. Ainda estava forte e com boa saúde, mas a viagem era longa para qualquer pessoa. Sentei-me por alguns momentos e depois dirigi-me à sinagoga — não para orar, mas para procurar saber, com o devido cuidado, se havia seguidores de Jesus na cidade.

Um velho zelador estava varrendo e disse: — Ah, aqueles malucos! — Balançou a cabeça. — Por que você os procura?

— Porque sou um deles — disse eu. Surpreendeu-me como já o dizia com tanta facilidade.

— Reúnem-se na casa de Caleb, perto do mercado — disse o homem, dando-me instruções explícitas. — Mas todos eles são loucos!

Já me acostumara àquilo. Sempre diziam que éramos loucos. Afinal, ousávamos acreditar que um carpinteiro que fora executado era o Messias. E que voltara à vida através de Deus. Havia alguma coisa mais louca do que essa?

— Muito obrigada — disse eu.

— Mulher, você parece uma pessoa sensata! Não vá atrás dessa gente! — gritou ele, enquanto eu me dirigia para o endereço que me dera.

Agora, já me atrevia a bater à porta das pessoas, o que fiz sem pensar duas vezes. (Eliseba, será que me atreveria a fazê-lo se antes não tivesse batido à sua porta? Agora, sinto-me capaz de bater a qualquer porta do mundo. E mesmo hoje, velha como estou, sinto-me capaz de ir a qualquer lugar, viajar para onde for, para, finalmente, conseguir bater à porta que mais desejo ver aberta...)

Um homem abriu a porta e eu entrei. A primeira coisa que vi foram caixotes e sacos empilhados até o teto. Aquele átrio parecia um armazém.

— Caleb? — perguntei.

— Quem é você? — O homem que abrira a porta me olhava de alto a baixo.

— Sou Maria, de Magdala — disse eu.

— Meu Deus! — foi a resposta dele. Recuou e caiu de joelhos. — Uma pessoa *dele*! Uma pessoa do grupo dele! Meu Deus, oh! meu Deus! — E começou a abaixar-se, fazendo reverências. Depois, tomou minha mão e começou a beijá-la.

— Pare com isso! — disse eu, puxando a mão. — Sou uma pessoa comum, como você.

— Mas você conheceu Jesus! — repetia, sem parar. — Jesus! Jesus! — Então, olhou novamente para mim e piscou os olhos. — Você é, realmente, Maria de Magdala? A mulher que foi curada porque estava possuída por demônios? Ah, nós conhecemos toda sua história!

Como conheceriam minha história? Seria minha história real? E quando morresse, como poderia eu corrigir histórias falseadas? Mesmo hoje, essa seria uma tarefa impossível. Já existem tantas histórias falsas sobre Jesus, sobre Pedro, sobre Tiago, sobre João, sobre a mãe de Jesus e sobre mim... Não, mesmo hoje essa não seria uma tarefa humanamente possível.

— Estou voltando para Jerusalém e pensei passar algum tempo com os fiéis desta cidade — disse eu.

— Você está indo para a igreja-sede? Para a verdadeira igreja, onde se encontra toda a verdade? — E o homem começou a repetir as reverências. Dei-lhe um tapa nas costas, como daria a uma criança, e ele se endireitou assustado.

— Nós não somos os guardiães da verdade — disse eu. — Isso é absurdo. Não existe uma doutrina. Jesus não disse que onde estivessem duas ou mais pessoas reunidas ele estaria presente? Nós não somos como os sacerdotes do Templo. Não teremos um Templo, não teremos uma autoridade superior, não faremos pronunciamentos!

tarefas do cotidiano com amor e honestidade. Não há outra forma de ser. Um dia comum talvez seja o mais sagrado dos dias.

— Mas ele disse que devíamos ficar atentos! — disse Caleb, inclinando-se.

— Nunca o ouvi dizer isso — disse eu. O que ouvi ele dizer foi que muitos braços são necessários para a colheita, e que nos devíamos entregar a essa tarefa.

— E existiria alguém tão próximo de Deus para quem um dia comum fosse aceitável como o último dos dias? — exclamou uma mulher.

— Não — respondi. Tinha que reconhecê-lo. Se soubesse que era meu último dia, iria correndo para Tiberíades, bateria àquela porta, se necessário a arrombaria, e abraçaria minha filha. E, em meu último suspiro, lhe diria que a amava.

65

Deixei a igreja de Jezreel com a esperança de tê-los ajudado. Sua insistência em abandonar as atividades normais do cotidiano e esperar pelo fim parecia-me ser o oposto do que desejava Jesus. Lembrava suas palavras — na verdade, foram elas que me guiaram: "Enquanto for dia, devo fazer o trabalho de quem me mandou. Quando a noite vier, ninguém irá trabalhar". Para mim, aquilo significava que tínhamos que trabalhar enquanto o pudéssemos fazer; depois viria a noite. Talvez fossem pessoas que queriam parar de trabalhar, que estavam cansadas de tentar e procuravam um pretexto — e acreditavam que Jesus o proporcionara. No entanto, ele dissera: "Meu Pai continua trabalhando até o dia de hoje, assim como eu também trabalho". Queria que trabalhássemos, que déssemos nossas forças e nosso suor para ajudá-lo a trazer seu Reino.

No entanto... no entanto... eu estava cansada. Enquanto me arrastava, com dificuldade, na caminhada para Jerusalém, tinha que reconhecer que precisava retirar-me por algum tempo, ficar a sós para renovar minhas promessas para com Deus. Era um paradoxo estranho: devíamos trabalhar entre os homens, mas precisávamos deixá-los para conseguir forças para continuar.

Lembro-me de que Jesus orava muito, retirando-se e deixando-nos a sós. Precisava mais do que isso. Não conseguia fazer minhas orações de madrugada e retomar minhas tarefas ao amanhecer. Ao reconhecê-lo, sentia que estava dando menos de mim do que Jesus gostaria.

Para onde iria agora? A cada passo me aproximava mais de Jerusalém, onde seria novamente envolvida pelas ameaças à igreja e os problemas que enfrentávamos, iria rir e participar das celebrações e, naturalmente, seria adulada como uma das primeiras discípulas de Jesus... E continuaria longe de conseguir beber da água daquele poço que era o próprio Jesus.

Juntei-me a um grupo de peregrinos que seguia pela estrada poeirenta para Jerusalém e olhava em volta, desesperada, procurando um atalho que pudesse tomar. Quando passamos por um caminho que levava a um vale, decidi ir por ali. Não tinha a menor ideia de onde me conduziria, mas queria ficar sozinha por algum tempo.

O caminho dava num prado verde, onde o vento soprava forte, fazendo ondular o capim alto. Alguns salgueiros e choupos, que cresciam curvos, revelavam a existência de um riacho, e o ar era doce. Parecia um jardim, mas era em campo aberto.

Pergunto-me, agora, se ainda encontraria aquele lugar, caso o procurasse... Ou o teria Deus criado exclusivamente para mim, para aquele momento, como um paraíso particular? Atravessei o prado, passando entre o capim fresco, como se fosse água rasa. (Não havia cardos, nem urtigas... Seria aquele prado terreno, ou um sonho?)

Junto ao riacho, encontrei um lugar à sombra das árvores. A água parecia verde — um verde profundo, tranquilo. E o murmúrio do vento soprando pelo capim parecia uma cantiga de ninar.

— Chamei você pelo nome. Você é minha.

Parecia que Deus sussurrava palavras em meu ouvido e a voz de Jesus dizia "Maria".

— Chamei você pelo nome.

Tinha que ouvir, pensei. Tinha que compreender a voz, aquela voz preciosa. E no entanto... Eu sei que sabe meu nome, mas ainda preciso que me oriente mais de perto.

Em torno de mim, aquele doce sussurro era como um toque de amor. Acima de minha cabeça, as nuvens moviam-se lentamente, arredondadas e brancas, sem pressa. Pardais e andorinhas esvoaçavam entre os galhos das árvores, contentes e sem medo.

Sentei-me e esperei. — Deus, estou aqui — informei. Silêncio.

Bastava-me que Deus estava ali, olhando para mim, sem seres humanos observando, julgando, exigindo.

Ao meio-dia, peguei meu vinho aguado, queijo e pão e comi. Estava com muita fome e, ao contrário dos homens santos, precisava comer. Em seguida, dirigi-me à correnteza, tirei as sandálias e mergulhei os pés na água fresca. Fiquei sentada à beira do riacho, com os pés dentro d'água, e olhei para cima, diretamente para o céu.

Tinha que falar diretamente com Jesus.

Jesus, como está? — foi minha primeira pergunta. Já se haviam passado quase quinze anos desde aquela manhã em que eu voltara à sepultura e a encontrara vazia. Depois, tivéramos sua companhia por aquele breve período — aqueles dias que voaram. E, daí em diante, dediquei-me — todos nós, inclusive pessoas novas, que não o conheceram — inteiramente aos seus objetivos.

Sabe o que isso significa? Significa que nos abstivemos das coisas da vida que as outras pessoas desfrutam para substituí-las apenas por você. As famílias dos discípulos foram substituídas por nossa vida em comunidade. Nossos filhos são ensinados sobre sua vida, em vez de aprenderem as coisas da vida normal. Alguns dos nossos deram suas vidas por isso. Seria isso o que previu, o que pretendia?

Fechei os olhos e esperei por uma resposta, mas ela não veio.

É com tristeza que lhe digo que, atualmente, a maioria de seus seguidores são gentios, pagãos. Durante os anos que se seguiram a sua partida, a comunidade judaica — que tanto você queria alcançar — virou-nos as costas. Deixaram claro que não somos bem-vindos entre eles.

E depois há a sua pessoa, Jesus, disse eu, com atrevimento. (E por que não deveria falar assim com ele?) Devemos dedicar nossas vidas a você, abstendo-nos de nossa vida normal. Como pode exigir isso de nós?

Então, veio-me uma estranha revelação quando me lembrei de uma frase sua: "Alguns se transformaram em eunucos em nome do reino dos céus". Quando a pronunciara, eu não tinha compreendido. Mas agora, de repente, compreendia. "Eunuco" significava uma pessoa que se tivesse alijado de tal maneira de uma vida normal que não lhe era possível voltar.

Agora, constatava que era isso mesmo. Deixei de lado todas as outras coisas em nome do trabalho por seu reino. Não me tornei a casar, nem sequer pensei nisso. A perda de minha única filha foi o preço que paguei por tê-lo seguido.

Um de seus novos apóstolos, Paulo, diz que considera tudo uma perda, se comparado à alegria por tê-lo conhecido, mas ainda sinto saudade de Eliseba, ainda gosto da beleza deste mundo, ainda aprecio comer cereais bem frescos e um bom vinho. Isso significaria que sou indigna?

Não sabia, e talvez nunca viesse a saber. Minha única certeza era a daquele momento na companhia de Deus, aquela dádiva em meu jardim especial.

Quando cheguei a Jerusalém, encontrei a cidade cheia de agitadores políticos raivosos e cidadãos amedrontados — e a igreja envolvida nesse turbilhão.

O imperador Cláudio expulsara todos os judeus de Roma devido às constantes brigas e discussões entre eles. O que ele não compreendia é que essas brigas eram entre judeus cristãos, que acreditavam em Jesus, e os judeus que não acreditavam. Foi aquela a primeira vez que chamamos a atenção de um imperador romano. Antes tivesse sido a última!...

Naquela época, também passamos por um período de fome na Judeia. Foram as igrejas da Síria que nos trouxeram ajuda. Aí, portanto, uma outra "primeira vez": a igreja-sede, de Jerusalém, passara a depender da caridade das outras igrejas.

Deixe-me contar os acontecimentos que se seguiram, e nos envolveram, até nossa saída de Jerusalém. Já mencionei o rei Agripa, que por um breve período — três anos apenas — foi rei da Judeia. Há quem diga que foi tão clarividente quanto seu avô, o grande Herodes. Mas isso depende do ponto de vista. Ele tinha um talento, evidente, para ficar sempre de bem com os romanos. Mas foi ele que perseguiu a igreja para obter vantagens junto a seus senhores, além de ter evidenciado outros talentos, como apunhalar pelas costas e manipular lideranças políticas. Era óbvio que Deus não estava satisfeito com ele: morreu muito jovem.

A história de sua queda é a seguinte: numa manifestação pública em homenagem ao imperador Cláudio por suas vitórias na Bretanha, ele falou à multidão de maneira tão brilhante que provocou um urro: "Essa é a voz de Deus, e não de um homem". E, segundo consta, ele foi instantaneamente fulminado por Deus, e devorado por dentro, por vermes. O certo é que sua sucessão foi rápida e inesperada.

Sucedeu-lhe seu filho Agripa II, uma figura débil que foi uma tragédia para nosso povo, por sua lealdade a Roma. Embora tivesse tentado evitar um conflito final e a guerra, ele o fez unicamente para lisonjear seus senhores. De qualquer maneira, foi ignorado por ambos os lados e a guerra continuou.

Ele era muito amigo do imperador Nero e, para agradá-lo, deu à cidade de Cesareia o nome de "Neronia". Obviamente, adotou os vícios de seu ídolo e envolveu-se numa relação incestuosa com sua irmã Berenice. Ao contrário de seus súditos, sobreviveu à guerra ileso e retirou-se para Roma com uma comenda em sua homenagem.

Foi durante seu reinado que Tiago, o irmão de Jesus, foi executado. Tiago irritara o sinédrio durante vários anos, com sua mania de observar a Lei minuciosamente e ir ao Templo, ostensivamente, para orar. Naquela época, um número considerável de cristãos ainda considerava que pertencia à comunidade religiosa judaica, insistindo em ser assim reconhecidos por seus irmãos judeus. Eram considerados um estorvo, tanto pela comunidade cristã quanto pelo sinédrio, mas isso não os detinha. Tiago, o "Justo", era sua principal liderança, e defendia que os gentios convertidos deveriam aceitar a Lei judaica integralmente.

Portanto, assim que tiveram oportunidade para fazê-lo, prenderam Tiago e o levaram a julgamento. A sentença já era esperada: seria apedrejado até a morte, por blasfêmia. Foi assim que, trinta anos após a morte de seu irmão, ele morreu nas mãos do mesmo tribunal religioso.

Nenhum de nós o presenciou. Não só por não o querermos fazer, mas porque não queríamos ser vistos nas proximidades do Templo, alertando o sinédrio para a nossa existência. Foi apedrejado a partir dos próprios muros do Templo, no vale de Cedrom, que ficava logo abaixo. Choramos sua morte, pois, apesar de nossos desentendimentos, ele fora uma liderança importante, além de irmão querido de Jesus.

João e eu tremíamos quando levamos a notícia a sua mãe, Maria. Debilitada, já com mais de oitenta anos, ela passava a maioria de seus dias na sala do andar superior da casa de João, olhando para as colinas distantes de Jerusalém. Às vezes ainda ia ao mercado, às vezes passeava pelas redondezas, apoiada em nossos braços, mas sua fragilidade crescente era evidente. E nossa tarefa era agora a pior que se podia imaginar: comunicar a uma mãe que seu filho morrera.

Estava de costas para nós, com um xale em volta dos ombros — azul, que era sua cor preferida. Estava com o cabelo branco, mas ainda espesso — quando o sol estava forte, brilhava como pérolas.

Ajoelhei-me a seu lado. — Querida mãe — comecei. Mas minha garganta se entupiu e as palavras não saíam. — Querida mãe... — Segurei o braço da mulher que, durante mais de trinta anos, *fora, de fato,* minha mãe. Quando Jesus dissera a João "cuide de minha mãe", creio que se referia a nós dois. Maria era mais minha mãe do que minha própria mãe, e isso desde que a abracei pela primeira vez, em minha infância.

— Oh! mãe!... — disse, e comecei a chorar.

— Eu sei — disse ela. — Eu sei. — Virou-se e abraçou-me, consolando-me. Continuava sendo uma mãe, antes de tudo, para os que conviviam com ela.

A morte de Tiago apressou a da própria Maria. A tristeza abateu-se sobre ela, embora nunca tivesse deixado de cuidar dos outros. Mandou chamar seus outros filhos — José, Judas e Simão, agora homens feitos — que vieram ao seu encontro. Rute e Lia talvez tivessem morrido. O que teriam feito quando Jesus morreu, condenado como um criminoso? Teriam revelado o fato de serem irmãos? Haviam, alguma vez, visitado a mãe? Eram muitas as coisas que desconhecíamos, e muitas as tristezas com que a mãe de Jesus teve que conviver.

Mas tinha um filho adotado, o fiel discípulo João, que lhe fora concedido por Jesus, quando olhava do alto da cruz. E ela parecia mais próxima a ele do que a qualquer de seus outros filhos vivos. O que me levava a tornar a perguntar a mim mesma: o que é, de fato, uma família? Pois ali havia irmãos e irmãs mais próximos de Jesus do que aqueles que a natureza nos dera.

Naqueles últimos tempos, ela pareceu dedicar-se também aos seguidores de Jesus que eram desconhecidos. Conversava com muitos deles, que a procuravam na casa de João, na Cidade Alta. Irritava-se com a reverência com que a tratavam. Muitos fiéis ajoelhavam-se a seus pés e não se atreviam a tocar suas mãos, mesmo quando as estendia para eles.

— Oh! mãe abençoada — murmuravam, sem ousar olhar para ela.

— Venha aqui — dizia ela. — Pegue minha mão. Isso é reconfortante. Faz muitos anos que *ele* não pega minha mão. Quero muito vê-lo e sei que vocês também o querem. — E estendia a outra mão, tocando a cabeça da pessoa. — Todos estaremos juntos e ele nos dará as boas-vindas da mesma maneira.

E quando os fiéis protestavam, em reverência à sua honra e à sua idade, ela dizia: — Lembro-me de que ele disse: "Quem são minha mãe e meus irmãos? São os que ouvem a palavra de Deus e a obedecem". Logo, você eu estaremos diante dele.

Um ano após a morte de Tiago, ela morreu de maneira tranquila. Primeiro, começou a andar menos; depois, já não saía do quarto; por fim, ficava na cama. Era como o aprendizado de uma criança, porém ao contrário: seu mundo foi-se tornando cada vez menor até ficar apenas com os gestos de suas belas mãos. Com as quais nos abençoou pela última vez.

Quando colocou as mãos sobre minha cabeça, senti que sua força se esvaía e pedi a Deus que pudesse ficar com um pouco daquela energia. Queria ser sua filha, continuar sua vida.

O Espírito Santo nos fez saber onde ela deveria repousar: numa caverna, na base do Monte das Oliveiras, lugar que ela jamais visitara em vida. Numa procissão solene, levamos a liteira em que estava pela ladeira que descia de Jerusalém, até a encosta do monte.

Olhei para cima, para os ciprestes escuros que farfalhavam ao vento. O Espírito nos mostrava o caminho para um lugar que tinha uma solenidade natural. Descobrimos, em seguida, que uma gruta surgia por entre as árvores. A liteira foi depositada no chão e ficamos em torno dela.

Sobre sua mortalha, Maria foi coberta com um pano azul claro, que brilhava como o sol da manhã sobre nós. Fiquei junto ao corpo. Era tanta a gente que viera da cidade que a multidão se estendia até o bosque de oliveiras, bem longe da gruta.

Simeão, seu sobrinho, ficou junto ao corpo e conduziu as orações. Simeão era filho de Cleófas, irmão de José, e já estava na casa dos cinquenta anos. Ouvi dizer que fora "eleito" para chefiar a igreja no lugar de Tiago, mas isso não foi o que aconteceu. Ele se elegeu a si mesmo, e nós não o contestamos. Parecia um homem bom e alguns entre nós ainda acreditávamos que haveria algo de mágico em compartilhar o sangue de Jesus.

— Preciosa é aos olhos do Senhor a morte dos seus santos — entoou, citando um salmo. — E ela era uma santa, muito preciosa para o Senhor. — Inclinando-se, beijou a mortalha.

Então, a liteira foi carregada para dentro da gruta, enquanto chorávamos naquela manhã radiosa.

65

— Pedro morreu.

Simeão fez o anúncio de forma simples, depois de uma de nossas reuniões, quando havíamos terminado de comer, de orar e de cantar os hinos.

Levantou-se, caminhou lentamente pela ampla sala da casa de João, e disse aquelas palavras terríveis. Antes que o inundássemos com uma chuva de perguntas, ergueu os braços e pegou um pedaço de papel amassado.

— Um de nossos irmãos escreveu, de Roma — disse. — E Pedro não foi o único que morreu, embora nos fosse o mais querido. Foi desencadeada uma perseguição cruel e devastadora contra nossos companheiros, que são acusados de serem os culpados pelo incêndio que ocorreu em Roma.

— Não compreendo — disse Mateus, que agora era um homem fraco, mas fizera um excelente trabalho em Jerusalém, durante todos aqueles anos, registrando por escrito a história e cuidando de nossa contabilidade. — Como foi que aconteceu?

— O incêndio durou vários dias e destruiu boa parte de Roma — disse Simeão. — Nero é tão detestado que se suspeita que ele mesmo tenha provocado o incêndio, para adotar um de seus programas de construção e reconstruir a cidade. Na realidade, ele nem estava lá, naquele momento e, embora seja obviamente louco, não iria tocar fogo em sua própria cidade. Mas ele precisava de um bode expiatório e nós fomos os escolhidos.

— Existe alguma prova, por mínima que seja, que ligue os cristãos a isso? — perguntou Joana. Ela também, já era uma mulher idosa, mas sua mente nunca funcionara tão bem.

— Apenas de que algumas testemunhas dizem ter visto pessoas jogando coisas nas chamas, para atiçá-las — disse Simeão. — Foi a partir dessa informação que Nero, ou seus assessores, deduziu que devia ser coisa dos cristãos, pois estes acreditam que o fim do mundo está próximo e virá pelo fogo. Segundo ele, os cristãos estariam se rejubilando de contribuir para a chegada do fim do mundo.

— Talvez alguns dos nossos pudessem estar equivocados a esse ponto — disse eu, lembrando-me das pessoas em Jezreel que tanto ansiavam pelo fim do mundo. Era absolutamente possível.

— Nero pode ser louco, mas é esperto — disse Simeão. — Ele conhece as diferenças que existem entre nós e o restante da comunidade judaica, assim como sabe que não gozamos da proteção oficial de Roma de que gozam os judeus para praticar sua religião. Também sabe que as pessoas suspeitam de nós por termos rituais secretos e não oferecermos sacrifícios ao imperador. Não temos protetores, nem representantes, nas altas esferas, e não somos em número suficiente para lhe levantar uma defesa consistente. Por isso, nos ataca dessa maneira horrível.

Pedimos para ouvir tudo e ele contou, numa voz trêmula. Os cristãos haviam sido presos e, em seguida, mortos, como diversão. Alguns foram jogados numa arena, vestidos com peles de animais e destroçados por feras selvagens; outros haviam sido embebidos em alcatrão, amarrados a uma estaca e tinham virado tochas humanas para iluminar os jardins das delícias de Nero. Os líderes, como Pedro, haviam sido crucificados.

— Os irmãos e irmãs pelo menos conseguiram recuperar seu corpo e enterrá-lo — disse Simeão. — Foi enterrado na encosta da colina em que morreu, próximo ao campo de corridas de cavalos de Nero.

— E os restantes? — perguntou Mateus, temendo pela resposta.

— A maioria foi jogada em vala comum, e alguns, nem isso — disse Simeão. — Morreram com valentia, com a coragem dos macabeus, e por isso jamais serão esquecidos.

— Sobraram alguns dos nossos companheiros em Roma? — perguntou um homem. — A igreja foi aniquilada por completo?

— Sabemos que o companheiro que enviou esta mensagem ainda está lá — disse Simeão. — Mas os sobreviventes devem ser muito poucos.

— Os mártires farão com que nosso número cresça — disse Joana. — As pessoas procurarão saber que fé é essa, que cria tantos heróis.

— Não se essa fé for ilegal — disse um jovem à minha esquerda. — Essencialmente, as pessoas são covardes.

— Não queremos covardes — retorquiu Joana. — Deixe que fiquem longe de nós!

— Não — disse eu, levantando-me para falar ao conjunto do grupo. — Todos nós somos covardes. O próprio Pedro negou que conhecia Jesus. O importante é que podemos tornar-nos algo que vai além de nós mesmos. Então, acho que os covardes serão bem-vindos. Eu própria sou uma covarde... Sob a minha força.

— E Paulo também foi executado. — Simeão guardara aquela informação para o final. — Seus longos anos de pregação terminaram com sua decapitação em Roma. Também por ordem de Nero.

— Não! — Um coro de vozes levantou-se.

Paulo iludira a morte tantas vezes que parecia impossível que ela tivesse, por fim, triunfado. Dez anos antes, fora atacado por zelosos líderes do Templo, acusado de ter cometido irregularidades nas orações que fizera no lugar santo. Apelando para sua cidadania romana, conseguira escapar ao sinédrio e à execução que já haviam planejado para ele, apelando para um tribunal romano. Acabaria sendo levado à presença do imperador. E agora, acabara desta maneira.

— Ele sabia que isso podia acontecer a qualquer momento — disse Mateus. — Em sua carta a Timóteo, ele dizia: "Porque já estou sendo oferecido por aspersão de sacrifício, e o tempo de minha partida está próximo. Combati o bom combate, acabei a carreira, guardei a fé." — Tossiu, com dificuldade de respirar. — Um epitáfio perfeito. Antes tivéssemos um assim...

Um a um, nosso líderes vinham sendo eliminados e isso nos assustava. Tiago, o Justo, Pedro, Paulo... Quem seria o próximo?

E havia ainda mais. Simeão divulgou, então, o último golpe de suas nefastas notícias. — O sumo sacerdote do Templo ordenou, ontem, que devem acabar os sacrifícios feitos em nome do imperador — disse.

Os sacrifícios oferecidos diariamente em nome do imperador proclamavam a lealdade de Jerusalém a Roma há mais de cem anos. Para a religião judaica, era ilegal oferecer sacrifícios a um ser humano, mas dispuseram-se a fazê-lo para agradá-lo. Uma bela concessão. E agora...

— O altar está vazio — disse Simeão. — O fogo está apagado. Hoje de manhã não houve sacrifícios nem orações.

— Uma declaração de guerra — disse Mateus.

— É. — Simeão acenou afirmativamente com a cabeça. — A partir do dia de hoje, nós, a província da Judeia, estamos em guerra com Roma.

— Só terminará de uma maneira — disse eu. — De uma única maneira...

Ajoelhamo-nos e oramos, mas em nossas lamentações, também choramos Pedro, Paulo e todos os outros nossos irmãos, mortos em Roma. Para Jerusalém, chegava a hora do conflito, cujas consequências sabíamos que seriam muito piores do que as que haviam atingido Roma.

Pedro se fora... Um mártir... Sentei-me, em silêncio, e meditei sobre ele. Escapara por tantas vezes, e agora... morto... O que fora que Jesus dissera? "Quando você ficar velho, estenderá os braços e outra pessoa o irá vestir e conduzirá para um lugar aonde você não quer ir." Fora o que acontecera naquele seu sonho, de tanto tempo atrás. Amarraram-no, levaram-no para a colina do Vaticano e o crucificaram. A carta dizia que ele suplicara para ser morto de outra forma, pois "era indigno de sofrer a mesma morte de seu mestre". Então os soldados crucificaram-no de cabeça para baixo.

Pedro mudara completamente desde que o conhecera como um pescador com voz de trovão... há tanto tempo!... nas nossas juventudes. Sua fé o fizera valente como um macabeu.

Era um milagre maior do que aqueles que as pessoas crédulas atribuíam a Jesus — caminhar sobre a água, transformar água em vinho, multiplicar o alimento. Isso não passava de truques de mágica, enquanto a verdadeira magia era transformar um homem fraco e falível num herói para além dos limites da imaginação humana.

De noite, meus pensamentos estavam em turbilhão, com as horríveis imagens de Pedro sofrendo, tremendo na cruz, com pernas e braços lívidos — pois o sangue escorria, por estar de cabeça para baixo —, com o rosto vermelho e inchado, a boca aberta e sem conseguir respirar... De repente, sentia-me entrando num túnel escuro, sem fim.

Como já relatei, minhas visões terminaram quando Jesus nos deixou. De certa maneira, fiquei aliviada quando acabaram aquelas visões e as horríveis obrigações que me impunham. Durante os últimos trinta anos, confio apenas em minhas próprias ideias e percepções.

Agora, enquanto despencava naquele turbilhão do sono, sentia-me caindo, sem apoio, tentando agarrar a qualquer coisa do lugar onde estivesse e, pela primeira vez em muitos anos, eu sabia, no mais profundo da minha alma, que estava em outro lugar, protegida, estava num lugar sagrado.

"Porque o lugar em que tu estás é terra santa." — E eu sabia que era.

E, como Samuel, eu podia responder — mas responder sem palavras, apenas de dentro de minha cabeça. — Fale, sua serva o escuta. — Esperei, obediente. Aqueles anos todos deveriam ter-me mudado, mas as mudanças são quase sempre imperceptíveis a nós mesmos, embora às vezes sejam evidentes para os outros.

Continuei caindo, rodando, sem peso, até chegar a um lugar amplo, iluminado apenas com lamparinas, para além do sol. Mas brilhava, e tive que proteger os olhos. Parecia estar ali um grande grupo de pessoas, todas elas olhando na direção de uma figura que estava envolta por uma luz ainda mais brilhante, para a qual não conseguia dirigir meus olhos.

"Fui levado ao terceiro céu, mas não sei se com meu corpo ou fora dele... Só Deus sabe." — Paulo escrevera essa frase e agora eu a compreendia. "Fui levado ao paraíso e ali ouvi coisas tão intensas e inexprimíveis que ninguém as pode pronunciar."

Aquela dádiva — e aquela responsabilidade — me fora concedida há muitos anos e não havia como lhe escapar.

Vi a cidade de Jerusalém, em toda sua extensão, à minha frente. Era como se a sobrevoasse, como se tivesse asas miraculosas que me levavam sobre o Templo, sobre o monte achatado que Herodes criara, sobre as casas modestas da cidade original de Davi, sobre os enormes palácios e mansões da Cidade Alta, sobre as três muralhas que garantiam a segurança da cidade. Como era bonita, brilhando à luz do sol, anunciando que era a cidade de Davi e nossa herança e certeza para sempre.

Mergulhei e aproximei-me das nuvens. E então, de repente, abaixo de mim, a cidade foi tragada pelas chamas. Naquela visão, eu podia voar para onde quisesse. Dirigi-me para os arredores da cidade e então vi imensas filas de soldados romanos, todos a postos, do lado de fora da cidade, com suas insígnias proclamando Legião V, Legião X, Legião XII...

As muralhas caíam, uma por uma. Eu ouvia os prantos e os gritos das pessoas dentro da cidade. Via a fumaça subindo. Em seguida — ó luz detestável! — vi o Templo ser tragado pelas chamas. Vi suas paredes cederem, as pedras desmoronarem, como as tábuas de um barril podre. Vi pessoas correndo para fora, tentando apagar as chamas, gritando. Vi uma imensa coluna de fogo e fumaça subindo do santuário interno.

O Templo também seria destruído? Eu já tivera aquela visão, porém menos nítida. Tal como Deus repetira o sonho do faraó, fazendo com que soubéssemos o que realmente iria acontecer, e em breve... agora, passava-se comigo.

Então, as palavras de Jesus ecoaram em meus ouvidos, amplificadas naquele sonho: "Digo-lhes que, em breve, não sobrará pedra sobre pedra...".

O Templo, exclamei... — Faz parte de nossa terra há milhares de anos e é lá que reside Deus. — Na visão, me fora concedido um corpo que continha várias almas e era mais forte e mais resistente que o meu.

Então, vi um grupo de sacerdotes entrando no santuário. Quando perceberam que cedia, ouvi uma voz dizendo: "Vamos embora daqui...". Assim, Deus dizia-lhes que tudo acabara e que, de agora em diante, ele não ficaria restrito a paredes construídas pelo homem.

O Templo deveria ser destruído e Deus iria para outro lugar. Suas palavras eram: "Não o defendam, pois eu já fui".

Mas o Templo... onde eu viera, ainda criança... o local em que Jesus ensinara... onde o Espírito Santo nos fora concedido... onde Pedro pregara pela primeira vez e convertera pessoas à mensagem de Jesus... onde Paulo viera orar e fora preso... Como podia o Templo desaparecer, ser destruído? Era a base e o topo de nossa fé.

— Acabou-se — disse-me a visão. — Não existe mais.

"Jerusalém perecerá. Os romanos vencerão. Não haverá prorrogação de última hora, como ocorreu quando os assírios investiram contra suas muralhas, há setecentos anos. Quem acreditar nisso ficará decepcionado. Saiam de Jerusalém. Deverão atravessar o Jordão e procurar um lugar a salvo. Não deixem ninguém para trás. Eu os conduzirei. Quando ali chegarem, aguardarão minhas instruções.

E, acima de tudo, não tenham medo. Estarei o tempo a vosso lado, até o fim do mundo, como prometi."

O quarto rodava em torno de si. Voltei suavemente à terra e a luz brilhante foi sumindo até tornar-se a chama trêmula de uma lamparina numa estante ali próxima. Mas as vozes ainda ressoavam em meus ouvidos e eu não iria esquecer uma única palavra.

Naquela noite, quando contei tudo o que vira e ouvira a todo o grupo, reunido, percebi que as conversas habituais davam lugar à confusão e ao silêncio. Ainda estavam perturbados pelas notícias que haviam chegado de Roma e, agora, esta visão: uma ordem para deixar Jerusalém, onde havíamos centrado nossas atividades por mais de trinta anos, onde Jesus morrera e depois voltara a nós... e ir para outro lugar... E onde seria este outro lugar? E por que deveriam confiar em minha visão? Fazia tanto tempo que não tivera uma visão... A maioria das pessoas do grupo atual nem sabia dessas minhas visões e revelações.

E eu mesma era forçada a reconhecer que uma das visões que tivera jamais acontecera. Aquela visão horrível — e ainda nítida, até os dias de hoje — do Mar da Galileia vermelho de sangue e de uma batalha naval entre romanos e rebeldes.

— Foi Jesus quem me fez esta revelação — disse eu. — Foi bastante inconfundível. E bastante clara. Não desejo sair daqui, mas sei que o devo fazer.

E era verdade. Estava então na metade dos meus sessenta anos — como isso me parece jovem nos dias de hoje!... — e estabelecida em Jerusalém. Não me agradava a perspectiva de ter que fazer uma viagem e tentar estabelecer uma nova casa. À medida que continuavam me fazendo perguntas, percebi que me concediam o papel de líder. Era a mim que Jesus iria revelar o local para onde deveríamos ir.

— Alguns de nós não teremos condições de fazer a viagem — disse um homem velho. — Não temos a energia, nem os meios, de fazê-lo.

Pensei sobre as histórias de como Ló discutira com Deus sobre deixar Sodoma, atrasando-se até quase ser tarde demais e, em seguida, aceitando apenas parte das instruções que lhe haviam sido dadas. Era inerente à natureza humana.

Olhei em torno da sala, para os rostos que se erguiam em minha direção. Quantos dos discípulos originais ainda estavam ali? João, Mateus, Tadeu — que se revelara insubstituível nos casos de assistência e caridade —, Simão, o rebelde fanático, agora curvado pela idade e mal conseguindo segurar um cajado, muito menos uma espada... Os outros se haviam espalhado pelo exterior e se haviam perdido de nós. Talvez até tivessem morrido. Dizia-se que Tomé e Filipe teriam ido para a Índia, e André para a Grécia. Mas ninguém sabia ao certo.

— Minhas instruções foram de que todos deverão ir — disse eu.

— Ou então?...

— Quem ficar, morrerá. — Era essa, claramente, a mensagem de minha visão.

— Então morrerei. — Quem falava era um homem velho, de pernas finas e trêmulas, arqueadas. — Não tenho como fazer essa viagem.

— Então seu martírio mostrará seu amor pelo Senhor — disse Simeão, levantando-se e ficando a meu lado. — E talvez possa agir como testemunha, para que outros se salvem.

— Eu também. — Levantou-se uma senhora velhinha que não tinha, evidentemente, condições de fazer uma viagem.

Lentamente, as pessoas mais idosas que estavam na sala foram se levantando e afirmando que, também elas, estavam prontas para o martírio.

— Não iremos prejudicar a viagem dos outros e provocar atrasos que podem ser fatais — disse uma mulher que, de tão idosa, em sua pele só se viam rugas. — Seria um pecado imperdoável. — Fez uma pausa para respirar. — Devemos aceitar nosso martírio desta maneira, e eu faço com satisfação.

Então eu deveria conduzir este grupo pelo deserto, como Moisés. Era uma tarefa assustadora, embora meu grupo fosse agora muito menor e mais obediente. Significava confiar cegamente em Deus, que nos guiaria durante a viagem e nos protegeria.

Jerusalém estava agitada. As ruas estavam cheias de pessoas que se empurravam, com raiva e assustadas. Percebia-se que havia muito mais soldados romanos, que pareciam estar por toda parte — nas esquinas, nos portões, observando cada pessoa que entrava no mercado ou que passava pelas portas do Templo. Constava que Nero ficara irritado com o insulto que partira do Templo e dera ordens de represálias. Os rebeldes reuniam-se, inundando Jerusalém. Galo, o governador romano da província da Síria, trazia, de Antioquia, sua XII Legião, que marchava sobre nós. A XII Legião, que eu vira em minha revelação!...

Quando fomos fazer nossa última visita ao Templo, para orar e prestar nossos respeitos — e também para olhar com atenção, por uma última vez, para cada pedra, para os esplêndidos portões e para os altares de sacrifícios — não foram os rebeldes, mas os sacerdotes, que zombaram de nós.

— Então, aqui estão vocês, traidores hipócritas! — Uma voz forte ressoou quando Simeão e eu conduzíamos o grupo através dos pátios, para o pórtico de Salomão. Olhei e vi uma figura vestindo uma túnica bordada de seda, usando um chapéu enorme para se proteger do sol, e que estava junto ao muro que separava o Pátio dos Israelitas do Pátio dos Sacerdotes. — Vocês! Vocês que fingem concordar com a Lei de seus ancestrais, mas que a tripudiam e pisoteiam! Pedro, vosso líder, acaba de morrer em Roma! Oxalá tenham vocês o mesmo fim, que foi também o fim de Tiago, de Jerusalém. E daquele outro Tiago, antes dele! Que morram todos os que ousarem dizer blasfêmias!

O ódio daquele homem assustou-nos.

— Temos tanto direito de estar aqui quanto você — respondeu Simeão.

Com um gesto do braço, o homem fez um sinal aos guardas do Templo e aos soldados fardados, que deixaram seus postos e vieram em nossa direção.

— Vamos embora daqui — disse Simeão. — Deus irá julgar esses homens.

E assim, nossa visita respeitosa, nosso adeus sentimental ao local sagrado de nossos ancestrais, transformou-se numa retirada desastrosa e precipitada.

Fizemos os preparativos para a viagem. Juntamos tudo o que tínhamos, vendemos as coisas grandes, difíceis de transportar, e amarramos o restante. Antes de partirmos, voltamos a percorrer os lugares por onde Jesus caminhara. Passamos pelo portão em que ele entrara montando o jumento, passamos em frente ao palácio do procurador, olhamos para o pátio da casa do sumo sacerdote e passamos algum tempo no jardim de Getsêmani. Não visitamos a sepultura, e sim os lugares em que ele nos aparecera depois da morte. Fui ao jardim próximo à sepultura, onde o encontrara. Os outros foram ao andar superior da casa de José. Fomos também prestar nossos respeitos à abençoada Maria, que descansava em sua sepultura na gruta.

Como era difícil deixar para trás coisas que constituíam nossa própria memória, que faziam parte de nós!... Nascêramos ali, como um grupo de pessoas que conheciam Jesus para além de sua sepultura, e aquela era a cidade que ele tanto amava. Agora, deveríamos deixá-la. Mas esse apego a um lugar especial entristeceria o próprio Jesus, que nos dissera para não nos apegarmos a ele — quanto mais a coisas terrenas...

Deixamos Jerusalém — algumas centenas de pessoas — num belo dia de sol que mostrava a cidade em todo seu esplendor. Nunca havia o Templo brilhado tanto, nunca seus ornatos de ouro haviam reluzido tanto à luz do sol, nunca seus portões de bronze — abertos, para permitir o acesso aos fiéis — haviam exibido suas esculturas de maneira tão elegante. A cidade estava muito atraente.

Em nossa marcha, passamos por contingentes de soldados romanos, acampados do lado de fora das muralhas da cidade. Observaram-nos, quando passávamos.

"Deverão atravessar o Jordão e procurar um lugar a salvo." Mas onde seria isso?

Dirigimo-nos ao rio pela estrada de Jericó, que constava ser povoada por ladrões e assaltantes — a estrada a que Jesus se referira em sua parábola do samaritano. Continuamos nossa viagem para o Jordão, evitando os pântanos espinhosos e os brejos.

Passamos perto do lugar onde João havia pregado e batizado, e onde eu mesma me procurara livrar dos demônios que me possuíam. De onde estávamos, vi suas margens, inóspitas e áridas, que me trouxeram à lembrança aquela imagem de desolação... Mas eu sabia que não era para ali que estávamos sendo conduzidos.

Continuamos caminhando na direção norte, sempre para o norte. Abaixo de nós, corria o Jordão, serpenteando, e do outro lado, ao longe, enxergava-se um planalto, baixo, antes da cordilheira das montanhas. Jesus dissera que deveríamos *atravessar* o Jordão, o que significava que queria que fôssemos para a outra margem do rio.

Ali ficavam cidades pagãs, a Liga de Decápolis — as Dez Cidades. Todas elas eram cidades gregas e constituíam um tipo de cidadania só sua. O terreno parecia muito árido. Quais eram essas cidades? Havia Gergesa, onde Jesus lançara os demônios nos porcos; havia Hipos, no lado oriental do Mar da Galileia; Gadara, com suas fontes naturais, termas de água quente e piscinas para banhos; e uma outra cidade, grande, escondida nas montanhas, do outro lado do lago.

Continuamos caminhando. Eu ainda não recebera qualquer indício de mensagem sobre onde deveríamos parar. Atrás de mim, todos os fiéis de nossa comunidade — aqueles com condições físicas de encarar a viagem — também aguardavam a orientação divina enquanto caminhavam, em meio a uma nuvem de poeira.

Ainda não havíamos chegado ao Mar da Galileia — onde eu ansiava por chegar, para olhar do outro lado e tentar ver, ao longe, Tiberíades e Magdala — quando senti uma força que me mandava parar.

— Vamos parar aqui! Parar para descansar! — Foi dada a ordem e todos pararam.

Ainda estávamos a algumas léguas de distância da extremidade sul do lago e o Jordão corria, entre umas moitas de arbustos, de nosso lado direito. Mas havia um caminho que levava ao rio e, do outro lado, até a estrada.

De cabeça baixa, sentei-me e esperei por orientações.

Foi por volta do meio-dia, com o sol a pique, que recebi as instruções.

— Atravesse o rio. Passe para o outro lado e siga a estrada.

Só isso? — perguntei. Continuaremos sem saber nosso destino?

Mas não houve qualquer outra instrução.

Atravessamos o rio, que estava baixo naquela época. Conseguimos atravessá-lo segurando nossas túnicas em torno dos ombros. Não pude deixar de recordar a primeira vez que Josué atravessara o Jordão e entrara nesta terra; com as pedras do leito do rio, fizera um monumento em sua homenagem.

Nós também deveríamos fazer algum tipo de homenagem, mas como? Atravessamos o rio sem deixar qualquer sinal de nossa passagem.

Tomamos, então, a estrada, que se afastava do rio. Quando alcançamos o topo da colina mais próxima, vimos uma bela cidade diante de nós.

— Aqui. É aqui que deverão esperar. — As palavras ressoavam, em voz alta, nos meus ouvidos.

Mas... só de olhar para ela, via-se que era uma cidade pagã. No acesso à cidade, viam-se construções com aquelas colunas, separadas em espaços iguais, que mostravam ser um templo grego.

— Como iremos viver aqui? — perguntei, em voz alta. — É um lugar pagão! Por que nos trouxe aqui?

— Porque é seguro. Não será destruído por Roma. E vocês sobreviverão e depois continuarão outra vez.

Subimos a estrada que levava às montanhas e à cidade, que se chamava Pela, e eu disse: — Este é o lugar para onde o Senhor nos conduziu. É aqui que o Senhor quer que fiquemos e busquemos refúgio.

Os primeiros meses foram difíceis. Tivemos que arrumar alojamento e trabalho, para nos mantermos, e tivemos que aprender a viver entre estrangeiros. É lógico que já conhecíamos pessoas estrangeiras, mas ali os estrangeiros éramos *nós*. Naquela cidade de médio porte, que crescera obedecendo ao padrão de planejamento das cidades gregas, o idioma era o grego, a moeda era o dracma e o trabalho era direto, sem um dia de descanso. Existia uma pequena sinagoga, mas a cada esquina — pelo menos, era o que parecia — erigiam-se templos a uma multidão de deuses — Zeus e Apolo, e também outros, mais distantes, como Ísis e Serapis. O cheiro de porco assado emanava das barracas que vendiam comida, com seu aroma inconfundível, bem diferente de cordeiro ou cabrito. Jovens seminus desfilavam pelas ruas, mastigando pedaços de porco assado, com os dedos cheios de gordura. Frequentavam o ginásio, onde tiravam toda a roupa e praticavam luta, completamente nus.

De início, fiquei espantada e horrorizada. Era um comportamento tão estranho e vulgar, uma afronta a tudo o que havia aprendido a respeitar. Parecia que respeitavam as coisas a que não dávamos importância, e vice-versa. Procurávamos ser modestos e víamos o corpo como algo que era necessário ao trabalho, enquanto eles o glorificavam. Por outro lado, eles não sentiam a necessidade de um dia de descanso semanal, nem eram caridosos com os mais pobres — não pareciam ter um deus, ou uma deusa, que os inspirasse a viver segundo um código moral. Talvez encontrassem esse deus, ou essa inspiração, em seu amor pela beleza. Eu mesma era forçada a reconhecer que as coisas que produziam com as mãos eram belíssimas, e as ruas que planejavam, muito mais atraentes do que as nossas. Em vez de livros sagrados, tinham livros de poesia e música, que aparentemente os satisfaziam, os inspiravam e os reconfortavam.

Embora Simeão fosse o nosso líder formal, a verdadeira líder era eu, pois estávamos perdidos num lugar estranho, e somente eu recebera instruções de como viver ali. As pessoas me procuravam e eu procurava responder-lhes da melhor maneira possível, rogando para que não estivesse equivocada.

Mais por cortesia do que por qualquer outro motivo, visitamos a sinagoga, mas quando nos identificamos, pediram-nos que deixássemos o recinto — o que eu sabia que iria ocorrer. Tinham ouvido falar de nós, dessa estranha seita que acreditava que o Messias já viera, mas não queriam saber de mais nada. Alguns nos seguiram até nossos alojamentos e fizeram mais perguntas, mas foram bem poucos os que se juntaram a nós.

Os meses foram passando, vieram as chuvas de outono e já estávamos bem estabelecidos em nossa nova moradia. Pouco a pouco, a cidade e seus recantos começaram a exercer uma atração sobre mim. Muito, mesmo. Sentia-me atraída aos templos e à beleza de suas estátuas. Não me pareciam mais estrangeiros, mas perigosamente atraentes. Quando passava pelos templos, tinha que me obrigar a fugir dali. Passado algum tempo, tive que me proibir de ver os templos por dentro — com aquele branco, no interior, tão diferente de nossos lugares santos, escuros e com cortinados.

De noite, reuníamo-nos em uma ou outra casa, naquela cidade estrangeira. Deveríamos considerá-la nossa casa, ou estaríamos ali apenas de passagem?

— Nossa história nos ensina — disse Simeão — que breves visitas se transformam numa permanência longa. Jacó foi ao Egito para comprar cereais e seus descendentes só saíram de lá quatrocentos anos depois. Seria este nosso destino? Deveríamos viver entre estes gregos e comedores de porco por gerações? — Falava após um de nossos cultos, quando reuníamos nossa comunidade.

A decisão pertencia a Deus, e sabíamos que às vezes nos surpreendia.

— Acho que devemos esperar — disse eu. — Vocês se lembram de quando os israelitas, no deserto, tinham que esperar que a nuvem e a coluna de fogo se afastasse do Tabernáculo? Às vezes demorava anos. Agora, enfrentamos desafio idêntico.

Era um desafio, eu não tinha nenhuma dúvida. Aguardaríamos as instruções de Deus, ou tomaríamos o destino em nossas mãos — o que poderíamos fazer, retrocedendo e voltando à sinagoga, ou entregando-nos à vida pagã dos gregos que nos rodeavam? Na verdade, era um desafio difícil. E eu tinha plena consciência do que esse desafio representava para mim, com todos aqueles templos, estátuas e ídolos à minha volta.

Alguns de nós passamos a registrar as palavras de Jesus para que as pudéssemos passar às pessoas que nos procuravam com perguntas. Outros juntavam esses registros, numa listagem tão completa quanto possível, para que os novos fiéis pudessem reviver a experiência de ouvir as palavras de Jesus. Boa parte das palavras de Jesus já circulavam, passando de igreja a igreja, mas não existia um trabalho completo, ou extensivo.

Também demos início a um curso para preparar mestres que ajudassem às pessoas que nos procuravam. Chamamos o curso *catechumens*, que significa "instrução". As pessoas tinham que aprender algumas coisas antes de poder fazer parte de nossa comunidade — a vida de Jesus, seus ensinamentos, a tarefa que nos dera, sua morte e sua gloriosa vida eterna. Elaboramos uma fórmula para os batizados, que seria recitada com a mão sobre a cabeça da pessoa que fosse imersa na água: "Você, que foi batizado em Cristo, é agora parte de Cristo. Nem judeu, nem grego; nem escravo, nem homem livre; nem homem, nem mulher. Você é um na pessoa de Cristo Jesus". O novo convertido, ainda molhado, era levado, em seguida, para uma sala, onde era convidado a participar da ceia de celebração, com toda a comunidade comemorando e cantando. Alguém, então, se oferecia para ser o orientador e guia do novo cristão durante os primeiros meses, e essa pessoa era considerada como um parente consanguíneo.

Alguns achavam que tudo isso era demasiado formal, e que a única exigência devia ser a convicção de uma fé interior e a proclamação, em público, de que "Jesus é o Senhor!" Porém, com o tempo, prevaleceu a nossa fórmula.

O que mais nos surpreendia, naquele tempo, era como Jesus atraía as pessoas para si, apesar dos métodos desastrados e imperfeitos de seus seguidores. E o fazia quando tanto tempo já se havia passado e — o mais importante — sem sua presença física. Eu não sabia explicar. Fascinada, perguntava-me como seria possível...

Recebemos notícias sobre os romanos e Jerusalém. Os rebeldes que estavam na cidade haviam obtido um grande e inesperado êxito — tão grande que proclamavam que, como nos tempos de antigamente, Deus os protegera. Haviam conseguido tomar quase toda a cidade, e quando Galo, o governador da Síria, recebera ordens de Nero para deslocar suas tropas para o Sul e proteger Jerusalém, os rebeldes armaram uma emboscada e mataram os quatrocentos soldados que lhe davam retaguarda. O primeiro tempo terminara, portanto, com uma vitória dos rebeldes fanáticos, o que parecia uma intervenção divina. Criaram um governo próprio, com distritos administrativos, livres, enfim, do soberano detestado.

Mas aquele não era o fim da guerra — não como fora a vitória de Moisés sobre o exército do faraó —, mas apenas o começo. Os romanos eram os senhores do mundo, e não seria uma ou outra escaramuça que iria abalar o império.

Nero ordenou que um de seus generais mais capazes, Vespasiano, esmagasse a rebelião. Vespasiano era um comandante prudente e aprendera, na Bretanha, como escapar de emboscadas. Comandava a V e a X Legiões. Deu ordens a seu vice-comandante, Tito, para trazer do Egito a XV Legião, e convocou as tropas que estavam a serviço de reis aliados. Em pouco tempo, dispunha de sessenta mil soldados — incluindo auxiliares e a cavalaria — para derrotar os rebeldes.

Deus dissera — há muito tempo, com Gideão — que desafios desproporcionais apenas lhe davam a oportunidade de mostrar sua força. Desta vez, porém, diante do avanço do exército romano — a maior potência militar que o mundo já conhecera — observou um estranho silêncio.

Descendo da Síria, Vespasiano teria que passar pelas regiões do Norte e pela Galileia para chegar a Jerusalém. Travaram-se batalhas sangrentas em Jotapata, em Tiberíades e em Magdala, para onde se haviam entrincheirado valentes grupos de rebeldes.

66

Magdala! Dirigiam-se para Magdala! E para Tiberíades, onde morava a mais preciosa pérola de minha vida!

E aquela visão... aquela visão que eu tivera uma vez, com a batalha naval e o lago vermelho de sangue... será que se tornaria realidade?

Tinha que ir até lá, tinha que os socorrer... tinha que encontrar minha filha.

— Não, você não pode ir! — disse Simeão. — Perdoe-me, mas você já está velha. E os soldados, quando estão saqueando e pilhando, não poupam nem as mulheres velhas.

— Não tenho medo. — Era um milagre de Deus, mas era verdade. Não sentia medo.

— Pense nos outros. Pense em sua responsabilidade. Foi você que nos trouxe até aqui. E mesmo que não fosse, você é uma das últimas sobreviventes que se encontraram com Jesus frente a frente. Não pode esquecer isso. Precisam de você — todos esses jovens que vêm se juntando a nós. Eles precisam ouvir o que só você sabe dizer.

— Mas eu tenho que ir.

— Foi o Senhor que o disse? Ou é um desejo seu? — Simeão parecia irritado.

— Ambas as coisas — respondi, honestamente. Tivera aquela visão há muitos anos e sabia que era verdadeira. Mas também havia o apelo materno, muito forte... Eu *tinha* que ir.

— E se eu lhe dissesse que Jesus o proibiu? — disse ele.

Eu esperava, de todo coração, que ele não o fizesse. Refleti por um momento e, em seguida, disse: — Então, eu teria que o desobedecer e depois pedir-lhe que me perdoasse. Não sou tão forte quanto ele foi. — Quem são minha mãe e meu irmão? — Mas ele sabia disso quando me escolheu.

Simeão encarregou um jovem de me acompanhar na viagem — um novo convertido, natural de Pela, chamado Jasão. Atravessamos o Jordão, com água fria pelo joelho, e saímos do lado do território de Israel, na expectativa de encontrarmos hordas de soldados romanos na outra margem. Mas não havia ninguém. Ninguém por perto e tudo tranquilo — preparavam-se para fazer as últimas colheitas de verão.

A tomada de Jotapata exigira de Vespasiano uma luta de quarenta e sete dias, o que o deixara irritado. Agora, não estava disposto a tolerar qualquer interferência. Resoluto, ordenou a suas tropas que marchassem sobre as outras cidades fortificadas, Tiberíades e Magdala.

Conseguimos chegar a Magdala antes de Vespasiano. Precipitamo-nos pelos portões da cidade, fortemente armados. "Nenhum de vocês sobreviverá aos romanos." Essa revelação, que me veio quando atravessava os portões, abalou meu ânimo e me deixou prostrada. Olhei para os escudos e espadas imponentes dos guardas e imaginei-os queimando, numa pira de fogo, em poucos dias. Corremos para a casa de Eli. Sem fôlego e sem me preocupar com a recepção que teríamos, querendo apenas avisá-lo, bati freneticamente à porta.

Após um longo tempo, a porta se abriu, devagar. Era Diná. Eu a reconheci, mesmo depois de várias décadas.

— Diná... sou eu, Maria. Vim para avisá-los. O general romano Vespasiano está marchando para aqui neste momento. Vocês têm que procurar abrigo! Fujam!

Ela me fitava, perplexa. — Maria... mulher de Joel? Faz tanto tempo... — Olhava com atenção, tentando perceber em meus olhos os traços da jovem mulher que conhecera. Então, balançou a cabeça. — Como você sabe?

— Tive uma revelação. — Era o que podia dizer. E era verdade.

Parecia cética. — Compreendo.

— Onde está Eli? Posso falar com ele? — Tinha que encontrá-lo rapidamente.

— Deus o levou para junto de seus ancestrais — respondeu.

— Sinto muito. — Senti-me triste, por dentro, e chorei por Eli. — Mas você tem que fugir daqui, ou irá morrer.

— Esta é minha casa — respondeu, orgulhosa. — Estarei bem protegida.

Conseguimos chegar a Tiberíades antes da batalha.

A cidade era protegida por muralhas altas, recentemente fortificadas para resistir a um ataque. Mas não haviam contado com a força dos romanos. Quando as vi, percebi que ofereceriam pouca ou nenhuma resistência às legiões romanas.

— Deixe-me entrar! Deixe-me entrar! — Eu gritava, batendo no portão, que mesmo ao meio-dia estava trancado.

— Quem é você? — perguntou um guarda.

— Uma mãe! — respondi. — Uma mãe que quer entrar!

Lentamente, abriram-se os portões e os guardas me olharam, desconfiados. Entramos rapidamente. Preciso encontrar minha filha! Preciso fazê-lo!

Minha "filhinha" seria agora uma mulher de meia-idade, mas não importava. Ainda me lembrava de seus olhos, de seu brilho naquele rosto de bebê, arredondados e espertos. Seus olhos seriam os mesmos. Os olhos nunca mudam.

Finalmente, sem fôlego, estávamos diante da casa. Bati à porta.

Tomara que ela atenda! Como a quero olhar de frente!... A porta cedeu, mas quem a abriu foi um criado.

— A senhora Eliseba — disse eu. — Posso vê-la?

— Ela não está — respondeu.

— Ela realmente não está, ou não quer receber visitas? — perguntei.

— Não está — disse ele. Fez uma breve pausa. — Quem é a senhora?

— Sou a mãe dela — respondi.

Pareceu espantado. — Pensei que não tinha mãe.

— Tem uma mãe, que a ama muito e que veio até aqui para preveni-la do perigo que corre. Onde foi ela?

— Foi para as montanhas — disse o criado. — Mas não parecia estar havendo perigo algum.

— Há um perigo, e muito grande. O general Vespasiano dirige-se para cá, para destruir esta cidade. Amanhã estará aqui. Ela precisa fugir daqui, todos precisam fugir!

— Darei seu recado — disse, lacônico, fechando a porta.

Encostei-me à parede. Deveria esperar que ela voltasse? E quando iria voltar? E, se está nas montanhas, talvez veja os soldados aproximando-se e decida não voltar para a cidade cercada e ir para outro lugar, onde jamais a encontrarei. E eu seria apanhada aqui, talvez até morta durante a confusão, e a igreja de Pela ficaria sem sua líder. Não, tenho que voltar e rogar a Deus que a proteja.

Nas ruas, já se viam muitas pessoas preocupadas. Os cidadãos comuns de Tiberíades não queriam ser envolvidos na guerra. Uma facção rebelde, que deixara Jerusalém, ocupara a cidade, e agora seus habitantes pagariam por isso. Jasão e eu conseguimos avançar, contra o fluxo da multidão, atravessamos os portões e saímos para campo aberto. Também tomamos o caminho das montanhas, evitando a planície que, em breve, seria um campo de batalha, e esperando — a cada moita de arbustos por que passávamos, a cada novo penhasco que dobrávamos — encontrar, por algum milagre, a minha Eliseba... Então, nos reconheceríamos, nos abraçaríamos e enxugaríamos nossas lágrimas...

Alguns meses mais tarde, quando as batalhas haviam terminado e os romanos haviam vencido, recebemos, em Pela, o relato completo do que ocorrera. Pouco após minha visita, os rebeldes haviam atacado um mensageiro de paz dos romanos. Os cidadãos de Tiberíades, com o objetivo de evitar represálias, fugiram para o lado dos romanos e entregaram-se à mercê de seus senhores, frisando que nada tinham a ver com os rebeldes. Os romanos aceitaram sua submissão e pediram que os portões da cidade fossem abertos, o que foi feito. Os romanos entraram, então, na cidade, e foram muito bem recebidos, enquanto os rebeldes fugiam na direção oposta, diretamente para Magdala.

Graças a Deus, Eliseba estava em Tiberíades, e não em Magdala! Pois em Magdala ocorreu uma carnificina horrível, depois que Tito fez um discurso inflamado em que disse: "De nós, romanos, ninguém na face da terra conseguiu até hoje escapar": um resumo sucinto de nosso mundo. A batalha naval a que eu assistira, há tanto tempo, em minha visão, ocorreu agora, nas águas do Mar da Galileia. Morreram milhares de pessoas, e os rebeldes, que comandavam os barcos — como eu vira em meu sonho —, foram massacrados sem dó nem piedade. A superfície da água do lago ficou vermelha de sangue humano, que refletia, à tona d'água, como rubis reluzentes.

Na cidade, muita gente inocente foi morta, pois os soldados não sabiam distinguir os rebeldes de seus moradores. Muitas construções foram incendiadas e a destruição foi enorme. (E minha antiga casa?... E o armazém de meu pai?... E a casa de Eli?... E Diná e o resto de meus parentes?... Teria sido tudo destruído, todos mortos?) Por fim, Vespasiano montou um tribunal que iria julgar as pessoas e decidir o que fazer com as vítimas, inocentes, da batalha. Um de seus assessores bolou um plano pérfido: segundo ele, como as casas daquelas pessoas haviam sido destruídas, elas poderiam tornar-se rebeldes. Vespasiano falou, então, às pessoas presentes. Prometeu-lhes que estavam a salvo e disse-lhes que se dirigissem a Tiberíades, para serem indenizadas pelas perdas que haviam tido. Porém, ao chegarem a Tiberíades, foram todas presas num estádio: os velhos e os doentes foram executados; seis mil jovens, fortes, foram enviados para trabalhar numa construção que Nero mandara fazer, na Grécia; e trinta mil pessoas foram vendidas, como escravos. Foi nisso que se transformou minha cidade, e é por isso que já não posso ser chamada de Maria de Magdala — Magdala foi destruída.

Choramos por nossa terra e por nossas cidades durante quarenta dias, numa consternação que as palavras não podem descrever. Orei e orei para que Eliseba estivesse salva, e a única esperança a que me prendia era o fato de ela viver em Tiberíades, e não em Magdala.

Os romanos continuaram marchando em direção ao Sul. A batalha de Jerusalém — como se sabe pelas crônicas — durou quase um ano e foi travada de casa em casa, o que não se passou em Magdala. Antes de seu fim, os moradores de Jerusalém passavam fome e sobreviviam como animais. A destruição final do Templo não resultou de um plano, ou de um estratagema: foi um soldado romano que, furioso, lançou uma tocha acesa para incendiar sua glória. Tudo o que ali existia foi destruído. Alguns dias depois, um soldado romano pisava no cartaz, tisnado pelo fogo, que advertia que os gentios que fossem além daquele local "seriam presos e mortos, e considerados os únicos responsáveis por suas mortes"... Assim terminou o Templo e tudo o que representava — regras, sacrifícios, esperanças e história — tornando-se a perda do tesouro supremo na memória do povo judeu.

A cidade foi completamente arrasada, exceto por três torres que haviam resistido aos ataques. Os moradores que escaparam ao massacre foram feitos escravos. Tito e seus soldados carregaram o ***menorah*** de ouro e outras riquezas do Templo e os exibiram na parada triunfal que fizeram em Roma. Os objetos sagrados reduziam-se, assim, a mero butim de guerra, exposto à curiosidade de uma multidão delirante.

Fora-se o nosso lar, o centro espiritual de nosso universo. O que faríamos agora? Sem nossa âncora na igreja-sede, em Jerusalém, ficávamos à deriva.

E as outras igrejas que se haviam espalhado por outras terras? As que Paulo deixara não haviam feito progressos após sua morte. A doutrina de interpretação estrita da Lei, defendida por Jerusalém, ganhara peso durante os dez anos em que ficou preso. O futuro visionário que tinha de uma igreja mais liberal tornara-se distante. Com a queda de Jerusalém, tudo mudou num piscar de olhos. O único tipo de cristianismo que sobrara era o que Paulo defendia, e a ruptura entre a religião-mãe e sua filha tornou-se tão ampla que os fiéis de uma e de outra não se identificavam como irmãos.

Permanecemos em Pela por dez anos. Já se haviam passado cinco anos da queda de Jerusalém. Simeão e um pequeno grupo decidiram voltar a

Jerusalém, que vinha sendo dolorosamente reconstruída e habitada por novos moradores. João e eu decidimos ir para Éfeso. Mateus, Simão e Tadeu haviam morrido, em Pela, e agora só havíamos sobrado nós dois.

— Por que Éfeso? — perguntou Simeão. — Por que não voltam para Jerusalém?

— A igreja de Éfeso era forte, enquanto Paulo estava vivo — disse João. — Mas agora corre o perigo de enfraquecer e desaparecer. O culto a Ártemis, naquela região, é quase absoluto e difícil de superar. E Éfeso está bem situada para ajudar as outras igrejas da região que lutam para sobreviver. Paulo fundou igrejas em Derbe, Listra, Icônio e em Antioquia, na Psídia, e não temos notícias de como vêm funcionando.

— Espero que não esteja pensando em visitar todos esses lugares — disse Simeão. — Já terá sorte se chegar até Éfeso.

João olhou para os pés, com sandálias. — Ainda dá para dar uma boa caminhada com eles — disse.

— Cuide-se, você está com quase oitenta anos! — exclamou Simeão.

— Para o trabalho de Deus, isso é juventude — disse João. — Moisés tinha oitenta anos quando enfrentou o faraó... E você se lembra de Caleb, o guerreiro de Moisés? Ele disse para Josué: "Aqui estou eu, com oitenta e cinco anos, e tão forte quanto no dia que me Moisés me enviou! Sinto a mesma disposição de ir à luta que senti naquela época!..."

— E aí, o que aconteceu? — perguntou Simeão.

— Você não sabe? — provocou João. — Ele sobreviveu e ocupou a terra.

— Veja só... — Simeão balançou a cabeça. — Talvez seu nome devesse ser Caleb.

— Ainda há muitas batalhas a serem travadas — disse João. — E a verdade é que estou ansioso por travá-las.

— E você, Maria, está mesmo decidida a ir? — perguntou Simeão. — Seus conhecimentos e sua dedicação seriam de grande valor para a reconstrução de nossa comunidade em Jerusalém...

— Eu lhe agradeço muito — disse eu. — Mas sinto um chamamento para seguir em frente, rumo ao futuro. Jerusalém faz parte de meu passado. — A começar por minha primeira visita à cidade, ainda criança, depois quando Joel foi atacado e depois com tudo aquilo que aconteceu com Jesus. Eu necessitava algo de novo, pois em minha idade avançada não suportava o peso das lembranças. Teria que ir para um lugar de onde não tivesse lembranças.

Éfeso é uma cidade agradável. Levamos algum tempo para chegar lá, caminhando com dificuldade e acompanhados por companheiros de fé. Fomos até Tiro, onde pegamos um barco que foi subindo ao longo do litoral, evitando as tempestades de alto-mar. Passamos por Cilícia e Antioquia e pela foz do rio Cydnus, onde ficava Tarso, a cidade de Paulo. E, aos trancos e barrancos, balançando sobre água como enorme boi, o barco passou ao largo da curva que era a província da "Ásia" e chegamos, enfim, a Éfeso. Quando o barco ancorou, desembarcamos, com as pernas tremendo, e fomos surpreendidos pela riqueza e sofisticação daquela enorme cidade romana. Uma avenida, ampla e com calçamento de mármore, conduzia ao centro da cidade, diretamente ao teatro. De cada lado da avenida havia colunatas, em arco, e cinquenta postes, com lamparinas, faziam sua iluminação.

— Você está pisando o mesmo chão que foi pisado por Marco Antônio e Cleópatra — gritou um vendedor. — Isso não a deixa excitada? — E exibiu uma porção de frascos de perfume.

Não pude deixar de rir. Era bom sinal. O povo de Éfeso era alegre e incorrigível. Imagine!, tentar vender perfume a uma velha de setenta e cinco anos e ainda falar-lhe do legado de Cleópatra...

— Vai levar algum? — perguntou ele. Destampando um dos frascos, passou-o sob meu nariz.

— Meu filho — disse eu. — Seria um desperdício. Você deveria procurar freguesas mais jovens.

— Que é isso?! — disse ele, fingindo surpresa. — A senhora é linda, de uma beleza que não conhece idade! Que idade tem? Trinta e cinco?

Então, eu dei uma sonora gargalhada. — É verdade, já tive essa idade... Mas isso já passou. Os tempos do perfume já se foram...

— Jamais! — insistiu, num galanteio.

Por alguma razão, senti vontade de fazer uma adaptação do que Pedro certa vez dissera, para confundir o vendedor: "Ouro e prata, não tenho, mas te dou tudo o que tenho: a juventude que Jesus me concedeu!"

João e eu nos instalamos numa casinha de pedra, confortável, não muito longe do porto. Apesar do que dissera o vendedor de perfume, nossa idade nos protegia de qualquer suspeita de más ações e ali ficamos, vivendo em paz. Descobrimos que a igreja precisava urgentemente de atenção, pois fora definhando desde que Paulo ali estivera pela última vez.

Fomos muito bem recebidos — na realidade, exageradamente bem recebidos. Mas dava prazer trabalhar com aqueles jovens, instruindo-os, e era um privilégio poder contar-lhes em primeira mão de nossa vida com Jesus, passar-lhes o que conhecíamos.

Nessa época, a religião judaica já se separara por completo dos seguidores de Jesus. Não podíamos mais frequentar as sinagogas, para orar ou ler, pois haviam acrescentado uma cláusula à sua liturgia que dizia: "Que os nazarenos e os hereges sejam inteiramente destruídos e excluídos do Livro da Vida".

Como isso teria entristecido Jesus! Em minhas orações, perguntei-lhe o que deveríamos fazer a esse respeito, mas nunca tive resposta. Talvez tivesse ficado tão triste que nem quisesse falar sobre o assunto.

Nesse meio tempo, João e eu trabalhávamos "nas vinhas", como dizia Jesus. E era um trabalho e tanto: uma cidade movimentada, com cidadãos ricos, inteiramente absorvidos por suas vidas, mas também profundamente interessados nas coisas do espírito. Havia, ali, todo tipo de religiões — desde os cultos misteriosos até o templo de Ártemis. À sombra das colunas daquele magnífico templo, nós, cristãos, íamos crescendo e nos tornando mais fortes.

E, assim como fazia Paulo em suas cartas, aqui os deixo, meus irmãos e minhas irmãs em Cristo. Meu trabalho foi feito; estou velha e aqui passarei o resto de meus dias, em Éfeso, longe de onde pensei passar minha vida. Mas, como dizia Paulo, Deus nos conduz na procissão triunfal de Jesus e, contrariamente às paradas militares dos romanos, cujos percursos são conhecidos, a nossa passa por territórios inesperados, para onde, muitas vezes, não queríamos ou não esperávamos ir. Pedro, para Roma, João e eu, para Éfeso... Como é estranha a vida que Jesus nos revelou, como são estranhos esses mundos...

AQUI TERMINA O TESTAMENTO
DE MARIA DE MAGDALA

Comunicado do bispo Sebastião de Éfeso, por ocasião da celebração da festa de Santa Maria de Magdala, datado de 22 de julho do Ano 510 de Jesus Cristo. Igreja do Apóstolo São João. Para ser distribuído pelas igrejas da Província.

Saudações a todos os que celebram, nesta data, a abençoada Santa Maria, que acompanhou Jesus durante seus dias de vida sobre a terra e morreu aqui, em Éfeso, como mártir, em sua idade avançada. Fomos abençoados por podermos ter tido entre nós dois apóstolos, pois também o célebre São João viveu entre nós, com Santa Maria, em castidade neste final de suas vidas. Pregaram o evangelho e, ensinaram sobre Cristo entre nós e aqui terminaram suas vidas — Maria, de forma violenta, e João, em paz.

É importante frisar, neste testemunho, que Maria — que foi libertada por Nosso Senhor, quando estava possuída por demônios — morreu repudiando-os. Durante o tempo que morou em Éfeso, era famoso o Grande Templo de Ártemis, uma das sete maravilhas da Antiguidade. O templo parecia inexpugnável, o culto à deusa, invencível, e as pequenas estátuas de prata da deusa pareciam estar por toda parte. Nossa Maria, num ataque de desespero pelo culto à deusa, jogou uma das estátuas no chão, exclamando que aquele tipo de culto em nada ajudava. Foi imediatamente cercada pela multidão, apesar de sua fragilidade e idade avançada, e brutalmente espancada. Posteriormente, morreria em decorrência das lesões que sofreu, mas considerou aquilo uma vitória. Suas últimas palavras foram: "Não me tentarás mais".

Foi enterrada na colina que fica à entrada da cidade. Por saber que muitos de vocês participarão de uma procissão solene que visitará aquele lugar depois do culto, gostaria de lhes dizer algumas palavras sobre a sepultura propriamente dita.

Quando seu corpo estava sendo preparado para o enterro foi encontrada, entre seus pertences terrenos, uma carta — na qual estava escrito "sua última carta" —, guardada numa caixinha em que também se encontrava uma espécie de amuleto de criança, num colar de couro. Pensando que a carta pudesse, de alguma maneira, ter valor para a igreja, leram-na e compreenderam que se tratava de uma carta enviada por sua filha, que vive na cidade distante de Tiberíades. Dizia a carta que, enfim, ela estava pronta para vir, para fazer a viagem. Embora sem saberem o que significavam aquelas palavras, as pessoas guardaram a carta. Ela poderá ser vista no relicário ao lado do altar.

João, companheiro de Maria, embora tivesse sido importunado pelo imperador e passado um breve tempo no exílio, voltou a nós, com quase cem anos de idade, e continuou seu ministério, viajando pela província e visitando as igrejas.

Em sua idade extremamente avançada, costumava vir à nossa igreja e dizer: — Filhinhos, amai-vos uns aos outros. — Seus discípulos lhe perguntavam por que sempre dizia aquelas palavras, e ele dizia: — Foi uma ordem de Jesus e, se só isso for feito, já será suficiente...

As pessoas pensavam que João não iria morrer. É verdade, existia uma crença de que ele viveria até Jesus voltar. Então, quando João ficou doente, os fiéis de Éfeso prepararam-se para a chegada de Jesus. Mas isso não aconteceu, e assim, o último dos discípulos que havia convivido com Jesus, deixou-nos.

O Templo de Ártemis desmoronou. Quem de vocês o conseguiria encontrar? A destruição da estátua por Maria pode ter sido o prenúncio de sua ruína. No local em que ficava o templo existe agora um pântano lamacento, e as pedras de sua construção foram levadas e usadas em outras construções. A deusa não está mais presente entre nós.

Se vocês saírem de Éfeso em direção ao campo, seguindo o caminho mais conhecido, encontrarão a venerável sepultura de Maria de Magdala. Há mais de quatrocentos anos, as pessoas vêm prestar seus respeitos, orando e conversando com ela. Prestem uma atenção especial, no entanto, ao monumento funerário em mármore, ao lado da sepultura. Ele representa a discípula despedindo-se de todos os filhos do Senhor. Está de pé, com uma figura vestindo uma túnica à sua esquerda, e, à direita, os inúmeros filhos espirituais que deixou — homens, mulheres e crianças. Examinem esse monumento com atenção. Foi colocado ali por sua filha, que viajara de longe para ver sua mãe, mas chegou tarde demais. Para homenageá-la, ordenou que fosse construída essa lápide. Suas palavras tocaram a todos nós: "Mãe, ajoelho-me diante de sua sepultura e já não posso abraçá-la na carne. Adeus. Cheguei tarde, muito tarde".

Que vivamos o dia de hoje, e nunca o futuro ou o passado. Não devemos atrasar-nos na busca pelos que amamos. Como dizia João, "Filhinhos, amai-vos uns aos outros".

Posfácio da autora

A Bíblia castiga seus leitores, obrigando-os, muitas vezes, a lerem longos trechos de que não têm uma necessidade urgente e deixando de lado coisas que despertam sua curiosidade. Exemplo disso é o versículo 1:15 do Êxodo, que cita o nome de duas parteiras, mas não identifica o faraó que escravizara os hebreus. Esse é um problema com que se depara qualquer romancista, ou escritor, atraído por um texto bíblico.

No caso de Maria Madalena, ela é citada nos quatro evangelhos canônicos — os de Mateus, Marcos, Lucas e João — e relacionada com cinco acontecimentos: (1) a libertação de sete demônios por Jesus; (2) sua decisão de acompanhar Jesus, bem como outras mulheres que ele curara, e dar apoio material à sua missão; (3) sua presença no momento da crucificação; (4) sua visita, na manhã da Páscoa, à sepultura de Jesus, para ungi-lo; e (5) o encontro com Cristo ressurrecto. (No evangelho de João, Jesus aparece a ela, pela primeira vez, ordenando-lhe que vá avisar os outros, o que lhe valeu o título de "Apóstola dos Apóstolos".) Apóstolo é "aquele que é enviado". Discípulos e apóstolos não são, necessariamente, a mesma coisa. Paulo era um apóstolo, mas não um discípulo. Maria Madalena era ambas as coisas, assim como Pedro, João e Tiago.

Maria Madalena reaparece nos chamados evangelhos apócrifos, documentos que foram posteriormente elaborados (alguns, no século III). Esses textos incluem os evangelhos de Maria, de Filipe, de Tomé, de Pedro e a Pistis Sofia. Nesses textos gnósticos, que enfatizam os ensinamentos secretos e a sabedoria, Maria Madalena aparece como uma figura iluminada, que possui conhecimentos espirituais especiais e por isto é respeitada por Jesus. Pesquisadores sustentam que isso pode ser reflexo da memória histórica da posição de destaque que ela ocupou entre os discípulos. No entanto, esses textos não oferecem pormenores pessoais sobre a pessoa dela.

A partir daí, Maria Madalena torna-se uma lenda, com os outros discípulos, e passa a ser citada em aventuras fantásticas, em locais exóticos.

Portanto, ao elaborar um romance sobre Maria Madalena, eu dispunha de poucos dados biográficos para trabalhar. Os pesquisadores presumem que "Maria de Magdala", como era conhecida, significa que era natural da cidade com esse nome, às margens do Mar da Galileia, local onde se secava e salgava peixe. O fato de ter contribuído consideravelmente para o apoio material à missão de Jesus revela que era uma mulher com recursos. Não existem dados, nas escrituras ou históricos, que comprovem a noção de que era uma prostituta, a pecadora que lavou os pés de Jesus com os cabelos, ou a mulher conhecida por Maria de Betânia.

Tentei, portanto, construir uma vida passível de coincidir com a que de fato existiu — aproximando-a de seu tempo e de sua classe social. Sendo assim, dei-lhe uma mãe, um pai e dois irmãos. Descrevi a família como religiosa e praticante e, para ressaltar as tensões que então existiam na comunidade judaica, tornei um dos irmãos um devoto rigoroso, enquanto o outro assimila melhor as culturas grega e romana à sua volta.

Fiz Maria uma mulher casada, e mãe — o que presumiria uma vida comum. Também quis frisar que ela teve que deixar a família para seguir Jesus, ou seja, que ser uma discípula implicava sacrifícios de ordem pessoal.

Embora não exista menção específica ao seu papel na igreja dos primeiros tempos, achei razoável imaginar que ela tivesse desempenhado sua missão junto aos outros discípulos. Uma versão antiga revela que ela teria passado seus últimos dias em Éfeso, na Ásia Menor, onde teria morrido como mártir. Sua sepultura, perto de Éfeso, era um local de peregrinação. A primeira alusão ao dia em sua homenagem menciona a data de 22 de julho de 510.

Fiz com que a idade de Maria coincidisse com o século: teria nascido por volta do ano 1 e morrido noventa anos depois. Isso faria com que tivesse a idade de vinte e sete anos quando começou a seguir Jesus; cerca de trinta anos, por ocasião da crucificação; e estaria na meia-idade quando se tornou um dos "pilares da igreja". É provável que os primeiros seguidores de Jesus, testemunhas oculares de sua vida, se tenham tornado celebridades espirituais na medida em que foram envelhecendo, assim como devem ter sido procurados por pessoas desejosas de conhecer suas memórias.

Quanto aos demônios, minha pesquisa sugeria que seu acesso a uma pessoa é frequentemente associado a um objeto trazido para dentro da casa que tenha algum tipo de vínculo com a atividade demoníaca. Às vezes isso ocorre involuntariamente; outras vezes, por ingenuidade. Os exorcismos aconteceram na época, com certeza, embora não ocorressem com os rituais sofisticados empregados pelo catolicismo na Idade Média. A prática mais comum era a de serem feitas orações e jejuar, ordenando, em seguida, ao demônio para deixar o corpo daquela pessoa. Quanto às outras características — pensamentos confusos, arranhões e listras no corpo (formando, por vezes, letras ou palavras na pele da vítima) ou sensação de frio —, ainda são observadas nos casos de possessão hoje assinalados.

É importante frisar que os casos de possessão não eram considerados uma doença; não se confundiam, embora seja comum fazê-lo nos dias de hoje.

Incluí no livro uma passagem com Jesus, ainda jovem, com a família, para sugerir que ele sempre foi dotado de um conhecimento pouco comum e de poderes de expressão excepcionais.

O fato de Maria ter ido para o deserto numa tentativa de expulsar os demônios que a possuíam coincide com uma prática comum naquela época. Existem lendas que citam sua permanência no deserto.

Gostaria de mencionar a relação sentimental entre Maria e Jesus e Maria e Judas. Parti da premissa de que Jesus era um homem atraente, e seria pouco natural que nenhuma de suas acompanhantes femininas desenvolvesse um afeto especial por ele. Isso ocorre com frequência entre professores e alunos, entre mestres e discípulos. Seria estranho, também, que não ocorressem relações desse tipo num grupo misto de homens e mulheres na flor da idade (na verdade, seria ingenuidade pensar que não ocorressem).

A cena em que Maria e Joana entram no palácio de Antipas para espionar Judas é, naturalmente, ficção. Mas como o marido de Joana era um dos empregados, não deixa de ser possível. Seria surpreendente se os discípulos de Jesus não tivessem interesse em saber o que as autoridades pretendiam fazer com ele.

Das epístolas de São Paulo, sabe-se que em algumas igrejas era aguardada uma segunda vinda de Jesus, e seus membros teriam deixado de lado a vida material nessa expectativa. É nesse fato que se baseia a igreja de Jezreel, que criei.

Os cristãos de Jerusalém deixaram, de fato, a cidade antes da queda do Templo, e foram para Pela, situada na atual Jordânia.

Tiago, irmão de Jesus, foi um ardoroso convertido à causa, assim como vários outros parentes tiveram um papel destacado na igreja durante o século I.

A batalha de Magdala foi descrita pelo historiador Josefo.

Embora existam indícios de que a Virgem Maria tenha morrido em Éfeso, prevalece a tradição de que ela teria morrido em Jerusalém, o que me levou a manter essa versão.

De uma maneira geral, tive que fazer uma certa especulação sobre o ambiente em que viveu Maria Madalena — idade, família, aparência, educação. Suas ações após se ter juntado ao grupo de seguidores de Jesus, bem como o contexto histórico e geográfico em que isso ocorreu, baseiam-se em pesquisa e em dados registrados.

Para quem possa se interessar em saber mais sobre as fontes que pesquisei e em ler mais sobre o assunto, tenho algumas sugestões. No que se refere a informações extracanônicas, *The Nag Hammadi Library in English*, de James M. Robinson (São Francisco, ed. Harper, 1990), e *The Other Bible*, de Willis Barnstone (São Francisco, ed. Harper, 1984); para informações sobre a época, *Daily Life in the Time of Jesus*, de Henri Daniel-Rops (Londres, ed. Weidenfeld & Nicholson, 1962), *The Holy Land*, de Jerom Murphy-O'Connor (Nova York, ed. Oress, 1999), *The Sea of Galilee and Its Fishermen in the New Testament*, de Mendel Nun (Kibutz de Ein Gev, Israel, 1989), e *Galilee Harbours from the Time of Jesus*, também de Mendel Nun (*Biblical Archaeology Review*, julho-agosto de 1999); para informações sobre possessão demoníaca, *Hostage to the Devil*, de Malachi Martin (São Francisco, ed. Harper, 1976).

Para um estudo sobre o papel das mulheres nos primeiros tempos da igreja: *In Memory of Her: A Feminist Theological Reconstruction of Christian Origins*, de Elisabeth Schussler Fiorenza (Nova York, Crossroads Publishing Company, 1983), *Women & Christian Origins*, de Rose Shepard Kraemer e Mary Rose D'Angelo (Nova York, ed. Oxford University Press, 1999), e *The Gnostic Gospels*, de Elaine Pagels (Nova York, ed. Random House, 1979).

Entre os incontáveis livros sobre Jesus, os que mais ajudaram foram *Jesus: An Historian's Review of the Gospels*, de Michael Grant (Nova York, ed. Scribner, 1977), *Jesus: Apocalyptic Prophet of the New Millenium*, de Bart D. Ehrman (Nova York, ed. Oxford University Press, 1999), e *The Human Christ*, de Charlotte Allen (Nova York, ed. Free Press, 1998).

Existem muitos livros sobre Maria Madalena. *Mary Magdalen: Myth and Metaphor* (Nova York, ed. Riverhead Books, 1993), de Susan Haskins, é um estudo da figura histórica de Maria, assim como das várias interpretações que lhe são atribuídas em lendas, na arte e na literatura através dos tempos. As pesquisas mais recentes, feitas por acadêmicos, incluem: *Mary of Magdala, Apostle and Liader*, de Mary R. Thompson (Mahwah, Nova Jérsei, ed. Paulist Press, 1995), *Mary Magdalene: The Image of a Woman Through the Centuries*, de Ingrid Maisch (Collegeville, Minnesota, ed. Liturgical Press, 1998), *Mary Magdalene — Beyond the Myth*, de Esther de Boer (Londres, ed. SCM Press, 1997), *Mary Magdalene and Many Others: Women Who Followed Jesus* (Tunbridge Wells, Inglaterra, ed. Burns & Oates, 1994) e *The Women Around Jesus*, de Elisabeth Moltmann-Wendel (Londres, ed. SCM Press, 1982). Um livro mais antigo, *Venus in Sackcloth: The Magdalen's Origins and Metamorphoses*, de Marjorie M. Malvern (Carbondale and Edwardsville, Illinois, ed. Southern Illinois University Press, 1975), foi o primeiro a fazer uma abordagem histórica da vida de Maria Madalena, mostrando como tinha sido distorcida.